DRESSLER

Ich wünsche mir,
dass jede von euch
eines Tages ihren
Seelengefährten
findet. Ganz viel
Glück bei der Suche.
Eure Marah Woolf

Marah Woolf

Tausend Mal Schon

Ewig ist nicht genug

Dressler Verlag · Hamburg

Gedicht auf S. 5:
Neues Erleben aus: Hermann Hesse, *Das Lied des Lebens, Die schönsten Gedichte*, Suhrkamp Verlag, Frankfurt, 1986, S. 91

MIX
Papier aus verantwortungsvollen Quellen
FSC® C083411
www.fsc.org

Deutsche Erstausgabe
1. Auflage

Poppenbütteler Chaussee 53, 22397 Hamburg

Dieses Werk wurde vermittelt durch die
AVA international GmbH Autoren- und Verlagsagentur, München.
www.ava-international.de
http://marahwoolf.com
Umschlaggestaltung: Carolin Liepins unter Verwendung
von Illustrationen von © shutterstock
Satz: Dörlemann Satz, Lemförde
Druck und Bindung: CPI books GmbH,
Birkstraße 10, 25917 Leck, Deutschland
Printed 2019
ISBN 978-3-7915-0130-7
www.dressler-verlag.de

Wieder seh' ich Schleier sinken,
Und Vertrautestes wird fremd,
Neue Sternenräume winken,
Seele schreitet traumgehemmt.

Abermals in neuen Kreisen
Ordnet sich um mich die Welt,
Und ich seh' mich eiteln Weisen
Als ein Kind hineingestellt.

Doch aus früheren Geburten
Zuckt entfernte Ahnung her:
Sterne sanken, Sterne wurden,
Und der Raum war niemals leer.

Seele beugt sich und erhebt sich,
Atmet in Unendlichkeit,
Aus zerriss'nen Fäden webt sich
Neu und schöner Gottes Kleid.

Hermann Hesse

Aufbau der Seelenmagie

Menschen

Ihre Seele entstammt
der Ursprungsseele und
hat tausend Leben
Zeit zu reifen,
bevor sie darin
zurückgeht.

Seelenmagierinnen

Leben und sterben
wie Menschen, können aber
beliebig durch Zeit und Ort
springen und sind verantwortlich
für den Schutz der
Ursprungsseele.

Ursprungsseele

Seelenjäger

Stehlen Menschen
die Seele, um unsterb-
lich zu sein. Sie können
nicht durch die Zeit
wandern.

Seelenlose

Menschen, denen die
Seele geraubt wurde.
Um zu überleben, müssen
sie andere Seelen stehlen und
werden zu Seelenjägern.

Verfluchte

Menschen, die einer Seelen-
magierin geschadet haben.
Leben keine vollständigen Leben,
sondern nur Ausschnitte,
in denen sie versuchen müssen,
den Fluch zu brechen.

Wanderer

Nur zur Hälfte menschlich,
die andere Hälfte sind sie Dschinn,
Engel, Dämon oder Vampir.
Wanderer sind unsterblich
und springen beliebig
durch die Zeit.

»Die Reise endet, wenn die Liebenden sich finden.«

William Shakespeare (1564–1616)

Prolog

Schottland, 2. August 2011,
Vergangenheit

Das Dröhnen des Motors übertönte beinahe Mums Weinen. Dad versuchte vergeblich, sie zu trösten. »Es ist das Beste so«, raunte er. »Bei deiner Mutter ist Sasha in Sicherheit. Wir müssen an die Jungs denken und sie bringt Adam und Andrew in Gefahr. Wir können sie nicht so schützen, wie sie es braucht.«

»Aber es ist viel zu früh«, schluchzte Mum. »Ihre Gabe sollte sich noch nicht zeigen. Sie kann sie nicht kontrollieren.«

»Und genau deswegen tun wir das Richtige«, unterbrach er sie. »Ich wünsche mir, dass sie ein halbwegs normales Leben führen kann, und wenn wir uns dafür von ihr trennen müssen, sollten wir das tun. Hier geht es nicht um uns, sondern nur um Sasha.«

Ich saß auf der Rückbank, lauschte ihren vertrauten Stimmen und formte aus dem Seelenschimmer, der aus meinen Fingern floss, einen glitzernden Ball. Als ich mit seiner Größe und Festigkeit zufrieden war, ließ ich ihn in den unterschiedlichsten Farben leuchten. Dann warf ich ihn ein Stück in die Höhe. Der Ball prallte an die Decke des Autos und kleine funkelnde Libellen stoben durch den Innenraum.

Mum drehte sich zu mir um und riss vor Entsetzen die Augen

auf. »Hör auf damit, Schatz!«, verlangte sie. »Das darfst du nicht tun. Wie oft soll ich dir das noch sagen?«

Ich war zehn, aber bis heute erinnere ich mich genau an ihre Stimme. Sie hatte Mühe, die Panik darin zu unterdrücken, und ich zog eine Grimasse, weil ich ihre Aufregung nicht verstand. Ständig hielt sie mich an, meine Gabe zu verbergen, dabei konnte keiner von meinen Freunden etwas so Cooles. Trotzdem ließ ich den Ball in meiner Hand zu Staub zerfallen. »Ist ja schon gut«, brummte ich. »Mir ist langweilig. Ich will nach Hause. Was soll ich bei Granny und Grandpa auf dieser einsamen Insel? Ohne euch!« Ich war wütend auf sie beide und das sollten sie ruhig wissen.

Mums Augen füllten sich mit Tränen, und sie streckte die Hand aus, um über mein Knie zu streichen, als ein anderer Wagen uns rammte. Unser Auto wurde gegen das Geländer einer Brücke gedrückt, das unter dem Aufprall nachgab. Es stürzte in die Tiefe und knallte auf die Wasseroberfläche. Ich schrie nach meinen Eltern, aber bekam keine Antwort. Wasser drang durch die zerbeulte Tür an meiner Seite, während das Auto noch auf den Wellen schaukelte und langsam sank. Mit aller Kraft schlug ich mit den Fäusten gegen die Scheibe. Vergeblich.

Und dann sah ich die grauen Schemen. Wie riesige, dunkle Fledermäuse schwebten sie um den Wagen herum. Ein Gesicht presste sich an das Fenster. Ich blickte in schwarze, gefühllose Augen. Papierne, dünne Haut spannte sich über einen haarlosen Schädel, und dort, wo eigentlich Mund und Nase sein sollten, gähnten Löcher. Ein fauliger Geruch kroch durch die Schlitze. Spitze Fingernägel kratzten über das Glas. Ich konnte mich nicht mehr rühren und auch nicht schreien. Selbst dann nicht, als die Gestalt kreischend davonflog und das Wasser meine Taille und kurz darauf meine Brust umspülte. Vor Angst war ich wie gelähmt.

Da draußen lauerten Seelenjäger. Sie hatten mich gefunden. Ich musste sie mit meinem Seelenschimmer angelockt haben. Sie hatten mich gewittert.

Granny hatte mich oft genug vor ihnen gewarnt. Wenn sie mich in ihre Fänge bekamen, würden sie meine Seele zersplittern und unter sich aufteilen. Denn das war es, was Jäger taten, was sie antrieb: Sie stahlen die Seelen anderer Menschen, um zu überleben.

Ich begann zu zittern. Das Wasser reichte mir nun bis zum Kinn. Panisch tastete ich nach dem Gurt, um mich zu befreien. Die Autoscheibe explodierte. Wasser spülte über mich hinweg, Hände griffen nach mir und ich sah in Dads Gesicht. Seine Augen waren weit aufgerissen. Ich hielt die Luft an, als das Auto endgültig unterging. Dad zog mich durch das zertrümmerte Fenster. Alles würde gut werden. Die spitzen Zacken der zerbrochenen Scheibe zerschnitten mein Gesicht. Es tat so weh, dass ich aufschrie und gleichzeitig Wasser schluckte. Er stieß mich nach oben, ich durchbrach die Wasseroberfläche und schnappte nach Luft. Die Strömung des Flusses trug mich abwärts. Ich strampelte und schrie nach ihm. Irgendwie bekam ich einen herunterhängenden Ast zu fassen. Aber ich war zu schwach, um mich daran hochzuziehen. Meine nassen Finger rutschten über die Rinde und ich schluchzte laut. Wenn ich losließ, würde ich sterben.

Eine Hand packte mich und zog mich ans Ufer. Ich fiel in weiches Gras und spuckte Wasser. »Mein Daddy«, stammelte ich. »Er ist da noch irgendwo, und meine Mum.« Ich fror, weinte und schluchzte. »Bitte. Wir müssen sie retten«, brachte ich trotzdem hervor.

»Um deine Eltern kümmere ich mich später, Kleines.«

Ich hob den Kopf und schaute in tiefschwarze, leblose Augen. Die Wangen des Mannes waren eingefallen und die Haare dünn.

»Nein«, flüsterte ich tonlos. »Nein.« Das war unmöglich. Das konnte nicht sein. Nicht er.

»Du weißt, wer ich bin, oder?« Seine Stimme klang lockend.

Natürlich wusste ich das. Vor mir stand Lazarus Rimmon, der oberste und mächtigste Seelenjäger. In Grannys Geschichten versteckte er sich in einer alten Burg irgendwo in Frankreich und ließ sich von seinen Getreuen die geraubten Seelen dorthin bringen. Aber offenbar hatte er die Burg verlassen und war nun hier.

Meine Unterlippe bebte, und obwohl mir schon kalt von den nassen Sachen war, die mir am Körper klebten, gefror mein Blut jetzt zu Eis.

Tief sog er die Luft ein und ich wusste, er konnte meine Angst riechen. »Es geht ganz schnell«, flüsterte er, »und ich verspreche dir, es wird nicht wehtun. Du wirst gar nichts spüren.« Sein Mund verzog sich zu einem Lächeln. Er sah nicht so gespenstisch aus wie die anderen Jäger, sondern viel menschlicher. Nur seine leblosen Augen verrieten ihn. »Ich habe so lange auf dich gewartet.« Er klang beinahe erstaunt.

Zitternd wich ich zurück. Ich durfte ihm meine Seele nicht überlassen. Wenn er sie bekam, würde er damit hundert Jahre oder länger überleben. Ich war zwar noch jung, aber meine Seele besaß schon jetzt ein Vielfaches der Energie der Seele eines Normalsterblichen. Sie musste einen unendlichen Reiz auf ihn ausüben.

Hinter mir erklang ein Geräusch. Wenn noch mehr Jäger kamen, hatte ich gar keine Chance, zu überleben. Aber es war mein Dad, der aus dem Wasser stieg und auf uns zukam. In seinem Blick glänzten Wut, Abscheu und Hass. Er würde mich retten. Meine Beine gaben unter mir nach und ich fiel auf die Knie.

Dad packte mich und zog mich wieder hoch. »Lauf, Schatz!«, sagte er mit einer Stimme, die ich noch nie an ihm gehört hatte.

»Lauf so weit, wie du kannst.« Etwas Helles glitzerte in seiner Hand, als er sich Lazarus zuwandte, dessen Lippen sich zu einem höhnischen Lächeln verzogen.

»Dann bekomme ich heute also zwei Seelen«, sagte er milde. »Die einer Magierin und die eines Hüters.«

Ich sprang auf und rannte los, als Dad sich auf ihn stürzte.

Spaziergänger fanden mich am nächsten Morgen einige Meilen entfernt bewusstlos am Ufer. Mum war im Auto ertrunken und Dad wurde nie gefunden.

Als ich Tage später im Krankenhaus zu mir kam, saßen Granny und Grandpa an meinem Bett, und nachdem ich einigermaßen wiederhergestellt war, brachten sie mich nach Alderney. Auf dem winzigen Eiland im Ärmelkanal lebten wir wie auf einer vergessenen Insel. Es gab nur wenige einheimische Bewohner, und Touristen verirrten sich nur selten hierher, weil es denkbar schwierig war, die Insel zu erreichen. Die Stürme, die Klippen und die unberechenbare See schnitten die Insel von der Außenwelt ab und hielten auch die Seelenjäger fern.

An meinem ersten Tag auf Alderney schwor ich mir, meine Gabe zukünftig zu unterdrücken. Ich würde die Magie in mir verschließen. Eine Seelenmagierin konnte sich für diesen Weg entscheiden. Zwar wurden wir mit unserer Bestimmung geboren, aber annehmen mussten wir diese Aufgabe deswegen nicht.

Und mich hatte die Magie in diesem Leben bereits zu viel gekostet. Ich war nicht bereit, ihr noch mehr zu opfern. Ihretwegen hatte ich innerhalb weniger Minuten meine Eltern, meine Brüder und mein Zuhause verloren.

Dad hatte sich ein normales Leben für mich gewünscht und genau das wollte ich führen. Meine Eltern waren gestorben und ich trug die Schuld daran. Diese Gabe hatte nicht nur mein Leben, sondern auch das meiner jüngeren Brüder zerstört.

Es war mir egal, dass die Seelen meiner Eltern in Kürze wiedergeboren wurden und ein neues Leben führen würden. Es war mir egal, dass ihre Seelen sich dann nicht mehr an mich erinnerten. Ich wollte sie trotzdem stolz machen und Dads letzten Wunsch erfüllen.

Bis heute habe ich mich an diesen Schwur gehalten.

1. Kapitel

Acht Jahre später
Alderney, 25. August 2019, Gegenwart

Die Sterne spiegelten sich im Wasser der Saye Bay und ich betrachtete den Horizont. In spätestens einer Stunde würde lilafarbenes Licht über die scharfe Kante des Meeres kriechen und der neue Tag würde anbrechen. Die düstere Stimmung, die mich schon umgeben hatte, bevor ich zum Joggen aufgebrochen war, lastete immer noch auf mir. Hoffentlich würde der Morgen Erleichterung bringen. Melancholie und Traurigkeit waren ganz normale Begleiterscheinungen, wenn man versuchte, seine Seelenmagie in sich zu verschließen, aber gewöhnlich half mir das Laufen, diese Probleme in den Griff zu bekommen. Die Magie baute sich durch die gleichmäßigen Bewegungen ab. Heute Nacht krallte sie sich allerdings an mir fest. Meine Finger- und Zehenspitzen kribbelten wie verrückt, und wenn ich nichts dagegen unternahm, würde sie wie ein Funkenregen aus mir heraussprühen. Ein etwas befremdlicher Anblick für normale Menschen, aber zum Glück gingen die nicht mitten in der Nacht laufen. Ein Frösteln überzog meine Arme, obwohl es erstaunlich warm für Ende August war, und die Härchen an meinem Körper stellten sich auf wie kleine Blitzableiter. Noch so ein Vorbote. Mit den Händen rieb ich über meine Arme, um die Spannungen wegzustreichen. »Ich kann das kontrollieren«, flüsterte ich leise in den Wind. »Ich kriege das in den Griff.« Aber der Wind und ich wussten es besser, und ich bildete mir ein, ihn leise lachen zu hören. Wäre ich ein gewöhnliches Mädchen, läge ich jetzt in meinem Bett. Wie sehr ich mir das wünschte! Ich war müde. Müde, all dieser Versuche, meinem Schicksal zu entfliehen.

Leider war Schlafen heute Nacht keine Option, denn in dem kleinen, schmalen Haus, das ich mit Granny und Meggie, der jüngsten Novizin des Zirkels der Seelenmagierinnen, bewohnte, planten dessen Mitglieder die Feierlichkeiten für *Mabon*.

Ich wollte damit nichts zu tun haben. Ich hatte weder Interesse an heidnischen Riten noch Lust, mich an der Diskussion zu beteiligen, ob wir das Fest dieses Mal im Jahre 1083, 1756 oder sonst wann begehen wollten, denn ich würde sowieso nirgendwo mit hingehen. Ich hasste Zeitenwandern. Mir reichte es schon, dass ich ständig damit beschäftigt war, ungeplante Sprünge zu verhindern, da wechselte ich nicht auch noch freiwillig die Zeit.

Keine meiner Schwestern aus dem Zirkel verstand das. Wie auch, schließlich war ich die einzige Seelenmagierin, der beim Zeitenwandern so übel wurde, dass ich mich übergeben musste. Mein sonst so robuster Magen spielte dabei völlig verrückt, und es war nicht lustig, in einer fremden Zeit zu landen und mich direkt vor jemandes Füße zu übergeben.

Ich seufzte und atmete gleichmäßig ein und aus. Die geballte Energie all der Magierinnen, die aus so vielen Jahrhunderten zu Besuch gekommen waren, machte mich unruhig, und der Versuch, meine eigene abzubauen, misslang deswegen gründlich. Seit Stunden rannte ich kreuz und quer über die Insel. Ergebnislos, wie ich jetzt feststellen musste. Die Seelenenergie in mir schien nur noch an Kraft zu gewinnen. Ich wusste nicht, was ich noch tun sollte, um sie loszuwerden. Es war zum Verzweifeln.

In der Vergangenheit hatte ich bereits unterschiedliche Techniken ausprobiert. Keine von ihnen hatte dauerhaft funktioniert. Dabei war ich so perfekt ausgebildet, wie man es sich für eine Magierin nur wünschen konnte. Nach der Primary School war ich von den Freundinnen meiner Großmutter unterrichtet worden.

Sie hatten dafür gesorgt, dass ich jede mögliche Verteidigungstechnik beherrschte, die Reife einer Seele erkannte, Seelenlose erlösen konnte, fließend Französisch sprach und über jedes noch so winzige Ereignis der Weltgeschichte Bescheid wusste. Ich kannte sogar den verdammten Codex des Zirkels auswendig, in dem die Rechte und Pflichten der Seelenmagie niedergeschrieben waren. Nichts, was in einem normalen Leben sonderlich nützlich war, aber unabdingbar für eine Magierin.

Zwei elementare Dinge hatte ich jedoch leider nie gelernt, und das war meine Magie zu beherrschen und sie in mir zu verschließen und gesittet in der Zeit zu springen. Granny konnte sich nicht erklären, weshalb mir diese Dinge nicht gelangen, obwohl ich mich wirklich bemühte. Aber mein Unvermögen bestärkte mich nur in dem Vorsatz, meine seelenmagischen Kräfte in diesem Leben nicht zu benutzen. Niemand konnte mich zwingen, meiner Bestimmung zu folgen. Denn jede Seele hatte das Recht, ihr Schicksal selbst zu wählen. Ich hob meine Hand in den Himmel und betrachtete das sanfte Flimmern auf meiner Haut. Resigniert wischte ich den Schimmer ab, und er verwandelte sich in winzige Staubpartikel, die wie Glühwürmchen davonflogen. Das war nicht gut. Gar nicht gut.

Der Zirkel existierte seit dem 12. Jahrhundert, mit achtzehn konnte eine Seelenmagierin Mitglied werden. Ich war nicht eingetreten und würde es auch zukünftig nicht tun. Da konnte Selina Montague, die Vorsitzende, sich auf den Kopf stellen. Sie hatte den Zirkel gegründet, kurz nachdem ihre Zwillingsschwester, Stella Montague, von Lazarus Rimmon gefangen genommen worden war. Er hatte damals Stellas Seele geraubt und zersplittert. Selina hatte ihn unbarmherzig gejagt, und es war ihr gelungen, Stellas Seelenstücke zu finden und vor der Dunkelheit und der Verdammnis zu retten. Zwar war Stellas Seele nie wiedergeboren worden, aber wenigstens waren die Splitter in die Ursprungsseele zurückgekehrt.

Jede einzelne Seele, die auf der Erde lebt, ist irgendwann einmal aus dieser Ursprungsseele hervorgegangen, um in einem menschlichen Körper geboren zu werden. Stirbt ein Körper, wandert die Seele weiter in ein Neugeborenes. Die Aufgabe einer Seele ist es, während ihrer verschiedenen Leben Erfahrungen zu sammeln und daran zu reifen. Erst nach eintausend gelebten Leben kehrt sie zurück, um wieder mit der Ursprungsseele zu verschmelzen und diese mit ihrem Wissen zu bereichern.

Stella hatte zwar keine tausend Leben gelebt, aber wenigstens hatten wir sie nicht an die Finsternis verloren, den Ort, an den Seelen gingen, die schwere Schuld auf sich geladen hatten, zerstört oder verflucht waren und deshalb nicht zum Ursprung zurückdurften.

Für ihren Heldenmut wurde Selina seitdem verehrt wie eine Heilige. Denn sie hatte bei dem Kampf mit Lazarus ihre eigene Seele riskiert. Um Stellas Schicksal zu entgehen, lebten Seelenmagierinnen seither in kleinen Gruppen zusammen, denn gegen die geballte Magie von mehreren von uns kam Lazarus nur sehr schwer an, und er war nach wie vor unser größter Widersacher. Jede Seele, die er und seine Jäger sich einverleibten, war für die

Ursprungsseele verloren, und damit auch deren Erfahrung und Wissen. Seit Anbeginn der Zeit ist es Aufgabe der Seelenmagierinnen, dies zu verhindern.

Aus der Nähe erklang das müde Rufen eines Basstölpels und riss mich aus meinen Gedanken. Ich sollte schwimmen gehen. Vielleicht verschafften das kalte Wasser und die gleichmäßigen Schwimmzüge meiner aufgeputschten Magie ein Ventil. Hartnäckig ignorierte ich die innere Stimme, die mich warnte, etwas so Unvernünftiges zu tun. Aber ich war verzweifelt. Nachts konnte das Meer tückisch und unberechenbar sein, nur heute war ich bereit, dieses Risiko einzugehen. Ich war eine sehr gute Schwimmerin und danach würde ich mich hoffentlich besser fühlen. Ich zog den Pulli aus und schlüpfte aus meinen Leggings, watete in das kalte Nass, biss die Zähne zusammen und tauchte unter, um dann mit langen Arm- und Beinbewegungen das Wasser zu teilen. Schon nach wenigen Schwimmzügen löste sich meine Anspannung. Die aufgestaute Magie verflüchtigte sich und ließ das Wasser um mich herum in einem warmen Licht glühen. Befreit atmete ich auf, als ich spürte, wie sie aus mir herausfloss. Irgendwann legte ich mich auf den Rücken und ließ mich treiben. Es war so friedlich hier draußen, dass ich am liebsten für immer geblieben wäre. Ich schloss die Augen und genoss die Ruhe, die sich in mir ausbreitete. So lange, bis eine kräftige Welle über mich hinwegspülte. Prustend richtete ich mich auf. Der Strand war ziemlich weit weg und die Strömung hatte mich fast bis zum Ausgang der Bucht getrieben. Wenn ich aufs offene Meer hinausgezogen wurde, kam ich nicht wieder zurück. So viel stand fest. Der Wind hatte aufgefrischt und das Wasser begann sich aufs Meer zurückzuziehen. Einsetzende Ebbe und ein aufgewühltes Meer waren keine geeignete

Kombination, um hier draußen zu sein. Mit kräftigen Kraulbewegungen machte ich mich auf den Rückweg. Diese Seite der Insel war für ihre heftigen Gezeitenwechsel bekannt, und auch wenn die Saye Bay geschützt lag, war ich definitiv zu weit vom Ufer entfernt. Aber sosehr ich mich auch anstrengte, immer wieder zog das Wasser mich zurück, und ich kam nur langsam und mit viel Mühe vorwärts. Meine Arme und Beine wurden müde, obwohl ich eigentlich eine sehr ausdauernde Schwimmerin war, allerdings nur, wenn ich vorher nicht zehn Meilen gejoggt war. Eine weitere Welle schwappte über mich hinweg und drückte mich nach unten. Ich schluckte Wasser und musste husten. Ich durfte auf keinen Fall ertrinken. Grandpa würde sich im Grab umdrehen. Er hatte sich viel Mühe mit meinem Schwimmtraining gegeben, weil es ihm so wichtig gewesen war, dass ich nach dem Unfall meine Angst vor dem Wasser überwand, und nun enttäuschte ich ihn mit meiner Unvorsichtigkeit. Von Osten frischte der Wind auf und die Wellen schubsten mich noch stärker herum. Ich versuchte, gleichmäßig zu kraulen, spürte aber die Erschöpfung in jedem Knochen. Also zwang ich mich, langsamer zu schwimmen. Wenn ich einen Krampf in den Beinen bekam, war ich verloren. Allerdings konnte ich mit normalen Schwimmzügen nichts gegen die Kraft des aufgewühlten Meeres ausrichten. Wieder krachte eine Welle über mich hinweg und ich ging unter. Panik machte sich in mir breit und ich hielt die Luft an. Hatte der Tod mir nur eine kleine Verschnaufpause gegönnt? War dieses Leben nie für mich bestimmt gewesen? Wundern würde mich das nicht. Richtig viel Glück hatte ich bisher nicht gehabt. Eine weitere Welle presste mich nach unten. Der Druck auf meine Lungen wurde unerträglich, bis ich glaubte, sie würden platzen. Panisch bewegte ich Arme und Beine, um an die Oberfläche zu gelangen, aber ich hatte keine Chance. Ich sank tiefer und tiefer, mein langes Haar umwölkte mein Gesicht und ich schloss die Augen. Dann sollte es eben so sein, vielleicht war ein anderes Leben gnädiger. Manchmal passte ein Leben einfach nicht zu einer Seele. Würde Granny je erfahren, was mit mir geschehen war?

Das verhasste Trudeln im Kopf machte sich ohne jegliche Vorankündigung bemerkbar. Bitte nicht das auch noch! Aber es war bereits zu spät. Türkisfarbener Seelenschimmer sickerte aus meinen Fingerspitzen und vermischte sich mit dem Wasser. Ich spürte das intensive Prickeln in meinem Bauch, das einem ungeplanten Zeitsprung vorausging, und das Kribbeln wurde stärker. Übelkeit stieg meine Speiseröhre hinauf, während sich alles um mich herum drehte und ich zurückkatapultiert wurde. Es ging so schnell, dass ich nicht mal nach dem Seelenanker an meinem Hals greifen konnte. Das Amulett sollte mich genau hiervor bewahren und an dieses Leben binden. Ich war wirklich die mieseste Seelenmagierin aller Zeiten.

Und dann saß ich in einem kratzigen braunen Wollkleid auf einem Holzstuhl. Meine Hände waren auf der Rückseite des Stuhls gefesselt und meine Schultern schmerzten. Seelenmagierinnen konnten in jede beliebige Zeit springen. Dabei gingen sie entweder direkt in eins ihrer vorherigen Leben zurück und verschmolzen dort mit ihrem ehemaligen Ich, oder sie sprangen in eine Zeit und an einen Ort ihrer Wahl, an dem sie vorher nicht gelebt hatten, dann war es allerdings angeraten, sich vorher dieser Zeit anzupassen, um nicht aufzufallen. Nun war ich ganz offensichtlich in einem meiner vorigen Leben gelandet und mit meinem damaligen Körper verschmolzen. Das war die gute Nachricht. Ein halb nacktes Mädchen in Sportunterwäsche ließ sich im 13. oder selbst noch im 18. Jahrhundert nur schwer erklären. Die schlechte

Nachricht waren die Männer um mich herum, die mich anbrüllten. Geifernde, verbrauchte Gesichter und hasserfüllte Augen, wohin ich mich wandte. Was sie mir vorwarfen, konnte ich ziemlich gut aus ihren Anschuldigungen heraushören. »Magie ist verboten«, fauchte einer, und als mich sein schaler Atem traf, wurde mir noch übler. Ich unterdrückte den Würgereflex. »Sie ist von Satan gesandt«, keifte ein anderer. »Wir müssen sie ausmerzen, sonst zeugt sie Kinder mit ihm.«

Ich fragte mich, was ich angestellt hatte, dass sie mich für eine Hexe hielten. Hatte ich auch in diesem Leben meine Magie nicht ausreichend beherrscht? Ich blickte mich um. Wir mussten in einer Kirche oder einem Gemeindehaus sein. Vor mir standen Bänke und darauf saßen verängstigte Frauen und Kinder. Keiner von ihnen würde mir helfen. Hinter mir zerrte jemand an meinen Haaren und dann fielen dichte rote Locken auf meinen Schoß. »Wir sollten sie nach Hexenmalen untersuchen«, rief eine alte Frau aus den Reihen der Zuschauerinnen. Von den schmierigen Typen ließ ich mich sicher nicht anfassen. Bei der Vorstellung wurde mir so schlecht, dass ich mich vorbeugte und tatsächlich erbrach. Sie hatten es ja nicht anders gewollt. Kälteschauer schüttelten mich und keuchend rang ich nach Atem. Mist. Mist. Mist. Dieses Mal saß ich wirklich in der Patsche.

»Wir werden sie der Hexenprobe unterziehen«, ließ sich eine deutlich kultiviertere Stimme vernehmen. Ich drehte den Kopf und erkannte einen Priester. Aber ich erkannte auch die schwarzen, gefühllosen Augen. Lazarus Rimmon! Hatte er die Leute aufgehetzt? In wie vielen Leben verfolgte er mich eigentlich? Ich hatte ihn seit meiner Kindheit nicht mehr gesehen, aber vergessen hatte ich seinen Anblick nie. Er sah immer noch aus wie damals, nur hatte er längst nicht so eingefallene Wangen und so schütteres

Haar. An Seelen, die er sich einverleiben konnte, schien hier kein Mangel zu herrschen. Jetzt trat er neben mich, eine dunkle Haarsträhne löste sich aus seiner Frisur und fiel ihm über die Stirn. Er war unbestreitbar ein sehr attraktiver Mann und vermutlich boten die Frauen in dieser Zeit ihm ihre Seelen freiwillig an. Mit der Kuppe seines Zeigefingers strich er über meine Wange. Dabei lächelte er triumphierend und sog genüsslich meinen Duft ein. Angst schoss durch mich hindurch. Seelenjäger konnten nicht in der Zeit springen. Solange sie frische Seelen bekamen, waren sie einfach unsterblich. Er wusste nicht, dass wir uns in der Zukunft wiederbegegnen würden. Wenn er mir aber heute die Seele stahl, würde es meine Zukunft nicht geben. Ich musste etwas unternehmen. Irgendwas. Wie stark war meine Magie in diesem Leben gewesen?

Lazarus' Finger war eiskalt. Wie viele unschuldige Seelen würde er sich zukünftig einverleiben? Selbst für einen Jäger war diese lange Lebensdauer ungewöhnlich. »Und wir werden die Probe sofort durchführen«, verkündete er jetzt laut und richtete sich auf. »Ein kleines Schauspiel sollten wir meinen Schäfchen schon bieten. Meinst du nicht auch?«

Die Leute klatschten zustimmend Beifall. Die Frauen hingen an seinen Lippen. Ich konnte es ihnen nicht mal verdenken. Er war ein schöner Mann und vermutlich versprach er ihnen die Erlösung von all ihren Sünden. Lazarus durchschnitt die Fesseln und riss mich von dem Stuhl. Dann packte er einen meiner Arme und ein anderer Mann den anderen. Sie zerrten mich aus dem Haus. Dunkle Nacht umfing uns. Die johlende Menge folgte uns mit brennenden Fackeln. Ich musste es unbedingt schaffen, zurückzuspringen, oder ich musste meine Magie einsetzen. Ich tastete nach ihr, aber ich spürte sie nicht. Jedenfalls nicht genug davon, um sie zu bündeln. Hatte ich sie in diesem Leben in mir verschließen können? Wenn ja, könnte das jetzt meinen Tod bedeuten. Ich wand mich in dem Versuch, mich zu befreien, aber Lazarus' Griff verstärkte sich nur. »Wenn du klug bist, gestehst du freiwillig«, flüsterte er gelassen in mein Ohr. »Dann mache ich dir deinen Tod leichter.«

»Vergiss es«, zischte ich zurück. »Eher lasse ich mich verbrennen, als dass du meine Seele bekommst.«

Er lächelte und seine Augen glitzerten bei seinen nächsten Worten. »Noch einmal wirst du nicht brennen, Kleines. Auf diesen Tag habe ich schon viel zu lange gewartet.«

Abrupt blieb er stehen, und bevor ich über seine Worte nachdenken konnte, stieß er mich ohne eine weitere Ankündigung in einen eiskalten, stinkenden Tümpel. Ich schluckte brackiges Wasser, ruderte mit den Armen und schnappte nach Luft, als es mir schließlich gelang, das Gesicht über die Wasseroberfläche zu halten. Lazarus stand am Ufer und lächelte. Das Gewicht des mit Wasser vollgesogenen, dicken Wollstoffs des Kleides zog mich wieder in die Tiefe, als hätten sie mir einen Stein um den Hals gebunden. Panisch versuchte ich mich zu konzentrieren. Wenn sie meinen Körper derart geschwächt aus dem Wasser zogen, hatte Lazarus ein leichtes Spiel mit meiner Seele. Manche dieser ungeplanten Zeitsprünge dauerten nur ein paar Minuten, manche schon mal eine Stunde. Zurück war ich bisher immer gekommen, aber noch nie hatte ich in solch einer Gefahr geschwebt. Ich musste in meine Zeit, hatte aber nie gelernt, alleine gezielt zu wandern. Genau das wurde mir nun zum Verhängnis. In meinem Leben ertrank ich zwar auch gerade, aber es kam mir weniger schlimm vor, wegen meiner eigenen Dummheit zu ertrinken, als wegen der Dummheit meiner Mitmenschen, die Lazarus' Lügen geglaubt hatten. Ich strampelte mit den Beinen und blickte nach oben. Ein gleißender Blitz zuckte über die Wasseroberfläche und ich spürte die Seelenmagie selbst hier im Wasser. Andere Magierinnen mussten gekommen sein, um mich zu retten. Ich würde nicht sterben! Als das Kreiseln in meinem Kopf einsetzte, hieß ich die Übelkeit ausnahmsweise willkommen.

Sekunden später schmeckte das Wasser wieder salzig und das Gewicht des Kleides war verschwunden. Stattdessen legte sich ein Arm um meine Taille. Ich wurde hochgezogen und mein Kopf durchbrach die Wasseroberfläche. Gierig schnappte ich nach Luft. Hatte ich etwa Lazarus mit in diese Zeit gebracht? Panisch begann ich um mich zu schlagen. Mit aller Kraft drückte ich seine Hände von meinem Bauch und trat mit den Füßen nach ihm. Seelenschimmer schoss aus meinen Fingern. Es nützte gar nichts. Der Mann besaß leider unvorstellbare Kräfte. »Hör auf«, befahl er. »Du bist zurück in deiner Zeit. Dir wird nichts geschehen. Hol einfach tief Luft und entspann dich oder wir ertrinken beide.« Ganz offenbar war er weder Lazarus noch einer dieser Hexen hassenden Männer aus dem Mittelalter. So weit, so gut. Aber wer war er dann? Kein normaler Mensch ging nachts bei so unruhiger See ins Meer, um ein Mädchen zu retten. Ich erschlaffte in seinem Arm und sog tief die kühle Nachtluft in die Lungen. Das Wasser hatte sich mittlerweile etwas beruhigt, aber der Wind wehte noch ziemlich kräftig. Mein Seelenschimmer zog sich zurück, das Kribbeln verschwand, und mein Rücken wurde an einen stahlharten Körper gedrückt, der sich umgehend in Bewegung setzte. Ich sah den Mond und die vertraute Sternenkonstellation. Nur ein paar Sekunden länger, und ich wäre ertrunken, in welcher Zeit auch immer. Wenigstens hatte Lazarus auch in der Vergangenheit meine Seele nicht bekommen, sonst gäbe es mich in diesem Leben gar nicht. Aber weshalb war er auch damals schon hinter mir her gewesen?

Doch jetzt hatte ich ein ganz anderes Problem. Wer auch immer mich gerade durch das Wasser zog, wusste, wer ich war und was mir gerade passiert war. Ein Jäger konnte er nicht sein, denn Jäger scheuten das Wasser. Keines dieser Monster hätte mich vor dem Ertrinken gerettet. Es musste eine andere Erklärung geben. Die See zerrte an uns, doch mein Retter ließ sich nicht beirren. Er musste lebensmüde sein, anders war nicht zu erklären, dass er nach mir getaucht war. Er war kein Jäger und auch kein Meermensch, denn er hatte eindeutig Beine. Lange, muskulöse Beine, die sich ungeachtet der Strömungen mit gleichmäßigen Bewegungen durchs Wasser zum Strand pflügten. Meine Hände klammerten sich an seinem linken Unterarm fest, mit dem er mich an sich presste. Eigentlich war es egal, wer oder was er war. In diesem Moment war ich einfach nur erleichtert, dass er hier war und mich hielt. Wir erreichten das Ufer, und ich wurde auf die Füße gestellt, aber weiter festgehalten, was auch notwendig war, weil meine Beine mich nicht trugen. Für eine scheinbar endlose Sekunde genoss ich nur den vertrauten Sand unter meinen Füßen. Ich war nicht tot und ich war wieder zu Hause. Ich wollte meinen Retter anschauen und mich bedanken, aber stattdessen musste ich würgen. »Bitte nicht«, murmelte ich. Leider hatte ich mehr Salzwasser geschluckt als je zuvor in meinem Leben und mein Körper wollte es wieder loswerden. Um mich nicht auf seinen Füßen zu übergeben, drehte ich mich weg und geriet ins Taumeln. Eine kühle Hand griff nach mir, als ich mich in den Sand erbrach. Mein Retter strich mir das Haar aus dem Gesicht und ich erstarrte. Niemand entblößte je meine linke Gesichtshälfte. Ich hoffte inständig, dass er in dem schummrigen Licht meine Narben nicht sah. Mein Magen hob sich erneut. Geduldig hielt er mich weiter fest, bis nichts mehr aus mir herauskam und ich nur noch zitterte.

»Geht es wieder?« Ich spürte seine Hand in meinem Nacken und wünschte, ich müsste mich nicht aufrichten und ihn ansehen. Mich vor dem Ertrinken zu retten, war eine Sache. Bei mir zu bleiben, während ich mich übergab, eine ganz andere.

»Wir können hier nicht bleiben«, fuhr er fort. »Ich schätze, es wird noch Regen geben, und für diese Nacht warst du unvernünftig genug.«

»Wie bitte?« Ich blieb stehen. Hände auf die Knie gestützt, Kopf nach unten gebeugt.

»Du hast mich schon verstanden. Wer bitte geht um diese Uhrzeit schwimmen? Es ist stockfinster und ein Unwetter zieht auf.« Er schaffte es irgendwie, mich nicht loszulassen und mir trotzdem ein Handtuch über den Rücken zu legen, wo auch immer das herkam.

»Das weiß ich alles selbst«, verteidigte ich mich nicht sonderlich überzeugend. »Du musst es mir nicht noch unter die Nase reiben.«

»Glücklicherweise war dein Seelenschimmer deutlich genug zu sehen und du warst nicht lange weg. Ich hätte nicht ewig da draußen warten können«, fuhr er mit seinen Vorwürfen fort. Dabei hob er kaum die Stimme, sondern zählte einfach der Reihe nach meine Vergehen auf.

»Ich habe dich nicht darum gebeten, mich zu retten. Warum hast du das getan? Wir hätten beide sterben können.«

»Na, glücklicherweise hat das Schicksal uns ein anderes Ende zugedacht«, entgegnete er trocken und beantwortete meine Frage nicht. »Soll ich dich tragen? Du musst dringend ins Warme.« Seine Hand strich über meine Haut. Die Berührung stand in krassem Gegensatz zu seinen Vorwürfen. Mir wurde warm. Leider nur im Gesicht.

»Nein, danke. Ich habe Beine.« Ich richtete mich auf. »Wenn uns jemand sieht, erholt mein Ruf sich nie davon.«

»Hier ist niemand, der dich sehen könnte.« Mittlerweile klang er noch unwilliger.

»Hast du eine Ahnung. Wir leben hier auf einer Insel, da sind sogar die Vögel geschwätzig.« Es war nicht hell genug, um jede Einzelheit seines Gesichts zu erkennen, aber was ich sah, wirkte irgendwie einschüchternd. Trotz der Anstrengung, die er gerade hinter sich gebracht hatte, strahlte er eine unbändige Energie aus. Beim kleinsten Anzeichen von Gefahr würde er mich packen und fortbringen. Na ja, das war vermutlich ein Überrest meiner Kleinmädchenträume. Hier brachte niemand irgendwen irgendwohin. Trotzdem betrachtete ich fasziniert das Muskelspiel seiner glatten Brust, auf der noch Wassertropfen funkelten. Ich schüttelte den Kopf und wich einen Schritt zurück. Er war ein Fremder und ein Fremder war immer eine potenzielle Gefahr für mich. Diese kleine Bewegung oder sein Anblick, der aus einem Meter Entfernung noch überwältigender war, war zu viel für meinen Gleichgewichtssinn, und ich taumelte. Sein Arm schnellte vor und er zog mich wieder an sich. »Bist du sicher, dass es dir gut geht? Soll ich dich zu einem Arzt bringen?«

Meine Hände lagen plötzlich auf seinen muskulösen Oberarmen, und ich zwang mich, nicht über die nasse Haut zu streichen. Keine Ahnung, wie meine Finger überhaupt dorthin gekommen waren. »Es ist alles in Ordnung. Gleich geht es wieder.«

»Dann lasse ich dich jetzt los«, warnte er mit dieser dunklen, samtigen Stimme, die mich ganz durcheinanderbrachte.

Bitte nicht, flüsterte die unartige Stimme in meinem Kopf.

»Okay«, sagte mein vernünftiger Mund, wofür ich ihm dankbar war.

Er trat einen Schritt zurück und gab mich frei. Dabei ließ er mich keine Sekunde aus den Augen. Wenn ich fiel, würde er mich wieder auffangen. Nicht gern, wie ich seinem missbilligenden Blick entnahm, aber er würde es tun. Der dumpfe Kopfschmerz, der schon den ganzen Tag in meinem Kopf gepocht hatte, meldete sich zurück. Plötzlich wollte ich nur noch ins Bett, ganz egal, wie viele Seelenmagierinnen, die mir Vorträge über mein mangelndes Verantwortungsbewusstsein halten wollten, mein Zuhause bevölkerten. Ich zog meine Sachen über die nasse Sportunterwäsche und schlüpfte in meine Schuhe. Dabei ignorierte ich standhaft die Kälte, während er mir nicht von der Seite wich und ebenfalls Jeans, Pullover und Sneakers anzog.

»Soll ich dich wenigstens nach Hause bringen?«

»Erst, wenn du mir sagst, weshalb du weißt, was ich bin.«

»Wer sagt, dass ich das tue?« Deutlich sah ich, wie ein imaginärer Schutzschild sich zwischen uns schob, hinter dem er seine eigenen Geheimnisse verbarg.

Trotz seiner Abwehr verschränkte ich die Arme vor der Brust und begann aufzuzählen. »Du hast im Meer gewartet, bis ich zurückgesprungen bin. Du hast meinen Seelenschimmer gesehen und bist weder erstaunt noch läufst du schreiend davon.«

Für ein paar Sekunden fochten wir ein stummes Blickduell aus. »Das hättest du wohl gern.«

Er war mir ein Rätsel. Ob er von dem Campingplatz oberhalb der Bucht gekommen war? Alderney war bei Wassersportlern sehr beliebt und mit diesem Körper musste er ein Surfer sein. Aber ein einfacher Surfer, der sich mit Seelenmagie auskannte und zufällig vorbeigeschwommen kam, während ich fast ertrank, war ziemlich unwahrscheinlich. Kalter Wind strich über meine klammen Sachen, und ich schauderte bei der Erinnerung, dass ich in diesem anderen Leben gerade Lazarus gegenübergestanden hatte.

Mein unfreundlicher Retter hob seine Jacke vom Boden auf und legte sie mir um die Schultern. »Zieh die über«, befahl er in einem Ton, der keinen Widerspruch duldete.

Eigentlich sollte ich ihm die Jacke an den Kopf werfen, aber ich trug nur ein dünnes Sportshirt, also schlüpfte ich hinein. »Danke jedenfalls für die Rettung. Vielleicht kann ich mich bei unserer nächsten Begegnung revanchieren.«

Sein Kiefer verkrampfte sich. »Ein nächstes Mal wird es nicht geben, denn noch mal wirst du nicht in der Dunkelheit baden gehen. Was, wenn ich dich nicht entdeckt hätte?« Jetzt wirkte er regelrecht aufgebracht. Er strich sich das Haar zurück. Es war so dunkel wie die Nacht. Nass hing es ihm fast bis auf die Schultern und ließ ihn ein bisschen wie einen Piraten aussehen. Einen wütenden Piraten, der es nicht erwarten konnte, mich loszuwerden.

»Ich dachte eigentlich eher, dass ich dich in der Stadt auf einen Kaffee einlade«, gab ich ebenso unfreundlich zurück und verkniff mir ein Augenrollen. Für wie blöd hielt er mich eigentlich?

»Wo steht dein Auto?«, fragte er als Nächstes.

»Zu Hause. Ich bin gejoggt.«

»Mitten in der Nacht?« Ich hätte nicht gedacht, dass er noch empörter klingen könnte. Langsam wurde es beinahe lustig.

Ich zuckte mit den Schultern. »Da ist nichts dabei. Hier auf der Insel fressen die Katzen nicht mal Mäuse. Friedlicher geht es kaum.«

»Das glaubst aber auch nur du. Ich bringe dich heim, sonst erfrierst du noch auf dem Rückweg, und dann habe ich dich ganz umsonst gerettet. Und darüber gibt es keine Diskussion.«

Himmelherrgott noch mal. Kopfschüttelnd folgte ich ihm den kleinen Weg durch das Dünengras zur Straße und sah in einiger Entfernung einen Jeep in einer der Haltebuchten stehen. Angestrengt überlegte ich, wie ich ihn am diplomatischsten loswerden konnte, als wie aus dem Nichts ein Schatten rechts von uns auftauchte. Mein Retter wirbelte herum, drängte mich hinter sich und bildete bereits einen lebenden Schutzschild, während ich die Gestalt aus meinen Albträumen noch anstarrte. »Lauf!«, schrie er und rannte direkt auf den Schatten zu.

Ich ignorierte die Anweisung. Dieses Mal würde ich nicht weglaufen. Ich hatte meinem Dad damals nicht helfen können, weil ich zu jung gewesen war. Ihn hier ließ ich nicht im Stich.

Was war hier heute Nacht eigentlich los? Wie festgenagelt blieb ich auf der Stelle stehen und beobachtete aus sicherer Entfernung, wie die beiden Schemen aufeinander zurasten. Das hier war mein richtiges Leben und ich hing nicht hilflos in einem anderen Jahrhundert fest. Hier spürte ich meine Magie mehr, als mir lieb war, und jahreslanges Training hatte mich auf diese Situation vorbereitet. Ich kanalisierte die Energie in meinem Körper. Der finstere Schatten prallte mit meinem Retter aufeinander und ein schrilles Kreischen ertönte.

Genau wie die Jäger, denen ich in meiner Kindheit begegnet war, trug auch dieser einen langen schwarzen Mantel, und sein Gesicht wurde von einer Kapuze bedeckt. Je länger ein Jäger überlebte, umso mehr verlor er von seiner Körperlichkeit. Jedenfalls dann, wenn es ihm nicht gelang, regelmäßig neue Seelen zu vereinnahmen. Diese geraubten Seelen banden ihn an das irdische Dasein. In früheren Zeiten, als Europa noch von Kriegen und Krankheiten heimgesucht wurde, war es viel leichter für die Jäger gewesen, Seelen zu rauben. Geschwächte Menschen hatten ihnen nichts entgegenzusetzen. Denn bekamen Jäger nicht ausreichend Nahrung, verfielen ihre Körper, und sie glichen irgendwann Gespenstern oder Geistern. Meist starben sie dann, weil ihnen die Kraft fehlte, frische Seelen zu vereinnahmen. So menschlich, wie Lazarus bei unserer Begegnung gerade eben ausgesehen hatte, herrschte bei ihm in diesem Jahrhundert kein Mangel an frischer Seelenenergie. Aber so menschlich war er bei unserer ersten Begegnung in meiner Kindheit nicht gewesen. Ich pirschte mich näher an die beiden heran. Acht Jahre hatten wir friedlich und von den Jägern unbehelligt auf der Insel gelebt. Wo kam dieser so plötzlich her? Trotz meiner feuchten Kleidung begann ich zu schwitzen. Zwar besaß ich grundsätzlich die Fähigkeit, einen Seelenjäger zu töten, aber ich hatte sie noch nie eingesetzt. Die beiden gingen zu Boden und wälzten sich auf der harten Erde. Die Kapuze rutschte vom Kopf des Jägers und ich blickte in sein entstelltes Gesicht. Es sah genauso aus wie das Gesicht, das sich damals gegen die Autoscheibe gedrückt hatte. Diese Monster waren für den Tod meiner Eltern verantwortlich. Schwarze, stumpfe Augen starrten mich an und er fletschte die braunen Zähne, Haarreste hingen von der faltigen Kopfhaut herab und fahle Haut spannte sich über hervorstehende Knochen.

»Ich hatte gesagt, du sollst weglaufen«, presste mein Retter hervor. Seine Hände lagen um das, was vom Hals des Jägers übrig war, und er drückte zu.

Aber in seiner Gier entwickelte das Monster unvorstellbare Kräfte. Es bäumte sich auf und schüttelte ihn ab. Dann trat er meinem Retter in die Seite, der sich daraufhin stöhnend zusammenkrümmte. Ich rührte mich nicht, sondern wartete geduldig, bis der Jäger sich mir zuwandte und auf mich zuschwebte. Mein Herz schlug mir bis zum Hals. Die dünne Linie, die seinen Mund bildete, verzog sich zu einem grausamen Lächeln. »Wen haben wir denn da?«, röchelte er. »So viel Energie«, zischte er erfreut. Schnuppernd hielt er das Loch, wo mal eine Nase gewesen war, in die Luft.

Da hatte er ganz recht und genau dieses Übermaß würde ihm jetzt zum Verhängnis werden. Meine Hände pulsierten. Nur noch ein Schritt und er saß in der Falle. Doch bevor ich ihm meine Magie entgegenschleudern konnte, sauste etwas Glänzendes durch die Luft und bohrte sich in seinen Hals. Braunes Blut pulsierte aus der Wunde und rann über die Kutte. Ein Messer steckte tief in seinem Hals. Ein Silbermesser. Der Jäger ging in die Knie und verdrehte die Augen, sein Körper zuckte wild, als er auf die Seite fiel, und dann verwandelten sich seine Überreste in eine Art Asche, die der Wind wegblies. Ich stand immer noch an derselben Stelle und starrte auf den Boden, als sich jemand neben mir aufbaute.

»Was war an dem Befehl *Lauf* eigentlich misszuverstehen?«

»Weglaufen ist immer nur die letzte Option«, erwiderte ich leise. »Willst du mir nicht lieber erklären, was das hier gerade war?« Er hatte mal eben einen Seelenjäger getötet und wollte mit mir darüber diskutieren, weshalb ich nicht fortgelaufen war?

»Will ich nicht. Ich bringe dich jetzt nach Hause und da bleibst du gefälligst. Keine nächtlichen Ausflüge mehr, verstanden?«

»Sag mal, spinnst du? Du tauchst aus dem Nirgendwo auf, rettest mich vor dem Ertrinken, tötest einen Seelenjäger und bildest dir ein, mir Befehle erteilen zu können? Hat er dich vielleicht verletzt? Am Kopf? Ich wäre auch allein mit ihm fertiggeworden. Sag mir lieber, wer du bist und weshalb du zufälligerweise ein Silbermesser mit dir herumschleppst?«

Für meinen Geschmack beschäftigte er sich plötzlich etwas zu intensiv damit, das braune Blut des Jägers mit einem Stofftaschentuch, das er aus seiner Hosentasche gezogen hatte, von der glänzenden Klinge zu wischen, anstatt mir zu antworten. »Ich bin nur jemand, der zufällig vor Ort war, als du überfallen wurdest.«

»Ja klar, und ich bin Dornröschen.« Aufgebracht erwiderte ich seinen Blick.

Es beeindruckte ihn nicht im Mindesten. »Steigst du jetzt in den Wagen, damit wir verschwinden können, bevor noch mehr von den Typen auftauchen?«

Das war ein vernünftiger Vorschlag. Jäger jagten normalerweise nicht allein, sondern in Rudeln. Ich riss die Autotür auf und kletterte in den Angeberwagen. Ungeduldig wartete er, bis ich mich angeschnallt hatte.

»Denkst du, das war ein Späher?« Sie hatten mich gefunden. All der Schutz hatte nichts genützt. Wie lange würde es dauern, bis Lazarus persönlich kam?

»Vermutlich. Und gewöhnlich folgt einem Späher eine ganze Armee. Vor allem, wenn der Späher nicht zurückkommt.«

Dabei waren wir all die Jahre so vorsichtig gewesen. Der Zirkel hatte einen unsichtbaren Schirm aus Magie über die Insel gelegt und mich versteckt. Etwas musste ihn zerstört haben.

»Wo wohnst du?« Er startete den Wagen und drehte an den Reglern der Klimaanlage.

»Du kannst mich in der Victoria Street absetzen«, antwortete ich kurz angebunden. »Es wäre wirklich gut, wenn uns niemand sieht, ich will keinen Ärger mit meiner Großmutter.«

»Und den bekommst du, wenn ein fremder Mann dich im Morgengrauen nach Hause bringt?« Langsam fuhr er los, und ich sank in den Sitz, froh über die Erfindung der Sitzheizung und darüber, die zweieinhalb Meilen nicht laufen zu müssen.

Sauer wäre Granny vor allem, wenn sie erfuhr, dass besagter

Mann mich vor einem Seelenjäger gerettet hatte. Misstrauisch betrachtete ich ihn. Weshalb tat er so geheimnisvoll? »Ich sag mal so, es gäbe Gerede und das will ich vermeiden.« Und ich wollte auf keinen Fall, dass eine Horde aufgedrehter Seelenmagierinnen ihn unter die Lupe nahm, wenn er mich direkt vor meiner Tür absetzte. Um diese Zeit hatten sie mit Sicherheit sämtliche Punschvorräte ausgetrunken und dann wurde die eine oder andere von ihnen unberechenbar. Sie brächten es fertig und verschleppten einen so attraktiven Mann, der zudem noch gegen Jäger kämpfen konnte, an den Hof Ludwigs XIV., nur um ihn damit zu beeindrucken. Darauf wollte ich es nicht ankommen lassen. Andererseits konnte Granny mir mit Sicherheit sagen, was es mit ihm auf sich hatte. Ich hatte noch nie von einem gewöhnlichen Mann gehört, der einen Jäger einfach so tötete. Jedenfalls nicht im 21. Jahrhundert. Außer er war ein … Ich schüttelte den Kopf. Nein, das konnte nicht sein. Mein Vater war der letzte Hüter gewesen. Granny hatte ihn nach meiner Geburt in das Geheimnis der Seelenmagie eingeweiht, und er hatte geschworen, mich mit seinem Leben zu beschützen, und das hatte er ja auch getan. Ansonsten gab es meines Wissens keine Hüter mehr. Die Menschen waren zwar nicht mehr so abergläubisch und furchtsam wie früher, aber sie standen der Magie trotzdem skeptisch gegenüber. Es war besser, wenn niemand von uns wusste.

Ich betrachtete seine langen, schlanken Finger auf dem Steuerrad und dann sein Profil. Er hatte die Augenbrauen zusammengezogen und die Stirn gerunzelt, als ärgerte er sich über etwas. Es war nicht schwer zu erraten, auf wen er wütend war. Ich lotste ihn bis zu Gretas Blumengeschäft. »Hier kannst du mich rauslassen«, bat ich. »Es sind nur ein paar Meter. Danke fürs Bringen.«

Er hielt an, stieg aus, ohne etwas zu sagen, ging um das Auto herum und öffnete mir die Tür. »Tust du mir den Gefallen und verlässt vorerst nachts nicht mehr das Haus?«

»Wenn du mir erklärst, wer dir beigebracht hat, Seelenjäger zu töten.«

Sichtlich verärgert schüttelte er den Kopf. »Du musst deiner Großmutter sagen, was passiert ist. Sie wird wissen, was zu tun ist.«

Das wurde immer mysteriöser. Weshalb wusste er, dass Granny eine Magierin war? Sie würde mich auf der Stelle in eine andere Zeit bringen und mich dort verstecken, wenn ich ihr hiervon erzählte. Aber das würde ich nicht zulassen. Als Kind hatte ich keine Wahl gehabt, als sie mich auf dieser Insel versteckt hatten. Heute wollte ich selbst über mein Leben bestimmen, und ich ließ mir nicht von einem Unbekannten vorschreiben, was ich zu tun und zu lassen hatte.

»Ach, vergiss es«, unterbrach er meine Überlegungen. »Sei einfach vorsichtiger.«

Bevor ich irgendwas erwidern konnte, hatte er schon die Autotür geschlossen, den Wagen umrundet, war auf seiner Seite wieder eingestiegen und fuhr davon. Verblüfft, dass er sich nicht mal verabschiedet hatte, stand ich noch mindestens eine Minute am Straßenrand, sah den Rücklichtern hinterher und rannte dann die letzten paar Meter nach Hause. Ich brauchte dringend eine heiße Dusche. In Filmen und Büchern waren die Lebensretter doch immer nett und charmant. Klar, dass ich an einen unfreundlichen Bestimmer geraten musste.

Als ich leise die Ladentür aufschloss, hörte ich tatsächlich noch Gemurmel aus den hinteren Räumen. Auf den Sesseln und dem Tresen lagen bunte Mäntel oder gestrickte Überwürfe. Es roch nach verbrannter Myrrhe, dem aus mir unerfindlichen Gründen beliebtesten Duft unter Seelenmagierinnen, und überall standen leere Gläser oder Tassen mit Punschresten herum. Ihre Seelen konnten noch so rein sein, von Ordnung hielten die Mitglieder des Zirkels nicht allzu viel. Ich hatte allerdings keine Lust, jetzt mit dem Aufräumen zu beginnen. Das konnte warten. Lautlos schlich ich zur Treppe, als sich ein Schatten vor mir aufbaute. Ich schrie leise auf und erkannte dann Selina Montagues Gesicht. Sie lächelte dünn. »So schreckhaft, Sasha?« Ihr Blick glitt prüfend über mich und blieb an der Männerjacke hängen. Ihre sorgfältig gezupfte Augenbraue ging in die Höhe. »Wo warst du?«

»Joggen«, gab ich kurz angebunden zurück. Sie war zwar die Vorsitzende des Zirkels, aber deswegen war ich ihr keine Rechenschaft schuldig.

»Möchtest du dich nicht noch etwas zu uns gesellen?« Sie hob das Punschglas an ihre Lippen und trank einen Schluck. Mein Blick blieb an den blutrot geschminkten Lippen hängen. Wie fast immer trug sie ihr dunkles Haar zu einem strengen Dutt gebunden, was ihre hohen Wangenknochen und ihre mandelförmigen Augen unterstrich.

»Ich würde lieber duschen gehen und schlafen.«

Selina nickte und trat etwas beiseite. »Dann wünsche ich dir schöne Träume.«

»Danke schön.« Ich schob mich an ihr vorbei. Rosenduft umgab sie.

»Ich gehe in den nächsten Tagen an Richards Hof. Möchtest du mich nicht doch einmal begleiten?«

Diese Frau konnte es einfach nicht lassen. »Vielen Dank, Selina. Aber nein. Ich habe hier genug zu tun.«

»Wie du meinst. Wenn du es dir je anders überlegst, weißt du ja, wo du mich findest.« Sie stöckelte mit ihren High Heels in

Richtung Wintergarten. Ich sah ihr hinterher, bis ihre schlanke Silhouette verschwand. Dann rannte ich in mein Zimmer. Mittlerweile fror ich erbärmlich. Ich zog die Jacke meines unbekannten Retters aus und hängte sie über den Stuhl, dann befreite ich mich von den feuchten Klamotten, duschte ausgiebig und schlüpfte in eine warme Haushose und einen ausgeleierten Wollpullover. Danach kuschelte ich mich in mein Bett und starrte die Jacke an.

Kurz bevor ich einschlief, fiel mir noch etwas ein. Bei meinem ungeplanten Zeitsprung hatte ich fremde Magie gespürt. Wer war zu meiner Rettung gekommen? War es Selina gewesen? Ich hätte sie vorhin danach fragen können. Aber dann hätte ich ihr erzählen müssen, was passiert war. Ich seufzte und wünschte mir, ich könnte mein Seelenbuch auch bekommen, ohne in den Zirkel einzutreten. Aber das war der Preis, den ich dafür zahlte, meine Bestimmung nicht anzunehmen. Es war nur schwer auszuhalten, weil ein Seelenbuch zu seiner Magierin gehörte.

In unserem Seelenbuch vermerken wir die wichtigsten Ereignisse unserer vorherigen Leben, und sobald wir beim Eintritt in den Zirkel unser Buch zurückerhalten, können wir uns an all diese Leben erinnern. Ein Seelenbuch ist ein komplizierter magischer Gegenstand, der diese Erinnerungen häppchenweise zurückgibt Mir blieben sie in diesem Leben verwehrt. Allerdings, sagte ich mir, erinnerten sich andere Menschen auch nicht an die Leben, die ihre Seelen bereits hinter sich gebracht hatten. So schlimm konnte es nicht sein. Was ein normaler Mensch konnte, musste für mich auch möglich sein.

2. Kapitel

Alderney, 26. bis 31. August 2019,
Gegenwart

Nachdem ich am nächsten Nachmittag das Chaos beseitigt hatte, radelte ich zum Campingplatz und erkundigte mich bei der Eigentümerin Zoe unauffällig nach einem gut aussehenden jungen Mann. Leider beherbergte sie derzeit nur drei Familien, außerdem hatten noch ein paar Mädchen ihr Zelt dort aufgeschlagen. Ich überlegte, sie zu fragen, ob ich einmal über den Platz laufen dürfte, aber das hätte sie bloß noch neugieriger gemacht, und ganz St. Anne würde spätestens morgen über meine Nachforschungen reden. Im Braye Beach Hotel oder den diversen Pensionen nachzufragen, wäre noch auffälliger gewesen, also ließ ich es bleiben. Immerhin hatte ich versucht, ihn zu finden. Dann würde ich die Jacke eben behalten und ihn vergessen. Das war sowieso klüger. Ich hatte das untrügliche Gefühl, dass er, wer immer er gewesen war, meinen Bemühungen, ein normales Leben zu führen, nicht gerade zuträglich sein würde.

Mein Vorsatz, ihn zu vergessen, ließ sich leider nicht in die Tat umsetzen, denn in den folgenden Tagen dachte ich unablässig an ihn, obwohl ich mit allen Mitteln versuchte, mich abzulenken. Ich half Onkel Will, die Kirche für eine Hochzeit zu schmücken, backte mit Meggie jede Menge Cookies, staubte die Bücherregale im Laden ab und sortierte die Kisten mit den Kristallen neu. Während ich all dies tat, fragte ich mich immer wieder, wer er gewesen war. Ob er wieder abgereist war? Allerdings hatte es in den letzten Tagen stark gestürmt, die Fähre hatte er also nicht nehmen können. Ich hätte ihn zu gern wenigstens noch ein Mal gesehen. Hauptsächlich, weil ich mir aus dieser kurzen, diffusen Erinnerung ein Bild von ihm gebastelt hatte, das unmöglich der Wirklichkeit entsprechen konnte. Er war einfach nur ein junger Mann, der zur richtigen Zeit am richtigen Ort gewesen war und verdammt gut schwimmen konnte, ein Silbermesser bei sich trug und ziemlich bestimmend gewesen war. Er war definitiv kein Prinz, der den Job übernehmen würde, mich vor Lazarus Rimmon zu retten. Das konnte ich nur selbst.

Der Seelenjäger, der uns angefallen hatte, war wohl tatsächlich nur ein Einzelgänger gewesen und zu hungrig, um die Situation richtig einzuschätzen. Sich als einzelner und halb verhungerter Jäger einer Magierin entgegenzustellen, war einfach nur dumm gewesen. Die Magie der vielen Seelenmagierinnen, die die Nacht auf der Insel verbracht hatten, musste den Schutzschild geschwächt und ihn angelockt haben. Wäre er einer von Lazarus' Spähern gewesen, hätten wir längst ein viel größeres Problem. Ich würde die ganze Sache einfach für mich behalten. Niemand musste davon erfahren.

Granny rührte in ihrem Tee und las die Zeitung, als ich fünf Tage später in unseren Wintergarten kam, der direkt hinter dem Laden lag. Sie hob nicht mal ihren Blick. »Du hättest es mir auch selbst erzählen können.«

»Entschuldige.« Ich setzte mich ihr gegenüber und zog eine

Tasse zu mir heran, in die ich ebenfalls Tee einschenkte. »Ich wollte dich nicht beunruhigen.« Bedächtig rührte ich Zucker in den Tee, und mein Blick klebte an den kleinen Wellenbewegungen, die der Löffel verursachte.

»Ich bin nicht beunruhigt, Schatz.« Grannys Teelöffel klirrte gegen das dünne Porzellan. »Ich bin nur froh, dass dir nichts passiert ist.«

»Woher weißt du überhaupt davon?« Endlich sah ich auf und stellte mich ihrem Blick.

»Mr Larson hat dich in aller Herrgottsfrühe aus dem Auto eines jungen Mannes steigen sehen und es gestern Selina erzählt und die hat es brühwarm Greta berichtet und Greta hat mich gerade angerufen. Selina war sehr empört, du weißt ja, wie sie ist.«

Und ob ich das wusste. Selina nahm aus irgendeinem Grund an, sie wäre meine engste Vertraute und ich müsste ihr immer alles erzählen. Mit zehn hatte ich das vielleicht auch getan, wenn sie uns auf der Insel besucht hatte. Mit achtzehn tat ich das bestimmt nicht mehr, obwohl sie mittlerweile auch hier lebte. Ihr Haus stand außerhalb der Stadt in der Longis Bay, trotzdem drang jedes Gerücht an ihre Ohren. »Es ist ein Wunder, dass es ganze fünf Tage gedauert hat, bis dieser neugierige Mann sein Wissen herausposaunt hat«, sagte ich erleichtert. Wenigstens wussten weder Granny noch Selina etwas von dem getöteten Seelenjäger.

»Seine Gicht hat ihm zu schaffen gemacht, deswegen kam er ein paar Tage nicht aus dem Haus.« Sie zwinkerte mir zu.

Und diese Tage hatte er am Fenster hinter seiner Gardine verbracht. Ich beschloss, die Hälfte zu beichten. »Meine Magie hat sich beim Laufen nicht abgebaut und da bin ich schwimmen gegangen. Die See wurde ziemlich unruhig und der *junge Mann* hat mich aus dem Wasser gezogen.«

»Wie unruhig?«

Ich wand mich unter ihrem durchdringenden Blick. »Ich hatte ein paar Schwierigkeiten.«

Granny nickte. Es war nicht ihre Art, sich unnötig über Dinge zu echauffieren, die sie nicht mehr ändern konnte. »Ist sonst noch etwas Nennenswertes passiert?«

»Nein. Er hat mich nach Hause gebracht, weil es nach Regen aussah, und dann ist er verschwunden.«

»Dann bin ich ja beruhigt. Ich habe in diesem Leben schon Schlimmeres angestellt, als nachts baden zu gehen.« Sie lächelte und ich unterdrückte mein schlechtes Gewissen.

»Lass das bloß Onkel Will nicht hören.«

Die Falten um ihre himmelblauen Augen vertieften sich. Ihr Sohn, mein Onkel Will, Pfarrer unserer kleinen Gemeinde auf Alderney, war der vorsichtigste und fantasieloseste Mensch auf dem Planeten, und manchmal glaubte ich, er war bei seiner Geburt vertauscht worden, weil er ganz anders als Granny war. Und auch wenn ich mich nur noch dunkel an meine Mum erinnerte, war sie bestimmt tausend Mal lebenslustiger gewesen.

Meggie kam mit einem Tablett herein und grinste, als sie mich sah. Natürlich wusste auch sie längst über mein Abenteuer Bescheid. Ich grinste zurück.

Meggie war eine Novizin. Sie lebte seit einem halben Jahr bei uns, und obwohl sie nur ein Jahr älter war als ich, hatte sie deutlich mehr Lebenserfahrung. Bei ihrer Ankunft auf der Insel war sie abgemagert und schmutzig gewesen, aber daran erinnerten heute maximal noch ihre grünen Haare, die Piercings in der linken Augenbraue und die Tattoos, die sich über ihren gesamten rechten Arm zogen. Sie war das selbstständigste und unabhängigste Mädchen, das ich kannte. Ihr Leben lang war sie auf sich allein gestellt gewesen war. Ihre Eltern hatten sie als Kleinkind ausgesetzt, und sie war in einem Heim groß geworden, aus dem sie mit sechzehn ausgerissen war. Danach lebte sie auf der Straße. Ich konnte nur vermuten, wie beängstigend es für sie gewesen war, als sich ihre Magie zeigte. Für einen Teenager ohne Vorkenntnisse mussten die plötzlichen Magieausbrüche ziemlich unheimlich gewesen sein. Als sie zu uns kam, hatte Granny sofort eine neugeborene Seelenmagierin in ihr erkannt und sie unter ihre Fittiche genommen. Die Seelen von Granny, ihren Freundinnen und selbst meine hatten bereits viele Leben gelebt. Aber eine Seelenmagierin mit einem ersten Leben wurde nur noch sehr selten geboren.

Meggie ließ seitdem nicht nur bereitwillig ihre Seelenmagie schulen, sondern kochte und backte für Granny und mich und hielt das Haus sauber. Sie hatte nie ein richtiges Zuhause gehabt, aber dafür war sie erstaunlich häuslich. Mir kam es manchmal so vor, als wollte sie all die verloren Momente ihrer Kindheit nachholen. Momente, in denen ihre Eltern sie hätten behüten und beschützen müssen. Momente, von denen ich trotz des Todes meiner Mum und meines Dads so viele gehabt hatte, weil Granny und Grandpa da gewesen waren.

Granny und ich hüteten uns, Meggie darauf hinzuweisen, dass sie uns nicht umsorgen musste, weil gerade das sie glücklich zu machen schien. Ich konnte ihren Drang, ständig zu kochen und zu backen, zwar nicht immer nachvollziehen, aber ich hatte schließlich auch meine Eigenheiten, die Meggie nicht hinterfragte, sondern einfach hinnahm. Das Leben hatte ihr früh beigebracht, Menschen so zu lassen, wie sie waren.

Ich war jedenfalls sehr froh, dass sie hier war. Nach Grandpas Tod vor einem Jahr war Granny lange Zeit traurig gewesen. Sie hatte ihren Seelengefährten verloren, und obwohl sie wusste, dass sie ihn in ihrem nächsten Leben wiederfinden würde, hatte sie sehr darunter gelitten. Meggies Ankunft und deren Ausbildung hatte sie von ihrem Kummer abgelenkt. Sie war unglaublich stolz auf jeden noch so kleinen Fortschritt, den Meggie machte. An *Mabon* Ende September sollte sie offiziell in den Zirkel aufgenommen werden. Meggie konnte es gar nicht abwarten, endlich mit ihrer Arbeit als Seelenmagierin zu beginnen und Seelenlose aufzustöbern, um diese zu erlösen.

Seelenlose waren Menschen, denen Jäger die Seele geraubt hatten. Wir durften nicht zulassen, dass sie weiterlebten, denn dann wurden sie unweigerlich selbst zu Jägern. Wenn einem Menschen die eigene Seele geraubt wurde, wurde die Gier nach einer neuen Seele so groß, dass er selbst Jagd auf einen Menschen machte und dessen Seele stahl. Und wer erst einmal die Seele eines anderen geschmeckt hatte, wurde süchtig danach. Wenn es uns gelang, einen Seelenlosen zu finden, bevor er sich eine erste Seele einverleibte, ließ er sich leichter von seinem Schicksal erlösen, als wenn er bereits ein Jäger war. Ihn zu erlösen war dabei nur eine beschönigende Umschreibung für töten. Ich war nicht neidisch auf diese Aufgabe, denn für dieses Leben hatte ich mir schließlich etwas anderes ausgesucht. Ich sortierte lieber Duftkerzen, angelaufenen Silberschmuck und antiquarische Bücher in Grannys Laden und schlug mich mit unverschämten Touristen herum. Das konnten durchaus auch sehr spannende und erfüllende Aufgaben sein. Meistens jedenfalls.

Meggie stellte einen Teller Scones vor mich auf den Tisch und setzte sich zu uns. »Na, mal ausnahmsweise Dummheiten gemacht?«

Ich zuckte nur mit den Schultern. Da bemühte ich mich, immer nur vernünftige Entscheidungen zu treffen, und dann verhielt ausgerechnet ich mich so unklug. Kein Wunder, dass ganz St. Anne sich über mich amüsierte, auch wenn kaum jemand wusste, wo das tatsächliche Problem lag. Wir hingen unsere Bestimmung nicht an die große Glocke.

Granny griff nach einem Scone und Meggie schob ihr die Clotted Cream zu.

»Dr. Barnes hat dir verboten, zu viel fettiges Zeug zu essen«, sagte ich etwas lahm zu meiner Großmutter. Je älter ich wurde, umso mehr hatte ich das Bedürfnis, auf sie aufzupassen. Ich hatte bereits meine Eltern verloren und durfte zu meinen Brüdern keinen Kontakt haben, weil ich sie nicht in diese Sache verwickeln wollte. Mein Großvater war viel zu früh gestorben und viel mehr Verluste würde ich nicht ertragen. Wenn Granny irgendwann starb ... den Gedanken wollte ich nicht zu Ende denken.

»Das hat er, aber was wäre das Leben ohne Sünden?« Sie zwinkerte mir zu.

»Ungefährlich?«, schlug ich vor.

Sie lachte. »Ich dachte eher an langweilig.« Damit schnitt sie ihren Scone auf. »Will hat angerufen«, sagte Meggie, nachdem wir den ersten Hunger gestillt hatten. »Du sollst nachher in der Kirche vorbeikommen.«

Das war wohl unvermeidlich. Nach dem Tod meiner Eltern hatte mein Onkel so etwas wie eine Vaterrolle übernommen, was für ihn bedeutete, mich zu belehren und einen Gegenpol zu Grannys »Schrullen«, wie er es nannte, zu bilden. Er hatte das Erbe seiner Familie nie akzeptiert, allerdings aus anderen Gründen als ich. Ich vermutete, er war neidisch, weil ein Mann kein Seelenmagier sein konnte. Diese Fähigkeit war Frauen vorbehalten.

»Er macht sich Sorgen«, sprang Granny für ihren Sohn in die Bresche, was äußerst ungewöhnlich war. Meggie und ich starrten sie an, aber sie hob nur die schmalen Schultern. »Die machen wir uns alle.«

»Ich mir nicht«, erklärte Meggie kauend und zupfte gleichzeitig Krümel von der weißen Leinentischdecke. Sie war eine Ordnungsfanatikerin. »Sasha ist schließlich kein Baby mehr. Es wurde langsam mal Zeit, dass sie etwas Aufregendes erlebt. Sah er wenigstens gut aus?«

»Ziemlich gut sogar.« Ich lächelte ihr verlegen zu. »Es war alles nur halb so schlimm. Ich hätte es auch allein an Land geschafft.« Jetzt war der Augenblick gekommen, ihr von dem Jäger zu erzählen, aber ich schwieg.

Granny nippte an der mit kleinen Blumen verzierten Tasse. »Will weiß, dass wir dich nicht ewig in Watte packen können. Aber es fällt ihm schwer, loszulassen.«

»Tut mir leid«, erwiderte ich. Ich vergaß zu oft, wie sehr meine Familie damals gelitten und welche Ängste sie ausgestanden hatten. Wochenlang hatte mein Leben nach dem Unfall an einem seidenen Faden gehangen. Granny hatte ihre einzige Tochter und Onkel Will seine Schwester verloren. Es war ungerecht von mir, ihnen ihre Sorge vorzuwerfen, aber manchmal fühlte ich mich regelrecht eingesperrt.

»Reden wir nicht mehr darüber«, erklärte Granny munter. »Die Mädels kommen gleich und werden genau wissen wollen, was passiert ist, und vor allem, wer dieser mysteriöse Retter war.«

»Das weiß ich selbst nicht. Ich kenne nicht mal seinen Namen. Er ist praktisch wie vom Erdboden verschluckt.«

Granny schnalzte missbilligend mit der Zunge. »Habe ich dir nicht beigebracht, einen schönen Mann immer nach seinem Namen zu fragen, bevor du ihn gehen lässt?«

»Nein«, erwiderte ich. »Hast du nicht. Du hast gesagt, ich soll einen schönen Mann nicht von der Bettkante schubsen. Sie sind zwar nichts fürs Leben, aber eine gute Übung«, zitierte ich sie. »Leider war die Situation für die Übungen, die du dabei im Sinn hattest, denkbar ungeeignet.« Und leider war ich die ungeübteste Achtzehnjährige, die es gab. Ich hoffte für mich, dass meine anderen Leben aufregender gewesen waren – nur nicht so aufregend wie das Leben, in das ich versehentlich gesprungen war. Hatte ich je friedlich gelebt, ohne diese Verfolgung und die Angst?

Meggie lachte ihr typisches raues Lachen und Granny verschluckte sich und hüstelte vornehm.

»Ich vermute, wenn es dazu gekommen wäre, hätte sich die Sache noch schneller herumgesprochen.« Meggie säuberte ihre Finger übergründlich mit einer Serviette. »Du musst wirklich runter von der Insel«, bemerkte sie, was wenig hilfreich war, weil sie genau wusste, weshalb ich noch nicht gehen konnte. Wenn ich es nicht schaffte, meine Magie tief in mir zu verschließen, würde ich den Rest meines Lebens hierbleiben müssen. Aber das war keine Option. Irgendwo dort draußen wartete ein richtiges Leben auf mich und das würde ich bekommen. Ich träumte davon, meine Brüder wiederzusehen, auch wenn ich Angst davor hatte. Ich wünschte mir, meinen Seelengefährten zu finden. Blieb ich hier, würde er dieses Leben genauso allein verbringen wie ich.

»Du kannst uns auch erst mit den Scrapbooks helfen und später zu Will gehen«, kam Granny zu einem unverfänglicheren Thema zurück. »Wir haben viele neue Aufträge.«

Ich seufzte leise und nickte. Früher gab es für mich nichts Schöneres, als meine Tage und Abende mit Granny und ihren Freundinnen zu verbringen. Sie ließen mich jede Menge Süßigkeiten essen und erzählten von den Sünden, die sie in diesem und anderen Leben begangen hatten. Aber heute war mir nicht nach diesen Geschichten. Es interessierte mich nicht, welche Seelenmagierin mit Napoleons Bruder Joseph geflirtet oder ein illegitimes Kind vom russischen Zaren bekommen hatte, aber ich wollte Granny nicht vor den Kopf stoßen. Sie und ihre Freundinnen hatten mich mein halbes Leben beschützt. Alles, was ich war, verdankte ich ihnen.

Ich musste ihnen von dem Jäger erzählen! Etwas hatte den Schild zerstört oder wenigstens seine Wirkung vermindert. Aber alles in mir sträubte sich, etwas zu sagen. Granny würde es fertigbringen und mich in einem weit entfernten Jahrhundert verstecken. Dann würde ich meinen Retter nie wiedersehen. Also blieb ich still, obwohl es falsch war.

»Ich mache mich dann mal an die Arbeit«, sagte Meggie, als wir die Scones aufgegessen hatten. Granny überließ uns mittlerweile fast alle Arbeit und auch alle Entscheidungen.

»Ich schaue im Laden nach dem Rechten, und wenn die vier kommen, schicke ich sie zu dir«, sagte ich und räumte mein Geschirr auf das Tablett.

Granny machte es sich in ihrem Sessel am Kamin bequem. Meggie hatte das Feuer angezündet, da Granny seit einiger Zeit schneller fror. Ansonsten sah und merkte man ihr kaum an, dass sie bereits über siebzig war.

Ich brachte ihr die Zeitung und Meggie stellte eine Tasse Tee auf das kleine Tischchen neben sie. Grannys Lippen kräuselten sich, aber sie sagte nichts zu unseren Bemühungen, sie zu umsorgen. Das hatte sie aufgegeben, und ich vermutete, es gefiel ihr, trotz ihrer früheren Proteste, mittlerweile ganz gut.

* * *

Der Fußboden knarrte, als ich den Laden betrat, und sofort umfing mich der vertraute, beruhigende Duft von Papier, Staub, Sandelholz und Tinte. Seit ich auf dieser von der Außenwelt abgeschnittenen Insel lebte, hatte ich jeden Tag zwischen den dunklen Regalen, abgewetzten Sesseln und zerkratzten Dielen verbracht. Ich liebte die verwunschenen kleinen Räume mit ihren Ecken und Nischen, in die man sich zurückziehen konnte, um zu lesen, oder einfach nur, um nachzudenken. Wir verkauften antiquarische Bücher, Duftkerzen und Kuriositäten wie Zauberstäbe, Kristalle, Heilsteine oder selbst hergestellten Schmuck an Touristen. Ich schlenderte durch die Regalreihen und blieb bei den Duftkerzen stehen, um sie nach Farben und Größen zu sortieren, was vergebliche Liebesmüh war. Morgen würden sie doch wieder kreuz und quer stehen. Automatisch schob ich in der Reihe daneben die Kartons mit den Zauberstäben zurecht und schüttelte eins der Aromafläschchen, die überall herumstanden, damit sich der Geruch von Rosmarin und Zitrone im Laden ausbreitete. Ich hätte Granny von dem ungewollten Zeitsprung erzählen müssen und von dem Seelenschimmer und vor allem von dem Jäger. Sie unterstützte mich in meinen Bemühungen, die Magie zu kontrollieren und zu verschließen, glaubte aber nicht mehr daran, dass mir das jemals gelingen würde. Bis vor ein paar Tagen war ich noch fest entschlossen gewesen, ihr das Gegenteil zu beweisen. Unser Leben war das, was wir daraus machten, und in meinem war für Seelenmagie und Zeitenwandern kein Platz. Aber nun kam ich ins Grübeln, ob ich all dem wirklich entgehen konnte oder ob Granny nicht recht hatte.

Das Ladenglöckchen klingelte und ich seufzte. So früh verirrte sich normalerweise niemand in den Laden, und ich mochte diese einsame Stunde, die ich nur für mich hatte, sehr. Aber wir waren auf jeden Kunden angewiesen. Ich legte noch eine der Wolldecken zusammen, die auf dem Boden lag, und drapierte sie wieder über einem Lesesessel.

»Hallo«, erklang eine Stimme aus dem vorderen Bereich. »Ist jemand hier?«

»Komme gleich«, rief ich und durchquerte den Raum. Zuerst sah ich nur die Rückseite eines jungen Mannes, der sich über den altersschwachen, zerkratzten Tresen mit der vorsintflutlichen Kasse beugte.

»Hi«, begrüßte ich ihn. »Suchst du etwas Bestimmtes?« Wie konnte man so neugierig oder, besser gesagt, so unverschämt sein?

Er drehte sich mit einer geschmeidigen Bewegung um und bei seinem Anblick wich ich vor Überraschung zurück. Halt suchend, griff ich nach einem der Bücherregale, aber da war er schon bei mir und hielt mich fest. Es fühlte sich so gut an wie in meiner Erinnerung.

»Hier hast du dich also versteckt«, sagte er vorwurfsvoll und sein Blick taxierte mein Gesicht etwas zu gründlich.

»Ich verstecke mich ganz sicher nicht«, erklärte ich. »Ich lebe hier.« Dann starrte ich genauso unhöflich zurück. Gerade, schmale Nase, sehr blasse Haut, ein kantiges Kinn, auf dem ein leichter Bartschatten lag, hohe Wangenknochen und etwas schräg gestellte Augen, deren Farbe ich nun auch erkannte. Ein dunkles Braun mit einem Hauch Grün.

»Ich habe schon befürchtet, dass du meinem Rat nicht gefolgt bist und doch noch mal schwimmen warst.« Zu meinem Erstaunen verzogen seine Lippen sich zu einem Lächeln. »Ich war kurz davor, mir eine Taucherausrüstung zu besorgen, um dich zu suchen.«

»Das Tauchen vor der Insel ist strengstens verboten«, belehrte ich ihn. »Die Untiefen und vielen Wracks sind sehr tückisch, wenn man sich nicht auskennt.«

»Ich schätze, du hast es trotzdem schon gemacht.«

»Wir Insulaner lassen uns nicht gern etwas verbieten.« Natürlich hatte ich das. Mit Grandpa. Allein traute ich es mich allerdings nicht.

»So was in der Art habe ich mir schon gedacht. Kannst du wieder alleine stehen?« Die grünen Sprengsel in seinen Augen funkelten. Heute war er also nicht unfreundlich, dafür machte er sich über mich lustig. Das wurde ja immer besser.

»Normalerweise bin ich recht sicher auf den Beinen, keine Ahnung, weshalb du mich ständig auffangen musst.« Ich wollte nicht fühlen, was ich gerade fühlte. Wieder war da eine Vertrautheit, von der ich nicht wusste, wo sie herkam.

»Es gibt Schlimmeres.« Er ließ mich los, nicht, ohne sich versichert zu haben, dass ich nicht wegknickte. Stattdessen legte er eine Hand neben meinen Kopf an das Bücherregal und hielt mich damit an Ort und Stelle gefangen. Unauffällig schnupperte ich. Er roch nach Wind, Seegras und Sand. »Ich wollte mich bei dir entschuldigen, weil ich so unfreundlich gewesen war und dich einfach habe stehen lassen. Aber als ich am nächsten Morgen aufgewacht bin, war ich nicht mehr sicher, ob ich dich nur geträumt habe.«

»Hast du nicht. Jede einzelne Peinlichkeit dieser Nacht ist tatsächlich passiert.« Mit einer Bewegung, die mir in Fleisch und Blut übergegangen war, vergewisserte ich mich, dass mein langes Haar über meiner rechten Gesichtshälfte lag, und schob ihn beiseite. Nur langsam wich er zurück. »Kann ich sonst noch etwas für dich tun?«, fragte ich, um einen professionellen Ton bemüht.

»Arbeitest du hier?« Er strich mit den Fingern über die Buchrücken im Regal neben ihm und verharrte kurz bei einer älteren Ausgabe von *All the Sad Young Men* von F. Scott Fitzgerald. Ich wünschte, ich wäre aus Pappe und Papier.

»Der Laden gehört meiner Großmutter und ich helfe ihr aus«, formulierte ich eine halbwegs gescheite Antwort. Mein Blick glitt von seinem Gesicht zu seiner Brust. Unter dem T-Shirt spannten sich die Muskeln, als er die Hand nach einem anderen Buch ausstreckte. Ich rief mich zur Ordnung und konzentrierte mich auf meine Aufgabe, schließlich war er ein Kunde.

»Wenn ich gewusst hätte, dass ich dich hier finde, wäre ich früher gekommen«, sagte er ernst. »Jetzt bin ich allerdings nur auf der Suche nach meiner Post.«

»Deiner Post?« Er hatte nicht jeden Stein der Insel umgedreht, um mich wiederzufinden. Natürlich nicht.

Er ließ die Bücher Bücher sein und verschränkte die Arme vor der Brust. »Ich habe mir sagen lassen, sie wird hier aufbewahrt, wenn der Postbote es nicht schafft, sie vorbeizubringen«, erklärte er und sah mich die ganze Zeit über an. Nicht abwartend oder ungeduldig, sondern so, als wollte er sich meine Gesichtszüge einprägen. »Geht es dir wirklich gut?«, fragte er dann unvermittelt. »Warst du bei einem Arzt? Ich habe mir Sorgen gemacht. Ich hätte darauf bestehen müssen, dich zu ihm zu bringen.«

»Du hast schon viel zu viel getan. Wir hätten beide ertrinken können. Ich bin viel zu leichtsinnig gewesen.« Der Seelenjäger hätte uns beiden unsere Seele rauben können. Letzteres sprach ich allerdings nicht laut aus. Wenn es darauf ankam, hatte Granny Ohren wie ein Luchs. Diese Sache würde ich irgendwo mit ihm besprechen müssen, wo wir allein waren.

»Wärst du nicht so unvorsichtig gewesen, hätte ich dich nicht retten müssen«, erwiderte er ernst.

Vor Verlegenheit wurden meine Wangen heiß. »Normalerweise bin ich vernünftiger«, informierte ich ihn, obwohl es ihn nichts anging. Von seiner Warte aus betrachtet, war diese Behauptung vermutlich etwas unglaubwürdig. »Die meisten Dinge, die uns Vergnügen bereiten, sind unvernünftig«, erwiderte er zu meiner Überraschung.

Ich legte den Kopf schief. »Ist das von dir?«

»Nein. Von Montesquieu.«

»Läufst du immer rum, rettest Mädchen und zitierst französische Philosophen?«

»Du weißt, wer Montesquieu war?« Erstaunt hob er die Augenbrauen.

»Ich habe die *Persischen Briefe* von ihm gelesen«, gab ich zu, weil ich nicht glaubte, er wäre einer der Jungs, die mein Interesse für Philosophie seltsam fanden.

»Und mochtest du es?«

Ich zuckte mit den Schultern. »Ich finde gut, dass Montesquieu nicht darauf besteht, dass alle Menschen dieselben moralischen Vorstellungen teilen, egal, wie sie sozialisiert sind. Wir wachsen mit unterschiedlichen Einflüssen auf, und die machen uns zu dem, was wir sind. Es ist okay, anders zu sein, und das gefällt mir.« Ich war besonders anders, und ich wusste, dass Menschen für gewöhnlich nicht sehr tolerant waren. Wahrscheinlich gefielen mir Montesquieus Ausführungen deshalb so gut. Allerdings stimmte mit meinem Retter auch irgendwas nicht, selbst wenn er es nicht zugab. Noch nicht. Ich wartete keinen möglichen Kommentar von ihm ab. »Also, Peter Clark, der einzige Briefträger von Alderney, ist leider auch gleichzeitig der unzuverlässigste Postbote der Welt. Aber er ist auch einer der liebenswertesten Menschen, die ich kenne, nur eben nicht sehr organisiert«, erklärte ich. »Meistens schafft er seine Runde nicht, weil er zwischendurch der Witwe Moreau mit ihren Kaninchen hilft und bei Bob Frost Tee trinkt. Der alte Mann sitzt im Rollstuhl und fühlt sich auf seiner Farm etwas einsam. Und dann ist da noch der kleine Sydney. Sein Vater arbeitet auf dem Festland, und Peter spielt mit ihm Fußball, während Sydneys Mutter arbeitet.« In meinem Kopf ergaben meine Worte einen Sinn, aber der Ausdruck auf seinem Gesicht wurde immer verständnisloser. Wie sollte er das Inselleben auch verstehen? Ich hörte auf zu sprechen und seine Lippen verzogen sich zu einem Lächeln. Vorsichtshalber lehnte ich mich an das Regal. Dieses Lächeln brachte mich dazu, Unsinn zu reden und Unsinn zu hoffen.

»Und was macht dieser Gutmensch mit meiner Post? Bindet er sie den Inselbrieftauben an die Füße, damit sie sich nicht langweilen?«

»Zuzutrauen wäre es ihm«, gab ich lachend zurück. Humor hatte er also auch. Das wurde immer interessanter. »Peter hat ein großes Herz.«

»Ich möchte diesen Ausbund an Altruismus gern einmal kennenlernen, aber offenbar verirrt er sich nicht bis zu uns.«

»Aus diesem Grund holen unsere Mitbürger ihre Post meistens bei uns im Laden ab.« Ich riss mich zusammen und ging zu dem alten Schrank, in dem die Briefe und Päckchen einsortiert waren. »Wir bewahren allerdings nur Post für die Einheimischen auf und nicht für Touristen. Die gibt es im Hafenbüro.«

»Und weshalb glaubst du, ich wäre ein Tourist?« Sein Lächeln wurde breiter und damit brachte er mich endgültig aus dem Konzept.

»Weil ich dich noch nie hier gesehen habe. So einfach ist das. Nicht vor unserer Nacht.«

Er fixierte mich mit diesen viel zu aufmerksamen Augen. »Vor *unserer* Nacht?«

Bei ihm klang es anrüchiger, als ich es gemeint hatte. Ich verschränkte die Arme vor der Brust. Konnte er mich nicht etwas weniger durchdringend anschauen? Wie alt er wohl war? Mit Sicherheit drei oder vier Jahre älter als ich und im Grunde wirkte er noch viel erfahrener und reifer. Aber davon ließ ich mich weder beeindrucken noch einschüchtern. »Kennst du etwa jeden Bewohner der Insel?«, fragte er interessiert weiter.

Ich zuckte mit den Schultern. »Jeden. Mit Vor- und Nachnamen.« Und von nicht wenigen wusste ich sogar das Geburtsdatum. Aber das ging ihn nichts an.

»Dann habe ich wohl in *unserer* Nacht versäumt, mich vorzustellen. Wir sind erst vor ein paar Tagen angekommen. Du kannst mich nicht kennen. Jedenfalls nicht in bekleidetem Zustand.«

Er war unmöglich. Ich schüttelte den Kopf und gab auf. »Also schön. Wie heißt du?«

»Cedric de Gray.«

»De Gray?« Jetzt war es an mir, erstaunt zu sein. »Wie die de Grays, denen Fort Quesnard gehört?«

»Ganz genau. Wir haben den Wohnsitz unserer Vorfahren vor ein paar Tagen bezogen. Genauer gesagt, an dem Tag vor *unserer* Nacht.« Seine dunklen Augen funkelten amüsiert.

»Was bin ich doch für ein Glückspilz«, entschlüpfte es mir. Er war ein de Gray. Unglaublich! Um Ford Quesnard und die Familie de Gray rankten sich so einige Legenden. Durchaus zu Recht, wie ich jetzt feststellte. Die Familie war ewig nicht auf der Insel gewesen. Genau genommen hatten wir nicht mal gewusst, dass es überhaupt noch Nachfahren der de Grays gab. »Ihr sollt das Fort komplett renoviert haben und der Garten ist angeblich wunderschön.« Keiner wusste das so genau, weil das Fort am nordöstlichsten Zipfel der Insel lag und in Privatbesitz war.

»Wir sind sehr zufrieden«, erwiderte er. »Wenn du magst, zeige ich dir das Resultat.«

Konnte ich den Laden für heute eventuell zumachen und mit ihm gehen oder wäre das etwas übertrieben? Ein Pärchen kam zur Tür hereingeschlendert und nickte mir freundlich zu. Dann begannen sie sich umzusehen. Jetzt konnte ich ihn nichts mehr fragen, was ich so dringend wissen musste. Wie lange würden wir noch um den heißen Brei herumschleichen? Na gut, er schlich nicht. Ich schon. Ich hatte nicht vergessen, dass er meine Fragen in der Nacht nicht beantwortet hatte. Er war ein de Gray, der einen Seelenjäger getötet hatte. Einfach so. Ich würde schon noch herausfinden, was er über meine Gabe wusste. Jetzt schlenderte er durch den Laden, als gehörte er ihm, was mir immerhin die Gelegenheit gab, ihn ausgiebig zu betrachten. Schwarzes T-Shirt, dunkle Jeans, breite Schultern, muskulöse Arme und Beine. Nichts an ihm wirkte durchschnittlich. Aber das war mir schon aufgefallen, als er nur die enge Shorts getragen hatte. Glücklicherweise sah ich heute auch ganz passabel aus. Ich trug einen kurzen schwarzen Rock aus Cordsamt und einen dunkelgrün gerippten, eng anliegenden Rollkragenpullover. Dazu eine schwarze Strumpfhose und meine Doc Martens, zwei lange silberne Ketten machten das Outfit komplett. Granny behauptete, ich würde mit der ausgefallenen Zusammenstellung meiner Klamotten versuchen, von den Narben in meinem Gesicht abzulenken. Möglicherweise war da etwas dran, aber ich wollte auch nicht einfach in langweiligen Jeans und Pulli herumlaufen.

Was wusste ich alles über die de Grays? Im 13. Jahrhundert war einer von ihnen von König Johan Ohneland zum Kommandanten der Kanalinseln ernannt worden. Seitdem hatte die Familie

Besitzungen auf allen Inseln. In meiner Fantasie verwandelte sich Cedric in den edlen Ritter John de Gray, der mit einem schwarzen Pferd den Strand entlangritt und gegen Piraten kämpfte. Das Schmugglergeschäft hatte auf den Inseln eine jahrhundertelange Tradition. Für eine Sekunde wünschte ich, Zeitenwandern würde mir doch gefallen. Cedric stützte sich auf dem Tresen ab und beugte sich zu mir vor. Mein Blick fiel automatisch auf seinen Mund. Er hatte die perfektesten Lippen, die ich je gesehen hatte. Und mir musste jemand Eiswasser ins Gehirn gekippt haben, anders war der Unsinn, den ich dachte, nicht zu erklären. Aber zum ersten Mal kam mir der Gedanke, ich könnte mich in jemanden verlieben und ihn damit nicht automatisch in Gefahr bringen. Immerhin hatte Cedric mich und sich selbst gegen einen Jäger verteidigt. Wer hatte ihm gesagt, dass reines Silber für Jäger tödlich war? Ich wünschte, ich könnte jetzt sofort mit ihm irgendwohin gehen und ihm all diese Fragen stellen.

»Hast du nun Post für mich?«, unterbrach er meine Gedanken.

Ich guckte in dem Fach mit dem Buchstaben G und dann vorsichtshalber noch mal bei D. »Nichts da«, gab ich zurück.

Er zuckte mit den Schultern. »Schade. Dann war der Weg wohl umsonst.«

»Du hast mich wiedergefunden«, widersprach ich.

»Und auch ich werde diese Begegnung in ewiger Erinnerung behalten«, behauptete er. Übermut blitzte in seinem Gesicht auf und unvermittelt wischte er mit dem Finger über meine Nasenspitze. Ein Kribbeln jagte mir den Rücken hinunter. So lange, bis er den Finger zurückzog und ich etwas Weißes erkannte. Clotted Cream. Vor Verlegenheit schloss ich die Augen.

»Hast du eine Schüssel mit Sahne ausgeleckt?« Sein Lächeln wurde noch breiter, als ich sie wieder öffnete.

»Du hättest früher etwas sagten können«, stieß ich hervor.

»Das hätte ich. Entschuldige bitte. Aber du sahst so lustig aus.« Unsere Gesichter waren sich jetzt ganz nah. »Geht es dir wirklich gut?«, fragte er noch einmal, und ich hatte das Gefühl, dieses Mal hatte die Frage nichts mit meinem Fast-Ertrinken zu tun und auch nichts mit dem Angriff des Seelenjägers. Sie war irgendwie umfassender.

»Das sollte ich dich fragen, schließlich hast du mit dem Jäger gekämpft.«

»Er war ja auch wegen mir da. Ich habe dich unnötig in Gefahr gebracht. Das hatte ich nicht bedacht.«

Wie meinte er das? Was sollte der Jäger von ihm gewollt haben? »Du musst dich schon entscheiden, ob du mich gerettet oder in Gefahr gebracht hast«, raunte ich zurück. Der Moment der Vertrautheit war so stark, dass ich mir endgültig sicher war, ihm in einem anderen Leben bereits begegnet zu sein. Ob er das auch spürte? »Wo kamst du in der Nacht eigentlich so plötzlich her?« Ich wollte nicht, dass er ging. Er sollte sich nicht mal einen Zentimeter von mir wegbewegen.

»Ich stand oben auf der Düne und hab dich beobachtet. Es war klar, dass du in Schwierigkeiten gerätst.«

»Ich war etwas durcheinander, sonst wäre ich nie ins Wasser gegangen. Nicht bei Nacht.«

Er ballte die Hände zu Fäusten und öffnete sie kurz darauf wieder, bevor er die nächste Frage stellte. »Möchtest du mir sagen, weshalb du durcheinander warst?«

Ich schüttelte den Kopf. »Bei Licht betrachtet war es nichts Besonderes«, wiegelte ich verlegen ab. »Nur Mädchenzeug.«

»Dann muss ich mir ja keine Sorgen machen.« Er richtete sich auf und die vertraute Atmosphäre war dahin.

Glaubte er etwa, ich war wegen eines Jungen ins Wasser gegangen? Oje. Wenn er wüsste, dass mein Erfahrungsschatz mit dem anderen Geschlecht so ungefähr gegen null ging, wäre er wahrscheinlich noch distanzierter. Jungs wie er interessierten sich nicht für einsame und unerfahrene Inselmädchen. Ich lächelte verkniffen. »Nein, das brauchst du nicht.«

»Gut, dann versuche ich, damit aufzuhören.« Er wandte sich zum Gehen.

»Kommst du noch mal vorbei?« Die Frage klang leider eher wie eine Bitte. »Ich meine, wegen der Post«, schob ich hinterher.

»Ich hoffe doch sehr, euer Postbote schafft es in den nächsten Tagen bis zu uns.«

Ich räusperte mich verlegen. »Ja klar. Ich werde Peter daran erinnern, bei euch vorbeizufahren.«

»Das wäre nett. Ich ...« Er stoppte und setzte entschuldigend hinzu: »Wir leben sehr zurückgezogen.«

»Natürlich. Kein Problem.«

»Du hast deiner Großmutter nichts davon erzählt, oder?«

»Nicht von dem Seelenjäger. Aber sie weiß, dass du mich nach Hause gebracht hast. Eigentlich weiß das die ganze Insel, auch wenn deine Identität noch geheim ist. Soll ich dich ihr vorstellen?«

Er erstarrte kurz. »Das ist nicht nötig«, murmelte er finster.

Da war wohl der echte, missmutige Cedric de Gray zurück. Ich zuckte mit den Schultern, er wandte sich endgültig ab und ging zur Tür. Seine Körperhaltung drückte jetzt Abwehr aus, und es war mehr als deutlich, dass er nicht das Bedürfnis hatte, unsere Beziehung weiter zu vertiefen. Verständlich, aber es verletzte mich mehr, als es das unter den Umständen gedurft hätte. Es war unvernünftig von mir, Freundschaften zu schließen. Zwar hatte er sich gegen den Seelenjäger äußerst versiert zur Wehr gesetzt, aber ich hatte ihn trotzdem in Gefahr gebracht und nicht er mich, wie er behauptet hatte. Natürlich war es klüger, wenn wir uns nicht wiedersahen.

Er wollte den Laden gerade verlassen, als Grannys vier beste Freundinnen im Eingang auftauchten. Polly und Molly Barnes, zwei Schwestern, die nach ihrer Pensionierung vor fünf Jahren nach St. Anne gezogen waren, Greta Codnor, der der kleine Blumenladen am Ende der Straße gehörte, und Penny Seagrave, die auf der gegenüberliegenden Seite ein Café besaß und die ich fast so sehr liebte wie meine Großmutter. Und dann schwebte noch Selina Montague herein. Sie hatte es nicht nötig, zu arbeiten, weil sie einer vermögenden Familie entstammte und den lieben langen Tag damit beschäftigt war, durch die Zeit zu reisen und den Mitgliedern des Zirkels Vorschriften zu machen. Heute hatte sie offensichtlich mal wieder mich auserkoren. Ihr langes schwarzes Haar hing offen über ihren Rücken. Sie trug ein dunkelblaues Etuikleid und sah aus, als wäre sie einer Modezeitschrift entsprungen. Eigentlich passte sie gar nicht zu den eher bodenständigen und immer etwas absurd gekleideten anderen Frauen. Die Bewohner von St. Anne nannten die Damen liebevoll die Hexen von Alderney, obwohl natürlich niemand wusste, über welche Kräfte sie tatsächlich verfügten. Penny musterte Cedric de Gray abschätzend und die Temperatur im Laden fiel um mindestens zwei oder drei Grad. Er erwiderte ihren Blick gelassen. Die spindeldürre Greta in ihrem geblümten Siebzigerjahre-Outfit wirkte, als wollte sie einen anerkennenden Pfiff ausstoßen, und Molly sah ihn an, als wäre er ein leckeres Stückchen Schokolade. Selina blieb einfach steif aufgerichtet neben ihm stehen und erdolchte ihn mit ihren Blicken. Komisch, wo sie doch sonst mit jedem Mann jenseits der zwanzig flirtete. Ihre königliche Haltung beeindruckte ihn kein bisschen und ich musste schmunzeln.

»Sasha, Schätzchen«, lenkte Polly mich von den beiden ab. »Sag bloß, du hast endlich mal etwas Verbotenes angestellt. Wir wollen alles wissen. Jedes winzige, schmutzige Detail. Weißt du, wer dein mysteriöser Retter war? Sah er gut aus?«

Ich schüttelte den Kopf. »Eher durchschnittlich.« Jetzt grinste ich. »Aber eine Dame genießt und schweigt. Das hast du mir selbst beigebracht.«

»Das darfst du nicht so wörtlich nehmen.« Ihre Zwillingsschwester Molly zog mich in eine weiche Umarmung, und ich atmete den Duft des Kirschbrandes ein, den die beiden heimlich herstellten, wobei heimlich relativ war. Selbst der einzige Police Officer von St. Anne kaufte das Gebräu von ihnen. »Wir sind schließlich deine engsten Vertrauten.«

Ich löste mich aus Mollys Umarmung. Cedric stand noch immer im Eingang. Sein Blick glitt über die Versammlung von Frauen, die auf mich einredeten und die mit ihren bunten Kleidern, den wilden, vom Inselwind zerzausten Frisuren und dem Silberschmuck auf jeden Uneingeweihten tatsächlich wie Hexen wirken mussten. Allerdings wusste er mit hundertprozentiger Sicherheit, mit wem er es zu tun hatte. Trotzdem runzelte er die Stirn, als überlegte er, ob es ungefährlich war, mich mit den fünfen allein zu lassen.

»Darf ich euch Cedric de Gray vorstellen?«, unterbrach ich das Geschnatter. »Er ist erst seit wenigen Tagen auf der Insel.«

Die fünf wandten sich ihm nun alle zu.

Cedric verzog keine Miene, neigte aber den Kopf leicht. »Meine Damen. Es ist mir ein Vergnügen.«

Plötzlich geschah etwas äußerst Merkwürdiges. Obwohl ich selbst nicht in der Lage war, meinen Seelenschimmer unsichtbar zu machen, spürte ich doch, wenn eine andere Seelenmagierin mit ihrem nach jemandem tastete. Und die Energie, die sich jetzt im Laden ausbreitete, konnte mir gar nicht entgehen. Wie unsichtbare Bänder kroch die Magie auf Cedric zu. Er lehnte gelassen im Türrahmen. Der Ärmste merkte nicht mal etwas. Mir kam es immer wie ein unverzeihlicher Eingriff in die Privatsphäre einer Seele vor, wenn sie dies taten, aber angeblich diente es dem Schutz der Ursprungsseele.

Polly zuckte zuerst zusammen und das machte mich stutzig. Dann wurde Molly ganz blass, Gretas Lächeln verrutschte und Penny starrte Cedric wütend an. Einzig Selina ließ sich ihre Überraschung nicht anmerken, aber sie hatte sich sowieso immer im Griff. Als Kind hatte ich mir so die Schneekönigin vorgestellt. Er hatte sie tatsächlich geblockt. Eigentlich sollte mich nichts mehr überraschen, was er tat, aber ich schüttelte trotzdem den Kopf. Wie hatte er das angestellt? Für Seelenmagierinnen war es ganz normal, andere Seelen zu prüfen, herauszufinden, wie alt sie waren, und vor allem, wie reif. Denn nach Reife zu streben, war die ureigenste Aufgabe einer jeden Seele, dazu musste sie sich Herausforderungen stellen und an diesen wachsen. Penny wirkte besonders abweisend, als ihr Seelenschimmer auf die unsichtbare Mauer traf, dabei war sie der Ruhepol und die Ausgeglichenste unserer kleinen Gemeinschaft. Cedrics Blick bohrte sich in ihren. Der stumme Schlagabtausch schien nur mir aufzufallen.

»Auf Wiedersehen«, murmelte er, zuckte entschuldigend mit den Schultern und ging endgültig.

»Ein Prachtexemplar«, meinte Greta fachmännisch, als ich ihnen in den Wintergarten folgte. Sie hatte in diesem Leben fünf Ehemänner ins Grab gebracht. »Wenn ich ein paar Jahre jünger wäre, würde ich ihn mir schnappen.« Mit dieser gespielt harmlosen Bemerkung machte sie mich nur noch misstrauischer. Wieso sagte keiner von ihnen etwas zu Cedrics ungewöhnlicher Fähigkeit?

Polly kicherte. »Der ist höchstens Sashas Kragenweite. Hast du seine Augen gesehen und diese muskulösen Beine? Sie wären ein so hübsches Paar. Fast ein bisschen schade …«

»Scchhh«, kam es von Penny.

»Mädels«, klatschte ich in die Hände, um sie zur Ordnung zu rufen. Er war ganz und gar nicht meine Kragenweite und auch kein bisschen an mir interessiert. »Granny wartet auf euch.« Ich kam ihnen schon noch auf die Schliche.

»Die Gene der Familie de Gray waren schon immer Spitzenklasse«, setzte Greta trotzdem noch ungefragt hinzu und bahnte sich ihren Weg durch die Bücherregale. »Ich erinnere mich an einen ihrer Vorfahren. Ich müsste in meinem Seelenbuch nachschlagen. War es mein siebzigstes Leben?« Sie unterbrach sich und überlegte kurz. »Ich bin nicht sicher. Jedenfalls besaßen die de Grays Besitztümer in den Highlands und er und ich hatten ein intensives Techtelmechtel hinter der …«

Ich hielt mir die Ohren zu. »Bitte keine Details.« Seltsam, dass Selina ihren Senf noch nicht dazugegeben hatte. Geradezu mysteriös. Es passte kein bisschen zu ihr.

»Diese Jugend von heute ist prüde bis zum Gehtnichtmehr«, murmelte Greta. »Sein Vorfahre war mindestens so hübsch wie dieser Cedric und natürlich trug er immer einen Kilt. Wirklich schade …« Sie brach ab, als Pennys strafender Blick sie traf.

Je älter die fünf wurden, umso öfter redeten sie von ihrer Vergangenheit, und damit waren nicht die letzten fünfzig Jahre gemeint, sondern eher die letzten fünfhundert. Es schien ihnen auch nichts auszumachen, ob ihnen jemand zuhörte. Man hielt sie eh für schrullig, egal, was sie von sich gaben. Aber gerade hatte Greta etwas sagen wollen, von dem Penny nicht wollte, dass ich es erfuhr, und ich hätte wetten können, es hatte nichts mit den Genen der Familie de Gray zu tun.

Endlich hatte ich sie in den Wintergarten verfrachtet und atmete auf. Für eine Weile waren sie mit ihrem Lieblingshobby beschäftigt. Polly legte einen Stapel vergilbter Fotos auf den langen Tisch und ging zum Schrank mit den Bastelutensilien. Meggie kam mit einem Tablett herein und der Duft von Earl Grey, Gurkensandwiches und Klebstoff erfüllte den Raum. Das Rascheln von Papier lag in der Luft, als sie mit der Arbeit an ihren Seelenbüchern begannen. Nur Selina setzte sich in einen Sessel und blätterte in einer Zeitung. Basteln war nicht ihre große Leidenschaft und ihr Seelenbuch zeigte sie sowieso niemandem.

Für Uneingeweihte waren diese Bücher einfach Alben, in denen man Fotos und Andenken aller Art aufbewahrte. Das konnten abgestempelte Bahnkarten sein, gepresste Blumen, Eintrittskarten, Muschelsplitter, Schlüssel zu längst verfallenen Häusern, Tapeten- oder Stoffreste, Karten von Orten, an denen man gewesen war, Briefe von geliebten Menschen, ein Milchzahn oder eine Haarlocke. Ganz egal. Alles, was eine Seele an ein Leben band, war erlaubt.

Aber die Frauen arbeiteten nicht nur an ihren Seelenbüchern, sondern stellten auch Alben für normale Menschen her. Für diese hatten diese Bücher allerdings längst nicht dieselbe Bedeutung und schon gar nicht waren es magische Gegenstände. Mittlerweile hatten wir unzählige Auftragsarbeiten. Viele Touristen, die die Scrapbooks bei uns entdeckten, fuhren nach Hause und sandten uns später ihre Andenken zu. Die Bücher wurden immer ausgefallener.

Mal wollte jemand ein Buch für eine Hochzeit, mal sollte es ein Buch mit Andenken an das eigene Leben oder das der Kinder sein.

Ich schaute nach, ob neue Päckchen oder Briefe angekommen waren, die ich katalogisieren könnte. Ich war dafür verantwortlich, die Sachen auszupacken und den Inhalt zu registrieren, damit nichts durcheinandergeriet. Tatsächlich gab es einiges an Post, aber ich war heute zu unruhig für diese eintönige Arbeit. Es war schon erstaunlich, was Menschen so aufhoben, und ich fragte mich oft, ob Mum und Dad auch so viel von mir verwahrt hätten, wenn sie nicht gestorben wären. Ob sie von mir und meinen Brüdern solche Erinnerungsstücke besessen hatten? Ich würde es nie erfahren. In der Nacht nach dem Unfall brannte das Cottage meiner Familie in den Highlands bis auf die Grundmauern nieder. Die Polizei vermutete einen technischen Defekt, aber keiner Familie passierten zwei Unfälle an einem Tag. Lazarus hatte vor Wut, mich nicht bekommen zu haben, unser Haus abgefackelt. Meine jüngeren Brüder waren glücklicherweise bei Dads Schwester gewesen. Ich hatte die beiden nie wiedergesehen, weil es so viel ungefährlicher für sie war. Meine Gabe sollte nicht auch noch sie in Gefahr bringen, und obwohl seit damals acht Jahre vergangen waren, vermisste ich sie immer noch und fragte mich, ob sie sich an mich erinnerten. Adam vielleicht, aber Andrew bestimmt nicht. Granny sagte immer, die Seele eines Menschen erkennt man an seinen Erinnerungen, aber ich hatte diese Erinnerungen verloren. Jedenfalls die, die man anfassen konnte. In meinem Kopf waren sie jedoch noch sehr real. Wenn ich an früher dachte, sah ich meine Mutter an meinem Bett sitzen und mir Geschichten aus ihrem Erinnerungsbuch vorlesen. Mum war keine Seelenmagierin gewesen, aber Granny hatte trotzdem ein Buch über ihre Kindheit und ihre Jugend geführt. Mum las mir abends die kleinen

Textschnipsel vor, die Granny zu den Bildern notiert hatte. Am besten gefiel mir die Geschichte, wie sie Dad kennengelernt hatte, und obwohl das Buch wie alles andere in unserem Haus verbrannt war, erinnerte ich mich noch heute an jede Einzelheit von Mums Erzählungen. Meine Eltern hatten sich sehr geliebt, und ich fragte mich, wie es wohl gewesen wäre, wenn einer von ihnen überlebt hätte. Ich stellte es mir schrecklich vor, weiterzuleben, während mein Seelengefährte tot war, und ich hoffte, die Seelen meiner Eltern begegneten sich in einem anderen Leben wieder. Dieses Leben konnten sie hoffentlich gemeinsam verbringen, ohne dass ein Kind mit Seelenmagie es zerstörte.

Mir entging nicht, dass Granny und ihre Freundinnen heute nur halb so laut waren wie sonst, und ich wurde das Gefühl nicht los, dass es an der Begegnung mit Cedric de Gray lag. Solange ich hier war, würden sie sich ganz sicher nicht über ihn unterhalten.

»Wer sie so sieht, kommt nie darauf, welche Macht sie besitzen, oder?« Meggie blieb mit dem leeren Tablett neben mir stehen. »Ein bisschen macht es mir Angst, eine von ihnen zu werden. Diese ganze Verantwortung.«

Ich hatte bisher angenommen, eine Seelenmagierin zu werden wäre ein großes Abenteuer für sie. Aber sie hatte natürlich recht, die Aufgabe des Zirkels bestand darin, die Ursprungsseele vor dem Bösen zu schützen. Und im Grunde war dies ein ewiger Kampf, in dem es keinen Gewinner gab. Das Böse war ebenso Teil dieser Welt wie das Gute. Sie konnten nur für eine Balance sorgen.

»Sie werden dir alles beibringen, was du wissen musst«, versuchte ich sie zu beruhigen. Ich beneidete sie nicht darum. Die Aufgabe einer Seelenmagierin war grundsätzlich schon gefährlich. Wenn aber eine Seele ihr allererstes Leben lebte, und dann auch noch magiebegabt war, schwebte sie in noch größerer Gefahr, weil die Kräfte dieser Seele sich erst voll entfalten mussten. Und das dauerte in der Regel ein paar Leben. Meggie blieb an meiner Seite, als ich zurück in den Laden ging. »Du hast schon so große Fortschritte gemacht und an *Mabon* bekommt du dein Seelenbuch«, versuchte ich ihr Mut zu machen.

»Es wäre schön, wenn du bei der Zeremonie dabei wärst.« Sie kratzte sich hinter dem Ohr.

»Du weißt doch, dass Selina es nicht erlaubt.« Wir diskutierten nicht zum ersten Mal darüber, und ich hatte keine Lust, Selina anzubetteln.

»Du solltest wirklich noch mal über deine Entscheidung nachdenken. Mit deiner Magie könntest du so viel Gutes tun. In der Nacht, als wir das Fest geplant haben, waren zwei Seelenmagierinnen hier, die in der Nähe von Le Mont-Saint-Michel leben. Sie haben in den letzten drei Monaten neun Seelenlose aufgespürt und erlöst. Sie baten Selina um Verstärkung.«

»Neun?«, fragte ich ungläubig. »In ein und derselben Region?« Und dann auch noch ganz in der Nähe.

Meggie nickte. »Es deutet darauf hin, dass Lazarus seine Kräfte dort zusammenzieht, sie brauchen Nahrung und zeugen neue Jäger.«

Ich schluckte schwer. Die Luftlinie zwischen dem Kloster an der Küste Frankreichs und Alderney betrug kaum einhundert Kilometer. In meinen Fingerspitzen begann vor Nervosität meine Magie zu prickeln und ich ballte die Hände zu Fäusten.

»Selina hat schon mit Molly und Polly gesprochen, ob sie die französischen Magierinnen unterstützen können. Sie selbst will für ein paar Tage ins 12. Jahrhundert reisen«, erzählte Meggie weiter. »Denkst du, ich könnte auch helfen? Nach *Mabon* meine ich.«

Wie konnte Selina ihr Flirt mit Richard Löwenherz wichtiger sein als neun Seelenlose in unserer Zeit? Ich presste die Lippen zusammen. Mit ihrer Aufnahme würde Meggie ein vollwertiges Mitglied des Zirkels sein und damit ihrer Aufgabe nachkommen müssen. Wo würde Selina sie hinschicken?

»Du bist noch nicht so weit, um dich Lazarus entgegenzustellen.«

»Das habe ich auch nicht vor, aber ich könnte helfen, ein paar Seelenlose zu erlösen, bevor sie zu Jägern werden. Das wäre immerhin ein Anfang.«

»Ich dachte, du lebst gern bei uns.« Das klang vorwurfsvoller, als es eigentlich sollte. Dabei hatte ich nur Angst um sie.

»Das tue ich auch, und ich werde deiner Großmutter ewig dankbar sein, aber wenn mehrere von uns sich ihrer Aufgabe verweigern, könnte das Gleichgewicht für Jahrhunderte gestört werden.«

»Ich weiß«, gab ich zurück. Dachte sie, dass ich mir das nicht schon oft genug selbst gesagt hatte? Und trotzdem konnte ich nicht anders.

Sie wartete noch einen Moment ab, ob ich darauf etwas erwidern würde, dann seufzte sie und ging in die Küche. Ich setzte mich mit einem Buch in den abgeschabten Sessel am Fenster, von wo aus ich die Ladentür im Blick hatte, und schielte unauffällig hinaus, ob ich Cedric de Gray noch einmal entdeckte, aber er war verschwunden.

»Die beiden de Grays sind also auf der Insel«, hörte ich Greta sagen, als ich einen weiteren Versuch startete, mich auf das Buch zu konzentrieren. Es fesselte mich leider auch nach zwei weiteren Seiten nicht, also stand ich auf und ging die paar Schritte Richtung

Wintergarten. Lauschen war zwar nicht schön, aber was blieb mir anderes übrig?

»Ich verstehe nicht, was sie hier wollen«, murrte Penny. »Ist das wirklich notwendig?«

»Wir konnten das nicht verhindern, das weißt du genauso gut wie wir«, kam es von Granny zurück. »Wir hätten wissen müssen, dass er sie in diesem Leben sucht.«

Ich blieb wie angewurzelt stehen. Aus der Küche drang das leise Klirren von Geschirr, und ich musste mich anstrengen, die folgenden Worte zu verstehen, weil Greta ihre Stimme senkte. »Sind die beiden allein? Was ist mit dem Mädchen?«

»Bisher sind nur die beiden Brüder mit einem Butler hier.« Grannys Stimme klang besorgt. »Es wird nicht lange dauern, bis Arwyn auch noch kommt.«

Ich lugte um die Ecke. Es gab zwei de Grays und noch ein Mädchen? Und weshalb hätten sie wissen müssen, dass Cedric mich in diesem Leben suchen würde? Meine Vermutung, dass wir uns kannten, war also richtig gewesen. Granny faltete konzentriert eine Papiertüte und klebte sie dann auf eine vorbereitete Seite aus Décopatch-Papier. Die Kunst bei der Herstellung eines Sammelalbums bestand darin, so viele Dinge wie möglich auf einer Seite unterzubringen, ohne dass diese überladen wirkte. Granny beherrschte dies perfekt.

Kein Wunder, wenn man bedachte, wie viele Leben sie bereits in ihrem Seelenbuch verewigt hatte. In ihrem ersten Seelenleben war sie eine keltische Priesterin gewesen und hatte zu einer Gruppe von Einwanderern gehört, die Britannien besiedelt hatten. Allerdings fand sich nicht jedes Leben in den Büchern. So fehlten beispielsweise die Leben, in denen eine Magierin ihre Gabe ablehnte, oder die Leben, in denen sie bereits als Kind gestorben waren.

Unsere Körper waren so verwundbar wie die anderer Menschen auch.

»Wir sollten mit ihm reden und ihn bitten, wieder zu gehen. Er bringt Sasha nur unnötig in Gefahr«, sagte jetzt Penny.

»Das wird er nicht. Wir können froh sein, dass er nicht schon viel früher aufgetaucht ist. Ich habe längst damit gerechnet.« Selina räusperte sich, und ich beugte mich weiter vor, um zu verstehen, was sie zu sagen hatte. Die Diele unter meinen Füßen knarrte. Sofort verstummte das Gespräch.

»Wolltest du zu mir, Schätzchen?«, rief Granny.

Mir blieb nichts anderes übrig, als in den Raum zu gehen. Sie hatten Geheimnisse vor mir, das war bisher noch nie vorgekommen, und nun kam ich mir noch ausgeschlossener vor, als ich es eh schon war. Ich könnte sie direkt darauf ansprechen, aber dann müsste auch ich mit der Wahrheit über diese Nacht mit Cedric herausrücken. »Ähm, ja. Ich wollte fragen, ob ich weiter ausmisten soll.« Vor einiger Zeit hatte ich damit begonnen, die tiefen Schubladen unter den Bücherregalen durchzusehen. Granny konnte nichts wegwerfen, aber der Laden platzte aus allen Nähten. Es war eine Sisyphusarbeit, weil sich jede Menge Zeug angesammelt hatte.

Granny musterte mich mit demselben Blick, der mich früher dazu gebracht hatte, all meine kleinen Dummheiten zu gestehen. Bestimmt wusste sie, dass ich gelauscht hatte. »Mach nur, Kind, aber ich will alles sehen, was du wegwirfst.«

Das bedeutete, zwei Drittel dieses Zeugs würde wieder in den Schränken landen. Aber damit konnte ich leben. Im Laufe der Jahre hatten wir vor allem aus den alten Büchern unzählige nützliche Sachen gebastelt. Besonders beliebt waren Windlichter. Gläser, um die wir alte Buchseiten wickelten und eine Kordel daran befestigten. An dieses Band konnte man kleine Herzen, Schlüssel oder sonst irgendwas hängen und eine Kerze hineinstellen. Wenn es dunkel wurde, sah man die Lampen in fast jedem Fenster im Ort. Für Gretas Blumenladen hatte ich unzählige Umschläge aus Buchseiten gefaltet, in denen Greta Blumensamen verkaufte. Die Touristen waren ganz verrückt danach, und nicht wenige kamen in Grannys Laden und fragten nach dem Buch, das Pate für einen Umschlag gestanden hatte. Und damit erweckten wir das eine oder andere vergessene Werk wieder zum Leben.

»Dann mache ich mich mal an die Arbeit.«

Granny nickte, Molly lächelte und Penny betrachtete mich nachdenklich. Sie verschwiegen mir etwas, aber ich würde schon noch herausfinden, was es war.

Die Rollen der ersten Schublade quietschten protestierend, als ich sie aufzog. Die Staubwolke und der Geruch, die mir entgegenschlugen, ließen mich niesen. Vorsichtig entnahm ich der Kiste Bücher, Schachteln mit altem, angelaufenem Schmuck, eine kaputte Kaminuhr, drei Sammeltassen und einen Stapel Fotos. Unter den Büchern waren eine Ausgabe von *Der Fänger im Roggen*, eine Schulausgabe von *Animal Farm*, John Irvings *Gottes Werk und Teufels Beitrag* und noch ein paar andere Romane, die ich nicht kannte. Ich staubte die Bücher ab, traf eine Vorauswahl, was wegkonnte und was wir behielten. Die Kiste mit dem Schmuck würde ich später in Ruhe durchsehen. Die Uhr konnte Peter vielleicht reparieren, so etwas tat er für sein Leben gern, und die Sammeltassen musste ich wegwerfen, weil sie angeschlagen waren. Ich arbeitete mich durch zwei weitere Schubladen, während meine Gedanken um Cedric de Gray und Grannys Bemerkungen kreisten. Zwischendurch bediente ich ein paar Kunden und sortierte die gefundenen Bücher in die Regale ein. Die Frauen kannten Cedric also und er war nicht allein hier. Dann wussten sie auch, dass er gegen die Jäger kämpfen konnte. Sie waren zwar nicht sonderlich begeistert über seine Anwesenheit, verhielten sich aber auch nicht gerade feindselig ihm gegenüber, bis auf Penny natürlich. Wenn er sich nicht wieder blicken ließ, und das befürchtete ich, würde ich ihn wohl oder übel selbst aufsuchen müssen, damit er sein Geheimnis lüftete. Ich war hier für alle ein offenes Buch, und nur weil ich meine Gabe ablehnte, bedeutete das noch lange nicht, dass ich nicht wissen wollte, was um mich herum vorging.

In dieser Nacht schlief ich äußerst unruhig. Immer wieder wachte ich auf und erwartete, blinde Augen und hohle Münder an meiner Fensterscheibe zu sehen. Die Magie pulsierte und kribbelte in meinem Blut, aber ich hatte keine Möglichkeit, sie abzubauen. Joggen und Schwimmen fielen für die nächste Zeit aus, jedenfalls in der Nacht. Ich musste einen anderen Weg finden.

Am nächsten Morgen machte ich mit meiner Aufräum- und Putzaktion weiter. Irgendwann blitzte und glänzte es in allen Ecken und ich fand nicht mal mehr die kleinste Wollmaus. Immerhin war ich durch die Aktivität einen Teil meiner überschüssigen Magie losgeworden, auch wenn jetzt die Gefahr bestand, dass die eigentlich harmlosen Zauberstäbe nun doch das ein oder andere Kunststück vollführten, da sich die Energie auf sie übertragen hatte. Zum Glück verlor die freigesetzte Magie sich nach einiger Zeit.

Blieb noch der Schmuck, den ich gefunden hatte. Wir boten in einer Vitrine einige schöne alte Stücke an und vielleicht war noch etwas Verkäufliches dabei. Während ich die angelaufenen Silberketten entwirrte, beruhigten sich meine Gedanken langsam. Warum glaubten Granny und die anderen Seelenmagierinnen,

Cedrics Anwesenheit brächte mich in Gefahr? Ich wollte nicht, dass er fortging. Nicht, bevor ich noch mal mit ihm geredet hatte.

Als ich endlich die erste Kette aus dem Silberknäuel zog, stolperte unser Postbote Peter Clark in den Laden. Er brachte nicht nur einen Schwall frischer Meeresluft mit herein, sondern auch eine ordentlich Portion Whiskyduft. Ich verdrehte die Augen, verließ den Platz hinter dem Tresen und ging ihm entgegen. »Du verlierst noch deinen Job«, belehrte ich ihn und nahm ihm die Tasche mit der Post von der Schulter. Zum Glück war sie nicht wieder in einer Pfütze gelandet. Schon mehrmals hatte ich die undankbare Aufgabe gehabt, fremde Briefe zu öffnen, um sie zu trocknen. Ich lotste ihn zu einem Stuhl, auf dem er sich stöhnend niederließ.

»Was würde ich nur ohne dich tun, Sasha?«, sagte er matt, als ich eine Tasse Tee vor ihn hinstellte.

»Das frage ich mich auch. Du musst endlich über Victoria hinwegkommen. Sie ist ein Miststück und hat dich gar nicht verdient.« Peter war dreiundzwanzig Jahre alt und ich kannte ihn, seit ich hier lebte. Genauso lange war er in Victoria Sark, die selbsternannte Inselschönheit, verliebt. Zu unser aller Überraschung hatte sie ihn vor zwei Jahren tatsächlich erhört und ihm ewige Liebe geschworen. Der Schwur hielt genau zwei Wochen, dann verschwand sie mit einem blonden Surfer nach Australien. Peter hatte keine Chance gegen den durchtrainierten Bad Boy gehabt. Victorias Mutter hatte mir erst vor ein paar Tagen von der Schwangerschaft ihre Tochter erzählt. Diese Neuigkeit hatte sich wohl auch bis zu Peter herumgesprochen. Auf der Insel blieb eben nichts geheim. Kein Wunder, dass seit Tagen niemand Post in seinem Briefkasten gehabt hatte. Der Ärmste musste völlig fertig sein.

Ich kippte den Inhalt der Tasche auf den Tresen und hörte ihm kaum noch zu, während er mir von seiner großen, immerwährenden Liebe zu Victoria erzählte. Ich konnte jedes Wort mitsprechen, weil ich diese Litanei schon so oft gehört hatte. Gewissenhaft sortierte ich die Briefe in die Fächer. Wenn meine Mitbürger sich schon nicht auf den Beamten der britischen Post verlassen konnten, sollten sie wenigstens in Grannys Laden nicht enttäuscht werden. Ich steckte die Karten für Molly in das B-Fach, Victorias Brief an ihre Mum in das S-Fach und hielt plötzlich ein rosafarbenes Kuvert in der Hand, das an Cedric de Gray adressiert war. Kurz schaute ich mich um, ob außer Peter und mir noch jemand im Laden war, und schnupperte dann an dem Umschlag. Er roch leicht parfümiert. Kein aufdringlicher Duft, sondern ein ganz und gar unschuldiger nach Zitrone und Lavendel. Wenn es bis dahin noch Zweifel gegeben hatte, um welche Art Brief es sich handelte, dann waren diese wie weggewischt, als ich die auffällig geschwungenen Buchstaben betrachtete, die nur von einer Frauenhand stammen konnten. Auf der Rückseite stand kein Absender, aber über die gesamte Breite des Umschlags war eine auf dem Rücken liegende Acht gezeichnet. Ich ignorierte das unangenehme Ziehen in meinem Magen. Heute war das Unendlichkeitszeichen ein Symbol für die immerwährende und ewige Liebe, ursprünglich war es jedoch das Erkennungszeichen des Zirkels der Seelenmagierinnen gewesen. Es stand für die eintausend Leben, die eine Seele besaß. Hatte Cedric etwa auf diesen Brief gewartet? Sollte ich Peter bitten, den Brief nach Fort Quesnard zu bringen? Ich warf ihm einen Blick zu, aber Peter war in dem Sessel eingeschlafen. Ich stöhnte leise.

Als ich mit dem Einsortieren der Briefe und der Abrechnung für den Tag fertig war, weckte ich Peter vorsichtig. »Geh nach

Hause«, befahl ich ihm und hängte ihm die nun leere Tasche über die Schulter. »Und kein Pub-Besuch mehr für heute. Schlaf dich aus.«

Er fuhr sich mit der Hand durchs Haar, was die roten Strähnen nur noch mehr durcheinanderbrachte. Seine blauen Augen betrachteten mich trübe. »Mache ich nicht. Bestellst du Meggie einen Gruß von mir?«

»Ja klar.« Ich blickte ihm hinterher. Zum Glück hatte Meggie ihn so nicht gesehen. Sie hörte sich seine Tiraden gewöhnlich geduldig an und hätte ihm jetzt vermutlich eine ordentliche Standpauke gehalten. Wohin war sie eigentlich verschwunden? Normalerweise schaute sie öfter im Laden vorbei, aber hinten war alles verdächtig still. Übte Granny mit ihr in der Zeit zu wandern? Ich sah auf die Uhr. Es war halb vier, also noch fast anderthalb Stunden bis zur Teezeit. Ich hatte gar nicht bemerkt, wie die Zeit vergangen war.

Erschöpft lehnte ich mich an die Eingangstür des Ladens und betrachtete die ausgestorbene Straße, das uralte Kopfsteinpflaster, die bunten Häuser und die zwei gescheckten Katzen, die schräg gegenüber an ihren Futternäpfen saßen. Sogar ihre Namen kannte ich. Es war ganz schön traurig. Manchmal erschien mir die Insel wie ein Gefängnis.

Anstatt mir weiter den Kopf über mein Schicksal zu zerbrechen, beschloss ich, eine sehr höfliche Inselbewohnerin und stellvertretende Postbotin zu sein und Cedric de Gray seinen Brief vorbeizubringen. Und vielleicht, nur vielleicht, würde ich dabei einen Blick in das sagenumwobene Fort Quesnard werfen können und herausfinden, was Cedric de Gray vor mir verheimlichte. Ich holte den Brief aus dem Postfach, warf ihn in den Korb von Grannys mintgrünem, etwas in die Jahre gekommenen Fahrrad und machte mich auf den Weg. Zur Teezeit würde ich locker zurück sein und niemand würde von diesem Besuch erfahren.

Fort Quesnard lag am nördlichsten Zipfel der Insel, nicht weit von der Saye Bay entfernt. Das erklärte auch, weshalb Cedric in der Nacht am Strand gewesen war. Ich nahm erst die Hauptstraße und bog später auf den Weg ein, der direkt an der Küste entlangführte. Es war zwar ein Umweg, aber ich liebte diese Strecke, weil ich einen Blick auf das Meer werfen konnte. Möglicherweise lag es auch daran, dass ich seit dem Unfall befahrene Straßen mied. Der Wind pfiff heftig und zerrte an meiner Jacke und meinen Haaren, aber das war ich gewöhnt. Der Leuchtturm kam in Sicht und dann war ich auch schon da.

Das Fort war eins der vierzehn Verteidigungsbauwerke, die Queen Victoria hatte errichten lassen, weil sie eine französische Invasion befürchtete. Sie war sogar persönlich auf der Insel gewesen, um die Bauarbeiten zu inspizieren. Vermutlich lachten die Franzosen sich über diese Verschwendung bis heute ins Fäustchen.

Als ich vom Fahrrad stieg, war mein Haar noch zerzauster als sonst, meine Wangen gerötet, und ich musste die Nase hochziehen, weil ich kein Taschentuch dabeihatte. Ich zupfte meine Jacke zurecht, fuhr durch mein Haar, zog sie vor meine Wange, und bevor ich es mir anders überlegen konnte, ging ich auf die Eingangstür zu. Dabei musste ich eine zirka zwei Meter lange Brücke überqueren, die über einen winzigen Burggraben führte.

Ich ließ den Türklopfer gegen das dunkle Holz der eindrucksvollen Eingangstür fallen und war plötzlich nicht mehr sicher, ob es eine gute Entscheidung gewesen war, herzukommen. Cedric hatte deutlich gemacht, dass er mich nicht wiedersehen wollte. Wenn ich Pech hatte, dachte er, ich liefe ihm hinterher. Aber das war selbstverständlich nicht der Grund für diese überstürzte Aktion. Ich war nur nett und verantwortungsbewusst. Zum Umkehren war es sowieso zu spät. Die Tür wurde bereits geöffnet und da stand er. Noch eindrucksvoller, als ich ihn in Erinnerung hatte, bekleidet mit einem weißen Hemd, Reithose und Stiefeln. Und er sah ganz und gar wie ein Burgherr aus.

»Was machst du hier?« Ungläubig schüttelte er den Kopf. »Bist du etwa allein unterwegs?«

»Es ist helllichter Tag. Jäger jagen nur nach Sonnenuntergang, und du hast nicht gesagt, dass ich tagsüber zu Hause bleiben soll.«

»Und wenn ich es gesagt hätte, hättest du auch nicht auf mich gehört.«

»Natürlich nicht«, stellte ich klar. Wie kam er überhaupt auf die Idee, er könnte mir etwas vorschreiben?

»Haben deine Granny und ihre Freundinnen dir nicht befohlen, dich von mir fernzuhalten?«

»Weshalb sollten sie?«, fragte ich scheinheilig. »Du wirkst doch ganz ungefährlich.«

Ein diabolisches Grinsen breitete sich auf seinem Gesicht aus und machte ihn wieder zu einem Piraten. »Ungefährlich also«, sagte er leise. »Wenn das so ist, dann möchtest du vielleicht hereinkommen?« Er trat zur Seite.

Die Worte klangen so, als ließe er mir noch eine Wahl, und tatsächlich wäre es vernünftiger gewesen, ihm den Brief zu geben und wieder zu gehen. Aber dazu war ich viel zu neugierig. Also machte ich einen Schritt nach vorn und stand in einer länglichen Eingangshalle. Aus einer der Türen, die davon abgingen, kam ein älterer Mann. Sein Haar war schlohweiß, er trug einen perfekt sitzenden schwarzen Anzug und eine Fliege. Ich zog eine Augenbraue hoch und blickte in Cedrics unbewegtes Gesicht. »Nimmst du unserem Gast bitte die Jacke ab, Allan«, bat er höflich, ohne mir den Mann vorzustellen. Wer beschäftigte heute noch einen Butler?

»Selbstverständlich, Sir.« Dieser Allan wartete geduldig hinter mir, bis ich meinen Reißverschluss geöffnet hatte, und nahm mir die Jacke von den Schultern. Den rosafarbenen Brief hielt ich immer noch in der Hand.

»Hier!« Ich reichte Cedric den Umschlag. »Eigentlich bin ich nur deswegen gekommen.«

»Welche gute Tat vollbringt euer Postbote denn heute Nachmittag?« Er nahm ihn mir ab und legte ihn auf einen silbernen Teller, der auf einer antiken Kommode stand, als wäre er nicht wichtig.

Ich bedauerte das Mädchen, dass sich so viel Mühe damit gegeben hatte. Höchstwahrscheinlich war er zu ihr genauso unfreundlich wie zu mir. »Keine Ahnung.« Ich konnte ihm schlecht sagen, dass Peter seinen Liebeskummerrausch ausschlief.

»Möchtest du mit mir und meinen Freunden eine Tasse Tee trinken? Er wurde gerade serviert«, fragte er zu meinem Erstaunen.

»Das klingt doch recht ungefährlich. Es sei denn, du willst mich mit einem Zuckerstück bewerfen.«

»Führe mich besser nicht in Versuchung.«

Mit meiner zerrissenen schwarzen Jeans und den schwarzen Sneakers war ich für einen förmlichen Teatime-Besuch eigentlich nicht passend gekleidet. Aber immerhin trug ich eine weiße Bluse mit auffälligen Rüschen an den Handgelenken. »Ich riskiere es trotzdem. Und es würde mich sehr freuen, deine Freunde kennenzulernen. Vorausgesetzt, sie sind so nett und höflich wie du«, neckte ich ihn noch ein bisschen.

Seine Augen verdunkelten sich und er beugte sich zu mir herunter. Ich spürte seine Lippen an meiner Wange, was mir für eine Sekunde den Atem raubte. »Sie übertreffen mich um Längen.«

»Dann werden sie eine Bereicherung für unser Inselleben sein«, erwiderte ich stockend und trat vorsichtshalber zurück. »Wir sind Fremden gegenüber recht aufgeschlossen, wenn sie freundlich sind.« Und nicht vorhatten, unsere Seelen zu rauben.

Cedric trat zur Seite und bedeutete mir vorzugehen. »Wir werden sehen«, sagte er in einem unergründlichen Tonfall und lotste mich in eines der Zimmer.

Als ich eintrat, konnte ich mich gerade noch davon abhalten, einen Knicks zu machen. Die Szene, die sich mir bot, wirkte völlig aus der Zeit gefallen. Die Wände des Raumes waren mit einer Tapete voller großer gelber Blumen bedeckt. An der hinteren Wand flackerte in einem riesigen Kamin ein Feuer, neben dem links und rechts Ölgemälde und Köpfe toter Tiere hingen. Gegenüber säumten große, bodentiefe Fenster den Raum, die einen Blick auf die Klippen gewährten, auf denen das Fort stand. Es gab jede Menge Bücherregale, Sofas, Sessel, Kissen mit Quasten und Fransen und dicke Perserteppiche. Queen Victoria hätte sich hier äußerst wohlgefühlt. An einem der Fenster standen zwei junge Männer, die sich zu uns umdrehten, als wir den Raum betraten, und auf einem der Sofas saß die schönste Frau, die ich je gesehen hatte. Die jungen Männer mussten ungefähr in Cedrics Alter, also Anfang zwanzig, sein. Bei der Frau war ich mir nicht sicher. Allerdings war ich mir sehr sicher, wem ich hier gegenüberstand. Denn die beiden Männer waren mit hundertprozentiger Sicherheit Wanderer. Im Gegensatz zu Magierinnen wurden Wanderer nicht wiedergeboren, sondern waren unsterblich. Und dafür mussten sie nicht mal unschuldige Seelen rauben. Sie besaßen ausreichend eigene Seelenenergie. Die Seele eines Wanderers war irgendwann einmal mit der Kraft eines anderen magischen Wesens in Berührung gekommen. So weit die Legende. Das konnte ein Dämon, Dschinn oder Engel gewesen sein. Keine Ahnung, was davon wahr war. Im Gegensatz zu uns Magierinnen fühlten sie sich nicht verpflichtet, die Ursprungsseele zu schützen, und ich hatte mich schon immer gefragt, was ein Wanderer mit seiner unendlichen Lebenszeit anfing. Wäre es sehr unhöflich, sie das direkt zu fragen? Vermutlich. Die Seelenmagie der zwei hier war jedenfalls so stark, dass meine eigene zu flattern begann. Cedric legte mir beruhigend eine Hand auf den Rücken, was mich noch mehr durcheinanderbrachte. Es war ein Fehler gewesen, herzukommen. Leider kam diese Einsicht zu spät. Die drei Fremden musterten mich aufmerksam. Die Frau runzelte die Stirn, einer der Männer betrachtete mich resigniert, als hätte er geahnt, dass ich kommen würde, und hielt es nicht für sonderlich klug, und der zweite grinste übers ganze Gesicht. »Die Wette habe ich dann wohl gewonnen«, sagte er. »Ihr schuldet mir jeder zwanzig Pfund.«

Ich runzelte die Stirn. »Guten Tag«, grüßte ich trotzdem höflich und versuchte, mich zusammenzureißen, um nicht vor Ehrfurcht zu erstarren. Jahrhundertealte Wanderer gab es nur äußerst selten, und auch wenn sie über unfassbare Kräfte verfügten, standen sie grundsätzlich in dem Ruf, friedlich zu sein. Blieb die Frage, was sie hier auf unserer Insel wollten und was sie mit Cedric zu schaffen hatten. Und war die Frau diese Arwyn, von der Granny gesprochen hatte?

Hinter uns räusperte sich jemand. Ich trat weiter in den Raum hinein, was mich den Wanderern unweigerlich näher brachte. Meine Seelenenergie brannte darauf, nach ihrer zu tasten, und ich öffnete und schloss nervös meine Hände, um sie im Zaum zu halten. Allan ging mit einer Teekanne an mir vorbei zu dem kleinen Tisch.

»Darf ich dir meine Freunde vorstellen?«, fragte Cedric mit einiger Verspätung und schob mich weiter vor sich her. »Miss Sasha …« Er stockte. Offenbar fiel ihm ein, dass er meinen Nachnamen nicht kannte.

Egal, in welchem Leben wir uns getroffen hatten, so einfach war das mit dem Wiedererkennen nicht, denn die Seele einer Magierin wurde schließlich in einem normalen menschlichen Körper geboren, sah jedes Mal anders aus, und wir trugen in jedem Leben einen anderen Namen. Eine Seele suchte sich den Körper aus und nicht umgekehrt.

»Sullivan«, ergänzte ich und Cedric nickte dankbar.

Der dunkelblonde, freundliche Mann, der immer noch übers ganze Gesicht strahlte, verbeugte sich leicht. »Es ist mir ein Vergnügen«, sagte er, und ich erkannte die Neugier in seinem Blick.

»Das ist mein Freund Fawkes McBain«, sagte Cedric. Der junge Mann trug eine dunkle Hose, Anzugschuhe und ein weißes Hemd. Der Reichtum der Wanderer war geradezu legendär, aber die teuren Sachen wirkten an ihm fast nachlässig, als legte er keinen großen Wert auf das, was er trug. Er zwinkerte mir aus himmelblauen Augen zu und verzog die Lippen erneut zu einem Lächeln.

Der zweite Mann hatte feinere Gesichtszüge und war ein viel dunklerer Typ als sein Freund, wahrscheinlich war er arabischer Abstammung. Seine Augen glitzerten in einem dunklen Braun und ließen mich an die Figuren von Tausendundeiner Nacht denken. »Das ist Samuel Rafiq«, stellte Cedric ihn vor.

Rafiq war ein arabischer Nachname, Samuel jedoch jüdisch. Was immer der Mann für eine Geschichte hatte, bestimmt war sie nicht einfach gewesen. Er verbeugte sich leicht vor mir. »Salam aleikum.« Seine Stimme war leise und warm.

Ich neigte meinen Kopf. »Wa aleikum as-Salam«, erwiderte

ich, erntete ein kaum sichtbares Lächeln und bildete mir ein, eine winzige Flamme in den fast schwarzen Augen zu erkennen. Die dunkle Kleidung saß perfekt und im Gegensatz zu den anderen beiden Männern trug er ein schwarzes Hemd und eine schwarze Weste. An dem kleinen Finger seiner rechten Hand, in der er ein Glas mit dunklem Rotwein hielt, blinkte ein Ring mit einem schwarzen Onyx. Der Ring musste uralt sein. Besaßen auch Wanderer Seelenanker oder war der Ring nur ein Erinnerungsstück? Ich verlagerte mein Gewicht von einem Fuß auf den anderen, weil so viele Fragen gleichzeitig auf mich einstürmten, ich aber nicht wusste, ob ich einfach damit herausplatzen konnte.

»Rafiq kommt aus Persien und entstammt einer Familie von Dschinnjägern«, erklärte Cedric. Damit beantwortet er zumindest die Frage, wer ihn zu einem Wanderer gemacht hatte. »Er ist wie Fawkes ein Wanderer, aber das hast du sicherlich schon bemerkt.«

Ich wusste nicht, weshalb ich ausgerechnet in diesem Moment zu der Frau sah, die verärgert den Kopf schüttelte. Es gefiel ihr nicht, dass er mir diese Information gab. Sie war definitiv keine Wanderin, von ihr ging genau wie von Cedric keinerlei Magie aus.

»Dschinnjäger?«, fragte ich und überlegte, was ich über die Dschinn wusste. Angeblich waren es Wesen erschaffen aus rauchlosem Feuer, so wie Menschen aus Erde, Engel aus Licht, Dämonen aus Schatten.

»Das ist sehr lange her«, erklärte Rafiq. »Ich bin das letzte Mitglied meiner Familie. Und ich jage schon lange keine Dschinn mehr.«

»Habt ihr sie ausgerottet?«, erkundigte ich mich.

Fawkes lachte leise auf, und die Frau, von der ich immer noch nicht wusste, wer sie war, stöhnte ungläubig.

»Die Dschinn kann man genauso wenig ausrotten wie die Menschen«, erklärte Rafiq geduldig. »Sie sind Teil dieser Welt, und es war nie unsere Aufgabe, sie zu töten, wir wollten nur, dass sie ihr Wissen mit uns teilen. Wir jagten ihnen ihre Geheimnisse ab.« Wieder sah ich winzige Flammen und meine Haut begann zu kribbeln. Ein Wanderer mit den Geheimnissen der Dschinn. Ich beschloss, vorerst nicht weiter nachzufragen, ob sie ihrer Aufgabe mit friedlichen oder kriegerischen Mitteln nachgekommen waren, aber ich konnte mir bildlich vorstellen, wie er, in die schwarze Tracht der Beduinen gehüllt, auf einem Araberhengst den Geistern der Wüste hinterherjagte.

Cedric ließ mich nicht aus den Augen, als er das Gespräch wieder an sich riss. »Es war unhöflich von mir, dir Claire nicht zuerst vorzustellen.«

»Lady Claire Châtillon«, berichtigte die Frau ihn und nickte hoheitsvoll.

»Sie besteht auf ihrem Titel, obwohl Napoleon ihn ihrer Familie bereits 1809 aberkannt hat«, informierte Fawkes mich.

»Sind deine Vorfahren emigriert?« Eine berechtigte Frage, wo so viele Adlige vor der Guillotine nach England geflüchtet waren.

»Oui«, gab sie zurück. »Von meiner Familie haben nicht viele diesen Emporkömmling Buonaparte überlebt.« Sie sprach den Familiennamen Napoleons wahrscheinlich mit Absicht italienisch aus, weil der Korse für sie nie ein richtiger Franzose gewesen war.

Ich würde sie ganz sicher nicht mit Lady Claire ansprechen. Sie trug eine Jeans und ein hautenges weißes T-Shirt. Ihr blondes glattes Haar reichte ihr bis zur Taille. Was immer sie war, wenn die zwei Wanderer sie für ungefährlich hielten, konnte ich mich wohl entspannen.

»Könnten wir endlich etwas essen?«, unterbrach Fawkes die

Vorstellungsrunde. »Allans Kuchen sieht köstlich aus. Bequemt dein Bruder sich noch mal zu uns?«

»Ständig hast du Hunger.« Claire schüttelte missbilligend den Kopf, bevor der Blick ihrer grauen Augen abschätzend über meine Frisur wanderte, kurz an meiner Wange hängen blieb und dann über meine Klamotten glitt. »Wer hätte das gedacht«, sagte sie geheimnisvoll, als die Männer kurz in ein Gespräch vertieft waren. »Du bist mutig. Nicht dass es dir etwas nützt.«

Ich ließ mich von ihr nicht einschüchtern, sondern trat vor und setzte mich ihr gegenüber auf eins der zierlichen Sofas, das eigentlich nicht so aussah, als wäre es in der Lage, mein Gewicht zu tragen. Es musste so wertvoll sein wie unser gesamter Familienbesitz. Cedric nahm direkt neben mir Platz, was mir einen weiteren missbilligenden Blick von Claire einbrachte. Freundinnen würden wir beide wohl nicht werden, dabei war ich bestimmt keine Konkurrenz für sie. Sie war unbestreitbar zeitlos schön. Aber eingebildet und beschränkt waren auch Eigenschaften, die die Zeiten überdauerten.

»Tee?«, fragte sie verkniffen, ganz die Gastgeberin, und als ich nickte, schenkte sie mir ein.

»Du auch?« Sie lächelte Cedric an und goss dann auch ihm ein.

»Ich nehme lieber noch Wein«, verkündete Fawkes. »Er ist wirklich köstlich. Allan«, rief er nach dem Butler.

Rafiq schüttelte nur den Kopf. »Der arme Mann ist nicht mehr der Jüngste«, tadelte er seinen Freund. »Lass ihm etwas Zeit.«

Fawkes hob die Hände. »Ist ja schon gut.« Auf dem Tisch vor uns stand eine Etagere mit Sandwiches und eine mit Kuchen und Scones. Fawkes beugte sich über mich und griff nach einem Sandwich. »Woher kennt ihr beide euch?«

»Sasha arbeitet in einem Laden in der Victoria Street«, kam Cedric mir zuvor. »Aber wir sind uns am Strand begegnet.«

»Und Sasha hat sogar eine eigene Stimme.« Ich lächelte ihn zuckersüß an. Es war zwar nett, dass er meinen Beinahetod nicht erwähnte, aber ich konnte immer noch selbst reden.

»Entschuldige. Natürlich.«

Von Fawkes kam ein belustigtes Lachen, aber ich vermutete, Claire schoss bereits wieder unsichtbare Pfeile auf mich ab. Rafiq und Fawkes musste klar sein, was ich war. Wenn ich ihre Magie spürte, dann spürten sie meine ebenso. Wanderer konnte man noch schlechter täuschen als Jäger.

Der Butler unterbrach unser Gespräch. »Ich habe mir erlaubt, noch ein Gedeck zu bringen«, erklärte er und stellte eine weitere Tasse auf den niedrigen Tisch neben Claire. Ich verwettete alles darauf, dass es feinstes chinesisches Porzellan war. In diesem Haus spielte Geld tatsächlich keine Rolle.

»Lebst du schon immer auf der Insel?«, fragte Rafiq.

»Seit ich zehn bin.« Ich warf drei Stückchen Zucker in meinen Tee. »Früher lebte meine Familie in Schottland.«

»Gefällt es dir hier, so abgeschieden? Die Highlands sind doch um Längen spannender«, mischte Fawkes sich jetzt ein, während Allan sein Glas auffüllte. Er nickte dem alten Mann dankend zu.

»Ich erinnere mich kaum daran«, gab ich zu »Ich bin nie dorthin zurückgekehrt und habe Alderney, seit ich hier bin, nicht mehr verlassen.«

»Und du bist vor Langeweile nicht gestorben?«, stellte Claire fest. »Das grenzt an ein Wunder.«

Cedric versteifte sich bei dieser Bemerkung.

»Du solltest höflicher zu unserem Gast sein«, kam es prompt von Rafiq. »Die Insel ist schließlich Sashas Zuhause.«

»Es gibt außerdem schlimmere Tode, als an Langeweile zu

sterben«, erklärte ich mit eisiger Stimme. Diese arrogante Pute schüchterte mich nicht ein.

Fawkes zwinkerte mir aufmunternd zu. Ihn mochte ich von den dreien bisher am liebsten, zumal er am harmlosesten wirkte. Sofern man einen Wanderer harmlos nennen konnte. Waren sie wegen der vielen Seelenlosen hier, die auf dem Festland ihr Unwesen trieben? Wenn ja, was taten sie dann hier auf der Insel? Im Gegensatz zu uns Magierinnen folgten Wanderer keiner Bestimmung.

»Weshalb hast du dir also die Mühe gemacht, zu uns rauszukommen?«, fragte Claire ungerührt weiter. »Hat Cedric bei eurem Treffen einen so bleibenden Eindruck hinterlassen, dass du es für nötig gehalten hast, ihm hinterherzulaufen?«

Ich verschluckte mich an dem Tee und musste husten. Cedric reichte mir eine Serviette und klopfte mir dann sanft auf den Rücken. Es dauerte einen Moment, bis ich antworten konnte. »Ich habe einen Brief gebracht. Er hat darauf gewartet.« Das dachte ich jedenfalls. Dass er ihn gar nicht beachtet hatte, verunsicherte mich etwas.

»Wann kommt sie?«, fragte Fawkes in die eintretende Stille. Der entspannte junge Mann war verschwunden.

»Ich weiß es nicht«, brummte Cedric nicht sonderlich enthusiastisch. »Ich habe den Brief noch nicht geöffnet. Er liegt im Flur.«

Fawkes sah aus, als wollte er aufspringen und ihn holen, aber er hielt sich zurück.

»Wir erwarten sie seit Tagen«, murrte Claire. »Weshalb schickt sie nur einen Brief?«

»Das werden wir früh genug herausfinden. Jetzt haben wir einen Gast«, gab Cedric schneidend zurück.

Schritte näherten sich von draußen und hallten auf dem Marmorboden des Flures wider. Sie klangen viel zu selbstbewusst, als dass sie dem stillen Butler gehören konnten. Erwartungsvoll hob ich den Kopf. Wer gehörte denn noch zu dieser Ansammlung merkwürdiger Personen? Noch ein Wanderer vielleicht?

Der Mann, der jetzt den Raum betrat, war groß, mindestens einen Meter fünfundachtzig, und wenn ich aufgestanden wäre, hätte ich maximal bis an seine breiten Schultern gereicht, die sich zu schmalen Hüften verengten und in lange Beine übergingen. Ein silberblauer Blick glitt über mich hinweg. Er trug eine schwarze Anzughose, ein schwarzes Hemd mit silbernen Manschettenknöpfen, und ich musste unbedingt aufhören, ihn anzustarren. Aber ich konnte nicht, denn er sah einfach atemberaubend aus, selbst mit dieser aristokratisch blassen Haut. Sein nachlässig frisiertes Haar, das in völligem Kontrast zu seiner ordentlichen Kleidung stand, wirkte wie von der Sonne gebleicht. Wenn hier ein Film gedreht wurde, dann musste er der Hauptdarsteller sein.

Cedric neben mir räusperte sich und riss mich aus meinen Gedanken. »Das ist mein Bruder, Noah de Gray.«

Der junge Halbgott setzte sich zu Claire auf das Sofa und seine vollen Lippen verzogen sich zu einem distanzierten, kühlen Lächeln. Er sah wirklich atemberaubend aus, aber dieses Lächeln ließ ihn irgendwie unsympathisch erscheinen. Alles andere wäre auch zu viel des Guten gewesen.

»Hallo«, stellte ich mich vor, weil Cedric nichts sagte. »Ich bin Sasha Sullivan.«

Noah antwortete nur mit einem knappen Kopfnicken.

»Seid ihr Zwillinge?« Sie sahen sich nicht ähnlich, Cedric war ein viel dunklerer Typ. Aber sie konnten durchaus gleich alt sein.

»Nein«, antwortete Cedric. »Noah ist der Ältere.«

»Kommst du mit deiner Arbeit voran?«, mischte Claire sich in das Gespräch ein. »Oder brauchst du Hilfe?«

»Es ist schwieriger, als ich gedacht habe. Aber ich bin auf dem richtigen Weg. Ich weiß nicht … ich glaube …« Er fuhr sich mit der Hand durchs Haar und zerzauste es noch mehr. Dann steckte er sich etwas von dem Scone in den Mund.

Ohne Clotted Cream oder Marmelade wäre mir das viel zu trocken. Woran arbeitete er? Er sah jedenfalls aus wie ein Schauspieler. Vielleicht studierte er eine neue Rolle ein?

»Hast du Geschwister, Sasha?«, fragte Cedric mich leise, und ich konnte mich des Gefühls nicht erwehren, er wolle mich von seinem Bruder und Claire ablenken.

»Zwei Brüder. Sie sind fünf und sieben Jahre jünger als ich.«

»Steht ihr euch nah?«

»Nein, ich habe sie seit acht Jahren nicht mehr gesehen.«

Eigentlich verriet ich das niemandem, aber er hatte mich überrumpelt. Anfangs hatte ich meine Brüder schrecklich vermisst, aber immer, wenn ich jemandem erzählte, dass die Verwandten meines Vaters den Kontakt verweigerten, hatten die Leute mich mitleidig angeschaut. Inzwischen behielt ich dieses Familiengeheimnis, wie auch alle anderen, für mich.

Bevor er nachhaken konnte, griff ich nach einem Sandwich, um davon abzulenken. Ich war durcheinander. Mit zwei Wanderern in einem Raum zu sein, war für keine Seelenmagierin ein Kinderspiel. Meine Magie versuchte immer stärker mit ihnen in Verbindung zu treten, und ich hatte Mühe, sie noch länger im Zaum zu halten. Sie stieß gegen die unsichtbaren Mauern in meinem Inneren, die ich nur mühsam aufrechterhielt.

»Was machen deine Eltern beruflich?«, fragte nun Rafiq. Möglicherweise wollte er mir aus der Klemme helfen. Aber er machte es nur noch schlimmer.

Ich rutschte unruhig auf dem Sessel hin und her. Weshalb war ich überhaupt hergefahren? »Meine Eltern sind tot«, presste ich hervor. »Ich lebe bei meiner Großmutter und meinem Onkel. Er ist der Pfarrer der anglikanischen Gemeinde. Kommt doch am Sonntag zum Gottesdienst, Onkel Will wird euch sicher gern begrüßen.«

»Das ist nett gemeint, aber wir sind konfessionslos«, kam es harsch von Claire zurück. Dann lachte sie spöttisch über meinen Vorschlag.

Ich räusperte mich und schob nervös mein Haar hinters Ohr. Zu spät fiel mir ein, was ich damit entblößte, und sprang auf, als ich Cedrics schockierten Blick bemerkte. »Ich muss jetzt gehen. Meine Großmutter wartet bestimmt längst auf mich.«

»Ich bringe dich noch zur Tür.« Er stand ebenfalls auf. Plötzlich wirkte er wieder deutlich distanzierter als vorher. Diese Reaktion auf meine Narben kannte ich bereits, aber es gab Dinge, an die gewöhnte man sich nur schwer, egal, wie sehr man es versuchte.

»Es war schön, dich kennenzulernen«, bemerkte Fawkes aufmunternd. »Vielleicht kommst du noch mal vorbei. Wir würden uns freuen.«

»Ja klar.« Claire grinste überheblich. »Das war sehr unterhaltsam. Wir langweilen uns recht schnell allein miteinander.«

»Vielleicht mache ich das sogar«, gab ich zurück. »Oder du kommst mal in unseren Laden. Dort verkaufen wir viele interessante Bücher. Zum Beispiel welche über gutes Benehmen.« Ich biss mir auf die Zunge, um nicht noch mehr zu sagen, während Fawkes laut loslachte.

Cedric ergriff meine Hand und zog mich hinter sich her aus dem Raum.

»Das hast du verdient«, hörte ich Rafiqs Stimme. »Weshalb bist du so unhöflich zu ihr?«

»So eine Unverschämtheit. Was denkt die Kleine, wer sie ist?«

»Ich frage mich eher, was mit ihr los ist«, kam es von Fawkes. »Hast du es auch bemerkt?«

»Sie staut viel zu viel Magie in sich auf«, hörte ich Rafiq. »Ihre Kräfte sind stark, aber sie kann sie nicht kontrollieren. Das ist nicht gut. Nicht in der heutigen Zeit. Was denkt sie sich dabei?«

Cedric musste die Worte auch gehört haben, denn er ließ mich los, als hätte er sich verbrannt. Ich verschränkte die Arme vor der Brust. Gleich würde er mir irgendeine unangenehme Frage stellen.

Allan stand bereits mit meiner Jacke im Flur. Entweder war er der aufmerksamste Butler der Welt, oder er konnte es nicht erwarten, mich loszuwerden, was mir nur recht war.

»Danke, dass du dir die Mühe gemacht hast, herzukommen«, sagte Cedric gepresst. »Das hättest du nicht tun brauchen.«

»Ich dachte, der Brief wäre wichtig, aber ich wollte mich nicht aufdrängen. Entschuldige.«

»Du hast dich nicht aufgedrängt«, erwiderte er deutlich sanfter. »Und du wolltest noch den Garten sehen.« Er wollte nett sein, weil ihm die Reaktion auf meine Narben peinlich war. Auch das kannte ich schon. Aber ich hatte keine Lust auf ein Verhör. Er hatte mir nichts von sich erzählt und nun war es dafür zu spät. Die Bekanntschaft mit ihm und seinen Freunden war das genaue Gegenteil von dem, was ich in diesem Leben wollte.

Allan öffnete die Tür. Es hatte angefangen zu regnen, also zog ich die Kapuze über den Kopf.

»Du kannst da jetzt nicht raus«, bestimmte Cedric und legte eine Hand auf meinen Arm. »Das ist mit dem Rad zu gefährlich. Du könntest ausrutschen und stürzen. Ich bringe dich heim.«

Der Regen fiel so dicht, dass man kaum einen Meter weit sehen konnte. Allerdings gab es in meinem Leben genug Menschen, die mir vorschrieben, was das Beste für mich war und was ich tun und lassen sollte. Da brauchte ich nicht noch einen und ihn schon gar nicht. »Das ist okay«, behauptete ich. »Ich bin nicht aus Zucker und so weit habe ich es nicht.«

Seine Augen verengten sich bei meinen Worten. Bestimmt widersetzten sich ihm nicht viele Menschen.

»Leb wohl, Cedric de Gray«, sagte ich leise. »Ich bin froh, dass du da warst und mich gerettet hast, aber jetzt kannst du dahin zurückgehen, wo du hergekommen bist.« Zu meiner und seiner Überraschung stellte ich mich auf die Zehenspitzen und küsste ihn zum Abschied auf die Wange. Er legte seine Hand auf meine Taille. Es war keine besitzergreifende Geste. Er zog mich nicht näher, sondern stützte mich nur. Die Luft um uns verdichtete sich. Für eine Millisekunde verharrten wir so. Dann beging ich den Fehler, ihm wieder in die Augen zu sehen. Ich wollte mir sein Gesicht einprägen. Ich wüsste gern, ob wir schon mal ein Leben geteilt hatten, ob wir uns nur gekannt oder vielleicht sogar gemocht hatten.

»Leb wohl«, erwiderte er, als ich mich zurücksinken ließ. »Es ist besser, wenn du dich von uns fernhältst«, setzte er hinzu. »Aber ich werde bleiben, bis ich sicher bin, dass dir nichts geschieht.«

»Das ist nicht notwendig. Der Zirkel kann mich schützen.«

Er blickte mich ganz ernst an, und zuerst dachte ich, er würde noch etwas sagen, aber stattdessen drehte er sich um und ließ mich stehen.

Kopfschüttelnd ging ich zum Fahrrad. Egal, aus welchen Gründen die fünf auf der Insel waren, mich ging das nichts an. Ich hatte meine eigenen Probleme. Eines Tages würden sie wieder verschwunden sein. Nun war jedenfalls klar, wer Cedric beigebracht hatte, gegen Seelenjäger zu kämpfen, und wer ihm gezeigt hatte, fremde Magie abzublocken, wie er es in unserem Laden getan hatte.

Immerhin zwei meiner Fragen waren damit beantwortet.

Ich hatte die winzige Brücke noch nicht überquert, da war ich schon pitschnass. Trotzdem stieg ich auf mein Fahrrad, stemmte mich gegen den Wind und fuhr nach Hause. Cedric hielt mich nicht auf.

3. Kapitel

Alderney, 1. September 2019,
Gegenwart

Manchmal fragte ich mich, wie mein Leben verlaufen wäre, wenn meine Eltern nicht gestorben wären. Granny liebte mich, aber trotzdem fehlten mir meine Eltern, selbst nach all der Zeit. Lange hatte ich gehofft, dass wenigstens Dad überlebt hätte. Ich war zwar auf der Beerdigung meiner Eltern gewesen, aber im Gegensatz zu Mums Grab war seins leer gewesen. In den einsamen Nächten, die ihrem Tod folgten, hatte ich mir oft überlegt, was mit ihm passiert war. Ich hatte mir ausgemalt, er wäre Lazarus entkommen, hätte nach dem Unfall sein Gedächtnis verloren und würde, sobald seine Erinnerung zurückkäme, nach mir suchen. Heute, acht Jahre später, war diese Hoffnung verschwunden. An manchen Tagen war es einfacher, mit dem Verlust meiner Eltern und Brüder zu leben, als an anderen. Heute war ein eher schwerer Tag. Während ich wie jeden Sonntag Onkel Wills Predigt lauschte, kamen die Erinnerungen an meine Kindheit mit aller Macht zurück. Ich sah mich in der Küche des Cottages mitten in den Highlands sitzen, in dem meine Familie gelebt hatte. Die Fenster standen im Sommer immer offen und die karierten Vorhänge hatten im Wind geweht. Der Duft von Heidekraut war hereingeströmt, während ich meine Mutter beobachtete, die durch die Küche tanzte. Langes rotes Haar hatte ihre schlanke Gestalt umweht. Jedes Mal, wenn sie an mir vorbeikam, gab sie mir einen Kuss oder fütterte mich mit einem Stückchen Zimtschnecke. Ich sah den Raum noch genau vor mir. Dort hatte ich gelesen, Hausaufgaben gemacht oder mit meinen Brüdern gespielt. Die Möbel waren alt, aber stabil gewesen. Mum hatte die Küchenschränke mintgrün gestrichen und die Platte des Esstisches war vom vielen Gebrauch zerkratzt. Überall standen Gläser mit getrockneten Kräutern und von der Decke hingen Ketten mit aufgefädelten Pilzen und Chilischoten. Dieser Raum, mit all der Wärme, die er ausstrahlte, dem vertrauten Geruch und der Stimme meiner Mutter, war mein liebster Ort im Haus gewesen. Und dann standen die Ereignisse der Nacht vor dem Unfall plötzlich ganz klar vor mir. Ich hatte bereits geschlafen, als Stimmen mich weckten. Wir bekamen nicht oft Besuch, weil die Leute uns seltsam fanden. Merkwürdige Gerüche zogen bis in die Kinderzimmer, ich hörte gemurmelte Worte und mir wurde unter meiner warmen Decke kalt. Ich schlich zu meinen Brüdern, die tief und fest schliefen, und ging dann die Treppe hinunter zur Küche. Mum hatte mein Haar zu zwei Zöpfen geflochten, meine Füße waren nackt und ich trug ein langes weißes Nachthemd. Die Stimmen aus der Küche klangen aufgebracht. Ich erkannte Frauenstimmen und die meines Dads. Die Tür stand etwas offen, also lugte ich durch den Spalt. Eine fremde Frau stand am Herd und rührte mit einem Holzlöffel in einer Pfanne. Sie musste Kräuter rösten, denn der Geruch war beißend. Er trieb mir Tränen in die Augen. Mum weinte, während Dad sie im Arm hielt und mit einer anderen fremden Frau stritt. Die Tür quietschte, als ich sie weiter aufschob. Ich wollte zu meinen Eltern. Dad sollte mich auf den Arm nehmen, mich zurück ins

Bett bringen und mir eine Geschichte erzählen, so wie er es immer tat, wenn ich nicht schlafen konnte.

Aber die Frau, mit der er stritt, drehte sich zu mir um und lächelte freundlich. »Komm zu mir, Sasha«, forderte sie. Fragend blickte ich zu Dad, und als der nickte, ging ich auf sie zu. Die beiden Fremden trugen merkwürdige Kleider. So welche hatte ich noch nie gesehen. Und sie hatten die Haare seltsam geflochten. Heute wusste ich, dass sowohl die Kleider wie auch die Frisuren im 17. Jahrhundert in Mode gewesen waren. Die eine Frau kniete vor mir nieder. »Guten Abend, Sasha«, sagte sie. »Haben wir dich geweckt?«

Ich nickte und presste meinen Teddybären fester an mich. Eigentlich war ich mit zehn zu alt für Kuscheltiere, aber zum Schlafen brauchte ich noch eins.

»Das wollten wir nicht«, sagte sie. »Ich bin Selina Montague und das ist Marie Châtillon. Wir sind hier, weil wir um deine Sicherheit besorgt sind.«

Dad legte mir eine Hand auf meine Schulter und diese Berührung war gleichermaßen tröstlich wie beängstigend. »Wir werden für ihre Sicherheit sorgen«, sagte er mit fester Stimme. »Ihr könnt sie nicht mitnehmen.«

In die Augen der Frau trat ein Ausdruck, den ich nicht deuten konnte. Heute, wo ich Selina kannte, würde ich ihn als missbilligend bezeichnen. Ich hatte ihn seit damals oft genug gesehen. Sie mochte es nicht, wenn man sich ihr widersetzte. Sie strich mir über die Wange. »Ich musste es wenigstens versuchen«, sagte sie so leise, dass ich kaum die Worte hörte. Dann seufzte sie und stand auf. »Sashas Seele ist zu wertvoll. Bei mir wäre sie besser aufgehoben. Ich könnte ihre Magie schulen. Für ein zehnjähriges Kind zeigt sie sich viel zu heftig.«

»Das wissen wir alles«, antwortete Dad mit fester Stimme und die beiden lieferten sich ein Blickduell. »Deswegen leben wir so abgeschieden.«

»Wir bringen sie zu meiner Mutter. Sie wird auf sie achtgeben«, kam es nun von Mum. »Sasha geht auf keinen Fall in eine andere Zeit. Meine Mutter wird wissen, was zu tun ist. Oder gibt es vielleicht eine Regel des Zirkels, gegen die wir damit verstoßen?« Mum war selbst keine Seelenmagierin, aber sie war die Tochter von einer und kannte unsere Geheimnisse fast so gut wie wir selbst.

»Das Kind geht jetzt schon fortwährend in andere Zeiten, ohne dass sie es kontrollieren kann.« Marie, die Frau am Herd, drehte sich zu mir um und lächelte freundlich. »Wenigstens dabei kann ich dir helfen.«

»Ich will nicht fortgehen«, sagte ich mit piepsiger Stimme und schlang einen Arm um Mums Taille.

Marie achtete nicht auf meine Worte, sondern trug die Pfanne zum Tisch. Dann zog sie etwas Glitzerndes unter ihrem Kleid hervor. Eine Weile hantierte sie konzentriert herum und murmelte dabei unablässig etwas. Ich verstand zwar nicht, was sie sagte, aber ich wusste schon mit meinen zehn Jahren, dass sie einen Schutzzauber webte. Nachdem die gleichförmige Litanei verstummt war, kam sie zu mir. In der Hand hielt sie die Kette, die ich seitdem trug. »Dieses Amulett ist ein Seeelenanker«, erklärte sie. »Er wird dich an dieses Leben binden, damit du nicht mehr unkontrolliert durch die Zeit springst oder in ihr verloren gehst. Deine Großmutter wird dich lehren, deine Magie zu benutzen. Versprichst du mir, ihren Anweisungen Folge zu leisten?«

Ich nickte.

»Gut.« Sie strich mir über den Kopf. »Deine Großmutter ist

eine sehr erfahrene Seelenmagierin. Sie wird dir alles beibringen, was du für deine Aufgabe wissen musst. Richte ihr Grüße von mir aus.« Sie lächelte, und ich fand, dass dieses Lächeln traurig aussah. »Wir sehen uns in einem anderen Leben«, murmelte sie den Abschiedsgruß des Zirkels.

»Mögen deine Leben gesegnet sein«, antwortete ich, wie Granny es mir bei einem ihrer Besuche beigebracht hatte.

Ich blickte zu Selina, die nichts mehr gesagt hatte, und dann verschwanden die beiden Frauen unvermittelt. Granny war auch schon vor meinen Augen in eine andere Zeit verschwunden. Aber so mühelos hatte es bei ihr nicht gewirkt. Diese Frauen mussten bereits wesentlich mehr Leben gelebt haben als sie oder ich.

»Geh wieder ins Bett, Schatz«, sagte Dad nun. »Morgen brechen wir auf.«

»Ich will nicht fort«, flüsterte ich. »Weshalb kann ich nicht bei euch bleiben?«

»Das geht nicht«, sagte Mum mit zitternder Stimme. »Selina hat recht. Granny wird dich auf der Insel viel besser schützen können als wir hier.« Tränen standen ihr in den Augen, als sie mich auf die Stirn küsste. Ich ging zurück in mein Zimmer, wütend auf die beiden, weil sie mich nicht behalten wollten.

Jemand schob sich neben mich auf die Holzbank und die Erinnerungen verschwanden. Unwillig wandte ich den Kopf und blickte in Cedrics ernste Augen.

»Es tut mir leid«, sagte er leise ohne jede Begrüßung. »Ich hätte dir meine Freunde und meinen Bruder nicht zumuten dürfen. Claire kann ein echtes Biest sein. Ich möchte mich gern bei dir entschuldigen. Für ihr und für mein Benehmen.«

Das hätte ich nun als Letztes erwartet. Misstrauisch kniff ich die Augen zusammen. »Ist schon gut«, sagte ich dann. »Ist ja nichts passiert.«

»Lass es mich wiedergutmachen«, flüsterte er und nahm meine Hand in seine. Irgendwas Beunruhigendes passierte in meinem Körper. Die Hand war warm und trocken und unter der Berührung prickelte meine Haut. Zum Glück gelang es mir, meinen Seelenschimmer zu unterdrücken, der in meinem Körper Tango zu tanzen begann. Cedric rutschte noch näher an mich heran und nun berührte sein Arm meinen. Wärme sickerte durch die Schichten unserer Kleidung.

»Ist dir vielleicht langweilig?«, fragte ich misstrauisch. Musste er sich nicht um Lady Claire kümmern oder um das Mädchen, das ihm parfümierte Briefe schickte? Was wollte er von mir? Was war aus seiner Zurückgezogenheit geworden?

Er fuhr sich mit der anderen Hand durch sein Haar und wirkte völlig unerwartet ein bisschen unsicher. »Vermutlich habe ich es nicht anders verdient, aber könnten wir noch mal von vorn anfangen?«

»Du willst mir noch mal das Leben retten?« Ich zog die Augenbrauen hoch. »Kein Bedarf, aber danke für das Angebot.«

Molly und Polly, die ein paar Reihen vor uns saßen, drehten sich bei dem Geflüster um und rissen beide die Augen auf. Ich konnte es ihnen nicht verdenken. War er schon bei unseren anderen Begegnungen so breitschultrig gewesen oder lag das an dem engen Kaschmirpulli? Wer in seinem Alter trug so was und weshalb stand es ihm so ausnehmend gut? Bisher hatte ich es nicht gewusst, aber ich stand auf Jungs, die sich mit ihren Klamotten Mühe gaben.

»Das können wir ja überspringen und hier weitermachen.« Er

legte einen Finger unter mein Kinn und drehte meinen Kopf zu sich. Der Grünton in seinen Augen war heute viel heller als sonst, was bestimmt an dem Sonnenlicht lag, das durch die Buntglasfenster der Kirche schien. Erst entfesselte er die ganze Kraft seines Blickes und dann legten sich seine Lippen auf meine unversehrte Wange. »Gib mir noch eine Chance«, murmelte er mit sanfter Stimme. »Es tut mir wirklich leid.«

Ich sollte ihn wegschicken. Das wäre klug. Ihn umgaben zu viele Geheimnisse, die er offenbar nicht mit mir teilen wollte. »Gut«, hörte ich mich sagen. »Ich verzeihe dir.«

Ernst blickte er mich an. »Du hättest mich noch ein bisschen zappeln lassen müssen. Ich hatte geplant, vor dir auf die Knie zu fallen.«

So sah er gerade aus. »Der Boden der Kirche ist ganz schön hart, aber von mir aus kannst du es gern probieren.«

Er schüttelte den Kopf. »Das hebe ich mir für ein anderes Mal auf.« Er stoppte kurz. »Nicht dass ich mich noch mal mit dir streiten möchte.«

»Musst du dich denn oft bei deinen Freundinnen entschuldigen?« Bestimmt verziehen sie ihm alle so schnell wie ich.

Unsere immer noch miteinander verschränkten Hände lagen auf seinem Oberschenkel. »Wir sollten zuhören, was er zu sagen hat«, beantwortete er mal wieder eine meiner Frage nicht, nickte aber in Richtung meines Onkels, den ich komplett vergessen hatte. »Vielleicht ist es wichtig.«

Vermutlich war es das, aber ich hatte Mühe, mich zu konzentrieren. Während wir dort saßen und der Predigt lauschten, fuhr sein Daumen sanft über meinen Handrücken. Noch nie hatte ein Junge meine Hand so gehalten. Es fühlte sich unfassbar gut an. Onkel Will erzählte etwas über das Thema Lügen. Besonders frevelhaft war es offenbar, sich selbst zu belügen. Darin war ich Weltmeisterin. Jahrelang hatte ich mir eingeredet, die Narben auf meiner Wange gehörten zu mir, wie meine Augenfarbe oder meine unmöglich zu bändigenden Locken. Sie sollten nicht von Bedeutung sein, weil ich nicht ändern konnte, dass ich sie hatte. Nun hielt Cedric meine Hand, und ich wünschte mir nichts mehr, als den Unfall ungeschehen machen zu können. Die Verletzung gehörte ganz und gar nicht zu mir. Aber mit ihr hatte ich nie eine Chance gegen eine Schönheit wie Claire.

Die Predigt endete, aber Cedric und ich blieben sitzen, während die Kirche sich lehrte. Ich sah erst auf, als Polly und Molly neben uns stehen blieben.

»Begleitest du uns nach Hause?«, fragte Polly. »Selina erwartet uns. Sie möchte sich gern verabschieden.«

Und mir noch eine Predigt halten. Das kannte ich alles schon zur Genüge. »Ich komme gleich nach.« Wo wollte sie eigentlich schon wieder hin? Selina war die Jüngste von Grannys Freundinnen. Sie war nicht mal Mitte vierzig, und ich kannte keine Seelenmagierin, die so viel in der Zeit sprang. Allerdings hatte sie als Vorsitzende des Zirkels auch jede Menge zu tun. Leider machte sie aus diesen Dingen ein Staatsgeheimnis.

Molly zupfte ihre Schwester an der Jacke und diese warf Cedric einen strengen Blick zu. »Wenn du Sasha nicht heil nach Hause bringst, bekommst du es mit uns zu tun«, verkündete sie zu meinem Schrecken.

»Ich werde ihr kein Haar krümmen«, antwortete Cedric. »Bei mir ist sie sicher.«

»Wir würden dich finden, Cedric de Gray«, setzte Polly nach. »Denk nicht, du könntest uns entwischen.« Sie sah aus wie ein drohender Gnom. Klein, mit abstehenden grauen Haaren, ihrem roten Lieblingsmantel und den passenden Gummistiefeln, und gerade liebte ich sie sehr.

Er neigte nur den Kopf, und endlich verschwanden die beiden, nicht, ohne sich ein paarmal nach uns umzudrehen.

»Sie passen auf mich auf«, erklärte ich entschuldigend.

Cedric hatte meine Hand nicht losgelassen. Interessiert betrachtete er die Wandbilder in der Kirche. »Also sind wir wieder Freunde?«, fragte er nach einer Weile.

»Freunde«, erwiderte ich knapp. »Ja klar.«

»Führst du mich ein bisschen herum und zeigst mir die Insel? Nur, wenn du heute nichts anderes vorhast und wenn du dich nicht doch von Selina Montague verabschieden willst.«

»Habe ich nicht.« Er sprach Selinas Namen so selbstverständlich aus, als würde er sie kennen. Ich könnte ihn nach ihr fragen, aber Antworten bekam ich sowieso nicht. Dann musste ich mir die eben anderswo beschaffen. Möglichst gelassen stand ich auf und entzog ihm meine Hand. Freunde hielten nicht Händchen. »Kennst du schon unsere Eisenbahn?«

»Das Vergnügen hatte ich noch nicht.«

»Dann zeige ich sie dir. Sie ist praktisch ein Muss. Sogar Queen Victoria und Prinz Albert sind damit gefahren«, erklärte ich und versuchte, ganz normal zu klingen. »Die Strecke ist knapp zwei Meilen lang und heute ist eine deiner letzten Chancen für dieses Jahr. Sie fährt nur bis zum letzten Sonntag im September und dann erst wieder an Ostern.«

»Da werde ich nicht mehr hier sein«, sagte er leise.

Damit hatte ich auch nicht gerechnet, trotzdem versetzte es mir einen Stich. »Dann solltest du dir das nicht entgehen lassen.«

Cedric folgte mir, und als wir draußen auf den Treppenstufen standen, bot er mir seinen Arm an. Die altmodische Geste passte zu ihm. Bei jedem anderen Jungen hätte es albern ausgesehen. Ich lächelte und hakte mich unter. Langsam schlenderten wir die Victoria Street entlang. »Die Bahnlinie wurde ursprünglich gebaut, weil im Norden der Insel Granit gefunden wurde, der zum Hafen gebracht werden musste«, erklärte ich ihm. »Heute dient sie nur noch der Bespaßung von Touristen. Es ist die einzige Eisenbahn, die auf den Kanalinseln fährt.«

»Möchte meine Reiseführerin ein Eis?«, unterbrach er mich. »Nur, damit du keinen trockenen Mund bekommst?«

»Gern.« Wir holten uns in Jacks Brasserie jeder eine Kugel Vanilleeis und schlenderten weiter. »Die Bahn wird von der Alderney Railway Society betrieben«, sagte ich, weil ich die Stille zwischen uns füllen wollte. »Zurzeit sind drei Männer Mitglied dieser Gesellschaft. Einer ist der Lokführer, einer der Schaffner und einer der Ticketverkäufer.«

»Wäre es möglich, dass ihr Insulaner eine Vorliebe für Übertreibungen habt?«, hakte er nach. Er lauschte mir so aufmerksam, als berichtete ich von einer bahnbrechenden Entdeckung. »Gestern hat sich tatsächlich euer Postbote zu uns verirrt und mir erzählt, heute gäbe es ein Fußballspiel im Wembley Stadion. Ich war etwas irritiert.«

Bei seinem Gesichtsausdruck musste ich lachen. »So nennen sie unseren Fußballplatz.«

»Das habe ich mir schon zusammengereimt.« Er zog ein Stofftaschentuch aus seiner Hosentasche und hielt mich am Arm fest. »Halt still«, verlangte er.

Ich bewegte mich nicht, und er wischte mir vorsichtig mit dem Tuch über meine Mundwinkel und Lippen, ohne dabei den Haaren, unter denen meine Narben verborgen waren, zu nahe zu kommen. Allerdings nicht so vorsichtig, als dass die Berührung nicht am ganzen Körper ein Kribbeln bei mir auslöste. Wie machte er das?

»Du hattest da Eis«, erklärte er, als er fertig war.

»Normalerweise schaffe ich es zu essen, ohne mich zu beschmieren.« Ich trat einen Schritt zurück. Ich war zwar etwas abgeschieden aufgewachsen, aber ich war ab und zu natürlich Jungs begegnet. Hauptsächlich welchen, die ein paar Tage Ferien hier verbracht und versucht hatten, mit mir zu flirten. Kein Einziger hatte diese Wirkung auf mich gehabt.

»Hhm. Ich weiß nicht, ob ich das glauben soll.« Ich konnte mich des Gefühls nicht erwehren, dass er in mir eher ein kleines Mädchen sah und keine Frau. Er war nett und hatte sich für Claires Benehmen entschuldigt, was natürlich nicht bedeutete, dass er an mir interessiert war.

»Mein Grandpa hat früher immer Wettessen mit mir veranstaltet, das hat mich für jede vornehme Tafelrunde verdorben.« Weshalb sollte ich ihm etwas vormachen? Wir waren nur *Freunde*. Ich musste ihn nicht beeindrucken und er mich nicht.

»Jetzt tut er das nicht mehr?«

Ich schüttelte den Kopf. »Er ist gestorben. Vor einem Jahr. Ich sollte längst darüber hinweg sein, aber wenn ich ehrlich bin, vermisse ich ihn immer noch.«

»So ist das mit Menschen, die uns nahestehen. Wir vergessen sie nie ganz und das ist gut so. Sie sterben erst wirklich, wenn die Erinnerung an sie stirbt.«

»Ist das wieder von einem Philosophen?«

Cedric schüttelte den Kopf. »Auf diese Weisheit bin ich von allein gekommen.«

»Aber Vermissen ist etwas anderes als Vergessen«, wandte ich ein.

»Das stimmt. Aber würdest du einen Menschen, den du geliebt hast, lieber vergessen, um ihn dann nicht mehr vermissen zu müssen?«

Ich dachte einen Moment über seine Frage nach. »So habe ich das noch nie betrachtet«, gab ich zu. »Nein, ich will meinen Grandpa nicht vergessen. Dafür sind mir die Erinnerungen mit ihm zu kostbar. Er hat mir das Schwimmen und das Tauchen beigebracht.«

»Obwohl das vor der Insel eigentlich verboten ist.«

»Gerade deswegen ist es eine Erinnerung, die ich nie vergessen werde.«

Erinnerungen sind die Nahrung einer Seele, das war eine der Weisheiten des Zirkels. Deshalb hielten sie auch so fanatisch an der Tradition der Seelenbücher fest. Wenn ich meins hätte, könnte ich jetzt nachschauen, wann Cedric und ich uns schon mal getroffen hatten. Verlockend war die Vorstellung schon. Wir stellten uns in die Reihe der wartenden Touristen und ergatterten im Zug die beiden letzten Sitzplätze. Die Fahrt führte ein Stück durch die Stadt und dann quer über die Insel. Eigentlich war es unspektakulär, weil es nicht viel zu sehen gab. Eine Route direkt an der Küste entlang wäre viel schöner. Trotzdem machte es mir Spaß, neben Cedric zu sitzen und ihm ab und zu etwas zu erklären. Viel zu schnell waren wir bei der Endstation angelangt. Er ging voraus zum Ausgang und reichte mir die Hand, um mir beim Aussteigen behilflich zu sein.

»Laufen wir noch etwas gemeinsam?«

»Ja klar. Das Wetter ist gut, und wenn wir Glück haben, sehen wir die französische Küste.«

»Dann fordern wir unser Glück eben heraus.« In dem Pullover, der Jeans und den Sneakern wirkte er viel gelöster als in der Burgherrenkluft vom letzten Mal. Vielleicht sollte ich mich einfach mit ihm an den Strand legen. Seine Haut brauchte dringend ein bisschen Sonne. Allerdings ließ ihn diese vornehme Blässe besonders aristokratisch aussehen. Egal, ob er Sneakers oder Stiefel trug: Alles an ihm strahlte zeitlose Eleganz aus und er schien sich seines Platzes in der Welt sehr sicher. Weshalb war er eigentlich wirklich in die Kirche gekommen?

»Darf ich dich etwas fragen?« Forschend blickte er auf mich herab.

»Könnte ich dich denn davon abhalten?«

»Nein. Ich glaube nicht.«

»Dann frag einfach. Aber ich entscheide, ob ich dir antworte.«

»Du bist achtzehn und mit der Schule fertig, weshalb arbeitest du im Laden deiner Großmutter? Weshalb bist du überhaupt noch auf der Insel?«

Warum fragte er mich nicht direkt, weshalb ich keine Jagd auf Jäger und Seelenlose machte? Das wollte er doch eigentlich wissen. »Es ist ein guter Job und sie brauchte Hilfe. Ich lese gern und kenne den Laden wie meine Westentasche. Ich habe meine gesamte Kindheit dort verbracht«, antwortete ich wahrheitsgemäß.

»Was ist mit deiner Aufgabe?« Bildete ich mir das ein oder knurrte er diese Frage ein bisschen? Hatte ich es doch gewusst.

»Welche Aufgabe?«, flötete ich.

»Du weißt genau, was ich meine. Hat Selina Montague dich schon mit einer betraut?«

»Weshalb reden wir eigentlich immer über mich? Was ist mit dir? Weshalb bist du hier, und dein Bruder und Claire und die beiden Wanderer? Die Frage finde ich viel interessanter.«

»Wir haben etwas zu regeln, das meine Anwesenheit erfordert«, erwiderte er knapp.

Was dachte er denn, wo er arbeitete, beim MI5? »Ist dein Besuch schon angekommen?« Ich biss mir auf die Innenseite der Wangen. Das ging mich nun wirklich nichts an.

»Besuch?« Er wirkte irritiert. »Welcher Besuch?«

»Die Frau, die den Brief geschrieben hat, auf den du gewartet hast.« Den Liebesbrief.

»Ach so«, sagte er wie beiläufig. »Nein, sie kommt erst in ein paar Tagen. Sie konnte es nicht früher einrichten. Wann wirst du initiiert?«

Das war eine Frage, die ich nicht beantworten würde, da ich das Gefühl hatte, die Antwort würde ihm nicht gefallen. »Ist sie deine Freundin?«, fragte ich so harmlos wie möglich zurück. Wie blöd war das eigentlich? Da warfen wir uns gegenseitig jede Menge Fragen an den Kopf, ohne auch nur eine richtig zu beantworten.

»Ja, das ist sie«, antwortete er. »Aber nicht so, wie du möglicherweise denkst. Sie ist eine … sagen wir mal, gute Freundin der Familie.«

»Schickt sie all ihren *guten Freunden* Briefe, die nach Parfüm duften, und malt Unendlichkeitszeichen auf die Rückseite der Umschläge?« Kaum war die Frage aus meinem Mund, wollte ich sie am liebsten zurückstopfen.

Er blieb stehen und wandte sich mir zu. »Riechst du an *allen* Briefen, die ihr bekommt? Sei mir nicht böse, aber das finde ich etwas seltsam.«

Meine Wangen begannen zu glühen. »Das habe ich nur zufällig bemerkt«, verteidigte ich mich.

Er legte den Kopf schief und betrachtete mich mit diesem viel zu aufmerksamen Blick, den ich längst kannte. »Weshalb hast du mir den Brief persönlich gebracht? Hatte ich nicht erwähnt, dass wir sehr zurückgezogen leben?«

Tja. Weshalb? Ich ging wieder los und beschleunigte meine Schritte, aber er folgte mir mit seinen langen Beinen mühelos.

»Das ist ihre Art, Briefe zu schreiben«, erklärte er nach einer Weile. »Es hat nichts zu bedeuten. Du hättest den Brief nicht zu bringen brauchen. Ich wäre noch mal vorbeigekommen.«

Dieses Mal blieb ich stehen. »Entschuldige, dass ich mich aufgedrängt habe.«

Er fuhr sich frustriert mit der Hand in den Nacken. »Du hast dich nicht aufgedrängt, ich habe mich gefreut, dich zu sehen.«

Ja klar, und ich konnte fliegen.

Er musste mir meinen Unglauben ansehen. »Sie heißt Arwyn Silver und ist Noahs Freundin. Jedenfalls war sie das mal. Vor langer Zeit.«

»Wann genau?«, fragte ich, weil ich des Small Talks leid war. Ich wollte Antworten. Er dann leider vermutlich auch.

»Die beiden waren vor fast sechshundert Jahren ein Liebespaar«, antwortete er vorsichtig.

Ich kniff die Augen zusammen. »Und deshalb schickt sie dir jetzt parfümierte Briefe?« Hätte ich bloß nicht gefragt. Die Erklärung, die er mir geben würde, konnte mir gar nicht gefallen. Das hätte ich vorher wissen müssen.

Er holte tief Luft. »Können wir es nicht einfach auf sich beruhen lassen und einen schönen Tag miteinander verbringen?«

»Nein, können wir nicht. Du musst mir verraten, wer ihr seid. Du, Claire und Noah. Was tut ihr hier auf der Insel und weshalb seid ihr mit Wanderern unterwegs? Ich dachte immer, sie leben allein.«

Cedric schob die Hände in die Taschen. »Ich wusste, dass du diese Fragen stellen würdest. Du hast ihre Magie gespürt, oder? Deshalb solltest du eigentlich auf Abstand bleiben.«

»So wie du auf Abstand geblieben bist?« Rückblickend betrachtet, wäre es von uns beiden klug gewesen. Aber ich hatte es nicht gekonnt und er auch nicht.

»Du brauchst dich vor Rafiq und Fawkes nicht zu fürchten.«

»Das weiß ich. Claire macht mir mehr Angst.« Ich verzog das Gesicht. »Sie mag mich nicht besonders.«

»Sie mag keine anderen Frauen. Aber sie ist sehr loyal und meine beste Freundin.«

Gab es nicht einen Sinnspruch, dass man die Menschen nach ihren Freunden beurteilen sollte? »Herzlichen Glückwunsch«, sagte ich trocken.

»Man kann sich seine Freunde nicht immer aussuchen«, erwiderte er. »Nicht in meiner Situation.«

»Wie meinst du das? Was genau ist denn deine Situation?«

Er blickte mir fest in die Augen. »Du weißt wirklich nicht, was ich bin?« Der Unglaube war nicht zu überhören.

Jetzt wurde ich misstrauisch. »Sollte ich?«

»Ich konnte es bisher in keinem Leben vor dir verbergen.«

Ich atmete tief durch. Wir kannten uns. Ich hatte es gewusst. Jetzt kamen wir der Sache also näher. »Sag es mir einfach, und ich verspreche, nicht wegzulaufen.«

»Da bin ich nicht so sicher.« Er strich mir eine Haarsträhne hinters Ohr und entblößte meine verletzte Wange. »Hat es sehr wehgetan?«

Ich schluckte und konnte mich nur mit Mühe daran hindern, das Haar nicht wieder vor die Narben zu legen und seine Hand wegzustoßen. »Ich erinnere mich nicht, und du, lenk nicht ab.«

Er nickte und ergab sich. »Claire, Noah und ich – wir sind Verfluchte.« Er ließ mich keine Sekunde aus den Augen, als er das letzte Wort aussprach.

Ich schnappte nach Luft. Keine Ahnung, mit welcher Erklärung ich gerechnet hatte. Jedenfalls nicht mit dieser. Ich sollte weglaufen, und zwar so weit weg wie möglich. Verfluchte waren Sterbliche, die einer Seelenmagierin Schaden zugefügt hatten, in meiner Welt eins der schlimmstmöglichen Verbrechen, die man begehen konnte. Die Seele des Schuldigen wurde dafür bestraft, indem ihr die Fähigkeit genommen wurde, nach dem Tod in ein Neugeborenes zu schlüpfen. Verfluchte behielten ihren Körper und lebten ihre Leben in einer Art Schnelldurchlauf. Sie verbrachten immer nur wenige Tage, Wochen oder Monate in einem Leben, aber nie ihre volle Lebenszeit. Damit wurde diesen Seelen die Chance genommen, zu reifen und sich zu entwickeln. Manchen Verfluchten räumte man die Chance ein, ihren Fluch zu brechen. Dafür erhielten sie eine Aufgabe, die sie erfüllen mussten. Schafften sie es in einem Lebensschnipsel nicht, sprangen sie in ein neues Leben, um es dort zu versuchen. Bis die tausend Seelenleben aufgebraucht waren. Verfluchte wussten nie, wohin es sie verschlug, und mussten sich rasend schnell in ihr neues Leben einfinden. Sie alterten nicht, verloren allerdings im Laufe der Leben immer mehr ihrer Seelenenergie, bis sie am Ende ganz aufgebraucht war. Hatte ein Verfluchter sein tausendstes Seelenleben beendet, ohne seine Seele zu erlösen, ging sie nicht zurück in die Ursprungsseele. Im Grunde folgte nun erst die richtige Bestrafung. Denn eine verfluchte Seele musste bis zum Ende aller Zeit allein durch die Dunkelheit des Universums irren, und Einsamkeit war das Schlimmste, was man einer Seele antun konnte. Wir waren nicht dafür gemacht, allein zu sein. Weshalb hatte ich es nicht gleich gesehen? Seine blasse Haut war ein allzu offensichtliches Zeichen, die dunklen Augen und die Schatten darunter ebenso. Das war kein Schlaf- oder Lichtmangel. Das durfte doch nicht wahr sein! Ein Verfluchter konnte gefährlicher sein als ein Jäger. Deswegen hatten die anderen Magierinnen so feindselig reagiert.

»Deshalb spürst du bei uns kaum noch Seelenenergie.« Er flüsterte fast. »So ist es doch, oder? Sie ist beinahe aufgebraucht.«

Das bedeutete, er hatte eine ganze Reihe seiner Leben schon gelebt. Ich nickte langsam und trat einen Schritt zurück. Wäre seine ganze Erscheinung nicht so voller Leben, könnte er fast ein Seelenloser sein. Aber auf diese Idee war ich gar nicht gekommen. Weshalb hatte Granny nichts gesagt? Sie konnte doch nicht gutheißen, dass ich mit ihm allein war? Was, wenn er mir etwas antat? Einen guten Grund hatte er. Meine Seele könnte ihm die verlorene Energie hundertfach zurückgeben.

Seine Augen verdunkelten sich noch mehr. »Du musst keine Angst vor mir haben.«

Das würde ich gern glauben. Er musste etwas wirklich Schlimmes getan haben. Ein Fluch war keine Strafe, die leichtfertig verhängt wurde, denn die Seele eines Verfluchten war in dem Moment verloren, in dem der Fluch ausgesprochen wurde. »Wurdet ihr alle für dasselbe Verbrechen bestraft?«, fragte ich mit zittriger Stimme. Sie mussten eine schwere Schuld auf sich geladen haben. Ich sollte mich umdrehen und gehen. Aber ich konnte nicht.

»Noah und ich, ja. Claire stieß erst später zu uns. Sie hat ihre eigenen Fehler begangen.«

»Wissen Fawkes und Rafiq über euren Fluch Bescheid?«

»Denkst du, vor Wanderern ließe sich so etwas geheim halten?« Er kam auf mich zu, aber ich hob abwehrend die Hände, und sofort blieb er stehen.

»Du hättest es mir eher sagen müssen.«

»Es erstaunt mich, dass deine Großmutter es nicht längst getan hat. Sie weiß, was wir sind.«

»Woher?«

Er zuckte mit den Schultern. »Das musst du sie schon selbst fragen.«

»Dann müsste ich ihr im Gegenzug erzählen, wie ich dich kennengelernt habe und dass ein Seelenjäger uns angegriffen hat.«

»Das solltest du auch tun«, erwiderte er und runzelte die Stirn. »Weshalb hast du das nicht längst?«

»Ich will nicht, dass sie mich in eine andere Zeit schickt«, gab ich zu und klang selbst in meinen Ohren störrisch.

»Das muss sie so oder so. Ist euch nicht klar, was jenseits dieser Insel der Seligen vor sich geht? Lazarus Rimmon zieht seine Truppen zusammen. Du musst fort von hier. Also erzählst entweder *du* deiner Großmutter von dem Angriff oder ich.«

Wütend kniff ich die Augen zusammen. »Gar nichts wirst du. Das ist mein Leben und du mischst dich nicht ein. Dazu hast du kein Recht.«

»Und ob ich das Recht habe.« Mit drei Schritten war er bei mir. »Ich lasse nicht zu, dass dieser Bastard dir etwas antut.« Er packte meinen Arm, aber ich riss ihn zurück.

»Fass mich nicht an«, fauchte ich. Wir waren ganz allein. Weit und breit war kein Mensch mehr zu sehen. Er konnte mich hier und jetzt töten und mir meine Seele rauben. Er wäre nicht der erste Verfluchte, der zu diesem drastischen Mittel griff, um nicht zu sterben. Die Aussicht, ein Jäger zu werden, war für viele von ihnen verlockender, als für immer allein in der Dunkelheit zu existieren. Deshalb wurde diese Strafe heute kaum mehr verhängt. Sofort ließ er mich los und trat zurück. Meine Angst verschwand und an ihre Stelle trat ein schlechtes Gewissen. Er hatte mir keinen Grund gegeben, ihm nicht zu vertrauen.

»Bitte, Sasha«, sagte er langsam, als beschwichtigte er ein

scheues Tier. »Sei vernünftig. Lass dich von deiner Großmutter in Sicherheit bringen. Weshalb kannst du deine Magie nicht richtig kontrollieren?«

Ich rieb mir über die Arme. Jetzt war ich wohl dran, ihm die Wahrheit zu sagen. »Ich habe es für dieses Leben abgelehnt, meine Aufgabe als Seelenmagierin anzunehmen. Ich möchte nichts damit zu tun haben«, gestand ich ihm. »Leider klappt es nicht so gut wie erhofft. Die Magie macht sich viel zu oft selbstständig.«

Cedric blinzelte kurz verwirrt, bevor er mich anfuhr. »Das kann nicht dein Ernst sein! Wer hat dich denn auf diese wahnwitzige Idee gebracht?«

»Niemand. Das war ich ganz allein, und ich habe meine Gründe, die dich nichts angehen.«

»Ganz sicher gehen sie mich etwas an. Bist du lebensmüde?« Seine Augen glühten vor Zorn und waren jetzt fast schwarz.

Ich war ihm ganz sicher keine Rechenschaft über meine persönlichsten Entscheidungen schuldig. »Wenn du mir erzählst, weshalb du verflucht wurdest, sage ich dir, warum ich meine Gabe ablehne.«

Er holte tief Luft. »Du musst mit deiner Großmutter reden. Es ist nur eine Frage der Zeit, bis Lazarus persönlich auf die Insel kommt.«

»Das wagt er nicht«, keuchte ich.

»Hast du eine Ahnung! Während ihr hier an euren Seelenbüchern bastelt und in Erinnerungen an eure früheren Leben schwelgt, hat er eine Armee um sich geschart.«

»Du musst dich täuschen. Er hat sich seit ewigen Zeiten nicht mehr mit dem Zirkel angelegt.« Er war nur hinter mir her, auch wenn niemand mir eine schlüssige Erklärung liefern konnte, weshalb das so war.

»Das denkst aber auch nur du.« Seine Wangenknochen mahlten. »Welche Erklärung hat deine Großmutter dir für die verschwundenen Magierinnen geliefert?«

»Was meinst du?«, fragte ich misstrauisch. Von verschwundenen Magierinnen hatte ich noch nie gehört. Und ich würde einem Verfluchten seine Anschuldigungen und Lügen nicht glauben. Was bezweckte er überhaupt damit?

»Hat dir niemand erzählt, dass in jedem Jahrhundert eine Magierin verschwindet? Lazarus gibt sich nicht mit einfachen Seelen zufrieden. Er will mehr als nur ein bisschen Energie. Er braucht mächtige Seelen. Stella Montague war die Erste. Er hat sie zu seiner Gefährtin gemacht. Seitdem ist er süchtig nach eurer Magie. Ihr könnt froh sein, dass er sich in jedem Jahrhundert mit einer begnügt. Und in diesem will er dich.«

»Das ist Unsinn. Selina hat ihm die Seelenstücke ihrer Schwester wieder abgenommen. Stellas Seelenstücke sind in die Ursprungsseele zurückgegangen.«

Cedric lachte hart auf. »Das hat Selina euch erzählt, aber es ist nicht wahr. Wie hätte sie das denn anstellen sollen? Glaubst du eigentlich alles, was man dir erzählt, oder hinterfragst du auch ein paar Sachen?«

Ich verschränkte die Arme vor der Brust. Jetzt wurde es mir zu bunt. »Du erwartest doch auch, dass ich dir glaube? Aber wieso sollte ich das tun? Welche Magierin auch immer dich verflucht hat, sie wird einen guten Grund gehabt haben.« Herausfordernd sah ich ihn an. Wofür hielt er sich eigentlich, und die viel wichtigere Frage – wofür hielt er mich? Dachte er wirklich, ich hinge wie ein Mäuschen an seinen Lippen und sagte zu allem Ja und Amen? In welchem Jahrhundert war er denn geboren? Seine Einstellung zu Frauen war unterirdisch.

Cedric fuhr sich mit beiden Händen durchs Haar. Die Geste wirkt geradezu verzweifelt und etwas von meinem Zorn verpuffte.

»Mit meiner Seele wird er nicht viel Freude haben«, sagte ich mehr zu mir als zu ihm. »Sie ist nicht sonderlich interessant. Ich erinnere mich an keins meiner Leben, ich kann nicht mal ordentlich in der Zeit springen, weil mir sofort übel wird, und überhaupt sollte er gar nicht wissen, dass ich hier bin«, zählte ich die offensichtlichen Gründe auf.

»Das weiß er aber.« Seine Stimme klang düster, und immer noch hatte ich das Gefühl, er verschwieg mir etwas ganz Entscheidendes.

Ich spürte, wie meine Entschlossenheit, ihm nicht zu glauben, ins Wanken geriet. »Woher?«, fragte ich. »Weshalb sollte er ein Interesse an mir haben? Seit dem Unfall hat Granny mich hier versteckt. Ich dachte, er hätte mich vergessen.«

»Welcher Unfall?«

Ich schluckte, beschloss aber, ihm von dem schlimmsten Tag meines Lebens zu erzählen. Jetzt war es auch schon egal. »Als ich zehn war, verunglückten meine Eltern mit mir. Eigentlich war es kein Unfall. Lazarus lauerte uns mit einer Bande seiner Jäger auf. Unser Auto stürzte in einen Fluss und meine Mutter ertrank. Mein Vater vermutlich auch, aber seine Leiche wurde nie geborgen. Lazarus versuchte schon damals, meine Seele zu bekommen. Selina hatte uns einen Abend vorher gewarnt. Sie wollte mich mit in eine andere Zeit nehmen. Irgendwohin, wo ich in Sicherheit war, aber mein Dad erlaubte es nicht. Er wollte mich nach Alderney bringen und auf dieser Fahrt geschah das Unglück. Seitdem versteckt der Zirkel mich hier. Wir sind immer davon ausgegangen, Lazarus hätte das Interesse an mir verloren.«

Cedric senkte die Stimme. »Das hat er aber nicht. Er hat nur gewartet, bis du erwachsen bist.«

»Aber was will er ausgerechnet von mir?«

»Hast du ihn bei dem Unfall gesehen? Ist dir nicht aufgefallen, wie sehr er sich von den anderen Jägern unterscheidet?«

»Doch, natürlich. Er ist viel körperlicher als die anderen. Wenn auch nicht mehr so wie früher.«

»Wie früher?«, hakte Cedric nach. »Was meinst du damit? Ich denke, du kannst dich an keins deiner Leben erinnern.«

»Kann ich auch nicht, aber in der Nacht, in der du mich vor dem Ertrinken gerettet hast, bin ich in eins meiner Leben gesprungen. Lazarus war auch dort. Er war Priester und sah ganz und gar wie ein Mensch aus. In der Nacht des Unfalls in meiner Kindheit war der Verfall hingegen gut zu sehen.«

»Erzähl mir mehr von dem Zeitsprung.« Cedrics Miene glich einer Maske. »Woran kannst du dich erinnern? Weshalb hast du mir nicht gleich gesagt, dass Lazarus dort war?«

Ich zuckte mit den Schultern. Weil ich ihn nicht gekannt hatte. »Die Menschen dachten, ich wäre eine Hexe, und unterzogen mich einer Wasserprobe. Als ich kurz davor war, zu ertrinken, sprang ich zurück.«

Cedric atmete sichtbar auf. »Er hat schon immer Jagd auf deine Seele gemacht.«

»Aber warum ausgerechnet auf mich? Und weshalb weißt du das überhaupt?«

»Du müsstest es auch wissen. Lazarus hat es seit Jahrhunderten auf dich abgesehen. Gibt es dazu denn keine Notizen in deinem Seelenbuch?«

»Das bekomme ich doch nicht, wenn ich mich nicht initiieren lasse. Da ist Selina sehr streng.«

Cedric nickte. »Natürlich ist sie das. Sie hat euch alle ganz schön unter der Fuchtel.«

»Sie war es, die dafür gesorgt hat, dass wir eine richtige Gemeinschaft werden«, belehrte ich ihn. »Und in einer Gemeinschaft muss es nun mal Regeln geben.«

»Hält sie sich denn auch an ihre Regeln?«

Was meinte er damit? Wenn es stimmte, was Cedric mir da gerade offenbart hatte, dann blieb mir gar nichts anderes übrig, als mein Schicksal dem Zirkel anzuvertrauen. Der Plan, den ich mir so sorgfältig für mein Leben zurechtgelegt hatte, war gescheitert, bevor ich überhaupt begonnen hatte, ihn in die Tat umzusetzen.

»Ich kann dich vor ihm beschützen, wenn du es mir erlaubst.«

»Das werde ich nicht.« Ich ging ein paar Schritte rückwärts.

»Weil ich verflucht bin?«

»Nein, das ist nicht der Grund. Obwohl ich mehr als ein Mal vor deinesgleichen gewarnt wurde.«

»Das kann ich mir denken«, murmelte er und presste die Lippen zusammen. »Weshalb dann nicht?«

Die Sonne schien immer noch strahlend blau vom Himmel. Wir hörten das Rauschen des Meeres – alles war so wie immer und doch völlig anders. »Ich kann deine Hilfe nicht annehmen, weil ich dann nie auf eigenen Füßen stehen werde. Dann muss immer jemand auf mich aufpassen und was wäre das für ein Leben? Ich kann mich gegen Lazarus verteidigen, wenn es sein muss.« Das hoffte ich jedenfalls. »Aber zuerst werde ich lernen, meine Magie zu knebeln, damit er mich gar nicht erst findet.«

»Das wirst du nicht schaffen. Deine Magie ist viel zu stark. Selbst ich rieche sie hundert Meilen gegen den Wind. Wenn du deine Gabe in einem Leben nicht einsetzen willst, dann wähle ein ungefährliches. Nicht dieses.«

»Gibt es das denn?« Ich lächelte traurig. »Wird je ein Leben ungefährlich für mich sein? Wird Lazarus nicht immer nach mir suchen?«

Er vergrub die Hände in den Taschen seiner Jeans und überlegte eine Weile, während ich geduldig wartete. »Du hast recht. Jedes Leben hat seine eigenen Herausforderungen.«

»So was dachte ich mir schon. Also werde ich mich ihnen in diesem Leben stellen.«

Für eine Sekunde sah ich Angst in seinen Augen aufflackern. »Es ist deine Entscheidung.«

Ich war froh, dass er nicht versuchte, mich davon abzubringen. »In wie vielen meiner Leben sind wir uns bereits begegnet?« Ich wünschte wirklich, ich könnte ihm mein jetziges einfach anvertrauen. Könnte die Last auf seine Schultern legen. Aber das ging nicht.

Er seufzte leise. »In einem«, gab er zögernd zu. »Allerdings nur ganz kurz.«

»Standen wir uns nahe?« Gespannt hielt ich die Luft an.

»Nein«, sagte er leise. »Um die Wahrheit zu sagen ... du hast mich gehasst.«

Seine Worte trafen mich wie eine eiskalte Dusche. »Das kann ich mir nicht vorstellen.« Er log. Er musste lügen.

»Ich bringe dich jetzt zur Bahn und du fährst nach Hause«, beendete er abrupt unser Gespräch. »Tu mir den Gefallen und bleib nachts im Haus und rede mit deiner Großmutter. Sie müssen den Schutz verstärken.«

Schweigend und mit einem Mindestabstand von einem Meter legten wir den Weg bis zur Bahnstation zurück. Jeder von uns hing seinen Gedanken nach. Konnte ich ihm glauben? Ihm vertrauen? Immerhin war er ein Verfluchter. Aber ich konnte von Selina nicht noch mehr Schutz verlangen. Denn es gab andere Orte, an denen der Zirkel kämpfen musste. Wir durften nicht zulassen, dass Lazarus und seine Meute unschuldige Menschen erst zu Seelenlosen und schließlich zu Jägern machte. Weshalb hatte Cedric mir das alles überhaupt erzählt? Was bezweckte er damit? Verfluchte hatten nur ein Ziel, sie wollten ihre Seele vor der ewigen Verdammnis retten. Je näher sie der Vollendung ihres Seelenzyklus kamen, umso rücksichtsloser wurden sie. Als wir an der Bahnstation ankamen, pfiff die Lok bereits zur Abfahrt. War das vielleicht alles ein großes Ablenkungsmanöver, um mich in Sicherheit zu wiegen? Was, wenn er plante, mich Lazarus auszuliefern? Die Wahrscheinlichkeit war recht hoch. Es kam darauf an, das wievielte seiner tausend Leben er gerade lebte. Seiner blassen Hautfarbe nach zu urteilen, hatte er schon sehr viele Leben hinter sich, und seine Energie war fast aufgebraucht, das hatte er selbst bestätigt. Er könnte als Lohn von Lazarus einen Splitter meiner Seele fordern, um weiterzuleben. Aber dann wurde er unweigerlich selbst zum Jäger. Wer einmal von einer fremden Seele gekostet hatte, wurde süchtig danach.

Cedrics Daumen strich über den rasenden Puls an meinem Handgelenk. Eine denkbar harmlose Berührung, die mich trotzdem unter Strom setzte. »Ich werde dir nichts antun, und ich wünschte, du würdest mir das glauben. Wenn du das nicht kannst, halte ich mich von dir fern.«

Ich schluckte meine Furcht hinunter. »Das musst du nicht. Aber für den Anfang werde ich mit Granny reden und ihr sagen, was du mir erzählt hast.«

»Das ist das Vernünftigste, und egal, was sie dir rät, hör auf sie.«

Ich entzog ihm meine Hand und machte mich auf die Suche nach einem freien Platz. Erst als die Bahn anfuhr, drehte er sich um und lief zum Fort zurück. In meiner Seele vibrierte eine Erinnerung. In irgendeinem meiner Leben hatte ich genau dies schon einmal erlebt. Er hatte mich verlassen und war nicht zurückgekommen. Hatte ich ihn deshalb gehasst?

Granny saß im Wintergarten, als ich zurückkam. »Alles in Ordnung?«, fragte sie und strickte dabei emsig weiter. »Du wirkst aufgewühlt.« Um das zu bemerken, brauchte sie mich nicht mal anschauen.

»Das bin ich auch. Hast du Zeit? Ich muss mit dir reden. Das hätte ich schon längst tun sollen.« Ich setzte mich ihr gegenüber auf einen der geblümten Sessel.

»Polly und Molly waren hier«, unterbrach sie mich. »Cedric de Gray war also beim Gottesdienst. Das hätte ich nicht gedacht. Das war mutig von ihm. Du solltest wissen, dass das Selina gar nicht gefällt und Penny übrigens auch nicht.«

»Und dir?«

»Ich bin mir nicht ganz sicher. Wir sind den de Grays und den beiden Wanderern schon öfter begegnet und sie haben sich uns nie in den Weg gestellt. Ich vertraue auf ihren guten Willen.«

»Warum hast du mir nicht gleich gesagt, dass Cedric ein Verfluchter ist?«, platzte ich gleichermaßen erleichtert und frustriert heraus. »Er hat gesagt, du wüsstest es.«

»Ja, das wusste ich.« Sie ließ ihr Strickzeug in den Schoß sinken. »Hättest du dich von ihm ferngehalten, wenn du es von mir erfahren hättest? Hätte es irgendwas geändert? Es ist sein Schicksal. Ich fand, es sollte ihm überlassen sein, dich einzuweihen.«

»Sollte ich mich denn von ihm fernhalten?«

Granny betrachtete mich eine Weile aufmerksam. »Das musst du entscheiden. Was sagt dir deine Seele?«

Ich zuckte mit den Schultern und sie seufzte. Natürlich war auf meine Seele kein Verlass. Auf sie konnte ich ebenso wenig vertrauen wie normale Menschen auf ihr Bauchgefühl.

»Verrätst du mir, in welchem meiner Leben ich ihn schon einmal getroffen habe? Er hat gesagt, ich hätte ihn gehasst, aber das kann ich mir nicht vorstellen.«

Granny lächelte wissend. »Das darf ich nicht. Dafür musst du dein Seelenbuch befragen.«

»Das Selina mir nicht gibt, solange ich nicht dem Zirkel beitrete«, sagte ich zähneknirschend.

Granny hob die Schultern. »Du lehnst deine Gabe ab, was dein gutes Recht ist. Aber dann musst du auch mit den Konsequenzen leben.«

»Findest du es wirklich nicht beängstigend, dass drei Verfluchte und zwei Wanderer auf der Insel sind?«

»Wenn du dich an so viele Leben erinnern könntest wie ich, würdest du auch nicht mehr so schnell etwas beängstigend finden. Es gibt Tage, da überlege ich, ob ich in meinem nächsten Leben nicht auch einmal eine Pause mache.«

»Es ist nicht so einfach, wie es scheint. Es gibt mehr Tage, an denen ich mich frage, ob ich die richtige Entscheidung getroffen habe, als Tage, an denen ich mir sicher bin.«

Granny griff nach meiner Hand und drückte sie. »Das glaube ich dir, mein Kind. Aber deine Seele weiß, was sie tut. Lass dich von ihr leiten.«

Das klappte ja nicht so gut, wie ich schon festgestellt hatte.

»Cedric und ich wurden von einem Seelenjäger überfallen«, platzte ich heraus und Grannys Hand verkrampfte sich. »Cedric hat mich nicht nur vor dem Ertrinken gerettet, sondern auch vor dem Jäger.«

»Weshalb hast du mir das nicht sofort erzählt?«, fragte sie.

»Ich wollte nicht, dass du mich wegbringst, und es war schließlich nur ein Einzelner«, antwortete ich trotzig.

Granny stand auf. »Hat Cedric ihn getötet?«

Ich nickte. »Mit einem Silbermesser.«

»Natürlich. Womit sonst.« Sie drapierte sich einen Seidenschal um die Schultern und tätschelte meine Wange. »Kein Grund zur Sorge. Wir kümmern uns darum.«

Keine Sorge? Wollte sie mich auf den Arm nehmen? »Lazarus zieht angeblich eine Armee zusammen und er will meine Seele. Cedric hat behauptet, Selina hätte Stellas Seele nie gerettet.« Nun wurde Granny doch eine Nuance blasser. »Das hat der Junge sich nur ausgedacht, um dir Angst zu machen.«

Gerade noch hatte sie behauptet, sie würde Cedric vertrauen. Was denn nun?

»Wir sollten nicht in Panik verfallen«, sagte sie mehr zu sich selbst. »Lazarus hat schon öfter versucht, sich einer Magierin zu bemächtigen. Gelungen ist es ihm nie. Selina hat Stellas Seele damals befreit, wir wissen das alle.«

»Cedric meinte, in jedem Jahrhundert verschwindet eine Magierin und das ist Lazarus' Werk. Stimmt das?«

Granny holte tief Luft. »Der Zirkel lässt das Verschwinden von Magierinnen sehr genau untersuchen. Du darfst nicht alles glauben, was er sagt. Wir sollten mit Selina darüber reden.«

»Meinst du nicht, sie kennt Lazarus' Pläne ohnehin schon? Schließlich haben die französischen Magierinnen ihr von den vielen Seelenlosen berichtet. Warum hat sie uns nicht gewarnt?«

»Wir wissen nicht, ob das alles miteinander zusammenhängt, aber wir werden es herausfinden.«

Meggie kam zu uns in den Wintergarten. »Ist etwas passiert?«, fragte sie alarmiert. Ihre Kräfte waren bereits gut entwickelt, und sie spürte die Schwingungen, die in der Luft lagen.

»Wir müssen etwas mit Selina besprechen. Möglicherweise werden wir deine Initiation vorziehen.«

»Aber weshalb? *Mabon* ist doch schon in drei Wochen.«

»Das erkläre ich dir, sobald wir bei ihr sind. Wir müssen uns umziehen und dann sollten wir sofort aufbrechen. Wir bleiben nicht lange. Weshalb musste sie ausgerechnet jetzt fortgehen?«, sagte sie dann mehr zu sich selbst. »Diese Frau konnte noch nie lange in einer Zeit bleiben.« Granny tätschelte meine Wange. »Am besten, du wartest auf uns.«

Ich folgte den beiden mit meinen Blicken, als sie zur Treppe gingen. Weder Granny noch Meggie hatten im 12. Jahrhundert am englischen Hof gelebt und schon gar nicht hatten sie Richard Löwenherz auf seinen Kreuzzügen begleitet. Deswegen mussten sie sich vor dem Zeitsprung umziehen, um nicht aufzufallen. Auf unserem Dachboden gab es einen unendlichen Fundus an Kleidern und Zubehör, den man für Zeitreisen brauchte. Als Kind hatte ich es geliebt, in den Koffern, Truhen und Kisten zu wühlen, und Granny oft geholfen, sich für einen Zeitsprung fertig zu machen. Aber nun war ich seit Jahren nicht mehr oben gewesen.

Ich rieb mir über die Oberarme, als ein kühler Luftzug durch den Raum wehte. Ich wünschte, Cedric wäre hier. Zum ersten Mal fand ich es unheimlich, allein zu Hause zu bleiben. Ob er ein Handy hatte? Oder lohnte sich so eine Anschaffung nicht für so ein kurzes Leben? Ich verriegelte alle Türen und Fenster. Nicht dass das Seelenjäger wirklich aufhalten konnte. All die Jahre hatten wir recht sorglos und sicher auf der Insel gelebt. Damit war es jetzt offenbar vorbei. Draußen wanderten dunkle Regenwolken über den Himmel und kündigten ein Gewitter an. Ich setzte mich in einen der Sessel, die überall im Laden herumstanden, und zog eine Decke über mich. Neben mir auf einem Tisch flackerte eine kleine Kerze und tauchte die vertraute Einrichtung in schummriges Licht. Ich betrachtete die Regale mit den alten Büchern, die abgeschabten Stoffe der Sessel, die alten Dielen und sog den vertrauten Geruch tief in meine Lunge. Ich wollte nicht fort von hier, aber wenn ich nur so die Menschen schützen konnte, die ich liebte, würde ich das tun. Dann ging ich notfalls auch in eine andere Zeit.

4. Kapitel

Alderney, 2. September 2019,
Gegenwart

Granny und Meggie kamen erst im Morgengrauen zurück. Sorge zeichnete sich auf Grannys Gesicht ab, als ich ihnen die Ladentür aufschloss. Mir tat alles weh; unsere Sessel waren normalerweise recht gemütlich, eigneten sich aber nicht, eine ganze Nacht darauf zu verbringen.

»Was hat Selina gesagt?«, fragte ich. »Können wir irgendwas tun?«

»Nein. Sie kommt morgen zurück, und dann wird sie mit den de Grays reden, um herauszufinden, was sie wissen.«

Manchmal war Selina mir ein Rätsel. Wusste sie mehr als wir? Fand sie die Vorstellung, Lazarus würde hier über uns herfallen, nicht auch beängstigend? Was konnte denn wichtiger sein? Es war ja nicht so, als wäre sie zum ersten Mal bei Richard, und ändern durfte sie die Vergangenheit auch nicht. Der Codex des Zirkels untersagte es uns, in die Geschichte einzugreifen. Selina wirkte immer so kühl und abgeklärt, aber das konnte auch täuschen. Im 12. Jahrhundert hatte ihre Schwester mit ihr gemeinsam am Hof von Richard Löwenherz gelebt. Möglicherweise vermisste sie sie so sehr und ging deshalb ständig zurück. Zwillinge, bei denen beide Schwestern Magierinnen waren, hatte es nur ein einziges Mal gegeben, und das waren eben Stella und Selina gewesen. Wie eng verbunden war man dann eigentlich? Ziemlich stark offenbar, wenn man bedachte, was Selina auf sich genommen hatte, um die Seele ihrer Schwester zu retten. Sie hatte ihre eigene aufs Spiel gesetzt, als sie Lazarus gefolgt war. Normalerweise war eine Seele, die in die Hände eines Jägers fiel, für immer verloren. Aber Selina hatte das Unmögliche geschafft. Oder nicht? Mir klangen immer noch Cedrics Worte im Ohr. Wie hatte sie das gemacht? Ich hatte keine Ahnung und ich hatte es nie hinterfragt. Das Ganze war jetzt mehr als achthundert Jahre her, und seitdem beanspruchte sie den Vorsitz im Zirkel für sich, abgesehen natürlich von den Zeiten, in denen sie in ihren jeweiligen Leben zu jung dafür war, also der Zeitraum zwischen einer Wiedergeburt und ihrer Initiation. Eigentlich tat Selina mir leid. Sie war immer auf dem Sprung in irgendeine Zeit und blieb nie lange irgendwo. Deswegen hatte sie sich nie so gut in unsere kleine Gemeinschaft auf Alderney eingefügt wie die anderen. Und während Magierinnen trotz ihrer Gabe normalerweise versuchten, einen Mann zu finden und Kinder zu bekommen, hatte Selina das nie getan. In keinem einzigen Leben. Wie traurig war das eigentlich? Andererseits sorgte sie hervorragend für unseren Schutz. Sie spürte zuverlässig jeden Seelenlosen auf, und wenn ihr ein Jäger begegnete, dann tötete sie ihn gnadenlos. Ich hatte viel von ihr gelernt, auch wenn sie meine Bemühungen, meine Magie in mir zu verschließen, nicht unterstützte. Es gab niemanden, der für die Aufgabe der Vorsitzenden des Zirkels besser geeignet war als sie. Ich beneidete sie nicht um den Job, denn sie war nie wirklich entspannt. Aber auch das hing mit Stellas Geschichte zusammen. Das Schicksal ihrer Schwester wollte Selina anderen Seelen ersparen. Die Geschichte hatte ich nie angezweifelt – bis gestern. Keine von uns hatte das und ich würde einem Verfluchten nicht mehr Glauben schenken als meinen Schwestern. »Weshalb ist sie nicht gleich mit euch zurückzukommen?«

»Sie meint, wir sollten uns keine Sorgen machen und den de Grays ihre Lügengeschichten nicht abnehmen.« Meggie zuckte mit den Schultern. »Wir haben wirklich versucht, sie zu überzeugen.«

Ich presste meine Lippen zu einer schmalen Linie zusammen, aber sie schien das gar nicht zu bemerken.

»Was hältst du davon, wenn du zu ihr gehst? Ich weiß, du magst das Zeitenwandern nicht. Aber wenn es stimmt, was Cedric de Gray sagt, bringst du uns alle in Gefahr.«

Und da war der Vorwurf, auf den ich all die Jahre gewartet hatte. Granny wandte sich ab. Sie selbst hätte es nie laut ausgesprochen, aber natürlich musste sie darüber nachgedacht haben – genau wie ich. »Ich gehe zu Bett«, sagte Granny unvermittelt. »Es war eine lange Nacht. Überlege dir gut, was du tun möchtest. Egal, wie du entscheidest, wir werden dich unterstützen.«

Dankbar lächelte ich. »Habt ihr sie nach den verschwundenen Magierinnen gefragt? Was hat sie gesagt?«

Meggie und Granny wechselten einen Blick.

»Lass uns das alles morgen mit ihr bereden«, sagte Granny dann. »Und vielleicht solltest du solange nicht mit Cedric reden. Ich weiß nicht, was der Junge sich dabei denkt.«

Das wäre das Beste. Ich kannte ihn wie lange? Ein paar Tage? Und schon stellte ich Dinge infrage, die ich immer für wahr gehalten hatte. Er brachte mich dazu, meinen Schwestern zu misstrauen.

Ich ließ mich wieder in meinen Sessel fallen, während die beiden in unsere Wohnräume hinaufstiegen, und grübelte über meine Situation nach. Weshalb hätte Selina uns alle anlügen sollen? Das machte keinen Sinn. Trotzdem wollte ich Cedric gern glauben, aber das war nur meinem Herz geschuldet, das jedes Mal verrücktspielte, wenn er in meine Nähe kam. Ich schloss die Augen und legte den Kopf in den Nacken. Seit er auf der Insel aufgetaucht war, lief alles schief. Vielleicht war es seine Schuld, dass der Jäger mich gefunden hatte. Möglicherweise war dieser Jäger auf der Suche nach Cedric gewesen. Ein Verfluchter und noch dazu einer, der sich erinnerte, war ebenfalls ein sehr interessantes Opfer für die Jäger. Wir hatten hier Ruhe vor den Jägern gehabt, und dann tauchte in der Nacht, in der drei Verfluchte und zwei Wanderer sich bei uns einnisteten, ein Jäger auf. Das konnte unmöglich ein Zufall sein.

Entschlossen stand ich auf und lief die Treppe nach oben. In meinem Zimmer schlüpfte ich in meine Sportklamotten. So leicht ließ ich mir den Plan für mein Leben nicht kaputt machen. Nicht von Selina, die von Anfang an dagegen gewesen war, und auch nicht von Cedric, dessen Schicksal mich kaum etwas anging. Ich hatte noch zwei Stunden, bevor ich den Laden öffnen musste, die würde ich nutzen, um einen klaren Kopf zu bekommen.

Ich lief die Victoria Street hinunter Richtung Meer. Der Himmel stand strahlend blau über mir. Die Luft war von dem nächtlichen Gewitter rein und klar gewaschen. Ich liebte diese Morgenstunden. Leider konnte man nicht direkt am Strand joggen, weil die Klippen oft den Weg zwischen den Buchten versperrten. Aber oberhalb der Felsen führten einige Straßen entlang, die um diese Uhrzeit noch verlassen waren. Ich hatte den Ortskern noch nicht ganz verlassen, als ich gleichmäßige Schritte hinter mir hörte.

»So früh schon unterwegs, Sasha?« Cedric schloss zu mir auf.

Heute trug er eine enge Laufhose, ein T-Shirt und Laufschuhe. In der Hand hielt er eine kleine Wasserflasche. Heiliger Bimbam. Wollte er Model für Sportklamotten werden? »Musst du ein bisschen überschüssige Magie loswerden?«

»Es ist nicht mehr dunkel«, erklärte ich, obwohl ich mich vor ihm nicht rechtfertigen musste.

»Nein, das ist es nicht.« In seinen Augen entdeckte ich fast so etwas wie Belustigung.

»Hast du mir aufgelauert?«, fragte ich misstrauisch.

Cedric zog übertrieben seine Augenbrauen in die Höhe. »Ich bin nur ein Frühaufsteher wie du und habe plötzlich ein bekanntes Gesicht gesehen. Wollen wir gemeinsam laufen?«

Ich schüttelte in gespielter Verzweiflung den Kopf und beschloss zu schweigen. In gemächlichem Tempo liefen wir nebeneinander her. Nach der ersten Meile spürte ich, wie meine Magie sich beruhigte. Nach der zweiten legte sich auch meine Anspannung.

»Besser?«, fragte Cedric unvermittelt, als würde er es auch spüren.

Ich nickte. Der Leuchtturm kam in Sicht. »Du musst mich nicht zurückbegleiten«, sagte ich. »Ich habe Granny alles erzählt und sie war letzte Nacht bei Selina Montague.«

»Wird sie Verstärkung schicken?« Seine Stimme klang angespannt.

»Nein, sie kommt morgen zurück und will dann mit dir reden.«

»Sie hat nicht verlangt, dass du zu ihr in eine andere Zeit kommst?«

Ich wurde langsamer. »Nein, das hat sie nicht, weil sie genau weiß, dass ich das nie tun würde.«

Cedric nickte, und ich sah, wie es hinter seiner Stirn ratterte.

»Wenn sie diesen Vorschlag je macht, darfst du ihn nicht befolgen. Versprichst du mir das?«

Ich legte den Kopf schief. »Sehe ich so aus, als würde ich ausgerechnet dir irgendwas versprechen?«

»Einen Versuch war es immerhin wert.«

»Hat Selina dich verflucht?«, fragte ich. »Erzählst du deshalb diese Dinge über sie?«

Cedric lief noch ein paar Schritte aus und blieb dann ganz stehen. »Also was wirst du nun tun?«

Schwer atmend stemmte ich die Hände in die Hüften und ging weiter. Keine Antwort war auch eine Antwort.

»Du könntest mit deiner Großmutter fortgehen«, sagte er leise und folgte mir.

»Nein, könnte ich nicht«, erwiderte ich mit fester Stimme. »Ich laufe nicht vor Lazarus davon. Das habe ich dir doch schon gesagt.«

»Aber es wäre vernünftig, dich in einem anderen Leben zu verstecken. Weshalb tust du es nicht einfach?«

Was denn nun? Ich sollte in eine andere Zeit gehen, aber offensichtlich nicht zu Selina. Die beiden hatten eine Rechnung miteinander offen. Ich ließ mich nicht zum Spielball eines Verfluchten und unserer Vorsitzenden machen. »Weil Lazarus mich auch dort finden würde«, antwortete ich. »Was macht es also für einen Sinn? Ich kann nicht jetzt schon aufgeben. Ich habe ja nicht mal wirklich versucht, ohne Magie zu leben.«

»Das ist mir auch schon aufgefallen«, murmelte er. »Sie springt dir aus jeder Pore.«

»Danke, dass du mich darauf hinweist«, gab ich bissig zurück. »Ich verstehe es nicht. Es sollte einfach sein, ist es aber ganz und gar nicht.«

Cedric unterdrückte ein Lachen.

»Was ist daran so komisch?«, fuhr ich ihn an. Weshalb redete ich überhaupt mit ihm? Er hatte mich belogen. »Diese wirre Geschichte von Stella Montague sollte mir doch nur Angst machen.«

»Die Wahrheit ist oft beängstigend, deswegen bleibt sie trotzdem wahr.« Er trat ganz dicht an mich heran. Seine Wärme und sein Duft umfingen mich. »Ich hätte nie gedacht, dass du deine Magie in einem deiner Leben ablehnen würdest. Du hast deine Pflicht immer so ernst genommen.«

»Ich bin also nicht nur ein Mal in den Genuss deiner Gesellschaft gekommen, oder?«, fragte ich frustriert und gleichzeitig nervös. Ich hasste es, dass er lauter Dinge wusste, von denen ich keine Ahnung hatte.

Er erwiderte meinen Blick unschuldig. »Meistens habe ich mich von dir ferngehalten und das war gut so. Glaub mir.«

»Musst du so kryptische Andeutungen machen? Wie wäre es mit ein paar Anekdoten? Warum sagst du mir nicht, was oder wer ich in den anderen Leben war?« Ich verschränkte die Arme vor der Brust.

Er schüttelte missbilligend den Kopf. »Wer A sagt, muss auch B sagen. Das hat deine Großmutter dir sicher erklärt. Nur, weil ich verflucht bin, bedeutet das nicht, dass ich mich nicht an die Regeln halte.«

»Ich finde es schon noch raus«, knurrte ich. »Aber jetzt muss ich zurück. Ich habe Durst und ich muss den Laden in einer Stunde öffnen.«

Cedric reichte mir seine Wasserflasche. Ich hatte meine ganz vergessen, weil es meine Lieblingsbeschäftigung geworden war, sein Gesicht zu betrachten. Na ja, und den ganzen Rest auch.

Ich nahm sie ihm ab und trank ein paar Züge. Dann reichte ich sie ihm zurück.

»Ich bringe dich nach Hause.«

Es hatte sowieso keinen Zweck, ihn darauf hinzuweisen, dass ich seine Begleitung nicht brauchte, also unterließ ich es. Sein Drang, mich zu beschützen, war zu stark ausgeprägt, und seine Gesellschaft störte mich nicht wirklich. Ganz im Gegenteil.

Penny zog gerade die Vorhänge von den Fenstern ihres kleinen Cafés zurück, als wir an unserem Laden ankamen. Prompt änderte ich meinen Plan und ging zu ihrer Eingangstür. Cedric folgte mir wortlos. Penny lächelte mich an und schenkte ihm einen finsteren Blick, als er hinter mir eintrat. Die Wände des Raumes waren in zartem Rosa gestrichen und mit den Bildern prominenter Gäste übersät. Nicht alle stammten aus diesem Café. Sie hatte in den Achtzigerjahren eins in Paris und eins ins Saint-Tropez betrieben, lange bevor sie hergekommen war, um mich zu beschützen. Ich fragte mich zum ersten Mal, ob sie dieses glamouröse Leben vermisste. »Magst du noch einen Kaffee mit mir trinken?«, fragte ich zu Cedrics Überraschung. Ich wollte nicht, dass er schon ging.

Er nickte, obwohl ihm der Unwille in Pennys Gesicht nicht entgangen sein konnte. Wir waren die ersten Gäste und er setzte sich an einen der alten, zerkratzten Tische. »Gibt es hier auch Eier und Speck, oder muss ich Angst haben, dass sie mich vergiftet?«

»Eigentlich ist Penny die sanftmütigste Person, die ich kenne. So schnell vergiftet sie niemanden.«

»Bei mir macht sie sicher eine Ausnahme.«

Lachend ging ich zum Tresen und beugte mich hinüber. »Penny«, sagte ich, »Cedric de Gray kennst du ja schon. Er fragt sich, ob er bei dir ein unvergiftetes Frühstück bekommt.«

Sie hatte sich gerade an ihren Pfannen und Töpfen zu schaffen gemacht und drehte sich nun zu mir um. »Es hatte noch nie jemand einen Grund, sich über mein Frühstück zu beschweren«, erklärte sie hochmütig in seine Richtung.

Cedric bedachte sie mit einem betörenden Lächeln und der wütende Ausdruck auf ihrem Gesicht verschwand ein bisschen. Den Trick musste ich mir merken.

»Dann nehmen wir zwei Latte macchiato, eine Portion Eier mit Speck und für mich Porridge mit Honig.«

»Ich bringe euch alles«, brummte Penny. »Was ist mit deiner Großmutter? Weshalb sind die Vorhänge noch zugezogen?«

»Sie war heute Nacht mit Meggie bei Selina«, erzählte ich, während Penny geräuschvoll die beiden Latte macchiato zubereitete.

Etwas zu uninteressiert für meinen Geschmack, stellte sie den ersten vor mich hin. »Ich wette, Selina hat den beiden die ganze Nacht Vorträge über dein fehlendes Verantwortungsbewusstsein gehalten.«

»Wenn ja, dann haben sie das netterweise unerwähnt gelassen«, sagte ich. »Sie kommt morgen zurück und will dann mit Cedric reden.«

»Der Ärmste.«

Ich kicherte, weil ich es nie für möglich gehalten hätte, dass sie mit einem Verfluchten Mitleid haben könnte. »Ich schätze, er kann ihr die Stirn bieten.« Und was sollte sie ihm schon anhaben?

Penny hatte sich bereits wieder abgewandt, zuckte mit den Schultern und brummte irgendwas vor sich hin.

Ich trug das Glas zu Cedric, der in einer Zeitung blätterte und so tat, als hätte er nicht zugehört. Erwartungsvoll sah er mich an, als ich den Kaffee auf den Tisch stellte. »Der ist für mich«, stellte ich klar.

Er griff zu der Zuckerdose und kurz darauf plumpsten drei Zuckerwürfel in mein Glas. Dann rührte er gelassen um. »Lass es dir schmecken.«

Perplex nippte ich an dem viel zu süßen Getränk. Wie jede andere Seelenmagierin konnte auch ich Süßem nicht widerstehen. Damit füllten wir unsere Magiereserven am schnellsten wieder auf, wenn sie verbraucht waren. Nicht dass ich das nötig hatte. Aber ich hatte nicht erwartet, dass Cedric sich merken würde, wie ich meine Heißgetränke am liebsten mochte.

»So mochtest du deinen Tee und deinen Kaffee schon immer«, erklärte er geheimnisvoll, und ich sah ihm an, wie er ein Lachen unterdrückte, als ich frustriert schnaufte. Im Gegensatz zu mir war er heute ausnehmend gut gelaunt.

Penny kam zu unserem Tisch und knallte Cedrics Kaffee so schwungvoll vor ihn hin, dass der Schaum überschwappte. Dann stellte sie sanfter mein Porridge vor mir ab. »Du solltest ihr nicht solche Flöhe ins Ohr setzen«, rügte sie ihn, und ich fragte mich, wann Granny die Zeit gefunden hatte, Penny davon zu erzählen. »Selina hat nicht sonderlich viel Humor, und wenn es um ihre Schwester geht, ist sie besonders empfindlich.«

»Ich mache mir nur Sorgen um Sasha«, erklärte er ernst. »Das ist alles.«

Penny betrachtete ihn aufmerksam. »Das machen wir uns alle. Selbst Selina. Sie hat nur eine komische Art, es zu zeigen. Das muss uns nicht gefallen, trotzdem will auch sie sie schützen.«

»Wenn du meinst.« Cedric lächelte, als sie zurück hinter den Tresen ging. »Und ich dachte immer, der Zirkel wäre eine eingeschworene Gruppe und immer einer Meinung.« Er trank seinen Kaffee natürlich ohne schädliche Inhaltsstoffe.

»Es sind lauter Frauen, da kann man von *eingeschworen* wohl kaum reden«, stellte ich ganz selbstkritisch klar. »Manchmal ist es etwas schwierig. Selina ist erst vor zwei Jahren hergezogen, und wenn du mich fragst, bildet sie sich ein bisschen viel darauf ein, die Vorsitzende des Zirkels zu sein. Sie kam mit der festen Absicht her, mich umzustimmen. Dass ihr das nicht gelingt, macht sie ganz fuchsig, obwohl sie natürlich nichts gegen meine Entscheidung unternehmen kann. Aber sie lässt keine Gelegenheit aus, um mir zu erklären, wie verantwortungslos und eigennützig das ist. Aber ich möchte niemanden in Gefahr bringen, welche Möglichkeit habe ich also noch?« Appetitlos stocherte ich in meinem eigentlich köstlichen Haferbrei.

Cedric legte eine Hand auf meine und zwang mich, ihn anzusehen. Wärme sickerte durch meine Haut. »Egal, wie du dich entscheidest«, sagte er tröstend, »ob du hierbleibst oder gehst, du bist nicht gescheitert.«

»So fühlt es sich aber an. Ich wollte meine Eltern stolz machen. Sie sollten nicht umsonst gestorben sein.«

»Das sind sie nicht.« Er machte den Eindruck, als wollte er noch etwas hinzufügen, aber da brachte Penny seine Eier, und er begann mit großem Appetit zu essen.

Lächelnd betrachtete ich ihn. »Bekommst du zu Hause nichts?«

»Doch, schon«, erklärte er zwischen zwei Bissen. »Aber nichts so Köstliches.«

Mein Blick glitt zu Penny, die diese Worte gehört hatte und deren finstere Miene nun endgültig von einem unwilligen Lächeln vertrieben wurde. Einem Kompliment über ihre Kochkunst hatte sie noch nie widerstehen können. Cedric hatte sie mit nur wenigen Worten um den kleinen Finger gewickelt.

Nachdem wir gegessen und noch einen zweiten Kaffee getrunken hatten, war es an der Zeit, den Laden zu öffnen. Cedric bestand darauf, zu bezahlen, und brachte mich dann auf die andere Straßenseite.

»Du hast die Tür unverschlossen gelassen?«, fragte er entgeistert, als ich diese einfach öffnete.

»Ja«, erwiderte ich. »Das machen wir immer so. Niemand geht rein, wenn das *Geschlossen*-Schild an der Tür hängt.«

»Niemand vielleicht nicht, aber jemand ganz bestimmt. Lass mich einfach nachschauen, ob alles in Ordnung ist.«

»Wenn du darauf bestehst.« Ich verdrehte die Augen. Man konnte es auch übertreiben. Aber gut. So konnte ich ihn noch etwas länger anschauen.

Er durchforstete jeden Winkel, bis es mir zu dumm wurde. »Hier ist niemand, Cedric«, sagte ich. »Du musst jetzt gehen, damit ich mich duschen kann. In zehn Minuten muss ich öffnen.«

»Verschließt du wenigstens die Tür, während du duschst?«, fragte er. »Wenn nicht, warte ich lieber, bis du fertig bist.« Irgendwie klang das nicht wie ein Vorschlag.

»Tu doch, was du nicht lassen kannst«, bemerkte ich spitz. »Solange du nicht in meiner Dusche auftauchst.«

Seine Lippen verzogen sich zu einem Grinsen. »Deine Einfälle werden immer besser.«

Kopfschüttelnd ging ich nach oben. Er war immer noch ein Verfluchter. Ich sollte mich in seiner Gegenwart nicht so wohlfühlen. Und schon gar nicht sollte ich mir wünschen, dass er den ganzen Tag blieb. Aber allein die Vorstellung, er würde sich in einen unserer Sessel setzen, lesen und sich mit mir unterhalten, hatte etwas Unwiderstehliches. Ich könnte es ihm vorschlagen. Natürlich nur, damit er mich im Auge behalten konnte.

Heute früh brauchte ich länger als sonst, weil ich mein Haar sorgfältiger föhnte und mir mit meinen Sachen noch ein bisschen mehr Mühe gab. Als ich etwas verspätet wieder runterkam, lehnte Cedric mit einem Buch in der Hand hinter dem Tresen. Er sah auf und sein Blick weitete sich für eine Sekunde. Ziel erreicht, würde ich sagen.

»Hey«, sagte ich. »Und gegen wie viele Eindringlinge musstest du kämpfen?«

Er betrachtete ausgiebig das gelbe T-Shirt, den grünen Rock und die ebenfalls grüne Strumpfhose. »Das sieht sehr bunt aus.«

Ich zuckte mit den Schultern und widerstand dem Drang, mich vor ihm zu drehen. »Gefällt es dir nicht?« Ich ging zur Tür, um das Schild umzudrehen und zu signalisieren, dass wir nun wirklich geöffnet hatten.

»Natürlich gefällt es mir.« Er war mir gefolgt und stand nun dicht hinter mir. Kurz spürte ich seine Nase in meinem Haar. »Und du riechst nach Kirschen«, stellte er zufrieden fest. »Das gefällt mir noch mehr.«

»Hast du etwa an mir geschnuppert?«, fragte ich empört und machte mit der Hand eine unmissverständliche Geste zur Tür. Das mit dem ganzen Tag war doch keine so gute Idee. Ich würde keine Sekunde arbeiten.

»Du riechst an meinen Briefen und ich eben an deinem Haar. Was davon ist merkwürdiger?«

Ich schob ihn von mir weg und ignorierte seine festen Brustmuskeln. Verfluchte sollten nicht so verflucht charmant sein. »Du musst jetzt gehen«, verlangte ich. »Du lenkst mich irgendwie ab.«

Er lachte und trat auf die Straße. »Darf ich dich heute Abend noch mal besuchen? Nur um sicherzugehen, dass es dir gut geht.«

»Wenn du das unbedingt möchtest. Du könntest mich auch anrufen oder ich schicke dir eine Nachricht. Dann müsstest du dich nicht bemühen.«

»Ich bemühe mich sehr gern«, gab er verschmitzt zurück. »Aber eigentlich solltest du mir verbieten, mich dir je wieder zu nähern«, setzte er ernsthafter hinzu.

»Das werde ich nicht tun.«

»Ich weiß und ich würde auch nicht auf dich hören. Pass auf dich auf, während ich weg bin.«

»Ich passe seit achtzehn Jahren auf mich auf.«

»Nicht besonders gut, wie wir beide wissen.«

Eine Familie tauchte hinter ihm auf und wollte ganz augenscheinlich in den Laden. Kopfschüttelnd winkte ich ihm ein letztes Mal zu und endlich joggte er davon. Ich vermisste ihn jetzt schon.

Granny und Meggie verschwanden am Abend erneut. Dieses Mal gingen sie nicht zu Selina, sondern zu Greta, die eine Art Kriegsrat einberufen hatte. Ich hätte sie begleitet, aber ich hatte Cedric versprochen, auf ihn zu warten, also erklärte ich Granny, ich wäre zu müde. Keine Ahnung, ob sie mir diese Lüge abkaufte. Vermutlich nicht, aber sie wiederholte ihre Bitte, mich von Cedric fernzuhalten, nicht noch einmal. Ich folgte den beiden mit den Blicken, als sie nebeneinander die Straße entlangliefen. Granny hatte ihre Haare zu einem vornehmen Dutt hochgesteckt. Sie ging so aufrecht wie eine Königin, obwohl sie kleiner als Meggie war, die neben ihr herschlenkerte. Die beiden waren ein völlig ungleiches Paar, aber Granny wäre auch in der Lage, einen Schwerverbrecher zu zähmen. Die Vorstellung, einer von den beiden würde etwas zustoßen, nur weil ich meinen Willen durchsetzen wollte, verursachte mir Übelkeit. Obwohl Meggie erst so kurz bei uns war, gehörte sie bereits zur Familie. Ich durfte nicht noch mal jemanden in Gefahr bringen. Ich hatte immer angenommen, Granny, Polly, Molly, Greta und Penny wären unangreifbar, weil kein

Jäger dumm genug war, zu versuchen, einer Magierin die Seele zu rauben. Cedrics Geschichte hatte diese Gewissheit zu Staub zerfallen lassen. Und Meggie hatte keinerlei Kampferfahrung und selbst Selina wollte ich nicht in Lazarus' Fängen wissen.

Es war ein langer Tag gewesen, und ich war tatsächlich erschöpft, aber die Aussicht auf Cedrics Besuch machte mich nervös. Sollte ich ihm etwas zu trinken anbieten? War es besser, ihn mit in den Wintergarten oder in mein Zimmer zu nehmen? Schnell räumte ich auf und setzte mich dann wieder in den Sessel im Laden. Hoffentlich musste ich nicht noch eine ganze Nacht darin verbringen. Das hier war keine richtige Verabredung, rief ich mir ins Gedächtnis. Cedric wollte nur wissen, ob ich eine Entscheidung getroffen hatte, und dann ging er bestimmt sofort wieder. Ich schnappte mir ein Buch, musste aber jede Seite ungefähr viermal lesen, weil ich mich nicht konzentrieren konnte. Frustriert legte ich es fort und wartete.

Ein Klopfen weckte mich, und ich brauchte einen Moment, um mich zu erinnern, weshalb ich hier unten saß. Die Kerze, die ich angezündet hatte, war fast heruntergebrannt. Draußen schlug wieder Regen gegen die Fenster, und es klopfte noch mal, deutlich ungeduldiger. »Sasha«, hörte ich Cedrics Stimme. »Bist du da?«

Er war gekommen, wenn auch reichlich spät. Kurz fuhr ich mir durch die Haare, ging dann zur Tür und schloss auf. Seine Jacke und Haare waren völlig durchnässt. Sein Blick glitt prüfend über mich. »Alles in Ordnung?«

»Ja klar. Ich bin nur eingeschlafen, während ich auf dich gewartet habe.«

Er lächelte und machte einen Schritt auf mich zu. Für eine Sekunde glaubte ich, er würde mich umarmen, stattdessen strich er mir nur mit den Fingerspitzen von meiner Hand aus über den Unterarm. »Entschuldige, dass ich so spät bin.« Die harmlose Berührung spürte ich im ganzen Körper.

»Ist irgendwas passiert?« Ich roch den Regen und seinen Duft, der mir in der kurzen Zeit so vertraut geworden war. Meine Hand entwickelte ein Eigenleben und strich ihm die Nässe von der Stirn und den Wangen. Er hielt ganz still.

»Arwyn ist angekommen und ich musste sie vom Flugplatz abholen«, raunte er. »Sonst wäre ich früher zu dir gekommen.«

»Das Mädchen, das den Brief geschrieben hat?«

Er nickte und ich spürte seine Finger an meiner Hand.

»Ist sie ist auch eine Verfluchte?«, platzte es aus mir heraus.

»Das ist sie.« Er räusperte sich und trat einen Schritt zurück. »Hättest du vielleicht ein Handtuch für mich?«

»Natürlich. Komm mit hoch. Da ist das Bad.« Ich ging voraus und er folgte mir. Vor der Badezimmertür blieb ich stehen. »Gleich neben dem Waschbecken steht ein Schrank, da sind frische Handtücher drin.«

»Wartest du hier?«

Ich zeigte mit dem Kinn auf eine Tür. »Da ist mein Zimmer. Wir können dort reden, wenn du magst.«

Er runzelte die Stirn, sagte aber nichts, sondern verschwand im Bad, während ich runter in die Küche ging, um zwei Cola zu holen. War es eine blöde Idee gewesen, mein Zimmer vorzuschlagen? Ich hatte noch nie einen Jungen mit in mein Zimmer genommen. Vielleicht wäre der Wintergarten für ein Gespräch doch der bessere Ort gewesen. Dafür war es nun zu spät. Entschlossen ging ich wieder nach oben.

Es war eine blöde Idee gewesen. Mein Zimmer war eindeutig zu klein. Bisher war mir das nicht aufgefallen, aber mit Cedric darin schrumpfte es auf Streichholzschachtelgröße. Ihn schien es nicht zu stören. Er stand in der Tür und sein Blick glitt über den selbst gebauten Schreibtisch und den alten Kleiderschrank. Vor den Fenstern hingen karierte Vorhänge, die Granny genäht hatte, und die Wände waren mit Bildern verschönert, die ich mit Grandpa gezeichnet hatte. Das Zimmer war gemütlich, aber nicht zu vergleichen mit dem Luxus, in dem er lebte.

»Du kannst auch reingehen«, forderte ich ihn auf und er schlenderte zu der Kommode aus Kieferholz. Aufmerksam betrachtete er die Fotos meiner Brüder und meiner Eltern, die darauf standen. Ich hatte so viele Erinnerungsstücke verloren, aber Grandpa hatte diese Aufnahmen gemacht und nach meiner Ankunft gerahmt und mir in mein Zimmer gestellt. Auf meinem Lieblingsbild saßen Adam und Andrew Arm in Arm auf der Steinmauer, die unseren Garten in Schottland umschlossen hatte. »Vermisst du sie?«, fragte Cedric.

»Sehr.« Ich stellte mich neben ihn. »Aber es ist sicherer, wenn wir keinen Kontakt haben. Nicht, solange ich meine Magie nicht kontrollieren kann.«

Cedric sagte nichts dazu, sondern legte seine Jacke und den Pullover, den er getragen hatte, über den Stuhl und ging dann zum Fenster. Er zog die Vorhänge beiseite und sah auf die Straße. »Ich hatte befürchtet, dass du weg bist.«

»Ich wäre nicht gegangen, ohne dir Lebwohl zu sagen.« Er war nur hier, weil er wissen wollte, wie es mir ging, rief ich mir ins Gedächtnis. Und wahrscheinlich war dieser Grund nur vorgeschoben, weil ihn in Wahrheit die Pläne des Zirkels interessierten.

Er wandte sich mir wieder zu. »Hast du deine Großmutter gefragt, ob sie dich fortbringt? Das ist das Vernünftigste, was du tun kannst.«

»Dann bin ich doch nicht so vernünftig, wie ich immer dachte«, überlegte ich laut und lehnte mich gegen einen meiner Bettpfosten. Am besten blieb ich auf Abstand.

»Du hast nie dein Wohl über das der anderen gestellt«, erwiderte er leise.

»Dann ist es an der Zeit, dass ich damit anfange.«

»Keine gute Idee.«

»Habe ich dich verflucht?«, platzte es aus mir heraus. »Kennst du mich deshalb?« Wenn ich es nicht bald herausfand, würde ich vor Neugier umkommen.

»Wenn du das glaubst, ist es sehr dumm, dass du mich hereingelassen hast«, bemerkte er verärgert. »Ich könnte mich an dir rächen wollen.«

»Vielleicht möchtest du das ja auch«, flüsterte ich. »Woher soll ich wissen, weshalb du aufgetaucht bist und alles durcheinanderbringst?«

Seine Miene verfinsterte sich. »Ich wollte nichts durcheinanderbringen«, gestand er. »Ich wollte dich nur sehen. Allerdings habe ich nicht damit gerechnet, dich gleich am ersten Abend zweimal retten zu müssen.«

»Du wolltest mich sehen?«, wiederholte ich seine Worte, und ich konnte nicht anders, als zu lächeln.

Er nickte zögernd. »Das war äußerst eigennützig von mir. Fawkes und Rafiq haben mich gewarnt.«

»Und Claire?« Mein Puls schlug aus mir unerfindlichen Gründen plötzlich schneller.

Sein Blick brannte sich in meinen. »Sie hat mich einen Narren und Dummkopf genannt.«

»Und bist du das?«

Er zuckte mit den Schultern. »Vermutlich schon. Aber Dummheit schützt manchen Menschen davor, verrückt zu werden.«

»Zitierst du schon wieder französische Philosophen?«

Der Ausdruck in seinen Augen war unergründlich. »Nein, einen amerikanischen Schriftsteller. Das ist von Oliver Wendell Holmes.«

»Nie gehört. Erzähl mir endlich, weshalb ihr verflucht wurdet.« Ich stand immer noch an meinem Bett, nicht bereit, ihn gehen zu lassen, bevor ich nicht alles wusste.

»Wollen wir uns setzen?«, fragte er. »Das ist bequemer.«

»Der Wintergarten wäre praktischer«, schlug ich vor, obwohl ich lieber hier mit ihm bleiben würde. Mein Zimmer kam mir wie ein kleiner, geschützter Kokon vor. »Dort gibt es mehr Stühle.«

Cedric setzte sich auf mein Bett und klopfte auffordernd neben sich. Damit war die Entscheidung wohl gefallen. »Mir gefällt es hier.«

»Soll ich eine Lampe anmachen?«

»Von mir aus nicht.«

Von mir aus auch nicht. Der Mond schien durch das Fenster, und was ich in seinem Licht sah, genügte mir ehrlich gesagt. Im Schneidersitz hockte ich mich an das Fußende, so weit weg von ihm wie möglich.

Cedric lehnte sich an das Kopfteil. »Du siehst müde aus. Möchtest du lieber schlafen? Wir könnten morgen wieder zusammen frühstücken gehen.«

»Lenk bloß nicht ab.« Als könnte ich jetzt schlafen. Mit ihm in meinem Bett. Ich zog die Beine an und legte das Kinn auf die Knie.

Ein letztes Mal betrachtete er mich aufmerksam. »Na gut«, setzte er dann an. »Aber nur, weil du darauf bestehst. Es ist keine schöne Geschichte. Du wirst schockiert sein.«

Ich verdrehte die Augen. »Jetzt fang schon an, so leicht kann mich nichts schockieren.«

»Das sollte es aber. Es ist normal, Angst zu haben«, belehrte er mich. »Sie macht uns vorsichtig.«

»Das hatten wir doch alles schon. Ich bin vorsichtig und vernünftig.« Langsam klang es selbst in meinen Ohren unglaubwürdig. Immerhin saß ich in meinem dunklen Zimmer mit einem Verfluchten. Wahnsinnig vernünftige Aktion.

Die Augenbrauen von besagtem Verfluchten gingen auch schon in die Höhe. »Das denkst du vielleicht von dir, aber du lehnst es ab, deine Magie zu benutzen, gehst nachts schwimmen, läufst vor einem Seelenjäger nicht davon, lässt einen Verfluchten in dein Haus und schließt keine Türen ab. Klingt das für dich sehr vorsichtig?«

»Ich habe eben das Gefühl, dass du mir nichts tun wirst.« Da hatte ich mir wohl das am leichtesten zu entkräftende Argument ausgesucht.

Cedric beugte sich so schnell zu mir vor, dass ich kurz zurückzuckte. In seinen Augen glomm etwas auf. Sofort legte ich ihm die Hände auf seine Schultern und ließ dunkelroten Seelenschimmer aus meinen Fingerspitzen sickern. Er wand sich zu einem dünnen Band und wickelte sich um seinen Hals. Wenn ich wollte, könnte ich ihn damit erwürgen.

Er hielt ganz still. »Das ist eine ganz normale Reaktion«, sagte er dann leise, und es klang merkwürdigerweise so, als wäre er stolz auf mich. Unsere Gesichter waren sich so nah, dass unsere Nasenspitzen sich fast berührten. Sein Atem strich über meine

Lippen. »Du weißt doch besser als ich, was Verfluchte tun, wenn sie keinen Ausweg aus ihrem Schicksal mehr sehen.«

»Sie werden zu Jägern«, flüsterte ich. »Sie rauben eine Seele, nur um weiterzuleben.«

»Ganz genau.« Er runzelte die Stirn, als mein gerade noch blutroter, wütender Schimmer heller wurde und das nun rosafarbene Band sich lockerte. »Und was wäre nahrhafter als die Seele einer Magierin? Wie lange könnte ich mit nur einem Splitter überleben?«

Keine Ahnung. Zehn Jahre oder hundert? »Du wirst mir nichts tun«, sagte ich mit fester Stimme. Meine Hände glitten an seinen Oberarmen entlang und mein Seelenschimmer erlosch endgültig. Keiner von uns rührte sich. Es hätte schon eine Bombe vom Himmel fallen müssen, damit ich mich nur einen Zentimeter von ihm wegbewegte.

Er war es, der aufgab. Aber nicht so, wie ich es befürchtet hatte. Cedric seufzte leise und legte dann seine kühle Wange an meine heiße. »Nein«, sagte er. »Ich würde dir nie etwas antun. Aber das konntest du nicht wissen.« Ein elektrischer Blitz schien durch meinen Körper zu schießen und mein Herz begann wie wild zu pochen.

»Doch«, flüsterte ich in sein Ohr. »Ich wusste es.« Meine Finger spielten mit seinen Haarspitzen, und ich drehte den Kopf ein winziges Stück, sodass meine Lippen fast auf seiner Wange lagen. Weiter würde ich nicht gehen, aber das war Aufforderung genug. Ich wollte, dass er mich küsste. Es war eine Dummheit, aber in diesem Moment kam es mir nicht wie eine vor. Ich wünschte es mir mehr, als ich mir je etwas gewünscht hatte.

Leider wünschte er sich nicht dasselbe. Er rutschte zurück und starrte mich vom Kopfende des Bettes aus finster an.

Die Zurückweisung war überdeutlich, und ich brauchte einen Moment, um mich zu fangen. »Möchtest du gehen?«, fragte ich, als ich meiner Stimme wieder vertraute. Die Situation war an Peinlichkeit kaum zu überbieten. Da hatte ich etwas gründlich missverstanden.

»Ich will ganz und gar nicht gehen.« Sein Blick ging mir durch Mark und Bein, und er war trotz seiner Versicherung, er würde mir nichts tun, raubtierhaft, während seine Kiefermuskeln angespannt waren.

Ich verstand ihn einfach nicht. »Dann hätten wir das ja geklärt.« Ich wickelte mich in die Strickdecke, die zusammengeknüllt auf meinem Bett gelegen hatte. »Fang an zu erzählen.« Und er brauchte keine Angst zu haben, noch mal warf ich mich ihm nicht an den Hals.

Er lächelte schwach. »Danach sagst du mir, woher die Narben stammen, die du so sorgsam versteckst.«

»Warum sollte ich das tun? Das hat nichts mit dieser Geschichte zu tun.«

»Oh doch, das hat es. Oder bist du zu feige?« Er beugte sich wieder vor und berührte mit den Fingerspitzen vorsichtig meine verletzte Wange.

Ich zwang mich, sie nicht wegzuschlagen. »Sie sind von dem Unfall«, presste ich hervor.

»Der, bei dem deine Eltern starben?«

Ich nickte. »Zuerst bist du dran«, erinnerte ich ihn, und zu meiner Erleichterung zog er die Hand zurück.

»Also gut«, setzte er an. »Dann erzähle ich dir die ganze Geschichte. Vermutlich jagst du mich danach aus dem Haus.«

»Ganz sicher nicht.« Jetzt warf ich ihm einen finsteren Blick zu. »Je eher du anfängst, umso schneller hast du es hinter dir.«

Er strich mit der Hand über seinen Hinterkopf und dämpfte seine Stimme, als er zu erzählen begann. »Es waren einmal zwei Brüder. Sie lebten auf der Burg ihrer Vorfahren in Schottland. Ihre Familie war sehr einflussreich und ihre Linie reichte zurück bis in die Zeit der Kreuzzüge. Die beiden waren fast gleich alt, aber nur einer von ihnen konnte die Burg und den Besitz erben.«

Ich rutschte näher an ihn heran, damit mir kein Wort entging, achtete aber peinlich genau darauf, ihn nicht zu berühren.

»Die Brüder verstanden sich gut. Unsere Eltern bekamen noch mehr Kinder, aber sie starben nach der Geburt oder kurz darauf. Erwachsen wurden nur Noah und ich.« Die Geschichte verlor das Märchenhafte. »Unser Vater war sehr herrisch und stolz. Er schickte Noah als seinen Erstgeborenen an die Universität nach St. Andrews. Außerdem plante er, ihn mit der Tochter eines unserer Nachbarn zu vermählen, um den Besitz und seinen Einfluss zu vergrößern. Dieser Plan wäre auch aufgegangen, wenn Noah sich nicht bei einem seiner Aufenthalte zu Hause in die Tochter eines Pächters verliebt hätte. Sie lebte in der Nähe der Burg im Haus ihrer Eltern. Er traf sie auf der Jagd und sie erwiderte seine Liebe. Eigentlich hätte er es besser wissen müssen. Vater hätte ihm nie erlaubt, sie zu heiraten, und trotzdem kompromittierte er sie und nahm ihr die Unschuld.« Er machte eine kleine Pause. »Noah wusste nichts von der Schwangerschaft, als er abreiste. Das ist das Einzige, was ich zu seiner Entschuldigung vorbringen kann. Das Mädchen kam zum Schloss und so erfuhr unser Vater davon. Er tobte und verbot ihr, je wieder zu behaupten, ihr Bastard wäre von seinem Sohn. Ich weiß nicht, was sie erwartet hatte, vermutlich irgendeine Art von Unterstützung. Sie war völlig verängstigt und stand mit hoch erhobenem Kopf vor unserem Vater, obwohl sie wie Espenlaub zitterte. Es muss sie wahnsinnige Überwindung gekostet haben, überhaupt zu ihm zu gehen. Aber Vater kannte keine Gnade. Er ließ sie aus dem Schloss werfen. Dieses Mädchen war Arwyn«, setzte er zögernd hinzu.

Das hatte ich mir bereits gedacht, aber diese Geschichte erklärte noch gar nichts. Männer ließen Frauen ständig sitzen. Leider war das kein ausreichender Grund für einen Seelenfluch.

»Einen Tag später ritt ich zu ihr. Sie hatte bei einer Freundin Zuflucht gefunden, da ihre Eltern sie verstoßen hatten, und sie wusste sich keinen Rat mehr. Ich musste ihr einfach helfen.«

»Wie konnten ihre Eltern ihr das antun?« Meine Eltern hatten mich geliebt und sich für mich geopfert. Dass Arwyns Eltern so herzlos gewesen waren, schockierte mich.

»Sie hatten keine Wahl. So war das damals. Die Schande ihrer Tochter fiel auf die ganze Familie zurück, und mein Vater drohte damit, sie von unserem Land zu vertreiben. Arwyn hatte jüngere Geschwister. Ihre Eltern mussten sie verstoßen oder mit einem anderen Mann verheiraten.«

»Warum hat niemand Noah informiert? Liebte er sie oder war sie nur irgendein Mädchen für ihn?«

»Ehrlich gesagt ging ich davon aus, dass sie ihm nichts bedeutete. Er war nicht sehr wählerisch. Du hast ihn ja gesehen, er kann jedes Mädchen haben. Er flirtete schon damals mit vielen, was nicht untypisch war für einen Mann seines Standes. Ich verachtete meinen Bruder für das, was er Arwyn angetan hatte, und bot ihr an, es wiedergutzumachen.«

»Du?«

»Ich.« Er holte tief Luft und sah zum Fenster. »Ich dachte wirklich, es wäre das Richtige. Ich bat sie, meine Frau zu werden. Niemand musste wissen, wer wirklich der Vater des Kindes war. Ihre

Eltern konnten auf ihrem Hof bleiben und sie hätte den Schutz meines Namens genossen. Ich bin nicht einmal auf die Idee gekommen, Noah würde sich ihretwegen gegen unseren Vater stellen.«

»Das war …«, ich machte eine Pause, »… sehr edelmütig von dir.«

»Edelmütig!« Das Lachen, das diesen Worten folgte, klang wütend und traurig zugleich. »Das dachte ich damals auch, und wenn ich mich recht erinnere, war ich auch noch stolz auf mich, weil ich so selbstlos handelte. Meinem Vater war es fast egal, was ich als Zweitgeborener mit meinem Leben anfing. Eigentlich wurde von mir erwartet, ein reiches Mädchen zu heiraten, damit ich mein Auskommen sichern konnte, und bis dahin hatte ich auch genau das vorgehabt, aber ich konnte Arwyn nicht diesem grausamen Schicksal überlassen.«

Jetzt rutschte ich noch näher an ihn heran und strich vorsichtig über seine Hand, die auf meiner Bettdecke lag. Sein Zorn verflüchtigte sich ein wenig.

»Rückblickend betrachtet, hätte ich das nie tun dürfen. Mit dieser Entscheidung verletzte ich das Mädchen, das ich liebte. Ich hatte gehofft, sie würde es verstehen. Schließlich rettete ich ihre Freundin und noch viele andere Menschen, die von meiner Entscheidung abhängig waren.«

»Aber sie verstand es nicht?«

»Ich habe es ihr nicht mal selbst gesagt«, flüsterte er. »Ich war einfach zu feige. Ich liebte sie, aber ich hätte sie auf keinen Fall heiraten können. Sie und ihre Großmutter lebten am Rande des Dorfes in einer kleinen Hütte. Dort war kaum Platz für zwei Personen, geschweige denn für drei und ein Baby. Ihre Großmutter war Hebamme und Heilerin. Ich habe immer behauptet, ich könne sie nicht heiraten, weil ich sie nicht versorgen könnte. Aber in Wahrheit war ich nur zu schwach, um mich dem Leben mit ihr zu stellen. Ich hatte Angst, was es für mich bedeutet hätte, von meiner Familie verstoßen zu leben. Als ich Arwyn einen Antrag machte, brach ich ihr das Herz. Ich war ein verdammter Heuchler. Ich traute mich zwar, Arwyn zu heiraten, die aus einer armen, aber immerhin ehrbaren Familie stammte, aber ich hätte nie ein Mädchen geheiratet, von der niemand wusste, wer ihr Vater war, und deren Großmutter in dem Ruf stand, eine Hexe zu sein.« Seine Brust hob und senkte sich und seine Stimme war kaum mehr als ein Flüstern. »Ich habe sie nie wieder gesehen.«

Ich sah das sehnsüchtige Flackern in seinen Augen. Eifersucht auf dieses Mädchen, das vor so vielen Jahren gelebt hatte, brandete in mir auf, obwohl sie Cedric nicht mal bekommen hatte. »Was ist dann passiert?«

»Nachdem ich meine Entscheidung bekannt gegeben hatte, gab es kein Zurück mehr. Vater konnte es nicht abwarten, Arwyn und mich miteinander zu vermählen. Er verschwieg uns, dass Noah ihm einen Brief geschrieben hatte. Mein Bruder hatte die Verlobung mit Vaters Wunschbraut gelöst und war auf dem Weg, um um Arwyns Hand zu bitten. Er stürmte in die Kirche, als ich ihr gerade den Ring auf den Finger schob, und er war außer sich vor Wut und Verzweiflung, als er begriff, was geschehen war. Er schlug mir ins Gesicht, beschimpfte mich, aber die Zeremonie war vollzogen. Arwyn war meine Frau. Ich habe Vaters triumphierendes Lächeln nie vergessen. Nur deswegen hatte er der Heirat zugestimmt und mir sogar Hof und Land versprochen. Es ging ihm nur darum, dass Noah Arwyn nicht bekam. Das hätte all seine ehrgeizigen Pläne zunichtegemacht.«

»Weshalb habt ihr die Ehe nicht annulliert? Ging das nicht?«

»Ich war gar nicht in der Lage, klar zu denken. Ich wusste nicht, weshalb Noah sich so aufregte, ich hatte das doch alles nur getan, um seinen Fehler wiedergutzumachen. Heute würde ich nach St. Andrews reiten und ihn zurückholen. Gott, wie oft habe ich mich dafür verflucht, es nicht einfach getan zu haben.«

»Du solltest nicht zu hart mit dir ins Gericht gehen«, sagte ich in dem Versuch, ihn zu trösten, aber sein Gesicht wurde abweisend.

»Vater schickte mich und Arwyn nach London«, fuhr er fort. »Wir besuchten Verwandte. Es sollte wohl eine Art Hochzeitsreise sein, obwohl ich Arwyn nicht anrührte. Mein Gott, wir kannten uns kaum, und sie liebte schließlich Noah. Und ich konnte mir meinen eigenen Verrat nicht verzeihen. Ich wollte nur zurück und mich dem Mädchen erklären, das ich liebte. Aber ich war zu feige und ich wartete zu lange. Vater nahm an, Noah würde zur Vernunft kommen und sich den Tatsachen stellen. Arwyn und ich waren drei Wochen fort, und als wir zurückkamen, begann der Albtraum erst richtig.«

Er stand auf und trat ans Fenster. Sein ganzer Körper war angespannt. »Unsere Kutsche hatte Verspätung, als wir das Dorf erreichten, das vor unserer Burg lag. Es war bereits dunkel. Besser gesagt, es hätte dunkel sein müssen, wenn nicht ein riesiges Feuer die Häuser in gespenstisches Licht gehüllt hätte. Die Menschen schrien, Kinder weinten, alle waren wie von Sinnen. Ich befahl Arwyn, in der Kutsche zu bleiben. Die Menschen waren in dieser Zeit sehr abergläubisch. Maria Stewart hatte Jahre zuvor jegliche Form von Magie in Schottland verboten. Bei der kleinsten Vermutung von Zauberei wurden Frauen bezichtigt, Hexen zu sein. Ihr Sohn Jakob VI. verfolgte Hexerei unerbittlich. Auf unserem Land war es bis dahin zu keinen Vorfällen gekommen. Ich schob mich durch die Menschenmassen und dann sah ich sie. Das Mädchen, das ich liebte. Das Mädchen, das ich aufgegeben hatte, um Noahs Ruf zu retten. Sie brannte und mein Bruder stand neben dem Scheiterhaufen und hielt die Fackel. Er hatte das Feuer eigenhändig entzündet. Er hatte sie der Hexerei angeklagt, und sie hatten sie so lange gefoltert, bis sie gestand. Noah konnte Arwyn nicht haben und deshalb sollte ich genauso leiden wie er. Dabei wäre das gar nicht nötig gewesen. Ich hatte sie längst verloren. Sie hätte mir nie verziehen und mich schon gar nicht zurückgenommen. Sie so zu sehen …«

Ich hatte genug gehört, aber ich konnte ihn nicht aufhalten. Die Worte strömten aus ihm heraus.

»Ich werde nie ihren Blick vergessen. Sie schrie nicht mal vor Schmerzen. Vielleicht hatte sie auch keine Kraft mehr. Sie stand einfach nur da. Es kam mir so vor, als hätte sie nur darauf gewartet, mich noch einmal zu sehen, um sicherzugehen, dass ich diese Schuld, die ich auf mich geladen hatte, nie vergessen würde. Sie hat gewartet, um dann zu gehen. Die Dorfbewohner jubelten und feierten, während sie ihr Leben ließ. Ihre Großmutter stand am Rand und betete unablässig für sie. Ich stieß Noah zur Seite, riss einem der Männer seine Forke aus den Händen und versuchte, den Scheiterhaufen zu zerstören. Es war hoffnungslos. Ich brüllte nach Wasser, aber niemand half mir.«

Ich ging zum Fenster und stellte mich hinter ihn. Als seine Stimme brach, legte ich ihm eine Hand auf den Rücken. »Es tut mir so leid.«

Er drehte sich nicht zu mir um. »Arwyn war aus der Kutsche gestiegen«, setzte er leise fort. »Sie muss sich durch die Gaffer gedrängelt haben. Als sie Noah dort stehen sah, mit der Fackel in der Hand, brach sie ohnmächtig zusammen. Ich weiß nicht, ob es der Schock war, aber in derselben Nacht verlor sie das Kind. Niemand konnte die Hebamme finden, weil diese ihre Enkeltochter bestattete. Als sie endlich kam, war es zu spät. Das Kind wurde tot geboren und Arwyn verblutete am Tag darauf. Aber da waren wir bereits verflucht worden.«

Für eine Weile schwiegen wir beide.

»Aber weshalb genau wurdet ihr verflucht?«, fragte ich dann leise. Die Geschichte ergab immer noch keinen Sinn. Seelen konnten nur verflucht werden, wenn sie die Ordnung der Seelenmagie störten. Meine Hände glitten über seinen Rücken. So schrecklich das Schicksal des Mädchens gewesen war, es reichte für einen Fluch dieser Art nicht aus. Es müsste sonst unzählige Verfluchte geben. Menschen trafen unentwegt dumme und eigennützige Entscheidungen, aber gerade an ihren Fehlern reifte eine Seele. Niemand machte alles richtig. Nur wenn wir aus unseren Irrtümern lernten, konnten unsere Seelen wachsen. Eine Seele brauchte Niederlagen.

Cedric holte tief Luft und stützte sich mit beiden Händen auf dem Fensterbrett ab. »Was Noah und ich den beiden Mädchen angetan haben, war schrecklich«, gab er zu. »Aber unser Vergehen reichte viel weiter.«

Er machte wieder eine Pause und ich wartete geduldig. »Hat deine Großmutter dir je von den Hütern erzählt?«

»Natürlich«, gab ich zurück. »Heute ist es nicht mehr üblich, normalsterbliche Männer in die Geheimnisse der Seelenmagie einzuweihen, früher war es das schon. Die Hüter verpflichteten sich, dem Zirkel zu dienen und die Magierinnen zu schützen. Mein Vater war der letzte Hüter. Soweit ich weiß.«

»Unser Großvater ebenfalls, und bevor er starb, übergab er das Amt mit Selina Montagues Zustimmung an Noah und mich.

Noah stand der Aufgabe skeptisch gegenüber, aber er war gewillt, seine Pflicht zu erfüllen. Jedenfalls bis zu jenem Zeitpunkt.«

»Ihr wart Hüter und Selina hat euch dazu gemacht?« Ich schüttelte den Kopf. »Das ist …« Ich wusste nicht, was ich dazu sagen sollte.

»Wir hätten das Mädchen beschützen müssen.«

»Welches?« Langsam kam ich ganz durcheinander.

»Das Mädchen, das verbrannt wurde«, erklärte er geduldig. Er zögerte und schien mit sich zu ringen, bevor er ganz langsam sagte: »Sie war eine Seelenmagierin.«

Ich wich zurück. Ein Frösteln breitete sich auf meinem Körper aus. »Ihr habt zugelassen, dass eine Seelenmagierin verbrannt wurde?«

»Wenn ich rechtzeitig dort gewesen wäre, dann hätte ich es verhindert. Aber ich habe nicht mal gewusst, dass sie eine Magierin ist. Ihre Seele war zum ersten Mal geboren und die Magie hatte sich noch nicht gezeigt. Noah hatte es herausgefunden, während Arwyn und ich fort waren, und er war so verletzt und so wütend, dass es ihm egal war. Anstatt sie zu schützen, wie er es geschworen hatte, verriet er sie und klagte sie an, eine Hexe zu sein.«

»Schon normale Seelen sind in ihrem ersten Leben extrem empfindlich. Die Seele einer Magierin ist es umso mehr. Gewalt zerstört sie. Wie konnte er das tun?«, fragte ich erschüttert. Jede Magierin kannte die Geschichte von Jeanne d'Arc, der Jungfrau von Orleans. Auch sie war eine neugeborene Seelenmagierin gewesen, deren Seele durch das Feuer zerstört wurden war, als man sie im 15. Jahrhundert auf dem Scheiterhaufen verbrannte. Noah hätte wissen müssen, was Feuer mit einer Seele anrichtete. Sie starb unter unsäglichen Schmerzen. Da war es fast besser, sie einem Jäger zu überlassen.

Mit einem rätselhaften Ausdruck in den Augen musterte er mich. »Ja, das wäre barmherziger gewesen. Deshalb haben wir auch den Fluch verdient.«

»Du nicht«, flüsterte ich. »Wenn du nichts von ihrer Gabe gewusst hast, weshalb wurdest du dann bestraft?«

»Ich habe geschworen, Seelenmagierinnen zu beschützen, und versagt«, antwortete er bestimmt. »Noah, Arwyn und ich – wir alle tragen einen Teil der Schuld. Wir haben unsere persönlichen und egoistischen Entscheidungen getroffen und unser eigenes Wohl über das einer Seelenmagierin gestellt. Weil wir Angst vor den Konsequenzen hatten, und dieses Mädchen musste dafür bezahlen.« Seine Stimme war so hart wie seine Gesichtszüge. »Du solltest mich jetzt hassen oder verabscheuen oder was weiß ich.«

»Ich hasse dich nicht.«

Resigniert legte er den Kopf in den Nacken und sein Ton wurde spöttisch. »Das ist naiv von dir, aber ich schätze, das weißt du. Die eigentliche Strafe des Fluches besteht darin, dass die Seele eines Verfluchten sich nicht entwickelt. Mein Körper hat zwar unzählige Leben gelebt, aber ich bin immer noch der gleiche selbstsüchtige Mann wie damals.«

»Das glaube ich nicht«, sagte ich leise. »Mich hast du bereits zweimal gerettet.«

»Verlass dich lieber nicht darauf, dass ich es noch ein drittes Mal tue.« Kurz hielt er die Luft an, bevor er sie wieder ausstieß, dann legte er seine Hände auf meine Hüften und zog mich ganz nah zu sich heran. Ein Schauer lief mir über den Rücken. Ohne weiter darüber nachzudenken, hob ich die Hände und strich über seine Arme. Die festen Muskeln spannten sich unter meiner Berührung an. »Kannst du den Fluch brechen?« Ich würde ihm helfen, auch wenn er meine Hilfe mit Sicherheit nicht wollte.

»Noah muss sich wieder in Arwyn verlieben. Sie gehören zusammen und ich habe ihre Liebe zerstört.« Die Worte kamen leise und schroff aus seinem Mund. »Es scheint jedoch ein unmögliches Unterfangen zu sein, es wiedergutzumachen.«

»Trotzdem hast du es versucht, nehme ich an. Deswegen ist sie jetzt hier, oder? Ihr findet in jedem Leben zusammen.«

»Das tun wir. Auf die eine oder andere Art. Aber es ist uns nie gelungen, den Fluch zu brechen.« Zögernd hob er die Hand und nahm eine meiner Haarsträhnen zwischen die Fingerspitzen. Ich erschauderte.

»Dein wievieltes Leben ist das?«, fragte ich mit belegter Stimme, obwohl ich die Antwort gar nicht hören wollte. Seine Nähe machte die einfachsten Überlegungen fast unmöglich.

Er beugte sich zu mir herunter. Ich hielt ganz still und betete, dass ihm nicht einfiel, dass das hier ein Fehler war. »Das eintausendste«, flüsterte er und verharrte einen Moment, bevor er mich losließ und zurücktrat.

Wenn mein Herz hätte aufhören können zu schlagen, hätte es das in dem Moment getan. Die Panik in meiner Stimme war unüberhörbar. »Es ist dein letztes? Du hast schon tausend Mal gelebt?«

»Ja«, sagte er noch leiser. »Danach ist es vorbei.«

Ich wankte zurück zu meinem Bett, weil meine Beine unter mir nachzugeben drohten. »Du trägst diese Bürde, weil du einer Frau helfen wolltest, die ohne dich rechtlos gewesen wäre?« Am liebsten wäre ich direkt zu Selina marschiert und hätte sie zur Rede gestellt. Aber er hatte mir immer noch nicht gesagt, wer ihn verflucht hatte. Im Grunde war das auch egal. Er hatte nur noch dieses eine Leben! »Wie kannst du so ruhig bleiben? Weißt du, was mit deiner Seele geschieht, wenn du es nicht schaffst, deine

Schuld zu sühnen? Du wirst sterben und deine Seele wird bis zum Ende der Zeit allein und verlassen durch die Weiten des Universums irren.«

Sein Gesicht wurde bei den Worten noch blasser, aber er nickte tapfer. »Das ist es, was ich verdient habe.«

Ganz bestimmt hatte er das nicht. Die Vorstellung, dass es einer Seele verwehrt wurde, in die Ursprungsseele zurückzukehren, war schrecklich. Einsamkeit war die denkbar schlimmste Strafe für eine Seele. Aber darüber durfte ich jetzt nicht nachdenken. Es würde mich nur lähmen. »Wie lange lebst du schon?«

»Seit vierhundertsiebenundvierzig Jahren«, antwortete er so leise, dass ich ihn kaum verstand. Er betrachtete mich immer noch abwartend.

»Dann bist du 1572 geboren?« Ich versuchte mir mein Erschrecken nicht anmerken zu lassen. »Dafür hast du dich gut gehalten.« Seine Mundwinkel kräuselten sich. Das war ein gutes Zeichen. »Und wie alt warst du, als das alles passiert ist?«

»Zwanzig. Ich war zwanzig Jahre alt. Fast einundzwanzig.«

»Die Hexenverfolgung unter Jacob VI. hat zu dieser Zeit begonnen«, sagte ich mehr zu mir als zu ihm. »Er hat sogar später ein Handbuch dazu geschrieben.«

»Er war regelrecht besessen davon, jeder Hexe im Land habhaft zu werden. *Dämonologie* erschien 1597. Meine Familie hatte immer loyal zum Hause Stuart gestanden, aber Jacob war wahnsinnig. Tausende Frauen fanden den Tod, weil er davon überzeugt war, Hexen würden nach seinem Leben trachten. Dabei war es genau umgekehrt. Er ließ die Frauen hinrichten, weil er ihre Magie zerstören wollte.« Plötzlich sah er noch müder aus. Müde und verzweifelt.

»Komm her«, bat ich ihn und klopfte neben mir auf das Bett.

Er zögerte, aber unsere Blicke verschränkten sich. Beinahe unwillig kam er zu mir und setzte sich. Ich legte eine Hand auf seine Wange und er lehnte sich mit geschlossenen Augen dagegen. Vorsichtig strich ich ihm über die Augenbrauen und dann über seinen geraden Nasenrücken. Er hielt ganz still, aber ich war nicht so dumm und unternahm noch einen Versuch, ihn zu küssen. Wir waren schließlich nur Freunde. »Erinnern Arwyn und Noah sich auch?«

Er schüttelte vorsichtig den Kopf, als fürchtete er, ich würde aufhören, ihn zu berühren. »Noah nicht. Aber weil Arwyns und meine Schuld nicht ganz so schwer wog, gewährte man uns einen Seelenanker.«

Wie rücksichtsvoll, dachte ich zynisch. Nur wenn eine Seele sich erinnerte, konnte sie logischerweise auch daran arbeiten, ihre Verfehlung wiedergutzumachen.

Er rückte von mir ab, nestelte an seiner Hosentasche und holte einen Stein hervor. Er hatte die Form eines Herzens. Verlegen lächelte er. »Das ist meiner.«

»Du trägst seit fast fünfhundert Jahren einen Stein mit dir herum?« Ich zog die Augenbrauen hoch.

Er nickte. »Das Mädchen, das ich damals liebte, hat ihn mir geschenkt.«

Okay. Na ja, dann ... Ich schluckte. Würde ich je einen Mann finden, dem ich so am Herzen lag? Heutzutage konnte man ja froh sein, wenn man zwei Wochen nicht vergessen wurde. »Bist du je in dieses Leben zurückgegangen?«

Er schüttelte den Kopf. »Welchen Sinn hätte es gemacht?«

»Du musst sehr wütend auf Noah sein. Schließlich ist er schuld an dem Fluch.«

»Er ist mein Bruder. Ich habe irgendwann aufgehört, ihm die

Schuld für mein Schicksal zu geben. Ich kann nicht ändern, was passiert ist. Ich kann nur versuchen, den Fluch für Arwyn und Noah zu brechen. Leider habe ich bislang kläglich versagt. Vielleicht ist auch das meine Strafe: die vielen vergeudeten Leben. Früher bin ich oft zurückgegangen. Ich habe versucht herauszufinden, was ich falsch mache.«

»Ich dachte, du bist nicht zurückgegangen?«

»Nicht in das Leben, in dem ich verflucht wurde, aber in viele andere«, erklärte er. »So kann ich mir immer wieder anschauen, was ich angerichtet habe.«

»Können Verfluchte wie Magierinnen in der Zeit wandern?«

»Nein, ihr könnt in jede beliebige Zeit wandern, wir können nur in die Leben zurück, in denen wir bereits einmal gelebt haben. Es ist allerdings keine Gabe, auf die ich besonders scharf bin. Im Grunde ist es schrecklich. Ich kann in jedes Leben zurück und mir aufs Neue dabei zusehen, wie ich scheitere.«

»Weshalb glaubst du, Noah und Arwyn könnten sich noch einmal ineinander verlieben? Wenn sie keine Seelengefährten sind, ist es unwahrscheinlich, dass sie sich in einem anderen Leben wiederfinden.«

»Es ist unsere einzige Chance. Sie haben damals zusammengehört. Es muss einfach noch einmal klappen.«

Er war ein Romantiker. Bei der Erkenntnis lächelte ich. »Das ist eine nette Vorstellung, aber sie ist ausgemachter Quatsch. Liebe kann man nicht erzwingen.«

Schmerz zuckte über sein Gesicht und sofort tat mir meine unbedachte Äußerung leid. Was wusste ich schon darüber, was er all die Jahrhunderte durchgemacht hatte?

»Wer hat euch verflucht? War es Selina?«

Cedric nickte.

»Erzähl mir mehr«, forderte ich ihn auf. »Erzähl mir von einem dieser Leben.«

»Ich dachte, du hasst mich, wenn ich dir alles gesagt habe«, kam es stockend und unendlich müde über seine Lippen. »Aber du … überraschst mich.«

Er hatte all seine Hüllen fallen lassen und ließ mich nun seine Verzweiflung sehen. Das hier war sein letztes Leben. Er musste unbeschreibliche Angst vor dem haben, was danach kam. Stille legte sich um uns, nur vom gleichmäßigen Tröpfeln des Regens unterbrochen. Ganz langsam, fast unmerklich lud die Luft sich mit Magie auf. Sie pulsierte aus meinen Fingerspitzen und kroch über die Bettdecke. Cedric rührte sich nicht, während sie über seine Arme und Beine floss und sich wie eine schützende Hülle um ihn legte. Er schloss die Augen und holte tief Luft. Langsam rutschte ich wieder zu ihm und nahm sein Gesicht zwischen die Hände. Als er seine Augen wieder öffnete, waren sie heller als zuvor, und auch seine Haut war nicht mehr so blass.

»Warum hast du das getan?«

»Du hast so müde ausgesehen.«

»Das hättest du nicht tun sollen.«

»Mit meiner Magie kann ich machen, was ich will, und du brauchtest etwas Kraft. Ich habe sowieso zu viel davon.«

Er schlang einen Arm um meine Taille, und bevor ich mich versah, lagen wir nebeneinander auf meinem Bett. Mein Kopf ruhte an seiner Schulter und seine Hand glitt vorsichtig über meinen Rücken.

»Wir könnten gemeinsam in eins deiner anderen Leben zurückgehen und gucken, was schiefgelaufen ist«, schlug ich leise vor. »Du könntest mich mit in das Leben nehmen, in dem du verflucht wurdest.«

»Ich denke, dir wird übel beim Zeitwandern«, kam es ungläubig von ihm. »Weshalb solltest du das tun?«

Tja, warum wohl? Dreimal konnte er raten. »Um dir zu helfen. Schließlich sind wir Freunde.« Das letzte Wort würgte ich hervor.

»Ich habe Claire, Fawkes und Rafiq. Mehr Hilfe brauche ich nicht.«

Das hatte er schon mal gesagt, ich sollte langsam akzeptieren, dass er mich nicht wollte.

»Begegnest du Claire in jedem Leben?«, fragte ich und versuchte, meine Enttäuschung zu verbergen. Ich sollte mich wieder hinsetzen und von ihm wegrücken, aber mein Körper war anderer Meinung und schmiegte sich an ihn.

»Ja«, antwortete er widerwillig. »Aber sie hat nichts damit zu tun, dass ich dich nicht mitnehme. Es ist einfach zu gefährlich. Hier wirst du von sechs Seelenmagierinnen beschützt. In meiner Vergangenheit wärst du auf dich allein gestellt.«

»Aber du könntest mich schon mitnehmen, wenn du wolltest?« Wieso ich diese Frage stellte, wusste ich selbst nicht genau. Er hatte seine Einstellung mehr als deutlich gemacht.

»Das wäre möglich«, sagte er langsam. Seine Hand strich an meinem Rücken entlang, seine Fingerspitzen streiften den Rand meines T-Shirts und glitten dann darunter. Haut lag auf Haut. Ich spürte, wie sein Atem stockte. Weshalb sandte er so widersprüchliche Signale aus? Küssen wollte er mich nicht, berühren schon.

»Lass es mich wenigstens versuchen. Nur ein einziges Mal.« Ich blickte zu ihm auf.

Unter seinen dichten Wimpern hindurch warf er mir einen strafenden und gleichzeitig verlangenden Blick zu. »Ich sollte besser gehen, bevor ich dich auf noch dümmere Gedanken bringe.« Aber seine Hand wollte ganz und gar nicht gehen, sondern zog mich fester an ihn.

»Du könntest auch bleiben«, schlug ich zögernd vor. »Nur zum Reden.« Wenn er jetzt ging, würde ich sterben. Mindestens.

Er rührte sich nicht. »Ich bleibe, bis du eingeschlafen bist. Wenn deine Großmutter zurückkommt, gehe ich. Du kannst auch mit Fawkes und Rafiq in eine andere Zeit gehen. Bei ihnen wärst du wirklich in Sicherheit. Nicht mal Lazarus legt sich mit den Wanderern an.«

»Würdest du mitkommen?«, fragte ich zögernd. Die Antwort kannte ich längst.

»Nein«, kam es prompt. »Ich muss meine Aufgabe hier erfüllen.«

Er wollte, dass ich ihn verließ. Das hatte er sich ja prächtig überlegt. War er nur deswegen heute Abend gekommen? Hatte er diesen tollen Plan mit Lady Claire geschmiedet? »Wie gedenkst du denn, diese Aufgabe in diesem Leben zu erfüllen?« Ich würde ihn nicht anbetteln, mit mir zusammenzubleiben.

»Das weiß ich noch nicht«, antwortete er. »Aber egal, wie dieses Leben für Noah und Arwyn endet, für mich ist es danach vorbei.« Seine Stimme klang rau. »Entweder meine Seele bleibt für alle Ewigkeit verflucht, oder ich habe nur noch die letzten Jahre in diesem Leben, während du noch unzählige weitere führen wirst. Ich kann dir keine Hoffnungen auf etwas machen, was nicht geschehen wird.«

»Das ist nur fair«, presste ich hervor und bemühte mich, nicht zu weinen. Wenn er den Fluch brach, könnte er sich wenigstens noch einmal verlieben, heiraten, Kinder bekommen, leben. Alles, was Menschen mit normalen Seelen auch taten. Aber natürlich wollte er dieses Leben nicht mit mir verbringen.

»Es tut mir leid«, flüsterte er. »Mehr geht leider nicht. Ich hätte nicht herkommen dürfen«, setzte er mit gequälter Stimme hinzu.

Meinte er heute Abend oder meinte er dieses Leben? Nun fiel doch eine Träne auf sein Shirt. Ich wusste nicht, ob er es bemerkte, jedenfalls sagte er nichts.

Stattdessen zog er eine Decke über uns. »Versuch zu schlafen.« Er seufzte leise. »Ich passe auf dich auf.«

Und während ich seinen Atemzügen und seinem Herzschlag lauschte, dämmerte ich tatsächlich ein.

5. Kapitel

Alderney, 3. September 2019, Gegenwart/
London, 7./8. Juli 1837,
Vergangenheit

Als ich aufwachte, hatte der Regen aufgehört, und die Luft vor meinem Fenster glänzte so silbrig wie bei Vollmond. Cedric lag noch immer in meinem Bett. Mein Kopf ruhte auf seiner Schulter und er hielt mich fest umschlungen. Meine Hand lag auf seinem Bauch. Ich musste lächeln, weil er eingeschlafen war, bevor er seinen Plan, nach Hause zu gehen, in die Tat umgesetzt hatte. Vorsichtig strich ich über seine Brust. War Granny zurückgekommen und hatte ihn bei mir gesehen oder war sie noch bei Greta? Wie spät mochte es sein?

Ein Geräusch drang an mein Ohr. Es klang wie eine Art Sirren. Widerwillig löste ich mich von ihm, stand auf und ging zum Fenster. Was immer da draußen passierte, es war keine gewöhnliche Nachtaktivität. Ein Schatten schwebte an meinem Fenster vorbei und ich zuckte zurück. Seelenjäger! Und es waren mindestens zehn. Der einzelne Jäger von neulich Nacht am Strand war doch nur ein Vorbote gewesen. Allerdings sahen diese hier nicht so verwahrlost und abgerissen aus wie der, den Cedric getötet hatte. Ganz im Gegenteil. Die meisten von ihnen standen auf der

Straße. Sie waren in Schwarz gehüllt, mit Stiefeln und Mänteln. Nur drei von ihnen schwebten über dem Asphalt. Es würde mich gar nicht wundern, wenn diese Jäger die Seelenlosen in der Bretagne geschaffen hatten. Sie hatten sich die Seelen der Menschen einverleibt und nun waren sie hier. Diese Seelen hatten ihnen die Kraft gegeben, die Insel zu erreichen.

Cedric trat hinter mich und zog mich langsam zurück. »Zieh dir etwas Wärmeres an«, befahl er mit zusammengebissenen Zähnen. »Ich bringe dich fort.«

Hastig schlüpfte ich in einen Hoodie und Turnschuhe. Wieder zischte etwas am Fenster vorbei. »Wohin gehen wir?«, fragte ich nervös. »Sie werden uns sofort angreifen, wenn wir das Haus verlassen.«

»Wir verlassen es nicht«, erwiderte er kurz angebunden und auch er zog seine Schuhe an. Dann fuhr er sich mit einer verzweifelten Geste durch sein dunkles Haar.

Obwohl ich mich eigentlich fürchten sollte, wollte ich ihn am liebsten trösten. Das hier hatte er nicht geplant und es musste ihn verrückt machen.

Hinter mir öffnete sich die Zimmertür, und ich zuckte zurück in der Erwartung, einem Seelenjäger gegenüberzustehen. Meine Seelenmagie sammelte sich in meinen Fingerspitzen, bereit, Cedric und mich zu verteidigen.

Aber es war Granny, umgeben von dunkelblauem Seelenschimmer. »Du hättest nicht herkommen dürfen.« Ihre Stimme zitterte vor Zorn.

»Für Vorwürfe ist es jetzt zu spät. Könnt ihr sie vertreiben?«

»Natürlich. Und du musst Sasha in Sicherheit bringen«, verlangte sie. Ihre Stimme klang wie klirrendes Glas. So hatte ich sie noch nie erlebt. Sie wirkte ehrfurchtgebietender als Selina.

»Du wirst Sasha beschützen, hörst du? Um jeden Preis. Wir kümmern uns um dieses Problem.«

Es zischte erneut, und dieses Mal durchschlug etwas die Fensterscheibe, die mit einem Klirren zersprang. Ein heller Ball rollte über die Dielen. Aus Grannys Fingerspitzen schoss Seelenmagie hervor und er zersplitterte.

»Was war das?«, fragte ich.

»Lazarus verwendet die Energie der geraubten Seelen nicht nur dafür, selbst am Leben zu bleiben, sondern er baut auch Waffen daraus, um gegen euch zu kämpfen«, kam es von Cedric.

Das hatte ich nicht gewusst. »Ist er auch dort unten?« Ich lief zurück zum Fenster. Die Jäger waren nicht mehr allein. Da waren Greta, Penny, Molly und Polly. Sie schossen ihre Magie auf die Jäger ab, die nur langsam zurückwichen. Einer stürmte auf Polly zu, gerade als sie einen Magiestoß abgeschossen hatte. Er rammte sie und sie fiel auf den Rücken. Ich schrie auf, aber Greta kam ihr zu Hilfe. Der Jäger zerfiel, von ihrer Magie getroffen, zu Staub. »Wir müssen ihnen helfen«, keuchte ich. »Wo ist Selina?« Ich riss das Fenster auf. An der Mauer gegenüber lehnten eine junge Frau und ein junger Mann. Sie waren noch ganz und gar menschlich und trugen Jeans, T-Shirt und Sneakers. Aber als sie zu mir aufschauten, zischten sie, und an ihren Augen erkannte ich, dass sie ihre Seelen bereits verloren hatten. Langsam setzten sie sich in Bewegung.

Cedric zog mich vom Fenster weg. Granny schüttelte bedauernd den Kopf, als sie stattdessen ans Fenster trat. Sie hob die Hände. Seelenlose wurden nicht mit denselben heftigen Magiestößen getötet, mit denen wir Jäger vernichteten. Wir erwiesen ihren Körpern die letzte Ehre und erlösten sie sanft. Die Magie strömte sachte aus ihren Händen.

Ich machte Anstalten, wieder zum Fenster zurückzugehen, aber Cedric packte meinen Arm und hielt mich zurück.

»Wir werden jetzt verschwinden.« Er griff nach meiner Hand. »Ich werde gut auf sie aufpassen«, versprach er, verneigte sich knapp vor Granny, die sich noch einmal zu uns umwandte, und noch bevor ich protestieren konnte, verschwamm alles um mich herum in einem Strudel aus Licht und Farben. Ich drehte mich um mich selbst und schlagartig wurde mir übel. Wie ich dieses Gefühl hasste. Ich versuchte, Cedric meine Hand zu entziehen, aber er schlang seine Arme um mich und presste mich an seinen Körper. »Entspann dich«, flüsterte er. »Wir gehen nicht weit fort. Halt dich einfach an mir fest.«

Ich umarmte ihn, und er wurde zu einer Konstanten in diesem Korridor aus Zeit und Raum, den wir durchschritten und durch den wir uns gemeinsam bewegten. Leise lachte er an meinem Ohr. Seine Nase glitt über meine Wange und er atmete tief ein. Ihm schien das Kreiseln nicht das Geringste auszumachen. Im Gegenteil, er wirkte ganz gelöst, so als wäre er froh, meiner Zeit entkommen zu sein. »Wenn du mich zerquetschst, gehst du in der Zeit verloren«, bemerkte er belustigt.

Peinlich berührt lockerte ich die Umarmung. »Glaub mir, du wirst lieber erdrückt, als dass ich mich auf deinem Adoniskörper übergebe.«

»Es ist gleich vorbei«, hörte ich seine beruhigende Stimme. »Ich halte dich fest. So schlimm ist es doch gar nicht.«

Und tatsächlich, während ich mein Gesicht an seine Brust drückte, ebbte die Übelkeit ab, und es war hundertmal angenehmer, als an Grannys Hand zeitzuwandern. Hätte ich das bloß früher gewusst.

Kurz darauf wurde das Trudeln schwächer, ich fühlte wieder

Boden unter den Füßen, und noch bevor ich mich orientieren konnte, wo genau wir uns befanden, zog Cedric mich in den Eingang einer Gasse. Es stank fürchterlich nach Abfällen und Pferdemist. Ich blickte mich um. Eine Pferdekutsche ratterte über das Kopfsteinpflaster. Kinder rannten in der Dämmerung auf die andere Straßenseite und kickten einen unförmigen Ball aus Stoff vor sich her. Sie trugen braune Hosen, Jacken und Mützen.

Cedric schob mich etwas von sich, strich mir das Haar aus der Stirn und musterte mich besorgt.

»Denkst du, Granny und die anderen konnten die Jäger vertreiben? Wir hätten ihnen helfen müssen.«

»Mach dir um sie keine Sorgen. Wie fühlst du dich? Ist dir schlecht?«

»Alles gut.« Ich lehnte mich an ihn, weil es ein so schönes Gefühl war, wenn er mich hielt.

Seine Hände fuhren beruhigend über meinen Rücken. »Es ist eine Sache der Gewöhnung.«

»In meinem Bett mit dir hat es mir besser gefallen«, murrte ich und erntete ein Lachen.

»Mir auch. Ich schätze, du bist die einzige Seelenmagierin, die nicht gern durch die Zeit reist. Weshalb ist das so?«

»Wenn ich das wüsste.«

»Hätte ich auch nur geahnt, was du für dieses Leben planst, hätte ich mich von dir ferngehalten. Ich hätte eine andere Möglichkeit gefunden, euch zu warnen.«

»Ich hätte meiner Bestimmung auch ohne dich nicht entfliehen können. Das war nur ein Wunschtraum.«

Er vergrub sein Gesicht in meinem Haar, das nach diesem Zeitsprung in alle Richtungen abstand. »Ich hätte dir diesen Wunsch gern erfüllt.«

»Du musst mir meine Wünsche nicht erfüllen. Dafür bin ich selbst verantwortlich.« Ich musste ihn auf andere Gedanken bringen, weil es jetzt eh zu spät war. »Wo sind wir eigentlich?«

»In London im Jahre 1837.« Er ließ mich los und zog mich zum Eingang der Gasse. »Das Haus dort auf der anderen Seite ist das British Museum. Ich musste mich schnell entscheiden, wohin ich mit dir gehe.«

Ich rieb mir die Augen. »Bist du sicher? Das British Museum sieht doch ganz anders aus.«

»In deiner Zeit schon«, erklärte Cedric. »Das hier ist das Montague House. Das Museum begann 1824 in neue Gebäude umzuziehen, weil dieses Haus zu klein wurde. Der Umzug dauerte allerdings bis 1850.«

Ich betrachtete die Fuhrkarren, Karossen und Fußgänger, die an uns vorbeiliefen oder -fuhren, dann sah ich an mir herunter. Ich trug noch immer den Hoodie und die Turnschuhe, die ich vorhin schnell angezogen hatte. Das bedeutete, dass ich im Jahre 1837 nicht gelebt hatte. Jedenfalls nicht hier in London. Möglicherweise allerdings irgendwo anders. Bei meinen ungeplanten Zeitsprüngen war ich bisher immer in eins meiner vorigen Leben zurückgegangen. Das hier war neu für mich, obwohl normalerweise jede Magierin ihre Zeitreisen steuern und sehr bewusst entscheiden kann, ob sie in eins ihrer früheren Leben geht oder eben nicht. Die meisten stromern ausgesprochen gern durch die Zeit. Manche blieben ganz und gar in einem anderen Jahrhundert. »Und hier hast du eins deiner Leben verbracht?«

Er nickte, und mir entging nicht, wie aufmerksam er die Umgebung beobachtete. »Ja, das Jahr 1837 war ungefährlich. Ich wäre gern länger geblieben, aber diese Episode dauerte nur acht Wochen.«

»Weshalb bist du nicht mit deinem alten Ich verschmolzen?«

»Weil dies hier zwar mein Leben ist, mein Ich aus dieser Zeit sich momentan jedoch auf unseren Besitzungen in Schottland aufhält. Ich laufe mir also nicht über den Weg.«

Was war in diesen acht Wochen passiert und wie lange würden wir bleiben? In jedem Fall hatten Noah und Arwyn sich nicht ineinander verliebt. »Am 20. Juni 1837 fiel die britische Königswürde an Victoria. Sie war gerade mal achtzehn Jahre alt. Warst du bei den Krönungsfeierlichkeiten dabei?«

Cedric hob die rechte Augenbraue, und seine Mundwinkel kräuselten sich, bevor er nickte.

Ich zuckte mit den Achseln. »Ich reise zwar nicht in der Zeit, aber ich will schon wissen, was ich so erlebt haben könnte. Wie war es?«

»Sie wurde erst 1838 gekrönt. Fast ein Jahr später, und es kamen fast vierhunderttausend Besucher. Es war sehr eindrucksvoll und pompös.« Er machte eine Pause.

»Denkst du, Granny und die anderen schaffen es, die Jäger zu vertreiben?« Ich konnte ihn nicht ansehen. Wir hätten nicht einfach gehen dürfen. Was, wenn einer von ihnen etwas zustieß? »Ich habe Lazarus nicht gesehen.«

»Mach dir keine Sorgen. Ich bin sicher, die paar Jäger waren ein Kinderspiel für sie.«

Meine Unruhe konnte er damit nicht vertreiben. Wir sollten zurückgehen, und zwar sofort.

»Ich habe deiner Großmutter versprochen, auf dich aufzupassen«, erinnerte er mich. »Sie wird es nicht gutheißen, wenn ich dich sofort zurückbringe.«

Ich nickte. Vermutlich hatte er recht.

»Ich verstehe immer noch nicht richtig, weshalb du deine Gabe ablehnst«, sagte er nun. »Nur weil du ein schlechtes Gewissen deinen Eltern gegenüber hast?«

Wären die Jäger nicht gekommen, hätten wir dieses Gespräch vermutlich in meinem Bett geführt statt in dieser stinkenden Gasse.

»Nicht nur«, gab ich zu. »Aber es war schrecklich, sie zu verlieren. Von einem Tag auf den anderen veränderte sich mein komplettes Leben. Meine Mutter war tot, mein Vater verschwunden und ich hatte meinen kleinen Brüdern ihre Familie geraubt.«

»Das war nicht deine Schuld«, sagte Cedric sanft.

»Doch, das war es. Ich habe Lazarus mit meinem Seelenschimmer angelockt. Nur so konnte er uns finden. Ich hätte vorsichtiger sein müssen. Ich werde nicht zulassen, dass noch einmal jemand deswegen leidet oder in Gefahr gerät. Ich möchte ein normales Leben, ich möchte eine Familie, Kinder ... Ich möchte gern meinen Seelengefährten finden«, setzte ich leiser hinzu, weil ich das noch niemandem gesagt hatte. »Findest du das vermessen? Vielleicht dürfte ich mir das nicht wünschen, nach dem, was meinen Eltern zugestoßen ist.«

»Genau das solltest du dir für dich wünschen.« Ich sah zu ihm auf. Verständnis schimmerte in seinen Augen und noch etwas anderes. Als unsere Blicke sich trafen, rückte er etwas von mir ab. »Du musst deine Familie wirklich sehr vermissen, wenn du glaubst, du wärst ihnen das schuldig.«

»Sagt der Mann, der seit fünfhundert Jahren einen Stein mit sich herumträgt.« Ich versuchte, den Stich in meinem Magen zu ignorieren. Ob er seine Seelengefährtin irgendwann getroffen hatte? Normalen Menschen war gar nicht bewusst, dass ihre Seele in jedem Leben auf der Suche nach ihrem Gefährten oder ihrer Gefährtin war.

»Was wurde eigentlich aus deinem Dad?«, fragte er stattdessen unvermittelt.

Ich zuckte mit den Schultern. Hatte ich das nicht erzählt? »Er wurde nie gefunden. Die Polizei vermutete, dass sein Körper ins Meer getragen wurde.«

»Hast du dir mal überlegt, dass Lazarus ihn sich möglicherweise geholt hat?«

Überlegt ja, aber nie laut ausgesprochen. »Ich stelle mir lieber vor, seine und Mums Seele sind mittlerweile wiedergeboren, und wenn sie erwachsen sind, finden sie sich und werden glücklich.« Sie waren Seelengefährten, das hatte ich selbst mit zehn schon gespürt.

»Du darfst dir nicht die Schuld gehen, du warst noch so jung.«

»Sie würden noch leben, wenn ich vorsichtiger gewesen wäre. Ich konnte die Magie nie gut verstecken. Ständig tröpfelte mein Seelenschimmer aus mir heraus. Mum hat mich so oft darum gebeten, mich mehr zu bemühen, aber ich war zu störrisch, es auch nur zu versuchen. Ich war anders als meine Freunde und ich wollte das gar nicht verstecken.«

»Magie lässt sich nur schwer zügeln. Du hättest sie gar nicht beherrschen können. Nicht in diesem Alter. Sie hat sich viel zu früh gezeigt.«

»Wem soll ich sonst die Schuld geben, wenn nicht mir?«

Cedric beugte den Kopf, legte die Lippen auf meine Stirn und verharrte dort einen Moment. »Lazarus Rimmon«, sagte er. »Er ist der Einzige, der die Schuld trägt, und ich werde ihn endgültig vernichten, damit du das Leben führen kannst, das du dir so sehr wünschst.«

»Weshalb solltest du das tun?«

»Weil ich nach diesem Leben fort sein werde und nie wieder zurückkehre. Ich werde dich nicht schutzlos zurücklassen. Ich werde dich ihm nicht überlassen.«

Wärme rieselte bei diesen Worten durch mich hindurch und vehement schüttelte ich den Kopf. »Das wirst du auf keinen Fall. Nicht für mich. Ich halte an meiner Strategie fest und versuche, meine Magie in mir zu verschließen, und wenn mir das gelungen ist, dann gehe ich fort. Wenn ich das schaffe, findet er mich nicht.«

»Und wie lange versuchst du das schon?« Cedric verschränkte die Arme und lehnte sich an die Hauswand hinter ihm. »Und, viel wichtiger, wie erfolgreich bist du damit?«

»Es klappt nicht so gut, wie ich gehofft habe«, gab ich verdrossen zu.

»Selbst wenn du es schaffen würdest, deine Magie zu unterdrücken«, er machte eine Pause und setzte dann schroffer fort, »ist sie immer noch in dir. Dieses Leben ist zu gefährlich für so ein Experiment.«

»Eigentlich geht es dich ja nichts an«, erwiderte ich. »Du kannst nicht in mein Leben platzen und mir sagen, was richtig für mich ist. Das tun schon ganz andere. Solltest du dich nicht um deine Angelegenheiten kümmern? Du musst versuchen, den Fluch zu brechen, damit du wenigstens dieses Leben auskosten kannst.« Ein einziges. Sein letztes. In meiner Brust verkrampfte sich alles und ich konnte ihn nicht ansehen.

»Du bist auch meine Angelegenheit«, sagte er ernst und nahm mir damit den Wind aus den Segeln. »Und ich werde das tun, was ich für richtig halte, damit du in Sicherheit bist.«

Er war einfach unverbesserlich. »Du wirst nicht nachgeben, oder?«

»Du doch auch nicht.«

»War es immer so, wenn wir uns begegnet sind? Waren wir nie einer Meinung?«

Das Lächeln vertiefte sich. Er streckte die Hand aus und zögernd reichte ich ihm meine. Er zog mich zu sich heran, bis er mich umarmen konnte. »Wenn ich könnte, würde ich dir von jedem einzelnen Leben erzählen.«

»Warum kannst du nicht?« Ich sah zu ihm auf.

Er strich mir eine der wild gewordenen Haarsträhnen aus dem Gesicht. »Das habe ich dir schon einmal gesagt. Ich werde dir keine Hoffnungen auf etwas machen, was garantiert nicht passieren wird.«

»Und das wäre?« Ich wusste nicht, ob ich belustigt oder verärgert sein sollte. Außerdem war ich zu sehr damit beschäftigt, dass er endlich zugab, mir nicht nur ein Mal begegnet zu sein. Warum gab er es ausgerechnet jetzt zu?

Ich legte ihm die Hände auf die Brust und spürte, wie er erschauerte. Sein Mund schwebte ganz nah vor mir und ich wollte ihn unbedingt küssen. In diesem Moment schien es mir eine Notwendigkeit zu sein. Ich bräuchte mich nur auf die Zehenspitzen zu stellen. Aber er hatte mich bereits einmal abgewiesen.

»Welche Krankheiten kursierten um diese Zeit eigentlich?«, wechselte ich das Thema, um mich von dieser Dummheit abzuhalten. Ich hatte zwar alle möglichen historischen Fakten in meinem Kopf abgespeichert, aber das wusste ich nicht.

»Keine Sorge, nichts Gefährliches, und ich bringe dich so schnell wie möglich zurück«, wich er meiner Frage aus. Immer dieselbe Leier. Ich sorgte mich ganz und gar nicht. War ich in meinem vorherigen Leben so ein Zuckerpüppchen gewesen?

Etwas lief über meine Schuhe und ich stöhnte leise auf. Das war vermutlich eine Ratte gewesen. Kein Wunder, bei dem Müll, der hier herumlag. Ich schaute nach oben. Fehlte nur noch, dass mir jemand den Inhalt seines Nachttopfes auf den Kopf kippte. Ganz so cool, wie ich gern wäre, war ich wohl doch nicht.

»Wir gehen zu meinem Haus«, verkündete er endlich etwas Nützliches. »Es ist dunkel genug, damit man nicht so genau sieht, was du trägst.« Er deutete auf meine Sachen.

Ein Mädchen in engen Leggings und einem Hoodie mit dem Schriftzug *I love Paris* dürfte tatsächlich für etwas Verwirrung und vermutlich auch für Ärger sorgen. Allerdings wirkte Cedric in Jeans und Turnschuhen auch nicht gerade zeitgemäß. »Wo liegt es?«

»Es ist nicht weit von hier.« Vorsichtig setzte er mir die Kapuze auf und schob mein Haar darunter. »Niemand trägt es in dieser Zeit offen. Bereit?« Als ich nickte, lächelte er aufmunternd. An der Gasse ging ein Mann vorbei und entzündete die Straßenlaternen. »Bleib dicht bei mir.« Mit diesen Worten führte Cedric mich auf die Straße. Er bewegte sich so ungezwungen, als wäre er in dieser Zeit genauso zu Hause wie in meiner. Und das war er ja auch. Immer wieder blinzelte ich unter meiner Kapuze hervor und erhaschte Blicke auf Frauen und Männer, die dem Zeitalter entsprechend gekleidet waren und über die unbefestigten Straßen eilten.

»Lass dich nicht beim Starren erwischen«, murmelte Cedric und schob meinen Arm unter seinen. »Das schickt sich nicht.«

Das waren die einzigen Worte, die er an mich richtete, während wir durch die beginnende Dunkelheit liefen. Ich würde ihm später noch einmal deutlich sagen müssen, dass meine Probleme nicht die seinen waren. Es war ja wohl viel wichtiger, den Fluch zu brechen. Dagegen kamen mir meine Bemühungen, ein magiefreies Leben zu führen, beinahe lächerlich vor. Cedric blieb vor einem niedrigen Eisentor stehen. Dahinter lag ein schmaler Pfad, der zu einem vornehmen Stadthaus führte. »Hier ist es«, verkündete er und legte eine Hand auf meinen Rücken. Wir hatten die imposante schwarze Holztür mit dem goldenen Löwenkopf, der als Klopfer diente, noch nicht ganz erreicht, als diese auch schon geöffnet wurde und ein Butler seinen Kopf vor uns neigte.

»Sir«, begrüßte er Cedric und verbeugte sich leicht. »Schön, Sie zu sehen. Wir haben Sie noch nicht zurückerwartet.«

»Es sind einige unvorhergesehene Dinge passiert. Ist mein Bruder zu Hause, Harold?«, fragte Cedric und führte mich ins Haus.

»Nein, er ist mit Miss Arwyn ausgegangen.« Der Butler trat zur Seite. Ich versuchte, mir meine Überraschung über den Prunk, der mich plötzlich umgab, nicht anmerken zu lassen. Die Wände waren mit Seidentapeten bedeckt, die Decken mit aufwendigen Stuckarbeiten verziert, auf teuren, handgefertigten Möbeln standen riesige Vasen mit frischen Blumen und erhellt wurde der Raum von ausladenden Kronleuchtern.

»Gut, ich habe Besuch mitgebracht. Bring die junge Dame in einem der Gästezimmer unter und sie braucht dringend ein Bad.«

Ich warf ihm einen bösen Blick zu, aber er beachtete mich gar nicht.

»Ich lasse alles vorbereiten«, gab der Butler ungerührt zurück, was nur den Schluss zuließ, dass Cedric öfter Damenbesuch hatte. »Soll ich danach ein kleines Dinner vorbereiten lassen?«

»Hast du Hunger?«, wandte Cedric sich an mich.

Selbst wenn mein Magen nicht geknurrt hätte, hätte mich interessiert, was mich bei einem Dinner 1837 erwartete, also nickte ich.

»Gut, dann treffen wir uns um halb neun im kleinen Esszimmer.« Damit drehte er sich um und schritt davon, als wäre diese Situation die normalste der Welt. Am liebsten wäre ich ihm hinterhergegangen und hätte ihn zur Rede gestellt. Was sollte das denn jetzt?

»Wenn ich bitten darf, Miss …« Der Butler machte eine Pause und sah mich abwartend an.

»Sullivan«, stellte ich mich selbst vor. »Mein Name ist Sasha Sullivan.«

Er nickte knapp und wies auf die Treppe. »Wenn ich bitten darf, Miss Sullivan. Ich bringe Sie auf Ihr Zimmer.«

Zögernd folgte ich ihm, nachdem er einem Diener noch Anweisungen zugebellt hatte. Das Zimmer, in das er mich brachte, war atemberaubend. Die Möbel mussten französische Antiquitäten sein, auch hier bedeckten rosafarbene Seidentapeten die Wände und passten perfekt zu den bordeauxfarbenen Samtvorhängen. In der Mitte stand ein gemütliches Himmelbett und in dem riesigen Kamin zündete ein Mädchen gerade ein Feuer an.

»Es wird gleich warm«, erklärte sie. »Wir haben keine Gäste erwartet.« Wenn sie sich wunderte, dass Cedric aus Schottland zurück war und ein wildfremdes Mädchen in komischen Klamotten mitbrachte, sagte sie es jedenfalls nicht.

»Es tut mir leid«, entschuldigte ich mich, weil ich vermutlich den ganzen Ablauf durcheinanderbrachte. Ob sie schon Feierabend gehabt hatte?

»Das Mädchen wird Ihnen behilflich sein und Sie später zum Dinner hinunterbegleiten«, ließ der Butler sich vernehmen.

Ich nickte und strich mit dem Finger über die ledergebundenen Bücher auf der Frisierkommode. Es roch nach Lilien und Vanille. Eigentlich müsste ich mich in dem Zimmer fremd fühlen, aber das tat ich ganz und gar nicht.

Zwei weitere Mädchen kamen herein und brachten heißes Wasser. Sie öffneten eine Tür, hinter der ein Badezimmer lag. Es war alles vollkommen surreal und doch wieder nicht. Cedric hatte mich in das Jahr 1837 gebracht! Für eine ausgebildete Seelenmagierin wäre das keine große Sache gewesen. Für mich war es das schon. Bisher war ich immer froh gewesen, bei meinen ungeplanten Sprüngen so schnell wie möglich zurückgehen zu können. Hier würde ich gern eine Weile bleiben.

Auf dem Waschtisch lagen Handtücher und Waschlappen und in einer kleinen Schale verschiedene Seifen. Die Mädchen füllten die Badewanne, knicksten dann und eilten davon.

»Soll ich Ihnen beim Baden behilflich sein, Madam?«, fragte das Mädchen, das den Kamin angezündet hatte.

Eine durchaus verständliche Frage in einer Zeit, in der es Frauen kaum möglich war, sich selbst an- und auszuziehen. »Nein, danke. Das schaffe ich schon.«

»Gut. Wir werden noch mehr Wasser bringen. Auf dem Bett liegt ein Morgenmantel und ich schaue gern nach angemessener Kleidung für das Dinner.« Ihr Blick wanderte neugierig über meine Sachen, aber sie war ein zu gut erzogenes Dienstmädchen, als dass sie einen Gast ihrer Herrschaften etwas Persönliches gefragt hätte.

»Das wäre nett.« Ich lächelte sie an. Auch wenn es für sie völlig normal war, mich zu bedienen, so war es das für mich noch lange nicht. Aber ich wollte sie nicht verunsichern.

Sie knickste noch mal und ging dann. Ich schlüpfte aus meinen Sachen, zog den Morgenmantel über und setzte mich an die Frisierkommode. Ich öffnete die oberste Schublade. Darin befanden sich eine silberne Haarbürste, verschiedene Spangen, Briefpapier und Siegelwachs. Vorsichtig strich ich darüber. Verrückt. Das war völlig verrückt. Von draußen drang das Klappern von Pferdehufen durch das offene Fenster und gleichzeitig klopfte es hinter mir. »Herein«, rief ich.

Die Mädchen brachten das angekündigte Wasser und gossen es in die Wanne, die auf Löwenfüßen in der Mitte des Bades stand. Duftender Badezusatz schien in dieser Zeit noch unbekannt zu sein, denn sie taten nichts hinein. Schade eigentlich. Zu Hause hatte ich eine ganze Kollektion von Badebomben.

Als ich wieder allein war, ließ ich mich in das Wasser gleiten und schloss die Augen. In Gedanken machte ich eine Bestandsaufnahme meiner Probleme. Solange es nur um mich gegangen war, hatte ich den Wunsch nach einem magiefreien Leben durchaus vertreten können. Aber nun brachte ich andere damit in Gefahr. Und Cedrics Problem war unendlich viel größer als meines. Das mussten wir zuerst lösen. Aber wie konnte ich ihm helfen, wenn er sich gar nicht helfen lassen wollte? Diese Arwyn kannte ich bisher nicht mal und Noah war ein Eisklotz. Hübsch anzusehen, aber kalt. Dass sich je eine Frau in ihn verlieben würde, erschien mir unwahrscheinlich. Allerdings, was wusste ich schon über ihn? Vielleicht sollte ich für beide heimlich ein Tinder-Profil anlegen, dann konnten sie sich matchen. Ich kicherte über die unsinnige Vorstellung und schnupperte an den Seifenstücken. Kirsche hatte Cedric gefallen, dieses Mal musste ein Zitronenduft reichen. Ich wusch mein Haar damit und nahm anschließend eine Seife, die nach Jasmin duftete, für den Körper. Leider kühlte das Wasser zu schnell ab, um das Bad länger genießen zu können. Als ich in das Zimmer zurückkam, legte das Mädchen gerade ein Kleid auf das Bett.

Ich hatte mir ein Handtuch um den Kopf geschlungen und den Morgenmantel wieder angezogen. »Wie heißt du eigentlich?«, fragte ich. Sie war bestimmt keinen Tag älter als sechzehn und trug die in dieser Zeit übliche dunkle Dienstbotenkleidung.

»Emily, Madam.«

»Du kannst mich Sasha nennen«, antwortete ich unangenehm berührt.

Ihre Augen weiteten sich und sie schüttelte den Kopf. »Das wäre nicht angemessen, Madam.«

Barfuß ging ich über die dunklen Dielen und begutachtete das Kleid. Es war dunkelgrün und aus Satin. Schlicht, aber wunderschön.

»Wenn es nicht passt, könnte ich es noch etwas abstecken.«

»Das soll ich alles anziehen?«, fragte ich verblüfft und musterte die anderen Utensilien, die auf dem Bett lagen. »Nur für ein Abendessen?«

Emily zuckte mit den Schultern. »Sie wollen doch hübsch aussehen, oder nicht?«

Das wollte ich. Zumal ich eine Schwäche für ausgefallene Sachen hatte, aber dieser Aufwand … »Ich esse doch mit Cedric allein, da könnte ich meine alten Sachen …«

Meine Zofe rümpfte die Nase. »Mrs Wingate wäre sehr unzufrieden mit mir.«

»Wer ist Mrs Wingate?«, fragte ich irritiert.

»Die Haushälterin. Sie freut sich so, dass Mr Cedric mal wieder hier ist und dass er Damenbesuch mitgebracht hat. Auch wenn …« Sie verstummte und wurde rot.

»Auch wenn?«, hakte ich neugierig nach.

»Auch wenn Sie ohne Anstandsdame und eigene Zofe angereist sind. Das schickt sich nicht, und es wird einen Skandal geben, wenn die gute Gesellschaft davon erfährt.«

»Einen Skandal«, echote ich. Du lieber Himmel.

»Sind Sie denn verlobt?«, fragte sie mutiger weiter. »Sind Sie durchgebrannt? Hat er Sie entführt?«

Bei ihrem Eifer musste ich lächeln und schüttelte gleichzeitig den Kopf. Obwohl entführt gar nicht so verkehrt war. »Ich bin mit Erlaubnis meiner Großmutter hier.« Ob ihre Mrs Wingate wusste, dass Emily mir so persönliche Fragten stellte? »Cedric und ich sind ... nur befreundet.«

»Befreundet?« Sie runzelte die Stirn, und mir fiel ein, dass Freundschaften zwischen Männern und Frauen in dieser Zeit eher unüblich waren. Ich musste vorsichtiger sein mit dem, was ich sagte.

»Gut.« Sie wirkte fast etwas enttäuscht. »Ich helfe Ihnen beim Anziehen und frisiere Ihr Haar.«

Eigentlich sollte ich sie wegschicken, aber wenn ich mir die Kleidungsstücke auf dem Bett so anschaute, war ich nicht sicher, ob ich allein damit fertigwurde.

Emily reichte mir ein Hemdchen, weiße Strümpfe, die von rüschenbesetzten Strumpfhaltern gesäumt waren, und eine lange Unterhose aus weißem Leinen. »Die Chemise ist etwas groß«, erklärte sie. »Aber das Korsett wird passen.«

Ich sehnte mich jetzt schon nach meinen bequemen Leggings, aber ich traute mich nicht zu fragen, wohin Emily sie gebracht hatte.

Wie selbstverständlich legte sie mir das Korsett um und begann an den Schnüren zu ziehen. Ich richtete mich auf und presste eine Hand gegen die Brust. »Schnür es nicht zu fest«, sagte ich. »Schließlich will ich noch atmen.«

Emily kicherte. »Ihre Taille soll doch zur Geltung kommen und Ihr Busen.«

Eigentlich nicht, wollte ich sagen, verkniff es mir dann aber.

Sie war so enthusiastisch bei der Sache und ich wollte ihr keinen Ärger machen. Als alles zu ihrer Zufriedenheit saß, half sie mir in ein Unterkleid, bevor ich endlich in das Abendkleid steigen konnte. Es hatte Puffärmel und vorn ein paar kleine Rüschen. Die Blumen, die in den Stoff gestickt waren, waren eine Nuance dunkler als der eigentliche Stoff. Vorsichtig strich ich mit den Fingern darüber und fragte mich, was Cedric wohl zum Essen trug. Emily schob mich zu einem großen Spiegel. Ich blickte hinein und zog im gleichen Moment das Handtuch vom Kopf, damit mein dunkles Haar über mein Gesicht fiel. Bei all den neuen Eindrücken, die auf mich eingeströmt waren, hatte ich vergessen, meine Wange vor dem Mädchen zu verbergen. Aber sie war viel zu gut erzogen und hatte nichts gesagt. Auch jetzt sagte sie keinen Ton bei meinen Bemühungen, meine linke Gesichtshälfte zu verstecken. »Am besten setzen Sie sich an den Kamin, damit das Haar trocknen kann, während ich aufräume. Danach kann ich es frisieren.«

Ich nahm mir eins der Bücher, die in einem Regal an der Wand standen, und setzte mich auf den Hocker vor den Kamin, wobei ich darauf achtete, dem Feuer nicht zu nahe zu kommen. Dann schlug ich das Buch auf. Zu meiner Überraschung war es eine Ausgabe von *Mansfield Park*. Jane Austen hatte diesen Roman, wie all ihre anderen auch, anonym veröffentlicht. Auf dem Titelblatt stand lediglich *Von dem Autor von Stolz und Vorurteil.* Ich kannte das Buch, aber das hier musste eine Erstausgabe sein. Während Emily emsig im Raum herumlief, begann ich durch die Seiten zu blättern. Sie verschwand kurz und kam mit den Mädchen zurück, die das Badewasser wieder aus der Wanne schöpften. Ich bekam ein schlechtes Gewissen, weil sie sich diese Arbeit nur wegen mir machen mussten. Normalerweise würde ich ihnen meine Hilfe anbieten, aber sie würden es sowieso nicht zulassen, also verzichtete ich darauf.

Als alles aufgeräumt war, kam Emily zu mir zurück und bürstete mein Haar trocken. Ich hatte mir vorher nie überlegt, wie es sich so ohne Föhn lebte. Jetzt stellte ich fest, dass es durchaus praktische Hilfsmittel gab.

»Sind Sie so nett und setzen sich bitte vor die Frisierkommode, Madam«, forderte sie mich auf.

»Gern.« Ich hob das Kleid etwas an, damit ich nicht darüberstolperte, und lief durch den Raum. Emily begann mein Haar Strähne für Strähne zu bearbeiten und festzustecken. Dabei achtete sich sorgsam darauf, die Haare auf der linken Seite über meiner Wange zu drapieren, damit meine Narben verdeckt wurden. Den Rest steckte sie am Hinterkopf zu einem kleinen Knoten zusammen. Sie zupfte am Haaransatz ein paar Löckchen heraus und steckte Haarnadeln, die mit grünen Glasperlen besetzt waren, hinein. Sie glitzerten in meinem dunklen Haar. Die junge Frau, die mich aus dem Spiegel anschaute, war zwar immer noch ich, allerdings ähnelte sie eher einer Version von mir, die vor zweihundert Jahren gelebt hatte. Es war verblüffend zu sehen, wie schnell andere Kleidung und eine andere Frisur uns verändern konnten. »Danke schön«, murmelte ich. »Das hast du wirklich gut gemacht.«

Sie strahlte vor Stolz und legte mir einen passenden grünen Seidenschal um die Schultern. »Ich bringe Sie nach unten, wenn Sie so weit sind«, bot sie an, und weil ich befürchtete, mich in dem Haus zu verlaufen, nickte ich nur dankbar.

Schon auf der Treppe hörte ich Stimmen. »Es ist noch anderer Besuch hier?«

Emily nickte. »Freunde von Sir Cedric. Sie erfahren immer sofort, wenn er kommt, und dann tauchen sie hier auf. Die Herren sind sehr nett. Sie brauchen keine Angst zu haben, und Sir Cedric lässt sicher nicht zu, dass jemand unhöflich zu Ihnen ist.«

Da wäre ich mir nicht so sicher, denn ich ahnte bereits, wen ich gleich zu sehen bekommen würde. Ich drückte die Fingernägel in meine Handflächen, um zu verhindern, dass die Seelenmagie aus mir herausströmte.

»Sie sind etwas ... anders«, erklärte Emily leise. »Aber Sie sind so schön, bestimmt sind sie beeindruckt und werden sich benehmen.« Sie knickste noch einmal, als wir vor einer offenen Tür stehen blieben, und eilte dann davon. Am liebsten wäre ich zurück in mein Zimmer gegangen, aber ich wollte nicht kneifen.

»Wie konntest du sie mit hierherbringen?«, hörte ich eine heisere Frauenstimme aufgebracht fragen. »Das ist inakzeptabel.«

Ich stöhnte leise auf, meine Befürchtung hatte sich gerade bestätigt.

»Ich brauche dringend was zu trinken«, sagte ein Mann, den ich als Fawkes identifizierte. »Wo ist dein Butler, verdammt? Meine Kehle ist ganz ausgetrocknet.«

»Deine Kehle ist immer ausgetrocknet«, mischte sich Claire wieder ein.

»Weil sie immer nach Cedrics vorzüglichen Weinen dürstet«, kam die lachende Antwort. »Du solltest dich auch mal richtig betrinken, Cherie. Dann bist du nicht ganz so griesgrämig. Beruhige dich. Sasha wird schon nicht die Weltgeschichte durcheinanderbringen, und wenn doch, was stört es dich?«

»Ich bin nicht griesgrämig, sondern vorsichtig«, gab Claire frostig zurück. »Einer von uns muss das schließlich sein, ihr drei stellt doch sonst nur Unsinn an. Wie man mal wieder deutlich sieht. Das war ausgesprochen dumm von dir, Cedric.«

»Ich konnte sie nicht dort lassen«, hörte ich ihn antworten. »Sie beherrscht ihre Seelenmagie nicht. Wenn die Jäger sie mitgenommen hätten …« Er brach ab.

»Der Zirkel hat die Aufgabe, sie zu schützen, und nicht du«, giftete Claire weiter. »Wenn sie so dumm ist und sich immer wieder in Gefahr bringt, dann ist das ihre Sache. Du bist ihr nichts schuldig, auch wenn du dir das aus mir unerfindlichen Gründen einredest.«

Ich hielt mich am Türrahmen fest. Dass Claire mich nicht mochte, war mir schon bei unserer ersten Begegnung klar gewesen, nicht aber, dass sie mich hasste. Aber im Grunde war es naheliegend. Sie war eine Verfluchte und ich eine Seelenmagierin, sicher gab sie mir die Schuld an ihrem Schicksal, und Cedric bedeutete ihr etwas – wie sie ihm im Übrigen auch –, und sie wollte seine Aufmerksamkeit nicht teilen. Dabei war ich wohl kaum eine ernst zu nehmende Konkurrenz für sie. Ich stand immer noch so vor der Tür, dass ich im Raum von niemandem gesehen werden konnte, und überlegte, ob ich hineingehen sollte, als jemand hinter mir hüstelte.

»Möchten Sie vorausgehen, Madam?«, fragte der Butler, als ich mich umdrehte.

Damit war mir eine Entscheidung vorerst abgenommen. Ich hob den Kopf und betrat den Salon. Claire würde mich nicht einschüchtern! Ich musste mir und den anderen beweisen, dass ich sehr wohl in der Lage war, auf mich selbst aufzupassen und mich zu wehren. Zum ersten Mal kam mir der Gedanke, dass mein Grandpa mir nicht ohne Grund das Fechten und Bogenschießen beigebracht hatte. Außerdem war meine Verteidigungsmagie gut geschult, auch wenn ich noch nie wirklich Gelegenheit gehabt hatte, sie einzusetzen. Cedric lehnte am Kamin. Er trug eine lange, dunkle Hose und unter der ebenfalls dunklen Frackjacke blitzte eine weiße Weste mit Stickereien hervor. Wie nicht anders zu erwarten, sah er auch in diesem Aufzug atemberaubend aus. Ernst blickte er mir entgegen, und ich lächelte verhalten, bevor ich mich abwandte, um die anderen drei zu begrüßen.

Fawkes prostete mir von einem Sessel aus zu und lächelte aufmunternd. »Du siehst sehr hübsch aus, Sasha«, bemerkte er. »Schön, dich zu sehen.«

»Ist alles zu deiner Zufriedenheit?«, fragte Cedric förmlich. Claire stand dicht neben ihm und er kam mir nicht entgegen.

»Es ist toll«, antwortete ich. »Ich bin noch nie so bedient worden.«

Claire zog die Augenbrauen nach oben und dann schüttelte sie ungläubig den Kopf. In ihrem Leben als französische Gräfin hätte sie mich vermutlich nicht mal ihre Schuhe putzen lassen.

»Daran gewöhnst du dich schneller, als du glaubst«, kam es von Fawkes. »Können wir jetzt essen oder warten wir noch auf Noah und Arwyn?«

»Sie sind zum Dinner bei Lord und Lady Claybourne«, antwortete Claire. »Du wirst sie heute nicht mehr sehen.«

Fawkes antwortete nicht und nahm stattdessen einen großen Schluck Wein.

»Das Essen ist serviert«, ließ sich der Butler vernehmen.

Rafiq, der bisher noch gar nichts gesagt hatte, trat zu mir und reichte mir seinen Arm. »Darf ich dich ins Esszimmer bringen?«

Es wäre mir lieber, Cedric würde mich begleiten, aber dieser hielt Claire seinen Arm hin, und sie lächelte ihn strahlend an. Verfluchte waren grundsätzlich schon schön. Ich wusste nicht genau, weshalb das so war, schließlich steckten sie all ihre Leben in demselben Körper, mit dem sie verflucht worden waren. Möglicherweise war das Teil des Fluchs. Die Zeit konnte ihren Körpern nichts anhaben, legte aber eine Art Aura um ihn. Claire mit dem Wort schön zu beschreiben, wäre nicht ausreichend gewesen. Atemberaubend und betörend waren treffendere Bezeichnungen. Ich versuchte, meine Eifersucht zurückzudrängen, löste den Blick von dem perfekten Paar und legte die Hand auf Rafiqs Arm. Hitze prickelte durch den Stoff hindurch. Das musste das Feuer der Dschinn sein, das durch seine Adern floss.

»Lass dich von ihr nicht einschüchtern«, sagte er leise.

»Sonst verspeist sie dich zum Frühstück«, setzte Fawkes hinzu, der plötzlich an meiner anderen Seite ging. »Sie kommt mit anderen Frauen nicht sonderlich gut klar.«

»Danke für die Warnung.« Ich lächelte ihn an. »Ich werde daran denken.«

»Sie kommt mit niemandem klar, außer mit Cedric«, erwiderte Rafiq. »Es liegt nicht in ihrer Natur, Freundschaften zu schließen.«

»Aber ihr seid auch mit ihr befreundet.« Ich betrachtete Claires geraden Rücken und ihre schlanke Taille. Im Gehen schmiegte sie sich enger an Cedric.

»Ja, das sind wir wohl, aber sie steht auch in unserer Schuld.«

»Als wir sie fanden, war sie am Ende«, raunte Fawkes mir zu. »Sie wird nicht gern daran erinnert, aber sie war völlig fertig und hilflos wie ein Neugeborenes.«

Bei der Vorstellung musste ich kichern und Fawkes zwinkerte mir zu. »Sie ist bei uns geblieben, weil sie jemanden braucht, den sie herumkommandieren kann, und wir lassen ihr den Spaß.«

»Aber versucht sie gar nicht, ihren Fluch zu brechen? Was hat sie eigentlich getan?«

Rafiq zuckte mit den Schultern. »Es steht uns nicht zu, darüber zu reden, aber seit wir auch Cedric und Noah gefunden haben, scheint es ihr nicht mehr so wichtig zu sein.«

Er sprach es nicht laut aus, aber ich wusste auch so, was er mir damit sagen wollte. Claire liebte Cedric. Deshalb begleitete sie ihn in all seine Leben und deshalb konnte sie mich nicht ausstehen.

Während des Essens folgte ich der Unterhaltung, die sich um ganz profane Dinge drehte. Die vier diskutierten über Bälle und Soireen, die sie in den nächsten Tagen besuchen wollten, und Claire überredete Cedric, am nächsten Morgen mit ihr auszufahren. Ich wurde nicht gefragt, ob ich mitkommen wollte. Im Grunde wurde ich kaum in das Gespräch miteinbezogen, und jedes Mal, wenn ich zu Cedric blickte, war er entweder mit seinem Essen oder mit Lady Claire beschäftigt. Weshalb verhielt er sich plötzlich so distanziert? Das verwirrte mich. Gerade noch hatten wir nebeneinander auf meinem Bett gelegen … Niemand brachte das Gespräch auf das Leben im 21. Jahrhundert. Der Dienerschaft, die um uns herumschwirrte, wäre das auch merkwürdig vorgekommen.

Wenn Cedric jedoch glaubte, er könnte mich einsperren oder ignorieren, bis wir zurück in meine Zeit gingen, hatte er sich getäuscht. Er hatte gesagt, hier wären wir sicher. Also würde ich mich ein wenig umsehen. Mit oder ohne ihn. Nach dem Essen gingen wir in den kleineren Salon zurück. Claire setzte sich an das Klavier und begann zu singen. Sie hatte eine wunderschöne Altstimme und wirkte dermaßen weltgewandt, dass ich mir wie ein kleines Mädchen vorkam. Cedric stand bei ihr und blätterte die Noten um. Ich nippte an einem Sherry und versuchte mir die aufkeimende Unsicherheit nicht anmerken zu lassen. Die Aufregung des Tages beziehungsweise der Nacht machte sich langsam bemerkbar, und ich spürte, wie mir die Augen zufielen. Ob ich mich einfach zurückziehen konnte? Würde Cedric mich zu meinem Zimmer begleiten, damit wir reden konnten? Hatte er gewusst, dass Claire hier sein würde? Sie hatte all ihre verfluchten Leben mit ihm verbracht. Sie war seine beste Freundin, und dass sie mir nicht so einfach das Feld überlassen würde, sah ein Blinder mit Krückstock. War es vermessen von mir, mich zwischen die beiden zu drängen?

Von draußen ertönten Stimmen, und ich schrak zusammen, noch mehr Menschen konnte ich gerade nicht verkraften, aber da betrat schon Noah de Gray den Raum. Am Arm hatte er ein rothaariges Mädchen, das alle im Raum freundlich anlächelte. Selbst mich und Claire. Hinter den beiden watschelte eine dicke Frau in einem schwarzen Kleid herein.

Fawkes sprang auf, ging auf das Mädchen zu und nahm ihre Hand. Er zog sie an seine Lippen und ihr Lächeln vertiefte sich. »Arwyn«, begrüßte er sie. »Wie geht es dir?«

»Sehr gut. Danke schön. Du warst lange fort.«

»Cedric.« Noahs missbilligender Blick glitt über seine Freunde. »Ich habe dich noch nicht zurückerwartet.«

Cedric ignorierte Noahs Bemerkung. »Guten Abend, Noah. Wie war euer Dinner?«

»Nett«, erwiderte dieser kurz angebunden. »Du hättest uns zu den Claybournes zum Dinner begleiten können.«

»Ich bin gerade erst seit drei Stunden hier und wollte nicht verspätet bei ihnen hineinplatzen.«

Noah nickte. »Möchtest du mir deinen Gast vorstellen?« Sein durchdringender Blick richtete sich auf mich und er runzelte kaum merklich die Stirn.

»Miss Sasha Sullivan«, erklärte Cedric beiläufig, ging zu Arwyn und begrüßte sie mit einem Kuss auf die Wange. »Hattest du einen schönen Abend?«

Es überraschte mich nicht, dass Claire diese Begrüßung genauso argwöhnisch verfolgte wie alles, was Cedric tat.

Arwyn zog ihre Handschuhe aus. »Ich saß neben dem preußischen Botschafter und sein Englisch ist schrecklich. Ich musste mich so konzentrieren zu verstehen, was er sagte, dass ich kaum etwas gegessen habe.«

»Soll ich Harold bitten, dir noch etwas herrichten zu lassen?«, fragte Fawkes fürsorglich.

Sie schüttelte den Kopf. »Nein, lass nur. Die Dienerschaft wird schon zu Bett gegangen sein und ich möchte niemandem Umstände bereiten.«

»Es wären sicher keine Umstände. Mrs Wingate vergöttert dich«, sagte Fawkes schmunzelnd.

»Trotzdem«, erwiderte sie. »Aber du könntest mir einen Sherry bringen und mich der jungen Dame vorstellen. Und bitte nicht so nachlässig wie Cedric.«

Fawkes nahm ihre Hand und brachte sie zu mir, während Noah sich an Cedric wandte. Fasziniert verfolgte ich ihren Wortwechsel.

»Hast du dich heute mit unserem Verwalter getroffen? Läuft mit den Pächtern alles zu unserer Zufriedenheit?«, fragte Noah ihn jetzt.

»Es könnte nicht besser sein. Ein paar von ihnen musste ich unter die Arme greifen, aber wir werden eine gute Ernte haben.«

Arwyn setzte sich neben mich.

»Sasha, darf ich dir Miss Arwyn Silver vorstellen?«, fragte Fawkes.

»Arwyn, das ist Sasha Sullivan.« Zwischen den beiden fand ein Blickwechsel statt, den ich nicht deuten konnte.

»Ich freue mich sehr, dich kennenzulernen«, wandte Arwyn sich dann an mich. »Hat Cedric dich hergebracht?«

Fawkes schenkte ihr ein Glas Sherry ein, und ich nickte, nicht sicher, was sie alles wusste.

Sie beugte sich etwas zu mir. »Gefällt es dir? Ich mag diese Zeit sehr.«

»Das sagst du immer«, rügte er sie und reichte ihr das Glas. Liebevoll musterte er sie.

»Weil jedes Leben auf seine Weise schön ist und ich beschlossen habe, jedes einzelne auch zu genießen. Kümmerst du dich bitte um Mrs Blair«, bat sie ihn. »Sie ist müde, und es ist nicht notwendig, dass sie hierbleibt.«

»Dein Wunsch ist mir Befehl.«

»Sie ist meine Anstandsdame«, flüsterte Arwyn mir zu. »Die Ärmste. Sie ist schwerhörig und fast blind. Wenn ich etwas Verbotenes vorhätte, würde sie es nicht mal bemerken, wenn sie danebenstände. Manchmal hat mein Schicksal wirklich Humor.«

Ich grinste bei ihren Worten und war gleichzeitig verwundert, dass sie so offen mit mir sprach.

»Wir müssen uns leider verabschieden«, unterbrach Claire ein paar Minuten später unsere Unterhaltung. »Würdest du mich hinausbegleiten, Cedric?« Sie nickte allen Anwesenden außer mir zu und wartete, bis Cedric ihr den Arm reichte.

»Wir sehen uns morgen«, verabschiedete Rafiq sich höflich und hauchte einen Kuss auf meinen Handrücken.

Fawkes beugte sich zu Arwyn hinunter. »Lass dich nicht unterkriegen«, flüsterte er ihr zu und verließ hinter seinem Freund den Salon.

»Ich gehe dann auch ins Bett«, murmelte ich, knickste etwas ungeschickt in Noahs Richtung und lief ihnen hinterher. Arwyns verschmitztes Lächeln entging mir dabei nicht.

Cedric stand mit dem Rücken zu mir in der geöffneten Tür, von Fawkes und Rafiq war nichts mehr zu sehen. Claire hatte einen Arm um ihn gelegt und es wirkte äußerst vertraut. Als sie mich sah, kniff sie die Augen zusammen. »Komm heute Nacht zu mir«, hörte ich sie laut flüstern. Diese Worte waren wohl eher für mich bestimmt als für ihn.

»Wir werden sehen. Ich habe einiges mit Noah zu besprechen«, antwortete er vage, senkte den Kopf und küsste sie auf die Wange.

Ich drehte mich um und lief die Treppe hoch in mein Zimmer, schloss die Tür und lehnte mich, etwas schneller atmend, von innen dagegen. Die beiden waren ein Paar. Jedenfalls in diesem Leben und vermutlich in vielen anderen. Wenn ich noch Zweifel gehabt hatte, waren sie nun endgültig beseitigt. Weshalb war er dann so aufmerksam zu mir gewesen? Ich ließ unsere Begegnungen Revue passieren. Sein Auftauchen auf Alderney, seine Besorgnis, seinen Zorn. Er hatte bestimmt nicht damit gerechnet, einer Seelenmagierin zu begegnen, und ich hatte mich ihm ja förmlich an den Hals geworfen. Bei der Erinnerung wurde mein Gesicht glühend heiß. Wenn ich ihm besser zugehört hätte, wäre ich nie nach Fort Quesnard gefahren, um ihm den Brief zu bringen. Und spätestens als er mir gesagt hatte, dass er verflucht war, hätte ich diese Sache beenden müssen. Aber weshalb war er dann erneut aufgetaucht, als ich joggen war, und weshalb war er heute Abend zu mir in den Laden gekommen? Sein Verhalten war äußerst verwirrend. Glücklicherweise wusste ich nun Bescheid, wo ich stand.

Als Emily klopfte, ließ ich sie herein. Sie half mir dabei, mich auszukleiden, löste die Frisur, und als sie endlich fertig war, schlüpfte ich ins Bett. Die Laken rochen ungewohnt nach Stärke.

»Gute Nacht«, wünschte sie mir und löste die Bettvorhänge. Tiefe Dunkelheit hüllte mich ein. Wie jemand so schlafen konnte, war mir schleierhaft. Als sie gegangen war, band ich eine Seite wieder hoch und lauschte in die Nacht. Das Rauschen des Meeres fehlte mir, und ich fragte mich, ob Cedric tatsächlich zu Claire gefahren war. Aber selbst, wenn es so wäre, was konnte ich daran ändern? Er gehörte mir nicht, auch wenn es sich für einen winzigen Moment so angefühlt hatte. In einem anderen Leben.

Es klopfte wieder. Dieses Mal ganz leise, und ich setzte mich auf. Meine Müdigkeit war schlagartig verflogen. Das musste Cedric sein. Die Tür öffnete sich und im Licht der Flurbeleuchtung erkannte ich Arwyns zu einem Zopf geflochtenes rotes Haar. Ihre grauen Augen leuchteten übermütig, als ich die Kerze neben meinem Bett anzündete.

»Ich dachte, hier könnten wir in Ruhe miteinander reden. Du musst mir unbedingt erzählen, wo du herkommst.« Sie setzte sich auf mein Bett und hielt eine Flasche Sherry und zwei Gläser in die Höhe. »Ich habe Emily überredet, die aus dem Salon zu stibitzen.«

Ich grinste sie an und schob meine Enttäuschung, dass Cedric nicht gekommen war, beiseite. In dem altmodischen, mit Rüschen besetzten Schlafkleid und dem albernen Häubchen sah sie aus wie eine unartige Elfe mit jeder Menge Sommersprossen auf ihrer blassen Haut. Ihr heller Teint war in dieser Zeit groß in Mode und fiel längst nicht so auf wie meine gebräunte Haut.

»Arwyn ist ein sehr ungewöhnlicher Name«, sagte ich. Wir waren uns in meinem Leben noch nicht begegnet, aber sie tat so, als würden wir uns kennen.

»Er kommt aus dem Walisischen. Keine Ahnung, was meine Eltern sich dabei gedacht haben, schließlich stammen wir aus Schottland.«

Cedric musste ihr gesagt haben, dass ich Bescheid wusste. Das war die einzige Erklärung für ihre Unverblümtheit.

»Sasha ist doch sicher eine Kurzform, oder?« Aufmerksam sah sie mich an und reichte mir ein Glas Sherry. Wenn wir uns schon mal begegnet waren, dann hatte ich jedenfalls einen anderen Namen gehabt. Wenn ich Glück hatte, war sie nicht ganz so geheimniskrämerisch wie Cedric.

»Mein richtiger Name ist Alexandra«, verriet ich ihr. »Aber so nennt mich niemand.« Nur Dad hatte diesen Namen benutzt, weil er eine Schwäche für Alexander den Großen gehabt hatte.

»Ich finde Alexandra sehr schön«, sagt Arwyn. Es war wirklich verblüffend, wie ausgeglichen und sanft sie war. Ich hatte mir Verfluchte immer verbittert und zornig vorgestellt, aber nichts davon traf auf Arwyn zu. Auf Cedric allerdings auch nicht. Selina hatte einen Fehler begangen, als sie die beiden verflucht hatte. Aber das war mir schon nach Cedrics Geschichte klar gewesen. Arwyns einzige Dummheit war gewesen, mit Noah zu schlafen, ohne mit ihm verheiratet zu sein. Aber wenn man verliebt war, beging man die ein oder andere Dummheit. Das würde in allen Zeiten so sein.

»Er bedeutet die Wehrhafte und die Kämpferin«, erklärte ich. »Und *Die Männer Abwehrende.*«

Arwyn verzog ihre vollen Lippen zu einem Lächeln. »Das klingt aufregender als *Gute Freundin.*«

»Das bedeutet Arwyn?« Ich musste lachen. »Ich mag die Bedeutung«, gab ich zurück und hielt mein Glas hoch.

Etwas unbeholfen stieß sie mit mir an.

»Also aus welchem Jahr bist du hergekommen?«, fragte sie neugierig.

»Aus dem Jahre 2019«, sagte ich leise. »Es ist Cedrics tausendstes Leben.«

Ihre Augen wurden groß und rund. Dann schlug sie sich die Hand vor den Mund. »Wir haben es also nicht geschafft?«

Ich schüttelte den Kopf. »Leider nicht.« Ich hätte vorher daran denken müssen, was diese Information für sie bedeutete. »Wie ist es bei dir und Noah?«, fragte ich mitfühlend. »Habt ihr noch mehr Leben?«

»Ich habe danach noch fünf«, flüsterte sie. »Als wir verflucht wurden, haben sie uns das gesagt.« Sie lächelt resigniert. »Wir sollten wohl genau wissen, wo wir stehen. Cedrics Seele war fünf Leben älter als meine und Noah hat sogar noch sechs Leben. Ich habe mir so sehr gewünscht, dass wir den Fluch brechen. Cedric hätte ein richtiges, echtes Leben verdient.«

»Das habt ihr alle drei.« Na gut, Noah vielleicht nicht. Die Seele, die er geopfert hatte, hatte auch keine weitere Chance gehabt. Er hatte die Seele einer Magierin nur dem Feuer überlassen und sie damit vernichtet, weil er wütend und verletzt gewesen war.

Sie zuckte mit den Schultern. »Noah und ich waren diejenigen, die die Sünde begangen haben. Cedric hat nur versucht, es in Ordnung zu bringen.«

»Noah und du habt euch geliebt, ich würde das nicht als Sünde bezeichnen«, erwiderte ich.

Arwyn lächelte. »Er war schon damals so ein schöner Mann«, flüsterte sie. »Ich konnte ihm gar nicht widerstehen. Wenn ich jedoch gewusst hätte …« Sie verstummte. »Du musst etwas unternehmen«, sagte sie dann. »Dieses Leben können wir nicht mehr ändern, aber in deinem musst du mir helfen, den Fluch zu brechen. Nicht so sehr um meinetwillen, sondern für Cedric. Versprichst du mir das?«

»Er will sich von mir nicht helfen lassen. Er meint, dafür hätte er Claire, Rafiq und Fawkes.«

Arwyn trank den Inhalt ihres Glases in einem Zug aus. »Pfff«, machte sie dann. »Claire hat kein Interesse daran, ihren Fluch zu brechen. Vielleicht hatte sie das am Anfang, aber sie wird von Leben zu Leben unausstehlicher. Ich könnte mir sogar vorstellen, dass sie in deinem Leben panische Angst hat, Cedric zu verlieren. Er bedeutet ihr alles.«

Das hatte ich mir schon gedacht. »Was wird sie tun, wenn er es nicht schafft?«

»Ich weiß es nicht. Wir sind immer davon ausgegangen, irgendwann erlöst zu werden. Scheitern war gar keine Option.«

»Jetzt, wo du weißt, dass es euch wahrscheinlich nicht gelingt, könntest du dir in euren künftigen Leben noch etwas mehr Mühe geben«, schlug ich vor.

»Sind wir uns zwischen diesem Leben und deinem in 2019 noch einmal begegnet?«, fragte sie neugierig und schenkte uns noch etwas ein. Langsam gewöhnte ich mich an den Geschmack.

»Das weiß ich nicht. Cedric hat mich auch hierher nur mitgenommen, weil Jäger bei uns aufgetaucht sind.«

Arwyn verschluckte sich vor Schreck und hielt sich vornehm hustend die Hand vor den Mund. »Jäger?«

»Anscheinend haben sie es auf mich abgesehen. Lazarus Rimmon hätte mich als Kind schon einmal fast erwischt. Ich weiß es nicht mit Bestimmtheit, aber ich vermute fast, er sucht mich in jedem meiner Leben.«

»Das ist gut möglich«, erwiderte sie vage. »Wir begegnen den Jägern immer wieder. Rafiq und Fawkes haben uns beigebracht, gegen sie zu kämpfen. Obwohl ich eine furchtbare Fechterin bin und schießen kann ich noch schlechter. Fawkes ist unendlich geduldig mit mir, aber ich hasse Waffen.«

»Weißt du, in welchem Leben Cedric und ich uns zum ersten Mal getroffen haben?«

Arwyn nickte. »Aber ich darf es dir nicht sagen. Er hat es mir verboten.«

»Du könntest es mir trotzdem erzählen.«

Sie schüttelte den Kopf und ihr Häubchen verrutschte ein bisschen. »Das werde ich bestimmt nicht. Glaub mir, er hat seine Gründe für diese Geheimnisse, und es ist nur zu deinem Schutz.«

Unwillig schüttelte ich den Kopf. Wenn niemand mir etwas sagen wollte, Granny nicht, Cedric nicht und Arwyn auch nicht, dann musste ich mir eben selbst Klarheit verschaffen. Lazarus jagte mich seit mehreren Leben. Da war die Frage berechtigt, weshalb er so vehement hinter mir her war. Wieso wollte er unbedingt meine Seele? Ich musste den Grund dafür herausfinden, weil nicht nur ich in Gefahr war, sondern auch alle, die ich liebte. Meinetwegen hatten letzte Nacht Granny und ihre Freundinnen sich einem Kampf mit seinen Jägern stellen müssen. Ich hatte endgültig die Nase voll von all den vagen Andeutungen. Ich brauchte mein Seelenbuch. Nur darin würde ich die Antworten auf meine Fragen finden. Und die einzige Möglichkeit, mein Seelenbuch zu bekommen, war, Selina zu sagen, dass ich doch initiiert werden wollte. Sie konnte mir das nicht abschlagen, allerdings musste ich mich dann auch unter ihre Fuchtel begeben. Wenn ich Mitglied des Zirkels wurde, konnte sie mir vorschreiben, was ich zu tun und zu lassen hatte. Cedrics Uhr tickte und ich war nicht bereit, kampflos aufzugeben. Niemand von uns wusste, wann sein Leben im Jahre 2019 enden würde. Mir war es egal, ob er meine Hilfe wollte oder nicht. Er brauchte sie. Und Arwyn würde sie sicherlich nicht ablehnen, wenn wir uns in meinem Leben wiederbegegneten.

»Ich habe Cedric gesagt, wie unwahrscheinlich es ist, dass Noah und du, dass ihr euch je wieder ineinander verliebt. Es sei denn, ihr seid Seelengefährten.«

Nervös leckte sie sich mit der Zungenspitze über die Lippen. »Das hat Fawkes mir schon vor ein paar Leben gesagt, aber was habe ich für eine Wahl? Wenn ich mich nicht wenigstens bemühe, sind unsere Seelen für immer verloren.«

»Wenn ich zurück bin, rede ich mit Selina Montague. Sie ist immer noch die Vorsitzende des Zirkels. Vielleicht kann sie den Fluch aufheben. Es verstößt eigentlich gegen den Codex, aber möglicherweise macht sie eine Ausnahme.«

Arwyn lächelte und ich erkannte den Unglauben in ihren Augen.

»Habt ihr euch schon einmal an den Zirkel gewandt?«, fragte ich. »Habt ihr mit Selina gesprochen, euch entschuldigt, was weiß ich?« Ich verstand ja, dass es Regeln und Gesetze geben musste. Aber manchmal musste man Regeln auch überdenken. Cedric hatte mich bereits zwei Mal gerettet und er war nicht mal mehr ein Hüter. Eigentlich hätte er mich sterben lassen können, das musste auch etwas zählen.

»Nein, haben wir nicht, und sie wird uns keine Hilfe gewähren.«

Ich schlug auf die Bettdecke. »Aber dann müsstest du doch wütend auf mich sein oder zumindest verärgert. Ich bin eine von ihnen, wir sind für dein Schicksal verantwortlich.«

Arwyn schüttelte den Kopf und lächelte. »Du bist ganz und gar nicht für mein Schicksal verantwortlich. Das bin ich ganz allein. Das sind wir alle.« Sie stand auf und umarmte mich. Dann nahm sie die Sherryflasche und die Gläser. »Ich bin wirklich froh, dass du mit Cedric hergekommen bist, und ich verspreche dir, ich werde mir viel Mühe geben, damit er erlöst wird. Ich hoffe, wir sehen uns in einem zukünftigen Leben wieder.«

Ich konnte mir nicht verkneifen, ihr noch eine letzte Frage zu stellen. »Wie schaffe ich es, allein mit Cedric zu sprechen? Ohne Claire!«

Sie zuckte mit den Achseln. »Schleich dich einfach in sein Zimmer, es liegt eine Etage höher, die dritte Tür neben der Treppe.« Dann huschte sie davon.

So hatte ich das nicht gemeint. Natürlich könnte ich zu ihm gehen, aber ich würde ihm weder hinterherlaufen noch ihm nachspionieren, ob er zu Claire gefahren war. Stattdessen kuschelte ich mich tiefer in die Decken. Kurz bevor ich einschlief, fiel mir ein, dass ich mir besser nicht wünschen sollte, dass Arwyn sich mehr Mühe gab. Sollte der Fluch vor dem Jahre 2019 gebrochen werden, könnte es sein, dass Cedric mir in meinem Leben nicht mehr begegnete. Mit diesem Gedanken glitt ich in einen traumlosen Schlaf und wachte erst wieder auf, als das Klirren von Geschirr an mein Ohr drang und Emily mit einem Tablett vor meinem Bett stand.

»Wie spät ist es?«, fragte ich und rieb mir die Augen. Mein Kopf schmerzte von dem Sherry, und ich fragte mich, wie es Arwyn ging.

»Gleich zehn. Sir Cedric hatte mich gebeten, Sie zu wecken.«

»Weshalb? Er will mit dieser blöden Kuh eine Ausfahrt in den Hyde Park unternehmen. Da kann ich doch im Bett bleiben.«

Emily kicherte über meine respektlose Bemerkung. »Er hat darauf bestanden, dass Sie sie begleiten, und wir werden der *blöden Kuh* nicht das Feld überlassen«, erklärte sie kämpferisch. In meinem Leben könnten wir Freundinnen werden, überlegte ich und stützte mich auf die Unterarme. »Sir Cedric ist viel zu nett für Lady Claire«, setzte sie fort. »Ich habe bereits ein Kleid herausgesucht, das Ihnen wunderbar stehen wird. Hatten Sie schon Ihr Debüt?«

Ich presste zwei Finger gegen meine Schläfe. Debüt? Es brauchte eine Weile, bis ich verstand, was sie meinte. In jener Zeit wurden die jungen Mädchen mit ungefähr sechzehn Jahren in die Gesellschaft eingeführt, damit sie sich einen Ehemann angelten. Was um Himmels willen sollte ich ihr antworten? »Letztes Jahr«, sagte ich vorsichtig.

Emily nickte. »Das dachte ich mir fast. Dann ist ein roséfarbenes Kleid genau das Richtige für Sie. Dunklere Farben dürfen Sie als unverheiratete Frau in der Öffentlichkeit noch nicht tragen.«

Wenn sie das sagte. »Ich würde mich aber gern vorher frischmachen.«

»Natürlich. Der Tee steht auf dem Sekretär und im Badezimmer habe ich eine Waschschüssel aufstellen lassen. Klingeln Sie einfach, wenn Sie so weit sind. Doch lassen Sie den jungen Herrn nicht zu lange warten. Lady Claire kann schnell sehr ungehalten werden, und dann besteht sie darauf, mit ihm allein auszufahren.« Ihr Tonfall ließ keinen Zweifel daran, dass das für sie keine Option war, und ich war froh, neben Arwyn eine weitere Verbündete im Haus zu haben.

Während ich mich wusch, überlegte ich, wie ich Cedric allein zu fassen kriegen konnte. Falls wir heute nicht in Ruhe miteinander redeten, musste ich Arwyns Rat folgen und mich in der Nacht in sein Zimmer schleichen. Meinen Stolz würde ich dieses eine Mal hinunterschlucken. Schließlich ging es um etwas Wichtigeres.

Zurück im Zimmer, nippte ich an dem Tee, der genau so zubereitet war, wie ich ihn mochte. Earl Grey mit viel Milch und noch mehr Zucker. Die Unterwäsche zog ich selbst an, aber mit den Knöpfen am Rücken des Kleides war ich überfordert. Also klingelte ich nach Emily, die darauf bestand, mir wieder das Korsett umzuschnüren. »Alles andere gehört sich nicht«, belehrte sie mich. »Was sollen die Herrschaften denken, wenn Sie ohne eines auf die Straße gehen. Lady Claire hat eine Wespentaille.«

Mit der ich nicht vorhatte, zu konkurrieren. Mir war es ehrlich gesagt lieber, wenn ich Luft bekam, aber Emily blieb unerbittlich. Als sie mit dem Sitz meines Kleides zufrieden war, frisierte sie mein Haar, sodass es der gängigen Mode entsprach, aber meine Narben verbarg. Sie setzte mir einen Hut auf und reichte mir einen Sonnenschirm und Handschuhe. Dann begleitete sie mich hinunter.

»Im Frühstückssalon ist noch gedeckt«, raunte sie mir zu, »aber es ist schon recht spät.«

»Das ist schon in Ordnung«, antwortete ich. Jetzt würde ich sowieso nichts herunterkriegen. Ich war viel zu nervös, weil ich nicht wusste, wie Cedric sich mir heute gegenüber verhalten würde.

Der Butler öffnete die Eingangstür, als er mich sah. Auf der Straße, vor einer offenen Kutsche, standen Cedric und Claire dicht beieinander und steckten die Köpfe zusammen.

»Habe ich es doch gewusst«, flüsterte Emily und erntete ein Zischen des Butlers. »Viel Vergnügen, Miss Sasha«, sagte sie daraufhin hastig, knickste und verschwand.

Ich ging die wenigen Stufe hinunter und trat zu den beiden. Claire wischte über Cedrics Ärmel. Sie sahen so vertraut miteinander aus, dass ich mir wie ein Störenfried vorkam. Am liebsten wäre ich umgedreht und zurück ins Haus gegangen, aber da bemerkte Cedric mich.

»Ah, da bist du ja endlich, meine Liebe. Ausgeschlafen?« Sein Lächeln erreichte nicht seine Augen.

Ich schloss bei der Anrede kurz die Augen. Wenn ich irgendwas nicht war, dann *seine Liebe*.

Claire musterte mich. Sie trug ein burgunderfarbenes Kleid und einen passenden Hut. Damit sah sie aus wie eine Femme fatale, und ich wirkte neben ihr wie Miss Mauerblümchen, dabei hatte ich bis gerade eben noch mein Kleid wunderschön gefunden. Ich straffte den Rücken. Ich war, wer ich war, und ich ließ mich nicht auf einen so dummen Wettstreit ein.

Cedric half erst Claire in den Wagen und dann mir. Wie nicht anders zu erwarten gewesen war, setzte er sich nicht neben mich, sondern neben sie. »Wir fahren in den Hyde Park«, sagte Cedric. »Noah und Arwyn werden dort heute ausreiten.« Auf seinen Befehl hin ließ der Kutscher die Pferde antraben.

Claire legte ihm eine Hand auf den Arm. »Wir sollten uns das nicht noch einmal ansehen.«

»Was ansehen?«, fragte ich, als der Kutscher durch die Tore in den Park einbog. Wir kamen nur noch langsam voran, weil wir nicht die einzige Kutsche waren. Bei dem Tempo hätte ich auch aussteigen und nebenherlaufen können.

»Das, was gleich passieren wird«, antwortete Claire an seiner Stelle und lehnte sich an ihn. »Leider dürfen wir unsere Leben nicht verändern, sonst könnten wir diesem Spuk gleich ganz schnell ein Ende bereiten. Es ist eine dieser widersinnigen Regeln des Zirkels.«

Sie würde mich nicht provozieren und auch zu keiner Rechtfertigung zwingen. Ich konnte nichts dafür, was ich war. Sie schon. Während wir durch den Park fuhren, vermied ich, die beiden anzuschauen, und versuchte, auch ihr leises Geflüster zu ignorieren.

Ich hatte mir etwas vorgemacht. Natürlich bedeutete ich ihm nicht das, was ich ihm gern bedeutet hätte. Ob er gewusst hatte, dass Claire und ich uns hier begegnen würden? Vermutlich. Die Situation war wirklich unangenehm. Zum Glück war zwischen uns nicht mehr geschehen als ein paar Umarmungen. Nichts von Bedeutung also.

Ich straffte die Schultern. Ich musste nur noch ein paar Tage durchhalten, und ich nahm mir vor, diese Tage zu genießen und zu versuchen, mir so viel wie möglich aus dieser Zeit zu merken. Es gab jede Menge Kutschen, die um diese Tageszeit durch den Park fuhren. In den meisten saßen junge Frauen mit ihren Müttern oder Anstandsdamen. Immer wieder hielten die Kutschen an, und ihre Passagiere sprachen mit den jungen Herren, die auf Pferden die Wege bevölkerten. So angelte man sich in dieser Zeit also einen Ehemann. Ich hatte davon gelesen, aber es so hautnah zu erleben, war wirklich sonderbar.

Einer der Reiter kam zu unserer Kutsche. »De Gray«, begrüßte er Cedric. »Heute mit zwei Damen unterwegs?« Er lüftete seinen Hut und lächelte mich an.

Ich lächelte automatisch zurück, weil er nett aussah und ich ein freundliches Gesicht gebrauchen konnte.

»Würdest du mich der jungen Dame vorstellen.«

»Viscount Mountbatten«, kam Cedric der Aufforderung nach. »Das ist Miss Sasha Sullivan. Eine Freundin der Familie.«

»Sehr erfreut.« Der junge Mann betrachtete mich interessiert. »Sehen wir uns heute Abend in der Oper?«

»Vermutlich.« Cedric klang nicht begeistert.

»Läuten im Hause de Gray bald die Hochzeitsglocken?«, fragte der Viscount als Nächstes und auf seinem Gesicht breitete sich ein anzügliches Grinsen aus.

Ich versteifte mich noch mehr und mein Lächeln fror ein. Da hatte ich gar nicht so falschgelegen. Claire und Cedric waren in diesem Leben ein Paar. Sie passten leider auch wirklich gut zusammen. Ich blinzelte das Brennen in meinen Augen weg.

»Wir werden sehen«, kam es diplomatisch von Claire. »Es war nett, Sie zu treffen, Mountbatten. Machen Sie uns doch heute Abend Ihre Aufwartung in unserer Loge. Miss Sullivan wird sich freuen.«

Ich nickte dem Viscount zu, was dieser als Bestätigung wertete.

»Das werde ich tun.« Er beugte sich etwas in meine Richtung. »Eigentlich kann ich der Oper nichts abgewinnen, aber nun freue ich mich auf den Abend.«

Ich verzog meine Lippen und hoffte, dass es nach einem Lächeln aussah. »Ich mich auch.«

»Fahr weiter, Miles«, kam es von Cedric und unsere Kutsche setzte sich wieder in Bewegung.

Ich nahm die anderen Reiter in Augenschein, weil ich nicht wusste, wo ich sonst hinsehen sollte, und Claire mir auf gar keinen Fall mein Entsetzen über diese Neuigkeit ansehen durfte. Diese Genugtuung gönnte ich ihr einfach nicht.

»Du solltest diese Gecken nicht auch noch ermutigen«, wies Cedric mich zurecht. »Außer natürlich, du möchtest sie heute Abend alle in unserer Loge begrüßen.«

»Warum nicht?«, gab ich achselzuckend zurück. »Ein Mädchen in meinem Alter kann gar nicht genug Aufmerksamkeit bekommen und schließlich will ich ja keinen von ihnen heiraten.«

Cedric stöhnte leise. »Sasha, das …«

Er wurde von einem Schrei unterbrochen, und als ich mich

umsah, galoppierte ein Pferd quer über die Wiese. Eine Frau in einem elfenbeinfarbenen Kleid saß darauf und hielt sich mit Müh und Not an dem Damensattel fest. Sie wurde von dem bockenden Pferd hin und her geschleudert, und jedem von uns war klar, dass sie sich nicht würde halten können. Mehrere Reiter jagten auf sie zu, und ich hielt die Luft an, als ich auf dem vordersten pechschwarzen Pferd Noah erkannte. Aber bevor er die Frau erreichte, flog sie durch die Luft. Schreie ertönten aus den anderen Kutschen. Cedric ballte die Hände auf seinen Oberschenkeln zu Fäusten. Rotes Haar umwirbelte die schlanke Gestalt, die mit einem harten Schlag auf dem Boden landete. Erst in diesem Moment begriff ich, wer es war. Claire legte ihre Hand auf seine und er entspannte sich etwas. Unsere Kutsche hielt an und sofort sprang Cedric heraus und lief zu der Stelle, an der Arwyn lag. Einige Männer brachten das scheuende Pferd unter Kontrolle.

»Ist sie tot?«, fragte ich leise und wollte Cedric folgen.

Claire hielt mich zurück. »Noch nicht. Aber es wird nicht lange dauern.« Wie oft hatten die beiden diese Situation schon erlebt?

Eine Kutsche fuhr quer über den Rasen und Cedric kam zu uns zurück. »Wir bringen sie zu uns nach Hause«, sagte er kurz angebunden. »Das ist näher. Mountbatten benachrichtigt seinen Arzt.«

Der Kutscher wendete auf dem schmalen Weg geschickt unseren Zweispänner und fuhr zurück zum Stadthaus der de Grays. Kurz nach uns traf Noah ein. Er hob die bewusstlose Arwyn aus dem Gefährt. Im Jahre 2019 käme kein Mensch auf den Gedanken, jemanden mit diesen, möglicherweise schweren, Verletzungen so zu transportieren. Aber ich sagte nichts. Noah trug sie die Treppe hoch und brachte sie in das Zimmer, das meinem direkt gegenüberlag. Behutsam legte er sie auf dem Bett ab. Wir waren ihm gefolgt, und nun sah ich zu meiner Erleichterung, wie Arwyns Brust sich hob und senkte. Wachte sie noch einmal auf? Ich konnte nicht glauben, dass das lebenslustige Mädchen von gestern Abend jeden Moment sterben würde.

»Lass uns in den Salon gehen«, forderte Claire Cedric auf. Die beiden standen direkt hinter mir. Weshalb hatte er das nicht verhindert? Regeln hin oder her. Weshalb hatte er Arwyn nicht gewarnt, oder, besser noch, Noah? Die Art, wie der sich über ihre leblose Gestalt beugte und ihr das Haar aus der Stirn strich, zeigte sehr deutlich, was sie ihm in diesem Leben bedeutete. Sie hätten den Fluch brechen können.

»Kommst du mit, Sasha?«, fragte Cedric mich leise, aber ich schüttelte den Kopf. Er und Claire verließen gemeinsam das Zimmer.

»Kann ich etwas für sie tun?«, wandte ich mich an Noah.

»Der Arzt wird gleich hier sein«, erwiderte er. »Könnten Sie ihr das Kleid öffnen und das Korsett lockern?«

»Ich weiß nicht, ob das eine gute Idee ist.« Ich ging weiter in das Zimmer hinein. »Wenn ihr Rückgrat verletzt ist, könnte ihr jede Bewegung schaden.«

Der Blick, mit dem er mich bedachte, war zuerst skeptisch, aber dann nickte er.

»Ich könnte das Kleid am Hals etwas öffnen«, schlug ich vor.

»Bitte«, kam es von ihm. Er hielt ihre Hand, und ich wollte ihm sagen, dass alles gut werden würde. Aber das wäre eine Lüge. Arwyn war totenbleich, selbst ihre Lippen hatten jede Farbe verloren und auch ihre Sommersprossen.

Als der Arzt kam, verließ ich das Zimmer. Emily wartete bereits auf mich und half mir in ein bequemeres Tageskleid. Hatten die armen Frauen früher wirklich nichts anderes zu tun, als sich ständig umzuziehen? Als wir fertig waren, nahm ich das Buch und ging hinunter. Ich fragte mich, wo Cedric und Claire hingegangen waren, und begab mich in den kleinen Salon, in dem wir gestern Abend nach dem Essen gesessen hatten. Glücklicherweise war er leer. In der nächsten Stunde vertiefte ich mich in mein Buch, aber das Schicksal von Fanny Price konnte mich nicht von dem ablenken, was oben mit Arwyn geschah. Immer wieder schaute ich zum Flur und hoffte, Cedric zu sehen. Er blieb ebenso verschwunden wie Claire und langsam wurde ich wütend. Ich würde allein in meine Zeit zurückkehren. Dafür musste ich nur meinen Seelenanker umfassen. Mir würde ohne Cedric vermutlich furchtbar übel werden, aber hier hatte ich nichts mehr verloren. Doch ich wollte Arwyn nicht allein lassen.

In der Halle entstand plötzlich Unruhe und ich schlich zur Tür. Noah verabschiedete den Arzt, der ihn bekümmert anschaute. Er hatte keine guten Nachrichten für ihn gehabt. Als der Butler die Tür hinter ihm schloss, stand Noah noch eine Weile bewegungslos dort und starrte auf das schwarz lackierte Holz.

Ich ging zu ihm und berührte seinen Arm. Langsam drehte er sich um. »Was hat er gesagt?«

Noah schloss die Augen und antwortete mit einiger Verzögerung. »Er weiß nicht, ob sie es schafft. Ich soll einen Pfarrer kommen lassen.«

»Hat sie Familie, die Bescheid wissen muss?«

»Nur ihre Tante. Der Rest ihrer Familie lebt in Schottland. Sie werden nicht rechtzeitig hier sein.«

»Soll ich bei ihr bleiben, während Sie alles organisieren?«

Er schluckte, und erst dann hatte ich das Gefühl, als nähme er mich richtig wahr. Er nickte langsam. »Das wäre nett.«

»Ich werde mich gut um sie kümmern«, versprach ich. »Ich weiche ihr nicht von der Seite.«

»Ich möchte nicht, dass sie allein ist«, sagte er mit gepresster Stimme. Trotzdem hatte er sich erstaunlich gut im Griff. Wenn ich wüsste, dass der Mensch, den ich auf der Welt am meisten liebte, dort oben im Sterben läge, würde ich durchdrehen.

»Darüber müssen Sie sich keine Sorgen machen.« Ich lief zur Treppe, froh, endlich etwas Sinnvolles zu tun, auch wenn ich Arwyn nur dabei zusehen konnte, wie sie diese Welt verließ.

Emily saß neben dem Bett, als ich in das Zimmer kam. Sie wirkte erleichtert, dass ich sie ablöste. »Ich werde einen Tee holen«, sagte sie, knickste und verschwand.

Ich setzte mich auf den Stuhl. Als Emily mir den Tee brachte, beschloss ich, Arwyn vorzulesen. Irgendwann begannen ihre Augenlider zu flattern und dann flüsterte sie etwas. Ich nahm ihre Hand in meine. »Arwyn«, sagte ich leise. »Hörst du mich?«

Wieder kam nur ein unverständliches Murmeln über ihre Lippen, aber ich erkannte deutlich ein Wort. *Fawkes*.

Fawkes, wieso Fawkes? »Noah ist gleich zurück«, versuchte ich sie zu beruhigen, denn ihre Hände öffneten und schlossen sich. Diese Aufregung konnte ihr nicht guttun.

Mit einem feuchten Tuch wischte ich über ihre Stirn und sie seufzte leise, wachte aber nicht vollständig auf.

Ich war erleichtert, als die Tür sich öffnete. Der Gedanke, allein bei Arwyn zu sitzen, wenn sie starb, war mir unheimlich. Schließlich lebte sie nur einen Zeitsprung von mir entfernt noch einmal und dort war sie quicklebendig. Aber es war nicht Noah, der den Raum betrat, sondern Fawkes. Hatte er sie gehört? Das war eigentlich unmöglich.

Langsam kam er zum Bett und betrachtete Arwyn aufmerksam.

Dann seufzte er leise. »Ich weiß nicht, wie oft ich es noch ertrage, sie sterben zu sehen.«

»Wie lange kennst du Cedric, Arwyn und Noah schon?«

»Von Anfang an. Wir fanden die drei kurz nachdem sie verflucht wurden. Sie waren gerade in ihrem neuen Leben angekommen. Cedric und Arwyn waren so ahnungslos wie zwei Hundewelpen. Die beiden erinnerten sich, was mit ihnen geschehen war, aber sie wussten nicht, was sie tun sollten. Im Grunde war es für Noah leichter. Arwyn weinte um das Baby, das sie verloren hatte. Ich habe versucht, sie zu trösten, aber sie ließ keinen von uns an sich ran. In diesem ersten Leben brachte sie sich um. Sie sprang von einer Klippe in Wales. Ich fand ihre Leiche. Es war schrecklich.«

»Was ist dann passiert?«

»Was wohl? Sie landeten in einem neuen Leben. Rafiq ist ein Meister darin, sie aufzuspüren. In dem zweiten Leben ging es Arwyn nur ein bisschen besser. Wenigstens blieb sie am Leben. Dafür verliebte Noah sich in ein anderes Mädchen.«

»Weshalb habt ihr ihm geholfen und weshalb seid ihr all diese Leben bei ihnen geblieben?«

Fawkes überlegte eine Weile, während er Arwyns Hand hielt. »Eigentlich wollte ich nur ihr helfen. Sie war verlorener als Cedric und dabei so tapfer. Sie hat in all den Leben nicht aufgegeben, egal, wie grausam ihr das Schicksal mitgespielt hat. Aber nachdem sie wusste, was wir sind, bat sie uns, auch Cedric und Noah zu helfen.«

»Glaubst du noch daran, dass Noah und Arwyn es schaffen, den Fluch zu brechen?«

Er zuckte mit den Schultern und lächelte traurig. »Ich bin zwar ein Wanderer und damit so ziemlich das coolste Wesen der Welt, aber ich bin kein Hellseher.«

Ich lächelte. »Das coolste Wesen. So, so.«

»Nach Rafiq natürlich. Er ist noch etwas cooler. Hast du diese Flämmchen in seinen Augen bemerkt?« Er drehte den Zeigefinger vor seinen eigenen himmelblauen Augen.

Ich nickte, dankbar, dass er versuchte, mir das hier leichter zu machen.

»Da bin ich schon etwas neidisch drauf.«

»Für mich bist du cool genug«, sagte ich sanft. »Danke, dass du so nett zu mir bist.«

»Es gibt keinen Grund für mich, es nicht zu sein.«

Darauf wusste ich nichts zu erwidern. »Leb wohl«, sagte er nach einer Weile zu Arwyn und strich über ihre Wange. Die Geste wirkte unendlich vertraut. »Wie sehen uns in einem anderen Leben«, murmelte er, bevor er ging. War es einfacher, ihr Lebewohl zu sagen, weil er wusste, dass er sie wiedersah? Oder tat es ihm jedes Mal auf die gleiche Weise weh? Der Schmerz in seinen Augen war mir nicht entgangen, auch wenn er versucht hatte, ihn hinter seinen Scherzen zu verbergen.

Arwyns Zustand blieb unverändert und Noah löste mich am späten Nachmittag wieder an ihrem Bett ab. Emily brachte mir etwas zu essen in mein Zimmer, und erst da fiel mir auf, dass ich den ganzen Tag noch nichts gegessen hatte. Hungrig stürzte ich mich auf den Braten, das Gemüse und die Kartoffeln. Danach richtete Emily mich für die Oper her. Eigentlich hatte ich keine Lust. Es kam mir merkwürdig vor, mich zu amüsieren, während Arwyn im Sterben lag. Aber offensichtlich sah nur ich das so und schließlich durfte dieses Leben nicht verändert werden. Mein schlechtes Gewissen blieb.

Nun saß ich frisiert und geschminkt in der Loge der Familie

de Gray im Londoner Opernhaus. Claire neben mir betrachtete die anderen Gäste durch ein Opernglas. Rafiq hatte uns begleitet, während Fawkes darauf bestanden hatte, zu Hause zu bleiben. Wenn er gekonnt hätte, wäre er Arwyn nicht von der Seite gewichen, vermutete ich. So konnte er nur im Salon sitzen und auf das Ende warten. Der Arzt war noch mal da gewesen, um sie zur Ader zu lassen, aber Fawkes hatte es verboten, womit er Noah wütend gemacht hatte, der das zwar akzeptiert, Fawkes aber aus ihrem Zimmer verbannt hatte. Ich war Fawkes dankbar, Arwyn diese Tortur erspart zu haben.

Cedric und Claire plauderten hinter mir mit einem anderen Paar am Eingang der Loge. Mich hatte er noch nicht mal vorgestellt. Langsam, aber sicher hatte ich die Nase voll. Ich stand etwas zu schwungvoll auf und war froh, in dem unbequemen Kleid nicht zu stolpern. Fehlte noch, dass ich vor der perfekten Claire auf die Nase fiel.

»Wo willst du hin?«, fragte Cedric, als ich an ihm vorbeirauschte.

»Ich werde mir etwas zu trinken holen.« Aufgebracht fixierte ich sein halb leeres Glas Champagner. Das brauche ich jetzt auch, und zwar dringend.

Wir lieferten uns ein Blickduell, das ich gewann, denn er gab widerstrebend nach. »Ich begleite dich.« Er stellte sein Glas zur Seite und führte mich zielstrebig ins Foyer des Theaters. »Das war unnötig«, bescheinigte er mir unterwegs. »Es wäre mir lieb, wenn du so wenig wie möglich auffällst.«

»Weshalb?«

»Weil ich nicht möchte, dass deine Anwesenheit sich herumspricht.«

»Dann kann ich ja froh sein, dass du mich nicht einsperrst, oder wie soll ich das verstehen? Denkst du nicht, du hättest mir einiges zu erklären?«

»Ich erkläre dir alles, sobald wir zurück sind. Bis dahin wirst du dich dieser Zeit entsprechend verhalten. Darin bist du doch sicher geschult.«

»Nein«, antwortete ich knapp und erntete ein Stöhnen.

»Du hast doch jede Menge Bücher gelesen«, sagte er, um einen freundlicheren Tonfall bemüht. »Die Mädchen in dieser Zeit waren zurückhaltend, freundlich und demütig.«

»Das könnte dir so passen.« Wir blieben vor einem der Saaldiener stehen, der ein Tablett voller Gläser auf einer Hand balancierte. Cedric nahm zwei hinunter und reichte mir eins.

»Mädchen in dieser Zeit nippen vornehm an ihrem Glas«, setzte er gezwungen lächelnd hinzu.

Ich lächelte zurück, trank das Glas mit drei Schlucken aus, bevor ich es zurückstellte. Der Diener schaute mich schockiert an.

Kopfschüttelnd nahm Cedric ihm ein weiteres Glas ab und reichte mir dann seinen Arm. »Das Stück fängt gleich an. Lass uns zurückgehen. Ich möchte nicht mit dir streiten.«

Als wir die Loge wieder betraten, saß zu meiner Überraschung Rafiq neben Claire. Sie stupste ihn mit dem Ellenbogen an, damit er Platz machte, aber er bewegte sich nicht von der Stelle. Cedric blieb nichts anderes übrig, als sich neben mich zu setzen. Die Lichter gingen aus und der Vorhang hob sich. Ich hatte noch nie so ein aufwendig inszeniertes Schauspiel gesehen. Dabei war es keines, das man in meiner Zeit noch kannte, aber es war voller Spannung, Dramatik und Liebe und hätte jeder modernen Netflix-Serie Konkurrenz machen können. Für einen Moment vergaß ich, wo ich war. Erst in der Pause wurde ich wieder daran erinnert: als Viscount Mountbatten unsere Loge betrat. »Miss Sullivan«, begrüßte er mich. »Erweisen Sie mir die Ehre und flanieren mit mir im Foyer?«

Cedric schüttelte unmerklich den Kopf, aber Mädchen in dieser Zeit waren schließlich freundlich und demütig. »Es wäre mir eine Ehre«, sagte ich und reichte dem jungen Mann die Hand.

»Möchten Sie etwas trinken?«, fragte er, als wir die Treppe hinuntergingen.

»Ein Saft wäre schön«, gab ich zurück, weil ich vermutete, es wäre seltsam, um ein Glas Wasser zu bitten. Das tranken in dieser Zeit nicht mal die Armen. Bei Saft war ich mir allerdings auch nicht so sicher, aber die zwei Gläser Champagner waren mir zu Kopf gestiegen.

»Sie meinen Limonade«, berichtigte er mich und ich nickte.

»Wie gefällt Ihnen das Stück?«, fragte er mich später, als ich vornehm an dem Glas nippte und gleichzeitig versuchte, tiefer Luft zu holen. Ich war erst einen Tag hier und wünschte mich schon nach Hause. Ein Abstecher ins 19. Jahrhundert war zwar aufregend, aber die Kleider waren eindeutig zu unbequem, um sie längere Zeit zu tragen.

»Miss Sullivan«, unterbrach der Viscount meine Gedanken.

»Oh. Entschuldigen Sie. Es gefällt mir sehr gut. Obwohl ich finde, Rosalie sollte sich diesem Mann nicht so an den Hals werfen.«

»Wie meinen?« Seine Augenbrauen gingen in die Höhe.

»Äh.« An meiner Ausdrucksweise musste ich wohl noch arbeiten, oder ich musste Cedric bitten, mit mir das nächste Mal irgendwohin zu gehen, wo es nicht ganz so vornehm war. Schweiß lief mir an der Schläfe hinunter. Dieses vermaledeite Korsett schnürte mir die Luft ab. Oder die stickige Luft in dem Theater. Ich nestelte an dem Ausschnitt und Mountbatten lief knallrot an.

Plötzlich war Cedric an meiner Seite. »Wenn Sie uns entschuldigen wollen«, sagte er zu dem Viscount und zerrte mich weg. »Was hattest du vor?«, raunte er. »Wolltest du dich ausziehen?«

»Ich kriege keine Luft«, verteidigte ich mich. »Diese Kleider sind viel zu eng. Wie haben die Frauen das nur ausgehalten?«

»Keine Ahnung.« Cedric drängte mich durch eine schmale Tür. Plötzlich standen wir in einem spärlich beleuchteten Gang und er machte sich an den Knöpfen meines Kleides zu schaffen.

»Was tust du da?«, fragte ich argwöhnisch. »Wäre es nicht ziemlich kompromittierend, wenn wir erwischt würden? Am Schluss müsstest du noch mich heiraten und nicht die schöne Claire.«

»Ich lockere dein Kleid und wir werden weder erwischt noch heirate ich irgendjemanden.«

Seine Finger auf meinem Rücken machten mich nervöser, als die Atemnot es gerade eben getan hatte, aber ich war erleichtert, als ich spürte, wie der Stoff sich lockerte.

»Danke schön«, sagte ich, als er mich zu sich umdrehte und mit einem Taschentuch mein schweißfeuchtes Gesicht abtupfte.

»Das ist nicht deine Zeit, oder?«, fragt er besorgt und war ganz und gar wieder der Cedric, den ich kannte.

»Nicht wirklich. Deine offenbar schon. Jedenfalls kennst du dich fantastisch mit den Damenkleidern aus.«

»Im Laufe der Jahrhunderte habe ich durchaus die ein oder andere nützliche Fähigkeit erworben.«

»Wie schön für dich«, sagte ich biestig. »Wann gehen wir zurück?«

»Hältst du es noch einen Tag aus?« Seine Hand lag auf meiner Taille und durch die Kleiderschichten spürte ich die Wärme.

Nur, wenn er den Tag mit mir in diesem engen Gang verbringen würde, aber auf die Idee musste er schon von allein kommen.

»Hör zu, Sasha, ich weiß, dass dir mein Verhalten merkwürdig vorkommen muss. Ich weiß, dass du ein paar Erklärungen brauchst. Aber könntest du mir fürs Erste einfach vertrauen?« Er schaute mich ernst an. »Es ist viel verlangt, aber ich bitte dich trotzdem darum.«

»Vertraust du mir denn?«

Er antwortete nicht.

»Wir sollten uns das Stück zu Ende ansehen.« Ich ordnete meine Kleidung und vermied es, ihn anzusehen. Dabei blinzelte ich hektisch die Tränen in meinen Augen weg. Genau diese Nichtantwort hatte ich erwartet.

Sein Finger legte sich unter mein Kinn, und er zwang mich, ihn anzusehen. »Ich würde dir mein Leben anvertrauen«, sagte er ernst. »Aber nur, wenn es dich nicht in Gefahr bringt, und derzeit bringe ich dich mehr in Gefahr, als ich es mir je hätte träumen lassen.« Seine Hand schob sich in meinen Nacken und er strich mit dem Daumen leicht über meine Wange. Reglos lehnte ich an der Wand, während sein Blick sich verdunkelte. Ganz langsam glitt der Daumen über meine Lippen zu meinem Hals. Ich zitterte und ein kühler Schauer lief mir über die erhitzte Haut. Er sollte bloß nicht aufhören, mich zu berühren, aber ich wusste nicht, wie lange ich es aushielt, ihn nicht ebenfalls anzufassen. Wie gebannt starrte ich auf seinen Mund. Sein Atem beschleunigte sich wie mein eigener auch. *Küss mich*, dachte ich. Entweder du tust es oder ich.

Aber bevor ich meinen Entschluss in die Tat umsetzen konnte, schüttelte er den Kopf und trat einen Schritt zurück. »Wir müssen zurückgehen«, sagte er mit rauer Stimme.

Ich brauchte eine Sekunde, um mich zu sammeln. »Warum?« Als wäre das nicht offensichtlich. Er wollte mich nicht. Das enge

Korsett musste die Sauerstoffzufuhr zu meinem Gehirn blockiert haben. Claire hätte er geküsst, dachte ich gedemütigt.

Cedric strich mir das Haar aus dem Gesicht, aber ich drehte den Kopf zur Seite. Sofort ließ er die Hand fallen und trat zurück. »Weil es zu auffällig ist, wenn wir länger verschwunden sind. Das Stück hat längst wieder begonnen.«

Ich hatte keinen Gong gehört. Verunsichert versuchte ich mir einen Reim darauf zu machen, was hier gerade geschehen war. Nichts, gab ich mir die Antwort. Er hatte mich in diesen Gang gebracht, um einen Fauxpas zu vermeiden, und ich hatte mich ihm an den Hals geworfen. Schon wieder.

Als ich ihn ansah, schloss Cedric einen Moment lang die Augen, und als er sie wieder öffnete, hatte er die kühle Maske wieder aufgesetzt. »Bist du bereit, zurück in die Höhle des Löwen zu gehen?«

Ich schüttelte den Kopf und er lächelte als Antwort. Dann legte er meine Hand in seine Armbeuge. »Nicht vergessen. Du musst mir vertrauen, ganz egal, was ich tue und wie unverständlich es dir vorkommt.« Mit diesen Worten öffnete er die Tür. Eilig liefen wir durch die leeren Gänge zurück. Glücklicherweise saß das Kleid nun lockerer und ich bekam ausreichend Luft. Als wir in der Loge ankamen, lehnte Rafiq an einer Wand, und Claire ging auf und ab.

»Was ist los?«, fragte Cedric und ignorierte die bitterbösen Blicke, die Claire uns zuwarf.

»Noah hat einen Boten geschickt«, erklärte Rafiq. »Mit Arwyn geht es zu Ende.«

Cedric nickte. »Dann sollten wir umgehend zurückfahren.«

»Wir haben bereits die Kutsche vorfahren lassen, nur wart ihr beide wie vom Erdboden verschwunden«, mischte Claire sich ein.

»Wo wart ihr so lange?« Sie schaffte es, mich zur Seite zu schieben und Cedrics Arm zu nehmen.

Rafiq ergriff meine Hand. »Wir müssen uns beeilen«, drängte er und führte mich zielstrebig aus der Loge. Im Foyer wartete bereits ein Diener mit unseren Mänteln und dann hasteten wir die Treppe hinunter.

Die Kutsche jagte in einem halsbrecherischen Tempo durch Londons dunkle Straßen. Ich hielt mich zwar an einem Griff fest, wurde aber trotzdem hin und her geworfen. Rafiq gab sein Bestes, mich festzuhalten, während Cedric neben Claire saß, mich aber keine Sekunde aus den Augen ließ. Sie war solche Kutschfahrten deutlich mehr gewöhnt als ich, denn die Geschwindigkeit schien ihr kaum etwas auszumachen, während mir von Minute zu Minute schlechter wurde. Wenn das so weiterging, würde ich mich auf ihr prunkvolles blaues Kleid übergeben. Die Vorstellung entlockte mir ein böses Lächeln. Plötzlich drosselte der Kutscher das Tempo. Die Pferde wieherten und ein Ruck ging durch das Gefährt. Ich schrie vor Schreck auf, aber Rafiq hielt mich fest, bevor ich vom Sitz rutschte. Dann hörte ich Männerstimmen. Cedric und Rafiq wechselten einen Blick. »Ein Überfall. Wahrscheinlich Straßenräuber«, behauptete Cedric.

»Ist dieser Überfall sonst auch passiert?«, fragte ich misstrauisch. Das Schweigen war Antwort genug. Etwas in diesem Leben hatte sich verändert.

Claire stand auf und Cedric öffnete die Box unter dem Sitz. Er reichte Rafiq eine Pistole. »Ihr beide bleibt im Wagen«, verlangte er.

Zu meinem Erstaunen nickte Claire und die beiden Männer sprangen aus der Kutsche. Sie verriegelten die Tür hinter sich und kurz darauf erklangen Pistolenschüsse.

»Sollten wir ihnen nicht helfen?« Ich war froh, dass meine Stimme nicht zitterte. »Sind da drin noch mehr Pistolen?«

»Ein paar«, erwiderte Claire. »Aber davon lässt du besser die Finger.«

»Ich kann schießen«, informierte ich sie. In ihre Augen trat ein verwunderter Ausdruck. »Sogar ziemlich gut.« Ich zuckte zusammen, weil wieder ein Schuss ertönte, und dann hörten wir das Klirren aufeinandertreffender Degen. »Mein Großvater hat es mir beigebracht.«

»Ein kluger Mann. Was kannst du sonst noch?«

»Schwimmen, Fechten, Bogenschießen und ein paar Selbstverteidigungstricks.«

»Ich dachte, deine Zeit ist so friedlich. Weshalb wollte er, dass du kämpfen lernst?«

»Er wollte sichergehen, dass ich mich im Notfall zur Wehr setzen kann. Zeigst du mir die Waffen oder lässt du es?«

Claire stand auf. Von draußen ertönte ein Schrei und ich zuckte zusammen. Ihre Lippen kräuselten sich bei der Andeutung eines Lächelns, und ich betete, dass weder Cedric noch Rafiq verwundet waren. Hastig klappte ich die Box auf und meine Augen weiteten sich vor Erstaunen. Darin lagen nicht nur unmoderne Feuerwaffen, sondern auch Dolche und Degen aus reinem Silber. »Das sind keine gewöhnlichen Straßenräuber, oder?«

»Wohl kaum«, gab Claire gelassen zurück. »Es sind Seelenjäger. Es war nur eine Frage der Zeit, bis sie uns auch in diesem Leben finden. Sie haben dich gewittert, denn hier gibt es keine Granny, die dich abschirmt. Und sie sind wie Haie. Sie riechen das Blut einer Seelenmagierin durch mehrere Zeiten.« Ihr Tonfall wurde von Wort zu Wort abfälliger. »Du bist nicht gut genug für ihn«, zischte sie. »Und du wirst ihn nicht bekommen. Nicht, wenn ich es verhindern kann.« Ihre Nasenflügel bebten vor Zorn. Aber damit konnte ich mich jetzt nicht befassen.

Ich griff nach zwei Pistolen, prüfte, ob sie geladen waren. Silberkugeln funkelten mich aus dem Lauf an. Ich entsicherte sie und riss den Vorhang des kleinen Kutschenfensters zur Seite. Rafiq drängte gerade zwei Seelenjäger mit einem Degen zurück. Die Jäger waren gut genährt, wie man unschwer erkennen konnte. Kein Wunder, der Krieg gegen Napoleon war noch nicht lange vorbei und auf den Schlachtfeldern hatten sie sich unzählige Seelen von sterbenden Soldaten geholt. Jetzt schoss Feuer aus Rafiqs Hand hervor, setzte einen der Jäger in Flammen und ein hohes Kreischen ertönte. Das gelbe Licht ließ die Szenerie noch unheimlicher erscheinen. Ein Seelenjäger lag bereits auf dem schlammigen Boden und löste sich in Asche auf. Aus dem Augenwinkel sah ich einen Schatten, und aus dem Nachthimmel stürzte ein weiterer Jäger auf Cedric herab, der bereits versuchte, sich gegen zwei andere zur Wehr zu setzen. Ich hob die Pistole, zielte und schoss. Es war eine Sache, auf eine Blechdose zu schießen, auf ein Objekt, das sich bewegte, eine ganz andere. Trotzdem traf ich. Der Jäger wurde von der Silberkugel zurückgeschleudert. Ein Feuerball raste an mir vorbei und machte einen weiteren von Cedrics Gegnern unschädlich. Dem Letzten bohrte er seinen Degen in die Kehle und schwarzes Blut pulsierte hervor. Cedric wirbelte herum. Der Lauf meiner Pistole rauchte noch ein wenig. Selbst im schummrigen Licht der Straßenlaterne erkannte ich seine Wut. Ich lehnte immer noch aus dem Kutschenfenster, als er sich in Bewegung setzte und auf mich zugestampft kam. Dabei drehte er dem verletzten Jäger den Rücken zu und bekam nicht mit, wie dieser sich auf die Knie kämpfte, seine letzte Kraft mobilisierte, um sich auf ihn zu stürzen und ihm seine Krallen in den Hals zu bohren. Ich hatte keine Zeit nachzudenken, ballte eine Hand zur Faust, und als ich sie wieder öffnete, schoss meine Seelenenergie, gebündelt zu einem dünnen, festen Seil, aus mir heraus. In Sekundenschnelle hatte es den Jäger erreicht und wickelte sich um dessen Hals. Er konnte nicht mal kreischen, als ich mit einem Ruck an dem Band zog und ihm das Genick brach. Der Jäger ging in die Knie und meine Energie ließ ihn zu Asche zerfallen. Das Band schlängelte sich zurück in meine Hand. Es war noch nicht ganz wieder verschwunden, als ich eine weitere Gestalt bemerkte. Neben einer der Laternen stand Lazarus Rimmon. Ich erkannte ihn an seinen schwarz glühenden Augen, obwohl er dieses Mal einen Frack und Zylinder trug und sich auf einen Spazierstock stützte. Ich hatte nicht mal gewusst, dass ich zu so einem Einsatz meiner Magie fähig war, und an dem selbstgefälligen Grinsen in seinem Gesicht erkannte ich, dass er es zumindest vermutet hatte. In dem Moment, in dem Claire mich vom Fenster wegzog, drehte er sich um und schlenderte davon. Sie drückte mich auf die Bank und kurz darauf wurde die Kutschentür aufgerissen. Rafiq kletterte herein. Ein Peitschenknall ertönte und die Kutsche setzte sich wieder in demselben halsbrecherischen Tempo in Bewegung wie zuvor. Ich klammerte mich benommen an dem Griff fest. »Lazarus ist dort draußen. Wo ist Cedric?« Meine Stimme hörte sich komisch an.

»Cedric fährt die Kutsche. Es geht ihm gut. Um Lazarus kümmern wir uns später. Du bist jetzt wichtiger«, sagte Rafiq und wechselte einen besorgten Blick mit Claire.

»Mit mir ist alles in Ordnung«, lallte ich.

Er betrachtete die Pistole auf meinem Schoß. »Das war ein sehr guter Schuss.« Vorsichtig nahm er sie mir weg und reichte sie Claire. Dann zog er mich auf seinen Schoß. Erst wollte ich mich wehren, schließlich war ich kein Kind mehr. Aber ich konnte mich nicht bewegen, weil seine Wärme mich umfing und das so ein schönes Gefühl war. Erst jetzt merkte ich, wie ich zitterte. Meine Zähne klapperten so laut, dass sie das Geräusch der fahrenden Räder übertönten. Rafiq massierte vorsichtig meine Hände. »Das hättest du ihr nicht erlauben dürfen«, sagte er tadelnd zu Claire.

Die saß mit geradem Rücken uns gegenüber und verzog ihr hübsches Gesicht zu einer Grimasse. »Als ob sie sich von mir etwas verbieten lassen würde.«

Zum ersten Mal waren wir beide einer Meinung.

Mir war immer noch eisig, als die Kutsche das nächste Mal anhielt. Cedric riss die Tür auf und sein Blick glitt forschend über mich. Ich saß immer noch auf Rafiqs Schoß und mein Kopf lehnte an seiner Schulter. »Ist sie verletzt?«

Ich schüttelte den Kopf, hauptsächlich weil sein Blick mir Angst machte. Er sah aus, als wäre er kurz davor, irgendwas kaputt zu machen oder jemanden zu erwürgen. Vorzugsweise mich.

»Sie hat ihre ganze Energie verbraucht, ich musste sie aufwärmen, aber sonst geht es ihr gut. Ein Tee mit Rum wäre hilfreich.«

Cedric schloss kurz die Augen, und als er sie wieder öffnete, war seinem Gesicht keine einzige Emotion mehr anzusehen. Er hielt mir die Hand hin und ich trat mit zitternden Beinen aus der Kutsche. Draußen legte er einen Arm um mich und half mir zur Tür. Auf dem kurzen Weg dorthin sagte er kein einziges Wort. Harold öffnete uns und rümpfte kaum sichtbar die Nase. »Können wir zu Arwyn?«, fragte ich mit kratziger Stimme.

»Mister Noah und Mister Fawkes sind bei ihr«, erklärte er. »Es geht zu Ende. Ich werde Bescheid geben, dass Sie zurück sind.«

Cedric nickte knapp. »Wir brauchen einen heißen Tee mit einem Schuss Rum«, verlangte er streng und ignorierte meine Proteste, als er mich nicht zu Arwyn, sondern in den kleinen Salon brachte. Dort setzte er mich auf ein Sofa und breitete eine Decke über mir aus. »Der Tee kommt sofort.«

»Ich möchte zu Arwyn«, krächzte ich. Was war bloß mit meiner Stimme los?

»Wenn du den Tee getrunken hast«, beschied er mir knapp. »Vorher gehst du keinen Meter mehr.«

Erschöpft lehnte ich mich zurück. Ich hatte keine Kraft, um zu streiten, und tatsächlich wurde mir wieder eiskalt. Rafiqs Dschinnfeuer verlor leider seine Wirkung viel zu schnell. Cedric zündete den Kamin an und schichte unzählige Holzscheite auf. Hatte er vor, das Haus in Brand zu setzen? Dann legte er noch zwei Decken über mich und setzte sich an das Fußende des Sofas. Er zog mir die dünnen Seidenschuhe aus und begann sanft meine Füße zu massieren. Unter normalen Umständen wäre mir das peinlich gewesen, und ich hätte es ihm verboten, aber jetzt gerade fühlte es sich unfassbar gut an. Ich seufzte leise und zog mir die Decken bis zur Nasenspitze.

»Hat dir niemand beigebracht, bei einem Kampf nie deine ganze Energie zu verbrauchen?«, knurrte er, als ich mich gerade anfing zu entspannen.

Emily kam mit einer Tasse Tee herein. Als sie mich und Cedric sah, zwinkerte sie mir unauffällig zu. Vermutlich dachte sie, ich würde diese Show abziehen, um ihn mir zu angeln. Da musste ich sie leider enttäuschen. So gewieft war ich nicht. Ich nahm den Tee und nippte daran, froh, Cedric vorerst nicht antworten zu müssen. Natürlich hatte ich das nicht gewusst. Weshalb auch? Ich hatte nicht vorgehabt, diese Magie je einzusetzen. Obwohl, möglicherweise hatte Granny es mal erwähnt.

»Wenn du das noch mal machst, sperre ich dich persönlich ein«, drohte er, als Emily verschwunden war. »Wie konntest du solch ein Risiko eingehen?«

Ich verstand seine Aufregung nicht, schließlich hatte ich ihm nur helfen wollen. Ich nippte wieder an dem Tee mit Rum, obwohl es eindeutig Rum mit Tee war, und fühlte die Hitze durch meine Adern sickern. Es fühlte sich fast noch ein bisschen besser an als Cedrics Finger, die nun über meine Unterschenkel glitten. Ich hob die Tasse erneut an meine Lippen und sah zu meinem Entsetzen den Seelenschimmer, der meine Hände umgab. Er kroch meine Arme hinauf und rieselte über die Decke. Verzweifelt versuchte ich ihn zurückzudrängen, aber er gehorchte mir nicht. Nun glitzerte die dunkelblaue Strickdecke bereits hellgrün. Wenn Emily zurückkäme, hätten wir jede Menge zu erklären. Cedric musste denselben Gedanken haben, denn er stand auf und verschloss die Tür. Dann setzte er sich wieder neben mich, hob die Hand und strich mir durch mein Haar. Hellgrüner Staub rieselte herab. »Du musst dich entspannen«, sagte er leise, ohne jeden Zorn. »Deine Magiereserven füllen sich auf, aber du musst ihnen sagen, wann es genug ist.«

»Das versuche ich ja«, jammerte ich. »Aber die Magie gehorcht mir nicht.«

»Weil du dich nicht genug konzentrierst.« Da war wieder der strenge, rechthaberische Cedric, was leider gar nicht hilfreich war. Ein neuer Stoß Magie floss an meinen Haarspitzen herunter und kleine lilafarbene Libellen flatterten aufgeregt durch den Raum. Ihre Flügel waren fast zu dünn für die Menge Magie, die sie tragen mussten.

»Mist«, murmelte ich kleinlaut. Das würde die Jäger anziehen wie das Licht die Motten und alle im Haus in Gefahr bringen.

Hektisch wischte ich über meine Arme und schüttelte die Hände, aber egal, wie viel von dem Seelenschimmer ich abschüttelte, es kam immer neuer nach. Panisch blickte ich Cedric ins Gesicht, der meine Versuche, meine Magie in den Griff zu bekommen, mit zusammengezogenen Augenbrauen verfolgte.

»Halt still«, befahl er. »So machst du es nur noch viel schlimmer.«

»Aber ich weiß nicht, wie ich es stoppen soll«, protestierte ich, einer Panik nah. In meiner Fantasie stürzten mindestens zehn Seelenjäger ins Haus und saugten der gesamten Dienerschaft die Seelen aus. Und dann würde Lazarus uns holen. Noah, Cedric, Arwyn und mich.

Er seufzte, strich über meine Wangen, schob mir die Hand in den Nacken und mein Herzschlag beschleunigte sich noch mehr. »Was soll ich bloß mit dir machen?«

Ich hoffte, dass das nur eine rhetorische Frage war. Mir jedenfalls würde eine ganze Menge einfallen, allerdings alles Dinge, die er nicht wollte.

Sein Daumen strich über meine Unterlippe. Mein Herz donnerte in meiner Brust. Was hatte er vor? So weit waren wir doch schon öfter gewesen. Das war wenig hilfreich. Wenn er mich so berührte, entspannte ich mich mit Sicherheit nicht. Sein Blick wechselte zwischen meinem Mund und meinen Augen. Er beugte sich vor und seine Nase glitt von meinem Kinn über meinen Kieferknochen bis zu meinem Ohr. Dann küsste er vorsichtig die Senke darunter und kurz darauf lagen seine Lippen auf meinen. Es fühlte sich an, als jagte ein Stromstoß durch mich hindurch. Cedric musste es auch gespürt haben, denn er zog sich zurück und blickte mich wieder an. Seine Augen waren so dunkel, dass das Grün darin nicht mehr zu erkennen war. Ich war sicher, er würde aufstehen und gehen.

Aber stattdessen seufzte er nur leise und nahm mich fest in den Arm. Er zögerte nicht mehr, und der Kuss, den er mir nun gab, war anders. Er war fordernd, köstlich und voller Verlangen. Wie von selbst öffnete sich mein Mund. Seine Finger glitten an meinem Rückgrat entlang und ich legte die Hände auf seine Schultern. Hiervon hatte ich geträumt. Mehr als hundert Mal hatte ich darüber nachgedacht, wie es sich anfühlen würde, wenn er mich küsste, und nun war es jenseits jeder Vorstellung, die ich davon gehabt hatte. Ich keuchte auf, als seine Zunge auf meine traf, das Blut in meinen Adern begann zu kochen, und ich zog ihn enger an mich, verfluchte das unbequeme Kleid, das mich daran hinderte, auf seinen Schoß zu klettern und mich an ihn zu schmiegen. Unsere Lippen bewegten sich fieberhaft aufeinander. Das Gefühl war einfach unbeschreiblich. Als hätten wir uns die ganze Zeit genau auf diesen Moment zubewegt. Ich wollte mehr davon, und ich wollte, dass es ewig dauerte.

Und dann war es plötzlich vorbei. Cedric löste sich aus meiner Umarmung und beendete den Kuss. Ich streckte die Hand nach ihm aus, weil ich ihn wieder küssen wollte, aber er stand auf und ging auf die andere Seite des Raumes. Ich brauchte einen Moment, um mich zu fangen. Was war das gerade gewesen? Ein Kuss. Ja, vielleicht. Aber kein gewöhnlicher Kuss. Es war ein unglaublicher Kuss gewesen. Ein perfekter Kuss. Ich wollte, dass er mich weiterküsste.

Reserviert und vollkommen emotionslos ruhte sein Blick auf mir. »Es hat aufgehört.«

Zuerst hatte ich keine Ahnung, was er damit meinte, bis ich die Decke betrachtete, die immer noch auf meinen Knien lag. Harmloses Dunkelblau. An meinen Schimmer erinnerte nur noch kaum sichtbarer Staub.

»Du warst voller Adrenalin. Ich musste es kanalisieren.«

Ich brauchte keinen Spiegel, um zu spüren, wie ich knallrot anlief. Natürlich hatte er mich nicht aus Leidenschaft geküsst oder weil er mich wollte. Weder in meinem Zimmer vor ein paar Tagen noch vorhin im Theater und auch nicht jetzt. Er hatte es aus reiner Notwendigkeit heraus getan, um meine Magie zu zügeln. »Vielen Dank.« Ich versuchte, den Sarkasmus in meiner Stimme zu unterdrücken, war aber nicht sicher, ob mir das gelang. Es war nicht mal ein gewöhnlicher Kuss für ihn gewesen, sondern eine Notwendigkeit.

Cedric fuhr sich mit einer Hand durchs Haar. »Keine Ursache«, sagte er leise. »Fühlst du dich kräftig genug, um dich von Arwyn zu verabschieden?«

Ich schob die Decke zur Seite und setzte mich auf. Meine Beine waren noch etwas zittrig, aber das würde ich nie zugeben. Langsam stand ich auf und verließ neben ihm den Raum. Er bot mir seinen Arm an, aber ich lehnte ab. Außerdem vermied ich jede noch so unschuldige Berührung, als wir die Treppe hinaufgingen. In meinem Innern herrschte das totale Chaos, und meine Kehle war wie zugeschnürt, obwohl ich ihn immer noch schmeckte. Cedric klopfte an Arwyns Zimmertür und kurz darauf kam Noah heraus. Seine Augen waren gerötet. Ich wollte etwas Tröstliches sagen, aber da er mich kaum kannte, würde alles für ihn nach einer Floskel klingen.

»Können wir ihr Lebewohl sagen?« Cedric legte seinem Bruder eine Hand auf den Arm. »Es tut mir leid.«

Mehr vermutlich, als Noah je ahnen würde.

»Der Arzt sagt, sie wird nicht mehr aufwachen. Die Verletzungen sind zu schwer.« Noah trat zur Seite und wir gingen zu ihrem Bett. Selbst in dem trüben Licht erkannte ich, wie blass und eingefallen Arwyns Gesicht war. Obwohl ich wusste, dass sie in meinem Leben gesund und lebendig war, erschreckte mich die Nähe des Todes.

Cedric griff nach ihrer Hand. »Möge deine Seele den Weg gehen, der ihr vorherbestimmt ist«, murmelte er leise.

»Wir sehen uns in einem anderen Leben«, flüsterte ich.

Noah stand mit dem Rücken zu uns am Fenster und hörte unsere Worte vermutlich nicht. Ich hatte noch nie einen einsameren Menschen gesehen. Er war der Einzige, der nicht wusste, dass er verflucht war, aber auch das musste etwas mit seiner Seele anstellen. Tat ich ihm unrecht, wenn ich annahm, er wäre ein gefühlloser Eisklotz? In diesem Leben war er zwar distanziert, aber Gefühle besaß er im Übermaß.

Für uns gab es hier nichts mehr zu tun. Schweigend verließen wir den Raum. Ich hatte keine Ahnung, wie ich mich verhalten sollte. Ich wusste nur, dass ich wegmusste. Weg von Cedric. Unter dem Kleid trug ich meinen Seelenanker um den Hals. Er würde mich zurückbringen. Ich nestelte an der Kette, um ihn hervorzuziehen. Es war mir egal, ob jemand sah, wie ich mich in Luft auflöste.

»Ich bringe dich nach Hause«, erklärte Cedric, dem meine Bemühungen nicht entgangen waren. »Du musst nicht allein zeitwandern.«

»Nicht nötig«, gab ich zurück. »Sicherlich möchtest du bei deinen Freunden bleiben.«

Er schüttelte den Kopf, sagte aber nichts weiter. Als ich in mein Zimmer gehen wollte, legte er eine Hand auf meinen Rücken. »Begleite mich bitte in den Salon.«

»Ich würde mich gern ausruhen«, sagte ich kühl. »Ich bin müde.« Es musste mittlerweile auf Mitternacht zugehen. Sobald ich allein war, würde ich verschwinden. Im Moment würde ich sogar die Gesellschaft eines Seelenjägers vorziehen.

»Du kannst in deinem eigenen Bett schlafen. Mach es nicht noch komplizierter, als es schon ist.«

Ich machte es also komplizierter? Vor Empörung stieß ich die Luft zwischen den Zähnen hervor. Bisher war ich ein äußerst unkomplizierter Mensch gewesen, jedenfalls für eine Achtzehnjährige, nun machte er mich mit ein paar Worten zu einer pubertären Zicke.

Mit hoch erhobenem Kopf rauschte ich die Treppe hinunter und ging schnurstracks in den Salon. Mir war es völlig egal, ob jemand sah, wie wenig damenhaft ich durch das Haus trampelte.

Claire, Fawkes und Rafiq mussten bereits auf uns gewartet haben. Fawkes stand am Feuer und starrte in die Flammen. Uns andere schien er gar nicht zu bemerken. Er legte den Kopf in den Nacken und trank ein Glas, gefüllt mit einer hellbraunen Flüssigkeit, in einem Zug aus. Besorgt blickte ich zu Rafiq, der seinen Freund musterte.

»Wohin geht ihr?«, fragte Claire, die äußerst anmutig auf der Kante von einem der unbezahlbaren Sessel saß. »In ihr Leben zurück?«

Das ging sie gar nichts an.

»Ja«, gab Cedric kurz angebunden zurück. »Ich habe ja keine andere Wahl.«

Natürlich nicht. Ich war ja der Klotz an seinem Bein. »Ich schaffe das auch allein. Du musst mich nicht bringen.«

Claire lachte leise ihr melodisches Lachen. »Wie oft bist du denn schon allein zeitgewandert? Wird dir dabei nicht immer schlecht?«

Ich ballte die Hände zu Fäusten. Natürlich hatte Cedric ihr davon erzählt. Wahrscheinlich hatten sie sich im Bett gemeinsam über mich totgelacht. Sie erwartete gar keine Antwort, sondern stand auf und schlenderte zu ihm hinüber, stellte sich direkt vor ihn auf die Zehenspitzen und gab ihm einen Kuss auf den Mund. »Wir kommen so schnell wie möglich nach und stehen dir zur Seite.«

Deutlicher konnte sie ihr Revier nicht markieren. Wenn sie das brauchte, von mir aus.

Rafiqs schönes, dunkles Gesicht verzog sich missbilligend. Ich ging zu Fawkes. Er war so nett zu mir gewesen und ich wollte ihn unbedingt trösten. »Du siehst sie in einem anderen Leben wieder.«

Sein Blick richtete sich auf mich und ich erkannte unendlichen Schmerz darin. »Aber sie wird mir nie gehören«, lallte er beinahe unverständlich.

»Ihr müsst ihn ins Bett bringen«, wandte ich mich an Rafiq, der neben mich getreten war und seinem Freund das Glas aus der Hand nahm.

»Mach dir um ihn keine Gedanken, kleine Seelenschwester«, sagte er leise und küsste mich auf die Stirn. »Und sei tapfer«, setzte er hinzu. »Wir kommen nach, sobald Arwyn gegangen ist. Aber Cedric hat recht. Er sollte dich sofort von hier fortbringen. Es ist nicht mehr sicher.«

»Sasha«, kam es von Cedric. »Es ist Zeit.« Er war hinter mich getreten und nahm nun meine Hand. Am liebsten hätte ich sie weggezogen, aber dann würde ich vermutlich tatsächlich sonst wo landen.

Die Luft begann zu flimmern. In meinem Kopf drehte sich alles und die Übelkeit kroch in mir hoch. Cedric versuchte mich an sich zu ziehen, aber obwohl mir von Sekunde zu Sekunde übler wurde, wehrte ich mich gegen seinen Griff, und er gab auf.

Ich presste die Augen und Lippen zusammen und betete, dass es schnell vorüberging. Schon jetzt plagte mich mein schlechtes Gewissen, weil ich Arwyn alleingelassen hatte.

6. Kapitel

Alderney, 4. bis 9. September,
Gegenwart

Mir war schwindelig und so übel, dass ich schon glaubte, es keine Minute länger aushalten zu können, als Cedric mit mir endlich in der Victoria Street landete. Kaum spürte ich festen Boden unter den Füßen, ließ ich seine Hand los und stützte mich an der Hauswand ab. Keuchend rang ich nach Luft und legte mir eine Hand auf den rebellierenden Magen. Das war endgültig meine letzte Zeitreise gewesen! Cedric strich beruhigend über meinen Rücken, und ich fühlte mich zu schwach, um ihn davon abzuhalten. Die unterschiedlichsten Gefühle durchliefen mich. Traurigkeit, Verzweiflung und Enttäuschung. »Sind die Jäger fort?«, fragte ich, als ich meine Stimme wieder einigermaßen im Griff hatte.

»Ich denke schon«, kam es zögernd von ihm. »Ich spüre jedenfalls nichts.«

»Gut.« Ich drehte mich zu ihm um und hielt ihm die Hand hin. »Dann können wir uns ja jetzt auch verabschieden.«

Er nickte, sagte aber kein Wort, sondern musterte mich nur. Die Hände hatte er rechts und links neben meinen Schultern gegen die Hauswand gestemmt, und obwohl er mir so nah war, berührten wir uns nicht. »Ich wollte dich küssen«, erklärte er unvermittelt.

»Ich wollte es mehr als alles andere. Ich habe es nicht nur getan, um deine Magie zu kanalisieren. Ich wollte es, als ich dich aus dem Meer gezogen habe, an dem Abend in deinem Zimmer, im Theater und vorhin im Salon. Eigentlich will ich es die ganze Zeit.«

Die Worte klangen verzweifelt. Ich rührte mich nicht, sondern starrte ihn an. Seine Augen funkelten im Licht der Straßenlaterne, und er presste den Kiefer fest zusammen, als müsste er sich beherrschen, um nicht noch mehr zu sagen, und er sah mich nicht mehr an.

Gerade war ich noch so wütend und traurig zugleich gewesen, und nun wusste ich nicht mal mehr, was ich fühlen sollte. »Warum tust du es dann nicht?«

»Weil ich es nicht darf. Weil es klüger ist, es nicht zu tun. Wenn ich mir erlaube, dich zu lieben, wird es viel schwerer, zu gehen, wenn ich auch dieses Mal versage.«

Träumte ich? Wie war er vom Küssen aufs Lieben gekommen? Nicht dass ich etwas dagegen hätte, wenn er sich in mich verlieben würde. Ganz im Gegenteil.

Cedric rührte sich nicht. Er konnte nicht so etwas Bedeutsames sagen und dann zur Statue werden. Immer noch wich er meinem Blick aus. Der blaue Putz unserer Hauswand schien eine unglaubliche Faszination auf ihn auszuüben.

»Darf ich auch eine Meinung dazu haben?«, fragte ich vorsichtig.

Er nickte. »Natürlich. Aber du wirst meine nicht ändern.«

»Das hatte ich auch nicht vor.«

Endlich hatte ich seine Aufmerksamkeit, aber er blickte mich misstrauisch an.

»Das ist dein letztes Leben. Du entscheidest, was du damit anfängst, nicht ich.«

»Ganz genau«, bekräftigte er meine Worte und wirkte erleichtert, weil ich so verständnisvoll reagierte.

»Was wirst du unternehmen, damit Noah und Arwyn sich in diesem Leben verlieben? Wie hoch ist überhaupt die Chance, dass sie es nach all den Leben tun?«

»Das weiß ich nicht.« Er fuhr sich durchs Haar. »Er scheint in diesem Leben wenig Interesse an ihr zu haben.«

»Können wir nicht doch versuchen, eins deiner vorherigen Leben zu ändern?«, fragte ich vorsichtig. »Nur ein kleines bisschen, damit der Fluch bricht?«

Cedric sah mich durchdringend an. »Ein einmal gelebtes Leben darf nicht verändert werden. Ich halte mich daran. Wenn ich dagegen verstoße, wird meine Seele sofort verbannt. Und es ist eine Regel, die auch für dich gilt.«

»Welchen Sinn hat es dann überhaupt, zurückzugehen und immer wieder dasselbe zu erleben?«

»Es ist verboten«, sagte er knapp. »Und zwar aus gutem Grund. Niemand weiß, wie sich die Zukunft verändert, wenn wir die Vergangenheit manipulieren.«

»Das Zeitparadoxon«, sagte ich grimmig. »Aber niemand weiß sicher, ob wir die Zukunft überhaupt verändern, wenn wir in die Vergangenheit eingreifen«, wandte ich ein. »Es gibt Theorien, nach denen die Zukunft immer schon feststeht.«

»Dann glaubst du, Zeit ist nur eine subjektive Empfindung?«, fragte Cedric und lächelte traurig.

»Oder nur eine Illusion«, bestätigte ich mit fester Stimme. So genau wusste das doch keiner von uns.

»Das ist eine schöne Theorie, aber sie wurde leider nie bewiesen.«

Ich durfte ihn auf keinen Fall drängen, etwas zu tun, was vielleicht alles nur noch schlimmer machte. Aber ich war so verzweifelt.

»Ich werde das Risiko nicht eingehen«, sagte Cedric leise. »Ändere ich eins meiner Leben, gelange ich womöglich nie in die anderen zurück, weil sich alles verschiebt. Es könnte sein, dass ich dich nie wiederfinde.« Er nahm eine meiner Haarsträhnen zwischen die Fingerspitzen. »Du solltest hineingehen und dich ausschlafen. Ich muss im Fort nach dem Rechten sehen. Claire wartet sicher schon auf mich. Sie soll sich keine Sorgen machen. Ich hätte dich nie in meine Angelegenheiten mit hineinziehen dürfen. Es war ein Fehler.«

Wieso war es ein Fehler? Konnte er sich nicht endlich mal entscheiden?

»Bitte halte dich da raus.«

»Ich weiß, weil Claire und die Wanderer dir schon helfen. Aber ist Claire überhaupt daran interessiert, dich zu erlösen? Wird sie dich nicht verlieren, wenn du es schaffst, den Fluch zu brechen?« Ich hatte keine Ahnung, ihr wievieltes Leben sie lebte.

»Sie war mir in all der Zeit eine gute Freundin, und niemand von uns weiß, was passiert, wenn der Fluch gebrochen wird.« Er legte eine Hand an meine Wange. »Und sie verliert mich in jedem Fall, auch wenn ich ihn breche.«

»Nicht unbedingt«, sagte ich leise und blickte auf meine Fußspitzen. »Sie könnte mit dir zusammenbleiben. Bestimmt erinnerst du dich auch noch an sie, wenn du nicht mehr verflucht bist.«

»Wenn dieser unwahrscheinliche Fall eintritt, dann möchte ich nicht mit Claire zusammen sein.«

»Sondern?«

»Das weißt du doch genau.« Er legte einen Finger unter mein Kinn und hob es ein bisschen an und unsere Blicke begegneten sich. In seinen Augen lag Wehmut und Trauer. Er trug immer noch die Sachen, die er in der Oper angehabt hatte, auch wenn sie von dem Kampf etwas in Mitleidenschaft gezogen worden waren. Sein Haar war zerzaust, und er wirkte zum ersten Mal, seit wir uns begegnet waren, verletzlich.

»Ich würde dich gern noch einmal küssen. Wenn ich darf.«

Ich lächelte und schüttelte gleichzeitig ungläubig den Kopf. Er fragte mich tatsächlich um Erlaubnis. »Du darfst.«

Seine Arme legten sich um mich und er zog mich an sich heran. Ich schob die Hände höher, bis sie in seinem Nacken lagen. Seine Finger strichen unendlich langsam über meinen Rücken, und ich hatte das Gefühl, als würden sämtliche Muskeln mir den Dienst versagen. Ich wollte nur noch hier stehen und von ihm festgehalten werden. Hauchzart glitten seine Lippen über meinen Mund. Sanft liebkoste er meine Zunge. Es war, als würde ich gleichzeitig sterben und wiedergeboren werden. Die Gefühle, die in mir aufbrandeten, waren mit Worten nicht zu beschreiben. Er stöhnte unterdrückt. Seine Hände lagen jetzt auf meiner Taille, dann glitt eine über meine Kehle. Er streichelte mein Gesicht, meinen Hals und dann meine Brüste. Ich seufzte, weil ich ihn überall gleichzeitig spürte und doch jede Stelle meines Körpers, die er nicht berührte, eifersüchtig auf die anderen war. Ich klammerte mich an ihm fest, damit er ja nicht aufhörte.

Ein leises Räuspern unterbrach uns. »Guten Abend, Cedric. Nett, dass du Sasha so unversehrt zurückgebracht hast.«

Cedric beendete den Kuss. Er lächelte mich an und sah nicht zu Granny. »Es war mir ein Vergnügen.«

Ich biss mir auf die Lippen. Granny und ich hatten zwar keine Geheimnisse voreinander, aber von ihr beim Küssen erwischt zu werden, war trotzdem eine Erfahrung, auf die ich gern verzichtet hätte.

»Ich komme dich morgen besuchen«, sagte er dann. »Wenn ich darf.« Die letzten Worte waren an Granny gerichtet.

»Ich denke, Sasha würde sich freuen«, antwortete sie.

Bevor ich noch etwas hinzusetzen oder ihn festhalten konnte, drehte er sich um und ging davon. Ich blickte seiner schlanken Gestalt nach, bis sie am Ende der Straße verschwand.

»Das war etwas peinlich«, rügte ich Granny. »Hättest du nicht drinnen auf mich warten können?«

Sie trug einen Morgenmantel aus lachsfarbener Seide und hatte offenbar schon im Bett gelegen. »Das hätte ich, aber ich wollte schließlich nicht, dass der Junge mit dir auf der Straße ungehörige Dinge tut.«

Ich verdrehte die Augen. »Definiere ungehörig.«

Sie lachte amüsiert. »Es ist immer klüger, Männer etwas zappeln zu lassen.«

»Das gilt vielleicht für Männer, die eine gewisse Lebenszeit vor sich haben. Bei Cedric muss ich nehmen, was ich kriegen kann.« Ich folgte ihr in den Wintergarten, in den ich mit meinem aufwendigen Abendkleid nicht sonderlich gut hineinpasste, und setzte mich. Jemand musste mir nachher aus dem Ungetüm hinaushelfen.

Darauf hatte sie keine Antwort. »Wohin hat er dich gebracht?«, fragte sie stattdessen. »Wie hat du den Sprung verkraftet? Soll ich dir einen Kamillentee kochen?«

»Nein, danke, es geht schon. Wir waren im Jahre 1837, aber die Seelenjäger haben mich dort gewittert, und das ziemlich schnell. Es gab einen Kampf. Ich habe einen von ihnen getötet, dann hat meine Magie sich zu schnell aufgeladen und ist förmlich aus mir herausgeströmt. Ich konnte es nicht aufhalten.« Am besten, ich beichtete den Überfall der Jäger diesmal sofort.

Grannys Augen weiteten sich für einen Moment. »Was hast du getan?«

Ich räusperte mich. »Cedric hat mich geküsst und dann hat es aufgehört.«

Sie grinste. »So ein kluger Junge.«

»Weshalb bekomme ich das nicht in den Griff? Hast du schon mal davon gehört, dass es einer Magierin nicht gelingt, ihre Seelenmagie zu verschließen? Es sollte ganz einfach sein. Ist es aber nicht.«

Sie schüttelte den Kopf. »Ich weiß nicht, weshalb es bei dir nicht klappt. Ich habe immer gehofft, dass es bei dir einfach nur etwas länger dauert. Wenn eine Seele den Entschluss fasst, eine Pause zu machen, dann verschwindet die Magie normalerweise von selbst. Deine Seele sträubt sich offensichtlich dagegen.«

»Vielleicht ist es das falsche Leben für dieses Vorhaben«, überlegte ich laut. »Ich bringe euch alle in Gefahr, wenn ihr ständig auf mich aufpassen müsst.«

»Oh, Schätzchen, wir sind alle sehr gern hier bei dir, und es hat uns so viel Freude gemacht, dich aufwachsen zu sehen.«

Ich lächelte dankbar und spielte mit dem Spitzenbesatz des Kleides. »Habt ihr die Jäger vertrieben?«

»Natürlich. Sie waren noch recht jung und nicht sonderlich gut ausgebildet. Lazarus muss sich schon mehr Mühe geben, um uns zu schwächen. Aber er wird nicht so schnell aufgeben, wenn er wirklich hinter dir her ist.«

»Er war auch dort. Er hat nicht gekämpft, und ich hatte den Eindruck, es war nur ein Test. Als wollte er irgendwas herausfinden. Kann das sein?«

»Wir sollten uns lieber fragen, wie er dich dort so schnell finden konnte. Du warst nur zwei Tage dort.«

»In der Nacht, in der Cedric mich vor dem Ertrinken gerettet hat, bin ich auch gesprungen.« Diese Beichte war längst überfällig. »Ich bin irgendwann im 16. oder 17. Jahrhundert gelandet. Lazarus war der Pfarrer einer kleinen Gemeinde und sie haben mich einer Hexenprobe unterzogen.« Ich schluckte bei der Erinnerung. »Bevor ich ertrank, konnte ich zurückspringen, und ich glaube, mein damaliges Ich wurde auch gerettet. Ich habe einen Blitz gesehen und Magie gespürt. Weißt du etwas davon? Es müssen andere Magierinnen gewesen sein.«

Sie schüttelte den Kopf. »Ich könnte in den alten Chroniken nachsehen. Aber wenn Lazarus im 16. Jahrhundert war, dir 1837 auflauerte und auch jetzt hinter dir her ist, dann macht er schon sehr lange Jagd auf deine Seele. Die Frage ist nur, weshalb. Deine Magie ist stark, das haben wir immer gewusst.«

»Cedric hat mir gesagt, Lazarus hätte es auf mich abgesehen. Wenn es stimmt, dass er sich in jedem Jahrhundert die Seele einer Magierin holt, wissen wir auch, weshalb er sich so sehr von den anderen Jägern unterscheidet.«

»Weiß Cedric, weshalb Lazarus ausgerechnet dich will?«, fragte Granny nun ganz direkt. »Hat er dir dazu etwas erzählt?«

Ich schüttelte den Kopf. »Ich frage mich ... Denkst du, ich könnte dazu etwas in meinem Seelenbuch finden? Wenn Lazarus mich verfolgt hat, muss ich dazu Aufzeichnungen gemacht haben.«

Granny schwieg, aber ich konnte ihre Gedanken beinahe hören.

Alles würde sich verändern, wenn ich meine Bestimmung annahm. Dann musste ich mich dem jahrtausendelangen Kampf zwischen den Magierinnen und den Jägern stellen. Aber ich würde mein Seelenbuch bekommen. Bei der Vorstellung kribbelten meine Fingerspitzen so stark, als könnten sie es gar nicht abwarten, die Seiten zu berühren.

»Du musst dir ganz sicher sein, bevor du eine Entscheidung triffst.« Granny musterte mich aufmerksam. »Wir werden dich auf jedem Weg unterstützen, den du gehst.«

»Das weiß ich, aber was passiert, wenn ihr nicht mehr seid? Glaubst du, Selina sorgt dann für meinen Schutz?«

»Es ist ihre Pflicht, auch den Magierinnen beizustehen, die ihre Bestimmung einmal nicht annehmen. Wir brauchen auch diese Leben, um Kraft zu schöpfen für die Aufgaben, die vor uns liegen«, zitierte sie aus dem Codex.

»Warst du eigentlich dabei, als Cedric, Noah und Arwyn verflucht wurden?« Einen Fluch konnte nicht nur von einer Magierin allein ausgesprochen werden. Es musste ein Konzil von mindestens fünf Magierinnen einberufen werden. Der Fall musste vorgetragen werden und dann war ein einstimmiger Beschluss notwendig.

»Nein, war ich nicht«, beantwortete Granny zögernd meine Frage.

»Aber du weißt, weshalb sie verflucht wurden?«

Sie nickte. »Ich habe später davon erfahren. Dieser Fall war schwierig«, sagte sie dann. »Aber Selina bestand auf einer Verurteilung.«

»Warum?«, fragte ich. »Und vor allem, weshalb wurden alle drei verflucht? Cedric hat nichts getan, was dieses Strafmaß rechtfertigte, und Arwyn auch nicht.«

»Da war Selina anderer Meinung. Cedric hatte einen Schwur geleistet und ihn gebrochen. Als Hüter hatte er eine besondere Verantwortung und Selina war persönlich sehr in diesen Fall involviert. Es war sehr emotional.«

»Wie meinst du das?«, fragte ich misstrauisch. Für ihre Emotionen war Selina nicht gerade bekannt.

»Das Mädchen, das verbrannt wurde, war ihre Enkeltochter. Nicht ihre leibliche, aber sie hatte das Kind großgezogen. Seine Mutter war bei der Geburt gestorben und Selina hatte die Seelenmagie gespürt und es zu sich genommen. Sie hat in keinem ihrer Leben eigene Kinder gehabt und hing sehr an dem Mädchen. Als es starb und seine Seele von dem Feuer vernichtet wurde, war sie am Boden zerstört. Nach Stellas Tod hatte sie zum zweiten Mal jemanden für alle Zeit verloren, aber dieses Mal konnte sie die Schuldigen bestrafen.«

Ich schluckte. »Das habe ich nicht gewusst.« Weshalb hatte Cedric dieses Detail nicht erwähnt? Er hatte dieses Mädchen geliebt und ihre Großmutter gekannt. Was verschwieg er mir noch so?

»Kann ich Cedric denn trotzdem irgendwie helfen?«

»Du kannst für ihn da sein. Er wird jede Unterstützung brauchen. Komm, ich helfe dir aus dem Kleid«, bot sie mir an, »bevor es dich zerquetscht. Und lass den Kopf nicht hängen. Es ist noch nicht vorbei. Cedric de Gray ist ein Kämpfer.«

Als ich endlich im Bett lag, konnte ich nicht schlafen, obwohl ich völlig erschöpft war. Die Gedanken, Erinnerungen und Gefühle in meinem Kopf verursachten ein völliges Chaos. Erst, als ich mir jede Einzelheit unserer Küsse in Erinnerung rief, schlief ich irgendwann ein.

Cedric kam am folgenden Tag nicht vorbei. Am Nachmittag saß ich im Wintergarten und half Granny mit den Scrapbooks. Dabei versuchte ich, bei dem Gedanken, was ihm alles hätte zustoßen können, nicht in Panik zu geraten, aber es war schwierig. Die bloße Vorstellung, ihn nie wiederzusehen, war so unerträglich, dass ich mir verbot, mir so etwas auch nur auszumalen.

Verbissen sortierte ich die Andenken, die in den letzten beiden Tagen angekommen, waren, in die verschiedenen Körbe und bemerkte zu spät den bläulichen Seelenschimmer, der aus meinen Fingerspitzen über die alten Knöpfe kroch, die ich gerade aus einem Umschlag zog. Woran, um Himmels willen, konnten Knöpfe einen erinnern? Ich ballte die Hände zu Fäusten, aber die Blicke der anderen Frauen ruhten längst auf mir. Granny räusperte sich, sagte aber nichts. Molly war nicht so diplomatisch. »Das könnte ein Problem werden«, bemerkte sie.

»Du musst lernen, deine Gefühle besser zu beherrschen«, setzte Greta hinzu. Der Tadel in ihrer Stimme war überdeutlich. Sie akzeptierte meine Entscheidung am allerwenigsten. »Er kommt schon noch.«

Granny hatte ihnen dann wohl von Cedric und mir erzählt. Ich warf ihr einen finsteren Blick zu.

»Lass sie in Ruhe«, sagte Penny und lächelte mir aufmunternd zu. »Du siehst doch, wie aufgewühlt sie ist.«

Polly brummte etwas Unverständliches und widmete sich ihren Notizen. Sie war mit ihrem Seelenbuch beschäftigt und winkte mich nun zu sich. »Schau mal, ist das nicht schön geworden?« Sie blätterte durch ein paar Seiten. Ein Seelenbuch war ein kompliziertes magisches Relikt und eine äußerst persönliche Angelegenheit. Jede Magierin hütete ihre Erinnerungen wie einen Schatz. Aber Polly hatte mich schon öfter in ihrem Buch blättern lassen. Fasziniert betrachtete ich die Erinnerungen an dieses Leben. Fotos, eine Theaterkarte, ein Brief, gepresste Blumen und vieles mehr. Alles war in einer sorgfältigen Collage auf einer Seite angeordnet. Dann rutschten die Erinnerungen urplötzlich in die Seite zurück, fast so, als tauchten sie in das Papier ein, und neue kamen zum Vorschein. Die Jahreszahl 1704 erschien, der Beginn eines ihrer anderen Leben. Ich entdeckte die Skizze eines Mannes und Polly lächelte versonnen. Ein zusammengefaltetes Blatt verdeckte die Skizze zur Hälfte, und als ich es aufklappte, entpuppte es sich als Notenblatt. Darunter klebte ein zu einer Schleife gebundenes blaues Band und dann war da noch eine französische Banknote. Als ich umblätterte, rieselten die Erinnerungen durcheinander, bis die Seite sich entschied, welches Leben sie mir zeigen wollte. Ich strich über eine Briefmarke und las die Zeilen eines Gedichtes.

Lass sie ineinander sinken,
um einander zu überstehn.

»Das ist aus einem Gedicht von Rilke«, erklärte Polly. »Schön, oder?«

»Kanntest du ihn?«

Sie lächelte verschmitzt. »Er war ein netter Mann. Etwas unselbständig, aber nett.«

Ich schüttelte den Kopf und blätterte weiter.

»Du solltest ihr dein Buch nicht zeigen«, rügte Molly sie. »Das ist nicht richtig.«

Meggie hatte sich hinter uns gestellt und betrachtete die Seiten ebenfalls fasziniert. »Ich kann es gar nicht abwarten, mit meinem eigenen zu beginnen«, sagte sie ehrfürchtig. »Ob ich es auch so schön hinbekomme?«

»Natürlich. Das ist alles eine Frage der Übung«, kam es von Granny.

»Aber woher weiß ich, was in einem Leben wichtig genug ist, um es aufzubewahren?«

»Oh, das findest du schon heraus«, mischte Greta sich ein. »In den ersten Leben gelingt es dir vielleicht nicht immer, aber nach und nach wirst du es besser einschätzen können. Immerhin hast du Glück und hast zu uns gefunden. Das gelingt nicht vielen erstgeborenen Magierinnen. In meinem ersten Leben habe ich gar nichts in meinem Seelenbuch festgehalten, weil ich gar nicht wusste, was mit mir passierte.«

Wie viele meiner Leben hatte ich wohl aufgezeichnet? Vermisste das Buch mich? Derzeit schlummerte es in einer Bibliothek hinter alten Abteimauern in der Auvergne. Seit dem 12. Jahrhundert verwahrte der Zirkel die Seelenbücher von Magierinnen nach deren Tod dort. Sobald eine Seele wiedergeboren wurde und ihre Bestimmung annahm, wurde es ihr zurückgegeben. Dann konnte sie nachlesen, was sie schon alles erlebt hatte, wen sie getroffen hatte, und sie konnte ganz gezielt in ihre alten Leben zurückgehen, wenn sie das wollte. Oder eben woandershin, um sich nicht selbst in die Quere zu kommen. Einem Seelenbuch vertraute eine Magierin all ihre Geheimnisse an. Polly strich über meine Hand und klappte ihr Buch zu. Ich wurde das Gefühl nicht los, dass sie mir ihr Buch nur so bereitwillig zeigte, weil sie mir klarmachen wollte, was ich verpasste, wenn ich meins nicht einforderte.

Ich holte tief Luft, bevor ich die folgenden Worte aussprach, und trotzdem kamen sie mir eher piepsig über die Lippen. »Ich habe beschlossen, meine Bestimmung anzunehmen«, verkündete ich. Selina war noch nicht aufgetaucht, aber das war mir egal. Ich wollte, dass sie es wussten. Sie hatten mich großgezogen und meine Entscheidung akzeptiert, nun sollten sie auch als Erste erfahren, dass ich mich umentschieden hatte.

Der Tumult, der ausbrach, war bestimmt in ganz St. Anne zu hören. Alle fünf fingen gleichzeitig an zu reden und zu lachen. Granny wirkte im ersten Moment verwirrt und lächelte dann stolz, Penny schlug sich eine Hand vor den Mund, Polly lief eine Träne aus dem Augenwinkel, und Greta und Molly klatschten ihre Hände aneinander, als hätten sie dies längst erwartet. Meggie quietschte und fiel mir um den Hals. Ihre Freude war so groß, dass ich gar nicht anders konnte, als zu lächeln und mich ebenfalls zu freuen, obwohl mein Lebensplan gerade den Bach runterging. Ich umarmte erst Meggie und dann alle anderen.

»Es ist die richtige Entscheidung«, flüsterte Penny und hielt mich ganz fest.

»Wir werden dir helfen«, sagte Molly und legte mir eine Hand auf die verletzte Wange. »Du wirst eine großartige Magierin werden«, kam es von ihrer Schwester.

»Natürlich wird sie das«, mischte sich eine Stimme von der Tür her ein. »Bist du endlich zur Vernunft gekommen?« Es hörte sich beinahe so an, als wäre das ihr Verdienst.

»Guten Tag, Selina«, begrüßte Granny sie. »Wir haben dich schon viel früher erwartet.« Leichter Tadel schwang in ihrer Stimme mit.

»Ich musste noch ein paar Briefe schreiben. Entschuldigt bitte.« Sie kam zu mir. »Welchem Ereignis haben wir diesen Sinneswandel zu verdanken?«

»Ist das wichtig?«

Mit einer fließenden Bewegung ließ sie sich in einen Sessel sinken. Ihr schwarzes Haar hatte sie zu einem engen Knoten gebunden, was ihre hohen Wangenknochen betonte. Sie trug einen schneeweißen Hosenanzug und dazu geblümte High Heels. Wie sie damit auf dem Kopfsteinpflaster von St. Anne vorwärts kam, war mir ein Rätsel. Mit einer einstudierten Geste legte sie sich ihre rot lackierten Fingernägel in den Schoß. Ich sah genau, wie Polly hinter ihr mit den Augen rollte, bevor sie zu ihrem Platz am Tisch zurückging. »Wir versuchen seit Jahren, dich zur Vernunft zu bringen, und du hast dich immer geweigert, auf uns zu hören. Und nun platzt du plötzlich damit heraus, ohne vorher mit mir zu sprechen. Entschuldige bitte, dass deine Beweggründe mich interessieren.«

Ich konnte ihr schlecht sagen, dass ich mein Seelenbuch nur wollte, um herauszufinden, was mich mit Cedric verband; dass ich es brauchte, um herauszufinden, welche Leben wir geteilt hatten, und dass ich etwas finden wollte, womit ich ihm und Arwyn helfen konnte. Keiner dieser Gründe würde Selina gefallen. »Lazarus lauert mir in jedem Leben auf«, sagte ich. »Und meine Magie zeigt mir ganz deutlich, dass sie nicht gewillt ist, sich in diesem Leben zurückzuziehen. Ich will nicht mehr länger dagegen ankämpfen und ich will niemanden von euch in Gefahr bringen.«

»Das ist eine sehr kluge Entscheidung.« Zu meiner Überraschung lächelte sie warm. »Wir hätten dich auf jedem Weg unterstützt, aber so ist es für uns leichter. Wir müssen Lazarus in seine Schranken weisen und dabei kannst du mich tatkräftig unterstützen. Du wärst nicht das erste Mal meine rechte Hand.« Sie klatschte in die Hände. »Dann können wir für *Mabon* zwei Initiationen vorbereiten. Das ist sehr schön. Ich bin wirklich stolz auf dich. Aber jetzt, wo du beschlossen hast, dich uns auch offiziell anzuschließen, erwarte ich, dass du dich von diesen Verfluchten und auch von den Wanderern fernhältst.« Ihr Gesicht wurde zu einer Maske. »Sie hätten niemals herkommen dürfen. Du weißt so gut wie ich, dass es noch einen Ausweg für Cedric gibt.« Sie machte eine kunstvolle Pause. »Er braucht nur einen winzigen Teil deiner Seele und könnte damit weiterleben. Dieses Leben würde nicht sein Ende bedeuten.«

Das würde er nie tun, egal, wie verzweifelt er war. Und ich war ihre rechte Hand gewesen? Weshalb hatte sie mir das bisher nicht offenbart?

»Ich sehe dir an, was du denkst«, sagt sie jetzt und beugte sich leicht zu mir vor. »Aber das ist naiv. Wenn es um das Überleben der eigenen Seele geht, ist sich jeder selbst der Nächste. Er würde dich opfern. Vergiss das nicht.«

Ich sollte ihn verteidigen, aber nicht ein Wort kam mir über die Lippen. Weder Granny noch eine der anderen mischte sich in das Gespräch ein, wir wussten alle, dass Selina recht haben konnte.

Cedric kam auch am nächsten Tag nicht. Ich wusste nicht, was ich davon halten sollte. Bereute er, mich geküsst zu haben, oder war ihm nur irgendwas dazwischengekommen, das ihn daran hinderte, mich zu besuchen? Sollte ich erleichtert sein, weil er es mir damit einfacher machte, Selinas Anweisung zu befolgen? Als ich am dritten Morgen nach unserer Rückkehr aus dem Jahr 1837 aus dem Pfarrhaus kam, wo ich mit Onkel Will gefrühstückt hatte, entdeckte ich ihn und Arwyn vor dem Angelshop in der Victoria Street. Vor Aufregung und Ärger schlug mir das Herz bis zum Hals. Wie konnte er eine Shoppingtour machen, während ich auf ihn wartete? Was dachte er sich dabei? Was sollte ich sagen? Wie sollte ich ihn begrüßen? Konnte Arwyn sich an unsere Begegnung von 1837 erinnern? Trotz meiner Unsicherheit war ich erleichtert, dass Cedric überhaupt noch hier war. In den letzten Tagen hatte ich mich in die Vorstellung hineingesteigert, er wäre einfach verschwunden.

Er wirkte nervös, als er mich entdeckte. Sein Blick glitt prüfend über meinen Körper, als wollte er ihn auf mögliche Verletzungen untersuchen, aber er sagte nichts. Erst, als ich die beiden erreichte und ihn vorsichtig anlächelte, kehrte die Wärme in seine Augen zurück. Irgendetwas musste passiert sein. Vermutlich etwas, das ihn in seiner Ansicht bestärkt hatte, sich von mir fernzuhalten. Ich seufzte leise. Begriff er denn nicht, dass das nicht funktionierte? Oder war er nur klüger als ich?

»Sasha.« Arwyn fiel mir um den Hals. »Ich habe Cedric überredet, mich zu dir zu bringen. Aber du warst nicht da.«

»Ich war bei meinem Onkel frühstücken«, erwiderte ich etwas atemlos. Es war unglaublich. Sie stand wirklich vor mir und sie hatte sich kein bisschen verändert.

»Das hat uns deine Granny auch erzählt. Sie ist wirklich sehr nett.«

»Das ist sie. Du erinnerst dich an mich? Nach fast zweihundert Jahren?« Ich erwiderte die Umarmung.

»Aber natürlich.« Verwundert runzelte sie ihre Augenbrauen. »Ich habe so sehr gehofft, du würdest uns auf Fort Quesnard besuchen.«

Cedric schob die Hände in die Taschen seiner Jeans. Eine dunkle Haarsträhne fiel ihm in die Stirn. Die Schatten unter seinen Augen schienen mir heute dunkler zu sein, was seine Blässe nur verstärkte. »Selina Montague lebt auf Alderney, und sie hat uns gebeten, jeglichen Kontakt zu Sasha zu unterbinden«, erklärte er ihr.

Selina hatte mit ihm gesprochen? Ohne es mir zu sagen? Das erklärte so einiges! Dazu hatte sie kein Recht.

»Diese Hexe.« Arwyns Blick verfinsterte sich, als Selinas Name fiel. Sie mochte die Vorsitzende des Zirkels nicht. Jetzt wusste ich auch, weshalb Arwyn mir ausgewichen war, als ich vorgeschlagen hatte, Selina um Hilfe zu bitten. Kein Wunder, hatte sie sie doch verflucht. Ich runzelte die Stirn. Selina war damals die Großmutter des Mädchens gewesen, das verbrannt wurde. Sie hatte Arwyn bei sich aufgenommen, als deren Eltern sie verbannt hatten. Und dann hatte Selina Arwyn verflucht, weil sie ihr die Mitschuld am Tod ihrer Enkelin gab.

Ich schüttelte den Kopf. Das war alles unglaublich, dabei sollte es für mich vermutlich normal sein. Dann musterte ich Arwyn. Sie hatte dasselbe Gesicht. Vielleicht war ihre Haut eine Nuance heller, aber die grauen Augen, die Sommersprossen und ihr rotes Haar, das zu einem Kranz geflochten um ihren Kopf lag – alles war gleich. Mein Blick fiel auf ihr beigefarbenes Kleid. Wer hatte das denn ausgesucht? Aus welcher Zeit kam sie bloß? Das Ding sah aus, als stammte es aus dem 19. Jahrhundert. Ich selbst überlegte jeden Morgen ganz genau, was ich anziehen wollte. Mit meinen Outfits war ich etwas eigen. Obwohl ich längst nicht so glamourös herumlief wie Selina. Heute trug ich einen schwarzen Jeansrock, einen Pullover mit einem riesigen Blumenmuster, den ich im Charity Shop gefunden hatte, grüne Stiefel und einen dünnen orangefarbenen Mantel. Bei Cedric funktionierte der Trick, damit von meinen Narben abzulenken, leider nicht, denn er nahm keine Sekunde den Blick von meinem Gesicht, was mich ganz nervös machte. Ich konzentrierte mich wieder auf Arwyn. War er wirklich wegen Selinas Anweisung weggeblieben? Das konnte ich mir nicht vorstellen. Und wann hatte sie mit ihnen geredet? Noch bevor ich ihr gesagt hatte, dass ich meine Bestimmung annahm? Sie war an dem Tag recht spät zu uns gekommen. Offenbar hatte sie nicht nur Briefe geschrieben. Wusste Granny davon? Weder sie noch die anderen hatten Selinas Drohung, was Cedric mir antun konnte, angezweifelt.

»Mir ist egal, was Selina sagt«, erklärte Arwyn jetzt. »Sie hat mir nichts vorzuschreiben. Ich habe so gehofft, dich wiederzutreffen. Das lasse ich mir nicht von ihr kaputt machen. Du musst uns besuchen kommen. Wir könnten etwas unternehmen.«

Cedric lächelte verhalten über ihren Eifer. Die Sprengsel in seinen Augen glühten hellgrün, als wir uns ansahen. Er wirkte unendlich erschöpft. Hätte ich nicht gewusst, dass er verflucht war, wäre es mir spätestens jetzt aufgegangen. Nur zu gern wollte ich ihm noch einmal etwas von meiner Energie schenken, aber auf offener Straße ging das nicht.

»Heute Nachmittag habe ich Zeit, da könnte ich vorbeikommen.« Ich blickte ihm fest in die Augen.

Resigniert nickte er. »Wir würden uns freuen. Sehr«, setzte er leise hinzu.

Nebeneinander schlenderten wir in Richtung unseres Ladens. »Ich habe übrigens beschlossen, mich initiieren zu lassen.«

Cedric, der auf Arwyns anderer Seite ging, sah mich zuerst überrascht an und runzelte dann die Stirn. »Was ist aus deinem Plan geworden, zu heiraten und Kinder zu bekommen, die du nicht in Gefahr bringen willst? Deinen Seelengefährten zu finden«, setzte er leiser hinzu.

Ich zuckte mit den Schultern. »Das kann ich immer noch machen, wenn ich Lazarus losgeworden bin. Solange er lebt, werde ich nie ein ruhiges Leben führen. Mit oder ohne Magie.«

Sein fassungsloser Blick sagte mehr als tausend Worte. Er hielt mich für total übergeschnappt. »Du wirst nicht gegen ihn kämpfen!« Er beherrschte den Zorn in seiner Stimme nur mühsam.

»Weshalb bist du denn nicht längst Mitglied des Zirkels?«, fragte Arwyn neugierig.

»Weil ich meine Gabe in diesem Leben eigentlich ablehnen wollte«, erklärte ich.

»Aber dann hättest du dein Seelenbuch nicht bekommen. Bist du denn kein bisschen neugierig? Willst du nicht wissen, wann und wo du schon einmal gelebt hast?«

»Nein. Ich habe mich bis vor Kurzem der Illusion hingegeben, ich könnte mich und andere schützen, wenn ich meine Gabe ablehne und die Magie in mir verschließe. Ich möchte nicht, dass noch jemand, den ich liebe, deswegen leidet oder stirbt«, setzte ich hinzu und erntete einen mitleidigen Blick von Arwyn. »Ich wollte einfach ein ganz normaler Mensch sein.«

Cedric schnaubte, und ich sah, wie es hinter seiner Stirn arbeitete.

Arwyn strich mir über den Arm. »So einfach funktioniert das aber nicht.«

Bei mir nicht. Nein. Das hatte ich nun auch verstanden.

»Was hast du in deinem letzten Leben gemacht?«, wechselte ich das Thema

»Noah und ich haben in Oxford studiert. Es war ein Desaster.« Arwyn schielte zu Cedric.

»Also hat er sich da auch nicht in dich verliebt? Was ist passiert?«

»Du musst das nicht erzählen.« Cedric legte beschützend einen Arm um sie, weil sie von einem Moment auf den anderen viel zerbrechlicher wirkte.

Sie biss sich auf ihre Unterlippe. »Er hat sich zwar in mich verliebt, aber dann hat er mich fallen lassen und mit einem anderen Mädchen geschlafen. Damit war auch dieses Leben verpfuscht.«

»So ein Mistkerl«, platzte es aus mir heraus.

Der Ausruf entlockte Cedric ein verhaltenes Lachen. »Ja, mein Bruder ist wirklich ein Idiot. Und falls es dich tröstet«, wandte er sich an Arwyn, »Fawkes hat ihm eine reingehauen, nachdem du verschwunden bist.«

Sie lächelte traurig. »Das hätte er nicht tun sollen. Ich werde mit ihm reden. Es ist besser, wenn er und Rafiq eine Zeit lang woanders hingehen.«

»Das werden sie nicht tun. Nicht jetzt, wo Lazarus uns so dicht auf den Fersen ist wie schon lange nicht mehr.«

Und selbst wenn er es nicht wäre, Fawkes würde nirgendwo hingehen, solange Arwyn hier war. Das nahm ich jedenfalls an. 1837 hatte er sie geliebt, und ich würde meine Hand dafür ins Feuer legen, dass er es heute immer noch tat. Wir waren vor unserem Laden angelangt. Die Tür stand offen und Granny lehnte hinter dem Tresen. Sie winkte uns zu und ihre Armreife klirrten dabei.

»Dann kommst du heute Nachmittag zum Tee?«, fragte Arwyn, während Cedric und ich uns einfach nur ansahen. Er wollte mir mit diesem Blick eine Nachricht übermitteln, aber ich beschloss sie zu ignorieren. Auch ich ließ mir von Selina nichts vorschreiben. Noch nicht. Und ich weigerte mich, ihren Drohungen Glauben zu schenken. Cedric würde mir nichts tun. Bisher hatte er mich immer nur beschützt.

»Sehr gern«, antwortete ich.

»Wir könnten dir das Fort und den Garten zeigen«, setzte Arwyn hinzu. »Hier ist es etwas ... einsam. Noah interessiert sich kein bisschen für mich. Er hockt nur über seinen Büchern.«

»Dann bin ich gegen fünf bei euch.«

»Wir müssen jetzt los«, kam es ungeduldig von Cedric. »Wir haben noch einiges zu erledigen.«

»Ich freue mich auf deinen Besuch«, verabschiedete Arwyn sich. »Ignorier Cedric einfach. Seit drei Tagen verhält er sich so miesepetrig. Dabei gebe ich mir wirklich Mühe mit Noah. Und bitte, bitte versetz mich nicht. Du bist der einzige Lichtblick hier«, flüsterte sie mir ins Ohr.

»Mach ich nicht«, versprach ich, auch wenn mir die Aussicht, Claire zu begegnen, nicht gerade behagte. »Bis später.«

Cedric machte einen Schritt auf mich zu und ich spürte seine Lippen auf meiner Schläfe. »Es ist unvernünftig, aber ich freue mich, wenn du kommst.« Dann ließ er mich sofort wieder los und drehte sich um.

Ich beobachtete die beiden noch eine Weile, wie sie im Weggehen miteinander diskutierten, und ging dann hinein.

Granny klopfte mit einem Bleistift auf einem Schreibblock herum. »Ich habe Arwyn immer gemocht«, sagte sie. »So ein nettes Mädchen.« Dann wurde ihr klar, was sie da gerade gesagt hatte, und stoppte.

Ich verschränkte die Arme vor der Brust.

»In zwei Wochen ist *Mabon*«, sagte sie, »dann kannst du alles selbst nachlesen.«

»Du könntest mir auch einfach alles sagen, was du weißt.«

»Ich halte mich schon nicht an Selinas Anordnung und unterbinde den Kontakt zwischen dir und Cedric, obwohl sie mit ihren Befürchtungen nicht unrecht hat. In ihrer Verzweiflung tun Menschen oft Dinge, die sie normalerweise nie in Erwägung ziehen würden. Vergiss das nicht. Sei einfach vorsichtig.« Sie zwinkerte schelmisch. »Wenn ich du wäre, könnte ich ihm auch nicht widerstehen. Er wird von Leben zu Leben schöner. Es ist erstaunlich«, setzte sie hinzu. »Seine Seele sollte nicht reifen, aber sie tut es. Es ist wirklich schade um den Jungen.«

»Es ist noch nicht vorbei«, erwiderte ich und unterdrückte meine Sorge. »Sie können immer noch erlöst werden.«

Granny lächelte verhalten. »Ja, das können sie.«

Die Zeit bis zum Nachmittag schien nicht vergehen zu wollen. Ich zwang mich, nicht jede Sekunde einen Blick auf die Uhr zu werfen. Am Mittag machte Peter bei uns halt, der seit meiner Strafpredigt pflichtbewusst jeden Tag seine Runde gefahren war.

»Magst du Tee oder eine heiße Schokolade?«

»Schokolade.« Er rieb sich die Hände. Heute war es tatsächlich außergewöhnlich kühl. Der Sommer näherte sich endgültig seinem Ende. »Hat Meggie gebacken?«

Ich nickte lächelnd. »Sie bringt dir gleich was. Leg die Post einfach auf den Tresen.«

Meggie wischte im Wintergarten Staub. »Peter ist da und er hat nach deinem Kuchen gefragt.«

Peter war zwei Jahre älter als sie, und wenn man die beiden nebeneinander sah, käme man nie auf den Gedanken, dass sie etwas gemeinsam hatten. Meggie war viel zu exotisch und Peter eher der nerdige Typ. Aber in letzter Zeit verbrachten sie auffällig viel Zeit miteinander. Sie lächelte unsicher, als sie sich aufrichtete, was ungewöhnlich war. »Ich könnte ihm ein Stück bringen.«

»Tu das, und auch eine heiße Schokolade. Ich komme gleich nach. Muss mich nur schnell umziehen.«

Sie lief in die Küche, während ich die Stufen zu meinem Zimmer hochging und über die beiden nachdachte. Meggie war keine so offensichtliche Schönheit wie Victoria, aber ich fand sie trotzdem viel hübscher. Außerdem war sie loyal und mutig. Sie würde Granny nie vergessen, was sie für sie getan hatte, als sie in Alderney gestrandet war und nicht wusste, was eigentlich mit ihr geschah. Ich wünschte nur, Peter würde sich endlich trauen und sie um ein Date bitten, denn obwohl die beiden völlig verschieden waren, mochten sie sich. Allerdings würde Meggies Leben bald ständig in Gefahr sein, wenn sie weiterhin plante, Alderney zu verlassen, um Seelenlose zu erlösen.

Plötzlich fühlte ich mich schrecklich egoistisch. Sie war ohne zu zögern bereit gewesen, sich ihrer Aufgabe zu stellen und sogar ihr Leben dafür zu opfern.

Als ich eine halbe Stunde später wieder nach unten in den Laden ging, standen Meggie und Peter immer noch am Tresen. Erschrocken fuhren sie auseinander.

»Ich muss dann mal weiter«, sagte Peter. Anstatt zu gehen, zog er einen zusammengefalteten Zettel aus der Tasche. »Der ist für dich.« Er reichte ihn mir. »Hätte ich fast vergessen.«

»Danke schön.« Die schwungvolle Schrift, mit der mein Name geschrieben war, kannte ich nicht, und sie wirkte auf eigentümliche Weise altmodisch.

»Mach's gut, Meggie«, sagte Peter. »Das war der beste Kuchen, den ich je gegessen habe.«

»Das sagst du immer.« Sie zupfte an einem der Piercingringe in ihrer Augenbraue. Ein untrügliches Zeichen für ihre Nervosität.

»Weil es stimmt«, sagte er ernsthaft und ging.

»Du solltest mal mit ihm ausgehen«, schlug ich vor, als die Ladentür sich geschlossen hatte. »Du magst ihn doch.«

»Ich warte, bis er mich fragt«, gab sie mürrisch zurück. Leise seufzte ich. Das Problem musste ich später lösen.

Ich ging zu Fuß zum Fort, was zwar fast eine Stunde dauerte, aber half, meine Unruhe in den Griff zu bekommen. Außerdem schien die Sonne, und wer wusste schon, wie oft das in den nächsten Wochen noch der Fall sein würde. Granny hatte mich tadelnd angesehen, als ich ihr von Arwyns Einladung erzählt hatte. Den Zettel, den Cedric mir durch Peter hatte überbringen lassen, hatte ich ihr wohlweislich vorenthalten. *Du solltest Selina nicht verärgern*, hatte darauf gestanden. Als Liebesbrief konnte man diese Zeile nicht bezeichnen, und trotzdem war ich mit dem Finger immer wieder über die gradlinige Schrift gefahren und hatte den Zettel in mein Tagebuch gelegt. Ich hatte mein Erbe zwar bis vor Kurzem noch abgelehnt, aber dem Drang, wichtige Details meines Lebens zu notieren, hatte ich doch irgendwann nachgegeben. Allerdings bevorzugte ich für meine Erinnerungen ganz normale Schreibhefte ohne jeden Schnickschnack. Das würde sich ja nun bald ändern.

Ich sah schon von Weitem, wie sich die Eingangstür von Fort Quesnard öffnete und Arwyn mir entgegenlief. »Ich hatte Angst, du würdest nicht kommen«, sagte sie atemlos, als sie mich erreichte, und legte einen Arm um meine Taille.

»Ich habe es doch versprochen.«

Sie ließ mich los und musterte mich mit großen Augen. Ich trug eine an den Knien zerrissene Jeans, Turnschuhe, eine zu große dunkelgrüne Seidenbluse und hatte mir einige von den Silberketten um den Hals gewickelt, die ich im Laden gefunden hatte. Eine schwarze Beanie und ein schwarzer dünner Mantel vervollständigten mein zugegebenermaßen etwas sehr auffälliges Outfit. Für mich fühlte es sich wie eine Rüstung an, aber Arwyn, die immer noch das unmoderne Kleid von heute Morgen trug, schüttelte lächelnd den Kopf. »Du siehst toll aus«, sagte sie. »Cedric wird tot umfallen und Claire wird dich hassen.«

»Noch mehr, als sie es eh schon tut?«

Arwyn lachte fröhlich und hakte sich bei mir unter.

»Woher weißt du eigentlich, was du in welchem Leben anziehen musst oder wie du dich verhalten musst?«

»Das ist nicht so schwierig, wie es dir vielleicht vorkommt. Die unterschiedlichen Leben, in die wir springen, liegen ja nie weit auseinander. Wenn ich aus dem Jahr 1837 gleich ins Jahr 2019 gewandert wäre, wäre es natürlich viel schwerer gewesen. Ich wüsste nicht, was ein Auto ist oder ein Flugzeug. Aber weil ich praktisch dabei war, als das erste Flugzeug abhob, ist es für mich ganz leicht, mich der jeweiligen Zeit anzupassen.«

In Sachen Mode brauchte sie trotzdem noch ein paar Nachhilfestunden. »Springst du oft in deine Leben zurück?«, fragte ich weiter.

Sie schüttelte den Kopf. »Das überlasse ich den Jungs. Ich habe keinen Bedarf daran.«

Im Haus wartete Allan bereits auf uns. Er guckte so ausdruckslos wie bei meinem ersten Besuch. »Darf ich Ihnen Ihren Mantel abnehmen?«

Ich strahlte ihn an, und das brachte ihn tatsächlich dazu, seine sauertöpfische Miene zu ändern. Jedenfalls bildete ich mir ein, dass seine Mundwinkel sich nach oben zogen.

Noah kam durch einen der Flure auf uns zu, schien aber in Gedanken versunken zu sein. Jedenfalls würdigte er weder mich noch Arwyn eines Blickes. Cedric folgte ihm auf dem Fuße.

»Noah, Cedric«, begrüßte ich die beiden.

Noah nickte knapp und blieb immerhin stehen.

»Hallo, Sasha«, sagte Cedric, und allein wie er meinen Namen aussprach, ließ meine Seelenmagie Purzelbäume schlagen. »Hübsches Outfit.«

»Danke schön.« Ich zog mir die Mütze von Kopf und wuschelte durch mein Haar, bis es die verletzte Gesichtshälfte ordentlich bedeckte. Durch die jahrelange Übung brauchte ich dafür nicht mal einen Spiegel.

»Wollen wir reingehen?«, fragte Arwyn und blickte die beiden Männer an.

Noah machte einen Schritt auf mich zu, aber Cedric kam ihm zuvor und nahm meinen Arm, sodass Noah nichts anderes übrig blieb, als seinen Arwyn anzubieten.

Claire thronte in einem Sessel und las Zeitung. Rafiq stand am Fenster, während Fawkes über einem Schachspiel grübelte. Der kunstvolle Tisch, in den das Schachbrett eingebettet war, stand in der Nähe des Kamins, in dem rote Glut glomm. Ihre Lippen verzogen sich zu einem schmalen Lächeln, als sie mich begrüßte. »Wie schön, dass du es einrichten konntest. Ein bisschen Abwechslung tut uns allen gut. Allerdings hätte ich nicht vermutet, dass du eine von Selinas Anweisungen nicht befolgst. Du wirst doch am Ende nicht noch mutig werden?«

»Ich freue mich auch sehr, dich zu sehen«, entgegnete ich mit fester Stimme. Das hier war mein Leben und sie konnte mich nicht einschüchtern.

Sie schlug nur so um sich, weil sie Angst hatte, Cedric zu verlieren. Ihre eigene Seele war ihr offensichtlich egal, solange sie nur bei ihm sein konnte. Ich musste mich vor ihr in Acht nehmen. Sie würde alles tun, damit ich ihr nicht in die Quere kam. Wie aufgewühlt sie wegen meiner Anwesenheit war, zeigte sich schon daran, dass sie so unverblümt sprach, obwohl Noah mit im Raum war. Der hatte sich allerdings längst hinter einer Zeitung versteckt.

»Magst du lieber Scones oder Carrot Cake?«, fragte Cedric, der Claires Spitze ignorierte und mich zu den Sofas führte. »Allan hat beides vorbereitet.«

»Mir egal.« Der Kuchen sah köstlich aus und sofort knurrte mein Magen. »Ich esse beides, solange Claire nicht gebacken hat.«

Sie schnaubte.

»Keine Sorge. Ich glaube, sie kennt nicht mal die Farbe von Mehl.«

»Dann nehme ich Carrot Cake.« Damit konnte ich nur krümeln, mich aber nicht beschmieren.

Cedric griff nach einem Teller, schnitt ein Scone auf, bestrich es sorgfältig mit Clotted Cream und Marmelade und reichte ihn mir dann.

»Wir wissen doch beide, was du lieber magst.«

Ich grinste, nahm ihm den Teller ab, und es schmeckte so köstlich, dass ich zu seiner Belustigung gleich noch zwei weitere Scones aß, während Arwyn Fawkes eine Tasse Tee brachte und sich ihm dann gegenüber an das Schachbrett setzte. Claire runzelte verärgert die Stirn. Ob der Ärger dieses Mal mir oder Arwyn galt, war dabei nicht ganz klar.

Ich hatte keine Ahnung, was ich sagen sollte. Alle in diesem Raum wussten, dass dieses Leben nicht echt war. Alle, bis auf Noah, der ein Stück Carrot Cake aß und dabei in der *Financial Times* blätterte.

»Wie war deine Anreise?«, wandte ich mich an Arwyn, als das Schweigen erdrückend wurde.

»Etwas zu abenteuerlich für meinen Geschmack. Diese kleinen Flugzeuge, die von Guernsey herüberfliegen, sind schon sehr speziell. Ich bin noch nie so durchgeschüttelt worden.«

Vermutlich war es eine ähnlich unerfreuliche Erfahrung wie Zeitwandern oder eine Kutschfahrt im 19. Jahrhundert.

»Nimm das nächste Mal besser die Fähre«, schaltete sich Noah zu meiner Überraschung in das Gespräch ein. »Du musst dich nur rechtzeitig anmelden, um einen Platz zu bekommen. Alderney wird vom französischen Festland nicht regelmäßig angefahren.«

Arwyn begann ihm zu erklären, wie schwierig es überhaupt gewesen war, die Insel zu erreichen. Fawkes beteiligte sich nicht an dem Gespräch, aber Rafiq und Claire warfen ab und zu eine Bemerkung ein.

»Bist du satt?«, fragte Cedric und musterte mich aufmerksam.

»Oder möchtest du vielleicht doch noch den Carrot Cake probieren?«

»Nein, danke. Ich hatte heute nichts zu Mittag«, verteidigte ich meine Gier, stellte den Teller ab und lehnte mich zurück

»So was dachte ich mir schon. Du hast da einen Krümel.« Blitzschnell beugte er sich vor und wischte lächelnd mit dem Daumen über meine Unterlippe.

Ich würde die Hand dafür ins Feuer legen, dass das nicht stimmte. Er wollte mich bloß berühren, und ich war die Letzte, die ihn davon abhalten würde. Er roch nach Wacholder, Anis und Zimt, und am liebsten hätte ich meine Nase an seinen Hals gepresst und den Geruch so lange in mich eingesaugt, bis er ein Teil von mir gewesen wäre. Stattdessen beging ich den Fehler, auf seinen Mund zu starren. Ich betrachtete die Form seiner Lippen, sein energisches Kinn und dann wieder seine Augen. Ich holte tief Luft und sein Mund lächelte nachsichtig und fast liebevoll. Egal, wie viele Seelenleben er als Verfluchter hinter sich gebracht hatte, er war nicht daran zerbrochen. Diese Erkenntnis machte mich so glücklich, dass ich beinahe zu spät den Seelenschimmer bemerkte, der unter den Ärmelaufsätzen meiner Bluse hervorkroch. Mit aller Macht drängte ich ihn zurück, aber Cedric bemerkte ihn trotzdem. Als er sich endlich zurückzog, fing ich Claires wütenden Blick auf.

»Was kann man hier eigentlich alles unternehmen?«, fragte Arwyn dankenswerterweise, und ich wandte mich ihr zu. Gerade verschob sie eine der Schachfiguren und Fawkes fuhr sich durchs Haar.

»Du schlägst mich immer«, sagte er gespielt vorwurfsvoll.

»Nur weil du mich gewinnen lässt«, rügte sie ihn. »Du musst dir mehr Mühe geben.«

»Das tue ich«, gab er ernst zurück und erntete ihr Lachen für diese Lüge.

»Im Sommer surfen wir viel«, beantwortete ich ihre Frage. »Tauchen ist leider fast überall verboten, wegen der Wracks rund um die Insel.« Ich war mir nicht sicher, ob sie die Frage nicht längst vergessen hatte.

Cedric lächelte und auch ich dachte zurück an unsere ersten Gespräche.

»Sind hier wirklich so viele Schiffe gesunken? Ich habe darüber gelesen.«

Ich nickte. »Jede Menge. Die Strömungen und die Felsen um die Insel sind extrem tückisch. Früher gab es bei Nebel viele Unfälle. Nur besonders erfahrene Kapitäne konnten die Insel ansteuern.«

»Dann sollten wir uns bei unseren Aktivitäten auf das Land beschränken.« Arwyn nickte anerkennend, als Fawkes einen neuen Zug machte.

Noah stand auf, ging zu ihnen, stellte sich hinter sie und gab ihr einen Rat, wie sie ihren Springer ziehen sollte.

Claire verdrehte die Augen. In dieser Sache waren wir ausnahmsweise einer Meinung. Beim Schach brauchte Arwyn seine Unterstützung nicht.

»Es gibt noch das Kino oder ein paar Pubs«, zählte ich auf. »Und ich begleite Granny und ihre Freundinnen manchmal zum Bingo spielen«, gab ich verlegen zu, weil es uncooler kaum ging. Das war nicht gerade ein ausuferndes Freizeitprogramm, und als Arwyn erwartungsvoll aufblickte, musste ich lachen. »Das war es auch schon. Du bist hier zwar nicht wirklich am Ende der Welt, aber manchmal fühlt es sich so an.«

»Dann solltest du besser fortgehen und dir die Welt ansehen«, kam es bissig von Claire. »Da draußen ist es etwas aufregender.«

»Das werde ich auch bald tun«, informierte ich sie.

»Wann?«, kam es von Cedric.

»Wenn ich initiiert bin«, sagte ich so leise, dass Noah mich nicht hörte, »werde ich mich meinen Aufgaben nicht mehr entziehen können.«

Claires Augenbrauen gingen in die Höhe. »Sag bloß, du hast deine Meinung geändert und versteckst dich nicht mehr hinter den Röcken von Granny und Selina Montague.«

»Nein, das tue ich nicht.« Diese Frau machte mich wahnsinnig. Was bildete sie sich eigentlich ein?

Während meines kleinen Wortgefechtes mit Claire hatte Cedric seinen Arm auf die Rückenlehne des Sofas gelegt und nun strich er mit dem Daumen besänftigend über meinen Nacken. Mein Ärger verpuffte augenblicklich. Die Berührung sagte sehr eindeutig: Darüber reden wir ein anderes Mal. Es lag etwas Besitzergreifendes darin und das sollte mich stören. Tat es aber nicht. Er sorgte sich um mich, genau wie ich mich um ihn.

»Ich hätte schon Lust auf Kino«, sagte er, ohne das sanfte Streicheln zu unterbrechen. »Was läuft gerade?«

»Ich weiß nicht«, antwortete ich, froh, dass meine Stimme mir überhaupt gehorchte. »Der Film ist auch egal«, setzte ich hinzu, »denn die eigentliche Attraktion ist, dass man sich, während der Filmvorführer die Spulen wechselt, im Pub gegenüber ein Bier holen kann. Das ist in jedem Reiseführer nachzulesen.«

»Weil ihr zu Übertreibungen neigt.« Cedric schüttelte nachsichtig lächelnd den Kopf. »In jedem anderen Kino nennt man das eine Pause.«

»Schon möglich«, gab ich zu und rutschte ein Stückchen näher an ihn heran. »Aber beinahe jeder Tourist, der auf Alderney übernachtet, geht deswegen mindestens ein Mal ins Kino.«

»Wollen wir das nicht auch machen?« Arwyn sah zu Noah, und die Bewegung von Cedrics Daumen in meinem Nacken stoppte, als sie ihn fragte: »Würdest du mitkommen?«

»Natürlich kommt er mit«, antwortete Cedric an seiner statt. »Er muss hier mal raus, sonst wachsen ihm noch Papierseiten zwischen den Fingern.«

»Eigentlich habe ich zu tun«, erklärte Noah in seiner üblichen abweisenden Art und betrachtete das Schachbrett. Konnte er sie nicht wenigstens ansehen? Wie sollte er sich in sie verlieben, wenn er sie kaum beachtete?

»Bitte«, sagte sie leise. »Das wird nett und Sasha kommt auch mit.«

Fawkes' Blick huschte zwischen den beiden hin und her.

Wir sollten sie allein hinschicken und sie am besten einsperren. Cedrics Daumen fing wieder an, sich zu bewegen. Wenn das eine geheime Botschaft sein sollte, verstand ich sie nicht. Möglicherweise wollte er mich auch nur berühren.

»Vielleicht läuft heute gar nichts«, sagte ich, obwohl ich es besser wusste. Es lief immer irgendein Film. Bob Tallis, der Filmvorführer von Alderney, lebte praktisch in dem Kino, und er würde auch nur für eine Person einen Film abspielen. Ich blinzelte zu Cedric hinüber.

»Ich werde nachsehen, was heute kommt«, schlug er vor und stand auf.

»Könntest du mir die Toilette zeigen?« Die Gelegenheit, ein paar Worte unter vier Augen zu wechseln, ließ ich mir nicht entgehen.

»Selbstverständlich.«

Schweigend folgte ich ihm durch den Flur, bis er auf eine Tür deutete. Ich blieb stehen. »Wenn ich lieber nicht mitkommen soll, kannst du es ruhig sagen. Dann lasse ich mir etwas einfallen.«

»Ich möchte, dass du mitkommst. Du solltest es eher nicht wollen, aber ich möchte es trotzdem.« Ohne ein weiteres Wort ging er den Flur hinunter und verschwand hinter einer anderen Tür.

Ich betrat das Badezimmer, wusch mir die Hände und kühlte mein Gesicht. Er wollte mit mir zusammen sein. Würde er mich noch einmal küssen? Ich strich mein Haar zurück und betrachtete die dünnen Narben auf meiner Wange. An manchen Tagen waren sie weniger zu sehen, an manchen mehr. Heute war einer der Tage, wo die Erhebungen trotz meiner Bemühungen, sie zu überschminken, rot leuchteten. Es schien ihn gar nicht zu stören. Vielleicht hatte ich all die Jahre ein viel größeres Problem daraus gemacht, als es eigentlich war. Trotzdem zog ich mein Haar wieder davor.

Aus dem Wohnzimmer drangen Stimmen, als ich aus dem Bad zurück in den Flur trat. Hier hinten wirkte die Einrichtung viel moderner als im Eingangsbereich und im Salon. Die Wände waren mit einer taubengrauen Tapete bedeckt und überall hingen kunstvoll gerahmte Bilder. Hier und da standen schmale Tische mit Lampen darauf. Ob Cedric schon zurückgegangen war? Ich machte einen Schritt in Richtung Wohnzimmer, drehte dann aber um und ging zu dem Raum, in dem er verschwunden war.

Der Raum war leer, aber überall lagen Bücher verstreut. In den deckenhohen, dunklen Regalen, auf dem Fensterbrett, auf Stühlen und sogar auf dem Fußboden neben dem Schreibtisch stapelten sie sich. Im Kamin brannte ein Feuer und ich entdeckte einen kleinen Tisch mit Gläsern und Flaschen darauf. Es war falsch, hier herumzuschnüffeln, aber ich konnte meine Neugier nicht bremsen. Wessen Zimmer war das? Am liebsten würde ich mich in einen der Sessel setzen und eins der Bücher lesen. Es roch nach Zigarettenrauch, Whisky und altem Papier. Verbrachten Noah und Cedric hier gemeinsam ihre Abende? Es kam mir nicht so vor, als ob sie sich besonders nahestanden. Möglicherweise war es auch Rafiqs Raum. Fawkes schloss ich gleich von vornherein aus. Er kam mir nicht vor wie jemand, der seine Zeit mit Büchern verbrachte. Für ihn war einzig und allein Arwyn von Bedeutung.

Ich warf erst einen Blick nach rechts und dann nach links, bevor ich einen weiteren Schritt hinein machte. Der Schreibtisch zog mich magisch an. Ich würde nur ganz kurz gucken und dann verschwinden. Rings um den aufgeklappten Laptop lagen jede Menge Notizen, Ausdrucke und noch mehr Bücher. In vielen Büchern klebten bunte Zettel und auf den aufgeschlagenen Seiten waren Textstellen mit einem Marker gekennzeichnet. Ich betrachtete die Bilder in den Büchern genauer. Es waren Fachbücher mit Radierungen von Hinrichtungen und Abbildungen von Folterwerkzeugen. Eins der Bilder kannte ich. Es war ein Holzschnitt und stammte aus dem Ende des 16. Jahrhunderts. Darauf war ein Scheiterhaufen abgebildet, auf dem drei Frauen brannten. Das Erschreckendste an dem Bild war jedoch, dass jemand ein Baby zu ihnen ins Feuer warf. Das Bild zeigte eine Hexenverbrennung auf dem Marktplatz von Guernsey. Wer von ihnen beschäftigte sich mit der Hexenverfolgung?

»Irgendwie habe ich gewusst, dass ich dich hier finden würde.« Cedric stand in der Tür und schloss sie hinter sich. Dann kam er zu mir geschlendert. »Deine Neugier wird dir eines Tages noch zum Verhängnis werden.« Er strich mir die Haare hinters Ohr und berührte vorsichtig meine Narben. »Tun sie noch weh?«

»Nur noch sehr selten.«

Er beugte sich zu mir herunter und strich mit seiner kühlen Wange über meine glühende. Dann spürte ich seine Hände auf meiner Taille, und er zog mich näher zu sich heran, bis ich meine Stirn an seine Brust legen konnte. »Denkst du, wir könnten heute Abend so tun, als wäre alles ganz normal? Als wäre ich nicht verflucht und du keine Seelenmagierin?«

Ich konnte mir ein Lächeln nicht verkneifen. »Das könnten wir versuchen, wenn du geschaut hast, welcher Film läuft.«

»*Casablanca*« erklärte er und ich prustete los.

Natürlich. Samstags war Romantikabend im Kino. Weshalb hatte ich nicht früher daran gedacht? »Gehen wir alle sieben?« Die Vorstellung, dass Claire mich die ganze Zeit mit ihren Blicken aufspießte, behagte mir nicht.

»Vielleicht sind Rafiq und Fawkes so nett und kümmern sich einen Abend um Claire.« Er schob mich etwas von sich und gab mir einen Kuss auf die Nasenspitze. »Lass uns zu ihnen zurückgehen.«

Ich wollte nicht zurück. Ich wollte hierbleiben und ihn richtig küssen, aber er nahm bereits meine Hand und zog mich hinter sich her.

Arwyn klatschte in die Hände, als Cedric ihr den Film verriet. »Ich liebe Klassiker«, verkündete sie.

»Dann solltet ihr unbedingt gehen.« Auffordernd sah Fawkes zu Noah.

»Muss ich?«, fragte der griesgrämig. »Ich habe einen dringenden Abgabetermin für eins meiner Essays.«

»Sei kein Spielverderber. Das wird nett.« Arwyn sah ihn flehend an und er gab sich geschlagen.

»Und ich könnte deine Hilfe gebrauchen«, ließ sich Rafiq vernehmen und blickte Claire an.

»Wobei?« Sie runzelte die Stirn.

»Wie müssen ein paar unserer Immobilien verkaufen und du bist die Expertin. Ich habe die Unterlagen heute zugeschickt bekommen.«

»Und das kann nicht bis morgen warten?«

Ungerührt schüttelte Rafiq den Kopf. »Der Makler erwartet noch heute meinen Rückruf. Es ist sehr dringend und *Casablanca* ist nun wirklich nicht dein Filmgeschmack.«

Als sie nickte, atmete ich erleichtert auf.

Cedric setzte sich zu mir auf die Rückbank, während Noah den Wagen steuerte. Wie selbstverständlich nahm er meine Hand in seine. Ich lächelte über die Geste, weil er sein Vorhaben, einen ganz normalen Abend mit mir zu verbringen, so ernst nahm.

Natürlich fuhr die Familie de Gray keinen kleinen rostigen Nissan wie Granny, sondern einen grauen, schnittigen Mercedes. Noah parkte in der Nähe des Kinos und wir gingen zum Pub. Cedric bot sich an, die Kinokarten zu besorgen, während wir die Getränke bestellten. Als er zurückkam, setzte er sich mir gegenüber und lächelte.

»Was schmeckt am besten?« Arwyns Blick huschte über die Karte. »Das klingt alles lecker, aber ich habe gerade so viel Kuchen gegessen.«

»Wir könnten uns die Nachos teilen«, schlug ich vor. »Sie sind mit Käse überbacken, und dazu gibt es die leckerste Guacamole, die du je gegessen hast.«

»Das dürfte nicht schwer sein, weil ich noch nie Guacazeug gegessen habe.«

Die Entstellung des Wortes entlockte mir ein Lächeln und Arwyn grinste zurück. »Was magst du?«, wandte sie sich an Noah, der ebenfalls die Karte studierte.

»Ich schließe mich einfach eurer Bestellung an«, erwiderte er steif.

»Wie lange bleibst du auf der Insel?«, fragte ich Arwyn, um das Gespräch in Gang zu halten. Was dachte Noah eigentlich, wer sie war? Das musste ich sie bei Gelegenheit fragen, sonst verplapperte ich mich noch. Er war in diesem Leben verschlossen wie eine Auster. Ihn zu knacken würde äußerst schwierig werden. Da war er mir im Jahre 1837 deutlich zugänglicher erschienen.

Arwyn seufzte. »Ich weiß nicht. Ich wünschte, ich hätte auch einen Plan für meine Zukunft, aber da ist einfach nichts, was ich mir für mich vorstellen kann.«

»Du wirst ganz sicher etwas finden«, sagte Noah zu unserer Überraschung. »Lass dir einfach Zeit. Du bist noch so jung.«

Sie lächelte und ihre Haut färbte sich unter den Sommersprossen rosa. »So jung nun auch wieder nicht. Ich bin nur ein Jahr jünger als du.«

Er blinzelte überrascht.

»Wo möchtest du denn gern studieren?«, fragte Cedric jetzt mich.

»Am liebsten in London«, erwiderte ich. Oder irgendwo, wo es viele Menschen gab und es laut war. Die Jäger würden mich in so einer großen Stadt nicht so leicht finden. Das konnte ich vor Noah natürlich nicht laut sagen.

»Das ist keine Stadt, in der ein Mädchen auf sich allein gestellt leben sollte«, erklärte Cedric.

»Ganz sicher werde ich dort nicht allein sein. Auf dem Campus sind schließlich genug andere Studenten.« So hatte ich mir jedenfalls mein Leben ohne Magie vorgestellt. Diese Pläne waren jetzt dahin.

»Es gefällt mir trotzdem nicht.«

»London ist so eine wunderschöne Stadt«, sagte Arwyn schwärmerisch, während Cedric missbilligend den Kopf schüttelte. »Ich war einmal dort, aber das ist sehr lange her.« In ihren Worten schwang eine Melancholie mit, die keinem am Tisch entging.

»Was machst du eigentlich, wenn du nicht auf der Insel bist?«, wandte ich mich Noah zu, um ihn in unser Gespräch mit einzubeziehen.

»Ich studiere Geschichte. Zurzeit schreibe ich allerdings an meiner Abschlussarbeit.«

Die Nachos kamen und die Atmosphäre wurde etwas ungezwungener.

»Was ist dein Thema?«, fragte ich und tunkte einen der Chips in die Guacamole.

»Ich schreibe über die Hexenverfolgung.«

Ich verschluckte mich an einem Stück Nacho. Hastig trank ich einen Schluck. »Wie bist du denn auf dieses Thema gekommen?«, fragte ich misstrauisch. Konnte er sich doch an mehr erinnern, als er vorgab?

»Es hat mich interessiert. Es ist ein sehr vielschichtiges Phänomen, und ich finde, man kann aus der Art, wie die Menschen damals mit Konflikten umgingen, recht viel lernen.«

»Was zum Beispiel?«, fragte Arwyn ihn.

»Frauen auf den Scheiterhaufen zu stoßen oder einer Wasserprobe zu unterziehen, sind meiner Meinung nach keine Praktiken, die wieder in Mode kommen sollten«, wandte ich ein.

Noah nickte ernst. »Menschen haben in der Geschichte oft immer wieder dieselben Fehler begangen«, erklärte er. »Sie lernen kaum dazu. Objektiv gesehen, entwickeln wir uns zwar weiter, aber bestimmte Grundmuster unseres Verhaltens können mit dieser Entwicklung nicht Schritt halten. Angst vor Veränderungen zum Beispiel findest du in jeder Generation. Mal wird aggressiver darauf reagiert und mal weniger aggressiv. Die Hexenverfolgung ist dafür ein gutes Beispiel. Den Menschen in Europa ging es zu Beginn des 17. Jahrhunderts ziemlich schlecht.« Jetzt kam er richtig in Fahrt. »Hunger, Kriege und starke Kälteperioden sorgten für Angst und Schrecken. Und wenn wir Angst haben, brauchen wir einen Schuldigen, denn nur die wenigsten Menschen suchen die Schuld bei sich. Frauen anzuprangern und mit ihrer Verfolgung Aggressionen abzubauen, war ein denkbar einfacher Weg, mit der Angst umzugehen. Heute ist das kaum anders. Wir fürchten das Fremde und das, was wir nicht kennen. Wir wollen es loswerden und bekämpfen es.« Er nahm mit spitzen Fingern einen Nacho aus der Auflaufform. »Eigentlich wollen nur die wenigsten Menschen, dass sich etwas ändert, aber darauf haben wir keinen Einfluss. Also richten wir unsere Aggression auf jemanden, der schwächer ist als wir.«

»Ich fürchte mich nicht vor Veränderungen, sondern vor Lügen«, sagte Arwyn. »Es ist so schwer, eine Wahrheit zu erkennen und Menschen zu durchschauen.«

»Das ist eine sehr kluge Befürchtung«, antwortete er. »Wir glauben viel zu gern einer Lüge, weil es bequem ist. Und erstaunlich viele Menschen lügen, weil sie anderen nicht wehtun wollen.«

»Er hätte Philosophie studieren sollen«, bemerkte Cedric und ich stupste ihn mit dem Fuß an. Es war gut, wenn die beiden sich unterhielten.

Arwyn hing an Noahs Lippen. »Wovor fürchtest du dich?«

»Vor dem Tod«, kam es prompt. »Und davor, nicht alles erledigt zu haben, was ich mir vorgenommen habe, wenn er kommt.«

»Und was ist das Wichtigste, was du noch erledigen musst?«

»Das weiß ich nicht genau.« Noah sah konzentriert aus. »Aber ich bin dabei, es herauszufinden.«

»Wir sollten langsam rübergehen«, bemerkte Cedric. »Der Film fängt gleich an und wir wollen doch den Anfang nicht verpassen.«

Ich griff noch schnell nach einem Nacho. »Wir können bei Robert später bezahlen«, sagte ich und nahm mein Glas.

Auch im Kino setzten Cedric und ich uns nebeneinander und Noah rutschte in den Sessel neben Arwyn. »Das ist immerhin ein Anfang«, flüsterte er mir ins Ohr. »Sie haben sich zum ersten Mal richtig unterhalten, seit Arwyn hier ist. Danke schön.«

»Ich habe doch gar nichts gemacht. Das waren die beiden ganz allein.«

Er nahm meine Hand in seine und wir verschränkten unsere Finger ineinander. Ich lehnte den Kopf an seine Schulter und erlaubte mir zu glauben, alles würde gut werden.

In der Pause holten Noah und Cedric uns neue Getränke, während ich mit Arwyn an den bunten Häusern der Victoria Street entlangschlenderte. »Es ist so schön hier«, sagte sie. »Es sieht aus wie eine Kulisse aus einem dieser Heile-Welt-Filme. Weißt du, welche ich meine?«

»Ein paar Filme wurden tatsächlich hier gedreht«, erwiderte ich. »Nicht unbedingt auf Alderney, aber auf Guernsey. Was denkt Noah eigentlich noch über dieses Leben?«, fragte ich neugierig. »Was glaubt er, woher ihr euch kennt?«

»Er denkt, wir wären miteinander aufgewachsen und unsere Eltern seien miteinander befreundet. Deshalb bin ich für ihn so etwas wie eine kleine Schwester, weil er für mich und Cedric babysitten musste. Keine optimalen Voraussetzungen, um sich in mich zu verlieben.«

»Dann sollten wir ihm zeigen, dass du nicht seine kleine

Schwester bist«, schlug ich vor. »Er braucht dringend eine Ablenkung von seinen Hexen.«

»Vor vierhundert Jahren hätte er sich mehr für mich interessiert.« Arwyn kicherte. »Schließlich habe ich rotes Haar und ein Muttermal auf dem Rücken.«

Ich musste lachen. »Wenn jemand von uns als Hexe durchgeht, dann wohl eher ich.« Ich hob den rechten Zeigefinger, und prompt begann hellgrüner Seelenschimmer darauf zu tanzen.

»Angeberin«, prustete sie los. »Mit viel Fantasie sieht mein Muttermal aus wie ein Hexenbesen. Vielleicht sollte ich es ihm zeigen. Aber du solltest vorsichtiger sein.« Tadelnd betrachtete sie den Seelenschimmer.

»Noah könnte mit einer Nadel in das Mal piksen, um es zu untersuchen«, versuchte ich die Stimmung wieder aufzulockern.

»Was soll ich untersuchen?«, erklang hinter uns seine Stimme.

Arwyn quietschte vor Schreck auf und ich zuckte zusammen.

Noah reichte mir kopfschüttelnd eine Cola und Arwyn den Apfelsaft.

»Wir haben uns gerade gefragt, was du von Hexenmalen hältst. Arwyn hat eins auf dem Rücken.« Wer nichts wagte, konnte auch nichts gewinnen.

»Die Inquisitoren stachen mit Nadeln in die mutmaßlichen Male, und wenn es den Frauen nicht wehtat, nahmen sie an, sie hätten ein Bündnis mit dem Teufel geschlossen«, erklärte er ernsthaft.

Ich verdrehte innerlich die Augen. »Wie gut, dass du kein Inquisitor bist.«

»Wenn du magst, schaue ich es mir trotzdem mal an.«

Bei dem Angebot wurde Arwyn knallrot, obwohl ich meine Hand dafür ins Feuer gelegt hätte, dass er es nicht so anzüglich meinte, wie es bei ihr ankam. Vermutlich würde er ein Essay darüber schreiben. Er war so steif, als hätte er einen Stock verschluckt. Nichts erinnerte an den jungen Mann aus dem Jahre 1837. Damals war er zwar auch nicht gerade eine Stimmungskanone gewesen, aber man hatte doch seine Zuneigung gespürt. Angst kroch in mir hoch. In dieser Version von Noah floss Eiswasser anstatt Blut durch seine Adern. Es würde ewig dauern, ihn aus der Reserve zu locken, und verlieben würde er sich vermutlich gar nicht. Aber das bedeutete den sicheren Tod für Cedrics Seele, und dann würde ich ihn verlieren, bevor wir überhaupt eine Chance gehabt hatten.

»Wollen wir zurück ins Kino?« Cedric trat hinter mich. Ich spürte seine Körperwärme und wünschte, er würde mich berühren, aber das tat er nicht. Ich drehte mich zu ihm um und sah zu ihm auf. Sein Blick huschte zwischen Noah und Arwyn hin und her und er runzelte die Stirn. Dann senkte er den Blick und lächelte. »Hast du einen netten Abend?«, fragte er, als die beiden sich in Bewegung setzten.

»Den habe ich.« Er wollte ihnen folgen, aber ich hielt ihn am Arm zurück. »Lass ihnen ein bisschen Privatsphäre. Sonst wird das nie etwas. Es sind eindeutig zu viele Leute um sie herum. Wie sollen sie sich da besser kennenlernen, geschweige denn ineinander verlieben?«

»Bist du jetzt die Expertin? Wie oft warst du eigentlich schon verliebt?«

Ich schüttelte amüsiert den Kopf. War er etwas eifersüchtig? »Kein einziges Mal, aber ich habe so eine Ahnung, dass es nicht funktioniert, wenn man keine Möglichkeit hat, auch mal miteinander allein zu sein.«

Cedric nahm meine Hand. »Wir müssen uns etwas einfallen lassen und Noah aus seinem Schneckenhaus locken.«

»Das wird nicht einfach. Ich bin wirklich erstaunt, dass es uns heute gelungen ist.«

»Hast du keine Angst davor, was passiert, wenn es nicht gelingt, den Fluch zu brechen?« Arwyn und Noah waren zurück ins Kino gegangen. Der Film ging weiter, aber wir standen immer noch draußen und hielten uns an den Händen.

»Ich versuche, nicht daran zu denken, wie es sein wird.« Er blickte hoch in den Himmel, an dem unzählige Sterne leuchteten, und setzte sich langsam in Bewegung. »Allein. Bis in alle Ewigkeit. Ich frage mich, ob ich mich erinnern werde. An das hier.« Er sah mich wieder an. »An dich, meine Leben, meine Freunde. Obwohl es immer nur Ausschnitte waren, gab es doch Momente, in denen ich glücklich war.«

»Kommst du nach dem Film noch mit zu mir?«, fragte ich leise. »Nur zum Reden?«

Wir betraten den schmalen Gang, der zum Vorführsaal führte. Die Wände waren mit schwarzem Stoff bespannt und es war stockdunkel. Nur das schummrige Licht von der Leinwand reichte bis hierher.

»Möchtest du das wirklich?«, fragte er flüsternd.

»Ja.« Mehr als alles andere. Jede Minute, die er nicht mit mir verbrachte, kam mir vergeudet vor.

»Hast du keine Angst, dass Selina dir die Aufnahme in den Zirkel verweigert, wenn du dich ihren Anweisungen widersetzt?«

»Weshalb sollte sie das tun? Sie ist um jede Magierin froh, die sie in ihrem Kampf unterstützt.«

Cedric schwieg einen Moment. Sein Blick glitt aufmerksam über mein Gesicht, bevor er sehr vorsichtig die nächsten Worte aussprach. »Selina Montague ist nicht die, die du glaubst. Sie spielt ein doppeltes Spiel und steckt mit Lazarus unter einer Decke. Sie kämpft nicht gegen ihn, sondern sie sorgt dafür, dass er am Leben bleibt.«

Verwirrt kniff ich die Augen zusammen. »Wie meinst du das?« Wie kam er darauf, etwas so Ungeheuerliches zu behaupten?

»Ich weiß, es ist schwer zu glauben.« Er senkte die Stimme noch etwas. »Und ich hatte mir geschworen, dich nicht noch einmal in diese Sache hineinzuziehen, aber mir läuft die Zeit davon.« Er nahm meine Hand in seine und verschränkte unsere Finger miteinander. »Selina hat Stellas Seele nicht gerettet. Das hat sie euch nur erzählt, um den Zirkel gründen zu können, und seit es ihn gibt, weiß sie über jede Magierin Bescheid. Sie weiß, wo ihr euch aufhaltet, was ihr tut oder nicht tut. Sie ist es, die euch in den Kampf schickt. Dabei hat sie nur ein einziges Ziel: Sie möchte Stellas Seele befreien. Lazarus hält sie gefangen und damit erpresst er Selina. Solange sie ihm in jedem Jahrhundert die Seele nur einer Magierin ausliefert, bleibt Stellas Seele intakt. Bisher hat Selina ihren Teil der Abmachung immer erfüllt. Die Seelen der geopferten Magierinnen halten ihn am Leben und sorgen dafür, dass seine Energie stark bleibt. Deswegen ist er kaum als Jäger zu erkennen.« Cedric hielt kurz inne, als wollte er meine Reaktion auf seine Worte abwarten.

Aber ich war zu gar keiner Reaktion fähig. Ich war nicht einmal sicher, ob ich ihn richtig verstand. Er konnte hier nicht einfach so auftauchen und solche abstrusen Dinge behaupten. Wir Magierinnen kämpften für das Gute, egal, was es uns kostete. Er war ein Verfluchter. Auch wenn ich nicht fand, dass er es verdient hatte, konnte er nicht alles, woran ich glaubte, infrage stellen. Ich schob ihn zur Seite. »Das höre ich mir nicht an. Ich verstehe, dass du sie hasst, und möglicherweise hat sie einen Fehler gemacht, als sie euch verflucht hat. Aber das gibt dir nicht das Recht, sie so zu verunglimpfen.«

»Sasha«, sagte er und verstummte. Er fuhr sich mit den Händen durchs Haar und hielt den Kopf gesenkt. »Entschuldige bitte. Ich hätte dir das nicht erzählen dürfen.«

»Ich gehe jetzt besser nach Hause«, erklärte ich steif. »Sag Arwyn, ich fühle mich nicht wohl.«

Cedric nickte. Trotz der Dunkelheit erkannte ich die Verzweiflung in seinen Augen. Bevor ich etwas sehr Unkluges tat, drehte ich mich um und ging. Gerade noch hatte ich mir gewünscht, er würde mit mir kommen, hatte mir vorgestellt, wie er mich küsste. Jetzt wollte ich nur noch fort. Ich war bereit gewesen, ihm zu helfen, aber meine Hilfe wollte er nicht. Stattdessen versuchte er zu zerstören, woran ich bisher glaubte. Er musste uns Magierinnen viel mehr hassen, als ich bisher gedacht hatte.

In dieser Nacht konnte ich nicht schlafen. Ich wälzte mich von einer Seite auf die andere, aber Cedrics Worte gingen mir einfach nicht aus dem Kopf. Was, wenn es stimmte? Allein, es in Erwägung zu ziehen, war falsch. Aber was, wenn er doch … Ich bohrte das Gesicht in mein Kissen. Sollte ich Granny von seinen Vorwürfen erzählen? Das konnte ich nicht. Ein Teil von mir wollte Cedric vertrauen, aber ein viel größerer Teil riet mir davon ab. Er war hier der Verfluchte. Hatte Selina mich deswegen vor ihm gewarnt? Ich hatte keine Ahnung, wie ich ihm zukünftig gegenübertreten sollte. Am besten gar nicht mehr, aber ihn nie wieder zu sehen … Bei der Vorstellung nistete sich ein zentnerschwerer Stein in meinem Magen ein. Ich wusste nicht, wie ich das aushalten sollte.

Cedric hatte einen Korb und eine Angel in der Hand und musterte mich besorgt, als er zwei Tage später in den Laden trat und mich damit völlig überrumpelte. Ich hatte es nur mit Müh und Not geschafft, nicht zum Fort zu gehen, um ihn zur Rede zu stellen, und nun war er hier.

Ich sollte mich auf keinen Fall freuen, aber gegen die Schmetterlinge in meinem Magen kam ich nicht an. Zum Glück stand ich hinter dem Tresen und bediente zwei Mädchen in meinem Alter, die bei seinem Anblick zu kichern begannen, was mich lange genug ablenkte, um mich wieder zu fassen und meine Gefühle in den Griff zu bekommen. Sie bezahlten, nahmen ihre Bücher und huschten an ihm vorbei, nicht ohne ihn ausgiebig zu begutachten. Er nickte ihnen höflich, aber distanziert zu.

»Ich möchte mich bei dir entschuldigen«, sagte er, kaum dass sie verschwunden waren. »Es war falsch von mir, dir das zu erzählen. Bitte verzeih mir.« Er lächelte vorsichtig. »Lass es mich wiedergutmachen.«

»Wie soll diese Wiedergutmachung aussehen?« Er hatte nicht gesagt, dass seine Anschuldigungen falsch waren. Er hatte nicht behauptet, dass er sie nur aus Wut, Angst und Verzweiflung hervorgebracht hatte.

»Würdest du den Tag mit mir verbringen?«

Ich holte tief Luft und verschränkte die Arme vor der Brust. »Wirst du mir noch mehr Lügen erzählen?«

Er schüttelte den Kopf und verzog keine Miene. Eine Statue war nichts dagegen. »Ich möchte nur die Zeit, die mir noch bleibt, mit dir verbringen.«

»Und du hast es nicht auf ein Stück meiner Seele abgesehen?«

In seinen Augen flammte Zorn auf. »Nein«, zischte er zwischen zusammengebissenen Zähnen hervor. »Ich habe kein Interesse an deiner Seele. Nicht auf die Art jedenfalls.«

»Das ist es aber, was Selina über dich behauptet hat«, informierte ich ihn.

Er schloss für eine Sekunde die Augen, als müsste er sich sammeln. »Ich möchte mich nur mit dir vertragen. Ich will nicht, dass du mir böse bist.«

Seine schlanke Gestalt verdeckte den Eingang. Sonnenlicht sickerte hinter seinen Umrissen hervor und setzte Lichtpunkte in sein vom Wind zerzaustes Haar. Ich wollte mit den Fingern hindurchfahren, aber wenn ich sein Versöhnungsangebot nicht annahm, würde es dazu nie kommen. »Ich stelle die Bedingungen«, hörte ich mich sagen.

Sein Mund verzog sich zu einem Lächeln. »Solange du mir erlaubst, auf dich achtzugeben, kannst du jede Bedingung stellen, die du möchtest.«

In meinem Magen kribbelte es bei diesen Worten. Seit unserem Streit schlief ich schlecht, und wenn er mir mit diesem Schritt entgegenkam, konnte ich ihn nicht abweisen. Es war falsch, allzu nachtragend zu sein, hatte Onkel Will letzten Sonntag gepredigt. Viel besser war es, anderen ihre Fehler zu vergeben. Das hier war die perfekte Gelegenheit, diesen Rat in die Tat umzusetzen.

»Ich muss noch arbeiten«, gab ich nach. »Aber am Nachmittag hätte ich Zeit. Granny sieht die Kataloge durch, um neue Bücher zu bestellen. Das ist ihre Lieblingsbeschäftigung und sie braucht ihre Ruhe dafür. Wenn ich nicht im Laden bin, wird sie dauernd gestört.«

Arwyn steckte den Kopf hinter Cedric zur Tür herein und schob ihn zur Seite. »Ich könnte dich vertreten, wenn du magst.«

»Hast du das ausgeheckt?«

Sie schüttelte den Kopf. »Ich bin nur als moralische Unterstützung mitgekommen. Er hat sich allein nicht getraut.«

»Hast du ihn gezwungen? Wenn das so ist, rede ich mit keinem von euch mehr ein Wort.«

»Hat sie nicht«, erklärte Cedric mit fester Stimme. »Sie mischt sich nur immer in alles ein. Egal ob gefragt oder ungefragt.« Er warf Arwyn einen finsteren Blick zu, der seine Wirkung jedoch verfehlte, weil sie sich im selben Moment in ein Buch vertiefte. »Begleitest du mich jetzt?«

Ich sollte es natürlich nicht tun. »Ja«, gab ich zurück. »Ich begleite dich. Ich hole nur meine Jacke und sage Granny Bescheid. Wenn du Hilfe brauchst, Arwyn, dann frag sie ruhig.«

»Das mache ich. Mach dir keine Sorgen. Ich habe in irgendeinem meiner Leben schon mal Bücher verkauft.« Sie kratzte sich am Kopf. »Auch wenn ich mich nicht erinnere, in welchem.«

Kopfschüttelnd ging ich nach hinten in den Wintergarten, wo Granny mit den Katalogen saß. Aber sie blätterte nicht, sondern sah mir entgegen.

»Cedric ist da«, sagte ich. »Er möchte gern den Tag mit mir verbringen.«

Sie nickte. »Dann wirst du dich Selinas Anweisungen widersetzen? Hältst du das für klug?«

Ich setzte mich auf den Stuhl ihr gegenüber. »Denkst du denn auch, er könnte mir gefährlich werden?«

Einen Moment überlegte sie, bevor sie beinahe widerwillig antwortete. »Ich weiß es nicht. In einem hat Selina recht: Wir können nicht wissen, was ein Verfluchter in seinem letzten Leben tut. Ob er seine Strafe endgültig annimmt oder nach einem Ausweg sucht.«

Ich gab ihr einen Kuss auf die Wange. »Ich habe keine Angst vor ihm und ich bin in spätestens zwei Stunden zurück. Arwyn hält vorn die Stellung. Vielleicht könntest du ihr Hallo sagen.«

»Das mache ich. Pass einfach auf dich auf.«

Ich zog Schuhe und Strümpfe aus und setzte mich auf einen der Felssteine, die den Strand säumten. Die Füße ließ ich ins Wasser baumeln. Cedric hatte nicht am Pier angeln wollen, und so waren wir die Westseite der Insel weiter hinuntergelaufen, dort, wo die Strände und Dünen menschenleer waren. Draußen im Meer lagen die Vogelfelsen und der Wind trieb das Geschrei der Basstölpel zu uns herüber. Bald würden sie sich aufmachen und in den Süden fliegen. Grandpa hatte mir früher mal erzählt, dass Basstölpel in einer Einehe lebten. Allerdings trennten sie sich in der Zeit, in der sie keine Jungen aufzogen, um sich im Jahr darauf wieder in der Brutkolonie zu treffen. Ich lächelte bei der Vorstellung, weil ich mich fragte, was die Basstölpel so trieben, wenn sie allein unterwegs waren.

»Woran denkst du?« Cedric stand etwas von mir entfernt und hatte die Angel ausgeworfen, mit der er erstaunlich geschickt umgehen konnte. Ob es etwas gab, was er nicht beherrschte? Vermutlich nicht viel. Im Laufe so vieler Leben lernte man sicher eine Menge. In der hochgekrempelten Jeans und dem weißen, eng anliegenden T-Shirt sah er so gut aus, dass es fast wehtat. Auf dem Weg hierher hatte er nicht meine Hand gehalten und die meiste Zeit geschwiegen. Ich wusste nicht, wie er sich unsere zukünftige Beziehung vorstellte, und fand es deshalb unpassend, ihm etwas über das Paarungsverhalten der Basstölpel zu erzählen. »Dort hinten liegen die Casquets«, sagte ich stattdessen und wies aufs Meer hinaus. »Von hier aus kann man die Inselgruppe nicht sehen und die Inseln sind auch nicht mehr bewohnt. Heute wird der Leuchtturm automatisch betrieben, aber Anfang des 19. Jahrhunderts lebte dort ein Leuchtturmwärter mit seiner Familie. Sie waren zu acht. Eines Tages verliebte sich ein Tischler aus St. Anne in eine der Töchter und nahm sie mit in die Stadt. Sie hielt es nur ein paar Tage aus, weil St. Anne ihr zu laut und zu hektisch war.«

Cedric lächelte amüsiert und schüttelte den Kopf. »Das hast du dir gerade ausgedacht.«

»Kein bisschen. Solche Geschichten schreibt nur das Leben. Es gibt sogar ein Gedicht darüber.«

»Kannst du es auswendig?« Er holte die Angelschnur ein und warf sie noch einmal aus.

»Nein, es ist zu lang, aber ich werde es dir raussuchen. Granny hat es irgendwo. Wenn ich mich richtig erinnere, gehörte die Liebe des Mädchens dem Meer.«

»Ihr Inselbewohner seid ein merkwürdiges Volk.«

Ich zog die Beine an und legte das Kinn auf die Knie. »Wenn du es dir aussuchen könntest, wo würdest du dann leben?« Er kam mir nicht vor wie jemand, der jahrelang an einem Ort blieb.

»Ich würde dort bleiben, wo die Menschen sind, die ich liebe. Mir wäre es egal, wo das ist.« Die Angelschnur zuckte hektisch und straffte sich dann. Vorsichtig holte er seinen Fang ein. »Unser Mittagessen ist gesichert.«

Wir schwiegen, während er zwei weitere Fische fing und ich ihn dabei beobachtete. Es war kein unangenehmes Schweigen. Keines von der Art, bei dem man nicht wusste, worüber man sich unterhalten sollte. Es fühlte sich viel eher vertraut an, und ich war froh, dass er das Thema nicht wieder auf Selina brachte.

Ich sammelte am Strand Treibholz und Cedric entzündete ein Feuer. Wir brieten die Fische an Holzstöcken über der Glut. In dem Korb fand ich außer dem Geschirr und Besteck noch Brot und Wein. Ich legte die fertigen Fische auf zwei Teller, Cedric filetierte sie und streute Salz darüber, während ich Zitronenspalten daneben drapierte.

»Du weißt wirklich, wie man eine Frau um Verzeihung bittet.«

»Es hing alles davon ab, ob auch ein paar Fische anbeißen, sonst hätte ich dich nicht beeindrucken können.«

»Gab es einen Plan B?« Ich spießte ein Stück von dem köstlich duftenden Fisch auf eine Gabel.

»Den gibt es immer noch.« Seine Stimme klang eine Nuance tiefer.

»Wie kommt Arwyn mit Noah voran?«

»Es sieht nicht besonders gut aus. Sie redet viel mit ihm und gestern hat sie ihm bei der Recherche geholfen, aber ihn interessiert nichts anderes als seine Arbeit. Ich würde fast sagen, so schlimm war sein Desinteresse noch nie.«

»Das ist schrecklich.« Ich wollte so gern etwas Tröstliches sagen, aber ich wusste einfach nicht, was.

Konzentriert aß er seinen Fisch und trank einen Schluck Wein.

»Gibt es denn gar keine andere Möglichkeit?«

»Doch, die gibt es.« Sein strenger Blick fixierte mich. »Wenn es uns gelingt, Selina zu überführen und zu beweisen, dass sie für den Tod der Magierinnen verantwortlich ist, dann muss der Zirkel den Fluch aufheben.«

Deswegen war er also gekommen. Er hielt an diesen abstrusen Anschuldigungen fest und wollte mich auf seine Seite ziehen. Es fühlte sich an, als würde mein Herz vereisen. Behutsam stellte ich den Teller ab, stand auf und klopfte mir den Sand von der Hose. »Ich hatte gehofft, du würdest diese Lügen nicht wiederholen. Weshalb tust du das?«

»Sasha.« In dem einen Wort lag ein flehender Unterton. »Geh nicht, bitte.«

»Komm bitte nicht mehr in die Buchhandlung und sprich mich nicht an, falls wir uns sehen. Selina ist keine sonderlich sympathische Person und trotzdem gehört meine Loyalität ihr.« Meine Stimme zitterte bei diesen Worten. Ich wollte nicht gehen, aber ich musste.

Er stand ebenfalls auf, als ich versuchte, meine roten Sneakers anzuziehen. »Kannst du nicht wenigstens versuchen, mir zu glauben?«

Ich stieß einen verzweifelten Schrei aus, weil ich mit den sandigen Füßen nicht in die Schuhe kam. Wütend auf mich und die Welt, packte ich sie und kletterte über die Felsen zu dem Dünenweg hinauf.

»Jetzt bleib doch hier. Das ist noch nicht alles«

Noch mehr Lügen? Tränen stiegen mir in die Augen, die er zum Glück nicht sah. »Ich habe genug gehört.« Ich rutschte von einem der Steine ab, weil ich vor Wut nicht hingeschaut hatte, wohin ich trat, und baumelte kurz in der Luft. So lange, bis Cedrics Hände sich um meine Taille legten und er mich zurückzog.

»Du tust dir nur weh«, murmelte er in mein Ohr. Er drehte mich zu sich um und wischte mir die Tränen von den Wangen. Sein Daumen streifte über meine Unterlippe.

Ich sollte ihn wegschubsen. »Lass mich los.«

»Dann wirst du weglaufen.«

»Natürlich werde ich das.«

»Erst hörst du mir zu.« Seine Stimme war unerbittlich. Spätestens jetzt sollte ich Angst vor ihm haben, aber sie stellte sich nicht ein. »Lazarus hat sich immer mit den Seelen der Magierinnen begnügt, die er von Selina bekommen hat, aber eigentlich ist er seit fast fünfhundert Jahren hinter einer ganz bestimmten Seele her. Einer Seele, die besonders viel Kraft hat. Einer Seele, von der er glaubt, sie würde ihn wieder zu einem normalen Menschen machen. Das ist es, was ihn antreibt.« Cedric hatte jedes einzelne

Wort ganz deutlich ausgesprochen, so als wollte er sichergehen, dass ich ihn auch wirklich verstand. Trotzdem starrte ich ihn ungläubig an. So viele Fragen ratterten durch meinen Kopf, aber ich stellte die erste, die mir einfiel. »Und wo will er diese besondere Seele finden?«

Die Iris seiner Augen wurde ganz dunkel. »Er hat sie längst gefunden, und er versucht seit Jahrhunderten, ihrer habhaft zu werden. Bisher konnten wir es verhindern, aber er wird immer unbarmherziger und verzweifelter.« Er machte eine kurze Pause, so als überlegte er, ob er mir auch noch das Letzte sagen sollte. »Die Seele, hinter der er her ist, ist deine, Sasha.«

Ich blinzelte erst und schüttelte dann den Kopf. Meine Wut war Verblüffung gewichen. Das war ausgemachter Unsinn. Für eine Seele mit besonders viel Kraft müsste es ein Klacks sein, ihre Magie auch zu beherrschen. Ich lachte auf. »Das kann nicht sein. Selbst wenn ich dir glauben würde, und das tue ich nicht, wie kommt Lazarus auf so eine hirnverbrannte Idee? An meiner Seele ist nichts besonders und ganz sicher macht sie einen Jäger nicht wieder zu einem normalen Menschen.«

»Ob das möglich ist, weiß ich nicht. Aber entscheidend ist, dass Lazarus dies glaubt. Deshalb sind wir hier. Wir versuchen, dich zu schützen, und wir waren in jedem deiner Leben an deiner Seite.« Er schluckte, bevor er die nächsten Worte aussprach. »Ich war immer in deiner Nähe, damit er dir nicht zu nahe kam.«

»Immer? Das soll ich dir glauben?« Meine Stimme klang zittrig. Aber ich begann bereits damit, auch wenn ich mich noch sträubte. Ich war Lazarus in letzter Zeit einfach zu oft begegnet.

»Deswegen wollte ich es dir auch nicht erzählen. Doch mir läuft die Zeit davon und ich habe Angst um dich. Wenn ich nicht mehr bin, werden Rafiq und Fawkes dich beschützen. Sie haben es mir versprochen, aber es wäre mir lieber, ich könnte Lazarus noch töten, damit ich beruhigter gehen kann. Wenn er fort ist, wird auch von Selina keine Gefahr mehr ausgehen.«

»Du wirst nicht gehen«, sagte ich mit zitternder Stimme. »Das lasse ich nicht zu.«

Er lächelte. »Vielleicht liegt das nicht in unserer Macht.«

»Wer weiß davon?« Ich musste meine Gedanken ordnen. Was er mir da erzählt hatte, brachte alles durcheinander, woran ich bisher geglaubt hatte. Selina konnte sich nicht mit unserem ärgsten Feind verbündet haben.

»Rafiq, Fawkes, Arwyn, Claire und ich«, zählte er auf. »Früher waren wir mehr. Selina hat für jede geopferte Magierin jemanden gefunden, den sie verantwortlich machen und verfluchen konnte. Die meisten von ihnen sind mittlerweile für immer verschwunden. Ich habe zu viele Freunde in diesem Kampf verloren. Dich werde ich nicht opfern.«

»Claire wurde auch wegen eines Verbrechens bestraft, das Selina begangen hat?« Dann ergab es Sinn, dass sie bei ihnen war.

»Ihre Mutter war Marie Châtillon«, erzählte Cedric. »Sie war eine sehr begabte und vor allem beliebte Magierin. Sie lebte im 17. Jahrhundert und machte Selina den Vorsitz im Zirkel streitig. Eines Tages verschwand sie spurlos. Selina klagte Claire an, für den Tod ihrer Mutter verantwortlich zu sein. Claire konnte sich gegen die Anschuldigungen nicht wehren und wurde verflucht.«

Ich konnte es nicht fassen. »Hast du Beweise für diese Behauptungen?« Eine Erinnerung flackerte in meinem Kopf auf. Marie Châtillon war die Magierin gewesen, die Selina in der Nacht vor dem Unfall zu meinen Eltern begleitet hatte. Sie hatte meinen Seelenanker angefertigt. Hatte sie Selina damals schon verdächtigt und sie überredet, sie mit in die Zukunft zu nehmen? Kurz danach musste Selina Maries Seele an Lazarus ausgeliefert haben. Das war unglaublich! Woher hatte Marie gewusst, dass mir in der Zukunft Gefahr drohen würde? Wir mussten uns aus einem deutlich früheren Leben gekannt haben.

»Nein, nur mein Wort.«

Wir schauten uns fest in die Augen. Selina war eine schwierige Person, und meistens mochte ich sie nicht besonders; dass sie jedoch zu so etwas fähig war, konnte ich mir nicht mal im Ansatz vorstellen. Sie hatte den Zirkel gegründet. Sie hatte unseren Codex verfasst. Aber weshalb sollte Cedric so eine irre Behauptung aufstellen, wenn sie nicht wahr wäre? Warum wohl? Weil er sie hasste und verunglimpfen wollte. »Hast du es mir in meinen anderen Leben auch erzählt?« Ich verschränkte die Arme vor der Brust.

»Manchmal ja und manchmal nein. Es kam darauf an, wie viel Macht Selina hatte.«

»Und wenn du es mir erzählt hast, habe ich dir dann geglaubt?«

Er lächelte wehmütig. »Zweimal hast du mich zum Teufel gejagt und dreimal beim Zirkel angezeigt. Du warst immer sehr pflichtbewusst. Aber meistens ...« Er holte tief Luft. »Meistens hast du mir geglaubt.«

Ich konnte mir nicht vorstellen, ihm absichtlich Schaden zuzufügen. Jedenfalls nicht in diesem Leben.

»Es ist dir nie leichtgefallen«, beruhigte er mich und strich mit dem Zeigefinger sanft über meine Wange. »Wir konnten Selina nie überführen, obwohl wir es immer wieder versucht haben, und deswegen hasst sie mich mit aller Inbrunst. Sie wird eine Flasche Champagner öffnen, wenn sie mich nach diesem Leben endgültig los ist.«

Er beugte sich zu mir hinunter und lehnte seine Stirn an meine.

Sonst berührten wir uns nicht. Aber mein Körper kribbelte und dieses Mal hatte es rein gar nichts mit Magie zu tun. Dachte ich jedenfalls. Ich sollte ihn wegstoßen und gehen. Aber ich konnte nicht. Wenn ich dieses Mal ging, kam er möglichweise nicht noch einmal zurück. Es fiel mir so unendlich schwer, das Richtige zu tun. Ich wollte mich an ihn schmiegen, ihn festhalten, und ich wollte, dass er mich küsste, obwohl es falsch war.

»Geh nicht«, bat Cedric. Er hatte die Augen geschlossen. Sein Mund bildete eine weiche Linie und seine Nasenflügel bebten. Seine Stirn lag immer noch an meiner und dann spürte ich ganz plötzlich noch etwas. Erst war es nur eine Art Flattern zwischen unseren Körpern, dann wurde es zu einem Beben und ich schnappte nach Luft. Zwischen uns geschah etwas. Die Energie seiner Seele hatte sich in den Jahrhunderten fast verbraucht, aber dahinter lag noch etwas, und dieses Etwas hatte er bisher sehr sorgfältig vor mir versteckt. Ich keuchte, als er die Verbindung plötzlich zuließ. Hellgrün schimmernde Fäden aus reiner, klarer Magie strömten aus seinem Herzen hinaus und wickelten sich um meines. Ich presste die Lippen zusammen und versuchte, die Tränen zu unterdrücken, die mir in die Augen schossen. Gleichzeitig hielt ich mich an seinen Oberarmen fest, um nicht zu fallen.

»Weshalb hast du mir das nicht erzählt?«, fragte ich tonlos. Seelenschimmer glitt aus meinen Fingern und schmiegte sich an die glänzenden Fäden.

»Weil es nicht klug ist, weil du nun noch mehr leidest, wenn du mich verlierst. Ich wollte dir das gern ersparen.«

»Aber ich habe ein Recht darauf, zu wissen, wer mein Seelengefährte ist.« Ich konnte es nicht fassen. Die Fäden wurden fester, untrennbar.

»Ich würde dir nie etwas antun, ich würde dich nie belügen«, sagte er ernst. »Alles, was ich gesagt habe, ist wahr.«

»Wer hat dir beigebracht, die Verbindung zu verbergen?« Ich wollte die Fäden berühren, sie waren wunderschön. Normale Menschen sahen sie nicht, und trotzdem gab es auch unter ihnen Seelengefährten, die sich in jedem Leben wiederfanden.

»Rafiq. Ich habe ihn darum gebeten.«

»Um mich vor meinen Gefühlen zu beschützen?« Ich blickte zu ihm hoch.

Er atmete tief ein, so als sei ihm eine Last von den Schultern genommen. Dann nickte er.

»Es hat nicht funktioniert«, flüsterte ich leise, stellte mich auf die Zehenspitzen und strich mit meinen Lippen über seine. Ich musste ihn einfach küssen. Es schien mir eine Notwendigkeit zu sein. Zuerst spürte ich nur seine Verwunderung, aber dann schlang er die Arme um mich und presste seinen Mund fest auf meinen. Er küsste mich wie ein Verdurstender. Er hielt sich nicht mehr zurück und ich schmeckte seine Verzweiflung und seine Erleichterung gleichermaßen. Alles um mich herum verblasste. Das Rauschen des Meeres, das Krächzen der Vögel und die Angst vor der Zukunft. Ich nahm nur noch ihn wahr. Seine Hände gruben sich in mein Haar, während ich meine unter sein T-Shirt schob. Haut traf auf Haut, und ich seufzte, als ich über seine Bauchmuskeln strich. Ich klammerte mich an ihm fest, während seine Zunge meinen Mund erforschte. Es fühlte sich so vertraut an, als hätten wir das bereits Tausende Male getan. Und das hatten wir vermutlich auch. Tausende Male in tausend Leben. Meine Knie wurden bei der Erkenntnis ganz weich, und ich musste dringend atmen, obwohl ich den Kuss um nichts in der Welt unterbrechen wollte. Ich legte den Kopf in den Nacken und er küsste sich an meinen Hals hinunter. Er zeichnete die Konturen meines Gesichts nach, fuhr über meine Augenbrauen, meinen Nasenrücken und die Wangenknochen. Unter der zärtlichen Berührung prickelte meine Haut. Dann senkte sein Blick sich auf meine Lippen. »Ich wollte, dass du alles weißt. Es hat mich ganz krank gemacht. All diese Geheimnisse.« Er beugte sich tiefer herab und unsere Münder berührten sich ein zweites Mal. Cedric gab ein summendes Geräusch von sich, das ich bis in die Fußspitzen spürte. Seine Hände umrahmten mein Gesicht und ich packte ihn an den Schultern. Als unsere Zungenspitzen sich berührten, wurde mir schwindelig, aber er hielt mich fest. Noch nie hatte ich gefühlt, was ich jetzt fühlte. Als würden der Himmel und die Hölle gleichzeitig auf mich niederstürzen, und ich wünschte mir, dass dieser Kuss nie endete.

»Arwyn macht sich Sorgen um euch«, unterbrach Fawkes Stimme uns, als Cedrics Finger unter mein T-Shirt schlüpften. »Sie hat darauf bestanden, dass ich euch suche, aber wie ich sehe, war das überflüssig. Offenbar seid ihr euch nicht gegenseitig an die Kehle gegangen.« Er kicherte. »Jedenfalls nicht so, wie sie befürchtet hat.«

Ich war viel zu benebelt, um den Kuss zu beenden. Cedric hatte deutlich mehr Selbstbeherrschung, denn er löste sich von mir, drückte aber mein Gesicht an seine Brust, als wollte er mich auf keinen Fall loslassen. Das war fast noch besser als Küssen. Ich vergrub meine Nase an seinen festen Muskeln. Er roch nach Sand, Seife, Salzwasser und Fisch. Das würde mein zukünftiger Lieblingsduft sein.

»Natürlich war das überflüssig«, raunte Cedric empört in mein Ohr. »Was dachte sie denn, was ich mit dir anstelle?«

Ich lächelte an seiner Brust. »Mich küssen?«

»Du hast angefangen«, brummte er.

»Dann kann ich ja wieder gehen, ignorieren lassen kann ich mich auch von Claire. Entschuldige bitte die Störung, Sasha.«

»Ist schon gut.« Ich hob eine Hand, um ihm zuzuwinken, wobei ich mein Gesicht nicht von Cedrics Brust nahm.

Er küsste mich auf die Schläfe. »Er hat die ganze Stimmung ruiniert«, sagte er verärgert. »Aber wir sollten tatsächlich langsam zurückgehen.«

»Was werden wir jetzt tun?«

»Ich weiß es nicht. Hast du beschlossen, mir zu glauben?«

»Du bist mein Seelengefährte. Natürlich glaube ich dir. Hättest du mir das früher gesagt, wären uns die letzten Tage erspart geblieben.«

»Du darfst dir auf keinen Fall etwas anmerken lassen«, sagte Cedric ernst. »Wir sind Selina dicht auf den Fersen.«

»Können wir ihr nicht eine Falle stellen? Wenn Lazarus mich will und ich irgendwo hingehe, wo er mich aufspüren kann, und wir diesen Ort nur Selina verraten ...«

»Das ist hier kein Film oder Buch«, unterbrach Cedric mich. »Es geht hier um deine Seele. Du darfst sie nicht leichtfertig aufs Spiel setzen. Wir sind hier, um dich zu beschützen, nicht, um dich zu opfern.«

Jetzt, wo ich den Grund für seinen Drang, mich zu beschützen kannte, wusste ich auch, dass es keinen Zweck hatte, mit ihm zu diskutieren. Er würde mich nie in Gefahr bringen. Ich fragte mich, wann er herausgefunden hatte, dass er mein Seelengefährte war. Wir sammelten unsere Picknickreste ein, und Cedric half mir, die Böschung hochzuklettern. Hand in Hand gingen wir in die Stadt zurück. Zum Abschied tupfte er mir einen Kuss auf die Stirn, die Nasenspitze und den Mund. »Geh besser rein«, flüsterte er in mein Haar. »Da ist jemand hinter dem Vorhang.«

»Bestimmt eine von Grannys neugierigen Freundinnen. Ihnen kann ich doch sicher trauen?« Ich wusste nicht, was ich tun sollte, wenn nicht.

»Das kannst du.«

Erleichtert gab ich ihm einen letzten Kuss.

»Pass auf dich auf«, sagte er. »Versprich mir das.«

»Mach dir um mich keine Sorgen.«

»Die mache ich mir immer, und ich werde erst damit aufhören, wenn ich Lazarus und Selina das Handwerk gelegt habe.«

7. Kapitel

Alderney, 11. September 2019, Gegenwart/
Frankreich, 25. März 1620,
Vergangenheit

Arwyn kam in den Laden geschlendert, als ich gerade eine Buchbestellung vorbereitete. Den ganzen Morgen hatte ich mich zwingen müssen, nicht zum Fort zu laufen und nach Cedric zu sehen, mit ihm zu reden und ihn zu berühren. Ich sehnte mich nach ihm und wusste nicht, wie ich es je eine Sekunde ohne ihn ausgehalten hatte. Jetzt, wo er unsere Seelenverbindung nicht mehr unterdrückte, entwickelte sie eine Kraft, die mich fast erschreckte. Wenn ich ihn verlor, würde ich auch sterben. So einfach war das. Deswegen war es keine Option mehr, ihn einfach gehen zu lassen. Ich würde ihm helfen, aber dazu brauchte ich mehr Informationen. Wenn Lazarus es schon seit Jahrhunderten auf meine Seele abgesehen hatte, musste darüber etwas in meinem Seelenbuch stehen. Wenn ich in meiner Vergangenheit etwas fand, dass Cedrics Geschichte unterstützte, könnte ich Selina anklagen. Aber ich hatte definitiv keine Zeit, bis *Mabon* zu warten. Ich wusste zwar jetzt, was mich mit Cedric verband, und ich wusste auch, dass wir uns in jedem Leben begegnet waren, aber nun brauchte ich mein Seelenbuch noch dringender als zuvor.

»Na, du Schlafmütze«, zog ich Arwyn auf. »Auch schon wach.«

Sie winkte ab und Schmerz zuckte über ihr Gesicht. Dann lehnte sie sich an den Tresen. »Ich habe schon einen langen Strandspaziergang gemacht«, sagte sie und zeichnete mit dem Finger ein unsichtbares Unendlichkeitszeichen auf den Tresen. »Mit Fawkes.«

»Oh.« Mehr brachte ich nicht heraus. »Er möchte gehen«, setzte sie leise hinzu. »Er hat behauptet, es wäre nicht gut, wenn er in jedem Leben bei mir ist.«

»Damit hat er vermutlich auch recht.« Sie hatte sicher auf eine andere Antwort von mir gehofft. »Er lenkt dich nur ab.«

Heute hatte sie das Haar zu einem langen, schlichten Zopf geflochten und sie sah noch blasser aus als sonst. »Woran hast du es bemerkt?«

»Dass du Fawkes liebst? Ehrlich gesagt kann ich mir nicht vorstellen, dass das jemandem entgeht.« Ich lächelte sie an. »Seit wann ist das so?«

Sie zuckte mit den Schultern. »Schon immer? Seit wir uns das erste Mal begegnet sind?« Ihre Lippen bebten. »Wir haben wirklich versucht, es nicht zuzulassen. Aber es ist schwer und es wird von Leben zu Leben schwieriger.«

»Deswegen ist seine Entscheidung auch vernünftig«, sagte ich, obwohl es mir wie eine Lüge vorkam. Wie konnte es richtig sein, sie zu zwingen, Noah zu lieben? »Du weißt es und er weiß es. Einer von euch beiden musste diese Entscheidung treffen.«

Eine Träne fiel auf den Tresen. »Was, wenn ich ihn nie wiedersehe?« Die Verzweiflung in ihrer Stimme war so groß, dass es mir das Herz abschnürte. »Er ist so entschlossen und wir müssen an Cedric denken. Das ist jetzt das Wichtigste.«

Ich reichte ihr ein Taschentuch und sie putzte sich die Nase. Dann spielte sie mit meinem Leseglas, das auf dem Tresen stand.

»Was steht auf den Zetteln?«, fragte sie, als ihre Tränen versiegt waren.

»Bücher, die Granny und ich gern zusammen lesen möchten«, erklärte ich. »Immer, wenn wir von einem interessanten Buch hören oder lesen und nicht gleich dazu kommen, es zu kaufen, werfen wir einen Zettel mit dem Titel dort hinein.«

»Das klingt schön«, sagt sie.

Meggie kam in den Laden und musterte Arwyn neugierig. »Hallo, war Peter schon hier?«, wandte sie sich an mich, nachdem sie freundlich genickt und ich die beiden einander vorgestellt hatte.

»Noch nicht. Wartest du auf Post?«

Sie lächelte verlegen und stellte sich zu uns an den Tresen. Ihr grünes Haar hatte sie heute zu zwei Zöpfen geflochten und Arwyn betrachtete neugierig ihre Tattoos. »Eigentlich nicht. Aber er hat gestern einen Brief von Victoria bekommen und nun mache ich mir Sorgen um ihn.«

Zu Recht. »Weshalb gehst du nicht mal bei ihm vorbei und siehst nach ihm?«

Sie schüttelte den Kopf. »Ich will ihn nicht stören. Wenn er Redebedarf hat, weiß er ja, wo er mich findet.«

»Aber ihr seid befreundet. Nimm ihm was von deinem Kuchen mit. Vielleicht ist es ihm peinlich, herzukommen.«

»Meinst du? So gut befreundet sind wir nun auch nicht.«

»Das ist eine gute Idee«, sagte Arwyn leise. »Freunde sollte man nicht alleinlassen, wenn sie Hilfe brauchen.«

Meggie verzog das Gesicht. »Ich kann es ja mal versuchen. Er ist immer noch ganz schön in diese Victoria verliebt. Wenn sie je wieder einen Fuß auf die Insel setzt, drehe ich ihr eigenhändig den Hals um«, drohte sie und stapfte in die Küche.

Arwyn und ich grinsten uns an. »Scheint so, als bräuchte nicht nur ich Hilfe mit meinem Liebesleben.«

»Das kann man wohl sagen.«

Es bimmelte an der Ladentür und Greta und Penny kamen herein. Ihr Blick wanderte zu Arwyn, die die Frauen freundlich anlächelte. Die beiden hatten Cedric bei ihrer ersten Begegnung genauso geprüft, aber im Gegensatz zu Arwyn, die den beiden ihre Seele ohne jede Scheu präsentierte, hatte Cedric sie einfach abgeblockt.

»Guten Morgen, ihr beiden«, sagte Penny freundlich. »Wie geht es euch?«

»Hat dir der Film am Samstag gefallen?«, wandte Greta sich direkt an Arwyn.

»Ich kannte ihn schon«, verriet sie. »Aber ich sehe ihn immer wieder gern.«

Vermutlich war sie bei der Uraufführung dabei gewesen.

»So gute Filme kann man gar nicht oft genug sehen«, kam es von Greta. »Und *Casablanca* ist nicht umsonst ein Klassiker. Aus diesem Film kann man sehr viel lernen.«

Jetzt war ich ja mal gespannt. »Und das wäre?«

»Dass man auch mal etwas opfern muss, wenn man jemanden liebt«, antwortete sie prompt. Greta lächelte mich unschuldig an.

»Auch die Liebe selbst? Das macht gar keinen Sinn.«

Sie zuckte mit den Schultern und ich spürte Arwyns Blick auf ihr ruhen. »Das ist der größte Liebesbeweis, oder?«

»Für mich nicht«, gab ich zurück. »Für mich ist das eher dumm. Um die Liebe muss man schon kämpfen.«

»Manchmal geht es aber darum, etwas Größeres zu schützen als sein persönliches Glück«, antwortete Arwyn.

Greta strich ihr über den Arm. »Du hast jetzt schon verstanden, wofür Sasha noch ein paar Seelenleben braucht.«

Am liebsten hätte ich eine Grimasse gezogen, aber dafür war ich zu alt. Es war verwunderlich, wie freundlich die beiden zu Arwyn waren. Auf Cedric hatten sie deutlich verhaltener reagiert. Allerdings gab es wohl kaum jemanden, der Arwyn nicht sofort in sein Herz geschlossen hätte. Na gut, einen gab es und das war dieser sture Noah de Gray.

»Ist deine Großmutter im Wintergarten?«, fragte Penny glücklicherweise, bevor Greta noch weitere Einsichten verkünden konnte.

»Polly und Molly sind auch schon da und wir warten nur noch auf Selina.« Der Name kam mir nach Cedrics Enthüllungen nur sehr schwer über die Lippen, aber ich hatte beschlossen, mich ihr gegenüber ganz normal zu verhalten. Ich hoffte, es gelang mir auch. Diese Angelegenheit war so gefährlich, dass ich mir keinen Fehler leisten konnte.

»Diese Frau kommt immer und überall zu spät«, sagte Penny missbilligend. »Wir gehen schon mal nach hinten. Wartest du noch auf sie?«

»Natürlich.«

»Was machen sie da?«, fragte Arwyn neugierig, als sie gegangen waren.

»Offiziell basteln sie Scrapbooks.« Ich wandte mich um und zog eins der bereits fertig gestalteten Alben hervor. »Meistens arbeiten sie allerdings an ihren eigenen Seelenbüchern.«

Arwyns Augen begannen zu glänzen, als sie das Album durchblätterte. Sie strich über die einzelnen Seiten, die nur darauf warteten, mit den persönlichen Erinnerungen eines Menschen geschmückt zu werden.

»Möchtest du es haben?«, fragte ich. »Du könntest die Erinnerungen an dieses Leben darin festhalten.«

Tapfer schüttelte sie den Kopf. »Lieber nicht. Der Drang, nichts vergessen zu wollen, hat mich schon einmal in Schwierigkeiten gebracht. Ich habe in einem meiner vorigen Leben ein Tagebuch geführt.« Sie überlegte. »Es ist nicht lange her. Ich glaube, 2011. Noah hat es gefunden und gelesen.«

Meine Augenbrauen gingen in die Höhe. »Dazu hatte er kein Recht.«

»Er hat es trotzdem getan und danach hat er mich verlassen. Damit war ein sehr vielversprechendes Leben zu Ende. In dem Leben war er ausnahmsweise in mich verliebt, aber in dem Tagebuch standen Dinge, die er nicht akzeptieren konnte.« Sie seufzte.

»Hast du vielleicht Lust, uns bei den Büchern zu helfen?«, fragte ich spontan. Zum einen würde sie das von ihrem Kummer ablenken und zum anderen konnte ich sie später in meinen Plan einweihen. Noah vermisste sie vermutlich sowieso nicht.

»Wenn ich darf«, sagte sie verhalten. »Ich möchte niemanden stören und vielleicht mögen sie mich nicht.«

»Darüber musst du dir keine Sorgen machen.« Ich ging zur Tür und drehte ausnahmsweise das Geschlossen-Schild nach außen. Drastische Situationen forderten drastische Mittel. Heute würden wir auf unsere Einnahmen eben verzichten müssen und Selina würde trotzdem in den Laden kommen. Ich hatte keine Ahnung, wie ich mich ihr gegenüber verhalten sollte.

Arwyn folgte mir in den Wintergarten. Granny schaute kurz auf und lächelte ihr zu. Ich zog sie zum Tisch und wir setzten uns. Die Tischplatte war übersät mit Papieren, Anhängern, Stoffstückchen und allerlei Dekorationselementen.

»Wollt ihr uns helfen?«, fragte Molly. »Das ist schön.«

»Wenn ich darf?«, fragte Arwyn schüchtern. »Ich würde auch verstehen, wenn …«

»Wir freuen uns, dass du hier bist«, unterbrach Granny sie. »Wirklich. Mach dir keine Sorgen.«

»Du siehst blass aus, Kindchen«, sagte Polly, jetzt zu mir gewandt. »Hast du nicht gut geschlafen?«

»Nicht besonders. Nein«, antwortete ich unbedacht. »Etwas hat mich wach gehalten.« Sollte ich ihnen einfach von Cedrics Anschuldigungen erzählen? Würden sie mir glauben?

»Möchtest du mit uns darüber reden?« Granny widmete sich einer komplizierten Collage aus Muschelresten und Sand. Dafür hatte sie ein breites, doppelseitiges Klebeband auf den Rand einer Buchseite geklebt und streute nun vorsichtig den Sand darauf. Die Muschel hatte sie aus den einzelnen Stücken wieder zusammengesetzt. Ich hatte das Päckchen mit diesen Erinnerungsstücken selbst geöffnet. Die Frau, die es uns geschickt hatte, wollte das Buch ihrem Mann zum Hochzeitstag schenken. An dem Strand, zu dem der Sand gehörte, hatte er ihr einen Antrag gemacht.

Ich zögerte. Vermutlich nicht. »Ich mache mir Sorgen um Cedric«, sagte ich wahrheitsgemäß. »Arwyn kommt mit Noah nicht weiter.« Ich schielte zu ihr. »Gibt es nicht irgendeine andere Möglichkeit für ihn, sein Unrecht wiedergutzumachen?«

Polly schüttelte betrübt den Kopf. Greta und Granny wechselten einen für mich nicht zu deutenden Blick.

»Der Junge hat dir einen Fisch geangelt, habe ich gehört«, sagte Greta, vermutlich, um mich abzulenken.

»Das hat er.« Bei ihr klang es so anzüglich, als hätte er mich mitten auf dem Marktplatz vernascht. Musste Granny eigentlich alles weitererzählen? Nur weil der Codex verbot, dass die Magierinnen Geheimnisse voreinander hatten, bedeutete das noch lange nicht, dass sie keine Privatsphäre besaßen.

»Wir haben nur gemeinsam überlegt, wie wir es vor Selina geheim halten«, kam es prompt von ihr.

»Danke schön.«

»Wann trefft ihr euch wieder?«, fragte Penny geradeheraus.

»Ich weiß nicht.«

»Kind«, setzte Greta an, aber als ich aufsah, bemerkte ich aus dem Augenwinkel, wie Granny den Kopf schüttelte und Greta verstummte. Plötzlich kroch ein ungutes Gefühl in mir hoch. Die fünf hatten mich praktisch großgezogen, und ich wollte ihnen unbedingt vertrauen, aber sie verschwiegen mir auch etwas. Oder waren sie nur vorsichtig wegen Selina?

Arwyn reichte mir ein Messer und ich schlitzte das Klebeband rund um das Päckchen auf, das in den letzten Tagen angekommen war. Ich würde schon herausfinden, warum sie sich so merkwürdig verhielten.

»Hilfst du mir, es zu katalogisieren?«, fragte ich sie. »Wir müssen alles, was in dem Paket ist, in eine Liste eintragen. Damit nichts verloren geht oder in einem anderen Buch landet.«

»Das könnte alles durcheinanderbringen«, erklärte Granny. »Erinnerungen gehören immer nur einem einzigen Menschen, und zwar dem, der sie erlebt hat.«

Ich verdrehte die Augen. »Sie ist damit sehr eigen.«

»Wenn deine Seele erst mal so alt ist wie meine, wirst du den Wert deiner Erinnerungen auch zu schätzen wissen. Wir heben nur auf, was uns etwas bedeutet, und wenn die Menschen uns ihre Erinnerungen anvertrauen, sollten wir sorgsam damit umgehen.«

»Wir passen gut darauf auf«, versprach Arwyn und erntete von

Granny ein Lächeln. Dann begannen wir die Sachen auszupacken und zu notieren. Die katalogisierten Dinge kamen in ein Körbchen mit passendem Namensschild. Am Schluss wurde eine Liste mit den Gegenständen hineingelegt und eine Kopie kam in einen separaten Ordner.

»Wann siehst du Cedric denn nun wieder?«, fragte Arwyn leise, nachdem sie sich versichert hatte, dass uns niemand belauschte.

»Ich weiß es wirklich nicht. Darüber haben wir nicht geredet.«

»Er hat Angst um dich.« Sie griff nach einem beschriebenen Bieruntersetzer. »Komisches Andenken«, murmelte sie.

Ich wollte Arwyn so viel fragen, aber Molly schielte neugierig zu uns herüber.

»Cedric war all die Jahrhunderte sehr einsam.« Eindringlich blickte sie mir in die Augen, und darin sah ich nicht nur ein junges Mädchen, sondern eine Seele voller Erfahrungen. Niemand hatte mir gesagt, dass verfluchte Seelen so viel Liebe ausstrahlen konnten. »Manche unserer Leben waren aufregend, lustig und amüsant, aber in manchen schlug das Schicksal erbarmungslos zu.« Sie legte ein verblichenes gehäkeltes Band in den Korb. »Ich muss jetzt leider gehen. Noah hat versprochen, einen Spaziergang mit mir zu machen.« Sie seufzte.

»Du kannst gern wiederkommen«, bot Granny ihr an. »Es ist schön, wenn Sasha Gesellschaft hat. Sie ist manchmal etwas trübsinnig.«

»Ich bin nicht trübsinnig«, verteidigte ich mich.

»Jetzt bestimmt nicht mehr«, brummelte Greta leise. »Wo der Junge ihr doch einen Fisch geangelt hat.«

Die anderen Frauen nickten zur Bestätigung und Arwyn kicherte.

»Ihr seid wirklich unmöglich«, verkündete ich.

»Lass dich nicht unterkriegen«, sagte Penny zu Arwyn und Molly umarmte sie zum Abschied.

Wir gingen nach vorn in den Laden und sie nahm ihre Jacke. »Ich finde sie alle ganz reizend. Du kannst dich glücklich schätzen, sie zu haben.«

»Vermisst du deine Eltern und deine Geschwister noch manchmal?«

Sie zuckte mit den Schultern. »Heute nicht mehr so sehr. Früher schon. In den ersten Leben fiel mir alles sehr schwer, und ich war froh, Fawkes an meiner Seite zu haben.«

Für ihn war es sicherlich nicht so leicht gewesen, sie dabei zu unterstützen, einen anderen Mann dazu zu bringen, sie zu lieben. Ich wollte es mir gar nicht ausmalen, wie sich das anfühlte. »Ich begleite dich noch ein Stück«, bot ich an. »Ich habe mir etwas überlegt und dafür brauche ich deine Hilfe.« Die Idee war mir in der letzten Nacht gekommen. Ich hatte sie verworfen, weil ich damit so ungefähr jede Regel des Zirkels brach, aber in dieser Sekunde beschloss ich, dass es mir egal war.

»Etwas sagt mir, dass Cedric das nicht gutheißen würde.«

»Das interessiert mich ehrlich gesagt nicht. Er muss ja nichts davon erfahren.« Ich öffnete die Tür und stand Selina gegenüber.

»Sasha«, begrüßte sie mich und ihr Blick glitt hinüber zu Arwyn. »Arwyn.« Sie sprach den Namen so beiläufig aus, als liefe sie dem Mädchen, das sie verflucht hatte, täglich über den Weg.

»Selina.« Arwyn wich ihrem Blick aus.

»Hatte ich dir nicht gesagt, du sollst dich von den Verfluchten fernhalten?«, setzte Selina mit eisiger Stimme hinzu. »Jetzt, wo du Mitglied unseres Zirkels werden willst, musst du dich auch an die Regeln halten.«

»Diese Regel steht nirgendwo«, gab ich zurück, »und Arwyn ist meine Freundin.«

»Es ist schon gut, Sasha«, unterbrach mich Arwyn beschwichtigend. »Ich gehe jetzt besser.«

»Ich habe gesagt, dass ich dich begleite, und das werde ich auch tun.« Damit schob ich mich an Selina vorbei.

»Du solltest sie nicht provozieren«, sagte Arwyn, als wir ein ganzes Stück vom Laden entfernt waren. »Sie ist gefährlicher, als du glaubst.«

»An den Gedanken muss ich mich erst gewöhnen. Bisher fand ich sie nur selbstverliebt und besserwisserisch.«

»Sie hat uns alle ohne zu zögern geopfert. Als wäre Stellas Seele mehr wert als unsere. Ich habe mich oft gefragt, wie ihre Schwester das gefunden hätte.«

»Ich werde mein Seelenbuch stehlen«, platzte ich heraus. »Ich kann nicht bis *Mabon* warten.« Diesen Plan bei Tageslicht auszusprechen, ließ ihn noch viel unrealistischer erscheinen.

Arwyn blieb stehen. »Du willst *was*?«

Ich zog sie weiter. Je mehr Abstand wir zwischen uns und den Laden brachten, umso besser.

»Warum?«

»Weil ich mich an meine Leben erinnern muss. Wenn Lazarus meine Seele schon so lange rauben will, finde ich vielleicht irgendwo einen Beweis für seine und Selinas Verbindung.«

»Ich weiß nicht, ich halte die Idee für nicht sehr klug«, entgegnete Arwyn. »Es klingt gefährlich. Hütet ihr die Seelenbücher nicht wie Schätze? Und wofür brauchst du mich?«

»Ich kann nicht auf herkömmliche Weise in die Auvergne reisen. Das würde zu lange dauern und außerhalb der Insel ist es für mich zu gefährlich. Aber wenn du mich begleiten würdest?

In einer anderen Zeit, dann könnte es funktionieren. Ich hole das Buch aus seinem Versteck und wir kehren sofort hierher zurück.«

»Es gibt in diesem Plan ein paar Lücken«, sagte Arwyn zögernd, aber wenigstens nicht vollkommen ablehnend.

»Das weiß ich selbst, aber Granny möchte ich nicht bitten, mitzukommen, dann müsste ich ihr alles erzählen, und das will ich nicht, bevor ich nicht mehr herausgefunden habe. Du musst mir helfen.«

»Ich kann nicht mit dir in die Abtei gehen, weil ich dort nie gelebt habe«, sagte sie bedauernd. »Wir waren in Frankreich, ja, aber ein Leben als Nonne hätte gar keinen Sinn gemacht.«

Mist. Daran hatte ich nicht gedacht. Im Gegensatz zu uns Seelenmagierinnen konnten Verfluchte nur in eine Zeit zurückspringen, in der sie tatsächlich gelebt hatten. »Gibt es nicht noch jemanden, der uns dort hinbringen könnte? Fawkes vielleicht? Er würde es tun.«

»Aber ihr habt ihn fortgeschickt«, erinnerte ich sie. »Oder weißt du, wo er ist?«

Sie zuckte mit den Schultern. »Ich könnte ihn erreichen. Wir können miteinander in Kontakt treten, auch wenn wir getrennt sind.«

»Ihr könnt euch miteinander verständigen? Über die Zeit hinweg?«

Arwyn verschränkte die Arme und starrte trotzig auf den Boden.

»Wie lange schon?«, fragte ich nach. Das konnte nicht wahr sein!

»Schon eine ganze Weile. Es hat irgendwann angefangen und ich habe es erst gar nicht bemerkt. Ich konnte ihn um Hilfe rufen, wenn ich in Gefahr war, und er war bei mir, wenn ich starb oder verletzt wurde.«

»Weißt du, was es bedeutet, wenn zwei Seelen so miteinander kommunizieren können?«, fragte ich vorsichtig und schockiert zugleich. Das wurde ja immer komplizierter.

Sie nickte. »Natürlich weiß ich das. Aber das darf nicht sein. Wir müssen es unterdrücken.«

Ich lachte tonlos. Wir hatten den Ortskern mittlerweile verlassen und liefen in Richtung Leuchtturm. Rechts und links von uns dehnte sich das Heidekraut aus.

»Seelenverwandtschaft ist nichts, was man einfach unterdrücken kann. Man kann es verbergen, aber gegen die Gefühle kommt man nicht an«, erklärte ich ihr. »Wer weiß noch davon?« Wusste sie, dass Cedric und ich Seelengefährten waren? Bei dem Gedanken daran wurde mir ganz warm. Ich vermisste ihn. Ich wollte, dass er bei mir war. Jede einzelne Sekunde.

»Niemand«, erwiderte sie untypisch störrisch. »Wir haben es niemandem gesagt. Weil ...« Tränen traten ihr in die Augen.

Rafiq musste es wissen. Dem Wanderer konnte es nicht verborgen geblieben sein. »Ist schon gut«, sagte ich leise und strich ihr tröstend über den Arm. »Du kannst nichts dafür. Seinen Seelengefährten kann man sich nicht aussuchen.« Und wer kam schon auf den Gedanken, eine Verfluchte könnte einen Wanderer als Seelengefährten haben? Da hatte das Schicksal sich einen ganz schönen Scherz erlaubt. Damit war die Möglichkeit, Arwyn und Noah könnten sich je wieder ineinander verlieben, von vornherein zum Scheitern verurteilt gewesen. War ihr eigentlich klar, was sie Fawkes antat, wenn sie es doch Leben für Leben wieder versuchte und ihn dabei zusehen ließ? In ihrem letzten Leben hatte sie sogar mit Noah geschlafen. Fawkes musste gelitten haben wie ein Hund.

»Hast du in irgendeinem deiner Leben den Fluch ignoriert, um mit Fawkes zusammen zu sein?«

Arwyn schüttelte den Kopf. »Das wäre sehr selbstsüchtig gewesen, oder?«

Es wäre nur natürlich gewesen. Es gab kaum etwas Schlimmeres, als sich freiwillig von seiner Seelengefährtin fernzuhalten, und trotzdem hatten sie es getan.

»Hat Fawkes nie versucht, dich umzustimmen?« Das konnte ich mir fast nicht vorstellen. So eine Selbstbeherrschung hatte kein Mensch. Aber er war ja auch kein normaler Mensch. Von welcher Spezies stammten eigentlich seine Wanderergene?

»Das hat er nicht«, sagte Arwyn leise. »Er hat immer akzeptiert, dass diese Schuld ein Teil von mir war. Wie hätte ich je mit ihm glücklich sein können, während Cedric keine Chance auf Erlösung hat?« Sie wischte sich die Tränen von den Wangen und schweigend gingen wir weiter.

»Was genau müsste eigentlich passieren, damit der Fluch bricht?«, fragte ich nach einer Weile. Ich war noch nicht bereit, aufzugeben. »Was muss Noah tun? Dich küssen, dir sagen, dass er dich liebt, dich heiraten oder mit dir schlafen?«

Arwyn wurde bei meinen letzten Worten rot bis unter die Haarwurzeln.

»Ihr hättet ein Kind zusammen bekommen«, sagte ich. »Jetzt tu nicht so unschuldig.«

Sie lächelte und schniefte ein letztes Mal. »Ich glaube«, setzte sie an, »er muss mir sagen, dass er mich liebt. Im Grunde wissen wir es nicht genau. Geküsst haben wir uns öfter und er hat mir vier Mal einen Heiratsantrag gemacht. Geheiratet haben wir jedoch nie. Immer kam etwas dazwischen. In einem Leben habe ich mit ihm geschlafen, aber er hat mich nur benutzt und danach verlassen. Aber er hat mir nie gesagt, er würde mich lieben. Nicht einmal in unserem ersten gemeinsamen Leben.«

Jetzt tat Fawkes mir noch mehr leid. Ich wollte mir gar nicht ausmalen, wie sehr er gelitten haben musste. »Nie?« Die Sache wurde immer rätselhafter. Im Grunde stocherten wir im Nebel, wenn sie nicht einmal wussten, was wirklich passieren musste, damit sie erlöst wurden. War das immer so, wenn jemand verflucht wurde, oder hatte Selina die Aufgabe extra so gestellt, weil sie wusste, dass sie unerfüllbar war?

Ich versuchte, ganz ruhig zu bleiben. »Okay«, sagte ich. »Kannst du Rafiq fragen, ob er mich in die Abtei La Chaise-Dieu bringen kann? Am besten so schnell wie möglich und er soll auf keinen Fall Cedric einweihen. Bekommst du das hin?«

Arwyn nickte. »Ich denke schon. Aber bist du sicher, dass du das riskieren willst?«

»Ganz sicher«, gab ich mit fester Stimme zurück. Ich würde alles riskieren, was nötig war. Selina dachte vielleicht, sie hätte gewonnen, aber das Spiel hatte gerade erst begonnen. Cedric würde nicht sterben und Lazarus würde meine Seele nicht kriegen und Arwyn und Fawkes würden ihr Glück bekommen.

»Werden in der Abtei die Seelenbücher aufbewahrt?«

»Ja, seit dem 12. Jahrhundert gibt es dort einen kleinen weiblichen Konvent. Die erste Äbtissin war ebenfalls eine Seelenmagierin. Sie gründete die Klosterbibliothek, und wo lassen sich Bücher besser verstecken als in einem Raum voller uralter Werke? Nach dem Tod einer Magierin wird ihr Seelenbuch dorthin zurückgebracht, bis sie wiedergeboren und initiiert wird. Meins muss also dort sein und ich werde es finden.« Bevor der Zirkel gegründet worden war, war es angeblich öfter passiert, dass ein Seelenbuch verloren ging und in einem neuen Leben nicht wiederauftauchte. Das musste schlimm für die betreffende Magierin gewesen sein, aber auch für dieses Problem hatte Selina Abhilfe geschaffen. Bei allem, was ich jetzt wusste, fragte ich mich allerdings, ob das der wirkliche Grund gewesen war, diese Zuflucht für die Bücher zu schaffen.

Arwyn biss sich auf die Lippen, als wollte sie mir noch etwas sagen, aber ich ließ mir das nicht mehr ausreden. Ich begleitete sie noch ein Stück, bevor ich mich von ihr verabschiedete.

Auf dem Rückweg ging ich den Dünenweg entlang. Der Wind zerzauste mir das Haar und ich atmete tief die salzige Luft ein. Das Meer donnerte an den Strand und Gischt spritzte in den Himmel. Die weißen Sandstrände lagen verlassen im Sonnenlicht. Was ich vorhatte, war richtig, und davon würde mich niemand abbringen, auch wenn ich Gefahr lief, die Insel niemals wiederzusehen. Ich hoffte nur inständig, Rafiq würde mir helfen.

Peter brachte mir am Abend einen Zettel von Arwyn vorbei. *Rafiq erwartet dich um Mitternacht vor dem Haus*, stand darauf. Erleichterung machte sich in mir breit. Bis eben hatte ich noch daran gezweifelt, ob Rafiq mir ohne Cedrics Einwilligung helfen würde.

»Ist das ein Liebesbrief von Cedric?«, fragte Meggie neugierig.

Hastig zerknüllte ich das Stück Papier und schob es in meine Hosentasche.

»Er ist von Rafiq«, verkündete Peter kauend. Natürlich hatte er Meggie ein Stück Kuchen abgeschwatzt.

»Weshalb tauschst du mit ihm geheime Botschaften aus?«, fragte Meggie misstrauisch. »Du heckst doch etwas aus?« Manchmal war sie Granny auf unheimliche Weise ähnlich.

»Ich hecke gar nichts aus«, erklärte ich mit fester Stimme. Heute Nacht würde ich mein Schicksal tatsächlich selbst in die

Hand nehmen. Anders zwar, als ich gedacht hatte, aber immerhin. Ich hatte mich die letzten acht Jahre gemütlich auf der Insel eingerichtet und Granny die Verantwortung für mein Leben überlassen. Damit war nun endgültig Schluss. Es fühlte sich gut und gleichzeitig beängstigend an.

»Könnt ihr den Laden abschließen?«, bat ich Meggie. »Ich habe noch etwas zu erledigen.«

Sie nickte und wechselte mit Peter einen wissenden Blick. Sollten die beiden doch denken, was sie wollten.

Ich ging hoch in mein Zimmer und durchforstete meinen Kleiderschrank. Allerdings waren meine Sachen für einen Ausflug in ein Kloster eindeutig zu auffällig. Dann musste ich wohl in Grannys Fundus stöbern.

Vorsichtig schlich ich zurück in den Flur. Peter und Meggie unterhielten sich noch unten und Granny war zu Penny gegangen. Leise hakte ich mit einem Stab die Luke zur Dachkammer auf. Ich knipste die lose Glühbirne an und kletterte die schmalen Stufen hinauf. Auf dem Bretterboden standen jede Menge Kisten und alte Koffer. Durch die Dachluken fiel spärliches Licht. Im Laufe der Jahre hatte Granny einen riesigen Vorrat an Kleidern angesammelt. Bevor sie in der Zeit wanderte, kam Granny hier hoch und suchte sich etwas Passendes aus.

Ich kniete mich vor die erste Kiste und begann den Inhalt zu untersuchen. Da waren bunte Hippiekleider, die Granny als junges Mädchen getragen hatte, gestreifte Schlaghosen und Lederwesten, die unmöglichsten Krawatten und bunte Westen. Ich entdeckte einen hellgrauen Pelzmantel und einen Petticoat. In einer anderen Kiste lagen Zylinder, Gehröcke, lange Strümpfe und ein Paar Stiefel. Die Hemden aus weißem Musselin und feinem Leinen waren langärmlig, und als ich mir eins davon vor den Körper hielt, reichte es mir fast bis zum Knie. Es würde ein tolles Strandkleid abgeben. Ein wunderschönes lilafarbenes Ballkleid war in Seidenpapier eingeschlagen, und ich wünschte, ich hätte es bei meinem Ausflug ins 19. Jahrhundert getragen. In einer anderen Kiste entdeckte ich ein Brokatkleid aus dem 16. Jahrhundert, wieder passende Männersachen und sogar einen dieser weißen Kragen, die die Männer damals getragen hatten. Ich stopfte mein Haar unter ein feines Netz, das mit kleinen Perlen besetzt war, und kicherte, als ich mich im Spiegel betrachtete. Aber so toll diese Sachen auch waren, ich hatte bisher noch nichts Passendes für einen Ausflug ins Kloster gefunden. Ich wandte mich gerade der nächsten Kiste zu, als die Treppenstufen knarrten.

Kurz darauf tauchte Meggies grüner Haarschopf auf und dann stand sie auch schon neben mir. »Suchst du etwas Bestimmtes? Vielleicht kann ich dir helfen.« Sie fischte einen Seidenstrumpf aus einem der Kartons. »Hübsch, oder?«

»Sehr hübsch. Die könntest du bei deinem Date mit Peter anziehen. Ich suche etwas deutlich Unauffälligeres.«

»Was schwebt dir so vor?« Sie warf sich eine pinke Federboa um den Hals und kicherte. Dann nieste sie, weil die Federn ihre Nase kitzelten.

»Ich brauche etwas ganz Schlichtes«, erklärte ich. »Am besten eine Nonnentracht.«

Meggie verschränkte die Arme vor der Brust. »Eine Nonnentracht. Wieso möchtest du ausgerechnet jetzt in ein Kloster gehen? Ich dachte, du und Cedric …« Sie grinste anzüglich.

»Ich will nicht in irgendein Kloster gehen, sondern …«, ich öffnete eine weitere Kiste und stöberte darin herum, »… sondern in die Abtei, in der unsere Seelenbücher aufbewahrt werden.«

Sie plumpste neben mir mitten in den Wust aus Kleidern, Schals und Umhängen und beugte sich neugierig selbst über eine Kiste. »Und was willst du da?«, fragte sie misstrauisch. »Es ist verboten. Steht sogar im Codex. In die Abtei darf nur Selina oder die jeweilige Vorsitzende des Zirkels. Sie bringen und holen die Seelenbücher, wenn es an der Zeit ist.«

Sofort bereute ich, sie ins Vertrauen gezogen zu haben, obwohl ich sicher war, dass sie mich nicht verraten würde. »Das weiß ich alles und trotzdem muss ich in diesem Fall gegen den Codex verstoßen. Ich muss mein Seelenbuch aus der Abtei holen.«

Meggie hob so schnell den Kopf, dass sie sich an dem Deckel der Kiste stieß. Mit schmerzhaft verzogenem Gesicht rieb sie sich den Hinterkopf. »Bist du jetzt vollkommen durchgedreht? Warum? Bis *Mabon* sind es nur noch ein paar Tage, dann bekommst du es sowieso.«

»Das dauert mir zu lange. Bis dahin könnte dieses Leben für Cedric vorbei sein.«

»Daher weht also der Wind. Wegen ihm verstößt du gegen den Codex des Zirkels. Das ist äußerst unklug.«

Ich konnte ihr unmöglich von Cedrics Anschuldigungen erzählen. »Ja, aber ich muss Cedric und Arwyn helfen, und dafür muss ich wissen, in welchen Leben wir uns schon einmal begegnet sind.« Ich setzte mich auf eine der Truhen. »Ihre Seelen haben es nicht verdient, für alle Ewigkeit verdammt zu sein.«

»Das sagst du nur, weil du in ihn verknallt bist.«

Ich zuckte mit den Schultern. »Schon möglich. Aber wenn ich mit ihm zusammen bin, dann fühlt es sich richtig an. Weißt du, was ich meine?«

Sie schüttelte erst den Kopf und lächelte dann verstehend. »Ich bin ja nicht blöd. Natürlich weiß ich das. Aber es ändert nichts an der Tatsache, was er ist.«

»Du kannst mir entweder helfen oder gehen. Noch mehr Belehrungen brauche ich nicht. Ich werde Cedric helfen. Er ist mein Seelengefährte«, setzte ich leise hinzu und ihre Augen wurden rund.

Nach einem Moment schluckte sie. »Das ändert einiges, oder?«

Hilflos zuckte ich mit den Achseln. »Ich denke schon.«

Als Antwort klappte Meggie zwei weitere Truhen auf und zog aus der einen eine dicke braune Strumpfhose. »Ich wette, Nonnen tragen so was heute noch«, verkündete sie. »Und in deinem Alter gehst du höchstens als Novizin durch. Also brauchst du einen weißen Schleier und eine weiße Haube.«

»Ich hoffe eigentlich, dass mich niemand sieht«, gestand ich. »Rafiq soll mich hinbringen, ich hole das Buch und dann sind wir auch schon wieder weg.«

»Bei einem geplanten Zeitsprung sollte man immer darauf vorbereitet sein, dass etwas schiefgeht.« Meggie ahmte perfekt Pennys Stimme nach. »Deswegen wandern wir immer der Zeit und Situation angepasst.«

Ich kicherte.

»Du kannst noch keine richtige Nonne sein, aber ich glaube, ich habe hier schon mal eine Novizentracht gesehen.« Sie kroch fast in eine der riesigen Kisten.

»Wenn ich bloß wüsste, in welche Zeit Rafiq mit mir springen soll. Das Seelenbuch muss ja auch in der Bibliothek sein und nicht gerade in meinem Besitz.«

»Dann muss es der 25. März 1620 sein«, sagte Meggie bestimmt.

»Wie bitte?« Ich entnahm der Kiste, in der die Strumpfhose gewesen war, ein Playboyhäschenkostüm. Darin wollte ich mir Granny nun wirklich nicht vorstellen. »Wie kommst du darauf?«

Meggie hob ihren Kopf aus der Kiste. Auf ihrem grünen Haar wippte ein winziger Hut. Sie grinste und fasste dem Playboyhäschen an eins der Ohren. »Weil ich mit Polly an diesem Tag im Kloster war und sie mir dein Seelenbuch gezeigt hat.«

»Es stand da einfach so rum und jeder konnte hineinschauen?«, fragte ich fassungslos.

Meggie schüttelte den Kopf. »Natürlich nicht. So richtig war das sicher nicht erlaubt, was Polly mir da gezeigt hat, und wir sind auch ganz schnell wieder verschwunden. Die Seelenbücher sind überall in der Bibliothek versteckt und Tag und Nacht sitzen mindestens zwei oder drei Nonnen in dem Raum. Sie durften uns nicht entdecken, deshalb sind wir schnell wieder abgehauen.« Sie grinste. »Es war ziemlich cool.«

Ungläubig schüttelte ich den Kopf. Sieh mal einer an. Offenbar hielt nicht nur ich mich nicht an die Regeln des Codex.

»Polly hat gesagt, an *Mabon* müssen wir allein durch die Zeit wandern, und zwar zu einem ganz bestimmten Tag und an einen ganz bestimmten Ort. Es gehört zum Aufnahmeritual. Wenn wir das nicht schaffen, werden wir nicht aufgenommen.«

»Na, dann ist es ja noch klüger, mein Buch jetzt zu holen«, sagte ich trocken. »Denn das schaffe ich garantiert nicht.« Ich kramte in einem großen Weidenkorb und fischte tatsächlich einen weißen Nonnenschleier heraus. Triumphierend hielt ich ihn in die Luft. »Ist es dir schon mal gelungen?«

Sie schüttelte den Kopf. »Leider noch nicht. Aber ich werde immer besser. Ha, wusste ich es doch.« Meggie zog ein schwarzes Kleid hervor und dazu die weiße Haube. »Warum hat deine Granny so etwas?«

»Es gab Zeiten, da war es nicht unüblich, dass Magierinnen sich in Klöstern versteckten, um der Verfolgung zu entgehen«, erklärte ich ihr. »Granny hat früher ab und zu einige Freundinnen aus ihrer Vergangenheit besucht. Vermutlich brauchte sie es dafür.«

Früher war vor Grandpas Tod gewesen. Seitdem reiste sie nur noch, um Meggie etwas beizubringen. Ob sie ihre anderen Leben manchmal vermisste? Ich klappte die Kisten zu. »Lass uns runtergehen, damit ich es anprobieren kann. Hilfst du mir?«

»Ja klar. Für die Liebe.« Sie wackelte mit den Augenbrauen und ich schüttelte den Kopf.

Die Tracht passte mir wie angegossen. Meggie half mir, die Haube aufzusetzen, und versteckte sorgfältig meine Haare darunter. Der weiße Stoff schmiegte sich fest um mein Gesicht und verbarg die Narben. Darüber kam der weiße Schleier. Kurz vor Mitternacht schlichen wir die Treppe hinunter. In Grannys Zimmer brannte kein Licht mehr, und ich hoffte, sie hatte auch beim Abendbrot keinen Verdacht geschöpft. Meggie und ich hatten versucht, uns so normal wie möglich zu verhalten, und nicht wie zwei Komplizinnen vor einem Diebstahl gewirkt. Mit zitternden Fingern schloss ich die Tür des Ladens auf und trat auf die Straße. Rafiq lehnte an der Hauswand und seine Augen glühten in der Dunkelheit. »Du bist ganz schön mutig, kleine Seelenschwester.« Er trug eine dunkle Hose und einen Pulli. So viel zu der Regel, sich der Zeit anzupassen.

»Das kommt dir nur so vor.«

»Jetzt kannst du noch hineingehen und dich schlafen legen.«

Ich schüttelte den Kopf. »Das werde ich auf keinen Fall tun.« Ich drehte mich zu Meggie und umarmte sie.

»Ich warte hier auf dich«, versprach sie. »Und du«, wandte sie sich an Rafiq, »bringst sie sicher wieder zurück.«

Kleine Flämmchen blitzten in seinen Augen auf, als er sich vor ihr verbeugte. »Zu Befehl, Mylady.«

Sie nickte hoheitsvoll zur Antwort und strich mir ein letztes Mal über den Arm, dann schloss sie leise die Tür.

»Sie wird eine ausgezeichnete Magierin werden«, erklärte Rafiq fast beiläufig. »Ihre Magie ist ungewöhnlich hell.«

»Noch ein Grund, Lazarus das Handwerk zu legen, bevor er es auf Meggie absieht.«

»Dann glaubst du Cedric?«

»Er ist mein Seelengefährte«, antwortete ich nur.

Rafiq pfiff leise durch seine Zähne. »Ich hätte nicht gedacht, dass er es dir in diesem Leben sagt.«

»Es hat ihn einiges an Überwindung gekostet.«

Rafiq sah immer noch überrascht aus. »Wir sollten aufbrechen. Schade, dass du von der Auvergne nicht viel sehen wirst. Sie ist um diese Jahreszeit wunderschön.«

»Wenn das alles vorbei ist, kann ich eines Tages hinfahren. Wir müssen zum 25. März 1620. Ist das in Ordnung für dich?«

»Ich bringe dich in jede Zeit, in die du möchtest«, sagte er und drehte mich so, dass ich mit dem Rücken an seiner Brust lehnte. »Bist du sicher, dass dein Buch dort sein wird?«

»Meggie hat es gesehen, und viel weiter zurückzureisen, macht keinen Sinn, weil ich nicht weiß, ob es dann dort ist.« Ich rieb meine feuchten Handflächen an dem kratzigen Kleid trocken.

»Und weil dir sonst übel wird.«

»Weiß eigentlich jeder davon?«

Rafiq lachte leise. »Vermutlich.«

»Können wir dann? Oder willst du noch etwas plaudern?«

»Ich bin bereit, und bei der Gelegenheit werde ich dir eine kleine Lektion zum Thema Zeitwandern erteilen.«

»Das musst du wirklich nicht. Aber danke für das Angebot.« Ich klammerte mich an seine Unterarme. »Mach einfach schnell.«

»Halte die Augen offen«, sagte er und ignorierte meinen Einwurf. »Wenn du sie schließt, verstärkt sich das Unwohlsein nur. Fixiere den Zeitfaden, der dich zu deinem Ziel führt.«

»Zeitfaden?«, fragte ich verwirrt. »Was meinst du damit?«

»Ich dachte mir schon, dass du nicht weißt, was das ist. Sieh einfach hin.« Die Luft um uns begann zu flimmern. »Es ist ein bisschen so, als wären wir auf einem Boot. Du musst den Horizont im Auge behalten.«

Ich versuchte es. Ich versuchte es wirklich. Aber ich sah nur Licht und Schatten, die wild durcheinanderwirbelten, und als ich das gewohnte Kreiseln im Kopf spürte und mein Magen sich hob, schloss ich die Augen und lehnte den Hinterkopf an Rafiqs Brust, und dann hörte das Kreiseln auch schon wieder auf.

»Wir probieren es ein anderes Mal«, sagte er tröstend.

Von mir aus nicht. Ich blinzelte, damit meine Augen sich an das Dämmerlicht gewöhnten. Die riesige Abtei hatte auf den Bildern schon sehr eindrucksvoll ausgesehen. In Wahrheit war sie noch viel beeindruckender. Von der Straße erklang das Bellen eines Hundes und leise Musik wehte zu uns herüber. »Wir müssen die Bibliothek finden.«

Rafiq nahm meine Hand und zog mich den Kreuzgang entlang. »Ich weiß, wo sie ist. Ich war vor langer Zeit schon einmal hier.«

Wir liefen durch unzählige Gänge und erklommen zahlreiche Stufen. Glücklicherweise war ich durch mein regelmäßiges Lauftraining gut in Form. Die Ordenstracht war allerdings etwas unpraktisch. Ich konnte nur hoffen, dass in der kurzen Zeit, die wir hier verbringen würden, kein Seelenjäger auftauchte. Vermutlich würde ich über den Kleidersaum stolpern und eine der steilen Treppen hinunterstürzen.

Endlich blieb Rafiq vor einer hohen, reich verzierten Holztür stehen. »Wir sind da.« Er schob die Tür auf. »Du musst ganz leise sein.«

Mondlicht schien durch die hohen Bogenfenster und beleuchtete die riesigen Bücherwände. Voller Ehrfurcht trat ich ein. Lederfolianten steckten zwischen gebundenem Papier. Auf kleinen Tischen lagen aufgeschlagene dicke Wälzer. Tagsüber mussten hier jede Menge Menschen arbeiten, und ich fragte mich, wie unsere Seelenbücher vor ihnen versteckt bleiben konnten. Langsam gingen wir durch die Reihen. Von den Nonnen, die angeblich nachts hier auf die Bücher achtgaben, war weit und breit nichts zu sehen.

»Wie soll ich mein Buch hier finden?«, fragte ich geschockt. Mit einer dermaßen großen Bibliothek hatte ich nicht gerechnet.

»Dein Buch findet dich«, sagte Rafiq geheimnisvoll. »Wenn du aufmerksam hinschaust, siehst du immer wieder Seelenschimmer aus den Regalen sickern. Lauf los und such. Ich halte hier Wache und warne dich, falls jemand kommt.«

»Was denkst du, was passiert, wenn wir erwischt werden?«

»Das will ich lieber nicht herausfinden, kleine Seelenschwester, und jetzt mach dich auf die Suche.«

Ich eilte durch die Gänge. Wie Rafiq gesagt hatte, entdeckte ich immer wieder Seelenschimmer, aber ich wusste jedes Mal, dass er nicht zu mir gehörte. Entweder Meggie hatte sich in der Zeit geirrt oder mein Buch wollte mich nicht finden. Ein Knarren durchbrach die Stille und ich blieb wie angewurzelt stehen. Jemand hatte die Bibliothek betreten. Das war nicht gut. Ich bog in den nächsten Gang. Nun hatte ich das Ende der Regalreihen fast erreicht. Wo war nur dieses vermaledeite Buch? Ein Schatten stellte sich mir in den Weg und ich schrie vor Schreck leise auf und trat zurück.

»Psst«, zischte eine Stimme und eine Hand packte meinen Arm. »Ich bin es. Deine Großmutter.«

»Granny?«, fragte ich flüsternd. »Was tust du hier?«

»Es ist eins meiner Leben. Ich bin hier Bibliothekarin und ich warte bereits seit einer ganzen Weile auf dich. Komm, wir müssen uns beeilen, bevor wir entdeckt werden. Ist der Wanderer auch hier?«

Ich nickte, nicht sicher, ob sie mein Gesicht in der Dunkelheit überhaupt sah. Ich konnte ihres jedenfalls kaum erkennen. Aber selbst, wenn sie ganz anders aussah als in meinem derzeitigen Leben, hätte ich alles dafür gegeben, in ihre Augen blicken zu können. Nur zur Sicherheit. »Woher wusstest du, dass ich komme?«

»Das zu erklären ist jetzt keine Zeit.«

Schritte näherten sich und Licht flammte auf. Granny zog mich hastig hinter sich her in die nächste Regalreihe, an deren Ende große, mit Metallbändern umschlossene Truhen an einer Steinwand standen. Granny zog einen Schlüsselring hervor und öffnet eine davon mit fahrigen Bewegungen. Sie entnahm ihr ein sorgsam eingewickeltes Paket. »Selina hat dein Buch versteckt«, erklärte sie und schlug den Stoff auf.

Mein Seelenbuch erkannte mich sofort. Warme Energie strömte mir entgegen, lockte mich und bat mich, es anzunehmen. Niemand hatte mir gesagt, dass es so sein würde. Ich konnte es nicht beschreiben, aber es war, als würde meine Seele erst jetzt erkennen, dass ihr etwas Wichtiges gefehlt hatte. Es fühlte sich an, als hätte ich die ganze Zeit mit nur einem Arm gelebt und bekäme die fehlende Gliedmaße jetzt zurück. Lilafarbener Seelenschimmer sickerte heraus und ein dünnes Band schmiegte sich um mein Handgelenk.

Die Schritte kamen immer näher und verfielen jetzt in einen Laufschritt. Französische Befehle wurden gebrüllt. Ich nahm Granny das Buch aus den Händen.

»Es hat auf dich gewartet«, sagte sie zufrieden.

Sie tat gerade so, als wäre es lebendig. Ich hatte doch bereits Seelenbücher gesehen. Ich kannte ihres und die ihrer Freundinnen. So war es nie gewesen.

»Das ist das Geheimnis«, sagte sie leise. »Aber du wirst niemandem davon erzählen.«

Ich legte eine Hand auf den Deckel und sofort pulsierte eine unbekannte Energie durch mich hindurch.

»Das ist die Energie all der Leben, die du gelebt hast«, erklärte sie geduldig, obwohl Rufe jetzt in unmittelbarer Nähe waren. »Jedes einzelne macht dich stärker und weiser, damit du deiner Bestimmung folgen kannst.«

Bilder zuckten durch meinen Kopf, ich hörte Stimmen und Musik. Ich roch Ginster und Jasmin, Nelke und Anis. Es waren nur flüchtige Erinnerungen, aber sie verhakten sich in meinem Kopf.

»Es wird eine Weile dauern, bis sich alles sortiert hat. Es ist normal, wenn du die Bilder nicht sofort erkennst. Aber das Buch wird dir seine Kraft trotzdem geben und die wirst du brauchen.«

Ein lilafarbenes Band war um das Buch geschlungen und verhinderte, dass ich es öffnen konnte.

»Du kannst dir das Buch später ansehen«, sagte Rafiq plötzlich leise hinter mir, als wollte er mich eigentlich nicht stören. »Wir müssen jetzt gehen.«

Mein erster Impuls war, ihn wegzustoßen, damit er meinem Seelenbuch nicht zu nahe kam.

»Du willst das Buch schützen, aber Rafiq wird ihm nichts tun«, kam eine weitere Erklärung von Granny. Sie nahm mich in den Arm. Ihr Körper war viel dünner als in unserem gemeinsamen Leben. »Geh mit Gott, mein Kind. Wir sehen uns in deinem anderen Leben.«

»Ich wünsche dir Glück für den Rest des deinigen«, verabschiedete ich mich.

Rafiq griff bereits nach meiner Hand. Mit der anderen hielt ich das Buch fest an mich gepresst, und während die Luft um uns herum verschwamm, sah ich ein Dutzend Frauen in den Gang stürzen. Allesamt trugen sie die Nonnentracht der Benediktinerinnen. Erleichtert schloss ich die Augen. Wir hatten es geschafft!

»Öffne die Augen«, verlangte Rafiq. »Solange du das nicht tust, wirst du nie allein in der Zeit wandern können.« Es schien, als verharrte er an einer Stelle. Ich hatte nicht gewusst, dass das möglich war.

»Dann wird mir schwindelig«, sagte ich. »Bring mich einfach nach Hause.«

»Wird es nicht. Das verspreche ich dir. Dein Buch wird dir Kraft geben. Lass es einfach zu.«

Vorsichtig hob ich die Lider und blinzelte. Magie glitt aus meinem Seelenbuch in meinen Körper und breitete sich wellenförmig um mich herum aus. Was ich sah, war ein Gewirr von Fäden und Bändern. Sie leuchteten in allen Regenbogenfarben, liefen vor und zurück, überschnitten sich und manche waren ineinander verknotet.

»Das ist die Zeit«, erklärte Rafiq. »Denke an den Punkt, zu dem du zurückwillst, und konzentriere dich. Du musst lernen, allein zu gehen. Dafür musst du deine Magie beherrschen und nicht sie dich. Du musst ihr vertrauen, dann vertraut sie auch dir, dass du das Richtige tust.« Flammen glühten in seinen Augen auf und schenkten mir Zuversicht. »Bist du bereit, kleine Seelenschwester?«

Ich dachte an Granny und an Meggie. Dann stellte ich mir unseren Laden vor, und als Rafiq meine Hand losließ, wusste ich genau, welchem Faden ich folgen musste. Welcher Faden mich zu ihnen bringen würde.

Rafiq kam in derselben Sekunde in unserer Zeit an wie ich und strahlte mich an wie ein stolzer Vater, der seinem Kind gerade Fahrradfahren beigebracht hatte. »Das war gar nicht so schwer, oder?«

Mein Magen hatte nur ein klein wenig aufbegehrt. Kein Vergleich zu meinen vorherigen Ausflügen. »Es scheint doch machbar zu sein, ohne eine Sauerei anzurichten.«

»Du solltest es trotzdem besser noch nicht allein versuchen«, warnte er mich und blickte mich streng an. »Und wenn doch, dann trage immer deinen Seelenanker um den Hals.«

»Über ein paar Dinge weiß selbst ich Bescheid«, informierte ich ihn. »Ich bin schließlich voll ausgebildet, auch wenn das mit dem Zeitwandern und dem Knebeln meiner Magie nicht so gut geklappt hat. Theoretisch beherrsche ich alles, was eine Magierin können muss, bevor sie in den Zirkel aufgenommen wird. Da war Granny sehr streng.«

»Du kannst deine Magie nicht verschließen, weil du es nicht wirklich willst«, erwiderte er. »Deshalb will sie dich weiterhin beschützen.«

Darüber musste ich nachdenken, aber zuerst wollte ich in mein Buch sehen. »Danke, dass du mich begleitet hast.«

»Keine Ursache. Wann wirst du Cedric davon erzählen?«

Ich zuckte mit den Schultern. »Das kommt darauf an, was ich hier drin finde.«

»Ich sollte dich warnen«, sagte er. »Es wird ihm nicht gefallen, was du da versuchst. In gewisser Weise ist er immer noch ein Mann aus dem 16. Jahrhundert, und sein Drang, dich zu beschützen, ist sehr ausgeprägt.«

»Was wird er tun, wenn er davon erfährt?«

»Das kann ich nicht vorhersagen.«

»Danke für die Warnung.« Ich lächelte. »Denkst du auch, es ist falsch?«

»Ich denke vor allem, dass deine Seele mittlerweile stark genug ist, sich diesem Kampf zu stellen. Aber jetzt bring das Buch besser rein und pass gut darauf auf.«

»Er wird mir verbieten wollen, euch zu helfen«, sagte ich. »Aber dann hätten wir das Buch auch gleich dort lassen können.«

»Schlaf wenigstens noch eine Nacht darüber und sprich dann mit ihm.«

»Zuerst rede ich mit Granny. Sie musste schon eine ganze Weile wissen, dass ich dort aufkreuzen würde, und sie hat nichts gesagt.«

»Sie wird ihren Grund gehabt haben.«

Ich hob die Augenbrauen. »Mir fällt kein einziger ein.«

Lachend stupste Rafiq mir auf die Nase. »Geh schlafen«, forderte er mich auf. »Und morgen schmiedest du weiter an deinen Plänen.«

»Gute Nacht.« Ich konnte es kaum erwarten, das Buch in Ruhe durchzublättern, aber vorher musste ich aus der Nonnentracht.

Kaum hatte ich die Zimmertür hinter mir geschlossen, als Meggie schon hereinplatzte. »Hast du es?« Ich nickte und hielt es hoch.

»Darf ich mit hineinschauen?«

»Wenn du mir vorher hilfst, diese komische Haube abzunehmen. Sie quetscht mein ganzes Gesicht ein.« Den Schleier hatte ich mir schon selbst vom Kopf gezogen.

»Warte, ich mach das. Setz dich hin«, forderte Meggie mich auf. »Weshalb Frauen sich jahrhundertelang in unbequeme Sachen haben stecken lassen, ist mir unbegreiflich. Erst das Korsett und nun diese Schleier. Zukünftig gehe ich nur noch in Zeiten, in denen die Mode einigermaßen tragbar ist.«

Nachdem ich eine Jogginghose und ein T-Shirt angezogen hatte, setzten wir uns beide aufs Bett, und ich wickelte das Buch aus.

»Es ist wirklich außergewöhnlich schön«, sagte Meggie ehrfurchtsvoll. »Du bist sehr talentiert.«

Obwohl ich mich an kein einziges Mal erinnern konnte, an dem Buch gearbeitet zu haben, stieg so etwas wie Stolz in mir auf. Die Erinnerungen würden zurückkommen, wenn ich es mir ansah. Der feste Einband schimmerte in verschiedenen Blau- und Türkistönen. Überall standen kleine Notizen und ein kleiner Briefumschlag klebte darauf ebenso wie eine Feder, ein angelaufener Schlüssel und ein Anhänger aus Papier. Jemand – vermutlich ich – hatte einen Schmetterling und eine Libelle auf den Einband gemalt. Vorsichtig strich ich über die getrockneten violetten Veilchenblätter.

Ich hielt die Luft an und knotete das Band auf, das mein Buch verschloss. Dann klappte ich den Deckel auf. Eine mir unbekannte Schrift hatte Notizen auf der ersten Seite hinterlassen, ich kannte nicht einmal die Sprache, in der der Text verfasst war. Die Erinnerungen rieselten durcheinander und dann manifestierten sie sich auf dem ersten Blatt. Am oberen Rand stand ein Datum. War das mein erstes Leben gewesen? Wenn ja, dann war ich an einem

Oktobertag im Jahre 1593 geboren worden. Langsam blätterte ich weiter und betrachtete die Erinnerungsstücke meiner Leben. Da waren gepresste Blumen, kleine Skizzen, Federn, Zeichnungen, Briefe, später Postkarten und Fotografien. Zusammengefaltete Zettel, kleine Porträts, auf denen man unschwer immer wieder Cedric erkannte.

Meggie neben mir schwieg, bis wir die vorerst letzte Seite erreicht hatten. Ich hatte noch viele Leben vor mir, die ich in diesem Buch verewigen konnte. Aber dieses würde das letzte mit Cedric sein. Eine Träne lief mir über die Wange, als ich das Buch schloss.

Meggie legte einen Arm um meine Schulter. »Du bist ihm in jedem Leben begegnet.«

Ich nickte. Im Grunde hatte ich mir das gedacht.

»Er hat mich in der Nacht gerettet, als sie mich der Hexenprobe unterzogen haben«, sagte ich mit belegter Stimme. »Ich dachte, es wären andere Magierinnen aus dem Zirkel gewesen.«

»Zum Dank hat du ihn später bei Selina angeschwärzt«, kam es tadelnd von Meggie. Auch dazu hatte eine Notiz in meinem Seelenbuch gestanden. Ich vergrub mein Gesicht in den Händen. »Ich muss ganz schön engstirnig gewesen sein.«

Meggie schlug das Buch wieder auf und blätterte durch ein paar Seiten. »Hier hat er dir ein Gedicht geschrieben.« Sie kicherte. »Das ist wirklich süß. Würde man ihm heute gar nicht mehr zutrauen.« Ich blätterte noch eine Seite weiter. In diesem Leben war ich mit zwanzig Jahren gestorben. In den Erinnerungen war keine Spur von Cedric zu finden, was nicht hieß, dass wir uns nicht begegnet waren. Ein Leben weiter war ich ganz offenbar tatsächlich Selinas rechte Hand im Zirkel gewesen und ich hatte unzählige Jäger getötet. In einem anderen Leben hatte ich geheiratet und Kinder bekommen. Anfangs hatte ich meinen Mann ganz offensichtlich geliebt. In einer Lasche steckte ein Hochzeitsfoto von uns. Es war vergilbt und abgegriffen. Cedric war mit meinem Mann befreundet gewesen und der Pate unseres Sohnes. Dann war er eines Tages verschwunden. Meinen Notizen nach zu urteilen, hatte ich ihn unendlich vermisst. Ich fand keine Aufzeichnungen zu Selinas Verrat, aber möglicherweise verbarg das Buch diese Informationen noch. Immer wieder war Lazarus mir begegnet, aber er hatte mich nie bekommen. Nun hatte ich die Bestätigung, nach der ich gesucht hatte. Lazarus verfolgte mich seit Jahrhunderten. Er stieß nicht nur ab und zu auf mich. Er hatte es auf mich abgesehen. »Es ist unglaublich, dass er dein Seelengefährte ist, oder?«, sagte Meggie.

Ich nickte. »Er wollte es vor mir verheimlichen, konnte es dann aber doch nicht.«

»Weiß Selina es?«

»Ich denke schon.«

»Was hast du vor?«, fragte Meggie und rückte ein Stück von mir ab, um mich besser anschauen zu können. »Egal, was es ist. Ich werde dir helfen.«

»Das ist kein Spiel«, sagte ich ernst und es klang ein bisschen wie Cedric. »Es ist gefährlich, und es stellt alles infrage, was du bei uns gelernt hast.«

Meggie winkte ab. »Glaub mir, mein Leben war noch nie ein Spiel.«

Das glaubte ich ihr sofort. »Lazarus will meine Seele«, erklärte ich. »Er bildet sich ein, sie wäre irgendwie besonders und würde ihn wieder zu einem normalen Menschen machen.«

»Okay.«

»Das ist natürlich Quatsch«, setzte ich hinzu. »An meiner Seele ist nichts besonders. Keine Ahnung, weshalb er das glaubt.«

»Okay.«

Ich verdrehte die Augen. »Also gut. Außerdem habe ich mir überlegt, ich könnte in eines der Leben zurückspringen, in denen ich Cedric begegnet bin, und versuchen, es zu ändern. Es ist verboten, ich weiß, und es wäre nur der allerletzte Ausweg. Was denkst du?«

Meggie wirkte bei diesen Neuigkeiten erstaunlich gleichmütig, obwohl sie den Codex so gut kannte wie ich. »Was stellst du dir vor?«

»Ich könnte Noah einen kleinen Schubs geben. Das ist doch viel besser, als darauf zu hoffen, dass er sich erst in Cedrics letztem Leben in Arwyn verliebt.«

»Dieser Noah muss ein echter Stockfisch sein«, sagte Meggie. »Weshalb verliebt er sich nicht in Arwyn? Sie ist hübsch und nett. Auf so etwas stehen Jungs doch normalerweise.«

»Ich befürchte, bei Noah muss man sich schon etwas mehr ins Zeug legen. Jedenfalls in dem jetzigen Leben. Er interessiert sich nur für seine Arbeit. Und er ist auch kein Junge mehr, sondern ein Mann.«

»Dann muss sie ihn aus der Reserve locken.«

Ich seufzte. »Sie ist schüchtern und zurückhaltend. Wir werden ihr auf die Sprünge helfen müssen. In all den Leben hat sie immer abgewartet, bis er die Initiative ergreift, aber dafür haben wir keine Zeit mehr.«

Ich klappte das Buch zu. »Ich werde es mir morgen noch mal genauer ansehen. Es muss noch ein paar Geheimnisse unter Verschluss halten. Danke, dass du mir geholfen und auf mich gewartet hast.«

»Keine Ursache. Ich kann schon verstehen, dass du ihn nicht verlieren willst.«

Ich lächelte. »Schlaf gut.«

»Du auch.«

Nachdem sie fort war, versuchte ich zu schlafen. Als mir das nicht gelang, blätterte ich noch ein wenig in meinem Seelenbuch. Immer wieder fand ich Hinweise auf Cedric, aber wir hatten nie ein ganzes Leben miteinander verbracht, weil ich gealtert war und er nicht. Ich hatte mich verändert, während er immer derselbe geblieben war. Mit jeder neuen Seite gab das Buch eine neue Kleinigkeit preis. In einem Leben eine Kinokarte, in einem anderen einen Liebesbrief oder das Zeugnis der University of London, wo ich 1962 erfolgreich ein Literaturstudium abgeschlossen hatte. In diesem Leben war ich nur dreiundsechzig Jahre alt geworden. Irgendwann schlief ich mit einer Hand auf dem Buch ein. Ich hatte nichts gefunden, was darauf hindeutete, dass ich je in einem meiner anderen Leben auf eine Verbindung zwischen Lazarus und Selina gestoßen war.

Am nächsten Morgen hatte ich kaum die Tür zum Laden aufgeschlossen, als Arwyn eintrat. Hinter ihr stürmte Cedric durch die Tür, und schon seinem Gesichtsausdruck war anzusehen, wie verärgert er war.

Arwyn guckte betreten auf den Boden. »Ich habe es ihm erzählt«, sagte sie. »Ich wollte nicht, aber er hat mich gezwungen.« Sie hob den Kopf und warf ihm einen missbilligenden Blick zu.

Er hatte die Arme verschränkt und versuchte mich mit seinen Blicken zu erdolchen. »Was hast du dir dabei gedacht?«

»Wobei?«, fragte ich scheinheilig.

Er kniff die Augen etwas zusammen. »Einfach dein Seelenbuch zu stehlen. Was denkst du, wie lange es dauert, bis Selina auftaucht und es zurückfordert?«

»Bisher sehe ich nur einen sehr wütenden Mann, und ich habe keine Ahnung, weshalb du so sauer bist.«

»Ich bin sauer, weil ich nicht will, dass du meine Kämpfe kämpfst.«

»Wenn du das nicht gewollt hättest, dann hättest du mir nichts von Selina und Lazarus erzählen dürfen. Jetzt ist es auch mein Kampf. Was hast du dir denn gedacht? Das ich mit sittsam verschränkten Händen in meinem Burgturm sitze und warte, bis der edle Ritter mich befreit?«

Von Arwyn erklang ein Kichern, das sofort verstummte, als Cedric ihr einen strafenden Blick zuwarf.

»Ich habe eine Neuigkeit für dich«, setzte ich ungerührt fort. »Seit 1572 hat sich so einiges verändert. Mittlerweile hat es sich herumgesprochen, dass auch wir Frauen einen Kopf zum Denken haben.«

»Ich weiß, wie klug du bist«, brummte er als Antwort. »Aber diese Sache hier kann man nicht mit Klugheit gewinnen. Dafür braucht es schon noch mehr.«

Ich hob fragend die Augenbrauen. »Da bin ich aber mal gespannt. Was waren das denn so für Tricks, die du in den letzten was weiß ich wie vielen Leben angewandt hast und die nicht zum erwarteten Ergebnis geführt haben? Ihr seid immer noch verflucht oder ist mir da etwas Entscheidendes entgangen?«

»Könnten wir vielleicht allein miteinander reden?«, fragte er zu meiner Überraschung.

»Ja klar«, gab ich zögernd zurück. »Arwyn, hast du Lust, in den Wintergarten zu gehen? Granny frühstückt dort noch mit Meggie.«

»Bist du sicher, dass du mit ihm allein sein willst?«

»Das schaffe ich schon.« Ich lächelte ihn an.

»Gehen wir in dein Zimmer?«, fragte er, nachdem sie verschwunden war. Er blickte immer noch ganz finster und mir wurde etwas mulmig.

Trotzdem nickte ich und ging zur Treppe. »Du kannst nicht einfach hier hereinstürmen und mir Vorschriften machen«, sagte ich, als wir mein Zimmer betraten. Ich hatte den Satz noch gar nicht beendet, als er mich zu sich herumdrehte, seine Hände in meinem Haar vergrub und seinen Mund auf meinen drückte. Erst ganz sanft, dann mit immer mehr Nachdruck, bis ich nachgab und ihn öffnete. Dann wurde er wieder zärtlicher, legte seine Hände auf meine Wangen und Wärme durchströmte mich. Er biss in meine Unterlippe, und ich seufzte, als er mit der Zungenspitze über dieselbe Stelle strich. Seine Lippen wanderten zu meinem Ohr. »Entschuldige«, sagte er leise. »Ich will dir nichts vorschreiben, ich kann nur den Gedanken nicht ertragen, dass dir etwas zustößt. Dass ich dich verliere.«

»Du wirst mich nicht verlieren.« Ich dirigierte seine Lippen zurück zu meinem Mund. »Und ich dich nicht.«

Cedric schob mich zum Bett, und bevor ich richtig merkte, was geschah, lagen wir plötzlich darauf, und er küsste die Mulde an meiner Kehle. Ich keuchte auf, als er die Hände rechts und links von mir aufstützte und sich halb auf mich legte. Er vergrub den Kopf in meiner Halsbeuge. »Ich hätte nicht gedacht, dass es so schlimm ist, aber zu wissen, dass das hier unser Abschied ist …«

Ich strich ihm beruhigend durch sein schwarzes Haar.

»Ich sollte stärker sein. Ich sollte mein Schicksal endlich akzeptieren, aber die Vorstellung, dich zurücklassen zu müssen …«

»Es ist noch nicht vorbei.« Ich riss mich zusammen, damit meine Stimme fest klang, obwohl mir zum Weinen war. »Wir geben noch nicht auf.«

Er atmete tief durch. Dann küsste er mein Schlüsselbein, meinen Hals und die empfindliche Stelle hinter meinem Ohr. Ich wand mich unter ihm, weil es sich so gut anfühlte. Am liebsten wollte ich den ganzen Tag im Bett verbringen, aber das ging nicht. Unsere Uhr tickte. Ich nahm sein Gesicht in beide Hände und zwang ihn, mich anzusehen. »Ich werde keine Geheimnisse mehr vor dir haben. Okay? Und du keine vor mir. Ab jetzt besprechen wir alles gemeinsam.«

Er nickte widerwillig.

»Du kannst mich nicht ausschließen. Wie soll ich meine zukünftigen Leben ohne dich führen? Für dich ist es nach diesem vielleicht vorbei. Aber auf mich warten unzählige Leben, in denen ich dich nicht mehr finden würde.« Allein die Vorstellung war so entsetzlich, dass meine Stimme brach. Wenn eine Seele ihren Seelengefährten verlor, war das fast so schlimm, als würde man sie zersplittern. »Wir gehen jetzt runter und schmieden einen Plan und vorher stellen wir Granny zur Rede. Sie hat nämlich in der Bibliothek auf mich gewartet. Was nur bedeuten kann, dass sie mehr weiß, als sie zugibt.«

»Das tut sie auch«, bestätigte er meinen Verdacht. »Sie wollten dich nur beschützen.«

»Ich will nicht ständig beschützt werden«, stellte ich klar. »Ich will, dass wir zusammenbleiben. Für immer.«

Cedric lächelte mich an und dann küsste er mich wieder und wieder. Es dauerte eine ganze Weile, bis wir bereit waren, uns der Realität zu stellen. Es kam mir so vor, als hätte ich mein ganzes bisheriges Leben nur darauf gewartet, ihn zu küssen und von ihm geküsst zu werden.

Arwyn stand im Laden und bediente eine Kundin, als wir hinunterkamen. Sie lächelte uns entgegen. »Habt ihr euch ausgesprochen?«

So konnte man das auch nennen. »Ist Granny noch im Wintergarten?«

»Ja, und Meggie auch.«

»Würde es dir etwas ausmachen, hier noch etwas nach dem Rechten zu sehen?«

»Kein bisschen. Es macht Spaß.«

»Gut.« Ich nahm Cedrics Hand. »Bereit?«

»Ich würde dich immer noch lieber in einem Turm einschließen.« Er lächelte mich liebevoll an.

»Wenn das hier vorbei ist, ziehen wir zusammen in den Leuchtturm und bleiben so lange da drin, bis uns beiden langweilig wird«, versprach ich.

Er küsste mich auf die Schläfe. »Also nie.«

»Also nie«, bestätigte ich und küsste ihn noch einmal flüchtig, bevor wir den Wintergarten betraten.

Granny und Meggie blätterten jede in einer Zeitung und versuchten so auszusehen, als wären sie völlig in ihre Lektüre vertieft. Mich konnten sie damit nicht täuschen.

»Guten Morgen, Cedric«, begrüßte Granny ihn. »So früh am Morgen schon unterwegs?«

Er verbeugte sich ganz leicht vor ihr. »Ich kam in dem Versuch, Ihre Enkeltochter vor Dummheiten zu bewahren.«

»Und warst du erfolgreich?« Sie faltete die Zeitung ordentlich zusammen.

»Leider nicht. Aber wann war ich das schon mal?«

Meggies und meine Blicke huschten zwischen den beiden hin und her.

Granny seufzte. »Dann versuchen wir es in diesem Leben eben noch mal? Bist du dir ganz sicher?«

Cedric nickte. »Wir dürfen nicht aufgeben.«

»Könntet ihr uns vielleicht mal einweihen? Woher wusstest du, dass ich in die Bibliothek kommen würde? Wieso hast du dort auf mich gewartet?«

»Wir versuchen Selina nicht zum ersten Mal zu überführen«, erklärte Granny zu meiner Überraschung. »Wir müssen sehr vorsichtig sein, sie wird sehr schnell misstrauisch. Sie hat viele Anhängerinnen im Zirkel, und wenn wir sie anklagen, brauchen wir hieb- und stichfeste Beweise. Wenn sie sich von uns bedroht fühlt, wird sie eine von uns opfern. Wir sind sehr vorsichtig, seit sie Marie Lazarus überlassen hat.«

»Weshalb hast du mich bisher nicht eingeweiht?« Ich war entsetzt. Sie hatte von Selinas Verrat gewusst und nichts gesagt.

»Du wolltest mit deiner Gabe nichts zu tun haben«, erinnerte sie mich. »Außerdem haben wir gehofft, du wärst außer Gefahr, wenn es dir gelänge, deine Magie zu verschließen. Aber vorsichtshalber hat Polly Meggie das Datum, an dem ich in der Abtei auf dich warte, verraten.«

»Deshalb ist sie mit mir dort hingewandert und hat mir gezeigt, wo die Bücher stehen?« Meggie runzelte die Stirn.

Sie hatte also auch keine Ahnung gehabt. Das war tröstlich. Trotzdem hätte mir Granny viel früher sagen müssen, welche Gefahr mir von Lazarus und Selina drohte.

»Wir haben das seit Längerem vorbereitet, falls Sasha es sich anders überlegt. Uns war klar, dass sie nicht bis *Mabon* würde warten können. Die Zeit läuft uns davon. In diesem Leben noch mehr als in den anderen. Nicht nur, weil dies Cedrics letzte Chance ist. Auch Lazarus wird ungeduldig. Er braucht dringend eine Seele.

Es gab lange keinen Krieg mehr in Europa. Sein Körper zahlt den Tribut, und er will sich nicht mehr mit irgendeiner Magierin zufriedengeben, die Selina ihm als Ersatz für Sashas anbietet.«

»Aber weshalb will er ausgerechnet meine Seele? Was ist an ihr so besonders?«

Grannys Blick huschte zu Cedric. »Hast du nichts dazu in deinem Seelenbuch gefunden?«, sagte Granny, ohne meine Frage zu beantworten.

Ich schüttelte den Kopf. »Bisher nicht.«

»Du wirst das Geheimnis gut versteckt haben. Das Buch gibt diese Informationen erst wieder preis, wenn es glaubt, dass du bereit dafür bist.«

»Ich habe sie versteckt? In dem Buch?«

»Du musstest verhindern, dass Selina irgendwelche Hinweise auf die Verbindung zwischen ihr und Lazarus in deinem Buch findet. Es ist anderen Magierinnen zwar verboten, ein fremdes Buch ohne Erlaubnis zu öffnen, aber ich glaube nicht, dass Selina sich daran hält.«

»Dann werde ich weitersuchen. Ich bin es schon ein paarmal durchgegangen und jedes Mal entdecke ich etwas Neues. Seit wann vermutest du, dass sie euch betrügt und hintergeht?«

»Schon eine ganze Weile. Ich hatte eine Freundin, Madeline. Unsere Seelen wurden fast immer zur gleichen Zeit wiedergeboren und wir trafen uns in jedem Leben. 1789 verschwand sie spurlos. Wir waren nicht vorsichtig genug. Madeline und ich haben den ersten Verdacht geschöpft, als Marie verschwand.«

»Marie war Claires Mutter, richtig? Die Frau, die mir meinen Seelenanker gebracht hat.«

»Marie war nicht nur eine Magierin, sondern auch eine äußerst begabte Hexe. Ich habe sie besucht und sie gebeten, einen

Schutzzauber für dich in deinen Seelenanker einzuweben.« Granny machte eine Pause. »Marie überredete Selina, sie mit in die Zukunft zu nehmen. Ich denke, das hat sie verraten. Selina wurde misstrauisch und opferte Marie. Selina klagte deren Tochter Claire an und verfluchte sie. Ich konnte nichts dagegen unternehmen.«

»Aber das hat deinen Verdacht bestätigt.«

Granny nickte. »Ja. Madeline und ich wurden noch misstrauischer. Danach gab es mehrere Leben, in denen ich dachte, wir hätten uns das alles nur eingebildet, aber dann war eines Tages auch Madeline fort. Sie war die Lebenslustigste und Klügste von uns. Ihr hättet euch gut verstanden. Wir lebten damals in Paris. In den Wirren der Revolution verschwanden viele Menschen, aber Madelines Seele wurde nie wiedergeboren. Ich schwor mir herauszufinden, was mit ihr und Marie geschehen war. Leider war das schwieriger, als ich dachte.«

»Ihr hättet uns damals gleich ins Vertrauen ziehen müssen«, sagte Cedric.

»Vorwürfe bringen uns jetzt auch nicht weiter.« Ich legte ihm eine Hand auf den Arm. »Was können wir unternehmen?«

»Selina wird von Leben zu Leben unvorsichtiger. Sie denkt, niemand kommt ihr auf die Schliche. Vielleicht erhöht auch Lazarus den Druck auf sie. Anders kann ich mir den Fehler, den sie an dem Abend beging, an dem wir *Mabon* planten, nicht erklären«, sagte Granny. »Ich hatte nur ihr erzählt, dass du nicht in deinem Zimmer, sondern joggen bist.«

»Warum?«

»Wir hofften, sie würde sich diese Gelegenheit nicht entgehen lassen und Lazarus benachrichtigen.«

»Du hättest mich geopfert? Was, wenn er mit einer Armee hier aufgetaucht wäre?«

»Das hätte er nie gewagt, nicht zu einer Zeit, zu der über dreißig Seeelenmagierinnen auf der Insel waren. Uns war klar, dass er nur einen oder zwei seiner Getreuen schicken würde. Möglicherweise vertraut er Selina weniger, als wir glauben. Vielleicht dachte er, sie stellt ihm eine Falle.«

»Aber dieser Späher hätte mich töten können.«

Granny schüttelte den Kopf. »Erstens bist du besser ausgebildet als wir alle. Du wirst dich verteidigen, wenn es nötig ist, auch wenn du es noch nicht glaubst. Zweitens wären wir sofort zur Stelle gewesen, wenn du tatsächlich in Gefahr gewesen wärst, und drittens wusste ich, dass Cedric eingetroffen war.« Sie wandte sich an ihn. »Dieses Mal hast du dir Zeit gelassen. Wo wart ihr so lange?«

»Ihr habt euch auch nicht so leicht finden lassen. Der Schutz ist in diesem Leben sehr stark.«

»Selina hat ihn gewebt. Ich fürchte, sie hat gehofft, dass er hauptsächlich euch fernhält. Wir konnten ihn nicht abmildern, dann hätte sie Verdacht geschöpft.«

»Dann muss sie jetzt sehr enttäuscht sein.« Cedric lächelte böse. »Ich denke, ihr habt noch viel zu besprechen. Ich werde mir jetzt mal Rafiq vornehmen.«

»Er hat nur gemacht, worum ich ihn gebeten habe, und es war wichtig, dass ich mein Buch bekomme.«

»Ich hätte dich auch in die Abtei gebracht. Keine Alleingänge mehr, versprichst du mir das?«

Ich zögerte einen Moment. »Wenn du zukünftig keine Geheimnisse mehr vor mir hast.«

»Werde ich nicht.« Er gab mir einen Kuss auf die Wange. »Ich komme später wieder. Wenn ich darf.« Er warf Granny einen Blick zu, die zustimmend nickte.

»Wir könnten am Strand spazieren gehen«, schlug ich vor. »Oder im Hafen ein Eis essen.«

»Das klingt gut.«

Vor allem klang es sehnsüchtig. Ich wollte nicht, dass er ging. »Gibt es eine neue Entwicklung zwischen Arwyn und Noah?«

»Er hat heute mit ihr gefrühstückt.«

»Das ist doch gut, oder?«

»Er hat ihr einen Vortrag über die Folterinstrumente des Mittelalters gehalten. Arwyn war danach ganz grün im Gesicht.«

Wenn es nicht um sein Leben ginge, hätte ich darüber gelacht. »Du solltest ihm ein bisschen Nachhilfe geben, wie man in diesem Jahrhundert mit Mädchen umgeht.« Ich schob ihn aus dem Wintergarten und wir gingen zu Arwyn in den Laden zurück.

»So versiert bin ich auch nicht, schließlich war ich in all meinen Leben nur hinter einem Mädchen her.« Er zog mich hinter ein Bücherregal. »Es ist schon schrecklich, mir vorzustellen, dich nie wiederzusehen. Aber der Gedanke, Lazarus könnte sich deine Seele einverleiben, bringt mich fast um den Verstand. Er würde sie nicht zersplittern, er würde sie nie teilen.«

Ich stellte mich auf die Zehenspitzen und legte die Lippen auf seine. »Uns wird nichts passieren«, versprach ich. »Wir werden ihm und Selina das Handwerk legen und danach dieses Leben hier für uns haben.«

Der Kuss, den er mir daraufhin gab, war unendlich sanft. Eine Erinnerung blitzte in meinem Kopf auf. Ich sah einen Wald und Blumen. Ich hörte Lachen und geflüsterte Worte. Die Sonne wärmte mein Gesicht und eine Berührung mein Herz. Das waren wir beide. Ich wusste, in einem unserer gemeinsamen Leben waren wir glücklich gewesen.

»Cedric wäre Rafiq beinahe an die Kehle gegangen«, erzählte Arwyn. Wir saßen mit Meggie auf dem Dachboden zwischen unzähligen Kleidern, Hosen, Jacken und Schuhen.

Sie hatte keine Lust gehabt, Cedric zurückzubegleiten, und im Laden war heute nicht viel los. Granny hatte Meggie und mich gebeten, sie ein bisschen aufzumuntern. Wenn ich ehrlich war, hätte ich viel lieber weiter mein Seelenbuch durchstöbert. Ich wollte ihm jedes einzelne Geheimnis entlocken, aber Arwyn hatte so verzweifelt ausgesehen. Es war Meggies Idee gewesen, ihr unseren Kostümfundus zu zeigen.

Jetzt hielt sie ein Kleid hoch und kicherte. »Wenn du das anziehst«, sagte sie zu Arwyn, »vergisst er seine Hexen bestimmt.«

Sie lächelte verlegen. »Das ist wirklich ein schönes Stückchen Stoff, aber sehr anders als das, was ich 1920 tatsächlich getragen habe. Claire hat so eins besessen und sie sah sehr schön darin aus. Jeder Mann hatte nur Augen für sie.«

»Ich erinnere mich an dieses Leben.« Plötzlich standen die Ereignisse ganz klar vor mir. »Das fühlt sich komisch an«, sagte ich verwundert. »Es sind meine Erinnerungen, obwohl sie nicht zu diesem Leben gehören.«

»Das passiert, wenn du dein Seelenbuch bekommst. Das wusstest du doch sicher«, sagte Meggie.

»Das wusste ich, aber es jetzt zu erleben, ist doch etwas krasser.« Ich schloss einen Moment die Augen. »Igitt. Mein Vater wollte mich mit einem alten, fetten Fabrikanten verheiraten.«

Arwyn lachte leise. »Du bist vor ihm nach Amerika geflohen. Cedric hat dir die Passage bezahlt und dich persönlich zum Schiff gebracht.«

»Glücklicherweise war das acht Jahre nach dem Untergang der *Titanic.*« Ich grinste sie an. »Ich bin gut drüben angekommen.«

»Wie ging es mit dir und Noah weiter?«

»Gar nicht. Ich war viel zu unscheinbar für ihn. Er sah immer aus wie ein Filmstar.«

»Du bist kein bisschen unscheinbar«, protestierte Meggie. »Du müsstet nur deinen Stil ein wenig ändern und etwas mit deinen Haaren machen. Ich weiß, es ist oberflächlich«, setzte sie hinzu, als ich die Augen verdrehte. »Aber Jungs in dem Alter sehen nun mal immer erst die Fassade.«

»Sieht denn Peter nur die Fassade?«, fragte Arwyn interessiert.

»Keine Ahnung, ob er überhaupt etwas sieht«, brummte Meggie zur Antwort. Sie stand auf und begann an den Kleiderstangen die in Hüllen verpackten Sachen durchzusehen. »Hier ist eins, das dir bestimmt gut stehen würde. Ich finde es schon noch. Hah, da ist es.« Sie zog ein dunkelgrünes Kleid hervor, über das sich dünne schwarze Linien zogen. Es hatte halblange Ärmel, war oben herum eng geschnitten und hatte einen etwas ausgestellten Rock, der Arwyn bis zum Knie reichen würde. »Hier«, sagte sie. »Probier das an. Ich schätze, für eine Jeans bist du noch nicht bereit.«

Arwyn schüttelte erschrocken den Kopf und trat hinter den Paravent.

»Nachher befreien wir sie von dieser Kleinmädchenfrisur.« Meggie setzte sich neben mich auf die Dielen.

»Wie war eigentlich dein erstes Leben als Verfluchte?«, rief sie Arwyn zu.

»Schrecklich«, antwortete sie ohne zu zögern. »Ohne Rafiq und Fawkes hätten wir gar nicht gewusst, wie uns geschieht. Gerade eben war ich im Kindbett gestorben, und plötzlich lebte ich wieder, aber es war gar nicht mein Leben. Alles war anders, und trotzdem wusste ich genau, wer und wo ich war. Ich hatte eine

Vergangenheit, die nicht zu mir gehörte. Ich habe es nicht ausgehalten und mir das Leben genommen.«

Meggie schnappte nach Luft. Ich wusste es schon von Fawkes und war nicht mehr ganz so schockiert. »Glücklicherweise tauchten Fawkes und Rafiq auch in unserem zweiten Leben als Verfluchte auf. Fawkes hat mir alles genau erklärt, und er blieb bei mir, wenn ich verzweifelte.«

»Wie haben sie euch überhaupt gefunden?«

»Es war unsere Seelenenergie. Sie haben sie gespürt. Der Fluch hatte unsere Seelen gezeichnet, eigentlich sollte es eine Warnung sein, damit man sich von uns fernhält. Aber Rafiq und Fawkes wussten längst, welches Spiel Selina spielt, wir waren nicht die ersten Verfluchten, denen sie halfen.«

»Dann ist das die Aufgabe der Wanderer?«, fragte Meggie. »Den Hilflosen und Entrechteten zu helfen?«

Arwyn kam hinter dem Paravent hervor. Das Kleid stand ihr phänomenal. »Wenn du es so nennen willst? Ja, das ist ihre Aufgabe.«

»Ohne sie kritisieren zu wollen, aber sie machen den Job nicht besonders gut. Seit Jahrhunderten schaltet und waltet Selina, wie sie will, und niemand stoppt sie«, sagte ich.

»Deine Großmutter und ihre Freundinnen sind auch nicht sonderlich erfolgreich«, erwiderte Arwyn.

Ich zuckte nur mit den Schultern. Widersprechen konnte ich nicht.

»Ich kann verstehen, weshalb Claire so wütend auf Gott und die Welt ist. Sie hat ihre Mutter sehr geliebt und deren beste Freundin hat sie nicht vor dem Fluch bewahrt«, setzte sie hinzu.

Ich drehte den Standspiegel so, dass sie hineinschauen konnte. »Das tut mir wirklich leid für sie«, sagte ich zögernd. Jetzt, wo ich die ganze Geschichte kannte, betrachtete ich Claires Verhalten aus einem etwas anderen Blickwinkel. »Denkst du, sie liebt Cedric?«

Arwyn schwieg einen Moment, bevor sie mir antwortete. »Ja, das glaube ich. Sie liebt ihn so sehr, dass ihr ihr eigener Fluch mittlerweile egal ist. Für sie zählt nur, mit ihm zusammen zu sein.«

»Aber er liebt Sasha. Das muss schrecklich für sie sein«, kam es von Meggie.

Arwyn seufzte. »Das ist alles schrecklich verworren und kompliziert. Er hat ihr nie Hoffnungen gemacht. Jedenfalls nicht mit Absicht, aber ich schätze, sie interpretiert jede kleine Geste von ihm einfach falsch. Wenn ich sie wäre, würde ich ihn längst hassen.« Sie drehte sich vor dem Spiegel. »Denkt ihr, ich kann es behalten? Es passt wie angegossen.«

»Wir fragen Granny.« Ich begann die um uns herumliegenden Sachen aufzuräumen.

»Ich denke, sie hat immer gehofft, er würde dich aufgeben«, sagte Arwyn noch. »Aber das hat Cedric nie getan.«

Darauf konnte ich nichts erwidern. Claire tat mir einfach nur noch leid, aber das durfte ich sie nicht spüren lassen. Sie würde mich dann nur noch mehr hassen.

Meggie reichte Arwyn einen zum Kleid passenden Seidenschal und schloss die letzte Kiste. »Jetzt machen wir noch etwas mit deinen Haaren.«

Als wir in den Wintergarten kamen, arbeiteten Granny und ihre Freundinnen an ihren Seelenbüchern. Zum Glück war Selina nicht aufgetaucht. Wusste sie schon, dass ich mein Seelenbuch gestohlen hatte? Heckte sie irgendwas aus? Sie lebte nicht in St. Anne wie wir anderen, sondern in einem viktorianischen

Herrenhaus in der Longis Bay. Schon als Kind hatte ich mich dort gegruselt. Vor allem, weil die Rückwand ihres Hauses Teil eines römischen Kastells war und ich mir immer eingebildet hatte, das Jammern und Weinen der Kinder und Frauen zu hören, die dort vor Jahrhunderten Schutz vor Eroberern gesucht hatten. Außerdem stand gleich daneben ein alter deutscher Bunker, wie sie im Zweiten Weltkrieg überall auf der Insel errichtet worden waren und in deren Nähe ich mich noch unwohler fühlte.

»Da seid ihr ja, Kinder. Und, habt ihr etwas Schönes gefunden?«, fragte Greta.

Arwyn drehte sich vor ihnen im Kreis. »Wie findet ihr das?«

Sie nickte anerkennend. Penny, deren Modegeschmack unterirdisch war, wie der knallgelbe Strickpullover, den sie trug, bewies, rümpfte die Nase, aber Polly und Molly bewunderten das Kleid lautstark. Granny lächelte nur. Es würde mich nicht wundern, wenn dieses Kleid dort extra für Arwyn gehangen hatte.

»Es ist etwas anders als das, was ich sonst trage.« Arwyn schielte auf ihre Brüste und das ausgeschnittene Dekolleté. »Aber ich bin verzweifelt genug, es damit zu versuchen. Ein Hexenbesen ist nur eine letzte Option.«

Molly kicherte. »Ich habe einen sehr schönen bei uns zu Hause. Er fliegt nicht, aber vielleicht reicht auch schon sein Anblick.«

»Du wirst sehen, alles wird gut«, versuchte Granny Arwyn Mut zu machen.

»Möchte jemand Tee?«, fragte Meggie. »Da oben ist es ganz schön staubig.«

»Tee und Kuchen wären schön.« Polly sah sie erwartungsvoll an. »Du hast doch gebacken, oder?«

»Wann backe ich mal nicht?«

»Ich kann die Sachen auch holen«, bot Arwyn an. »Du hast schon so viel getan.«

»Lass es Meggie machen«, kam es von Molly. »Dann kann sie aus dem Küchenfenster schauen und gucken, ob Peter in der Nähe ist.«

Meggie stemmte die Hände in die Hüften. »Das tue ich gar nicht, und wenn, dann nur, wenn ich mich um ihn sorge.«

»Ja klar«, erwiderte Greta spöttisch. »Und das völlig selbstlos und ohne jeden Hintergedanken.«

»Ganz genau. Und weil die halbe Insel seine Liebenswürdigkeit ausnutzt«, giftete Meggie sie an. »Und streite es nicht ab, du lässt dir von ihm deine Einkäufe nach Hause tragen, dabei könntest du das gut allein.«

»Aber er hat es mir angeboten«, verteidigte Greta sich, »und ich unterhalte mich gern mit ihm.«

Meggie verdrehte die Augen. »Du unterhältst dich nicht mit ihm, du erzählst ihm deine Lebensgeschichte, und er ist zu höflich, dir zu sagen, dass er sie schon auswendig kennt.«

Greta angelte eingeschnappt nach einem Knopf. »Verteidigt ihn wie eine Löwenmutter ihr Baby«, murmelte sie vor sich hin und ich musste grinsen.

»Ich hätte gern einen Tee«, sagte ich. »Zur Beruhigung.« Dann warf ich Greta einen strafenden Blick zu.

»Ihr wisst ja alle, dass ich mein Seelenbuch gestohlen habe, schätze ich.«

»Es hat alles so geklappt, wie wir geplant hatten.« Greta lächelte selbstgefällig. »Es war nicht so einfach, diese Novizentracht zu besorgen.«

»Ich war nicht sicher, ob Meggie sich das Datum merkt«, ergänzte Polly.

»Und Rafiq war zuerst auch nicht begeistert von der Idee.«

»Du hast mit Rafiq gesprochen?«, fragte ich Penny fassungslos.

»Einer musste dich doch dort hinbringen, und ich konnte mir schon denken, dass du nicht Cedric fragen würdest. Zum Glück seid ihr rechtzeitig wieder verschwunden. Es war ganz schön knapp. Ihr hättet euch wirklich mehr beeilen können.«

»Entschuldige bitte, dass ich mich in einer finsteren mittelalterlichen Bibliothek nicht gleich zurechtgefunden habe«, antwortete ich sarkastisch.

»Schon gut«, winkte sie ab. »Ist ja alles gut gegangen.«

»Wir müssen also Selina überführen und Cedric und Arwyn erlösen. Wie machen wir das?«

»Noah und Arwyn sperren wir einfach für eine Nacht allein in ein Zimmer ein«, sinnierte Molly laut. »Es gab mal diese Tradition. Man nannte es Bundling. Sehr interessante Sache. Ein junges Paar sollte eine Nacht gemeinsam in einem Raum verbringen, ohne sich zu berühren. Dreimal darfst du raten, wie gut das funktioniert hat.«

Die Frauen kicherten wissend, als hätten sie alle Erfahrung mit diesem Brauch.

»Gibt es auch ernst gemeinte Vorschläge?« Glücklicherweise kamen Meggie und Arwyn in dem Moment mit dem Kuchen und dem Tee zurück. Wer wusste schon, was ihnen sonst noch einfallen würde.

»Wolltest du Arwyn nicht noch die Haare machen?«, fragte Greta Meggie. »Das war eine hübsche und modische Frisur – vor ungefähr einhundert Jahren.«

»Das mache ich gleich und ein bisschen Schminke könnte auch nicht schaden.«

Arwyn stellte das Tablett mit den Tassen ab und kaute auf ihrer Unterlippe. »Auf keinen Fall will ich grünes Haar.«

Ich verkniff mir ein Grinsen und sah zur Tür. Wir mussten etwas vorsichtig sein, falls Selina hereinschneite. Ich fragte mich, wo sie gerade war.

»Lass mich das ruhig machen«, sagte Meggie kein bisschen beleidigt. »Es wird Noah aus den Socken hauen.« Bevor jemand etwas einwenden konnte, war sie schon wieder verschwunden.

Arwyns Blick wanderte über die älteren Frauen und dann zu mir.

»Wenn es dir nicht gefällt, musst du es nur sagen. Hier zwingt dich niemand zu etwas«, beruhigte ich sie.

»Vielleicht hätte ich in all meinen Leben etwas mutiger sein müssen«, sagte sie. »Aber ich hatte immer Angst, wieder etwas falsch zu machen.«

»Du bist immer sehr mutig gewesen, Kind«, erwiderte Granny, »und du hast jedes Glück verdient.«

Konnte hier niemand bei der Sache bleiben? Hatten wir nicht Wichtigeres zu besprechen als Haare und Kleider? »Aus welcher Zeit kam Selina, als sie mich von Mum und Dad fortholen wollte? Denkt ihr, sie wollte mich damals schon opfern?«

»Eigentlich warst du zu jung, aber wir haben es trotzdem befürchtet, weil er schon so oft gescheitert war. Es lag auf der Hand, dass er es irgendwann einmal probieren würde, wenn du noch ein Kind bist. Deswegen habe ich deinen Vater in unsere Geheimnisse eingeweiht und ihn beschworen, dich nicht mit Selina mitgehen zu lassen.«

»Aber warum hat sie zugelassen, dass ausgerechnet Marie mir den Seelenanker gibt?« Ich zog die Kette, die ich schon fast mein ganzes Leben lang trug, unter meinem Pulli hervor.

»Sie wollte nicht, dass du ihr entwischst. Du bist schon so früh durch die Zeit gesprungen, und sie wollte sichergehen, dass du auch immer wieder zurückkommst.«

»Also, aus welcher Zeit kam sie denn nun?«

Granny überlegte einen Moment. »Sie war nicht bei Richard, wenn ich mich recht erinnere«, wandte sie sich an ihre Freundinnen. »Oder?«

»Geht sie eigentlich immer wieder an seinen Hof, um Stella zu treffen?«

»Eher um Richard zu sehen«, kam es von Penny. »Sie konnte es einfach nicht lassen, obwohl er nur Augen für Stella hatte. Selina war furchtbar eifersüchtig.«

»Ich ärgere mich so, dass ich sie nicht schon früher durchschaut habe.«

»Dafür haben wir alle zu lange gebraucht«, stimmte Granny ihr zu.

»Ihr glaubt, sie hat ihre Schwester geopfert, weil sie sich in Richard Löwenherz verliebt hatte?«

Molly warf ein viertes Zuckerstück in den Tee. »Das vermuten wir. Aber wir haben keine Beweise.«

»Also, woher kam sie, als sie meine Eltern damals besuchte?«

Granny seufzte. »Ich bin sehr sicher, dass sie aus Orléans kam, und zwar aus dem Jahre 1429.«

»Am 8. Mai 1429 vertrieb Jeanne d'Arc die englischen Truppen aus der Stadt. War Selina etwa bei diesen Kämpfen dabei?«

»Du hattest schon immer ein ungewöhnliches Gedächtnis für historische Fakten«, brummte Polly stolz. Sie hatte mich in Geschichte unterrichtet. »Jeannes Schicksal war tragisch. Wir haben viel zu spät mitbekommen, was Selina vorhatte. Sie opferte das Mädchen, um auch seine Seele an Lazarus auszuliefern. Jeanne waren noch keine neunzehn, und er war einer der Inquisitoren, die sie folterten.«

»Wenn er ihre Seele so unbedingt wollte, weshalb hat er sie sich nicht geholt, bevor sie verbrannt wurde?«

Schweigen breitete sich am Tisch aus, das nur vom Klirren des Löffels unterbrochen wurde, der beim Umrühren gegen die Teetasse stieß.

»Wir glauben, es war ein Experiment«, sagte Granny dann leise. »Er versuchte, Jeannes Seele durch das Feuer zu stärken. Es misslang und danach war ihre Seele verloren. So eine grausame Verschwendung.«

Was sollte ich dazu sagen? Mir wurde abwechselnd kalt und heiß. Die Vorstellung, was das Feuer dieser Seele angetan hatte, war entsetzlich. »War das Selinas Idee oder ist Lazarus allein auf diesen sadistischen Plan gekommen?«

»Das wissen wir nicht«, sagte Greta. »Aber schon dafür, dass sie ihm Jeanne ausgeliefert hat, verdient ihre Seele die ewige Verdammnis. Wir werden sie nicht verfluchen, sondern sofort verstoßen.«

»Wenn wir die Gelegenheit dazu bekommen«, sagte Molly. »Bisher war sie uns immer einen Schritt voraus.«

Meggie kam mit einem Kamm und einer Bürste bewaffnet zurück. Während sie Arwyns Haar entwirrte und sorgfältig kämmte, ließen es sich Molly und Polly nicht nehmen, ihr diverse Tipps zu geben, wie sie Noah für sich gewinnen konnte. Bei ihren Ausführungen wurde Arwyn abwechselnd blass oder knallrot, nickte aber tapfer.

Als Meggie die Bürste beiseitelegte, wellten sich dichte rote Locken über Arwyns Rücken. »Du solltest sie offen tragen. Es sieht so schön aus.«

»Ich flechte dir einfach einen lockeren Zopf«, sagte Meggie. »Dann sieht es nicht so streng aus und es behindert dich nicht. Im Haus kannst du es ja offen tragen.«

»Zupf ihr ein paar Strähnen ins Gesicht«, kam es fachmännisch von Polly. »Die kann Noah ihr dann hinters Ohr streichen.« Sie seufzte. »Ach, ich wünschte, ich wäre noch mal jung.«

»Man ist so jung, wie man sich fühlt«, brummte ihre Schwester.

Meggie zupfte besagte Strähnen aus Arwyns Frisur und schminkte sie so dezent, dass man es kaum sah. Trotzdem leuchteten ihre grauen Augen danach wie Sterne und ihre Lippen glänzten rosa.

Stolz betrachtete Meggie ihr Werk. »Wenn er dich jetzt nicht bemerkt, ist er ein Idiot.«

»Sagt das Mädchen, das seit einem Jahr diesem beschränkten Postboten hinterherläuft.« Diese kleine Stichelei konnte Greta sich nicht verkneifen.

»Er ist nicht beschränkt«, berichtigte Meggie sie. »Er ist nur unglücklich.«

»Wenn ich du wäre, würde ich ihm keinen Kuchen mehr backen.«

»Das kannst du getrost mir überlassen«, erwiderte Meggie. »Ich weiß genau, was er braucht.«

»Und das wäre?«, fragte Granny neugierig.

Das interessierte mich auch.

»Zuwendung«, kam es prompt zurück. »Und eine Freundin.«

»Wenn dir das reicht, dann ist ja alles in Ordnung.«

»Es reicht mir.« Meggie packte die Schminkutensilien wieder ein. »Du wirst dich Noah nicht an den Hals werfen«, sagte sie zu Arwyn, die erschrocken den Kopf schüttelte. »Rede einfach mit ihm. Gib ihm das Gefühl, dass du dich für ihn interessierst.«

»Da frage ich mich doch glatt, wer hier aus welchem Jahrhundert kommt«, bemerkte Polly leise. »Ein Mann sollte sich immer etwas mehr für die Frau interessieren als umgekehrt.«

»Mit der Taktik können wir es ein anderes Mal versuchen«, schlug Granny diplomatisch vor. »Die Mädchen werden schon wissen, was zu tun ist.«

»Könnten wir endlich weiterarbeiten?«, fragte Penny. »*Die Mädchen* brauchen eure Ratschläge nicht. Vielleicht sollte Meggie Arwyn zum Fort begleiten, nur um sich einen Überblick zu verschaffen. Nichts für ungut, Sasha, aber du weißt auch nicht gerade viel über Männer.«

Jemand räusperte sich hinter uns, und als ich aufblickte, standen Noah und Peter in der Tür. Weshalb hatten wir die Ladenglocke nicht gehört? Mein Herz schlug schneller. Zum Glück hatte Selina uns nicht überrascht.

Peter lächelte höflich und tat so, als hätte er die letzten Worte nicht gehört. Noahs Blick schweifte durch den Raum und blieb dann nicht etwa an der wunderschönen Arwyn hängen, sondern an Meggie, die ihn drohend anstarrte.

»Was macht ihr hier?«, fragte ich unhöflich.

»Ich bin mit meiner Runde fertig«, erklärte Peter und starrte auf den Kuchen. »Und ihn«, er fasste Noah kurz an der Schulter, »habe ich unterwegs getroffen. Er wollte Arwyn abholen. Es soll ein Unwetter geben.«

»Wir haben noch Tee übrig«, posaunte Greta heraus. »Wollt ihr uns Gesellschaft leisten?«

»Ich würde gern ein Stück von dem Kuchen kosten.« Noah ging mit selbstsicheren Schritten zum Tisch und setzte sich. »Hallo, Sasha«, begrüßte er mich halbherzig.

»Bewirte doch bitte unseren Gast«, bat Granny Meggie.

»Ich hole noch etwas Kuchen«, bot Arwyn an und verschwand in die Küche.

Meggie goss den Tee so schwungvoll in eine Tasse, dass er Noah auf die Hose spritzte. Er betrachtete die Sauerei gelassen und griff nach einer Serviette. »Das macht gar nichts«, sagte er mit samtiger Stimme und nahm Meggie die Tasse aus der Hand. »Danke schön. Das ist sehr freundlich.« Er lächelte, und zum ersten Mal, seit ich ihn kannte, war ich sicher, dass er nicht an Hexen dachte.

8. Kapitel

Alderney, 12. September 2019, Gegenwart/
Paris im September 1921,
Vergangenheit

Ich war erleichtert, als ich mich endlich in mein Zimmer verdrücken konnte. Wir hatten Noah nur überreden können zu gehen, weil es tatsächlich zu regnen anfing und die Wettervorhersage einen Sturm der Windstärke neun prophezeite. Ich bezweifelte, dass Cedric noch kommen würde. Bei dem Wetter sollte besser niemand auf die Straße gehen.

Ich hatte mir einen Earl Grey gekocht und saß nun auf meinem Bett und blätterte durch mein Seelenbuch. Der Sturm nahm beständig zu, und obwohl ich Stürme gewohnt war, beschlich mich ein mulmiges Gefühl. Das Fensterglas klirrte leise, als der Wind dagegendrückte. Ich versuchte, die Geräusche auszublenden. Unser Haus war zwar alt, aber stabil. Auf der Seite, die ich gerade betrachtete, erschien eine mit Bleistift gezeichnete Skizze. Ein kleines Mädchen saß auf einer Bank. Ihre Beine reichten nicht bis auf die Erde und baumelten in der Luft. Sie trug ein Rüschenkleid und darüber eine Art Schürze, wie sie im 19. Jahrhundert Mode gewesen waren, und ihre Haare waren zu dicken Locken aufgedreht. Auf der Bank neben ihr saß ein junger Mann. Er trug eine schwarze

Hose, ein bequem aussehendes Hemd und eine Krawatte. Obwohl die Zeichnung über einhundert Jahre alt sein musste, konnte ich den jungen Mann deutlich erkennen. Es war Cedric und das kleine Mädchen unzweifelhaft ich selbst. Grundsätzlich war mir schon klar gewesen, dass wir uns vermutlich nicht nur getroffen hatten, wenn ich in seinem Alter war. Aber es so zu sehen, trieb mir die Tränen in die Augen. Er hatte mir in jedem Leben zur Seite gestanden. Ich blätterte noch eine Seite weiter und wünschte, ich wäre mit Noah und Arwyn zum Fort gefahren, aber dafür war es nun zu spät. Ich hatte Claire nicht unbedingt begegnen wollen. Obwohl sie so unfreundlich zu mir war, wollte ich ihr nicht noch mehr wehtun. Sie musste mich und Cedric nicht zusammen sehen. Jetzt vermisste ich ihn allerdings entsetzlich.

Auf der nächsten Seite schob sich ein Foto aus der Mitte des Buches hervor. Es war schwarz-weiß und hatte diesen typischen geriffelten Schmuckrand. Vorsichtig nahm ich es in die Hand und drehte es herum. *Hôtel Ritz, Paris, 1921*, stand auf der Rückseite. Ich legte das Buch zur Seite und beugte mich zu meiner Nachttischlampe, um es besser betrachten zu können. Das Foto war in einem Club aufgenommen worden. Ein tanzendes Paar war zu sehen und mehrere Leute, die an einer Bar standen. Ich betrachtete ihre Gesichter, konnte aber weder Cedric noch Arwyn oder Noah darauf erkennen. Ich blinzelte und schaute genauer hin. War das möglich? An der Bar stand eine Frau. Sie blickte einen Mann an, von dem nur die Rückseite zu sehen war. Die Frau kannte ich, und es bestand kein Zweifel, dass es Selina war. Und zwar die Selina, die jetzt, 2019, lebte. Was machte sie auf einem Foto von 1921, das in meinem Seelenbuch steckte? Und die viel entscheidendere Frage war, wer war der Mann neben ihr? Bevor ich weiter darüber nachdenken konnte, begann es in meinem Kopf zu kreiseln. Stärker und viel schneller als je zuvor. Ich wurde aus meinem Bett gerissen und landete in einem luxuriösen Waschraum. Ich hielt mich an der hellen Marmorplatte fest, und als ich aufsah, blickte ich in ein fremdes Gesicht. Das einzig Vertraute, das ich in meinem Spiegelbild erkannte, waren meine Augen. In diesem Leben hatte ich helle Haut, eine schmale Nase und ein energisches Kinn. Ich trug ein dunkelblaues Kleid, ein äußerst kurzes Kleid, das über der linken Schulter von einem breiten Stoffstreifen gehalten wurde. Vorn am Rock war der Stoff etwas gerafft und mit einer Blume festgesteckt. Ein passendes Band war in meine Pagenfrisur gebunden und wurde an der Stirn von einer kleinen Feder geschmückt. Was zum Teufel war hier passiert? Ich war in der Zeit gesprungen, das war schon klar. Das Foto hatte mich offensichtlich direkt in dieses Leben gebracht. Aber der Sprung war ungewöhnlich schnell passiert, ich war direkt in das Paris der Zwanzigerjahre katapultiert worden. Ich musste Selina finden und herausfinden, was sie hier trieb. Die Chance, ihr endgültig auf die Schliche zu kommen, würde ich so schnell nicht wiederbekommen. Ich wusch mir die Hände, steckte das Foto in die kleine, zum Kleid passende Tasche und sprach mir Mut zu, dann schlüpfte ich hinaus und machte mich auf den Weg in die Pianobar. Ich war an diesem Abend mit Arwyn hier, und ich wusste, dass Cedric und Noah kommen würden. Selbst mein damaliges Ich hatte Probleme mit Claire gehabt, und ich fühlte, dass es zwischen Cedric und mir in diesem Leben nicht sonderlich gut gelaufen war. Ich war furchtbar verliebt in ihn und er war abweisend und bestimmend. Trotzdem hatte ich ihm am Nachmittag offenbar gestanden, dass ich ihn liebte, allerdings hatte er darauf gar nicht reagiert. Ich schluckte bei der peinlichen Erinnerung. In der Bar angekommen, ging ich schnurstracks zur Theke. Arwyn tanzte mit einem jungen Mann, den ich nicht kannte. Von Selina war nichts zu sehen. Ich bestellte ein Glas Champagner. Meine Kehle war wie ausgetrocknet, und ich war nicht sicher, ob von Cedrics Abfuhr oder meiner Aufregung, gleich Selina zu begegnen.

»Als ich vorgeschlagen habe, Arwyn sollte etwas weniger Züchtiges tragen, meinte ich nicht, dass du dich auch so zur Schau stellen sollst«, flüsterte Cedric mir ins Ohr. Ich wirbelte herum. Stimmt, erinnerte ich mich. Diese Diskussion hatten wir auch in diesem Leben geführt. Es war verrückt. Ich wusste selbst, dass die Kleiderwahl extrem gewesen war. Allerdings trugen hier alle jungen Frauen diese Stofffetzen. Arwyn trat zu uns, bevor ich etwas erwidern konnte. Ihre Wangen glühten vor Aufregung und sie sah wunderschön aus. Jetzt lächelte sie Noah zu, der sie mit offenem Mund anstarrte.

»Möchten Sie tanzen?«, fragte er sie.

Sie legte ihre zierliche Hand in seine und er führte sie auf die Tanzfläche. Das Orchester spielte einen Charleston. Arwyn strahlte übers ganze Gesicht.

»Damit ist dein Job erfüllt«, kam es von Cedric. »Soll ich dich nach Hause bringen?«

Ganz sicher nicht. Meine eigentliche Mission war ganz und gar nicht erfüllt. Ich nippte an meinem Glas und beobachtete die beiden. Sie waren wirklich ein schönes Paar, und ich fragte mich, wo Fawkes steckte.

»Möchtest du denn tanzen?«, fragte Cedric und klang etwas angestrengt, als die Musik zu einem langsameren Rhythmus wechselte. Als ich nickte, nahm er meine Hand und führte mich auf die Tanzfläche. Ich legte einen Arm auf seine Schulter und er einen um meine Taille, dann blendete ich den Lärm der Gespräche und das Klirren der Gläser um uns herum aus. Wir tanzten zu diesem

Lied und dann noch zu einem weiteren. Cedric schwieg, und auch ich wusste nicht, was ich sagen sollte. Er zog mich fester an sich, als wir angerempelt wurden, und seine Lippen glitten über meinen Scheitel. Ich seufzte leise, und meine Finger fingen an, mit seinem etwas zu langen Haar zu spielen, dass er der Mode entsprechend nach hinten gekämmt hatte. Verwuschelt gefiel es mir persönlich ja deutlich besser.

»Was du heute gesagt hast«, flüsterte er in mein Ohr. »Denk nicht, ich weiß es nicht zu schätzen. Das weiß ich sehr wohl.«

Ich versteifte mich in seinen Armen. Er meinte damit nicht mich. Nicht Sasha, sondern das Mädchen, das ich in diesem Leben hier gewesen war. Aber trotzdem fühlte ich den Schmerz tief in meiner Seele. Es hatte geglaubt, er erwiderte seine Gefühle, und es war grausam gewesen, zu erkennen, dass dies nicht so war. Aber noch grausamer war das Mitleid in seinen Augen. In diesem Leben hatte er unsere Seelenverwandtschaft erfolgreich vor mir versteckt. Meine Kehle war wie zugeschnürt, und ich wusste nicht, was ich antworten sollte. Der Druck auf meiner Brust wurde mit jedem Ton, den das Orchester spielte, schwerer. Einen Moment fürchtete ich, keine Luft mehr zu bekommen, und presste die Augen zusammen, um nicht in Tränen auszubrechen. Ich wollte, dass er seine Hände von mir nahm. Aber wenn ich jetzt etwas sagte, würde ich schluchzen. Ich hätte auf keinen Fall den Champagner trinken sollen. Das Lied schien kein Ende zu nehmen. Es grenzte beinahe an Folter. Als der letzte Ton verklang, löste ich mich von ihm und wich erleichtert zurück. Ich spürte seinen besorgten Blick, aber ich erwiderte ihn nicht. Stattdessen ging ich an die Bar und der Mann dahinter schob mir ein neues Glas zu. Ich hatte keine Ahnung, ob ich ihn um Wasser bitten konnte. Cedric war mir gefolgt. Ich musste dringend etwas Unverfängliches sagen, aber mir fiel einfach nichts ein. Mein Kopf war leer. Ich hatte gedacht, er würde ähnlich empfinden wie ich. Aber da hatte ich mich offenbar getäuscht. Es war komisch, dass ich die Gefühle aus diesem Leben so deutlich spürte. Ich musste das unterdrücken. Ich wusste doch, was er wirklich für mich empfand.

»Emily«, setzte er wieder in dem bedauernden Tonfall an, den ich hasste, wurde aber unterbrochen, weil ihm jemand auf die Schulter schlug. In diesem Leben hatte ich also Emily geheißen. Blöder Name und blödes Leben.

»Wolltet ihr euch ohne uns amüsieren?« Fawkes grinste Cedric breit an. Hinter ihm standen Rafiq, der mich anlächelte, und Claire, die mich ignorierte. Ich war wirklich froh, die drei zu sehen, weil ich nicht ein weiteres Wort aus Cedrics Mund hätte ertragen können. Claire schob Rafiq zur Seite und schlang einen Arm um Cedrics Taille. Er beugte sich zu ihr herunter und küsste sie auf die Wange. »Wie schön, dass ihr noch gekommen seid.«

Ich trank einen großen Schluck von meinem Champagner, als Claire sich an ihn schmiegte.

Eins musste man ihr lassen, sie sah in jeder Zeit phänomenal aus. Sie trug ein ähnliches Kleid wie Arwyn und ich, nur dass ihres noch aufreizender geschnitten war. Es war in einem dunkelroten Farbton gehalten und hatte am unteren Saum Fransen. Rosafarbene Seidenstrümpfe vervollständigten das Ensemble. Ihr Haar lag in sanften Wellen um ihren Kopf, um den sie eine Perlenkette drapiert hatte. Passend dazu trug sie eine weitere Kette um den schlanken Hals. Cedrics Blick ruhte bewundernd auf ihr.

»Wo sind Noah und Arwyn?«, wandte Fawkes sich an mich, und ich bildete mir ein, in seinem Blick Anteilnahme zu erkennen. Lange würde ich das nicht mehr ertragen.

»Sie tanzen.« Ich wies mit dem Kinn auf die Tanzfläche. Gerade drehte Noah Arwyn einmal um sich selbst. Sie lächelte ihn an. Die beiden ernteten bewunderndes Klatschen.

»Sie sieht verändert aus«, sagte Fawkes. Seine Augen glänzten und er konnte kaum den Blick von ihr nehmen. Er winkte dem Mann hinter der Theke zu und bestellte sich einen Gin. »Sie wirkt glücklich.«

»Vielleicht hat sie beschlossen, in die Offensive zu gehen und nicht zu warten, bis Noah sie bemerkt«, sagte ich vorsichtig. Ich wusste, dass ich auch in diesem Leben Arwyn unterstützt hatte, den Fluch zu brechen. Heute Abend hatten wir uns besonders hübsch ausstaffiert.

Fawkes lächelte traurig. »Ich wünsche ihr alles Glück der Welt.«

»Auch wenn es mit Noah ist?«, fragte ich vorsichtig.

»Meine erste Wahl für sie wäre er nicht.« Er zwinkerte mir zu, und obwohl er es gut verbarg, sah ich den Schmerz in seinen Augen.

Irgendwie fühlte sich meiner dadurch etwas erträglicher an. Ich war nicht der erste und würde auch nicht der letzte Mensch auf der Welt sein, der liebte und nicht wiedergeliebt wurde. Ich würde darüber hinwegkommen, auch wenn es sich gerade nicht danach anfühlte. Ich durfte nicht vergessen, dass Cedric mich in meinem Leben liebte. Ich trank meinen Champagner aus und versuchte mich an diesem Gedanken festzuhalten. Als Claire allerdings Cedrics Hand nahm, ihn auf die Tanzfläche zog und die beiden sich in den Arm nahmen, war es um meine Selbstbeherrschung geschehen. Ich presste die Lippen fest zusammen und schloss für eine Sekunde die Augen. Als ich sie wieder öffnete, drehte sich auf der anderen Seite der Bar eine Frau um, und ich blickte in Selinas Gesicht. Glücklicherweise schien sie mich nicht zu bemerken, aber ich war sicher, dass sie nicht zufällig hier war. Ich musste versuchen, einen Blick auf den Mann neben ihr zu erhaschen.

»Diese Sache mit ihm und Claire …«, setzte Rafiq an.

»Bitte nicht«, sagte ich hektisch und ärgerte mich sofort über diese emotionale Reaktion. »Es interessiert mich nicht.« Ich zwang mich zu einem Lächeln. »Mir ging es nur um Arwyn. Deswegen bin ich hier.«

»Natürlich. Entschuldige«, sagte Rafiq ernst. »Ich wollte mich nicht einmischen. Soll ich dich nach Hause begleiten?«

Sollte ich ihn einweihen? Aber dann würde er Cedric Bescheid geben, und was dann passierte, konnte niemand von uns wissen. Wir durften nichts verändern und ich wollte ihn wirklich nicht in Schwierigkeiten bringen. Das hier musste ich allein durchziehen. Ich wollte die beiden ja auch nur ganz kurz beobachten. Nur um sicherzugehen. Was, wenn der Mann Lazarus war? Der Erste Weltkrieg lag nur drei Jahre zurück. Bestimmt hatte er dort genug Seelen gefunden. Er konnte durchaus so gut genährt sein. Ein Schauer lief mir über den Rücken. Weshalb hatte ich mein Handy nicht mit? Dann hätte ich ein Foto machen können.

»Bleib ruhig hier. Ihr seid ja gerade erst gekommen. Unser Fahrer steht draußen.«

Selina stellte ihr Glas ab und drehte sich um. Der Mann legte ihr eine Hand auf den Rücken, und sie machten Anstalten, die Bar zu verlassen.

Ich schob mich an den spärlich bekleideten Frauen und den Smoking tragenden Männern vorbei, um sie nicht aus den Augen zu verlieren. Dann eilte ich durch das Foyer des Hotels. Ein Diener öffnete ihnen gerade die Glastür, die nach draußen führte. Durch die Scheiben sah ich, dass die beiden nach links schlenderten.

Die Place Vendôme war trotz der späten Stunde noch von jeder

Menge Leute bevölkert. Die beiden würden mich kaum bemerken, wenn ich ihnen folgte. Nur ein kleines Stück, schwor ich mir. Dann würde ich zurückgehen. Ich durfte mein damaliges Ich auf keinen Fall in Gefahr bringen. Auf dem Gehweg traf mich ein Schwall kalter Luft. Kurz überlegte ich, zurückzugehen, um meine Jacke von der Garderobe zu holen, aber dann würde ich sie sicher verlieren. Ich ging ihnen langsam hinterher und ignorierte die Blicke der Menschen, die allesamt in warme Jacken und Mäntel gehüllt waren. Die beiden bogen nach links ab und ich folgte ihnen weiter. Konnten sie nicht mal vor einem Schaufenster stehen bleiben, damit ich wenigstens das Profil des Mannes erkennen konnte? Nur noch zweihundert Meter, schwor ich mir, dann würde ich zurückgehen. Wieder bogen sie ab. Aus einem Café drang leise Musik. Es waren kaum noch Menschen unterwegs. Am Rand der Straße standen ein paar Pferdekutschen und -fuhrwerke. Die Musik klang plötzlich verzerrt. Rechts und links konnte ich kaum noch die Häuser erkennen. Weißer Nebel kroch aus den Fugen des Kopfsteinpflasters zu meinen Füßen. Wo waren all die anderen Passanten geblieben? Ich drehte mich um. Weshalb war ich plötzlich allein? Ich rannte in die Richtung zurück, aus der ich gekommen war. Es wurde kälter und kälter. Und dann roch ich sie. Von dem Geruch nach Fäulnis und Verwesung wurde mir sofort übel. Galle stieg mir die Speiseröhre hinauf. Ich taumelte nach hinten und von links erklang ein Lachen. Ich war so dumm gewesen. Das war eine Falle und Selina hatte sie mir gestellt. Wie hatte sie das gemacht? Etwas war mit dem Bild nicht in Ordnung gewesen. Das Foto hatte mich hierhergebracht.

Fünf Seelenmagierinnen hatten mich beschützt. Ich hatte gewusst, zu was Selina fähig war, und trotzdem war ich ihr in der Dunkelheit durch die Straßen von Paris gefolgt. Wenn Lazarus mir die Seele nahm, hatte ich es nicht anders verdient, aber ich konnte jetzt auch nicht einfach nach Alderney zurückspringen. Ich würde Selina und Lazarus auf keinen Fall mein jetziges Ich kampflos überlassen. Und so viel war klar, auch Selina hielt sich nicht an die Regel des Codex, die Vergangenheit nicht zu verändern. Nichts anderes tat sie gerade. Wenn Lazarus meine Seele heute bekam, würde es mich in Zukunft nicht mehr geben.

Ich rannte weiter, was mir in den hohen Schuhen nicht leichtfiel. Es waren zwar keine High Heels, aber trotzdem blieb ich mit den Absätzen ständig am Kopfsteinpflaster hängen und stolperte fast. Ich ballte die Fäuste und versuchte, meinen Seelenschimmer zu erzeugen. Er würde sie eine Weile auf Abstand halten. Würde Selina zusehen, wenn Lazarus meine Seele zersplitterte? Von rechts drangen Schritte an mein Ohr. Von hinten berührte mich etwas. Es fühlte sich an wie der Finger eines Skelettes. Jemand schubste mich nach vorn. Wollten sie mich jagen, bevor sie mich zur Strecke brachten? »Lauf«, flüsterte eine mir wohlbekannte Stimme ins Ohr. Lazarus' heißer Atem strich über mein Gesicht. »Wir geben dir etwas Vorsprung. Jetzt haben wir dich endlich und meine Männer möchten etwas Spaß. Aber keine Angst, deine Seele gehört mir ganz allein.«

»Das glaubst aber auch nur du«, zischte ich und hob meine Hand. Der Nebel verbarg ihn, aber ich fand sein Gesicht trotzdem und drückte ihm meine Handfläche ins Gesicht. Mein Seelenschimmer schoss heraus und er schrie. Es roch nach verbranntem Fleisch. Ich streifte meine Schuhe ab, sprang auf und sprintete los. Der Nebel lichtete sich leicht. Ich bog ab. Meine Magie brauchte einen Moment, um sich zu regenerieren. Immerhin hatte ich es dieses Mal geschafft, sie mir etwas einzuteilen. Aus den Fingern meiner anderen Hand wand sich ein glänzendes Seil. Ich konnte meine Verfolger nicht abschütteln, und ich wusste nicht, wie viele es waren. Ein gespenstisches Lachen erklang erst von rechts und dann von links und ganz unvermittelt traf mich eine Wolke ihres Gestanks von vorn. Ein Luftzug streifte mich, als eine Gestalt an mir vorbeischwebte. Jetzt war es nicht mehr nebelig, sondern stockfinster. Ich verlor die Orientierung und wusste nicht mehr, wohin ich laufen sollte, aber stehen zu bleiben war keine Option. Ich stolperte und fiel auf die Knie. Das Pflaster schrammte mir die Handflächen auf. Eine Knochenhand stieß mich von hinten zu Boden. »Genug gespielt.« Ein weiterer Schlag traf mich in die Seite und ich krümmte mich zusammen. Ich hatte nie wissen wollen, wie eine Seele zersplittert wurde, aber nun spürte ich, wie sie an meiner zerrten. Ein Brennen zog durch meinen Körper. Fauliger Atem strich über mein Gesicht. »Öffne deinen Mund«, verlangte Lazarus. »Wir bringen es hier und jetzt zu Ende. Ich werde nicht mehr warten. Du bist mir viel zu oft entkommen.«

Ganz sicher würde ich nicht freiwillig den Mund öffnen. Ich rollte mich zu einer Kugel zusammen und versteckte mein Gesicht zwischen den Beinen.

Ein Fluch ertönte und dann zischte eine Peitsche durch die Luft. Der knallende Ton verklang, als der Lederriemen meinen Rücken traf. Ich konnte nicht einmal schreien, so allumfassend war der Schmerz. Der Stoff des Kleides zerriss und das Leder durchschnitt die Haut auf meinem Rücken. Mein Körper streckte sich und dann wurde ich herumgerollt. Eisige Finger bohrten sich zwischen meine Lippen und rissen sie auf. Ich schloss die Augen und betete, dass es schnell vorbei sein würde. Vielleicht hätte ich Cedric sagen sollen, dass er mich nicht zurücklieben musste. Seine Gefühle änderten nichts daran, was ich für ihn empfand. Aber dafür war es nun zu spät.

»Sie mich an«, verlangte Lazarus. »Hast du gedacht, du könntest mir ewig entwischen? So eine kostbare kleine Seele.« Er lachte und zerrte meine Lippen noch weiter auseinander. »Je weniger du dich wehrst, umso schneller ist es vorbei.« Er leckte über meine verletzte Wange. Ich riss ein Knie hoch, traf aber nicht die richtige Stelle. Er zuckte trotzdem zusammen.

»Immer noch so viel Kraft«, knurrte er und es schien ihn zu erstaunen.

Dann blendete mich grelles Licht. Blitze zuckten durch die Luft. Ich roch verbranntes Fleisch und die Finger verschwanden aus meinem Mund. Ich rollte mich zur Seite und übergab mich. Kühle Finger strichen mein Haar aus dem Gesicht. Ich schrie auf, schlug um mich.

»Bring sie weg von hier«, brüllte eine Stimme. Arme umklammerten mich. Worte versuchten, zu mir durchzudringen. Ich hörte nur ein Rauschen in meinem Kopf, das immer mehr anschwoll. Ein Schlag gegen meine Schläfe brachte mich für einen Moment noch mal zur Besinnung, bevor Dunkelheit mich umfing.

9. Kapitel

Frankreich, 3. bis 4. Juni 1639,
Vergangenheit

Es war mitten in der Nacht, als ich zu mir kam. Ich hatte keine Ahnung, wo ich mich befand, aber ich lag definitiv nicht in meinem Bett, denn es roch ganz anders. Von der festen Bettwäsche stieg mir der Duft von Lavendel in die Nase. Was war mit mir passiert? Ich hatte Durst, aber ansonsten fühlte ich mich wie immer. Lazarus und seine Männer hatten mich doch verletzt, weshalb hatte ich gar keine Schmerzen? Ich musste herausfinden, wohin es mich dieses Mal verschlagen hatte. Sprang meine Seele jetzt willkürlich durch die Zeit? Was war aus meinem Ich im Jahr 1921 geworden? Ich wollte mich aufrichten, um aufzustehen, als ein Arm sich um meine Taille schlang.

»Sasha?«, murmelte er schlaftrunken. »Kannst du nicht schlafen? Es ist alles gut«, flüsterte Cedric an meinen Nacken. »Hier bist du in Sicherheit.«

Ich erstarrte, als er mich näher zu sich heranzog. Mein Rücken war jetzt fest an seinen Oberkörper gepresst. Was tat er in meinem Bett? Nicht dass es mich störte, aber wie war er hineingekommen?

Er hauchte Küsse auf meinen Nacken und es fühlte sich so

schön an. Egal, in welchem meiner Leben wir uns befanden, unsere Beziehung hatte deutliche Fortschritte gemacht. Fast musste ich kichern, aber stattdessen drehte ich mich in seinen Armen um. Das wenige Mondlicht reichte aus, um seine Gesichtszüge zu erkennen.

»Wo sind wir?«, fragte ich und legte ihm eine Hand auf die Wange. Seine Bartstoppeln kratzten an meiner Haut.

»Auf einem Bauernhof in einem abgelegenen Tal des Luberon-Gebirges. Arwyn lebt hier. Avignon ist nicht weit.«

»In welchem Jahr?«

»1639«, kam es einsilbig zurück.

»Mitten im Dreißigjährigen Krieg?«

Er zuckte mit den Achseln. »Die Seelenjäger sind auf den Schlachtfeldern. Hier müssten wir einige Zeit vor ihnen sicher sein. Danach gehen wir nach Versailles an den Hof von Ludwig XIV. Noah ist dort im Jahre 1701 dem Botschafter der englischen Krone unterstellt und Arwyn ist die Hofdame der Königin.«

Da hatte offenbar jemand Pläne für mich gemacht. »Was ist passiert?« Ganz offensichtlich war ich hier nun wieder mein Ich aus dem Jahre 2019, sonst würde er mich nicht Sasha nennen.

Er zog die dünne Decke über meine Schultern und strich mir eine Haarsträhne aus dem Gesicht. »Lazarus hätte dich fast bekommen. Es war sehr knapp. Wenn dir etwas zugestoßen wäre, hätte ich mir das nicht verziehen. Du hattest versprochen, nichts auf eigene Faust zu unternehmen.«

»Das habe ich auch nicht. Aber in meinem Seelenbuch war ein Foto«, begann ich. »Es war aus dem Jahr 1921, und Selina war darauf, wie sie in dieser Bar stand. Ich wollte nicht in dieses Leben gehen, aber plötzlich steckte ich in meinem damaligen Ich. Es fühlte sich nicht mal wie ein Zeitsprung an. Alles ging so schnell.

Ich bin Selina gefolgt, weil ich wissen wollte, wer der Mann war, mit dem sie sich traf.«

»Das war eine Falle« sagte Cedric. »Selina muss das Bild in dein Buch getan haben. Es war ein Jumper«, erklärte Cedric. »Rafiq hat es in deiner Handtasche gefunden und vernichtet. Es tut mir so leid. Wir hätten daran denken sollen.«

»Was ist ein Jumper?« Davon hatte ich noch nie gehört.

»Ein magischer Gegenstand, der eine ganz bestimmte Person an einen ganz bestimmten Ort bringt, und zwar zu einer ganz bestimmten Zeit. Jumper sind schon vor langer Zeit verboten worden.«

Unglaublich. Dann hatte Selina auch das geplant? Ich unterdrückte ein Zittern. »Sie wusste, dass ich mein Buch holen würde?«

Cedric nickte.

»Erzähl mir, was passiert ist. Das Letzte, woran ich mich erinnere, ist, dass Lazarus über mir kniete und mich zwang, den Mund zu öffnen.«

»Wir kamen gerade noch rechtzeitig. Deine Großmutter hat dich zuerst ins Jahr 2019 zurückgebracht, aber dort konntest du nicht bleiben. Selina weiß nicht, was du tatsächlich gesehen hast, und sie kann nicht riskieren, dass du sie vor dem Zirkel anklagst.«

»Was ist mit meinem Ich von 1921 passiert?«

»Du wurdest verletzt. Aber Rafiq hat sich um dich gekümmert. Du hast überlebt.«

»Und dann hast du mir die Passage nach Amerika bezahlt.«

»Das habe ich.« Er küsste mich auf die Stirn. »Ich konnte dich unmöglich diesem alten Mann überlassen.«

»Aber Claire hat dir in diesem Leben ziemlich nahegestanden, oder?«

Er strich mir eine Haarsträhne aus dem Gesicht. »Es war unfair von mir, ihr Gefühle vorzuspielen, die ich nicht hatte. Es war nicht nur unfair, sondern auch gemein. Aber es war der effektivste Weg, dich auf Abstand zu halten.«

»Weshalb wolltest du mich auf Abstand halten?« Mein Blick glitt zu seiner Brust, und mir fiel auf, dass sie nackt war. Ich hob die Hand und glitt mit einem Finger darüber.

Cedric zischte leise. »Das weißt du doch.«

»Wo ist Claire jetzt?«

»Sie ist mit Fawkes unterwegs, aber wir erwarten sie morgen.«

»Gaukelst du ihr in diesem Leben auch etwas vor? Ich bin normalerweise ja nicht hier.«

Seine Finger kämmten mein Haar. »Den Fehler habe ich nur ein Mal begangen, und streng genommen habe ich ihn, von hier aus betrachtet, auch erst in der Zukunft gemacht. Dein jetziges Ich ist ein kleines Mädchen und lebt in Schweden. Ich schaue ab und zu nach dir.«

»Ich habe ein Bild von uns gesehen. Ich war vielleicht fünf. Du hast mich oft besucht«, stellte ich fest.

»Ich habe versucht, immer bei dir zu sein, wenn du mich brauchtest, egal, wie alt du warst.«

Das war eine tröstliche Vorstellung. Fast so, als wäre er mein ganz persönlicher Schutzengel.

»Obwohl ich am liebsten in deiner Nähe war, wenn wir ungefähr in einem Alter waren.« Er gab mir einen Kuss auf die Nasenspitze und lächelte verschmitzt.

Ich lachte leise und strich nun mit der gesamten Handfläche über seine Brust, zu seinen Schultern und seinen Oberarm entlang. Sein Blick verdunkelte sich. »Wie habt ihr mitbekommen, dass ich verschwunden bin?«

»Als der Sturm einigermaßen abgeflaut war, bin ich zu euch

gefahren. Du warst fort, nur dein Buch lag noch dort. Ich habe deiner Großmutter Bescheid gegeben, und dann sind wir dem Zeitfaden gefolgt, der noch geglüht hat. Rafiq hatte die viele Seelenjäger schon gespürt und war rechtzeitig mit uns zur Stelle.«

»Habt ihr Selina gesehen?«

»Nein. Sie muss sich vorher aus dem Staub gemacht haben.« Er strich mir über die Wange. Dann beugte er sich zu mir herunter und küsste mich. »Jag mir bloß nie wieder so einen Schrecken ein.«

»Ich versuche es.« Ich küsste ihn sanft zurück.

»So nah ist Lazarus dir noch nie gekommen.« Seine Lippen zitterten, und er drehte uns beide herum, sodass er auf mir lag. Sein Kuss vertiefte sich. »Fast hätte ich dich verloren.« Seine Hand glitt über meine Seite und ich verfluchte das züchtige Nachthemd, das ich trug. Wer hatte mich eigentlich umgezogen?

Ich streichelte seinen Rücken. Ganz langsam und vorsichtig. Er fühlte sich so gut an und so vertraut, und ich musste mir jede Einzelheit von ihm einprägen, bevor ich ihn verlor. »Das hast du aber nicht.« Wie gern würde ich einfach hierbleiben. In dieser Zeit, in diesem Bett. Aber das ging natürlich nicht.

»Ich mag es, dich zu küssen«, flüsterte er. »Ich kann nicht genug davon bekommen.«

Ich schob die Hände vorsichtig unter den Bund seiner Hose. Nur ein winziges Stück. Cedric knurrte an meinem Mund und das Geräusch vibrierte durch meinen ganzen Körper. Und dann waren wir nur noch Münder, Hände, Küsse, Streicheln, Berührungen. Cedric half mir, mich aufzusetzen, und zog mir das Nachthemd über den Kopf. Seine Finge glitten über meine Schultern, meine Brüste bis zu meiner Taille. Ganz langsam und beinahe ehrfürchtig. Seine helle Haut war kühl und fest wie glatter Marmor. Ich küsste die angespannten Muskeln an seinen Oberarmen und an seiner Brust. Die Küsse wurden tiefer und inniger. Ich presste mich an ihn und unsere Glieder verschlangen sich ineinander. Sein Körper lag auf meinem. In dem Dämmerlicht konnte ich in seinem Gesicht genau ablesen, was er fühlte. Es war dasselbe, was ich empfand. *Endlich*. Die Hitze, die seine Berührungen in mir aufsteigen ließen, war kaum auszuhalten, aber ich wollte immer noch mehr. Ich brauchte noch mehr. Unsere Hände glitten über unsere Körper. Sanft und trotzdem voller Verzweiflung. Wie oft waren wir in unseren gemeinsamen Leben schon an diesem Punkt gewesen?

»Wenn ich aufhören soll, musst du es jetzt sagen, Sasha«, sagte Cedric mit kehliger Stimme, als könnte er sich kaum noch beherrschen.

»Hör nicht auf«, flüsterte ich und umklammerte ihn noch fester. »Hör nie wieder auf.«

Und das tat er auch nicht. Ich war verloren in dem Gefühl, ihn überall zu spüren. Auf mir, in mir und um mich herum. Er war alles, was ich wollte und brauchte. Wenn ich ihn je verlor, würde meine Seele daran zerbrechen.

Später lagen wir eng umschlungen nebeneinander. Immer noch streichelten und küssten wir uns. Ihn zu küssen und zu berühren, schien mir eine absolute Notwendigkeit zu sein. Als würde er verschwinden, wenn ich es nicht mehr tat.

»Wir sollten jetzt schlafen«, flüsterte er irgendwann halbherzig und knabberte gleichzeitig an meinem Hals.

»Du kannst gern schlafen.« Ich lächelte und küsste seine Brust, die sich unter meinen Lippen zusammenzog. »Ich werde keine Sekunde dieser Nacht verpassen.«

»Dann muss ich dir wohl Gesellschaft leisten.«

»Ich hoffe, es ist nicht zu anstrengend für dich.«

Leise lachend stürzte er sich auf mich. Ich liebte ihn, wurde mir in diesem Moment klar. Ich hatte ihn immer geliebt und ich würde ihn immer lieben.

Als ich das nächste Mal aufwachte, war es heller Tag. Das Sonnenlicht strömte ins Zimmer und von draußen hörte ich das Wiehern von Pferden und das Bellen eines Hundes. Cedric lag nicht mehr neben mir, und ich verfluchte mich, weil ich wohl doch eingeschlafen war. Die Tür stand offen und der Duft von Kamillenblüten drang herein. Hastig schlüpfte ich in das Kleid, das neben dem Bett lag und besser in diese Zeit passte als eine Jeans. Dann lief ich in die Küche.

Arwyn stand am Herd und rührte in einem Topf. Durch das Fenster sah ich Fawkes Holz hacken, während Rafiq in der Tür lehnte, die zum Garten führte.

»Guten Morgen«, begrüßte Arwyn mich. »Ich dachte schon, du wachst nie auf.«

»Hallo«, erwiderte ich. »Weißt du, wer ich bin?« Sie nickte. »Cedric und Rafiq haben es mir gesagt. Ich freue mich, dass du hier bist.« Sie lächelte. »Das ist ein schönes Haus.« Das war eine komische Situation. Ich kannte Arwyn aus ihren Leben 1837 und 2019. »Ist Noah auch hier?«

»Nein, er ist im Krieg«, antwortete sie. »Er dient im Heer von Manassès de Pas, dem Marquis de Feuquières.«

»Kommt er irgendwann zurück?«

Sie schüttelte den Kopf. »Er fällt in ein paar Tagen bei der Belagerung der Stadt Diedenhofen.«

»Macht es dir nichts aus?«, fragte ich schockiert. »Weshalb holt ihr ihn nicht zurück?«

»Du kennst doch die Regeln«, sagte Arwyn. »Er hat sich sowieso nicht für mich interessiert. In diesem Leben hat er eine andere Frau geheiratet. Ihre Familie war vermögend und konnte ihm ein Offizierspatent kaufen. Der Krieg war seine ganze Leidenschaft.«

Von der Tür ertönte ein Brummen. Fawkes lehnte neben Rafiq im Türrahmen und sein Blick ruhte auf ihr. »Er hat sich schon für dich interessiert. Aber nicht so, wie du es verdient hast.«

Verlegen strich sie ihr Kleid glatt. »Hast du Hunger?«, fragte sie mich dann. »Ich habe eine Suppe gekocht und Tee.«

Sie wollte das nicht vor Fawkes diskutieren, aber Noah wurde mir von Leben zu Leben unsympathischer.

»Ein Suppe wäre gut. Wo ist Cedric?«

»Er ist ins Jahr 2019 zurückgegangen, aber er hat versprochen, so schnell wie möglich zurück zu sein.«

»Was will er dort?«

»Mit deiner Großmutter die weitere Vorgehensweise besprechen.«

»Okay.« Hätte er nicht vorher mit mir sprechen können? Dann hätte ich ihn begleitet. Aber das war vermutlich der Grund, weshalb er allein gegangen war. Das Jahr 2019 würde mich nicht so schnell wiedersehen.

Wir hatten eine Decke und jede Menge Kissen auf die Wiese gebracht und Rafiq und ich ließen uns von der Sonne wärmen. Der Wind wiegte sanft die Zweige der Obstbäume, die die eine Seite des Grundstücks begrenzten. Es war friedlich und fast unvorstellbar, dass seit über zwanzig Jahren einer der furchtbarsten Kriege durch Europa tobte. Ich betrachtete den wolkenlosen Himmel über mir. Ein Falke schwebte reglos in der Luft und wartete auf seine Beute. Genauso warteten die Seelenjäger in den Weiten der Zeit auf mich. Ein Schauer lief mir über den Rücken, als ich an Lazarus' Gier dachte und an seine Geduld. So viele Jahrhunderte wollte er mich nun schon. Würde er je aufgeben?

»Weißt du, weshalb Lazarus unbedingt meine Seele will?«, fragte ich Rafiq. »Weshalb denkt er, sie wäre etwas Besonderes, und wie kommt er auf die Idee, sie könnte ihn wieder menschlich machen und sein Bedürfnis nach immer neuen Seelen stillen?«

»Lazarus lebte in dieser Zeit, und es würde mich nicht wundern, wenn er dort Informationen gefunden hat, wie er seinem Schicksal entkommen kann. Im Grunde ist er auch verflucht.«

Darüber konnte man geteilter Meinung sein. »Seit wann lebt er denn?«

»Seit über zweitausend Jahren, und immer war er auf der Jagd nach Seelen, die ihn am Leben halten. Einem Leben ohne Sinn, Inhalt und ohne Freunde.«

»Bedauerst du ihn etwa? Er hat vielen Menschen Schreckliches angetan.«

»Bedauern ist zu viel gesagt, aber er war einmal ein Mensch. Mit Wünschen und Träumen – bis ihn dieses Schicksal ereilte. Niemand hat das verdient.«

»Wie alt bist du eigentlich?«

»Ich wurde im Jahre 633 geboren.«

»Kurz nach dem Tod des Propheten Mohammed.« Ich bildete mir ein, immer noch Lazarus' Finger zu schmecken.

»Genau. Mein Vater war 629 bei der Eroberung Palästinas dabei.«

»Offensichtlich ist er nicht gefallen«, murmelte ich. »Das arabische Heer wurde damals geschlagen.«

»Das stimmt zwar, aber trotzdem machten sie auf dem Rückzug Gefangene. Meine Mutter war eine davon.«

»War sie Jüdin? Heißt du deswegen Samuel?«

»Ja«, bestätigte er. »Sie war wunderschön und mein Vater verliebte sich in sie. Zurück in Mekka, machte er sie zu seiner Hauptfrau. In der damaligen Zeit eine sehr drastische Entscheidung, wie du dir denken kannst.«

»Hat sie ihn auch geliebt? Ich könnte mir nicht vorstellen, mit einem Mann verheiratet zu sein, der nebenbei noch andere Frauen hat.«

Rafiq zuckte mit den Schultern. »Damals war es Tradition. Niemand stellte es infrage.«

»Aber deine Mutter war Jüdin. Juden leben monogam«, insistierte ich trotzdem.

»Mein Vater hatte sich für sie entschieden, sie wollte keine weiteren Forderungen an ihn stellen. Und wenn es dich beruhigt«, er zwinkerte mir zu, »sie wusste immer, dass sie die einzige Frau war, die er wahrhaftig liebte, und ja, sie liebte ihn ebenfalls sehr.«

Ein warmes Gefühl breitete sich in meiner Brust aus. »Willst du mir damit sagen, dass man für die Liebe bereit sein muss, Kompromisse zu schließen?«

»Ich will gar nichts sagen. Ich erzähle dir nur die Geschichte meiner Eltern.« Er streckte sich neben mir aus. Trotz der Wärme trug er seine übliche schwarze Kleidung, auch wenn diese hier recht schlicht geschneidert war. Vermutlich machte einem der französische Sommerwind nichts aus, wenn man arabische Wüstenhitze gewohnt war.

»Wie bist du zu einem Wanderer geworden?«

»Als ich zehn Jahre alt war, erkrankte ich schwer. Niemand konnte mich heilen und ich stand an der Schwelle des Todes. Mein

Vater war nicht bereit, mich gehen zu lassen. Sein Stamm hatte schon immer eine besondere Verbindung zu den Geistern der Wüste gehabt, also nahm er mich nachts mit hinaus und flehte sie an, mich zu retten.«

Ich stellte mir Rafiq als kleinen kranken Jungen vor, der in den Armen seines Vaters nachts in der Kälte der Wüste erbärmlich fror.

Seine Stimme klang nun wie aus einer untergegangenen Zeit. »Die Dschinn erhörten ihn und kamen, um mich zu prüfen. Meine Seele stand bereits an der Schwelle, und sie sagten meinem Vater, dass sie mich nur noch mit dem Atem der Dschinn retten könnten und dass dieser Atem meine Seele für immer an diese Welt binden würde. Mein Vater willigte ein und so wurde ich zum Wanderer. Deshalb bin ich für immer an dieses irdische Dasein gefesselt. Ich wurde zwar erwachsen, aber nach meinem fünfundzwanzigsten Geburtstag hörte ich auf zu altern.«

»Deine Seele kann nie zu ihrem Ursprung zurückkehren?« Ich war mit dem Glauben aufgewachsen, dass es das war, was eine Seele normalerweise antrieb.

Rafiq schüttelte den Kopf. »Gott schuf die Menschen aus Erde, die Dschinn aus Feuer und die Engel aus Licht. Wenn ein Dschinn stirbt, wird seine Seele zu Feuer – und Wüstenwind. Ich denke, mit meiner wird es ähnlich sein. Falls ich überhaupt je sterbe. Wir Wanderer sind sehr zäh.«

»Weshalb ist das so?«

»Weil wir das Erbe mindestens zweier Arten in uns vereinen. Es macht uns unsterblich. Wir können zwar getötet werden, aber von allein sterben wir nicht.«

»Bist du ganz sicher, dass deine Seele nicht zurückkehren kann?«

Er lächelte mich an. »Nein«, sagte er. »Sicher bin ich nicht. Aber es gibt niemanden, den ich fragen kann.«

»Bist du deinem Vater böse, weil er über dein Schicksal entschieden hat?«

»Über die vielen Jahrhunderte hinweg haderte ich öfter mit ihm. Vor allem, wenn ich jemanden verlor, den ich liebte. Meine Frau und meine Kinder. Ich überlebte sie alle. Irgendwann begriff ich, welches Geschenk er und die Dschinn mir gemacht hatten und welche Verantwortung ich trage. Die Welt ist kein einfacher Ort, und es gibt genug Menschen, die Hilfe brauchen.«

»Wie Cedric, Noah und Arwyn«, sagte ich.

»Ganz genau.«

»Und mir wirst du auch helfen.«

»Möchtest du immer noch lernen, deine Magie in dir zu verschließen?«

Ich seufzte. »Ich glaube nicht, dass ich es hinkriege, meine Magie lässt sich nicht bändigen. Und es ist auch nicht mehr so wichtig.«

»Die Magie hat dir nicht gehorcht, weil du sie unbedingt verleugnen wolltest. Du musst achtsamer mit ihr umgehen. Nur wenn du sie akzeptierst, folgt sie deinem Willen.«

In meinen Fingerspitzen begann es zu kribbeln und feine Fäden Seelenschimmer brachen daraus hervor.

Rafiq betrachtete den blauen Nebel. »Dreh die Handflächen nach oben und lass ihn den Himmel sehen.«

Ich folgte seiner Aufforderung und der Schimmer verdichtete sich.

»Jetzt lass ihn fliegen«, sagte Rafiq leise, als wollte er meine Konzentration nicht stören.

In meinem Kopf formten sich Flügel, und dann wurde der Seelenschimmer zu kleinen Libellen, deren durchscheinende Flügel wie Regenbogen glitzerten und die in den Sommerhimmel davonflogen. Immer mehr stoben aus meinen Handflächen hervor.

»Und jetzt schließ deine Hände. Dann hört es auf.«

Das würde nie funktionieren, aber ich tat ihm den Gefallen. Vorsichtig schloss ich die Hände, um die Tiere nicht zu erdrücken. Es kribbelte noch ein wenig, aber der Seelenschimmer zog sich umgehend zurück. Ich öffnete meine Hände wieder und da war nichts mehr.

Rafiq lächelte triumphierend. »Es ist ganz leicht, oder? Er gehorcht dir.«

»Aber ich habe doch gar nichts gemacht.«

»Doch, du hast ihn angenommen und als einen Teil von dir akzeptiert. Vorher wolltest du ihn mit Gewalt zwingen, dir zu gehorchen, aber so funktioniert Magie eben nicht.«

»So einfach war das? Weshalb hat meine Großmutter mir das nicht erklärt?«

»Ich bin sicher, das hat sie. Aber hast du ihr auch richtig zugehört?«

Möglicherweise nicht so, wie ich es hätte tun sollen. »Denkst du, wir schaffen, es Lazarus und Selina zu besiegen und Cedric zu retten? Ich weiß nicht, was ich tun soll, wenn ich Cedric verliere.«

Er legte einen Arm um mich und zog mich behutsam an seine Brust. Er war wunderbar warm und für den Moment fühlte ich mich geborgen. »Wenn du ihn verlierst, dann wirst du weitermachen. Dann wirst du für ihn kämpfen.« Er drehte den Kopf und blickte zu dem alten, etwas windschiefen, weiß verputzten Haus. Nur eine Minute später kamen Cedric und Claire durch die Hintertür auf uns zu.

Wie immer hielt Claire sich dicht neben Cedric. Aber es störte mich nicht mehr. Er lächelte, als er zu mir trat und ich mich aufsetzte. Dann ließ er sich neben mir nieder und strich kurz über meine Hand. »Ich war bei deiner Großmutter und habe dir etwas mitgebracht.« Damit reichte er mir mein Seelenbuch. »Ich dachte, du vermisst es vielleicht.«

Ich nahm es an mich und drückte es an meine Brust. »Danke schön.« Daran hatte er gedacht ... »Ist zu Hause alles in Ordnung? Hast du Granny erzählt, was Selina getan hat?«

»Das habe ich. Sie wollen den Zirkel zusammenrufen und die Anschuldigungen endlich öffentlich machen.«

»Aber wir haben immer noch keine Beweise. Viele werden weiterhin auf Selinas Seite stehen.«

Cedric nickte langsam. »Es gibt einen Ort, an dem wir die Beweise finden könnten.«

Ich runzelte die Stirn. »Meinst du damit Lazarus' Burg?« Ich kannte natürlich die Gerüchte, dass Lazarus dort in einem unterirdischen Verlies die Splitter besonders wertvoller Seelen aufbewahrte. Geglaubt hatte ich das bisher nicht. Aber wenn er Selina tatsächlich mit Stellas Seele erpresste, ergab die Geschichte wiederum Sinn. »Wir werden uns nicht auf die Suche nach dieser Burg machen«, erklärte ich. »Das ist viel zu gefährlich.«

»Aber unsere einzige Chance, Selinas Schuld zu beweisen. Wenn wir Stellas Seelenstücke finden, weiß der Rest des Zirkels, dass sie gelogen hat.«

Claire hatte sich ebenfalls zu uns auf die Decke gesetzt. Sie goss sich aus der Karaffe Wasser in einen Becher und bediente sich an dem Käse und dem Obst, welches Arwyn für Rafiq und mich aufgeschnitten hatte. »Das ganze Leben ist gefährlich«, erklärte sie abschätzig. »Du willst sie doch überführen, oder nicht?«

Sie verengte die Augen zu Schlitzen. »Oder möchtest du dich immer noch den Rest deines Lebens auf der Insel verstecken, obwohl du nun weißt, was Selina uns und so vielen anderen angetan hat?«

»Ich verkrieche mich nirgendwo«, gab ich zurück. Von ihr ließ ich mich nicht provozieren. »Ich will Selina und Lazarus genauso das Handwerk legen wie ihr, aber ich will auch, dass wir am Schluss alle überleben.«

»Darum musst du dir ja keine Gedanken machen«, sagte Claire verächtlich. »Du hast schließlich noch etliche Leben vor dir. Im Gegensatz zu uns.«

»Es ist gut, Claire«, kam es von Cedric. »Sasha hat recht. Wir sollten es nicht überstürzen.«

»Doch, das sollten wir. Schon morgen könntest du endgültig tot sein. Dein Bruder, dieser Idiot, braucht Arwyn nur noch ein Mal wieder abzuservieren, und dann ist es vorbei.«

Ich schluckte. Das stimmte.

»Wenn du erlaubst, dann schaue ich in deinem Seelenbuch, ob Selina noch mehr Jumper darin versteckt hat«, bot Rafiq sich an und unterbrach die Diskussion endgültig. Trotzdem entging mir der wütende Blick nicht, den Cedric und Claire wechselten.

»Wir sollten langsam aufbrechen«, sagte Cedric und betrachtete den Horizont. Seine Schultermuskeln bewegten sich angespannt.

Am liebsten hätte ich ihn berührt, aber vor Claire war mir das unangenehm.

»Gehen wir dann zurück nach Alderney?«, fragte ich. Bei der Vorstellung, Selina gegenüberzutreten, wurde mir beinahe übel. Würde sie alles leugnen und so tun, als wäre es nie passiert? Oder würde sie die erstbeste Gelegenheit nutzen, um mich verschwinden zu lassen? Lazarus hatte mich bisher nie bekommen, aber vermutlich hatte ich nur unsagbares Glück gehabt. Und Cedric. Aber er war nicht mehr lange an meiner Seite.

»Wir wollten dich eigentlich an den Hof Ludwigs XIV. bringen«, sagte Cedric.

»Habt ihr dort keine Jäger entdeckt?« Rafiqs eindringlicher Blick richtete sich auf ihn, als wollte er ihn etwas ganz anderes fragen, aber Cedric schüttelte den Kopf.

»Sasha wird dort sicher sein«, sagte er nur. »Wir sollten so schnell wie möglich von hier verschwinden.«

»Was soll ich in Versailles? Ist Selina auch dort?«

Cedric schüttelte den Kopf. »Nein, ist sie nicht.«

»Sollte ich nicht irgendwohin, wo ich versuchen kann, sie zu überführen? Was ist mit Orléans? Wir könnten verhindern, dass sie und Lazarus Jeanne d'Arc opfern.«

»Dorthin gehst du auf gar keinen Fall. Ich wüsste dich lieber nicht mitten im Hundertjährigen Krieg und außerdem kann ich dich nicht begleiten.«

»Ich würde auf sie achtgeben«, erklärte Rafiq leise und betrachtete seine polierten Fingernägel. »Eine Begegnung mit Jeanne kann sehr inspirierend sein. Sie war ein ungewöhnliches Mädchen mit der reinsten Seele, die ich je gesehen habe.«

»Die von Seelenjägern zerfetzt wurde und danach für immer verloren war«, zischte Cedric aufgebracht.

»Ich kann kaum glauben, dass Selina Jeanne wirklich geopfert hat«, sagte ich. »Sie hat uns immer erzählt, Jeanne wäre freiwillig in den Tod gegangen. Als Vorbild für andere Magierinnen.«

»Wenn du das je geglaubt hast, bist du noch naiver, als ich dachte. Mach die Augen auf, Mädchen. Jeanne war im 15. Jahrhundert Selinas Opfergabe an Lazarus, meine Mutter im 17. Jahrhundert und Madeline im 18.«

»Claire, bitte«, versuchte Cedric sie zu beruhigen. »Das weiß Sasha alles längst.«

»Also wohin würdest du gehen? Was hat dir dein Seelenbuch noch verraten? Zurück nach Alderney kannst du vorerst nicht, aber du könntest Stella Montague aufsuchen. Sie hat Richard auf dem Dritten Kreuzzug begleitet. Wie Selina übrigens auch«, erklärte Rafiq. »Lazarus hat Stella vor Akkon aus Richards Heerlager entführt.«

Die Stadt Akkon war von Richards Kreuzfahrerheer nach zweijähriger Belagerung 1191 eingenommen und zur Hauptstadt des Königreichs Jerusalem ausgerufen worden. »Meinst du das ernst?«, fragte ich.

»Wenn wir sie warnen würden ...« Rafiq verstummte, aber ich hatte den Eindruck, dass er schon länger über diese Möglichkeit nachdachte. »Wir könnten viele Tote verhindern.«

Ein leises Knurren stieg aus Cedrics Brust auf. »Auf keinen Fall! Der Dritte Kreuzzug war mindestens so gefährlich wie der Hundertjährige Krieg.«

»Aber bis vor Kurzem herrschte in ganz Europa Krieg. Irgendwo kämpfte immer jemand«, erwiderte ich. »Du musst zurück zu Noah und Arwyn. Dort ist dein Platz.« Ich strich ihm über den Arm. »Du musst das Ende deines Lebens auf Alderney so lange wie möglich hinauszögern und Rafiq und mir Zeit verschaffen. Lass mich mit ihm nach Akkon gehen. Wir kommen auch so schnell wie möglich zurück, aber lass es mich wenigstens versuchen.«

Eine Wolke schob sich vor den Himmel. »Es ist an der Zeit«, unterbrach Rafiq die Diskussion. Cedric stand auf und lauschte in den zunehmenden Wind. Alles Friedliche, das auf diesem Ort gelegen hatte, war plötzlich verschwunden.

»Was ist los?«, fragte ich.

»Dieses Leben wird für Arwyn in wenigen Stunden vorbei sein. Du solltest dich von ihr verabschieden.«

»Was geschieht mit ihr?« Ich beobachtete Claire, die ebenfalls zu lauschen schien. Weshalb floh Arwyn nicht vor diesem Schicksal? Weil sie nicht konnte. Weil ihr derzeitiges Ich im Gegensatz zu ihren Freunden nicht wusste, was mit ihr geschehen würde.

Eilig gingen wir zurück zum Haus. Cedric hielt sich dicht neben mir. Fawkes und Arwyn standen in der Sommerküche und fuhren erschrocken auseinander, als sie uns bemerkten.

»Bereit?« Rafiq hatte die Frage an Fawkes gerichtet, blickte dabei aber Arwyn an.

»Ich werde hierbleiben«, antwortete Fawkes mit fester Stimme und wich keinen Zentimeter von Arwyns Seite. »Noch einmal lasse ich das nicht zu.«

»Das darfst du nicht.« Der Schmerz war deutlich in Rafiqs Stimme zu hören und Arwyn legte eine Hand auf Fawkes' Arm. »Es ist in Ordnung«, sagte sie leise. »Wir sehen uns in einem anderen Leben.«

Er nahm ihre Finger in seine, drehte sie um und küsste sanft ihr Handgelenk. In dieser Geste lag so viel Zärtlichkeit, dass ich die Augen schließen musste. Die Gefahr vibrierte noch stärker durch die Luft. »Ich kann dich diesem Schicksal nicht überlassen«

»Aber du musst«, widersprach sie sanft. »Geh und halte Selina auf und dann …« Sie beendete den Satz nicht.

Ich spürte Cedrics Hand auf meinem Rücken und ohne Widerspruch ließ ich mich von ihm ins Haus führen. Etwas Schreckliches würde sich hier ereignen und bis dahin mussten wir fort sein. Aber etwas noch viel Schrecklicheres lauerte dort, wo ich hingehen wollte. Lazarus war dort und Selina, und beide warteten auf eine Gelegenheit, Stella zu töten. Würde sie mich anhören? Würde sie mir glauben? Weshalb hatte das noch niemand versucht? Cedric folgte mir in das Zimmer, in dem wir unsere gemeinsame Nacht verbracht hatten, und ich war froh, noch einen Moment mit ihm allein zu haben.

»Geh nicht mit Rafiq nach Akkon. Uns fällt etwas anderes ein. Bitte.«

»Wir haben keine Zeit, uns etwas anderes zu überlegen.« Die Luft zwischen uns lud sich auf, und ich spürte, wie meine Magie zu ihm strebte. »Weshalb hast du dich heute früh nicht von mir verabschiedet?«

»Ich dachte, ich bin schneller zurück, aber Selina war bei deiner Großmutter. Sie hat dein Seelenbuch gefordert.«

»Aber Granny hat es ihr nicht gegeben.« Ich strich über das Buch in meinem Arm.

»Nein, das hat sie nicht, obwohl Selina ihr gedroht hat, eine außerordentliche Versammlung des Zirkels einzuberufen und den Verstoß anzuzeigen. Deine Großmutter hat sich allerdings nicht einschüchtern lassen und so getan, als wüsste sie von nichts.«

»Du solltest es besser mit zurück nach Alderney nehmen«, sagte ich zögernd. »Es ist besser, wenn Granny es versteckt, als wenn ich es in Akkon verliere.« Oder Selina es mir dort abnimmt, wenn ich auf sie treffe. Das Letzte sagte ich nicht laut. Er sollte sich nicht noch mehr sorgen, als er es ohnehin schon tat. »Ich bin ganz schnell wieder zurück«, versprach ich. Ein bisschen kam es mir vor, als kämpften wir gegen Windmühlen.

Cedric stand ganz nah vor mir. Selbst durch den rauen Leinenstoff des Kleides spürte ich seine Körperwärme auf meiner Haut. Er nahm mich in den Arm und ich lehnte mich an ihn.

»Ich wünschte, wir müssten uns nicht trennen. Ich wünschte, ich könnte sicher sein, dass wir uns wiedersehen.«

Er antwortete nicht. Warm strich sein Atem über meine Haut, seine Finger fuhren über meinen Rücken. »Wir werden uns wiedersehen.«

Das konnte niemand von uns wissen. Wir hatten uns schon so oft getrennt. Wir wussten beide, dass dies hier unsere letzte Begegnung sein konnte. Also tat ich das einzig Sinnvolle, was in dieser Situation notwendig war. Ich zog seinen Kopf zu mir herunter und küsste ihn. Das Gefühl, das mich durchströmte, als unsere Zungen sich trafen, war nicht zu beschreiben. Meine Beine gaben unter mir nach, aber Cedric hielt mich fest. Seine Hände glitten über meinen Körper, als wollten sie sich jeden Zentimeter einprägen. Ich presste mich an ihn, und jeder Gedanke an den Fluch und die Gefahr löste sich auf. Ich legte den Kopf nach hinten, als er meinen Hals und meine Schultern küsste. Ich wollte in der Zeit zurückspringen. Nur ein paar Stunden und wieder mit ihm in diesem Bett liegen. Abrupt löste er sich von mir, als die Tür aufging und Claire eintrat. »Wir müssen los«, sagte sie mit kalter, klarer Stimme.

»Natürlich.« Ein letztes Mal griff er nach meiner Hand und drückte sie. Dann ging er mir voraus. Es erschien mir unmöglich, auch nur einen Tag ohne ihn zu existieren, aber es musste sein. Ich wollte ihm noch sagen, dass ich ihn liebte, aber Claire wich nicht von unserer Seite.

Im Hof standen vier gesattelte Pferde. Rafiq saß bereits auf einem schwarzen Hengst. Claire stieg auf einen braunen Wallach. Fawkes umarmte Arwyn mit versteinerter Miene und sie legte ihm tröstend eine Hand auf die Wange.

»Wir sehen uns in einem anderen Leben«, sagte sie zu mir, als ich sie ebenfalls an mich drückte.

»Mögen all deine Leben bis dahin gesegnet sein«, veränderte ich die Abschiedsworte des Zirkels.

Sie nickte und ich ließ mir von Cedric hinter Rafiq auf das Pferd helfen.

»Halt dich gut fest«, sagte er. »Er reitet selbst durch französische Wälder wie ein Beduine.«

Rafiqs vornehmes Lachen ertönte. »Du bist doch nur neidisch, Christ«, stieß er hervor und gab dem Pferd die Sporen, bevor ich noch etwas sagen konnte. Ich presste mich an seinen Rücken und schaute so lange zurück, bis ich Cedric nicht mehr erkennen konnte.

Rafiq trieb das Pferd über die Waldwege des Luberon-Gebirges. Mir war nicht klar, weshalb wir von dem Hof fortritten, schließlich hatten wir nicht vor, in dieser Zeit zu bleiben. Erst, als wir ungefähr eine halbe Stunde später auf einer Bergkuppe anhielten und uns umdrehten, wurde mir klar, weshalb wir so zügig aufgebrochen waren. Der Wind trieb dichte Rauchwolken über den Himmel.

»Ist das Arwyns Gehöft?«, fragte ich erschrocken.

Fawkes, der neben uns sein Pferd gezügelt hatte, nickte stumm.

»Was ist passiert?« Eigentlich wollte ich es gar nicht wissen.

»Söldner«, kam es von Rafiq. »Die Feldherren weigern sich, sie zu bezahlen, und aus Rache ziehen sie plündernd durch die Dörfer.«

»Haben sie Arwyn getötet?«, fragte ich leise und voller Entsetzen.

Fawkes antwortete nicht, sondern war plötzlich verschwunden. »War Cedric noch dort?«

»Nein«, antwortete Rafiq. »Sie war allein. Bereit?« Als ich an seinem Rücken nickte, spürte ich schon das vertraute Kreiseln, und kurz darauf galoppierte er durch den Wüstensand auf die Festungsstadt Akkon zu. Der Anblick verschlug mir die Sprache. Zelte und Sand, wohin ich auch sah.

10. Kapitel

Akkon, im Juni 1191, Vergangenheit/
Alderney, 12. September 2019,
Gegenwart

Akkon, die jahrhundertealte Festungsstadt, lag in der Bucht von Haifa. Um die Stadt herum erstreckte sich eine imposante Festungsanlage. Es war kein Wunder, dass die Kreuzfahrer über zwei Jahre brauchten, um sie zu erobern. Im Juli 1191 würde es so weit sein, und während Richards Heer die Stadt erstürmte, würde Lazarus sich die Frau holen, die der König liebte. Richards Verzweiflung würde so groß sein, dass er aus Rache darüber mehr als dreitausend muslimische Gefangene vor den Mauern der Stadt töten lassen würde. Die Historiker glaubten bis heute, er hätte es getan, um Sultan Saladin für seine Hinhaltetaktik zu bestrafen, aber ich wusste es besser. Wenn wir Stella warnten, konnten wir vielleicht auch das Leben dieser Männer retten. Aber was würde dann geschehen? Wie würde der Lauf der Geschichte sich verändern? Würden Saladin und Richard früher in die Friedensverhandlungen eintreten? Würde Richard nicht mehr versuchen, nach Jerusalem vorzudringen, oder vielleicht dann erst recht? Würde er auch diese Stadt zurückerobern? Alles würde sich ändern, wenn Richard auf seinem Rückzug nicht gefangen genommen werden würde. Trotzdem musste ich es versuchen. Vor den Toren der Stadt dehnte sich das riesige Heereslager aus. Die Fahne der Kreuzritter flatterte im Wind, genauso wie Richards rote Flagge mit den drei Löwen und die Fahne Philipps II. von Frankreich.

»Wie sollen wir Stella hier finden?«, fragte ich fassungslos. Der heiße Wind trieb mir Sand in die Augen, und ich bedauerte die Männer, die seit zwei Jahren hier festsaßen. Krieg war früher so selbstverständlich gewesen. Kinder rannten zwischen den Zelten umher, und Frauen kochten auf großen Feuern das Essen für ihre Ehemänner oder Brüder, die sie im Tross begleiteten. Ich hörte das Schlagen mehrerer Schmiedehämmer und über allem lag der Geruch von Pferdedung, Sommerhitze und Schweiß. Über die hygienischen Bedingungen in diesem Lager wollte ich lieber nicht nachdenken.

Rafiq lenkte sein Pferd zu einem Stand, an dem zwei Beduinenfrauen ihre Ware anboten. »Du brauchst ein Kleid, das in diese Zeit passt.«

»Denkst du, dieses Leinenkleid fällt hier besonders auf? Sollten wir nicht einfach Stella suchen und wieder verschwinden?«

»Sicher ist sicher.« Er schwang sein Bein über den Kopf seines Pferdes und half mir dann herunter.

In fließendem Arabisch verhandelte er mit den beiden Frauen und kaufte mir ein schwarzes weites Kleid, ein schwarzes Tuch, mit dem ich den Kopf bedeckten sollte, und ein Paar Sandalen. In einem nahe gelegenen Zelt half eine der Frauen, mich umzuziehen.

»Halt dir das Tuch vor das Gesicht«, raunte Rafiq mir zu. »Lazarus ist hier irgendwo. Du musst hinter mir gehen.« Er zwinkerte. »So gehörte sich das damals.«

Ich verdrehte die Augen, widersprach aber nicht.

»Ich finde es seltsam, dass du einfach durch das Lager der Kreuzritter spazieren kannst.«

»Nicht alle arabischen Stämme kämpften auf Saladins Seite«, erklärte er. »Lass uns versuchen, zu Stellas Zelt zu kommen. Es liegt in der Mitte des Lagers in der Nähe von Richards Zelt. Was weißt du über die beiden?« Er drehte den Kopf etwas zu mir.

»Von Stella weiß ich im Grunde kaum etwas«, flüsterte ich. »Nur, was im Zirkel erzählt wird. Richard hat am 12. Mai Berengaria von Navarra auf Zypern geheiratet. Dass Stella überhaupt noch bei ihm geblieben ist!« Ich schüttelte den Kopf. »Ich bin wirklich gespannt auf sie.«

»Manchmal können wir uns nicht aussuchen, wen wir lieben.«

Ganz offensichtlich nicht. Aber die Vorstellung, Cedric könnte aus rein politischen Gründen eine andere Frau heiraten, war für mich unvorstellbar. Wir liefen weiter in den Kern des Lagers hinein und das schwarze Kleid war in Windeseile mit einer dicken Staubschicht bedeckt. Mein Mund war ganz trocken, mir war heiß und trotzdem sog ich all die neuen Eindrücke in mich auf. In ein mittelalterliches Heerlager wurde man schließlich nicht alle Tage verschlagen. Hier roch es viel stärker nach orientalischen Gewürzen als am Rand. Ich hoffte nur, dass Saladin nicht einen Angriff wagen würde, während Rafiq und ich hier waren.

Richards Zelt war gut auszumachen, es war ungefähr dreimal so groß wie die anderen und davor befand sich ein offener, freier Platz. Soldaten standen in kleinen Grüppchen davor und Edelleute warteten vermutlich auf eine Audienz beim König.

»Was, wenn Selina uns über den Weg läuft? Wie sollen wir Stella dann warnen?«

Rafiq grüßte einen der englischen Soldaten, der vor einem etwas kleineren Zelt stand. Ein Geldbeutel wechselte den Besitzer und der Soldat verschwand im Inneren des Zeltes. Zwei Minuten später trat er wieder heraus und bedeutete uns, einzutreten.

Langsam folgte ich Rafiq. Das Zelt war mit allem erdenklichen Luxus ausgestattet, von dem man in einer Situation wie dieser nur träumen konnte. Dicke, bunte Teppiche bedeckten den Boden. Hinter einem seidenen Vorhang entdeckte ich ein Bett mit ebenso farbenfrohen Überwürfen. Auf den Teppichen lagen große Sitzkissen um einen flachen Tisch herum. Zwei Frauen hielten sich in dem Zelt auf und ich rückte etwas näher an Rafiq heran. Die erste machte ein paar Schritte auf uns zu und ich knickste.

»Nesrin. Würdest du uns bitte Tee servieren?«, bat sie das jüngere Mädchen. »Willkommen«, wandte sie sich dann an uns. »Was führt einen Wanderer und eine so junge Magierin zu mir und aus welcher Zeit kommt ihr?«

Stella Montague war keine auffallende Frau. Sie war eher klein, aber ihr Blick war freundlich. Zum Zeitpunkt ihres Todes war sie achtundzwanzig Jahre alt gewesen und Richards neue Ehefrau nur zwei Jahre jünger als sie. Stella reichte mir die Hand und meine Magie begann zu kribbeln. Sie lächelte. »Ich bin gespannt, was dich zu mir führt. Möchtet ihr Tee?« Sie wandte sich ab und ging zu den Sitzkissen. Anmutig nahm sie Platz. Sie trug ein eher schlichtes beigefarbenes Kleid, welches nur unter der Brust leicht geschnürt war. Über dem offenen blonden Haar war mithilfe eines schmalen, silbernen Diadems ein weißes Tuch drapiert.

»Bevor wir dir sagen, weshalb wir gekommen sind«, begann Rafiq, »möchten wir dir eine Frage stellen.«

»Bitte.«

»Ist deine Schwester derzeit im Lager?«

Stella runzelte leicht die Stirn. »Selina kommt und geht, wie sie es für richtig hält. Ich bin mir nicht sicher.«

Ich holte tief Luft. »Wir kommen aus der Zukunft«, sagte ich leise, da ich nicht wusste, wie viel ihre Dienerin hören durfte.

»Du kannst offen sprechen«, sagte Stella. »Nesrin ist eine Novizin, und zwar eine sehr begabte.«

Das Mädchen stellte ein Tablett mit den typischen arabischen Teegläsern vor uns ab. Ich bedankte mich und rührte drei Teelöffel Zucker hinein. Dann gab es keinen Aufschub mehr. Rafiq nickte aufmunternd. Aber wie sagte man jemandem, dass der Mensch, der einem am nächsten stand, einen bald verraten würde?

Erwartungsvoll sah Stella mich an.

»Selina wird in der Zukunft einen Zirkel gründen, in den alle Magierinnen aufgenommen werden.«

»Selina war schon immer sehr tüchtig.« Stella nippte an ihrem Glas. »Ich bin eher dem Müßiggang zugetan.«

Sie wurde mir von Minute zu Minute sympathischer. »Wie viele Leben habt ihr schon gelebt?«

»Ich habe nicht gezählt, aber ich glaube, es sind über sechshundert.«

»Dieses hier wird dein letztes sein«, sagte ich leise. »Wir sind hier, um dich zu warnen. Damit du dein Schicksal ändern kannst.«

»Ich möchte mein Schicksal nicht ändern«, erwiderte sie erstaunlich ruhig. »Sechshundert Leben sind eine lange Zeit.«

»Aber du könntest noch so viele mehr erleben«, widersprach ich. »Dein Tod wird große Auswirkungen auf uns alle haben. Selina plant, deine Seele einem Jäger zu opfern. Sie verrät dich an ihn, weil sie Richard liebt und ihn für sich haben will.«

Stella wurde bei dieser Eröffnung nur eine Nuance blasser. »Ich denke, da täuschst du dich. Richard ist mein Seelengefährte. Wir haben immer zusammengehört. Dieses Leben hier ist Richards letztes Seelenleben.« Sie biss sich auf die Lippen.

Diese Eröffnung musste ich erst einmal verdauen. »Er ist dein Seelengefährte und hat trotzdem eine andere Frau geheiratet?«

Sie nickte, als wäre es das Normalste der Welt. »Sein Herz hat immer mir gehört.«

»Aber wenn Selina Richard nicht liebt, weshalb opfert sie dich dann?«

»Vor ein paar Tagen war schon eine Frau bei mir«, erklärte Stella, ohne diese Frage zu beantworten. »Ihr Name war Marie Châtillon. Sie hat mir erzählt, dass dieser Jäger, der meine Seele zersplittert, Lazarus heißt.«

Ich nickte erstaunt. »Marie Châtillon war hier bei dir? Sie lebt im 17. Jahrhundert und Selina wird auch ihre Seele Lazarus ausliefern.«

Stella schwieg einen Moment. »Woher kommt ihr?«

»Aus dem Jahr 2019.«

»Dann hat Marie es nicht geschafft, euch zu erzählen, was sie von mir wusste.«

»Offenbar nicht.« Das Klirren von Waffen drang zu uns ins Zelt, aber Stella blieb ganz ruhig.

»Selina liebt nicht Richard, sondern einen Mann aus dessen Gefolge. Nur seinetwegen hat sie mich begleitet. Wir sind zwar Zwillingsschwestern und Zwillingsseelen, aber wir stehen uns nicht sonderlich nahe. Dieser Mann ist Richards engster Vertrauter und Selina liebt ihn bis zum Wahnsinn.«

Ich schluckte, weil mir ein völlig absurder Gedanke kam. Konnte Selina zu solchen Mitteln gegriffen haben?

»Sein Name ist Lazarus Rimmon«, sagte Stella da.

»Damit schließt sich dann wohl der Kreis«, sagte Rafiq leise. »Er stirbt hier im Kampf, nehme ich an.«

»Das kann ich nur vermuten«, bestätigte Stella. »Diese Ereignisse liegen für mich auch in der Zukunft, aber nach Maries Besuch habe ich mir viele Gedanken darüber gemacht.«

»Aber das würde bedeuten«, verfolgte Rafiq den Gedanken weiter, »dass Selina selbst dir die Seele geraubt hat, um ihm die Möglichkeit zu geben, weiterzuleben.«

Wieder nickte Stella.

Mir wurde kalt. »Aber sie hätte ihm in einem anderen Leben wiederbegegnen können. Wie konnte sie so selbstsüchtig sein?«

»Sie kann ihm nur wiederbegegnen, wenn er ihr Seelengefährte ist, und das ist er nicht«, sagte Stella. »Ich bin nicht mal sicher, ober er sie so sehr liebt wie sie ihn.«

Rafiq fuhr sich durch sein dunkles Haar. »Und seitdem versorgt sie ihn mit der Energie anderer Seelen, nur damit er am Leben bleibt.«

»Was ist dann mit der Geschichte, dass er Stellas Seele gefangen hält und Selina damit erpresst?«, fragte ich.

Rafiq zuckte mit den Achseln. »Das werden wir erst erfahren, wenn wir wissen, ob diese Burg und das Verlies existieren.«

»Wir müssen verhindern, dass Lazarus deine Seele bekommt«, wandte ich mich an Stella. »Nicht nur unseretwegen. Wenn du stirbst, bringt Richard vor Trauer dreitausend Gefangene vor diesen Stadtmauern um. All das kannst du verhindern, wenn du Lazarus nicht in die Hände fällst. Bitte Richard um mehr Schutz. Der Mann vor dem Eingang hat uns einfach zu dir gelassen. Lass Selina nicht mehr zu dir. Komm am besten einfach mit uns.«

Stella legte den Kopf schief. »Ich kenne mein Schicksal«, sagte sie. »Und ich werde es nicht ändern.«

Sie biss sich auf die Lippen. »Ich habe mir diese Entscheidung nicht leicht gemacht. Aber ich möchte nicht die Verantwortung dafür tragen, wenn die Zukunft sich verschiebt. Stell dir vor, du kehrst zurück und nichts ist mehr, wie es war.«

»Die Zukunft könnte aber auch besser werden. Richard könnte mit Saladin Frieden schließen. Es könnte ein Bündnis geben. Jetzt opfert er dreitausend von dessen Männern, um deinen Tod zu rächen. Lazarus wird hier sterben, und all die Seelen, die er braucht, um zu überleben, bekommen ihre Chance, um zu reifen.«

»Meine Entscheidung steht fest.«

»Dass dies hier Richards letztes Leben ist, macht es dir leichter, oder?«, fragte ich aufgebracht. »Aber er geht zurück in die Ursprungsseele, während deine Seele zersplittert wird.«

Stellas Hände zitterten, aber sie sagte nichts mehr. Für mich war sie mindestens so eigennützig wie ihre Schwester. Rafiq trank seinen Tee und auch ich leerte mein Glas. Mit allem hatte ich gerechnet, nur nicht damit, dass Stella bereits alles wusste und es ablehnte, sich selbst und uns zu retten.

Vor dem Zelt entstand ein Tumult. Rafiq stand auf und legte die Hand auf sein Schwert.

»Das wirst du nicht brauchen«, sagte Stella und ging zum Eingang. Kurz darauf trat Fawkes ein.

»Ihr müsst zurückkommen. Lazarus hat Cedric und Claire entführt. Wir wissen nicht, wo er sie hingebracht hat. Aber wir werden nicht viel Zeit haben, ihn zu finden, bevor er ihm seine Seele nimmt. Wir brauchen deine Hilfe, Rafiq.«

Ich ballte die Hände zu Fäusten und bohrte die Fingernägel in die Haut, bis es schmerzte. Das konnte unmöglich sein. »Wie haben die Jäger das geschafft?«

»Genaueres weiß ich nicht. Ich war selbst nicht auf der Insel. Arwyn hat mich zurückgeholt.«

Wenn in der Zukunft alles noch so war wie vor diesem Gespräch, dann bedeutete das wohl, dass Stella wirklich nichts verändert hatte. Es war Zeitverschwendung gewesen, und nun hatte Lazarus Cedric, obwohl er doch mich wollte.

»Wie lange sind die beiden schon in Lazarus' Gewalt?«, fragte Stella.

»Seit ein paar Stunden«, antwortete Fawkes.

Stella blickte Rafiq fest in die Augen. »Wenn Lazarus ihm auch nur ein Stück seiner Seele geraubt hat«, sagte sie mit trügerisch sanfter Stimme, »dann wisst ihr, was ihr zu tun habt. Er darf nicht am Leben bleiben.«

Rafiq verbeugte sich knapp vor ihr. »Wir gehen zurück.« Er wollte nach meiner Hand greifen, aber das war nicht nötig.

»Sasha«, hielt Stella mich zurück. »Es tut mir leid, dass ich nichts für euch tun kann. Wenn deine Seele so alt ist wie meine, wirst du mich vielleicht verstehen.«

»Vermutlich wird meine nie so alt, weil Selina und Lazarus sie vorher bekommen werden«, entgegnete ich kalt.

»Darf ich dich trotzdem um etwas bitten?«

Ich spürte Rafiq und Fawkes hinter mir. Ihre Ruhe gab mir die Kraft, ihr noch eine Sekunde zuzuhören.

»Wenn Lazarus tatsächlich noch Seelensplitter von mir gefangen hält, würdest du sie dann befreien?« Ihre Stimme zitterte, und ich konnte nichts anderes tun, als zu nicken. Das Schicksal, das ihr bevorstand, war schrecklich, und wenn ich ihr einen Funken Hoffnung geben konnte, dann sollte ich das auch tun.

Dieses Mal fand ich allein nach Hause. Alles, was jetzt noch zählte, war, Cedric zu retten.

* * *

Wir stürmten in den Wintergarten, in dem Granny und die anderen auf uns warteten. Fawkes ging mit langen Schritten zu Arwyn, die in einem Sessel hockte, und kniete vor ihr nieder. Beruhigend redete er auf sie ein.

»Was ist passiert? Wo ist er?«, fragte ich meine Großmutter.

Erstaunt musterte sie mich, und mir fiel auf, dass ich immer noch das Kleid einer Beduinin trug. »Wart ihr wirklich bei Stella?«

Ich nickte. Das war jetzt alles unwichtig. »Wo können sie die beiden hingebracht haben?« Ich sah ihr an, dass sie mir diese Antwort nicht geben wollte. »Hat Claire ihn verraten und in eine Falle gelockt?«

Rafiq schüttelte vehement den Kopf. Natürlich war er viel zu loyal für so einen Gedanken.

»Hat sie ihn etwa überredet, nach dieser Burg zu suchen?« Die wildesten Gedanken schossen durch meinen Kopf. Was würde Claire alles tun, um sich nicht von ihm trennen zu müssen? Ihn, uns, sich zu Jägern machen?

Rafiq legte mir eine Hand auf die Schulter. »Das Warum und Weshalb ist jetzt nicht mehr wichtig. Wir werden sie suchen.« In seiner Stimme lag unendliches Bedauern. »Aber du weißt, was zu tun ist, wenn Lazarus ihnen bereits ihre Seelen geraubt hat. In dieser Sache hatte Stella recht. Wir haben dann keine Wahl mehr.«

»Habt ihr ihr alles erzählt? Weiß sie, was ihre Schwester plant?«, fragte Penny.

Rafiq nickte, während ich noch versuchte, seine Worte zu verdauen. Würde er das wirklich tun?

»Und sie hat nichts geändert?«, kam es von Polly.

»Nein, offenbar hat sie das nicht«, sagte ich und war dabei wütend und erleichtert zugleich. »Hätte sie es getan, wäre ich Cedric vermutlich nie begegnet.« Gerade noch hatte ich Stella schwere

Vorwürfe gemacht, weil sie so selbstsüchtig war, und nun argumentierte ich genauso.

Granny lächelte liebevoll. »Eure Seelen hätten sich immer gefunden.«

Vielleicht hätten sie das, aber nun verlor ich ihn. Für immer.

»Du musst uns nicht begleiten«, sagte Rafiq. »Bleib hier und lass das Fawkes und mich erledigen.«

»Du könntest deinen Freund töten?«, fragte ich. Tränen schwammen in meinen Augen. Tränen der Wut, weil Rafiq recht hatte. Weil es nichts mehr gab, was ich tun konnte.

»Das, was ich von ihm finden werde, wird nicht mehr mein Freund sein«, sagte er bedächtig. »Und nicht mehr der Mann, der dich liebt.«

Ich schluckte, als mir die skelettartigen Finger, der Gestank und die Fistelstimmen der Seelenjäger wieder einfielen. Würde Cedric sich in solch ein Geschöpf verwandeln? Würde er dann Jagd auf mich machen?

»Ich werde seine Seele nicht Lazarus überlassen«, erklärte ich mit fester Stimme und stand auf. »Nicht, wenn es noch einen Funken Hoffnung gibt, es zu verhindern.« Meine Nasenflügel bebten, als mich unvermittelt Cedrics Duft traf. Verwirrt blickte ich mich um. Mein Seelenbuch lag auf dem Tisch und die Seiten blätterten auf. Cedric musste es hergebracht haben und nun schien es mir ein Zeichen zu geben. Ein getrockneter Zweig Heidekraut erschien und ich strich mit dem Finger vorsichtig darüber. In meinem Kopf hörte ich das Lachen eines Mädchens, hörte, wie ihre nackten Füße über die Hügel der schottischen Highlands liefen. Ich hatte Cedric nie gefragt, wann wir uns zum ersten Mal begegnet waren.

Fawkes stieß zischend den Atem aus. »Sasha hat recht. Er ist wie ein Bruder für uns, und je länger wir warten und diskutieren, umso weniger Zeit bleibt, ihn zu retten. Er kann von unserer Hand einen gnädigen Tod sterben, das ist vielleicht alles, was wir noch für ihn tun können.«

Ich spürte, wie ich ganz ruhig wurde. »Wo haben sie ihn hingebracht?«

»Sasha«, versuchte Granny es noch einmal. »Lass uns das tun. Du solltest nicht dabei sein.«

»Ich werde ihn nicht allein lassen, wenn er stirbt.«

Rafiq nickte als Erster und widerstrebend schlossen die anderen sich ihm an.

»Er wollte mit Claire zu Selina«, sagte Meggie. Ich drehte mich zu ihr um. Sie und Noah standen nebeneinander in der Tür. Ich konnte mir jetzt keine Gedanken darüber machen, was er hier tat.

»Wenn Lazarus sie wirklich in seine Gewalt gebracht hat, müssen sie noch auf der Insel sein«, sagte Penny. »Bei einer so wertvollen Seele wird er nicht das Risiko eingehen, dass auch nur ein Splitter verloren geht.«

Ich schob die Vorstellung beiseite, wie er und seine Jäger Cedrics Seele unter sich aufteilten. Meine Angst durfte mich jetzt nicht ablenken. Nicht, solange noch eine winzige Chance bestand, ihn zu retten.

»Es muss ein Ort sein, der vollkommen von Sand und Stein umgeben ist und an den kein Sonnenlicht dringt«, kam es von Rafiq.

»Einer der Bunker«, flüstere ich tonlos. »Der Bunker neben Selinas Herrenhaus.«

Ich hatte die Worte noch gar nicht ausgesprochen, da liefen wir schon los.

»Du bleibst mit Arwyn und Meggie hier«, befahl Fawkes Noah. »Und wehe, einer von den beiden stößt etwas zu.«

Ich konnte Noahs Antwort nicht mehr hören. Granny, Penny,

Rafiq und ich stiegen in unseren Wagen und dann rasten wir los. Vor Selinas Haus kamen wir mit quietschenden Reifen zum Stehen. Fawkes stieg mit den drei anderen Magierinnen aus Noahs Wagen.

»Ihr kümmert euch um Selina«, befahl Rafiq. »Wenn sie im Haus ist, dann lasst sie nicht entwischen. Sie hat genug Unheil angerichtet.«

Die deutsche Wehrmacht hatte in der Longis Bay nicht nur eine Panzerabwehrmauer, sondern auch einen Bunker gebaut. Normalerweise war er nicht für Besucher zugänglich, aber Rafiq öffnete die Tür, über der eine Edelweißblüte in den verwitterten Sandstein gemeißelt war, mit einem Schwall seiner Magie.

Gestank und Staub wallten uns entgegen. Durch diesen Eingang hatten sie Cedric und Claire nicht hereingebracht, aber es gab noch andere versteckte Zugänge.

Rafiq holte tief Luft. »Sie sind hier. Ich spüre sie. Bist du ganz sicher, dass du mitkommen möchtest?«

Ich nickte.

Er schnipste mit den Fingern und kleine Flammen stoben empor. Sie flogen vor uns durch die Luft und erhellten den schmalen Gang.

Schweigend folgten Fawkes und ich ihm. Ich versuchte, mich an alles zu erinnern, was ich je über meine Magie und die Verteidigungskünste gelernt hatte. Das hier würde ein Kampf auf Leben und Tod sein. Die Luft wurde immer feuchter und kälter, je tiefer wir in das Innere des Bunkers vordrangen. Plötzlich ertönte ein Kreischen. Ein Jäger schoss auf uns zu. In dem engen Gang war es schwierig, die Magie richtig zu kanalisieren. Rafiq stürmte ihm entgegen und Fawkes rannte hinterher. Ich bog in den Gang ein, aus dem der Jäger gekommen war. Diverse Räume gingen davon ab. Aus einem hörte ich ein leises Röcheln. Noch bevor ich den Eingang erreicht hatte, schwebte ein weiterer Jäger heraus, und ein Schwall fauligen Dufts traf mich. Es war nicht Lazarus, trotzdem durfte ich ihn nicht unterschätzen. Seine schwarzen Augen fixierten mich. Er wollte nach mir greifen, aber ich wich ihm aus. Er zischte und folgte mir den Gang entlang, während ich zurückwich. Meine Magie verdichtete sich. Ich ließ ihn näher kommen und schoss sie ab. Er kreischte laut auf und wurde zurückgeschleudert. Bevor ich einen zweiten Stoß abfeuern konnte, wich er zurück und floh.

Jemand packte mich am Arm. »Wir haben sie gefunden«, raunte Fawkes. »Komm mit.«

Wir rannten weiter den Hauptgang entlang. »Sie sind da drin«, brüllte Fawkes über den Lärm hinweg, den Rafiq und die Jäger, denen er sich stellte, verursachten. »Du musst nach ihnen sehen. Wir halten die Jäger auf.«

Ich stürmte in den Raum. Nackte Glühbirnen baumelten an der Decke und gaben den Blick frei auf eine schreckliche Szene. Zwei tote Jäger lagen auf dem Boden. Claire hockte in einer Ecke und Cedric lehnte sitzend an der Wand. Sein Kopf lag auf der Seite, und er sah aus, als würde er schlafen. Oder war er tot? Ich fiel auf die Knie, schlidderte auf ihn zu und nahm sein Gesicht in meine Hände. Seine Haut war eisig, aber seine Wimpern flatterten. Hinter mir ertönte ein Zischen. Ich wirbelte herum. Claire kam mit vorsichtigen Schritten auf mich zu. Misstrauisch betrachtete ich sie.

»Bring ihn raus«, brüllte Rafiq. Er verteidigte den Eingang, durch den ich hereingekommen war. Sein Silberschwert sauste durch die Luft und immer wieder feuerte er Flammen auf die Angreifer ab. Einer der Jäger schob sich trotzdem an ihm vorbei und flog auf mich zu. Ich schleuderte ihm meine Magie entgegen. Wie die Bänder einer Peitsche stob sie aus meinen Fingerspitzen hervor und wickelte sich um seinen Hals. Ich zog nur einmal fest zu und der Jäger sackte zusammen.

Claire kam noch näher. Ihre Nasenflügel bebten, als ich Cedric hochzog und einen Arm um seine Taille legte. Irgendwie kam er halbwegs zu Bewusstsein, aber ich musste alle Kraft aufwenden, um ihn von dem kalten Steinboden hochzuziehen.

»Lauf weg«, röchelte sie. »Lazarus holt Verstärkung. Er weiß, dass du versuchen wirst, Cedric zu retten. Du musst fort von hier. Es ist eine Falle. Nur darum hat er ihm etwas von seiner Seele gelassen. Er will dich quälen, weil du dich ihm so lange widersetzt hast. Lass ihn nicht gewinnen.«

»Was ist mit dir?«, fragte ich und versuchte, unter der Last nicht ins Taumeln zu geraten. »Kannst du allein gehen?«

Sie legte den Kopf in den Nacken und atmete hektisch ein. »Für mich ist es zu spät. Ich habe Lazarus gebeten, mich zuerst zu verwandeln. Ich wollte dir Zeit verschaffen. Ich wusste auch, dass du Cedric nicht alleinlässt und kommen würdest. Für mich kommt niemand.« Tränen liefen über ihre fast durchsichtige Haut. Die Jäger hatten ihre Seele schon genommen. Bald würde sie all ihre Menschlichkeit verlieren.

O Gott. Sie hatte sich für Cedric geopfert, und ich hatte sie verdächtigt, ihn an Lazarus verraten zu haben? Ich konnte sie nicht zurücklassen. Behutsam streckte ich die Hand nach ihr aus. »Wir werden dir helfen.« Aber sie zischte mich nur an. Ich konnte mein schlechtes Gewissen kaum ertragen.

»Du musst mich erlösen.« Sie war so nah, dass ich sie riechen konnte. Der faulige Duft von Brackwasser kitzelte in meiner Nase. Ihre Augen funkelten in dem wenigen Licht pechschwarz. »Bitte.«

»Bring ihn endlich raus«, brüllte Fawkes von der Tür her. »Wir kümmern uns um Claire.«

Cedrics Kopf bewegte sich ein wenig. »*Leannan*«, flüsterte er in mein Ohr. »Geh und rette dich. Für mich ist es zu spät.« *Leannan* kam aus dem Gälischen. Offenbar wusste seine Seele nicht genau, in welchem Leben er sich gerade befand. Das war kein gutes Zeichen.

»Du warst immer die einzige Frau, die er geliebt hat. Ich hatte nie eine Chance gegen dich. Egal, was ich getan habe.« Claire streckte die Hand nach ihm aus, ließ sie aber sofort wieder sinken.

Wut, Hass und Verzweiflung brandeten durch meinen Körper. Das hatten Lazarus und Selina ihr angetan. Eisige Luft wehte durch die Gänge des Labyrinths. Unsere Zeit war abgelaufen. Claire bleckte ihre Zähne. Für einen Moment verschwanden die schwarzen Schatten aus ihren Augen und sie war wieder die alte Claire. Das Mädchen, auf das ich so grundlos eifersüchtig gewesen war. »Bitte, Sasha. So will ich nicht enden.«

Lazarus war zurück. Schwarze Schatten tauchten in dem zweiten Eingang auf und er betrachtete mich begierig. »Da ist mein Plan dieses Mal wohl aufgegangen.«

Trotz der Gefahr konzentrierte ich mich für einen Moment nur auf Claire. Ich ließ Cedric auf den Betonfußboden zurückgleiten und kanalisierte meine Magie. Ich brachte es nicht über mich, ihr das Genick zu brechen, stattdessen öffnete ich meine Hand und lenkte eine Kugel gefüllt mit Magie sanft auf ihre Brust. »Mögest du Erlösung finden«, flüsterte ich unter Tränen.

»Sag ihm, dass ich ihn geliebt habe.« Sie sackte zusammen. Ein Lächeln breitete sich auf ihrem Gesicht aus und ihr Herz hörte auf zu schlagen.

»Ich bin sicher, er wusste es.« Als ich den Kopf hob, blickte ich in die kalten, toten Augen von Lazarus Rimmon. Draußen auf dem Flur tobte der Kampf, aber wir beide waren allein.

Er lächelte, und es fühlte sich an, als rieselten Schneeflocken auf meine Haut. »Ich hätte nicht gedacht, dass diese Falle wirklich funktioniert.« Er kam auf mich zugeschlendert. Ich musste ihn von Cedric fernhalten, meine Magie benötigte einen Moment, um sich zu regenerieren. »Aber so seid ihr Magierinnen. Unvernünftig in eurem Bedürfnis, die, die ihr liebt, zu schützen. Dein Vater waren genauso ein Dummkopf wie Selina«, sagte er mit samtiger Stimme.

»Mein Vater?« Lazarus war mir so nah, dass ich ihn riechen konnte, und auch er saugte meinen Duft genüsslich ein. Seine Nasenflügel blähten sich. O ja, er brauchte dringend eine Seele. Es war kaum noch etwas von dem Mann zu erkennen, dem ich in den verschiedenen Jahrhunderten begegnet war, obwohl er schon Claires Seele bekommen hatte. »Was ist mit meinem Vater?«

Lazarus schien den Kampf um uns herum völlig auszublenden und betrachtete seine langen gelben Fingernägel. »Ich habe seine Seele gut verwahrt. Ich dachte mir, ich könnte sie irgendwann gebrauchen.«

Ich kniff die Augen zusammen.

»Es ist wirklich eine gute Seele. So hell.« Jetzt schnurrte er förmlich. »Ich würde sie eintauschen … gegen deine.«

»Damit kannst du mich nicht erpressen« Mein Herz schlug mir bis zum Hals. »Hast du es Selina so gedankt, dass sie dein Leben gerettet hat? Hast du ihr erzählt, du besitzt noch Seelensplitter ihrer Schwester?«

»Oh, die besitze ich auch.« Er lächelte verschlagen. »Sie hat alles getan, was ich verlangt habe. Aber nun ist sie mir nicht mehr von Nutzen. Wenn ich deine Seele bekomme, brauche ich sie nicht mehr.«

Ich schloss eine Sekunde die Augen. Meine Magie kehrte zurück. Stärker und williger als je zuvor. Mein Zorn fachte sie an. »Wo hast du diese Seelensplitter versteckt?«

Lazarus lachte und es klang wie das Lachen eines Irrsinnigen oder eines dem Tode Geweihten. »So geht das Spiel nicht.«

Ich würde mich nicht von ihm erpressen lassen. Meine Eltern, Stella, Marie und all die anderen Magierinnen und Menschen durften nicht umsonst gestorben sein.

Lazarus stand jetzt ganz nah vor mir. Ich hob eine Hand und presste sie gegen seinen Oberkörper. Da waren nur noch Haut und Knochen. Seine Augen weiteten sich vor Erstaunen. Damit hatte er offenbar nicht gerechnet. Meine Magie explodierte, und im selben Augenblick brach um mich herum die Hölle los und ich spürte Grannys Energie und die der anderen vier Magierinnen durch den Raum flirren. Gleißend helle Magie krachte gegen Dunkelheit. Funken stoben durch die Luft und ein Kreischen ertönte. Lazarus knallte gegen eine Wand, kam aber erstaunlich schnell wieder auf die Füße und flog auf mich zu. Ich wich ihm aus und schleuderte einen zweiten Magiestoß auf ihn ab. Claires Seele hatte ihm mehr Kraft verliehen, als es den Anschein gehabt hatte. Immer mehr Jäger drängten in den Raum, aber mit den meisten machten die Magierinnen kurzen Prozess. Ich war einen Augenblick abgelenkt, als ich Lazarus durch den hinteren Eingang huschen sah. Wollte er sich etwa davonmachen? Ich warf einen Blick auf Cedric, der zusammengekrümmt zu meinen Füßen lag, und fasste dann schweren Herzens einen Entschluss. Ich kniete nieder und gab ihm einen Kuss auf die Wange. »Ich komme sofort wieder«, versprach ich. »Du musst durchhalten.«

Ich durfte Lazarus nicht entkommen lassen. Nicht nach all dem, was er angerichtet hatte. Wenn er sich jetzt in seiner Burg verkroch, hatte diese Geschichte nie ein Ende. Also folgte ich ihm durch die finsteren Gänge. Ich ließ meine Magie schwach glimmen und ging dem Gestank nach. Je länger ich durch die finsteren Gänge schlich, umso größer wurde meine Angst. Hatte jemand von den anderen bemerkt, wohin ich gegangen war? Wieder bog ich um eine Ecke und dann hörte ich Stimmen. Vorsichtig schlich ich weiter.

»Du hast endgültig versagt, Selina.« Lazarus' Stimme war eiskalt. »Sie vertrauen dir nicht mehr.«

Ich schob mich vorsichtig in Richtung des Raumes, aus dem die Stimmen kamen, und lugte um die Ecke. Dieses Zimmer war nicht unbewohnt, sondern fast gemütlich eingerichtet. Der Zugang, durch den ich hineinschaute, war zwar der einzige, aber an der linken Seite wand sich eine schmale Wendeltreppe nach oben. Es war nicht schwer zu erraten, dass diese in Selinas Haus führte. Hatten die beiden sich etwa hier unten getroffen, um ihre finsteren Pläne zu schmieden?

Lazarus stand ganz dicht vor Selina. Von der stolzen, überheblichen Frau war nicht viel übrig. Ihre Haare hingen ihr ins Gesicht, der Lippenstift war verwischt und in ihren Augen stand Panik. Sie streckte die Hand nach ihm aus. »Ich finde eine andere Möglichkeit«, versprach sie. »Du musst mich nur mitnehmen. Hier kann ich nicht mehr bleiben.«

Er machte einen Schritt auf sie zu. Ich konnte sein Gesicht nicht sehen, aber sein Körper spannte sich unter dem dunklen Mantel an. »Ich brauche jetzt die Energie einer Magierin«, sagte er leise. »Und hier ist nur eine, die mir diese Energie geben kann.«

Ich presste die Hand vor den Mund, um nicht zu schreien. Selina schüttelte den Kopf und wich zurück. Aber da hatte Lazarus sie schon gepackt. Ich sollte ihr helfen. Ich sollte irgendetwas tun, aber ich konnte mich nicht rühren. Er beugte sich über sie. Selina legte ihre Hände auf seine Schultern. Sie müsste nur einen Magiestoß durch ihn hindurchjagen und er würde von ihr ablassen. Aber stattdessen legte sie ihm die Hände auf die eingefallenen Wangen und dann küsste er sie. Es war kein liebevoller Kuss. Kein Kuss, den man einer Frau gab, die alles für einen geopfert hatte. Lazarus saugte ihr mit langen Zügen die Seele aus. Selinas Körper erschlaffte in seinen Armen und er stöhnte genüsslich. Das Geräusch brachte mich zur Besinnung. Solange er abgelenkt war, konnte ich ihn töten. Das hier war meine Chance, bevor er durch ihre Seele wieder zu Kräften kam. Ich sammelte all meine Magie in meinen Händen. Dann kanalisierte ich sie, bündelte sie zu dünnen Seilen und schoss sie auf ihn ab. Eins schlang sich um seinen Hals, eins wickelte sich um seine Mitte und eins um seine Füße. Dann riss ich ihn von Selina fort. Sie ging in die Knie und röchelte nur noch. Lazarus drehte sich zu mir um, krallte seine Finger in meine Fesseln und knurrte. Sein Gesicht hatte Farbe bekommen und seine Hände waren kein bisschen skelettartig mehr. Ich spürte das Reißen an den Seilen bis in mein Innerstes und stolperte vorwärts. Ein böses Lächeln huschte über sein Gesicht. »Da bekomme ich dich am Ende doch noch«, sagte er.

Ich versuchte, die Seile anzuziehen, aber es gelang mir nicht. Stattdessen zog er mich damit näher zu sich heran. Selina wimmerte zu seinen Füßen, doch er beachtete sie gar nicht mehr. Seine Zunge leckte über seine Lippen und seine Augen glitzerten. Dann stand ich vor ihm und seine Finger umfassten mein Kinn. »Ich habe schon nicht mehr daran geglaubt«, wisperte er. »Aber du wirst mich unsterblich machen.«

Ich stemmte mich gegen seine Brust. »Das werde ich nicht.«

Er lachte so laut, dass er die Geräusche hinter sich überhörte. Seine Gier war so viel stärker und machte ihn unvorsichtig.

Ich glaubte meinen Augen nicht zu trauen, als Noah hinter ihm auftauchte. Er hob ein Messer und rammte es ihm von hinten in den Rücken. Ich sah nur das silbrige Glitzern. Dann brach Lazarus zusammen und riss mich mit sich auf den Boden. Meggie und Arwyn zerrten Selina beiseite, deren Augen jetzt geschlossen waren.

Die Seile aus Magie zogen sich von Lazarus zurück, der sich zuckend unter mir wand, er versuchte immer noch, mich zu packen, aber ich presste ihm eine Hand auf das Gesicht und eine andere auf sein Herz und ließ meine Magie auf ihn los. Sein Körper verdampfte unter meiner Macht und zurück blieben nur ein paar Fetzen.

Als ich aufsah, krümmte Selina sich neben mir zusammen und streckte eine Hand danach aus. »Wir müssen sie erlösen«, sagte ich und war erstaunt, wie fest meine Stimme war. »Das musst du tun.« Ich blickte Meggie an. »Ich muss zu Cedric zurück. Kannst du das?«

Arwyn legte Meggie eine Hand auf die Schulter. »Tu es«, sagte sie und ich rannte die Wendeltreppe nach oben, ohne mich noch einmal umzudrehen. Wir hatten Selina und Lazarus besiegt, aber wir hatten nicht gewonnen.

Ich war oft genug in Selinas Haus gewesen, um mich zurechtzufinden. Ich raste zur Eingangstür und riss sie auf. Ich musste zurück in den Bunker, obwohl meine Magie gerade erschöpft war und ich keine große Hilfe im Kampf gegen die anderen Jäger sein würde. Aber ich wollte zu Cedric. Ich musste ihn dort rausholen und etwas tun. Irgendetwas.

Die Haustür stand offen und ich lief hinaus. Ich rannte zum Strand, an dessen Seite sich die Panzermauer entlangzog. Wenn ich mich nicht täuschte, konnte ich über den Eingang dort die Räume innerhalb des Bunkers, wo wir Claire und Cedric gefunden hatten, viel schneller erreichen. Ich bog um das graue Ungetüm, als die Tür aufgestoßen wurde. Rafiq trat heraus. Er trug Cedric und hinter ihm hielt Fawkes Claires Körper auf den Armen.

Mit ein paar Schritten war ich bei ihnen und sank erschöpft neben Cedric nieder. Er hatte seine Augen geschlossen, als ich ihm das Haar aus dem Gesicht strich und vorsichtig über die Wunde über seiner Augenbraue fuhr. Kalter Schweiß stand ihm auf der Stirn und er zitterte am ganzen Körper. Ich hielt seine Hand und redete auf ihn ein. Er reagierte gar nicht mehr auf mich, aber er lebte. Im Gegensatz zu Claire.

Rafiq strich ihr das Haar aus dem Gesicht. »Möge Allah dich beschützen. Wo immer du auch hingehst.«

Fawkes kniete sich auf ihre andere Seite und nahm ihre Hand. »Der Herr wird seine Hand über dich halten«, murmelte er und küsste sie auf die Stirn.

»Mögen deine Leben gesegnet sein«, flüsterten die Magierinnen, obwohl sie besser als jeder andere wussten, dass Claires Seele verloren war. Lazarus hatte ihr alles genommen. Aber möglicherweise hatte ein winziger Splitter überlebt und dieser Splitter würde sich nun auf seine letzte Reise begeben.

Ein Schluchzen brach aus mir hervor, als Rafiq eine Hand auf ihre Brust legte und ihr Körper zu glühen begann. Nach weniger als einer Minute war er zu Asche zerfallen und der Spätsommerwind wehte die weißen Flocken über den Strand davon. Wie konnte ein Mensch, der gerade noch voller Leben gewesen war, so schnell im Nichts verschwinden?

Rafiq blieb im Sand sitzen und schien zu beten. Dann wandte er sich mir zu und blickte mich ernst an. Aber ich würde nicht zulassen, dass Cedric zu Asche wurde.

»Es ist so weit. Du musst dich von ihm verabschieden.«

Ich schüttelte den Kopf. »Er ist immer noch hier.« Ich umklammerte Cedrics Hand und er stöhnte leise.

»Wir haben keine Wahl, Sasha. Und du weißt es. Er ist auch unser Freund, und er würde wollen, dass wir ihn erlösen.«

Vertraute Magie strömte durch meine Adern. Es war nicht meine eigene, sondern die von Granny, Penny, Polly, Molly und Greta. Sie waren aus dem Bunker getreten und standen nun im Kreis um uns herum.

»Lazarus und Selina sind tot«, sagte ich. »Es ist vorbei.«

»Ich dachte immer, er wäre unverwundbar. Wir haben schon so oft gegen ihn gekämpft und ihn nie besiegt«, kam es von Penny. »Wir sind so stolz auf dich.«

»Geh zur Seite, Schätzchen«, bat Granny mich, als hätte sie meine Worte nicht gehört. »Es gibt keine andere Lösung. Wenn wir Cedric jetzt nicht erlösen, müssen wir ihn jagen. Und wenn du ihn beschützt und bei ihm bleibst, auch dich. Das würde er niemals wollen. Du weißt, was aus Selina geworden ist. Sie hat für die Liebe eines Mannes alles geopfert.«

Eines Mannes, der nicht mal ihr Seelengefährte gewesen ist. Wie konnte sie mich und Cedric mit den beiden vergleichen? »Ich werde ihn euch nicht überlassen«, sagte ich. »Ihr habt ihm das angetan. Ihr habt Selina nicht aufgehalten.« Ein dünner Film meines Seelenschimmers strömte aus mir heraus und hüllte Cedric und mich ein. Tränen liefen mir über die Wangen. »Bleib bei mir«, flüsterte ich und küsste die trockenen, aufgesprungenen Lippen. Er schmeckte nach Apfel, Zimt und einem Hauch Anis, nicht nach

Verwesung und nicht nach Tod. Ich hauchte ihm noch einen Kuss auf den Mund … da war plötzlich eine Spur von fauligem Obst. Cedric schlug die Augen auf. Dunkle Schwaden wanderten wie Wolken über seine Iris. Selbst ich konnte die Veränderung nicht mehr leugnen. Seine Brust hob und senkte sich hektisch. »Lass sie mich töten«, flüsterte er. »Du musst mich gehen lassen.«

Ich schüttelte den Kopf. »Vergiss es. Das werde ich nicht tun.«

Er packte meine Hand mit überraschender Kraft. »Wenn du es nicht tust, werde ich jemanden umbringen, sobald ich wieder bei Kräften bin. Vielleicht nicht heute und vielleicht nicht dich, aber meine Gier nach einer Seele wird von Tag zu Tag größer werden und irgendwann kann ich diese Gier nicht mehr zügeln. Willst du dafür verantwortlich sein? Erspar mir dieses Schicksal, Sasha. Bitte.«

»Ich werde aufpassen, dass das nicht passiert«, erwiderte ich trotzig und versuchte, ihm meinen Arm zu entwinden. »Ich werde eine Möglichkeit finden, dich zu retten.«

Er lachte auf. »Du sollst mich nicht retten.« Seine Haut wurde grau. »Es wäre meine Aufgabe gewesen, dich zu retten. Aber das konnte ich nicht. Das konnte ich nie.«

Ich fragte mich, wovon er sprach. Er hatte mich all diese Leben beschützt.

»Bring es zu Ende. Bitte, Sasha.«

Bat er mich wirklich, ihn zu töten? War er verrückt geworden? »Du musst gegen die Dunkelheit ankämpfen«, forderte ich. »Du musst es versuchen. Sie darf nicht die Oberhand gewinnen. Ein Teil deiner Seele ist noch intakt. Denk an etwas Schönes. Denk an etwas, das dich glücklich gemacht hat.«

Er lächelte und war plötzlich trotz all der Wunden schöner als je zuvor. »Dann werde ich an dich denken. Bleibst du bei mir, bis es vorbei ist?« Seine Hand erschlaffte und fiel in den Sand. Ich griff nach ihr und presste sie an meine Brust. Verzweifelt legte ich die Stirn an seine. Was ich hier versuchte, war sinnlos. Ich hatte es schon in dem Bunker geahnt. »Es tut mir so leid«, flüsterte ich an seinen Lippen. »Ich liebe dich und ich hätte so gern dieses eine Leben mit dir geteilt. Es wäre mir egal gewesen, dass es dein letztes ist.«

»Es ist Zeit. Wir können nicht länger warten.« Granny legte mir eine Hand auf die Schulter. So endete es also.

»Versprichst du mir etwas?«, fragte Cedric mit geschlossenen Augen.

»Alles.« Ich strich ihm über die Wange. Bilder blitzten in meinem Kopf auf. Ich sah uns beide am Strand stehen, nachdem er mich gerettet hat. Sah ihn in der Kirche meine Hand halten und wie wir uns das erste Mal küssten. Ich würde jede einzelne Erinnerung in mein Seelenbuch eintragen.

»Ich möchte, dass du lebst und jemanden liebst in all den Leben, die vor dir liegen. Ich will nicht, dass du allein bist.«

Ich lächelte traurig. Das war das Einzige, was ich nicht versprechen konnte. Wenn er fort war, würde meine Seele allein sein. *Würdest du einen Menschen, den du geliebt hast, lieber vergessen, um ihn dann nicht mehr vermissen zu müssen?*, hörte ich seine Stimme in meinem Kopf. »Du wirst immer in meinem Herzen sein«, flüsterte ich. Die tröstliche Vorstellung, ein anderes Leben miteinander zu teilen, blieb uns verwehrt. Tränen liefen mir über das Gesicht und ich krallte mich an seinem Hemd fest. Wenn sie ihn umbringen wollten, mussten sie mich von ihm wegzerren. Ich hatte versprochen, bei ihm zu bleiben, und wenigstens dieses Versprechen würde ich halten.

Wütend wischte ich meine Wangen trocken. »Was ist mit dem

Fluch? Kann er überhaupt Bestand haben, jetzt, wo wir wissen, weshalb Selina ihn ausgesprochen hat? Sind wir Cedrics Seele nicht schuldig, seiner Seele die Rückkehr zur Ursprungsseele zu ermöglichen?«

Granny schüttelte den Kopf, aber ich gab nicht nach.

»Ich könnte mit ihm in sein erstes Leben zurückgehen und verhindern, dass der Fluch ausgesprochen wird«, sagte ich mit fester Stimme.

Hinter Penny traten Arwyn, Meggie und Noah hervor. Fawkes ging zu Arwyn, und sie schmiegte sich an ihn, während Noah vorsichtig einen Arm um Meggie legte, die ganz blass war und schwankte. Sie hatte gerade die Vorsitzende des Zirkels erlöst. Es war ein Wunder, dass sie auf eigenen Füßen stand.

»Du kannst es versuchen«, sagte Granny zu meiner Überraschung und zu der der anderen.

»Das ist keine gute Idee«, wandte Rafiq ein. »Das Risiko ist zu groß. Wir können keinen potenziellen Jäger in eine andere Zeit bringen.«

Fawkes scherte sich nicht um die Worte seines Freundes. »Wenn du ihn zurückbringen möchtest, musst du es jetzt tun«, sagte er leise. »Wir werden dich begleiten.« Er lächelte mir aufmunternd zu. »Wenn jemand es schafft, ihn zu retten, dann du.«

»Denkst du, es kann funktionieren? Was ist dann mit dieser Gegenwart? Was werden wir verändern?«

»Das wissen wir nicht«, sagte er ehrlich.

Ich blickte zu Rafiq und er gab sich geschlagen. »Sieh in seinen Taschen nach. Er hat seinen Seelenanker immer bei sich, obwohl er nie in das Leben zurückgekehrt ist, in dem er verflucht wurde.«

Meine Finger fuhren über seine Brust, aber in der Hemdtasche war nichts.

»Sie haben ihm den Anker gestohlen«, hörte ich Polly raunen.

»Er könnte ihn genauso gut verloren haben«, flüsterte Molly. »Dieses Schicksal hat der arme Junge nicht verdient.«

Ich tastete über Cedrics Hosentaschen. Wenn ich den Stein nicht fand, würde ich zurück in den Bunker gehen und ihn dort suchen. »Bleib bei mir«, flüsterte ich. »Wir werden dich retten. Wir holen dich zurück.«

Beruhigend strich Fawkes mir über den Rücken. »Er ist stark. Er will bei dir bleiben.«

Vor Dankbarkeit schluchzte ich leise auf und dann fühlte ich etwas Festes in der Tasche seiner Hose. Mühsam zwängte ich meine Finger hinein und zog seinen Stein hervor. Den Stein mit der Form eines Herzens.

Ich ballte meine Hand darum. »Was muss ich tun?« Ich war erstaunt, wie fest meine Stimme klang.

»Sieh mich an Sasha«, befahl Granny eindringlich. »Und hör mir genau zu. Du bringst ihn zurück in das Leben, an das der Anker ihn bindet. Wenn es dir gelingt, dieses Leben zu ändern, hat seine Seele die Chance, sich zu regenerieren.«

»Werde ich wissen, was ich tun muss oder was Cedric tun muss?«

Granny nickte. »Aber eins musst du wissen. Du kannst ihn retten, aber du darfst nicht dort bleiben. Und er kann danach nicht mehr hierher zurück. Das ist dann sein Leben. Du musst versuchen, zu verhindern, dass er verflucht wird, aber nimm dich vor Lazarus und Selina in Acht. Sie werden dort sein.«

In meiner Kehle bildete sich ein Kloß. »Er wird leben. Und mich irgendwann wiederfinden. In einem seiner Leben, die er dann richtig leben konnte. Würden wir auch ohne den Fluch zu Seelengefährten werden?«

»Das kann ich dir nicht versprechen, aber es ist seine einzige Chance. Ich weiß, was es dir abverlangt.« Sie strich mir über die Wange. »Einen anderen Weg gibt es nicht.«

»Lege eine Hand auf seine Brust und halte seinen Anker fest«, forderte Rafiq. »Und dann lasse dich leiten.«

Die Luft um uns herum begann zu flimmern, und dann sah ich den Faden, der uns zurückbrachte, hell und klar vor mir. Ich spürte Cedrics Herzschlag unter seiner kalten Haut und folgte dem Band. Ich würde ihn nicht verlieren.

11. Kapitel

Schottland, 1593, Vergangenheit/
Alderney, 20. September 2019,
Gegenwart

Ich landete am Rande eines Dorfplatzes zwischen windschiefen Hütten. Es war mitten in der Nacht, aber die Flammen unzähliger Fackeln erhellten eine gespenstische Szenerie. Die Dorfbewohner hatten sich um einen Scheiterhaufen versammelt und grölten lautstark. An einen Pfahl auf dem aufgehäuften Holz war ein Mädchen gebunden.

Die Augen sind der Spiegel der Seele. Das war eine meiner ersten Lektionen gewesen. Aber auch ohne diese Lehre hätte ich gewusst, wer das Mädchen war. Denn ich schaute in meine eigenen Augen. Ich spürte, wie meine jüngere Seele nach mir tastete, obwohl sie bereits zum Tode verurteilt war, und ich verstand nicht, weshalb ich nicht mit ihrem Körper verschmolzen war.

Noah stand neben dem Holzstapel und hielt eine Fackel in das trockene Gestrüpp. Sofort loderte das Feuer auf. Rafiq und Fawkes flankierten mich, während ich noch versuchte, zu verstehen, was vor sich ging.

»Er wurde verflucht, weil Selina ihn für meinen Tod verantwortlich machte? Wusstest ihr das?«

»Wir mussten ihm schwören, nichts zu sagen«, sagte Rafiq. Ich blickte in meine Augen, während das Feuer nach dem Saum meines Kleides griff. »Er hat sich geschämt.« Rafiqs Körper war so gespannt wie eine Bogensehne.

»Wo ist Cedric jetzt?«

»Er liegt direkt vor dem Scheiterhaufen. Im Gegensatz zu dir mit seinem damaligen Ich verschmolzen.«

»Wie können wir den Fluch jetzt noch brechen?«, fragte ich. »Ich brenne doch schon. Wo ist Selina?« Meine Stimme klang panisch. »Ich muss verhindern, dass ich sterbe, oder? Weshalb wurde meine Seele damals nicht zerstört? Ich verstehe es nicht.«

Rafiq blickte konzentriert auf den Scheiterhaufen und dann zu mir. »Weil du hier bist«, sagte er dann. Er schnippte mit den Fingern und ein Band wurde sichtbar. Ein helles, silbernes Band, das mich und mein früheres Ich miteinander verband. »Das Feuer verhindert, dass ihr euch verbindet, aber du gibst deiner Seele die Kraft, damit das Feuer sie nicht zerstört. Im Gegenteil. Das Feuer macht sie nur stärker.«

Stärker klang gut. Mehr Erklärungen brauchte ich nicht, denn ich wusste, was zu tun war.

»Fawkes«, sagte ich und blickte dem blonden Mann mit dem Gesicht eines Engels direkt in die Augen. »Kümmere du dich um Arwyn. Bring sie fort von hier. Sie darf das Baby nicht verlieren.«

»Ich werde ihm etwas von meiner Seele geben«, sagte ich zu Rafiq, als Fawkes verschwunden war. »Wenn sie Lazarus unsterblich gemacht hätte, kann ich ihn damit vielleicht retten.«

Ich würde es mit oder ohne seine Zustimmung versuchen. Cedric nur zurückzubringen, hatte nichts genutzt.

»Deine Seele ist durch das Feuer gegangen und hat überlebt.

Deshalb wollte Lazarus sie für sich. Deshalb hat er dich all die Zeit gejagt. Möglicherweise vertreibt sie die Dunkelheit.«

»Was muss ich dafür tun?« Ich unterdrückte die Angst, die keine körperliche Reaktion, sondern die meiner Seele war, und spürte ihr Zittern bis in die Fußspitzen.

»Du musst dich ihm freiwillig anbieten«, erklärte Rafiq. »Und du musst behutsam vorgehen. Die Schwierigkeit besteht darin, dass er dir nicht deine ganze Seele nimmt. Wenn er einmal anfängt, sie zu beanspruchen, kann er vielleicht nicht mehr aufhören. Und die Kontrolle liegt bei ihm.«

Ich schluckte und nickte langsam. »Wenn es die letzte Möglichkeit ist, werde ich es versuchen.«

Rafiq nahm mich in den Arm und drückte mich fest an sich. »Küss ihn einfach und öffne dich. Deine Seele wird ihren Weg zu ihm finden. Ich halte dir den Rücken frei. Lazarus muss hier irgendwo sein. Wir müssen verhindern, dass er deine Seele bekommt.«

»Das werde ich dir nie vergessen«, raunte ich an seiner Schulter. »Möge meine Seele diese Schuld eines Tages begleichen können«, murmelte ich die Worte eines uralten Schwurs der Magierinnen.

»Es wird mir eine Ehre sein, den Schwur einzufordern«, beantwortete er den Ritus mit den geforderten Worten, der unsere Seelen aneinanderband. »Und jetzt geh und pass auf dich auf, kleine Schwester.«

Er legte mir eine Hand auf die Wange. »Egal, was passiert, dies hier ist jetzt sein Leben. Er kann nicht mit dir zurück und du kannst nicht bleiben. Aber er wird dich in diesem Leben lieben.« Er gab mir einen kleinen Schubs und dann rannte ich los.

Ich würde ihn also verlieren, ganz egal, was ich tat. Tränen liefen mir übers Gesicht, doch ich zwängte mich durch die Menschenmenge, die den Scheiterhaufen umringte und immer noch laut grölte. Blutdurst lag in der Luft, aber ich ignorierte ihn. Ich drängte meine Angst, die Verzweiflung und die Trauer zurück. Jetzt ging es nur darum, dass er überlebte. Niemandem schien aufzufallen, dass ich ein Mädchen in einem merkwürdigen Kleid war. Ich boxte und schob, bis ich den Rand des Ringes erreichte, den die Menschen bildeten, um der Hitze des Feuers nicht zu nahe zu kommen. Cedric lag zusammengekrümmt am Fuße des Scheiterhaufens und bei jedem Windstoß fielen Asche und Glut auf ihn herab. Ich rutschte über die verschmierte Erde zu ihm und drehte ihn um. »Wach auf, Cedric«, flehte ich. Als er sich nicht rührte, schüttelte ich ihn heftiger. Funken fielen auf meine Hände und brannten sich in meine Haut. Ich versuchte, ihn fortzuziehen, aber er war zu schwer.

Erst nach endlosen Minuten schlug er die Augen auf. Sie waren so dunkel wie die Schatten, die uns umgaben. Graue Wolken zogen über das Braun und Grün seiner Iris. Er verwandelte sich weiter. Er wurde zum Jäger und damit zu einer Gefahr, für jeden Einzelnen hier. Wenn das geschah, hatten Selina und Lazarus am Schluss doch noch gewonnen. Ich unterdrückte das Entsetzen über sein Schicksal. Noch konnte ich versuchen, alles zu ändern. Selina musste hier irgendwo sein. Sie war in diesem Leben meine Großmutter gewesen, sie hatte Lazarus hergebracht, der irgendwo hier auf meine Seele lauerte.

Er stemmte sich mit den Armen hoch und bedachte mich mit einem wilden Blick. Er erkannte mich nicht. Wie auch. Ich war nicht das Mädchen, das er in diesem Leben liebte, und Lazarus hatte seiner Seele in meinem Leben jede Kraft geraubt. Er stieß mich zur Seite und robbte auf den Scheiterhaufen zu. Mit bloßen

Händen griff er nach den glühenden Scheiten. Ich roch das verbrannte Fleisch und unterdrückte die Übelkeit. Sein Versuch, sie zu retten, war sinnlos, und trotz der Schmerzen weigerte er sich, aufzugeben.

Ich blendete das Kreischen und Grölen der Meute um uns herum aus und rutschte noch näher zu ihm heran. Sanft legte ich ihm eine Hand auf den Rücken. Sein Körper glühte. Aufgebracht wirbelte er herum. Sein Gesicht war voller Ruß, und Tränen liefen über seine Wangen. Der Wahnsinn der Jäger blitzte in seinen Augen auf. Er versuchte mich abzuschütteln, als wäre ich ein lästiges Insekt, aber ich klammerte mich an seine Schulter und zog ihn zurück. »Cedric«, brüllte ich in sein Ohr. »Hör auf.«

»Nein«, fauchte er. »Ich muss sie retten. Ich muss einfach.«

»Das kannst du nicht«, erklärte ich mit fester Stimme. »Du bist zu schwach. Sieh mich an.«

Erstaunlicherweise kam er der Aufforderung nach. Sein Blick fand meinen, und dann weiteten sich seine Augen vor Entsetzen, als er begriff. »Das ist nicht möglich«, stammelte er. »Wer bist du?«

»Ich bin sie«, erklärte ich schlicht und wies zu dem Körper, der jetzt kraftlos an dem Pfahl hing. Immer noch spürte ich unsere Seelenverbindung. Sie lebte noch, was an ein Wunder grenzte. »Ihre Seele wohnt in meinem und in ihrem Körper. Ihrer stirbt, aber unsere Seele wird überleben. Wir werden uns wiederbegegnen, Cedric.«

»Wann?«, hauchte er und strich mit einem Finger über meine Wange.

»In einer anderen Zeit«, erklärte ich so behutsam wie möglich. Wie konnte ich ihn dazu bringen, mich zu küssen, während das Mädchen, das er liebte, gerade starb? Ich rückte noch näher an ihn heran. Wenn der Jäger in ihm meine Seele roch, würde er sie begehren. Ich wusste nicht, wie viel Zeit mir noch blieb, bis die Verwandlung abgeschlossen war. Aber solange er noch er war, konnte er seine Gier vielleicht bremsen.

Sein Blick wurde dunkler, als er den Kopf an meine Kehle senkte. Seine Zungenspitze strich über das Pochen meines Pulses.

»Was tust du da?«, fragte ich mit zittriger Stimme. Diese Berührung war fremd und vertraut zugleich.

»Du riechst wie sie.«

Schauer rieselten mir über den Rücken.

»Wir sind uns schon einmal begegnet, oder?«

»Schon viele Male«, bestätigte ich. Mein Atem setzte für einen Moment aus, als seine Lippen über meine Wange strichen.

»Ich habe dich gar nicht verloren«, raunte er. Die Erleichterung in seiner Stimme war mit den Händen zu greifen.

»Aber ich kann nicht bleiben«, sagte ich. »Nicht in diesem Leben. Ich bin nur gekommen, um dich zu retten.«

»Du denkst, ich lasse dich wieder gehen?« Seine Arme wurden zu Stahlklammern und sein Mund bildete eine strenge Miene. »Du gehörst mir«, raunte er in mein Ohr. »Du bist mein.« Etwas Finsteres schwang in seinen Worten mit. Er stand auf der Schwelle, und nun hing es nur noch von mir ab, zu welcher Seite er kippte. Kalte Schauer rieselten durch meinen Körper, und trotzdem nahm ich sein Gesicht in meine Hände und zwang ihn, mich anzusehen. Das Grün war endgültig verschwunden und tintenschwarze Seen starrten mich an. Irgendwo dort drin musste noch etwas von ihm sein und ich würde ihn nicht gehen lassen. Mit dem Daumen strich ich über seine Unterlippe. »Lass mich ein«, murmelte ich.

Sein Blick wurde verhangen und dann senkte er die Lippen auf meine. Er schmeckte nach Rauch, Whisky und Kräutern, die ich nicht identifizieren konnte. In jedem Fall war da nichts Fauliges. Noch nicht. Ich schluchzte vor Erleichterung. Seine Umklammerung löste sich und wurde weicher. Er murmelte meinen Namen. Den Namen, den er in diesem Leben gar nicht gekannt hatte. Der Teil seiner Seele, der aus der Zukunft gekommen war, erinnerte sich.

Und dann wusste ich, was ich zu tun hatte. Ich verdrängte, dass Lazarus irgendwo hier lauerte, ich vergaß Selina, die ihr Ziel wieder nicht erreicht hatte und wahrscheinlich vor Wut tobte. Ich konzentrierte mich nur auf mein innerstes Selbst, lockte meinen Seelenschimmer hervor, formte das helle Licht zu einer Kugel purer Energie, und als er mich tiefer küsste, ließ ich los. Der Schimmer verflüssigte sich und wurde zu einem Strom und bahnte sich sacht einen Weg in Cedrics Seele. Ich hatte mich noch nie mit einem Menschen so verbunden gefühlt, so eins und doch … Ein stechender Schmerz durchzuckte mich und Sehnsucht flutete durch mich hindurch. Ich würde ihn verlieren. Das hier war ein Abschied. Ich schenkte ihm einen Teil meiner Seele, damit er sie zu seiner machte.

Cedric schob seine Hände in mein Haar, seine Finger massierten sanft meine Kopfhaut, während er meine Magie und damit einen Teil meiner Seele trank, die ich ihm bereitwillig überließ. Er würde sich alles nehmen. Ich war einen Moment zu lange unachtsam gewesen, weil meine Gefühle für ihn mich überwältigt hatten. Ich legte eine Hand auf seine Brust, direkt an die Stelle, wo sein Herz schlug. »Ich werde immer hier sein«, flüsterte ich an seinen Lippen und spürte, wie ich das Bewusstsein verlor. »Ich liebe dich. Ich werde dich immer lieben, egal wann und egal, wo du bist. Ich liebe dich für immer und ewig. Unsere Seelen werden sich in einem anderen Leben finden. Aber dafür musst du mich jetzt gehen lassen.«

»Das kann ich nicht«, murmelte er.

»Du musst aufhören, sonst verlierst du mich für immer.« Diese Worte hatte ich nicht ausgesprochen, sondern nur gedacht, und trotzdem hörte er sie. Abrupt ließ er von mir ab, strich mir das zerzauste Haar aus dem Gesicht, küsste meine Augenbrauen und meine Lider. Ich war ganz benommen und völlig kraftlos. War es zu spät? Hatte er zu viel von meiner Seele geraubt? Er presste mich an seine Brust. »Ich liebe dich«, flüsterte er in mein Ohr. »Ich habe dich geliebt. Vom ersten Augenblick an. Trotzdem habe ich dich verleugnet und dir das Schlimmste angetan. Und ich habe dir nie gesagt, was du mir bedeutest.«

»Ich wusste es«, gab ich zurück. »Aber jetzt musst du mich loslassen.«

Ein letztes Mal nahm er mein Gesicht zwischen seine Hände, der Schmerz, den ich in seinen Augen sah, war kaum auszuhalten. »Werde ich dich wiedererkennen oder verliere ich dich endgültig?«

»Ich werde immer bei dir sein.« Aber wie leer würde mein Leben sein, wenn er nicht mehr bei mir war? Die Wut über unser Schicksal brannte in mir wie eine Fackel.

Er legte seine Stirn an meine.

»Es wird alles gut«, flüsterte ich, obwohl die Tränen in meiner Kehle schmerzten. Ich nahm meine letzten Kräfte zusammen und bündelte die Magie in meinen Fingern. Dann richtete ich sie auf den Scheiterhaufen und schoss sie ab. Das brennende Holz fiel in sich zusammen und mein lebloser Körper kippte zur Seite.

Cedric sprang auf und rannte über das glühende Holz. Er nahm mich auf den Arm und trug mich fort, ohne sich auch nur ein Mal nach mir umzusehen. Es würde keinen Fluch geben, hoffte ich. Dafür konnte ich in diesem Leben hier mit ihm zusammen sein und vielleicht auch in vielen anderen. Wenn wir Glück hatten.

Um mich herum verschwamm alles und ich folgte dem kaum sichtbaren Zeitfaden nach Hause.

* * *

Gegen alle Vernunft hatte ich gehofft, Cedric würde wieder in meinem jetzigen Leben auftauchen. Aber natürlich war das nicht geschehen. Ein paar Tage lang hatte mein Leben an einem seidenen Faden gehangen. Granny und unzählige andere Magierinnen des Zirkels hatten mich gepflegt und mir ihre Seelenmagie geschenkt, damit ich wieder zu Kräften kam. Nicht nur die, die mit mir auf der Insel lebten. Plötzlich meinten alle, in meiner Schuld zu stehen. Cedric hatte mir so viel von meiner Seele genommen. Es war mein Glück gewesen, dass das Feuer sie vor all dieser Zeit gestärkt hatte, sonst wäre ich dort gestorben. So richtig verstand ich immer noch nicht, was mit mir damals eigentlich geschehen war.

Granny, Meggie und die anderen hatten abwechselnd an meinem Bett gewacht und mich umsorgt und gesund gepflegt. In den ersten Tagen hatte keiner geglaubt, dass der Rest meiner Seele stark genug wäre, um sich zu regenerieren. Aber er war es gewesen.

Ich fragte mich, ob Cedric irgendwo in meiner Zeit lebte. Würde ich ihn finden, wenn ich es darauf anlegte? Er war nie verflucht worden. Also musste seine Seele ganz normal wiedergeboren worden sein. Er würde nicht so aussehen wie der Cedric, den ich gekannt hatte. Aber das war mir egal. Ich wollte nur, dass er mich fand. In der ersten Nacht, in der es mir wieder einigermaßen gut gegangen war, hatte ich mein Seelenbuch durchgeblättert. Ich hatte dieselben Leben gelebt wie vor unserer Begegnung. Nur waren alle Hinweise auf Cedric verschwunden. Mein Leben war immer noch dasselbe, meine Eltern waren trotzdem gestorben. Die Antwort, warum sich an meinem Schicksal nichts geändert hatte, war einfach. Mein damaliges Ich hatte nicht überlebt. Meine Verbrennungen im Jahre 1593 waren zu stark gewesen. Ich war gestorben und wiedergeboren worden. Und auch Selina hatte nicht aufgegeben. Sie hatte seit damals weiterhin Leben für Leben versucht, Lazarus meine Seele zu verschaffen.

Ich fragte mich, ob wir nicht zu barmherzig gewesen waren, sie einfach zu erlösen. Sie hatte uns so viel Schlimmes angetan. Montesquieu soll gesagt haben: *Eine ewige Erfahrung lehrt, dass jeder Mensch, der Macht hat, dazu getrieben wird, sie zu missbrauchen. Er geht immer weiter, bis er an Grenzen stößt.* Ich hatte mittlerweile zwei weitere Bücher von ihm gelesen, weil sie mich irgendwie immer noch mit Cedric verbanden. Selina war an ihre Grenzen gestoßen. Drei Verfluchte und zwei Wanderer und fünf Magierinnen hatten sie aufgehalten. Morgen würden wir Granny zur neuen Vorsitzenden wählen. Meggie und ich würden eine Aufgabe vom Zirkel übertragen bekommen. Lazarus war endgültig vernichtet, aber irgendwo stand noch seine Burg, in der er Seelen gefangen hielt. Obwohl ich wütend auf Stella war, hatte ihre Seele es verdient, befreit zu werden, genau wie die meines Vaters. Wir würden nicht ruhen, bis wir die Burg gefunden hatten. Und es gab immer noch andere Jäger. Die würde es immer geben.

Ich rieb mir über das Gesicht. Morgen war *Mabon*. Wir würden die Zeremonie zur Herbst-Tagundnachtgleiche in der Longis Bay abhalten, und zwar in dieser Zeit. Niemand wollte mir einen Zeitsprung zumuten. Ob ich je wieder in der Zeit wandern konnte, wusste niemand so recht, und ich wollte es auch gar nicht. Ich würde Cedric nur immer und überall suchen. Meine Aufgabe würde mich ablenken und ich konnte die Insel endlich verlassen. Die Bedrohung, die jenseits des Meeres auf mich wartete, war auf ein Minimum geschrumpft.

Ich starrte blicklos auf die Ruinen vor mir. Seit es mir einigermaßen gut ging, kam ich täglich nach Fort Quesnard. Hier hatte sich alles verändert. Als wären sie nie hier gewesen. Kein Mensch erinnerte sich an die Familie de Gray. Ob Arwyn und Fawkes wenigstens ihr Happy End bekommen hatten? Waren die Wanderer bei ihnen geblieben? Konnte Cedric sich an irgendwas erinnern? War die Ehe von Cedric und Arwyn annulliert worden? Ich könnte mir die Mühe machen und Nachforschungen anstellen. aber was sollte das bringen? Nichts. Sie lebten über vierhundert Jahre von mir entfernt. Als ganz normale Menschen. Er hatte eine neue Chance auf all seine Leben bekommen, das wollte ich ihm nicht kaputt machen. Obwohl ich mir nicht mal sicher war, was genau passieren würde, wenn er zurück in dieses Leben käme. Wäre es dann wieder sein letztes? Diese Frage konnte mir niemand beantworten.

Cedric hatte immer gewusst, dass er mich damals geliebt hatte. Aber er hatte es mir nie gesagt. Weshalb war ich nie auf die Idee gekommen, dass ich das Mädchen gewesen war, das er verlassen hatte, um Arwyn zu heiraten? So viele unbeantwortete Fragen.

Vermissen war schrecklich. In den dunklen Nachtstunden, in denen ich mich schlaflos in meinem Bett herumwälzte, wünschte ich mir, ich könnte diese ganze Geschichte doch vergessen, nur um ihn dann nicht mehr zu vermissen.

Ich legte den Kopf in den Nacken und ließ mir den Regen ins

Gesicht rieseln. Er spülte die Tränen fort, aber nicht diesen lähmenden Schmerz. Ein letztes Mal betrachtete ich die Ruinen. Nichts erinnerte mehr an den Garten, nichts an die liebevolle Renovierung. Das Gemäuer lag so verwahrlost vor mir, wie ich es seit Jahren kannte. Alles, was passiert war, war eine Erinnerung meiner Seele an ein Leben, das nicht mehr stattfinden würde. Wir hatten zu viel verändert. Die Zukunft stand wohl offenbar doch nur für einige von uns fest.

Ganz in der Nähe schlug ein Blitz ein und ich zuckte zusammen. Es war unvernünftig, bei dem Wetter hier zu stehen. Aber ich konnte auch nicht gehen, denn das hier war ein endgültiger Abschied. Ich schlang die Arme um mich, aber mir würde nie wieder warm werden. Der Regen fiel noch dichter und endlich drehte ich mich um. Wieder zuckte ein Blitz über die Klippen und das Licht blendete mich. Ich schloss die Augen und taumelte zurück. Als ich sie öffnete, hörte ich Stimmen. Vertraute Stimmen.

»Wie du aussiehst. Wenn ich sie wäre, würde ich so einen verdreckten Bastard nicht zurücknehmen.« Das war eindeutig Fawkes' Stimme.

»Hör auf, ihm so etwas einzureden«, kam es von Arwyn. »Cedric ist selbst schmutzig ein äußerst attraktiver Mann.«

Rafiqs zurückhaltendes Lachen klang durch den Schleier des Regens. »Ich wette, Sasha ist das egal. Aber Fawkes hat recht, wir hätten dich etwas herrichten können. Ein Bad wäre angebracht gewesen. Aber er wollte ja unbedingt sofort zurück. Die zwei Sturköpfe haben sich wirklich verdient.«

Fawkes' Stimme klang belustigt. »Ich hätte auch keine Sekunde länger gewartet, nachdem wir herausgefunden haben, wie wir ihn zurückschaffen können. Wusste ich doch, dass dein Angeberfeuer irgendwann noch mal nützlich sein könnte.«

Ich versuchte, sie durch den Regen und Nebel auszumachen. Mein Herz schlug wie rasend gegen meine Brust. Bestimmt gaukelte meine Fantasie mir nur etwas vor. In den letzten Wochen hatte ich so oft von ihm geträumt, dass ich schon glaubte, verrückt zu werden. In meinen Träumen hatte ich seine Stimme gehört und mit ihm geredet. Aber nie hatte ich gleich von ihnen allen halluziniert.

Endlich erkannte ich menschliche Umrisse. Jemand schubste eine der Gestalten übermütig zur Seite. Wie junge Hunde tollten die Schemen durch den Regen, und ich verbot mir zu glauben, was ich sah. Nur ein Mädchen in einem Kleid lief zielstrebig auf die Ruine zu. Sie hielt ein Bündel im Arm. Immer wieder wischte ich mir die Tränen vom Gesicht, aber es hatte keinen Zweck. Sie liefen weiter und vermischten sich mit dem Regen. Ich wusste nicht, ob sie mich überhaupt sahen. Der Wind wurde stärker und wehte ihre Stimmen weg. Ich setzte mich einfach in Bewegung, um ihnen entgegenzugehen. Der Abstand zwischen uns wurde kleiner. Ich erkannte sie genau in dem Moment, in dem sie bemerkten, dass sie nicht mehr allein waren. Sie blieben stehen, nur eine Gestalt löste sich aus der Gruppe und kam mit entschlossenen Schritten auf mich zu.

»Sasha.« Es klang vorsichtig und vor allem wachsam. Als wüsste er nicht, wie ich reagieren würde. Als wüsste er nicht, ob ich ihn erkannte.

Immer, wenn ich aus meinen Träumen aufgewacht war, hatte ich festgestellt, dass nichts davon echt gewesen war. Ich legte die Hand auf meinen Mund, um ein Schluchzen zu unterdrücken. »Du bist hier.«

Er trat ganz nah an mich heran. »Wo sollte ich sonst sein?« Und dann lag mein Gesicht zwischen seinen Händen. Warme Lippen glitten über meine Stirn, meine Brauen, meine Wangenknochen und fanden meinen Mund. »Du hast gesagt, du liebst mich.«

»Aber das wusstest du doch.«

Seine Hand schob mein nasses Haar nach hinten und ich krallte die Finger in sein Hemd und zog ihn ganz nah an mich heran. »Du bist es wirklich und du bist da«, sagte ich noch einmal, weil ich es nicht glaubte. Ich musste ihn anfassen, ihn spüren, damit ich ganz sicher sein konnte.

»Ich bin da und gehe nicht mehr fort.« Er küsste meinen Hals. Nur am Rande hörte ich Fawkes' und Rafiqs Stimmen. Ich schmiegte mich an ihn, atmete seinen vertrauten Duft ein und erlaubte mir zu glauben, dass das hier wirklich passierte.

»Könnten wir irgendwo ins Warme gehen?«, maulte Fawkes. »Ich habe Hunger und Arwyn und das Baby sind klitschnass.«

»Das ist ein besonderer Moment«, belehrte Rafiq ihn. »Könntest du deine niederen Gelüste mal einen Augenblick hintenanstellen?«

»Mir macht es nichts aus, nass zu werden«, flötete Arwyn. »Wohin ist eigentlich Noah verschwunden?«

»Dein früherer Verehrer klettert auf den Ruinen des Forts herum«, brummte Fawkes. »Ich schwöre, er bringt mich noch mal um den Verstand. Kein Mensch interessiert sich so für vergangene Dinge wie er. Ich brauche dringend etwas zu essen. Sorry, Sasha, aber einen Seelensplitter zu verschenken ist nicht gerade ein Spaziergang. Rafiq verkraftet es nur besser wegen seines verdammten Dschinnblutes. Es wärmt ihn, aber mir ist kalt.«

»Wovon redet er?«, fragte ich Cedric und presste mein Gesicht wieder an seine Brust.

»Sie haben uns zu dir zurückgebracht. Mit einem Stück ihrer Wandererseele. Wir bleiben jetzt alle bei dir«, sagte er. »Ich fürchte, du wirst uns nicht mehr los. « Er lächelte so gelöst, dass ich ihn noch einmal küssen musste. »Wir sollten ihn wirklich ins Warme bringen. Was tust du hier draußen in der Kälte?«

»Ich komme jeden Tag her«, gestand ich. »Ich habe das Gefühl, dir hier nahe zu sein. Hat Fawkes gerade *das Baby* gesagt?«

Cedric nickte. »Wir konnten die Kleine schlecht dort lassen.«

Ich quietschte auf, machte mich von ihm los und rannte zu Arwyn. Gleichzeitig lachend und weinend, umarmte ich sie vorsichtig, während das Baby zu quengeln begann. »Ich fasse es nicht. Du hast ein Kind.«

Sie strahlte vor Stolz und strich der Kleinen über die Stirn. »Ist sie nicht das hübscheste Mädchen, das du je gesehen hast?«

»Das allerhübscheste«, bestätigte ich. »Und das wasserfesteste.«

Arwyn grinste. »Wir haben sie Claire Jeanne Marie Madeline genannt.«

»Was in ihrem Geburtsjahr nicht ungewöhnlich war«, kam es von Fawkes, »aber wir konnten uns sowieso nicht einigen.«

»Das ist wundervoll.« Ich musste an Claire zurückdenken. Wir waren keine Freundinnen gewesen, aber sie würde immer einen Platz in meinem Herzen haben. Ohne sie wäre Cedric jetzt nicht hier.

»Ich weiß.« Fawkes umarmte mich. »Das haben wir nur dir zu verdanken.«

Wohl kaum. Wir waren alle zusammen einfach ein perfektes Team gewesen. »Du bist eiskalt. Ich bin mit dem Auto hier. Wir bringen dich ins Warme.«

Rafiq betrachtete mich eingehend und küsste mich dann auf die Stirn. »Lasst uns nach Hause fahren.« Wir nahmen Fawkes in die Mitte.

»Ich gabele noch Noah auf und komme nach. Mein Bruder ist immer noch so zerstreut wie eh und je. Aber er hat dich gerettet, das werde ich ihm nie vergessen«, sagte Cedric liebevoll. »Wir müssen jemanden finden, der sich um ihn kümmert.«

Im Auto lag eine Decke, in die Arwyn Fawkes einwickelte, während Rafiq die kleine Claire im Arm hielt. Trotz seines vorlauten Mundwerks war Fawkes deutlich blasser als sonst. »Das wird schon wieder, Liebling.« Arwyn strich ihm das Haar aus der Stirn, aber ich erkannte den besorgten Ausdruck in ihren Augen.

So schnell wie möglich fuhr ich zum Laden und wir schafften ihn in unser kaum benutztes Wohnzimmer. Meggie warf nur einen Blick auf Fawkes und stürmte in die Küche, um eine heiße Brühe zu holen. Ich schleppte Decken aus den anderen Zimmern heran, während Rafiq mit einem Fingerschnipsen das Holz im Kamin zum Brennen brachte.

»Es geht gleich wieder«, behauptete Fawkes und trank mit klappernden Zähnen die heiße Suppe. »Bin eben nicht mehr der Jüngste.«

»Du hättest das nicht tun dürfen«, sagte Cedric, als er mit Noah hereinpolterte. »Es war zu riskant für dich.«

»Und dabei zu sehen, wie unglücklich du ohne Sasha bist? Bist du wahnsinnig.« Fawkes zwinkerte mir mit seinen himmelblauen Augen zu. »Kein Mädchen hat mehr Glück verdient als du. Nur vielleicht Arwyn noch. Aber sie hat ja mich.«

»Du hast Cedrics Seele gerettet«, erklärte Rafiq, »aber er konnte nicht mehr in der Zeit springen. Deshalb haben wir ihn zu einem Wanderer gemacht.«

»Und Arwyn, Noah und das Baby auch?«, fragte ich erstaunt.

»Wen sollten wir denn zurücklassen?«

Ich nahm Fawkes die Tasse ab und erschöpft legte er sich zurück.

Arwyn saß auf der Kante der Couch und hielt seine Hand.

»Ich werde Granny holen. Der Zirkel steht in eurer Schuld, sie werden dir helfen.«

»Das mache ich schon«, kam es von Meggie, die mit einem Tablett voller Teetassen den Raum betrat. »Sie ist drüben bei Penny. Ihr solltet euch besser alle abtrocknen. Gibt es keine Schirme, da, wo ihr herkommt?«

Noah nahm ihr das Tablett ab und strahlte sie an. »Darf ich dich begleiten?«, fragte er höflich. »Eine Dame sollte bei dem Unwetter nicht allein auf die Straße gehen.«

Meggie verdrehte die Augen und nickte dann zögernd. Noah sah mit seinen nassen Haaren und seinem ebenmäßigen Gesicht wie immer filmstarmäßig aus. Wie ein äußerst uninteressanter Filmstar. Jedenfalls für mich.

»Ich gebe ihm zwei Wochen und dann hat er sie um den Finger gewickelt«, kam es von Fawkes, der die Aufmerksamkeit sichtlich genoss.

»Ich weiß nicht, ob er gut genug für sie ist, und nach der Pleite mit Peter hat sie wirklich jedes Glück verdient.«

»Was ist mit Peter?«, fragte Arwyn.

Rafiq hatte Claire abgetrocknet und reichte sie ihr, damit sie sie stillen konnte.

»Surferboy hat Victoria verlassen und nun stand sie mit dem Baby allein da. Peter hat sich natürlich als Retter in der Not entpuppt und ist schnurstracks nach Australien geflogen, um sich um die beiden zu kümmern. Er hat sich nicht mal richtig von Meggie verabschiedet.«

»Womit sich mal wieder meine Theorie bewahrheitet hat, dass

man einem Mann nie zu früh einen Kuchen backen sollte.« Greta polterte herein.

Fawkes grinste, verkniff sich aber ein Widerwort.

»Noah ist immer noch ein Hüter«, sagte Rafiq. »Er hat seine Lektion gelernt und wird sich gut um Meggies Seele kümmern.«

»Kann er sich an irgendwas erinnern?«

»Nein, nicht an all seine Leben. An die Schuld, die er auf sich geladen hat, schon. Er hat Arwyn um Vergebung gebeten, und sie hat ihm gesagt, dass sie Fawkes liebt.«

»Und das hat er einfach so akzeptiert?«

Rafiq nickte. »Ich hatte in der Vergangenheit ein ausführliches Gespräch mit ihm.«

»Arwyn und Noah hätten den Fluch nie brechen können, oder? Selina hatte ihnen also mit Absicht eine unlösbare Aufgabe gestellt.«

Rafiq nickte. »Das hat sie. Wir hätten viel früher darauf kommen müssen. Sie hat immer dieselbe Methode angewandt, um einen Schuldigen für das Verschwinden der Magierinnen zu präsentieren und diesen dann loszuwerden.«

»Bedeutet das wirklich, ihr bleibt hier?«, fragte ich vorsichtig. »Oder müsst ihr wieder zurück?«

»Wenn das für dich in Ordnung ist?«

Ich grinste, aber bevor ich etwas antworten konnte, stürmte der Rest aufgescheuchter Seelenmagierinnen in den Raum und versammelte sich um Fawkes.

»Noch mehr weibliche Aufmerksamkeit«, murmelte Cedric und zog mich an sich. »Das wird ihm zu Kopfe steigen.«

»Du bist doch wohl nicht neidisch?«

»Kein bisschen. Nur müde. Ich würde gern duschen und dann schlafen.«

»Ich könnte dich mit in mein Zimmer nehmen.« Mein Blick glitt über die Menschen in dem Raum. Hier waren alle versammelt, die ich liebte. Granny, Polly, Molly und Greta hüllten Fawkes in ihren Seelenschimmer. Greta stand bei Arwyn und strich ihrer Tochter über den Kopf. Dann hielt sie ihre kleine Hand, und ich sah genau, wie hellrosa Seelenschimmer aus den winzigen Fingern in die Luft schwebte, zu Libellen wurde und dann zu Fawkes flog. Er lächelte, als sie sich auf seine Wange setzten. Dann sah er zu Arwyn. Die Liebe der beiden war für jeden im Raum überdeutlich zu spüren.

»Sie brauchen uns nicht«, flüsterte Cedric in mein Ohr. »Lass uns hochgehen.«

Ich nahm seine Hand und wir schlichen hinaus. So oft hatte ich mir den Moment ausgemalt, wenn wir uns wiedersehen würden. Hatte gehofft und gehofft, aber nicht wirklich daran geglaubt. Cedric machte vor Ungeduld so lange Schritte, dass ich kaum hinterherkam. Mein Herz raste. Und dann waren wir allein. Bedächtig schloss er meine Zimmertür und schob mich gegen die Wand. Er legte die Stirn gegen meine und atmete tief ein. »Ich kann nicht glauben, dass wir es geschafft haben. Dass wir überlebt haben. Ich werde nie wieder fortgehen.«

»Und ich werde dich nie wieder fortlassen. Allerdings nur, wenn du mich auf der Stelle küsst.«

Er lachte leise und dann drängte er sich gegen mich. Er nahm mein Gesicht in beide Hände und sah mir tief in die Augen. Seine Augen glänzten, und sein Adamsapfel hüpfte, als wäre er nervös.

»Küss mich«, bat ich noch mal flüsternd, weil ich Angst hatte zu weinen, wenn er es nicht gleich tat. Dieses Mal wäre es allerdings vor Glück.

Sein Daumen strich sanft über meine Unterlippe und dann küsste er mich endlich. Der Kuss schmeckte nach allem, was ich in den letzten Tagen gefühlt hatte. Verlust, Trauer, Angst und Liebe. Meine Magie machte sich selbstständig und hüllte uns ein. Mit hektischen Fingern knöpfte ich sein Hemd auf und schob es ihm von den Schultern. Meine eigene Bluse verschwand wie von Zauberhand, und ehe ich mich's versah, lagen wir nackt in meinem Bett.

Als ich geglaubt hatte, ihn verloren zu haben, war mein Herz in winzige Splitter zerbrochen. Aber während er mich jetzt küsste, streichelte und liebte, spürte ich, wie es sich wieder zusammensetzte. Er war zurück. Unsere Seelen waren immer noch miteinander verbunden, mehr noch als zuvor. Wir lagen einander gegenüber. Atemlos und lächelnd. Cedric strich über meine Schultern, meine Brust, meine Wange.

»Sie sind immer noch da«, sagte ich leise. »Die Narben. Als hätten meine Leben sich gar nicht verändert.« Aus reiner Gewohnheit zog ich ein paar Haarsträhnen darüber.

Cedric schob sie zur Seite. »Du musst sie nicht verstecken.«

»Aber sie sind hässlich.«

Er lächelte. »Das ist nicht wahr. Sie machen dich nur viel schöner. Diese Narben zeigen nur, wie mutig du bist. Außerdem bin ich nicht an deinem Körper interessiert. Du hast in jedem Leben anders ausgesehen und ich habe dich immer geliebt. Es sind unsere Seelen, die zusammengehören.«

Er sagte das mit so einer Ernsthaftigkeit, dass mir Tränen in die Augen stiegen. Ich küsste ihn sanft auf die Lippen. »Ich liebe dich.«

»Ich liebe dich auch.«

Dann lächelte ich verschmitzt. »Mein Körper interessiert dich also nicht. So, so.« Ich lugte unter die Decke, die er über uns gezogen hatte und unter der wir beide nackt waren.

Cedric lachte laut, und bevor ich wusste, wie mir geschah, hatte er mich schon herumgerollt und demonstrierte mir den Rest der Nacht äußerst anschaulich sein Desinteresse.

Epilog

Alderney, 21. September, 2019

Fackeln erhellten den Strand der Longis Bay. Ich hatte mir gewünscht, *Mabon* hier zu feiern, damit wir Claire gedenken konnten und all den anderen, die durch Selinas Schuld ihr Leben gelassen hatten. Beinahe einhundert Magierinnen waren gekommen und jede von ihnen hielt eine runde Schale mit einer brennenden Kerze in der Hand. Diese Lichter wollten wir mit dem Meer auf die Reise schicken. Als Erinnerung, als Mahnung und als Bitte um Vergebung. Cedric stand dicht neben mir. Fawkes hatte einen Arm um Arwyn gelegt. Rafiq stand bei Granny und Noah hinter Meggie. Es war das erste Mal, dass wir Magierinnen *Mabon* nicht allein feierten.

»Die letzten Wochen waren schwer für uns«, begann Granny ihre Rede. Gerade hatte der Zirkel sie einstimmig gewählt. Zukünftig würde jede Vorsitzende nur ein Leben lang den Vorsitz im Zirkel haben. »Wir mussten uns neu finden, unsere Fehler wiedergutmachen und uns fragen, ob wir noch fähig sind, unserer Aufgabe gerecht zu werden.«

Zustimmendes Gemurmel erhob sich.

»Aber gerade im Augenblick des Zweifels dürfen wir nicht aus den Augen verlieren, welche Verantwortung wir tragen. Wir müssen immer noch das Gute schützen und das Böse zurückdrängen. Und wir haben Leben für Leben Zeit.« Die anderen Frauen murmelten zustimmend und traten vor. Eine nach der anderen ließen sie ihre Kerzenschale ins Wasser gleiten und kurze Zeit später schwammen unzählige Lichtpunkte auf dem dunklen Wasser. Die Wellen trugen sie fort. Schweigend bewunderten wir das Schauspiel. Ich dachte an meine Eltern, meine Brüder und Claire. Sie alle waren wegen Selina durch die Hölle gegangen.

»Heute haben wir uns aber auch versammelt«, erklang dann Grannys Stimme, »um zwei neue Mitglieder in unseren Kreis aufzunehmen.«

Meggie und ich traten vor. Wie der Brauch es verlangte, würden je zwei ältere Seelenmagierinnen uns bei unserer Prüfung begleiten, aber nur im äußersten Notfall eingreifen. Molly und Polly gingen zu Meggie. Greta und Penny stellten sich neben mich. Wie wir alle trugen auch sie weiße, lange Kleider. Sie waren zugegebenermaßen etwas altmodisch, aber mir gefielen sie trotzdem. An der Stelle, wo mein Herz schlug, war ein rotes Unendlichkeitssymbol aufgestickt. Granny lächelte mir aufmunternd zu und hielt mir ein Glas hin. Ich zog einen Zettel heraus und faltete das Papier auf. Darauf standen ein Datum und ein Ort. Dorthin sollte ich ohne Hilfe wandern, mittlerweile ein Kinderspiel für mich, zumal das Datum nur ein paar Tage in der Vergangenheit lag. Verwundert blickte ich Granny an. Sie nickte mir verschwörerisch zu. Ich hatte mir die Aufgabe viel schwieriger vorgestellt. Nun konzentrierte ich mich, und als der Zeitfaden zu glimmen anfing, folgte ich ihm. Wir landeten an einem anderen Strand. Hier war ich mit meinen Eltern und meinen Brüdern schon gewesen. Ich erkannte das Haus meiner Tante. Es stand direkt an der Promenade. Eine flache Mauer zäunte den Garten davor ein und um ein Eisentor rankte sich eine weiße Rose, deren Blüten nun beinahe alle verwelkt waren. Weshalb hatte meine Großmutter mich hierher geschickt? Hinter mir spürte ich einen Luftzug. Ich drehte mich um und Granny stand hinter mir. Ich war nicht ganz sicher, aber ich glaubte, sie verstieß gerade gegen die Regeln des Codex. Möglicherweise galten die nach Selinas Entmachtung aber auch nicht mehr. Granny lächelte und wies mit dem Kopf nach links und da sah ich sie. Ich erkannte sie sofort, weil beide unserem Vater so ähnlich sahen. Sie hatten seine blonden Haare und seine Gesichtszüge. Adam war jetzt dreizehn Jahre und blickte ein wenig mürrisch drein, während Andrew erst elf war und auf ihn einredete. Dabei gestikulierte er aufgeregt mit den Händen. Sie mussten gerade aus der Schule kommen, denn sie trugen noch ihre Schuluniformen. Ich verschränkte die Arme vor der Brust und drängte die Tränen zurück. Meine kleinen Brüder waren groß geworden. Ich hatte sie so vermisst. »Kann ich zu ihnen gehen?«, fragte ich Granny, die ihre beiden Enkelsöhne liebevoll betrachtete. »Werden sie mich erkennen?«

»Natürlich werden sie das. Ich habe ihnen jeden Monat geschrieben und Bilder von dir geschickt. Adam hat heute Geburtstag, und ich habe ihnen versprochen, dass wir kommen.«

»Du hast *was*?« Sie hatte die ganzen Jahre Kontakt mit ihnen gehabt und mir das verschwiegen? »Ich habe kein Geschenk«, sagte ich, anstatt ihr Vorwürfe zu machen.

»Du bist das Geschenk«, sagte Granny leise. »Geh. Sie sind jetzt nicht mehr in Gefahr.«

Ich wünschte wirklich, Cedric wäre hier. Er könnte meine Hand halten, damit ich nicht vor Aufregung starb. Und dann war alles ganz leicht. Andrew entdeckte mich als Erster und kam auf mich zugestürmt. Wir umarmten uns und ich lachte und weinte gleichzeitig. Adam versuchte, mich etwas erwachsener zu begrüßen und scheiterte kläglich. Meine Tante Louise und Onkel Peter kamen aus dem Haus. Meine Tante weinte, während mein Onkel sich die ganze Zeit räusperte. »Wir hielten es für das Beste«, sagte er nach einer Weile. »Nur um die Jungs zu schützen.« Das bisschen Haut, das unter seinem dichten Bart hervorlugte, wurde rot. »Wir haben uns gut um sie gekümmert.« Nach diesem Geständnis musste ich noch ein bisschen mehr weinen, aber dann nahm Louise das Ruder in die Hand. Sie drückte mich an ihre große Brust. Der Duft von Clotted Cream und Schokokuchen stieg mir in die Nase und dann scheuchte sie uns ins Haus. Die nächsten Stunden feierten wir Adams Geburtstag, die Jungs löcherten mich mit Fragen nach meiner Gabe, zeigten mir ihre Zimmer, in denen unzählige Bilder von mir, Mum und Dad aufgestellt waren, und als es für uns Zeit war, zurückzugehen, musste ich hoch und heilig versprechen, zukünftig mindestens alle zwei Tage nach ihnen zu sehen.

Wir landeten genau im selben Augenblick wieder am Strand der Longis Bay, in dem wir ihn verlassen hatten. Cedric lächelte wissend und legte mir einen Arm um die Schultern. Mit dem Zeigefinger der anderen Hand strich er mir über die Nasenspitze. »Hast du wieder eine Schüssel mit Sahne ausgeleckt?«

Ich grinste und küsste ihn. »Viel besser.«

»Haben sie sich gefreut?«

Ich nickte. »Und ich musste ihnen versprechen, dich das nächste Mal mitzubringen.«

»Es wird mir ein Vergnügen sein.«

Meggie kehrte strahlend zurück. Nachher musste ich sie fragen, wo sie gewesen war. Granny winkte sie zu sich heran. Da ich mir mein Seelenbuch schon selbst besorgt hatte, fiel dieser Teil der

Initiation aus. Aber Meggie bekam ihres endlich überreicht. Ihr Buch war noch ganz jungfräulich und trotzdem schimmerte schon die Magie auf dem Buchdeckel. Ich freute mich so für sie. Nun hatte sie eintausend Leben Zeit, es mit Erinnerungen zu füllen. Ich hoffte inständig, dass wir ganz viele dieser Leben miteinander teilen würden.

Später in der Nacht schlenderten Cedric und ich am Strand entlang. Wir ließen die Musik und das Lachen der Feiernden hinter uns zurück. Über uns spannte sich der dunkle Himmel mit seinen unzähligen Sternen. Ich musste dringend etwas mit ihm besprechen. »In dem Bunker«, setzte ich an, »hat Lazarus versucht, mich zu erpressen. Er bot mir die Seele meines Vaters im Austausch gegen meine an. Er wollte sie freilassen.«

Cedric spannte sich spürbar an.

»Denkst du, diese Burg existiert wirklich? Dort, wo er angeblich Seelen gefangen hält?«

»Ich habe davon gehört«, sagte er zögernd. »Möchtest du danach suchen?«

»Nur, wenn wir es gemeinsam tun. Wenn dort wirklich Stellas Seele oder die meines Dads eingesperrt sind, dann müssen wir sie befreien.«

»Dann werden wir das tun.« Er lächelte mich liebevoll an. »Zusammen.«

»Zusammen.«

Nun gab es nur noch eine Frage, die ich mich noch nicht getraut hatte, ihm zu stellen. »Weißt du eigentlich, wie viele Leben du nun noch vor dir hast?«, presste ich heraus. Die Vorstellung, ihn nach diesem für immer zu verlieren, war schrecklich, obwohl ich dankbar sein sollte, ihn überhaupt zurückbekommen zu haben.

Cedric blieb stehen und nahm mich in die Arme. Er drehte

mich so herum, dass wir gemeinsam in den Nachthimmel blicken konnten. »Als Rafiq und Fawkes uns ein Stück ihrer Seele gaben, machten sie uns zu Wanderern«, flüsterte er mir ins Ohr und küsste die empfindliche Haut an meinem Hals. »Ich fürchte also, du wirst es mindestens TausendMalNoch mit mir aushalten müssen, und wenn du das auch willst, werden wir Rafiq bitten, auch dich unsterblich zu machen.« Er drehte mich wieder so, dass er mich ansehen konnte, und nahm mein Gesicht zwischen seine Hände. »Nicht der Fluch war das Schlimme in all der Zeit, sondern dich immer wieder zu verlieren. Es wurde von Leben zu Leben schwerer.«

Ich legte meine Arme um seine schmale Taille und schmiegte mich an ihn. »Ich glaube, tausend Mal sind mir nicht genug, ich will dich lieber für immer.«

ALDERNEY
Casquets
Fort Clonque
Crabby Bay
Hafen
Braye Bay
Saye Bay
Fort Quesnard
Longis Bay
Fort Raz
Selinas Wohnsitz
Deutscher Bunker
Grannys Geschäft
Telegraph Bay
Les Etacs

Rezept

für Scones und Clotted Cream
mit Erdbeermarmelade

Scones

250 g	Mehl
1 EL	Backpulver
1 EL	Zucker
1/2 TL	Salz
60 g	Butter, kalt
150 ml	Vollmilch
1	Ei(er) zum Bestreichen
Außerdem:	Mehl für die Arbeitsfläche

Reicht für ca. 9 Scones.

Den Backofen auf 190 °C Ober-/Unterhitze vorheizen. Ein Backblech mit Backpapier auslegen.

Zuerst das Mehl mit Backpulver, Zucker und Salz mischen. Die kalte (das ist wichtig) Butter in Stücken mit dem Finger unter das Mehl reiben. Der Teig wird dann leicht krümelig. Dann in die Mitte eine Mulde drücken und die Milch hinein-

gießen. Mit einer Gabel Milch und Teig vorsichtig vermengen. Wer es mag, kann noch Rosinen hineintun oder die Milch durch 100 g griechischen Joghurt ersetzen. Ausprobieren ist ja beim Backen alles. Wichtig ist nur, mit kalten Zutaten und schnell zu arbeiten, damit der Teig schön mürbe wird.
Die Arbeitsfläche leicht bemehlen und drei Zentimeter dick ausrollen. Dann mit einer Tasse runde Teiglinge ausstechen.
Die Scones auf das Backblech setzen und ein Ei mit etwas Mich verquirlen und die Scones damit einstreichen.
Im vorgeheizten Backofen auf der mittleren Schiene für 15–20 Minuten backen.
Die Scones schmecken mir lauwarm am besten.

Clotted Cream

(das ist etwas tricky – man kann auch alternativ Schlagsahne sehr butterig aufschlagen – ist aber nicht echt british)

Einfach 400 ml kalte Schlagsahne in eine kleine Auflaufform gießen und in ein Wasserbad stellen – gut eignet sich eine etwas größere, mit Wasser gefüllte Auflaufform. Das Ganze bei 70 °C Ober-/Unterhitze etwa 8 Stunden lang im Ofen erwärmen. So entsteht an der Oberfläche Rahm, der nach Ablauf der Zeit über Nacht im Kühlschrank ruhen sollte. Am nächsten Morgen ist die streichfeste Clotted Cream fertig – wenn es klappt ☺.

Erdbeermarmelade

Ich liebe ja die Marmelade von Karls Erdbeerhof – die kann man sogar online bestellen. Selbermachen ist natürlich toller.

1 kg	Erdbeeren
1	Bio-Zitrone
500 g	Gelierzucker 2:1

Erdbeeren waschen und schneiden. Von der Zitrone die Schale fein abreiben und dann auspressen. Erdbeeren, Gelierzucker, Zitronensaft und -schale in einem Topf mischen und erst etwa eine Stunde ziehen lassen. Danach vorsichtig aufkochen und immer schön rühren, damit nichts anbrennt. Schaum mit einer Kelle abschöpfen. Maximal drei bis fünf Minuten köcheln lassen und gucken, ob die Marmelade geliert, dann in ausgewaschene Gläser füllen und gut verschließen. Erst essen, wenn sie nicht mehr heiß ist ☺. Frisch natürlich auch am leckersten, aber an einem dunklen Ort aufbewahrt, hält sie bis zu zwei Jahren.

Macht es euch schön – mit euren Seelengefährten, Freundinnen, Müttern, Kindern oder Vätern.

Nachwort

Ich möchte mich in diesem Nachwort mal ausnahmsweise nicht bei den Menschen bedanken, die mir beim Schreiben des Buches zur Seite gestanden haben. Obwohl gerade meine Testleserinnen einen riesigen Dank verdient haben, weil sie diese furchtbar verzwickte Sache bis ins kleinste Detail mit mir durchgegangen sind.

Mir liegt etwas anderes noch etwas mehr am Herzen. Für jede Geschichte, die ich erzähle, wähle ich ein besonderes Setting, und natürlich besuche ich den Ort, an dem die Geschichte spielen soll. Ich möchte gern, dass ihr euch den Ort, an dem meine Geschichten spielen, auch wirklich vorstellen könnt und, wenn ihr diese Orte besucht, auch alles so ist, wie ich es beschrieben habe. Mittlerweile hinterfrage ich allerdings die Sinnhaftigkeit dieser Aktionen. Der Hin- und Rückflug auf die Kanalinseln belastet unser Klima mit 483 kg Kohlendioxid. Allerdings träume ich von dieser Reise, seit ich »Die Rosenzüchterin« von Charlotte Link gelesen habe.

Nun stelle ich mir die Frage, ist es das wert? Ich werde natürlich ein Kompensationsgeschäft abschließen. Nicht mal neun Euro kosten mich diese knapp fünfhundert Kilo und dieses Geld fließt in ein Aufforstungsprogramm in Kenia. Es kommt mir wie ein Freikaufen von meinen Sünden vor, die ich trotzdem begehe. Eine Art moderner Ablasshandel.

Gehen wir mal davon aus, unsere Seelen leben tatsächlich eintausend Leben. Wie wird dann mein nächstes oder übernächstes aussehen? Wie das Leben der Seelen meiner Kinder? Das Gute ist, wir wissen nichts darüber, aber das entbindet uns nicht von der Verantwortung.

Ich kenne das Argument »Weshalb sollte ich etwas ändern, wenn mein Nachbar es nicht tut« zur Genüge. Aber wenn jeder wenigstens einen kleinen Schritt macht, wäre das schon ein Anfang. Deswegen werde ich mir zukünftig jede Recherchereise wirklich gut überlegen und deshalb haltet ihr *TausendMalSchon* auch ohne Plastikhülle und ohne Schutzumschlag in der Hand und es ist deswegen nicht weniger Buch.

Ich würde mich freuen, wenn jeder von euch zukünftig auch ein bisschen mehr darüber nachdenkt, was wirklich notwendig ist und was man zum Glück braucht. Auch wenn es manchmal schwer ist und wir uns an so viele Dinge gewöhnt haben.

In meiner *MondLichtSaga* geht es um den Schutz der Meere, ein Lebensraum, der nicht uns gehört, sondern den Fischen, Walen, Delfinen und den Shellycoats ☺. Weshalb also nicht mal Plastikmüll vom Strand mitnehmen? Gaia, die Göttin der Erde, will uns in der *GötterFunkeSaga* gleich ganz vernichten, weil sie zu Recht wütend ist, was wir der Erde tagtäglich antun. In der *BookLessSaga* geht es um die Macht des Wortes, und wir haben durchaus die Macht, Nein zu sagen, zu dem, was gerade geschieht, und die *FederLeichtSaga* handelt davon, wie schwierig es ist, mit Völkern oder Geschöpfen zusammenzuleben, die anders sind als wir, anders denken und andere Wertvorstellungen haben. Aber im Grunde ist es ganz egal, wo wir herkommen und woran wir glauben, denn uns eint alle das Eine. Die Welt ist der Platz, auf dem wir unser derzeitiges Leben leben, all unsere zukünftigen, und den wir unseren Kindern und Kindeskindern überlassen. Ihr Schicksal liegt in unserer Hand. Oder, um es mit Montesquieu zu sagen: *Gemeinnutz geht vor Eigennutz.*

Ich danke euch fürs Lesen.

Eure Marah

P. S. Ich freue mich übrigens wieder sehr über viele Rezensionen, Mails und Nachrichten, wie euch die Geschichte von Sasha und Cedric gefallen hat.

Marah Woolf wurde 1971 in Sachsen-Anhalt geboren, wo sie auch heute noch mit ihrem Mann und drei Kindern lebt. Sie studierte Geschichte und Politik und erfüllte sich 2011 mit der Veröffentlichung ihres ersten Romans einen großen Traum. Die Arbeit an der *MondLichtSaga* wurde Ende 2012 abgeschlossen. 2017 erschein im Dressler Verlag der erste Band der Spiegelbestseller-Reihe *GötterFunke*.

Unter dem Pseudonym Emma C. Moore schreibt sie außerdem Liebes- und Kurzromane.
Marah Woolfs *BookLess*-Trilogie und ihre *FederLeichtSaga* erscheinen bei Oetinger Taschenbuch.

Mehr Information zu *TausendMalSchon* findet ihr hier:
Facebook: Marah Woolf
Instagram: marah_woolf
Pinterest: Marah Woolf
Website: http://marahwoolf.com
Mail: marah.woolf@googlemail.com
WhatsApp_Feed: 004917687943335 mit dem Vermerk News
Video mit Song zum Buch: https://marahwoolf.com/tausendmalschon/musikvideo/

Unsterblich verliebt in die Elfenwelt

Marah Woolf
Federleicht
Wie fallender Schnee
Band 1 (Flexcover)
ISBN 978-3-8415-0528-6

Marah Woolf
Federleicht
Wie das Wispern der Zeit
Band 2 (Flexcover)
ISBN 978-3-8415-0529-3

Marah Woolf
Federleicht
Wie der Klang der Stille
Band 3 (Flexcover)
ISBN 978-3-8415-0531-6

Als Eliza zufällig durch ein magisches Portal stolpert, ahnt sie nicht, was sie erwartet. Ausgerechnet sie soll auserwählt sein, die Elfenwelt zu retten? Doch dann lernt sie den ebenso anziehenden wie widersprüchlichen Cassian kennen und lieben. Hin- und hergerissen zwischen den Welten, zwischen Gefahr und Leidenschaft, kämpft Eliza für die, die sie liebt und mit ihren Gefühlen.

Auswahl: Band 1 bis 3 von Marah Woolfs siebenbändiger Elfen-Saga – das Fantasy-Epos einer unmöglichen Liebe zwischen den Welten.

OETINGER TASCHENBUCH

Weitere Informationen unter:
www.marahwoolf.de und **www.oetinger-taschenbuch.de**